U0164966

土壤监测分析实用手册

刘凤枝　马锦秋　主编

化学工业出版社

·北京·

本书共分六篇,内容包括技术规范、与"技术规范"相匹配的监测分析方法、土壤元素背景值、相关环境标准、食品污染限量标准以及相关的标准物质。

本书对土壤监测、评价、管理内容均为现行的国家及行业标准,是农业环境工作者、科研人员以及管理者的重要参考依据和准则,也是发生污染事故纠纷时的执法依据,同样对科研院所的科研人员以及高等学校相关专业师生具有重要的参考价值。

图书在版编目(CIP)数据

土壤监测分析实用手册/刘凤枝,马锦秋主编. —北京:化学工业
出版社,2010.10
　ISBN 978-7-122-09436-0

Ⅰ.土… Ⅱ.①刘…②马… Ⅲ.土壤监测-手册 Ⅳ.X833-62

中国版本图书馆 CIP 数据核字(2010)第 172029 号

责任编辑:刘兴春　　　　　　　　　　　　文字编辑:汲永臻
责任校对:王素芹　　　　　　　　　　　　装帧设计:周　遥

出版发行:化学工业出版社(北京市东城区青年湖南街 13 号　邮政编码 100011)
印　　装:北京白帆印务有限公司
710mm×1000mm　1/16　印张 32¾　字数 976 千字　　2012 年 1 月北京第 1 版第 1 次印刷

购书咨询:010-64518888(传真:010-64519686)　　售后服务:010-64518899
网　　址:http://www.cip.com.cn
凡购买本书,如有缺损质量问题,本社销售中心负责调换。

定　　价:138.00 元

编写人员名单

主　　编　　刘凤枝　马锦秋

编写人员　　（排名不分先后）：

刘凤枝　　马锦秋　李　梅　刘建波

欧阳喜辉　郑向群　师荣光　姚秀荣

王跃华　　蔡彦明　徐亚平　刘　岩

战新华　　刘　申　刘书田　张铁亮

李晓华　　刘卫东　王　伟　乌云格日勒

王　玲　　王晓男　刘传娟　贾兰英

成振华　　韩建华　王　农　赵长海

沈　跃　　周　莉

审　　定　　李玉浸

序

　　随着我国现代化进程的加快和人民生活水平的不断提高，对农产品品质和安全质量提出更高的要求。特别是《中华人民共和国农产品质量安全法》以及与之配套的《农产品产地安全管理办法》的颁布实施，对农产品产地安全管理提出了具体要求。

　　土壤作为农产品生产的基本要素，其环境质量的优劣直接影响着农产品产量和安全质量。土壤监测是开展农产品产地安全质量管理的重要基础性工作。农业部作为农产品生产的产业部门，肩负着保障农产品安全供应的重任，特别关注土壤的保护与合理利用，对土壤环境质量监测工作十分重视。该书的出版，将对我国农业环境监测工作的规范化管理以及监测质量的提高起到积极的促进作用。

　　本书第一篇和第二篇的部分内容，反映了作者和研究组人员多年来的科研成果，代表了该领域的国内领先水平。特别是在第一篇《耕地土壤重金属污染评价技术规程》中提出的累积性评价与适宜性评价相结合的评价方法，为科学、合理地评价土壤环境质量，达到既有效利用宝贵的耕地资源，同时又不产出超标农产品的目的奠定了基础。

　　该书是作者在多年工作实践中，结合农业环境监测工作的具体需求编写而成的。适用于各级农业环境监测人员使用，相信读者通过对该书的阅读和使用，将会加深对农业环境监测工作的认识和理解。

　　我衷心地祝愿该书的出版，能为推动我国的耕地保护与合理利用做出重要贡献。

农业部科技教育司副司长　王衍亮

2011 年 6 月

前　言

　　近十年来，随着我国科学技术水平的快速发展和国家对农业的高度重视，特别是《农产品质量安全法》及其配套《农产品产地安全管理办法》的颁布实施，对农业环境监测工作提出了更高要求，国家有关部门加快了监测设备的更新，加强了对监测技术人员的培训，使得我国在农业环境监测的能力与水平基本上接近或达到了国际先进水平。

　　为反映我国农业环境监测能力与水平的现状，加强农业环境质量监测，促进农业环境的监督与管理，编者在 2001 年版《农业环境监测实用手册》的基础上，特编写出版这本《土壤监测分析实用手册》。

　　本书共分六篇。第一篇为技术规范。该部分由八个标准组成，即农田土壤环境质量监测技术规范（报批稿）、耕地土壤重金属污染评价技术规程（报批稿）、耕地土壤重金属有效态安全临界值制定技术规范（报批稿）、农产品产地禁止生产区划分技术指南（报批稿）、农产品产地安全质量适宜性评价技术规范（报批稿）、基本农田环境质量保护技术规范、农田污染区登记技术规范、城市污水再生回灌农田安全技术规范。

　　第二篇为与"技术规范"相匹配的监测分析方法。该部分收录了 2009 年底前我国各有关部门公布的可用于农田土壤监测的标准分析方法，与 2001 年版比较新增加标准数量 33 个。

　　第三篇为土壤元素背景值，该部分包括：按土类划分统计单元，各元素背景值基本统计量和按行政区划分统计单元，各元素背景值基本统计量。

　　第四篇为相关环境标准。

　　第五篇为食品中污染物限量。

　　第六篇为相关标准物质。

　　本书的特点如下：①该书的全部内容均为国家标准和行业标准，只有在书中第一部分"技术规范"中有 5 个标准尚未颁布，但均已经通过审定待正式颁布，在括号中注明；②第一篇全部、第二篇部分内容反映了作者及研究组人员在最近十年来的研究成果；③内容只涉及农田土壤监测及相关内容，比较 2001 年版未涉及水、气和作物部分，所以内容更为集中、深入、丰富和翔实，水、气和作物部分拟另行组织出版；④该书提出的"耕地土壤重金属有效态安全临界值制定技术规范"、"耕地土壤重金属污染评价技术规程"、"农产品产地安全质量适宜性评价技术规范"，代表了该领域中的国内领先水平。

　　本书对农田土壤监测、评价、管理等内容均为现行的国家及行业标准，是农业环境工作者、科研人员及管理者的重要参考依据和准则，也是发生污染事故纠纷时的执法依据，同样对科研院所、高等学校的科研教学人员具有重要的参考价值。

　　由于时间紧，内容多，在编写过程中可能遗漏某些新公布的标准，加之作者水平所限，疏漏和不足之处在所难免，望读者批评指正。

编　者

2011 年 6 月

目　　录

第一篇 技 术 规 范

一、农田土壤环境质量监测技术规范（报批稿）
（NY/T 395——××××）

（200-××-××发布，200-××-××实施）

1 范围

本标准规定了农田土壤环境质量监测的布点采样、分析方法、质控措施、数理统计、结果评价、成果表达与资料整编等技术内容。

本标准适用于农田土壤环境质量监测。

2 规范性引用文件

下列文件中的条款通过本标准的引用而构成本标准的条款。凡是注日期的引用文件，其随后的所有修改单（不包括勘误的内容）和修订版均不适用于本标准。然而，鼓励根据本标准达成协议的各方研究使用这些文件最新版本的可能性。凡是不注日期的引用文件，所引用的文件的最新版本适用于本标准。

GB 62○○ ○○○○总量的测定对马尿酸偶氮氯膦分光光度法

GB ○○○

○○○○定法

○○硼的测定

GB 131○ ○环芳烃测定高效液相色谱法

GB/T 14550 土壤质量 六六六和滴滴涕的测定 气相色谱法

GB/T 14552 水、土中有机磷农药测定 气相色谱法

GB/T 15555.11 固体废弃物氟化物的测定 离子选择电极法

GB/T 17134 土壤质量 总砷的测定 二乙基二硫代氨基甲酸银分光光度法

GB/T 17135 土壤质量 总砷的测定 硼氢化钾-硝酸银分光光度法

GD/T 17136 土壤质量 总汞的测定 冷原子吸收分光光度法

GB/T 17137 土壤质量 总铬的测定 火焰原子吸收分光光度法

GB/T 17138 土壤质量 铜、锌的测定 火焰原子吸收分光光度法

GB/T 17139 土壤质量 镍的测定 火焰原子吸收分光光度法

GB/T 17140 土壤质量 铅、镉的测定 KI-MIBK萃取火焰原子吸收分光光度法

GB/T 17141 土壤质量 铅、镉的测定 石墨炉原子吸收分光光度法

GB/T 22104 土壤质量 氟化物的测定 离子选择电极法

GB/T 22105 土壤质量 总汞、总砷、总铅的测定 原子荧光光谱法

GB/T 23739 土壤质量 有效态铅和镉的测定 原子吸收法

GB/T ××××× 土壤质量 铅、铬、砷、镉、铜、锌、镍的测定 电感耦合等离子体-质谱（ICP-MS）法

GB/T ××××× 耕地土壤重金属污染评价技术规程

NY/T 52 土壤水分测定法（原 GB 7172—87）

NY/T 53 土壤全氮测定法（半微量凯氏法）（原 GB 7173—87）

NY/T 85 土壤有机质测定法（原 GB 9834—88）

NY/T 88 土壤全磷测定法（原 GB 9837—88）

NY/T 148 石灰性土壤有效磷测定方法（原 GB 12297—90）

NY/T 296 土壤全量钙、镁、钠的测定

NY/T 889 土壤速效钾和缓效钾含量的测定

NY/T 890 土壤有效锌、锰、铁、铜含量的测定——二乙三胺五乙酸（DTPA）浸提法

NY/T 1104 土壤中全硒的测定

NY/T 1121.2 土壤检测 第 2 部分：土壤 pH 的测定

NY/T 1121.3 土壤检测 第 3 部分：土壤机械组成的测定

NY/T 1121.4 土壤检测 第 4 部分：土壤容重的测定

NY/T 1121.5 土壤检测 第 5 部分：石灰性土壤阳离子交换量的测定

NY/T 1121.6 土壤检测 第 6 部分：土壤有机质的测定

NY/T 1121.7 土壤检测 第 7 部分：酸性土壤有效磷的测定

NY/T 1121.9 土壤检测 第 9 部分：土壤有效钼的测定

NY/T 1121.10 土壤检测 第 10 部分：土壤总汞的测定

NY/T 1121.12 土壤检测 第 12 部分：土壤总铬的测定

NY/T 1121.13 土壤检测 第 13 部分：土壤交换性钙和镁的测定

NY/T 1121.14 土壤检测 第 14 部分：土壤有效硫的测定

NY/T 1121.16 土壤检测 第 16 部分：土壤水溶性盐总量的测定

NY/T 1121.17 土壤检测 第 17 部分：土壤氯离子含量的测定

NY/T 1121.18 土壤检测 第 18 部分：土壤硫酸根离子含量的测定

NY/T 1121.21 土壤检测 第 21 部分：土壤最大吸湿量的测定

NY/T 1377 土壤 pH 的测定

NY/T 1616 土壤中 9 种磺酰脲类除草剂残留量的测定 液相色谱-质谱法

HJ 491 土壤 总铬的测定 火焰原子吸收分光光度法

HJ 605 土壤和沉积物 挥发性有机物的测定 吹扫捕集/气相色谱-质谱法

HJ 613 土壤 干物质和水分的测定 重量法

HJ 615 土壤 有机碳的测定 重铬酸钾氧化-分光广度法

3 术语和定义

下列术语和定义适用于本标准。

3.1 农田土壤 farmland soil

用于种植各种粮食作物、蔬菜、水果、纤维和糖料作物、油料作物、花卉、药材、草料等作物的农业用地土壤。

3.2 区域土壤背景点 regional soil background site

在调查区域内或附近，相对未受污染，而母质、土壤类型及农作历史与调查区域土壤相似的土壤样点。

3.3 农田土壤监测点 soil monitoring site of farmland

人类活动产生的污染物进入土壤并累积到一定程度引起或怀疑引起土壤环境质量恶化的土壤样点。

3.4 农田土壤剖面样品 profile sample of farmland soil

按土壤发生学的主要特征把整个剖面划分成不同的层次，在各层中部位多点取样，等量混匀后的 A、B、C 层或 A、C 等层的土壤样品。

3.5 农田土壤混合样 mixture sample of farmland soil

在耕作层采样点的周围采集若干点的耕层土壤，经均匀混合后的土壤样品，组成混合样的分点数要在 5～20 个。

4 农田土壤环境质量监测采样技术

4.1 采样前现场调查与资料收集

4.1.1 区域自然环境特征：水文、气象、地形地貌、植被、自然灾害等。

4.1.2 农业生产土地利用状况：农作物种类、布局、面积、产量、耕作制度等。

4.1.3 区域土壤地力状况：成土母质、土壤类型、层次特点、质地、pH 值、阳离子交换量、盐基饱和度、土壤肥力等。

4.1.4 土壤环境污染状况：工业污染源种类及分布、主要污染物种类及排放途径、排放量、农灌水污染状况、大气污染状况、农业固体废弃物投入、农业化学物质使用情况、土壤污染状况、农产品污染状况等。

4.1.5 土壤生态环境状况：水土流失现状、土壤侵蚀类型、分布面积、侵蚀模数、沼泽化、潜育化、盐渍化、酸化等。

4.1.6 土壤环境背景资料：区域土壤元素背景值、农业土壤元素背景值、农产品中污染元素背景值。

4.1.7 其他相关资料和图件：土地利用总体规划、农业资源调查规划、行政区划图、土壤类型图、土壤环境质量图、交通图、地质图、水系图等。

4.2 监测单元的划分

农田土壤监测单元按土壤接纳污染物的途径划分为基本单元，结合参考土壤类型、农作物种类、耕作制度、商品生产基地、保护区类别、行政区划等要素，由当地农业环境监测部门根据实际情况进行划定。同一单元的差别应尽可能缩小。

4.2.1 大气污染型土壤监测单元

土壤中的污染物主要来源于大气污染沉降物。

4.2.2 灌溉水污染型土壤监测单元

土壤中的污染物主要来源于农灌用水。

4.2.3 固体废弃堆污染型土壤监测单元

土壤中的污染物主要来源于集中堆放的固体废弃物。

4.2.4 农用固体废弃物污染型土壤监测单元

土壤中的污染物主要来源于农用固体废弃物。

4.2.5 农用化学物质污染型土壤监测单元

土壤中的污染物主要来源于农药、化肥、农膜、生长素等农用化学物质。

4.2.6　综合污染型土壤监测单元

土壤中的污染物主要来源于上述两种或两种以上途径。

4.3　监测点的布设

4.3.1　布点原则与方法

4.3.1.1　区域土壤背景点布点原则与方法

(1) 以获取区域土壤背景值为目的的布点，坚持"哪里不污染在哪里布点的原则"。实际工作中，一般在调查区域内或附近，找寻没有受到人为污染或相对未受污染，而成土母质、土壤类型及农作历史等一致的区域布点。

(2) 布点方法在满足上述条件的前提下，尽量将监测点位布设在成土母质或土壤类型所代表区域的中部位置。

4.3.1.2　农田土壤环境质量监测布点原则与方法

(1) 农田土壤环境质量监测主要指土壤环境质量现状监测，如禁产区划分监测、污染事故调查监测、无公害农产品基地监测等。布点原则应坚持"哪里有污染就在哪里布点"，即将监测点位布设在已经证实受到污染的或怀疑受到了污染的地方。

(2) 布点方法根据污染类型特征确定。

① 大气污染型土壤监测点　以大气污染源为中心，采用放射状布点法。布点密度由中心起由密渐稀，在同一密度圈内均匀布点。此外，在大气污染源主导风下风方向应适当延长监测距离和增加布点数量。

② 灌溉水污染型土壤监测点　在纳污灌溉水体两侧，按水流方向采用带状布点法。布点密度自灌溉水体纳污口起由密渐稀，各引灌段相对均匀。

③ 固体废物堆污染型土壤监测点　地表固体废物堆可结合地表径流和当地常年主导风向，采用放射布点法和带状布点法；地下填埋废物堆根据填埋位置可采用多种形式的布点法。

④ 农用固体废弃物污染型土壤监测点　在施用种类、施用量、施用时间等基本一致的情况下采用均匀布点法。

⑤ 农用化学物质污染型土壤监测点　采用均匀布点法。

⑥ 综合污染型土壤监测点　以主要污染物排放途径为主，综合采用放射布点法、带状布点法及均匀布点法。

(3) 农田土壤环境质量监测对照点的布设原则与方法：在污染事故调查等监测中，需要布设对照点以考察监测区域的污染程度。选择与监测区域土壤类型、耕作制度等相同而且相对未受污染的区域采集对照点；或在监测区域内采集不同深度的剖面样品作为对照点。

4.3.1.3　农田土壤长期定点定位监测布点原则与方法

(1) 农田土壤长期定点定位监测，一般为国家或地方制定中长期政策所进行的监测。布点应当在农业环境区划的基础上进行，以客观、真实反映各级区划单元环境质量整体状况变化和污染特征为原则。

(2) 布点方法在反映污染特征的前提下，在各级区划单元（如污水灌区、工矿企业周边区、大中城市郊区、一般农区等）内部，可采用均匀布点法。

(3) 国家和省级长期定点定位监测点的设置、变更、撤销应当通过专家论证，并建立档案。

4.3.2　布点数量

4.3.2.1　基本原则

土壤监测的布点数量要根据调查目的、调查精度和调查区域环境状况等因素确定。一般原则是：

（1）以最少点数达到目的为最好；

（2）精度越高，布点数越多，反之越少；

（3）区域环境条件越复杂，布点越多，反之越少；

（4）污染越严重，布点越多，反之越少；

（5）无论何种情况，每个监测单元最少应设3个点。

4.3.2.2 点代表面积

根据不同的调查目的，每个点的代表面积可按以下情况掌握，如有特殊情况可做适当的调整。

（1）农田土壤背景值调查。每个点代表面积 $200\sim1000hm^2$。

（2）农产品产地污染普查：污染区每个点代表面积 $10\sim300hm^2$，一般农区每个点代表面积 $200\sim1000hm^2$。

（3）农产品产地安全质量划分：污染区每个点代表面积 $5\sim100hm^2$，一般农区每个点代表面积 $150\sim800hm^2$。

（4）禁产区确认：每个点代表面积 $10\sim100hm^2$。

（5）污染事故调查监测：每个点代表面积 $1\sim50hm^2$。

4.3.2.3 布点数量

（1）农田土壤背景值调查、农产品产地污染普查、农产品产地安全质量划分以及污染事故调查监测等，根据上述布点原则和点代表面积，以及监测单元的具体情况，确定布点数量。如情况复杂需要提高监测精度可适当增加布点数量。

（2）农田土壤长期定点定位监测：根据监测区域类型不同，确定监测点的数量。工矿企业周边农产品生产区监测，每个区5~12个点；污水灌溉区农产品生产区监测，每个区10~12个点；大中城市郊区农产品生产区，每个区10~15个；重要农产品生产区，每个区5~15个点。

4.4 样品采集

4.4.1 采样准备

4.4.1.1 采样物质准备：包括采样工具、器材、文具及安全防护用品等。

（1）工具类：铁铲、铁镐、土铲、土钻、土刀、木片及竹片等。

（2）器材类：GPS定位仪、罗盘、高度计、卷尺、标尺、容重圈、铝盒、样品袋、标本盒、照相机以及其他特殊仪器和化学试剂。

（3）文具类：样品标签、记录表格、文具夹、记号笔等小型用品。

（4）安全防护用品：工作服、雨衣、防滑登山鞋、安全帽、常用药品等。

（5）运输工具：越野车、样品箱、保温设备等。

4.4.1.2 组织准备

组织具有一定野外调查经验、熟悉土壤采样技术规程、工作负责的专业人员组成采样组。采样前组织学习有关业务技术工作方案。

4.4.1.3 技术准备

（1）样点位置（或工作图）图。

（2）样点分布一览表，内容包括编号、位置、土类、母质母岩等。

（3）各种图件：交通图、地质图、土壤图、大比例的地形图（标有居民点、村庄等）。

4.4.1.4 现场踏勘，野外定点，确定采样地块

（1）样点位置图上确定的样点受现场情况干扰时，要做适当的修正。

（2）采样点应距离铁路或主要公路300m以上。

（3）不能在住宅、路旁、沟渠、粪堆、废物堆及坟堆附近设采样点。

（4）不能在坡地、洼地等具有从属景观特征地方设采样点。

（5）采样点应设在土壤自然状态良好，地面平坦，各种因素都相对稳定，并具有代表性的面积在 $1 \sim 2 hm^2$ 的地块。

（6）采样点一经选定，应用GPS定位并做标记，建立样点档案供长期监控用。

4.4.2 采集阶段

4.4.2.1 土壤污染监测、土壤污染事故调查及土壤污染纠纷的法律仲裁的土壤采样一般要按以下三个阶段进行。

（1）前期采样：对于潜在污染和存在污染的土壤，可根据背景资料与现场考察结果，在正式采样前采集一定数量的样品进行分析测试，用于初步验证污染物扩散方式和判断土壤污染程度，并为选择布点方法和确定测试项目等提供依据。前期采样可与现场调查同时进行。

（2）正式采样：在正式采样前应首先制订采样计划。采样计划应包括布点方法、样品类型、样点数量、采样工具、质量保证措施、样品保存及测试项目等内容。按照采样计划实施现场采样。

（3）补充采样：正式采样测试后，发现布设的样点未满足调查的需要，则要进行补充采样。例如在污染物浓度高的区域适当增加点位。

4.4.2.2 土壤环境质量现状调查、面积较小的土壤污染调查和时间紧急的污染事故调查可采取一次采样方式。

4.4.3 样品采集

4.4.3.1 农田土壤剖面样品采集

（1）土壤剖面点位不得选在土类和母质交错分布的边缘地带或土壤剖面受破坏地方。

（2）土壤剖面规格为宽1m，深1～2m，视土壤情况而定，久耕地取样至1m，新垦地取样至2m，果林地取样至1.5～2m；盐碱地地下水位较高，取样至地下水位层；山地土层薄，取样至母岩风化层（见图1）。

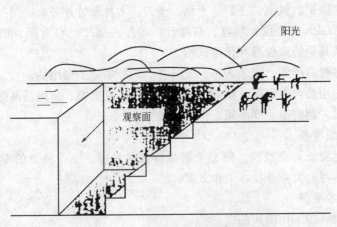

图1 土壤规格剖面示意

（3）用剖面刀将观察面修整好，自上至下削去5cm厚，10cm宽呈新鲜剖面。准确划分

土层，分层按梅花法，自下而上逐层采集中部位置土壤。分层土壤混合均匀各取 1kg 样品，分层装袋记卡。

（4）采样注意事项：挖掘土壤剖面要使观察面向阳，表土与底土分放土坑两侧，取样后按原层回填。

4.4.3.2　农田土壤混合样品采集

4.4.3.2.1　混合样采集方法

（1）每个土壤单元至少有 3 个采样点组成，每个采样点的样品为农田土壤混合样。

（2）对角线法：适用于污水灌溉的农田土壤，由田块进水口向出水口引一对角线，至少分五等分，以等分点为采样分点。土壤差异性大，可再等分，增加分点数。

（3）梅花点法：适于面积较小，地势平坦，土壤物质和受污染程度均匀的地块，设分点 5 个左右。

（4）棋盘式法：适宜中等面积、地势平坦、土壤不够均匀的地块，设分点 10 个左右；但受污泥、垃圾等固体废弃物污染的土壤，分点应在 20 个以上。

（5）蛇形法：适宜面积较大、土壤不够均匀且地势不平坦的地块，设分点 15 个左右，多用于农业污染型土壤。

4.4.3.2.2　必要时，土壤与农产品同步采集。

4.4.4　采样深度及采样量

种植一般农作物每个分点处采 0～20cm 耕作层土壤，种植果林类农作物每个分点处采 0～60cm 耕作层土壤；了解污染物在土壤中垂直分布时，按土壤发生层次采土壤剖面样。各分点混匀后取 1kg，多余部分用四分法弃去。

4.4.5　采样时间及频率

4.4.5.1　一般土壤样品在农作物成熟或收获后与农作物同步采集。

4.4.5.2　污染事故监测时，应在收到事故报告后立即组织采样。

4.4.5.3　科研性监测时，可在不同生育期采样或视研究目的而定。

4.4.5.4　采样频率根据工作需要确定。

4.4.6　采样现场记录

4.4.6.1　采样同时，专人填写土壤样品标签、采样记录、样品登记表，并汇总存档。土壤样品标签见图 2；采样记录、样品登记表见附录 A 中表 A1、表 A2。

```
┌─────────────────────────────────────────┐
│               土壤样品标签                 │
│  样品编号_____   业务代号_____   │
│  样品名称_____   │
│  土壤类型_____   │
│  监测项目_____   │
│  采样地点_____   │
│  采样深度_____   │
│  采样人_____   采样时间_____     │
└─────────────────────────────────────────┘
```

图 2　土壤样品标签

4.4.6.2　填写人员根据明显地物点的距离和方位，将采样点标记在野外实际使用地形图上，并与记录卡和标签的编号统一。

4.4.7　采样注意事项

4.4.7.1　测定重金属的样品，尽量用竹铲、竹片直接采取样品，或用铁铲、土钻挖掘后，用竹片刮去与金属采样器接触的部分，再用竹片采取样品。

4.4.7.2　所采土样装入塑料袋内，外套布袋。填写土壤标签一式2份，1份放入袋内，1份扎在袋口，或用不干胶标签直接贴在塑料袋上。

4.4.7.3　采样结束应在现场逐项逐个检查，如采样记录表、样品登记表、样袋标签、土壤样品、采样点位图标记等有缺项、漏项和错误处，应及时补齐和修正后方可撤离现场。

4.5　样品编号

4.5.1　农田土壤样品编号是由类别代号、顺序号组成。

4.5.1.1　类别代号：用环境要素关键字中文拼音的大写字母表示，即"T"表示土壤。

4.5.1.2　顺序号：用阿拉伯数字表示不同地点采集的样品，样品编号从T001号开始，一个顺序号为一个采集点的样品。

4.5.2　对照点和背景点样，在编号后加"CK"

4.5.3　样品登记的编号、样品运转的编号均与采集样品的编号一致，以防混淆。

4.6　样品运输

4.6.1　样品装运前必须逐件与样品登记表、样品标签和采样记录进行核对，核对无误后分类装箱。

4.6.2　样品在运输中严防样品的损失、混淆或沾污，并派专人押运，按时送至实验室。接受者与送样者双方在样品登记表上签字，样品记录由双方各存一份备查。

4.7　样品制备

4.7.1　制样工作场地：应设风干室、磨样室。房间向阳（严防阳光直射土样）、通风、整洁、无扬尘、无易挥发化学物质。

4.7.2　制样工具与容器

4.7.2.1　晾干用白色搪瓷盘及木盘。

4.7.2.2　磨样用玛瑙研磨机、玛瑙研钵、白色瓷研钵、木滚、木棒、木槌、有机玻璃棒、有机玻璃板、硬质木板、无色聚乙烯薄膜等。

4.7.2.3　过筛用尼龙筛，规格为20～100目。

4.7.2.4　分装用具塞磨口玻璃瓶、具塞无色聚乙烯塑料瓶，无色聚乙烯塑料袋或特制牛皮纸袋，规格视量而定。

4.7.3　制样程序

4.7.3.1　土样接交：采样组填写送样单一式三份，交样品管理人员、加工人员各一份，采样组自存一份。三方人员核对无误签字后开始磨样。

4.7.3.2　湿样晾干：在晾干室将湿样放置晾样盘，摊成2cm厚的薄层，并间断地压碎、翻拌、拣出碎石、砂砾及植物残体等杂质。

4.7.3.3　样品粗磨：在磨样室将风干样倒在有机玻璃板上，用槌、滚、棒再次压碎，拣出杂质并用四分法分取压碎样，全部过20目尼龙筛。过筛后的样品全部置于五色聚乙烯薄膜上，充分混合直至均匀。经粗磨后的样品用四分法分成两份，一份交样品库存放，另一份作样品的细磨用。粗磨样可直接用于土壤pH值、土壤阳离子交换量、土壤速测养分含量、元素有效性含量分析。

4.7.3.4　样品细磨：用于细磨的样品用四分法进行第二次缩分成两份，一份留备用，一份研磨至全部过60目或100目尼龙筛，过60目（孔径0.25mm）土样，用于农药或土壤有机质、土壤全氮量等分析；过 100 目（孔径 0.149mm）土样，用于土壤元素全量分析。

4.7.3.5 样品分装：经研磨混匀后的样品，分装于样品袋或样品瓶。填写土壤标签一式两份（土壤标签格式见图 2），瓶内或袋内放 1 份，外贴 1 份。

4.7.4 制样注意事项

4.7.4.1 制样中，采样时的土壤标签与土壤样始终放在一起，严禁混错。

4.7.4.2 每个样品经风干、磨碎、分装后送到实验室的整个过程中，使用的工具与盛样容器的编码始终一致。

4.7.4.3 制样所用工具每处理一份样品后擦洗一次，严防交叉污染。

4.7.4.4 分析挥发性、半挥发有机污染物（酚、氰等）或可萃取有机物无需制样，新鲜样测定，同时测定水分。

4.8 样品保存

4.8.1 风干土样按不同编号、不同粒径分类存放于样品库，保存半年至 1 年。或分析任务全部结束，检查无误后，如无需保留可弃去。

4.8.2 新鲜土样用于挥发性、半挥发有机污染物（酚、氰等）或可萃取有机物分析，新鲜土样选用玻璃瓶置于冰箱，小于 4℃，保存半个月。

4.8.3 土壤样品库经常保持干燥、通风，无阳光直射、无污染；要定期检查样品，防止霉变、鼠害及土壤标签脱落等。

4.8.4 农田土壤定点监测的样品应长期保存。

5 农田土壤环境质量监测项目及分析方法

5.1 监测项目确定的原则

5.1.1 根据当地环境污染状况（如农区大气、农灌水、农业投入品等），选择在土壤中累积较多，影响范围广，毒性较强且难降解的污染物。

5.1.2 根据农作物对污染物的敏感程度，优先选择对农作物产量、安全质量影响较大的污染物。如重金属、农药、除草剂等。

5.2 分析方法选择的原则

5.2.1 优先选择国家标准、行业标准的分析方法。

5.2.2 其次选择由权威部门规定或推荐的分析方法。

5.2.3 根据各地实际情况，自选等效分析方法。但应做比对实验，其检出限、准确度、精密度不低于相应的通用方法要求水平或待测物准确定量的要求。

5.3 农田土壤监测分析方法

根据不同的监测目的、监测能力、选择监测项目。表 1 列出了常见的监测项目及监测方法，监测方法优先选择国家标准、行业标准或其他等同推荐方法。

表 1 农田土壤监测项目及分析方法

序号	监测项目	监测方法	方法来源
1	总铜	火焰原子吸收分光光度法	GB/T 17138
2	有效态铜	二乙基三胺五乙酸(DTPA)浸提法	NY/T 890
3	总锌	火焰原子吸收分光光度法	GB/T 17138
4	有效态锌	二乙基三胺五乙酸(DTPA)浸提法	NY/T 890
5	总铅	KI-MIBK 萃取火焰原子吸收分光光度法 石墨炉原子吸收分光光度法	GB/T 17140 GB/T 17141

序号	监测项目	监测方法	方法来源
6	总铬	土壤总铬的测定 土壤 总铬的测定 火焰原子吸收分光光度法	NY/T 1121.12 HJ 491
7	总镍	火焰原子吸收分光光度法	GB/T 17139
8	总镉	KI-MIBK 萃取火焰原子吸收分光光度法 石墨炉原子吸收分光光度法	GB/T 17140 GB/T 17141
9	总汞	冷原子吸收分光光度法 原子荧光法	GB/T 22105 NY/T 1121.10
10	总砷	二乙基二硫代氨基甲酸银分光光度法 硼氢化钾-硝酸银分光光度法 土壤质量 总汞、总砷、总铅 原子荧光法	GB/T 17134 GB/T 17135 GB/T 22105
11	pH值	土壤 pH 的测定	NY/T 1377
12	水分	土壤水分测定法 土壤 干物质和水分的测定 重量法	NY/T 52 HJ 613
13	阳离子交换量	石灰性土壤阳离子交换量的测定	NY/T 1121.5
14	水溶性盐	土壤水溶性盐总量的测定	NY/T 1121.16
15	容重	土壤容重的测定	NY/T 1121.4
16	机械组成	土壤机械组成的测定	NY/T 1121.3
17	氯化物	土壤氯离子含量的测定	NY/T 1121.17
18	总氮	土壤全氮测定法(半微量凯氏法)	NY/T 53
19	总磷	土壤全磷测定法	NY/T 88
20	有效磷	石灰性土壤有效磷测定方法	NY/T 148
21	有机质	土壤有机质的测定	NY/T 1121.6
22	氟化物	土壤质量 氟化物的测定 离子选择电极法	GB/T 22104
23	硫酸根离子	土壤硫酸根离子含量的测定	NY/T 1121.18
24	有效态铁	土壤有效态锌、锰、铁、铜含量的测定 二乙基三胺五乙酸(DTPA)浸提法	NY/T 890
25	有效态锰	土壤有效态锌、锰、铁、铜含量的测定 二乙基三胺五乙酸(DTPA)浸提法	NY/T 890
26	有机碳	土壤 有机碳的测定 重铬酸钾氧化-分光光度法	HJ 615
27	挥发性有机物	土壤和沉积物 挥发性有机物的测定 吹扫捕集/ 气相色谱-质谱法	HJ 605
28	最大吸湿量	土壤最大吸湿量的测定	NY/T 1121.21
29	硒	土壤中全硒的测定	NY/T 1104
30	全钾	土壤全钾测定法	GB 9836
31	速效钾	土壤速效钾和缓效钾含量的测定	NY/T 889
32	钙	土壤全量钙、镁、钠的测定	NY/T 296
33	镁	土壤全量钙、镁、钠的测定	NY/T 296
34	钠	土壤全量钙、镁、钠的测定	NY/T 296
35	交换性钙	土壤交换性钙和镁的测定	NY/T 1121.13
36	交换性镁	土壤交换性钙和镁的测定	NY/T 1121.13

序号	监测项目	监测方法	方法来源
37	有效态铁	三乙基三胺五乙酸(DTPA)浸提法	NY/T 890
38	有效态锰	三乙基三胺五乙酸(DTPA)浸提法	NY/T 890
39	有效钼	土壤有效钼的测定	NY/T 1121.9
40	有效硼	土壤有效硼的测定	GB 12298
41	硫酸盐	土壤硫酸根离子含量的测定	NY/T 1121.18
42	有效硫	土壤有效硫的测定	NY/T 1121.14
43	六六六	气相色谱法	GB/T 14550
44	滴滴涕	气相色谱法	GB/T 14550
45	六种多环芳烃	高效液相色谱法	GB 13198
46	稀土总量	分光光度法	GB 6260
47	有效态铅	土壤质量　有效态铅和镉的测定	GB/T 23739
48	有效态镉	土壤质量　有效态铅和镉的测定	GB/T 23739
49	磺酰脲类除草剂	液相色谱-质谱法	NY/T 1616
50	有机磷农药	气相色谱法	GB/T 14552

5.4　实验记录

（1）标准溶液配制表，见附表 A.4。

（2）标准溶液标定原始登记表，见附表 A.5。

（3）标准溶液（稀释）原始记录表，见附表 A.6。

（4）原子荧光分析原始记录表，见附表 A.7。

（5）原子吸收火焰法实验原始记录表，见附表 A.8。

（6）原子吸收石墨炉法实验原始记录表，见附表 A.9。

（7）重量分析原始记录表，见附表 A.10。

（8）容量分析原始记录表，见附表 A.11。

（9）离子计分析原始记录表，见附表 A.12。

（10）pH 值原始记录表，见附表 A.13。

（11）分光光度法测定原始记录表，见附表 A.14。

（12）ICP/MS 实验原始记录表，见附表 A.15。

（13）气相色谱测定有机磷农药残留原始记录表，见附表 A.16-1～表 A.16-4。

（14）液相色谱—荧光法测定氨基甲酸酯类农药残留原始记录表，见附表 A.17-1～表 A.17-4。

（15）气相色谱-质谱联用法测定农药残留原始记录表，见附表 A.18-1～表 A.18-3。

（16）气相色谱测定有机氯及拟除虫菊脂类农药残留原始记录表，见附表 A.19-1～表 A.19-4。

6　农田土壤环境质量监测实验室分析质量控制与质量保证

6.1　实验室内部质量控制

6.1.1　分析质量控制基础实验

6.1.1.1　全程序空白值测定

全程序空白值是指用某一方法测定某物质时，除样品中不含该测定物质外，整个分析过程的全部因素引起的测定信号值或相应浓度值。全程序空白响应值计算公式见式(1)。

$$X_L = \overline{X} + KS \tag{1}$$

式中　X_L——全程序空白响应值；

$\overline{X}$——测定 n 次空白溶液的平均值（$n \geqslant 20$）；

S——n 次空白值的标准偏差，计算公式见式(2)；

K——根据一定置信度确定的系数，一般为 3。

$$S = \sqrt{\dfrac{\sum\limits_{i=1}^{n}(X_i - \overline{X})^2}{m(n-1)}} \tag{2}$$

式中　n——每天测定平行样个数；

m——测定天数。

6.1.1.2　检出限

检出限是指对某一特定的分析方法在给定的置信水平内可以从样品中检测待测物质的最小浓度或最小量。一般将 3 倍空白值的标准偏差（测定次数 $n \geqslant 20$）相对应的质量或浓度称为检出限。

（1）吸收法和荧光法（包括分子吸收法、原子吸收法、荧光法等）　检出限计算公式见式(3)：

$$L = \dfrac{X_L - \overline{X}}{b} = \dfrac{KS}{b} \tag{3}$$

式中　　　　L——检出限；

X_L、$\overline{X}$、K、S——同式(1)；

b——标准曲线的斜率。

（2）色谱法（包括 GC、HPLC）　气相色谱法以最小检出量或最小检出浓度表示。最小检出量系指检测器恰能产生一般为 3 倍噪声的响应信号时，所需进入色谱柱的物质最小量；最小检出浓度系指最小检出量与进样量（体积）之比。

检出限计算公式见式(4)：

$$检出限 = \dfrac{最低响应值}{b} = \dfrac{S}{b} \tag{4}$$

式中　b——标准曲线回归方程中的斜率，响应值/μg 或响应值/ng；

S——仪器噪声的 3 倍，即仪器能辨认的最小的物质信号。

（3）离子选择电极法　以校准曲线的直线部分外延的延长线与通过空白电位平行于浓度轴的直线相交时，其交点所对应的浓度值。

测得的空白值计算出的 L 值不应大于分析方法规定的检出限，如大于方法规定值时，必须找出原因降低空白值，重新测定计算直至合格。

6.1.2　校准曲线的绘制、检查与使用

6.1.2.1　校准曲线的绘制

按分析方法的步骤，设置 6 个以上标准系列浓度点，各浓度点的测定信号值减去零浓度点的测量信号值，经回归方程计算后绘制校正曲线。校准曲线的相关系数接近或达到 0.999（根据测定成分浓度、使用的方法等确定）。

6.1.2.2　校准曲线的检查

当校准曲线的相关系数 $r<0.990$，应对校准曲线各点测定值进行检验，或重新测定，当 r 接近或达到 0.999 时即符合要求。

6.1.2.3 校准曲线的使用

校准曲线不合格不能使用；使用时不得随意超出标准系列浓度范围；不得长期使用。

6.1.3 精密度控制

6.1.3.1 测定率

凡可以进行平行双样分析的项目，每批样品每个项目分析时均须做 10％～15％平行样品，5 个样品以下，应增加到 50％以上。

6.1.3.2 测定方式

由分析者自行编入的明码平行样；或由质控员在采样现场或实验室编入的密码平行样。二者等效，不必重复。

6.1.3.3 合格要求

平行双样测定结果的误差在允许误差范围之内者为合格。允许误差范围见表 2。对未列出允许误差的方法，当样品的均匀和稳定性较好时，参考表 3 的规定。当平行双样测定全部不合格时，重新进行平行双样的测定；平行双样测定合格率<95％时，除对不合格者重新测定外，再增加 10％～20％的测定率，如果累进，直至总合格率≥95％。

表 2 土壤监测平行双样测定值的精密度和准确度允许误差

监测项目	样品含量范围/(mg/kg)	精密度		准确度			适用的分析方法
		室内相对偏差/%	室间相对偏差/%	加标回收率/%	室内相对误差/%	室间相对误差/%	
镉	<0.1	±30	±40	75~110	±30	±40	石墨炉原子吸收光谱法、电感耦合等离子体质谱法(ICP-MS)
	0.1~0.4	±20	±30	85~110	±20	±30	
	>0.4	±10	±20	90~105	±10	±20	
汞	<0.1	±20	±30	75~110	±20	±30	冷原子吸收法、氢化物发生-原子荧光光谱法、ICP-MS 法
	0.1~0.4	±15	±20	85~110	±15	±20	
	>0.4	±10	±15	90~105	±10	±15	
砷	<10	±15	±20	85~105	±15	±20	氢化物发生-原子荧光光谱法、分光光度法、ICP-MS 法
	10~20	±10	±15	90~105	±10	±15	
	20~100	±5		90~105	±5	±10	
	>100	±5	±10				
铜	<20	±10	±15	85~105	±10	±15	火焰原子吸收光谱法、ICP-MS 法、电感耦合等离子体原子发射光谱法(ICP-AES)
	20~30	±10	±15	90~105	±10	±15	
	>30	±10	±15	90~105	±10	±15	
铅	<20	±20	±20	80~110	±20	±30	原子吸收光谱法(火焰或石墨炉法)、ICP-MS 法、ICP-AES 法
	20~40	±10	±20	85~110	±10	±20	
	>0.4	±5	±15	90~105	±5	±15	
铬	<50	±15	±20	85~110	±15	±20	原子吸收光谱法
	50~90	±10	±15	85~105	±10	±15	
	>90	±5	±10	90~105	±5	±10	
锌	<50	±10	±15	85~110	±10	±15	火焰原子吸收光谱法、ICP-MS 法、ICP-AES 法
	50~90	±10	±15	90~105	±10	±15	
	>90	±5	±10	90~105	±5	±10	
镍	<20	±15	±20	80~110	±15	±20	火焰原子吸收法谱法、ICP-MS 法、ICP-AES 法
	20~40	±10	±15	85~110	±10	±15	
	>40	±5	±10	90~105	±5	10	

表 3 土壤监测平行双样最大允许相对偏差

元素含量范围/(mg/kg)	最大允许相对偏差/%	元素含量范围/(mg/kg)	最大允许相对偏差/%
>100	±5	0.1～1.0	±25
10～100	±10	<0.1	±30
1.0～10	±20		

6.1.4 准确度控制

6.1.4.1 使用标准物质和质控样品

例行分析中，每批要带测质控平行双样，在测定的精密度合格的前提下，质控样测定值必须落在质控样保证值（在 95％的置信水平）范围之内，否则本批结果无效，需重新分析测定。

6.1.4.2 加标回收率的测定

当选测的项目无标准物质或质控样品时，可用加标回收实验来检查测定准确度。

（1）加标率 在一批试样中，随机抽取 10％～20％试样进行加标回收测定。样品数不足 10 个时，适当增加加标比率。每批同类型试样中，加标试样至少 1 个。

（2）加标量 加标量视被测组分含量而定，含量高的加入被测组分含量的 0.5～1.0 倍，含量低的加 2～3 倍，但加标后被测组分的总量不得超出方法的测定上限。加标浓度宜高，体积应小，不应超过原试样体积的 1％。

（3）合格要求 加标回收率应在加标回收率允许范围之内。加标回收率允许范围见表 2。当加标回收合格率小于 70％时，对不合格者重新进行回收率的测定，并另增加 10％～20％的试样作加标回收率测定，直至总合格率大于或等于 70％。

6.1.5 质量控制图

（1）必测项目应作准确度质控图，用质控样的保证值 X 与标准偏差 S，在 95％的置信水平，以 X 作为中心线、$X±2S$ 作为上下警告线、$X±3S$ 作为上下控制线的基本数据，绘制准确度质控图，用于分析质量的自控。

（2）每批所带质控样的测定值落在中心附近、上下警告线之内，则表示分析正常，此批样品测定结果可靠；如果测定值落在上下控制线之外，表示分析失控，测定结果不可信，检查原因，纠正后重新测定；如果测定值落在上下警告线和上下控制线之间，虽分析结果可接受，但有失控倾向，应予以注意。如果测定值落在中心附近、上下警告线之内，但落在中心线一侧，表示有系统误差，应予以检查原因，进行调整。

6.1.6 监测数据异常时的质量控制

（1）首先检查实验室检测质量，对实验的准确度、精密度等进行检查，证实实验室工作质量可靠后，进行前一步的工作检查，若有疑问则需重新检测；

（2）检查样品制备工作质量，对样品的整个制备过程进行详细检查，看是否会发生污染，证实工作的可靠后，可再进行前一步的检查，若有疑问则需重新进行样品制备；

（3）查看该采样点以前监测记录，若与该样点以前的数据相吻合，则可确认此次检测结果的可靠性，否则需重新采样监测。

（4）用 GPS 定位仪及现场标记，按照原方法再次进行采样，检测结果与前次测定结果进行对比，若结果吻合，则证实超标点位的测试结果可靠性。

6.2 实验室间的质量控制

在多个试验室参加协作项目监测时，为确保实验室检测能力和水平，保证出具数据的可靠性和可比性，应对实验室间进行比对和能力验证，具体可采用以下六步质量控制法。

6.2.1　技术培训：包括采样方法、分析方法、数据处理方法和报告格式。

6.2.2　现场考核：包括仪器性能指标考核、人员操作考核、盲样考核、报告格式及内容考核。

6.2.3　加标质控：全部样品加平行密码质控样，跟踪质控。

6.2.4　中期抽查：实验中期对数据进行抽检，发现不符合要求的，及时进行纠正。

6.2.5　抽检互检：对实验样品进行抽检与互检，以保证检测结果的可信性、可比性。

6.2.6　最终审核：对全部数据进行汇总、审核，确保工作质量。

7　农田土壤环境质量监测数理统计

7.1　实验室分析结果数据处理

7.1.1　几个基本统计量

7.1.1.1　平均值（算术）计算公式见式(5)：

$$\overline{X} = \frac{\sum_{i=1}^{n} X_i}{n} \tag{5}$$

式中　$\overline{X}$——n 次重复测定结果的算术平均值；

　　　n——重复测定次数；

　　　X_i——n 次测定中第 i 个测定值。

7.1.1.2　中位值计算公式见式(6)、式(7)：

$$中位值 = \frac{第\frac{n}{2}个数的值 + 第\left(\frac{n}{2}+1\right)个数的值}{2} \quad (n 为偶数时) \tag{6}$$

$$中位值 = 第\frac{n+1}{2}个数的值 \quad (n 为奇数时) \tag{7}$$

7.1.1.3　范围偏差（R）也称极差，计算公式见式(8)：

$$R = 最大数值 - 最小数值 \tag{8}$$

7.1.1.4　平均偏差（$\overline{d}$）计算公式见式(9)：

$$\overline{d} = \frac{1}{n} \sum_{i=1}^{n} |X_i - \overline{X}| \tag{9}$$

式中　X_i——某一测量值；

　　　$\overline{X}$——多次测量值的均值。

7.1.1.5　相对平均偏差计算公式见式(10)：

$$相对平均偏差 = \frac{\overline{d}}{\overline{X}} \times 100\% \tag{10}$$

7.1.1.6　标准偏差

(1) 实验室内平行性精密度，此时标准偏差 S 计算公式见式(11)：

$$S = \sqrt{\frac{\sum_{i=1}^{n} (X_i - \overline{X})^2}{n-1}} \tag{11}$$

式中　S——实验室内标准偏差（平等精密度）；

X_i——第 i 个样品的测定值；

$\overline{X}$——n 个样品测定结果的平均值。

(2) 实验室内的重复性精密度或多次测量的精密度，此时标准偏差 S_r 计算公式见式(12)：

$$S_r = \sqrt{\dfrac{\sum\limits_{j=1}^{m}\sum\limits_{i=1}^{n}(X_{ij}-\overline{X})^2}{m(n-1)}} \text{ 或 } S_r = \sqrt{\dfrac{\sum\limits_{j=1}^{m}S_j^2}{m}} \tag{12}$$

式中 S_r——实验室内重复性标准偏差（重复性精密度）；

m——重复测量次数；

X_{ij}——第 j 次重复测第 i 个样品的测量值。

其余 n，$\overline{X}$ 与前相同。

(3) 各实验室平均值的标准偏差，用 $S_{\overline{X}_j}$ 表示，计算公式见式(13)：

$$S_{\overline{X}_j} = \sqrt{\dfrac{\sum\limits_{j=1}^{p}(\overline{X}_j-\overline{X})^2}{p-1}} \tag{13}$$

式中 $S_{\overline{X}_j}$——实验室间平均值的标准偏差；

$\overline{X}_j$——第 j 个实验室的平均值；

$\overline{X}$——所有实验室测量结果的总平均值；

p——实验室个数。

(4) 实验室间的重现性精密度，标准偏差用 S_R 表示，计算公式见式(14)：

$$S_R = \sqrt{S_{\overline{X}_j}^2 + S_r^2 \times \dfrac{n-1}{n}} \tag{14}$$

式中 S_R——实验室间重复性精密度；

$S_{\overline{X}_j}^2$——实验室间平均值标准偏差的平方；

S_r^2——实验室内重复性标准偏差的平方。

根据监测对精密度的要求选择相应的计算公式。

7.1.1.7 相对标准偏差 RSD 计算公式见式(15)：

$$RSD = \dfrac{S}{\overline{X}} \times 100\% \tag{15}$$

7.1.1.8 误差计算公式见式(16)：

$$误差 = 测定值 - 真值 \tag{16}$$

7.1.1.9 相对误差计算公式见式(17)：

$$相对误差 = \dfrac{测定值 - 真值}{真值} \times 100\% \tag{17}$$

7.1.1.10 方差（S^2）计算公式见式(18)：

$$S^2 = \dfrac{\sum\limits_{i=1}^{n}(X_i-\overline{X})^2}{n-1} \tag{18}$$

7.1.2 有效数字的计算修约规则

按 GB 8170 执行。

7.1.3 可疑数据的取舍

由于非标准布点采样，或由运输、储存、分析的失误所造成的离群数据和可疑数据，无须检验就应剔除。在确认没有失误的情况下，应用 Grubbs、Dixon 法检验剔除。

7.2 监测结果的表示

（1）平行样的测定结果用平均值表示；

（2）一组测定数据用 Grubbs、Dixon 法检验剔除离群值后以平均值报出；

（3）低于分析方法检出限的测定值按"未检出"报出，但应注明检出限，参加统计时按二分之一检出限计算，但在计算检出限时，按未检出统计。

7.3 监测数据录入的位数

（1）表示分析结果的有效数字一般保留 3 位，但不能超过方法检出限的有效数字位数；

（2）表示分析结果精密度的数据，只取一位有效数字，当测定次数很多时，最多只取两位有效数字。

7.4 监测结果统计

样品测定完后，要进行登记统计，农田土壤环境质量监测结果报表，见附表 A.20；农田土壤环境质量监测结果统计表，见附表 A.21。

8 农田土壤环境质量监测结果评价

首先根据不同的监测目的，选择适当的评价依据及评价方法，对监测点位进行评价；在此基础上对整个监测区域土壤环境质量状况做出评价，包括：计算出不同环境质量土壤的面积（或产量）、不同污染物的分担率等，并最终得出监测区域土壤环境质量划分等级，以便合理利用。

8.1 评价依据

8.1.1 累积性评价：以当地同一种类土壤背景值或对照点测定值为累积性评价指标值。

8.1.2 适宜性评价：以同一种土壤类型，同一作物种类，同一污染物有效态安全临界值作为适宜性评价指标值。对目前尚无临界值的污染物，可通过土壤中的污染物对其上种植的农产品产量和安全质量构成的威胁程度做出判定。

8.2 评价方法

8.2.1 累积性评价：比较单一污染物累积程度，用单项累积指数法；比较多种污染物综合累积程度用综合累积指数法。具体按照《耕地土壤重金属污染评价技术规程》3.1执行。

累积指数等级划分见《耕地土壤重金属污染评价技术规程》3.1.5 表 1 和表 2。

8.2.2 适宜性评价：根据种植农作物对土壤中污染物的适宜性评价指数，以及土壤中污染物对农产品产量和安全质量构成的威胁程度，做出适宜性判定。具体按照《耕地土壤重金属污染评价技术规程》3.2.5 表 3 执行。

8.3 评价方法的选择

8.3.1 区域背景监测

用累积性评价方法。

8.3.2 土壤污染普查监测

以累积性评价方法为主，在污染严重、累积指数较高的区域，仍必须做适宜性评价。

8.3.3 产地安全质量划分

用适宜性评价方法。

17

8.3.4　土壤污染事故调查

根据具体要求进行。一般首先用累积性评价，在污染严重，怀疑可能对农产品产量和安全质量造成危害的区域，仍需用适宜性评价。

8.3.5　农田土壤定点监测

用累积性评价方法。

8.4　各类参数计算方法

（1）土壤中污染物单项累积指数：见《耕地土壤重金属污染评价技术规程》3.1公式（1）。

（2）土壤中污染物综合累积指数：见《耕地土壤重金属污染评价技术规程》3.1公式（2）。

（3）土壤中污染物适宜性评价指数：见《耕地土壤重金属污染评价技术规程》3.2公式（3）。

（4）农产品超标率：见《耕地土壤重金属污染评价技术规程》3.2公式（4）。

（5）土壤样本超标率：土壤中污染物适宜性评价指数大于1的样本数/土壤总样本数。

（6）土壤面积超标率：土壤中污染物适宜性评价指数大于1的样本代表面积/土壤监测总面积。

（7）土壤累积性污染分担率：土壤某项累积性污染指数/土壤中各项累积性污染指数之和。

（8）土壤适宜性污染分担率：土壤某项污染物适宜性评价指数/土壤中各项污染物适宜性评价指数之和。

（9）土壤（不同）累积程度污染区域计算：分别用土壤监测点位不同累积性评价结果（包括：单项累积指数和综合累积指数）乘以监测点代表面积（或产量），计算出不同累积程度的区域面积（或产量）。

（10）土壤（不同）安全质量区域计算：用土壤环境质量适宜性等级划分结果乘以监测点代表面积（或产量），计算出不同土壤环境质量等级的面积（或产量）。

8.5　农田土壤环境质量适宜性等级划分，按照《耕地土壤重金属污染评价技术规程》3.3表4和《农产品产地安全质量适宜性评价技术规范》8执行。

9　资料整编

9.1　监测的目的和意义及监测背景

9.2　资料的收集及监测区域的描述

包括监测区的自然环境（地形地貌、气候、土壤、地质、水文等），自然资源条件（光热资源、水资源、生物资源等），基础设施条件，土地利用方式，土地利用总体规划，污染源分布及污染物排放情况，人文社会条件等。

9.3　布点采样方法的选择及解释

9.4　样品保存运输

9.5　监测项目及分析测试方法

9.6　监测结果统计及评价

9.7　结果分析及环境质量评价

9.8　产地安全质量评价图及评价表

9.8.1　图件的分类

可分为点位分布图、点位环境质量评价图、监测区单元素环境质量评价图及多元素综合环境质量评价图及环境质量趋势分析图等，具体图件名称及图件数量可视监测任务及监测点位多少而定。

9.8.2 图件必须注明编制方法及评价标准。

9.8.3 图件基础要素

包括居民地、河流及水库、等高线、公路及铁路、区域内污染源、监测区界线、国界、省界及县界、比例尺、指北针等。各种要素在图上标注的详细程度视图件比例尺大小而定。一般的基础图件比例尺越大，则标注的要素应越详细。省级的土壤环境质量调查基础底图比例尺应不小于1:25万，县级土壤环境质量调查基础底图比例尺应不小于1:5万。

9.8.4 如监测点位较少或监测区面积较小，可只制作点位环境质量评价图。

10 建立数据库

将各监测区域的取样点位、监测任务来源、相关污染源、污染历史、代表面积、监测数据、评价结果等导入数据库存档。

表 A.1 土壤及农副产品采样记录单

采样日期　　年　　月　　日　天气　　　　　　　　　　　　　　共　　页第　　页

项目名称			受检单位			
采样地点			经度		纬度	
土壤采样	土样编号		农副产品采样			
	采土浓度		样品名称			
	土壤类型		样品编号			
	成土母质		采样部位			
	地形地貌		主要农产品种类、播种面积、产量、所处生长期、生长情况等			
	地下水位					
	地力水平					
	耕作制度					
灌溉水源、方式、灌水时间用水量等			废水、废气、废渣污染历史及现状			
施用化肥、农药及其他化学品情况			农用固体废弃物污染			
现场采样记录			采样点位示意图			

校对人_____　　　记录人_____　　　采样人_____

19

表 A.2 土壤（固体废弃物）样品登记表　　　共　　页第　　页

样品编号	样品名称	采样深度	土壤类型	采样地点	采样时间	待测项目	备注

收样人＿＿＿＿＿　　　送样人＿＿＿＿＿　　　采样人＿＿＿＿＿
收样时间：　　　　　　送样时间：　　　　　　采样时间：

样品编号	样品名称	采样部位	采样地点	采样时间	待测项目	备注

收样人_____　　　送样人_____　　　采样人_____

收样时间：　　　　　　送样时间：　　　　　　采样时间：

表 A.4 标准溶液配制记录

标准溶液名称：　　　　　　　　　　标准溶液编号：　　　　　　　　　　第　　页

标准样品/ 储备液编号	标准样品/ 储备液名称	标准样品/ 储备液浓度(mg/L)	用量(mL)	定容体积(mL)	最终浓度(mg/L)

配制溶剂			溶剂等级	
温度(℃)			湿度(%)	
配制人			校核人	
配制时间			有效期	
备注				

表 A.5　标准溶液标定原始记录　　　　　　　　第　　页

| 被标液名称 | | 基准物(液)名称 | | 天平编号 | | 方法依据 | | | |
| 浓度(mol/L) | | 浓度 C_s(mol/L) | | 滴定管编号 | | 标定日期 | | 室温(℃) | |
重复号		1	2	3	4	空白 V_0	1	2	3	4	空白 V_0
基准物质量 m(g)/ 标准液取用量 V_s(mL)											
被标液消耗量 V(mL)											
被标液浓度(mol/L)											
平均值(mol/L)											
相对极差(%)(≤0.2%)											
两人结果相对极差(%)											
计算公式						最终确定浓度(mol/L)					
备注											

审核人:　　　　　　　　复标人:　　　　　　　　标定人:

表 A.6 标准溶液配制（稀释）原始记录

配制日期：　　年　月　日　　　　　　　　　　　　　　第　　页共　　页

标准溶液或基准物质名称		浓（纯）度（ ）		等级	
分子式		生产或研制单位		生产日期	
分子量		批（编）号		有效期	
简要配制操作过程				配制方法依据	
计算公式				温度	
				湿度	

原始标准或基准物质		折合目标元素		加入溶剂种类	定容体积（mL）	新配标液浓度（ ）	备注
名称	取用量（ ）		折纯量（ ）				

室主任＿＿＿＿＿＿　　校核人＿＿＿＿＿＿　　　配制人＿＿＿＿＿＿

24

表 A.7 原子荧光分析原始记录

分析日期　　年　月　日　　　　　　　　　　　　　　　　　　共　页第　页

样品名称			分析项目		方法依据	
仪器名称及编号						
测样地点			室温(℃)		湿度(%)	
还原剂			负高压(V)		灯电流(mA)	
屏蔽气流量(mL/min)		载气流量(mL/min)			加热温度(℃)	
标准曲线	浓度 $C(\mu g/L)$					
	荧光强度(I)					
	回归方程				相关系数	
计算公式				备注		
前处理及定容分取简要过程						

分析质量控制审核	校准曲线 合格□ 不合格□	准确度 合格□ 不合格□	精密度 合格□ 不合格□

样品编号	分析编号	取样量 (mL)	定容体积 (mL)	分取倍数	扣除空白 荧光值	样品含量 (mg/L)	平均值 (mg/L)	相对 标准差%
备注								

室主任　　　　　　　　　　校核者　　　　　　　　　　分析者
　年　月　日　　　　　　　　　年　月　日　　　　　　　　年　月　日

25

表 A.8 原子吸收火焰法实验原始记录

分析日期　　年　　月　　日　　　　　　　　　　　　　　　　共　　页第　　页

样品名称		分析项目		方法依据	
仪器名称					

仪器条件	波长(nm)			环境条件	检测地点	
	狭缝(nm)				室温(℃)	
	灯电流(mA)				湿度(%)	
	火焰类型	空气/乙炔				

前处理步骤简述	

标准曲线信息	浓度 C(μg/L)			
	吸光度 A(Abs)			
	回归方程		相关系数	

计算公式	$\omega = C \times V / m$	备注	

样品编号	分析编号	取样量 m（　）	定容体积 V(mL)	稀释倍数 D	吸光度 (Abs)	测定浓度 $C_0 \times D$ (mg/L)	扣除空白浓度 C (mg/L)	样品含量 ω（　）	平均值 （　）	相对偏差(%)
备注										

室主任　　　　　　　　　　　校核者　　　　　　　　　　　分析者
　　年　月　日　　　　　　　　年　月　日　　　　　　　　年　月　日

26

表 A.9 原子吸收石墨炉实验原始记录

分析日期　　年　月　日　　　　　　　　　　　　　　　　　　　　共　页第　页

样品名称		分析项目		方法依据	
仪器名称					

仪器条件	波长(nm)		环境条件	检测地点	
	狭缝(nm)				
	灰化温度(℃)				
	原子化温度(℃)			室温(℃)	
	灯电流(mA)			湿度(%)	

前处理步骤简述	

标准曲线信息	浓度 C(mg/L)				
	吸光度 A(Abs)				
	回归方程			相关系数	

计算公式		$\omega = C \times V/m$	备注	

样品编号	分析编号	取样量 m（　）	定容体积 V(mL)	稀释倍数 D	吸光度 (Abs)	测定浓度 $C_0 \times D$ (μg/L)	扣除空白浓度 C (μg/L)	样品含量 ω（　）	平均值 （　）	相对偏差(%)

备注	

室主任　　　　　　　　　　校核者　　　　　　　　　　分析者

　　年　月　日　　　　　　　　年　月　日　　　　　　　　年　月　日

表 A. 10　重量分析原始记录

分析日期　　年　月　日　　　　　　　　　　　　　　　　　　　共　　页第　　页

样品名称			分析项目		
测试地点			温、湿度		
计算方式			方法依据		

样品编号	分析编号	取样量（　）	重量（　）		样品重（　）	样品含量（　）	平均值（　）	备注
			载体	载体＋样品				

室主任：　　　　　　　　　　校核人：　　　　　　　　　　检测人：

　　年　月　日　　　　　　　　　年　月　日　　　　　　　　　年　月　日

表 A.11 容量分析原始记录

分析日期　　年　　月　　日　　　　　　　　　　　　　　　　　　共　　页第　　页

样品名称						分析项目			
测试地点						温、湿度			
标准溶液名称及浓度									
计算公式						方法依据			

样品编号	分析编号	取样量（ ）	标液用量（ ）			扣除空白	样品含量（ ）	平均值	备注
			初读数	终读数	消耗量				
分析质量控制审核		校准曲线 合格□ 不合格□	准确度 合格□ 不合格□		精密度 合格□ 不合格□		审核意见		

室主任：　　　　　　　　　　校核人：　　　　　　　　　　检测人：

　　年　月　日　　　　　　　　　年　月　日　　　　　　　　　年　月　日

29

表 A. 12　离子（酸度）计分析原始记录

分析日期　　年　月　日　　　　　　　　　　　　　　　　　　　　　共　　页第　　页

样品名称		分析项目		方法依据	
缓冲液		仪器名称		仪器编号	
测试地点		电极型号		温、湿度	
标准曲线			回归方程	
			相关系数	
计算公式			备注	

样品编号	分析编号	取样量（　）	定容体积（　）	测定值（　）	测定浓度（　）	扣除空白（　）	样品含量（　）	平均值（　）	备注
分析质量控制审核		校准曲线 合格□ 不合格□		准确度 合格□ 不合格□		精密度 合格□ 不合格□		审核意见	

室主任：　　　　　　　　　　校核人：　　　　　　　　　　　检测人：

　　年　月　日　　　　　　　　　　年　月　日　　　　　　　　　年　月　日

30

分析日期　　年　月　日　　　　　　　　　　　　　　　　　　共　页第　页

样品名称			方法依据	
仪器名称			仪器编号	
电极型号			温度、湿度	
标准缓冲溶液			斜率	
测试地点			备注	

样品编号	取样量( )	加水体积( )	pH 值		平均值	备注
			1次	2次		

室主任：　　　　　　　　　校核人：　　　　　　　　　检测人：

　　年　月　日　　　　　　　　年　月　日　　　　　　　　年　月　日

表 A.14 分光光度法测定原始记录

分析日期　　年　月　日　　　　　　　　　　　　　　　　　共　　　页第　　页

样品名称		分析项目		方法依据	
仪器名称		仪器编号		温、湿度	
参比液		比色皿	cm	测定波长	nm
标准曲线			回归方程		
			相关系数		
计算公式			分析地点		

样品编号	分析编号	取样量 （　）	定容体积 （　）	吸光度 （　）	扣除空白 （　）	测定浓度 （　）	样品含量 （　）	平均值 （　）	备注
分析质量 控制审核		校准曲线 合格□ 不合格□		准确度 合格□ 不合格□		精密度 合格□ 不合格□		审核意见	

室主任：　　　　　　　　　校核人：　　　　　　　　　检测人：
　　年　月　日　　　　　　　　年　月　日　　　　　　　　年　月　日

表 A.15 ICP-MS实验原始记录

分析日期　　年　月　日　　　　　　　　　　　　　　　　　　共　　页第　　页

样品名称			方法依据	
仪器名称			仪器编号	
温、湿度			测试地点	
仪器条件信息	发射功率	W	采样深度	mm
	载气流量	L/min	进样泵速	0.1 r/s
分析项目元素			元素对应内标	

标准曲线信息	浓度 $X(\mu g/L)$		
	信号值 $Y(Ratio)$		
	回归方程		相关系数

样品前处理方法概述	

样品编号	分析编号	取样质量（g）	定容体积（mL）	稀释倍数	测定浓度（ ）	样品含量（ ）	平均值（ ）	相对偏差（%）

室主任：　　　　　　　　　校核人：　　　　　　　　　检测人：

　　年　月　日　　　　　　　年　月　日　　　　　　　年　月　日

表 A.16-1　气相色谱法测定有机磷类农药残留原始记录（一）

仪器条件 共　　页，第　　页

样品名称				检测日期		
检测地点		室温(℃)		湿度(%)		
仪器名称编号						
色谱柱				检测依据		
检测器				升温速率 (℃/min)	达到温度 (℃)	保持时间 (min)
进样口温度		柱室温度	初始温度			
检测器温度			1			
定量方式			2			
载气 N_2(mL/min)			3			
燃气 H_2 (mL/min)		助燃气 Air (mL/min)		提取液体积 V_1 (mL)		
进样方式		分流比		分取体积 V_2 (mL)		
定容体积 V_3 (mL)		样品进样 体积 V_4(μL)		标样进样体积 V_5(μL)		
前处理步骤 概述						
计算公式	$$\omega = \frac{C \times V_1 \times V_3 \times V_5 \times A}{m \times V_2 \times V_4 \times A_s}$$					
检测项目						
检测结果						
备注						

室主任：　　　　　　　　　　校核人：　　　　　　　　　　检测人：

　　年 月 日　　　　　　　　　年 月 日　　　　　　　　　年 月 日

表 A. 16-2 气相色谱法测定有机磷类农药残留原始记录（二）

标准样品 共 页，第 页

标准溶液原始记录							
标样谱图 号				标样谱图 号			
组分	质量浓度 C (mg/L)	保留时间 RT(min)	峰面积 A_s	组分	质量浓度 C (mg/L)	保留时间 RT(min)	峰面积 A_s
备注							

标准溶液原始记录							
标样谱图 号				标样谱图 号			
组分	质量浓度 C (mg/L)	保留时间 RT(min)	峰面积 A_s	组分	质量浓度 C (mg/L)	保留时间 RT(min)	峰面积 A_s
备注							

室主任： 校核人： 检测人：
　　年 月 日 　　年 月 日 　　年 月 日

表 A.16-3　气相色谱法测定有机磷类农药残留原始记录（三）

检测样品　　　　　　　　　　　　　　　　　　　　　　　　共　　页，第　　页

	样品名称			
	样品编号			
	称样量 m(g)			
	计算使用标样谱图编号			
	保留时间(min)			
	样品峰面积 A			
	测定含量 ω(mg/kg)			
	平均值(mg/kg)			
	相对相差(%)			
	保留时间(min)			
	样品峰面积 A			
	测定含量 ω(mg/kg)			
	平均值(mg/kg)			
	相对相差(%)			
	保留时间(min)			
	样品峰面积 A			
	测定含量 ω(mg/kg)			
	平均值(mg/kg)			
	相对相差(%)			
	保留时间(min)			
	样品峰面积 A			
	测定含量 ω(mg/kg)			
	平均值(mg/kg)			
	相对相差(%)			
	保留时间(min)			
	样品峰面积 A			
	测定含量 ω(mg/kg)			
	平均值(mg/kg)			
	相对相差(%)			
	保留时间(min)			
	样品峰面积 A			
	测定含量 ω(mg/kg)			
	平均值(mg/kg)			
	相对相差(%)			
备注	环境条件、仪器条件、前处理步骤概述和计算公式见标准样品表。 计算公式中 A_s 为上述两个计算使用标样峰面积的平均值。			

室主任：　　　　　　　　　　　校核人：　　　　　　　　　检测人：
　　年　月　日　　　　　　　　　年　月　日　　　　　　　年　月　日

表 A. 16-4 气相色谱法测定有机磷类农药残留原始记录（四）

质控样品 共 页，第 页

基质名称或基质样品编号			称量样 m(g)			
质控样品编号						
计算使用标样谱图编号						
组分						
添加标样浓度 C_T(mg/L)						
添加体积 V_6(mL)						
质控添加浓度(mg/kg)						
样品空白峰面积 A_{CK}						
保留时间(min)						
峰面积 A_{ZK}						
测定含量 ω(mg/kg)						
回收率 R(%)						
平均值(%)						
相对相差(%)						
组分						
添加标样浓度 C_T(mg/L)						
添加体积 V_6(mL)						
质控添加浓度(mg/kg)						
样品空白峰面积 A_{CK}						
保留时间(min)						
峰面积 A_{ZK}						
测定含量 ω(mg/kg)						
回收率 R(%)						
平均值(%)						
相对相差(%)						
组分						
添加标样浓度 C_T(mg/L)						
添加体积 V_6(mL)						
质控添加浓度(mg/kg)						
样品空白峰面积 A_{CK}						
保留时间(min)						
峰面积 A_{ZK}						
测定含量 ω(mg/kg)						
回收率 R(%)						
平均值(%)						
相对相差(%)						
备注	环境条件、仪器条件、前处理步骤概述见标准样品表。计算公式如下： $R=\dfrac{C \times V_1 \times V_3 \times V_5 \times (A_{ZK}-A_{CK})}{C_T \times m \times V_2 \times V_4 \times V_6 \times A_s} \times 100\%$，相对相差 $=\dfrac{|\omega_1-\omega_2|}{(\omega_1+\omega_2)\div 2} \times 100\%$ 允许相对相差：≤15%					

室主任： 校核人： 检测人：

年 月 日 年 月 日 年 月 日

表 A. 17-1 液相色谱——荧光法测定氨基甲酸酯类农药残留原始记录（一）

仪器条件 　　　　　　　　　　　　　　　　　　共 　　页，第 　　页

样品名称				检测日期		
检测地点		室温(℃)		湿度(%)		
仪器名称编号				检测依据		
色谱柱				检测器		
检测波长(nm)				柱室温度		℃
反应室温度	℃		时间(min)	流动相		流速 (mL/min)
定量方式				水(%)	甲醇(%)	
NaOH 溶液流速(mL/min)		流动相及流速				
OPA 试剂流速(mL/min)						
提取液体积 V_1(mL)						
分取体积 V_2(mL)						
定容体积 V_3(mL)		样品进样体积 V_4(μL)		标样进样体积 V_5(μL)		
前处理步骤概述						
计算公式	$$\omega=\dfrac{C\times V_1\times V_3\times V_5\times A}{m\times V_2\times V_4\times A_s}$$					
检测项目						
检测结果						
备注						

室主任： 　　　　　　　校核人： 　　　　　　　检测人：

年 月 日 年 月 日 年 月 日

检测样品

样品名称			
样品编号			
称样量 m(g)			
计算使用标样谱图编号			
保留时间(min)			
样品峰面积 A			
测定含量 ω(mg/kg)			
平均值(mg/kg)			
相对相差(%)			
保留时间(min)			
样品峰面积 A			
测定含量 ω(mg/kg)			
平均值(mg/kg)			
相对相差(%)			
保留时间(min)			
样品峰面积 A			
测定含量 ω(mg/kg)			
平均值(mg/kg)			
相对相差(%)			
保留时间(min)			
样品峰面积 A			
测定含量 ω(mg/kg)			
平均值(mg/kg)			
相对相差(%)			
保留时间(min)			
样品峰面积 A			
测定含量 ω(mg/kg)			
平均值(mg/kg)			
相对相差(%)			
保留时间(min)			
样品峰面积 A			
测定含量 ω(mg/kg)			
平均值(mg/kg)			
相对相差(%)			
备注	环境条件、仪器条件、前处理步骤概述和计算公式见标准样品表。 计算公式中 A_s 为上述两个计算使用标样峰面积的平均值。		

室主任：　　　　　　　　　　校核人：　　　　　　　　　　检测人：

　　年　月　日　　　　　　　　年　月　日　　　　　　　　年　月　日

表 A.17-3　液相色谱——荧光法测定氨基甲酸酯类农药残留原始记录（三）

标准样品　　　　　　　　　　　　　　　　　　　　　　　　　共　　页，第　　页

标准溶液原始记录							
标样谱图		号		标样谱图		号	
组分	质量浓度 C（mg/L）	保留时间 RT(min)	峰面积 A_s	组分	质量浓度 C（mg/L）	保留时间 RT(min)	峰面积 A_s
备注							

标准溶液原始记录							
标样谱图		号		标样谱图		号	
组分	质量浓度 C（mg/L）	保留时间 RT(min)	峰面积 A_s	组分	质量浓度 C（mg/L）	保留时间 RT(min)	峰面积 A_s
备注							

标准溶液原始记录							
标样谱图		号		标样谱图		号	
组分	质量浓度 C（mg/L）	保留时间 RT(min)	峰面积 A_s	组分	质量浓度 C（mg/L）	保留时间 RT(min)	峰面积 A_s
备注							

室主任：　　　　　　　　　　校核人：　　　　　　　　　　检测人：

　　年 月 日　　　　　　　　年 月 日　　　　　　　　年 月 日

表 A.17-4　液相色谱——荧光法测定氨基甲酸酯类农药残留原始记录（四）

质控样品　　　　　　　　　　　　　　　　　　　　　　　　　共　　页，第　　页

基质名称或基质样品编号			称量样 m(g)		
质控样品编号					
计算使用标样谱图编号					
组分					
添加标样浓度 C_T(mg/L)					
添加体积 V_6(mL)					
质控添加浓度(mg/kg)					
样品空白峰面积 A_{CK}					
保留时间(min)					
峰面积 A_{ZK}					
测定含量 ω(mg/kg)					
回收率 R(%)					
平均值(%)					
相对相差(%)					
组分					
添加标样浓度 C_T(mg/L)					
添加体积 V_6(mL)					
质控添加浓度(mg/kg)					
样品空白峰面积 A_{CK}					
保留时间(min)					
峰面积 A_{ZK}					
测定含量 ω(mg/kg)					
回收率 R(%)					
平均值(%)					
相对相差(%)					
组分					
添加标样浓度 C_T(mg/L)					
添加体积 V_6(mL)					
质控添加浓度(mg/kg)					
样品空白峰面积 A_{CK}					
保留时间(min)					
峰面积 A_{ZK}					
测定含量 ω(mg/kg)					
回收率 R(%)					
平均值(%)					
相对相差(%)					
备注					

室主任：　　　　　　　　　　校核人：　　　　　　　　　　检测人：

　　年　月　日　　　　　　　　年　月　日　　　　　　　　年　月　日

表 A.18-1 气相色谱-质谱联用法测定农药残留原始记录（一）

仪器条件 共 页，第 页

样品名称			检测日期		
检测地点		室温（℃）	湿度（%）		
仪器名称编号			检测依据		
色谱柱			检测器		
进样口温度				升温速率（℃/min）	达到温度（℃）	保持时间（min）
离子源温度		柱室温度	初始温度			
分析器温度			1			
传输区温度			2			
检测模式			3			
载气 He(mL/min)			4			
进样方式		分流比		提取液体积 V_1（mL）		
分取体积 V_2（mL）		定容体积 V_3（mL）		样品进样体积 V_4（μL）		
前处理步骤概述						
检测项目						
检测结果						

标准溶液原始记录 标样谱图 号

组分	质量浓度 C（mg/L）	保留时间 RT(min)	定量离子	峰面积	定性离子	最低检出限（mg/kg）

标准溶液原始记录 标样谱图 号

组分	质量浓度 C（mg/L）	保留时间 RT(min)	定量离子	峰面积	定性离子	最低检出限（mg/kg）

室主任： 校核人： 检测人：

年 月 日 年 月 日 年 月 日

表 A. 18-2　气相色谱-质谱联用法测定农药残留原始记录（二）

检测样品　　　　　　　　　　　　　　　　　　　　　　　　　　　　共　　页，第　　页

样品名称			
样品编号			
称样量 m(g)			
计算使用标样谱图编号			
保留时间(min)			
样品峰面积 A			
测定含量 ω(mg/kg)			
平均值(mg/kg)			
相对相差(%)			
保留时间(min)			
样品峰面积 A			
测定含量 ω(mg/kg)			
平均值(mg/kg)			
相对相差(%)			
保留时间(min)			
样品峰面积 A			
测定含量 ω(mg/kg)			
平均值(mg/kg)			
相对相差(%)			
保留时间(min)			
样品峰面积 A			
测定含量 ω(mg/kg)			
平均值(mg/kg)			
相对相差(%)			
保留时间(min)			
样品峰面积 A			
测定含量 ω(mg/kg)			
平均值(mg/kg)			
相对相差(%)			
保留时间(min)			
样品峰面积 A			
测定含量 ω(mg/kg)			
平均值(mg/kg)			
相对相差(%)			
备注	环境条件、仪器条件、前处理步骤概述和计算公式见标准样品表。 计算公式中 A_s 为上述两个计算使用标样峰面积的平均值。		

室主任：　　　　　　　　　校核人：　　　　　　　　　检测人：

　　年 月 日　　　　　　　　　年 月 日　　　　　　　　　年 月 日

质控样品　　　　　　　　　　　　　　　　　　　　　　　　共　　页，第　　页

基质名称或基质样品编号			称量样 m(g)		
质控样品编号					
计算使用标样谱图编号					
组分					
添加标样浓度 C_T(mg/L)					
添加体积 V_6(mL)					
质控添加浓度(mg/kg)					
样品空白峰面积 A_{CK}					
保留时间(min)					
峰面积 A_{ZK}					
测定含量 ω(mg/kg)					
回收率 R(%)					
平均值(%)					
相对相差(%)					
组分					
添加标样浓度 C_T(mg/L)					
添加体积 V_6(mL)					
质控添加浓度(mg/kg)					
样品空白峰面积 A_{CK}					
保留时间(min)					
峰面积 A_{ZK}					
测定含量 ω(mg/kg)					
回收率 R(%)					
平均值(%)					
相对相差(%)					
组分					
添加标样浓度 C_T(mg/L)					
添加体积 V_6(mL)					
质控添加浓度(mg/kg)					
样品空白峰面积 A_{CK}					
保留时间(min)					
峰面积 A_{ZK}					
测定含量 ω(mg/kg)					
回收率 R(%)					
平均值(%)					
相对相差(%)					

备注：环境条件、仪器条件、前处理步骤概述见标准样品表。计算公式如下：

$$R=\frac{C \times V_1 \times V_3 \times V_5 \times (A_{ZK}-A_{CK})}{C_T \times m \times V_2 \times V_4 \times V_6 \times A_S} \times 100\%，相对相差=\frac{|\omega_1-\omega_2|}{(\omega_1+\omega_2)\div 2} \times 100\%$$

允许相对相差：≤15%

室主任：　　　　　　　　　　校核人：　　　　　　　　　　检测人：
　　年　月　日　　　　　　　　年　月　日　　　　　　　　年　月　日

表 A. 19-1　气相色谱法测定有机氯及拟除虫菊酯类农药残留原始记录（一）

仪器条件　　　　　　　　　　　　　　　　　　　　　　共　页，第　页

样品名称			检测日期		
检测地点		室温(℃)	湿度(％)		
仪器名称编号					
色谱柱			检测依据		
检测器			升温速率 （℃/min）	达到温度 （℃）	保持时间 （min）
进样口温度		初始温度			
检测器温度	柱室温度	1			
定量方式		2			
载气 N_2(mL/min)		3			
燃气 H_2 （mL/min）	助燃气 Air （mL/min）		提取液体积 V_1 （mL）		
进样方式	分流比(R)		分取体积 V_2 （mL）		
定容体积 V_3 （mL）	样品进样 体积 V_4(μL)		标样进样体积 V_5(μL)		
前处理步骤 概述					
计算公式	$\omega = \dfrac{C \times V_1 \times V_3 \times V_5 \times A}{m \times V_2 \times V_4 \times A_s}$				
检测项目					
检测结果					
备注					

室主任：　　　　　　　　　校核人：　　　　　　　　检测人：

　　年　月　日　　　　　　　　年　月　日　　　　　　　年　月　日

表 A.19-2 气相色谱法测定有机氯及拟除虫菊酯类农药残留原始记录（二）

标准样品   共   页，第   页

	标准溶液原始记录						
colspan=4	标样谱图 号 |||| colspan=4	标样谱图 号			
组分	质量浓度 C（mg/L）	保留时间 RT（min）	峰面积 A_s	组分	质量浓度 C（mg/L）	保留时间 RT（min）	峰面积 A_s
备注							

	标准溶液原始记录						
colspan=4	标样谱图 号 |||| colspan=4	标样谱图 号			
组分	质量浓度 C（mg/L）	保留时间 RT（min）	峰面积 A_s	组分	质量浓度 C（mg/L）	保留时间 RT（min）	峰面积 A_s
备注							

室主任：   校核人：   检测人：
      年 月 日   年 月 日   年 月 日

表 A.19-3　气相色谱法测定有机氯及拟除虫菊酯类农药残留原始记录（三）

检测样品

样品名称			
样品编号			
称样量 m(g)			
计算使用标样谱图编号			
保留时间(min)			
样品峰面积 A			
测定含量 ω(mg/kg)			
平均值(mg/kg)			
相对相差(%)			
保留时间(min)			
样品峰面积 A			
测定含量 ω(mg/kg)			
平均值(mg/kg)			
相对相差(%)			
保留时间(min)			
样品峰面积 A			
测定含量 ω(mg/kg)			
平均值(mg/kg)			
相对相差(%)			
保留时间(min)			
样品峰面积 A			
测定含量 ω(mg/kg)			
平均值(mg/kg)			
相对相差(%)			
保留时间(min)			
样品峰面积 A			
测定含量 ω(mg/kg)			
平均值(mg/kg)			
相对相差(%)			
保留时间(min)			
样品峰面积 A			
测定含量 ω(mg/kg)			
平均值(mg/kg)			
相对相差(%)			
备注	环境条件、仪器条件、前处理步骤概述和计算公式见标准样品表。 计算公式中 A_s 为上述两个计算使用标样峰面积的平均值。		

室主任：　　　　　　　　　校核人：　　　　　　　　　检测人：

　年　月　日　　　　　　　　　年　月　日　　　　　　　　　年　月　日

表 A. 19-4　气相色谱法测定有机氯及拟除虫菊酯类农药残留原始记录（四）

质控样品　　　　　　　　　　　　　　　　　　　　　　　　　共　　页，第　　页

基质名称或基质样品编号				称量样 m(g)			
质控样品编号							
计算使用标样谱图编号							
组分							
添加标样浓度 C_T(mg/L)							
添加体积 V_6(mL)							
质控添加浓度(mg/kg)							
样品空白峰面积 A_{CK}							
保留时间(min)							
峰面积 A_{ZK}							
测定含量 ω(mg/kg)							
回收率 R(%)							
平均值(%)							
相对相差(%)							
组分							
添加标样浓度 C_T(mg/L)							
添加体积 V_6(mL)							
质控添加浓度(mg/kg)							
样品空白峰面积 A_{CK}							
保留时间(min)							
峰面积 A_{ZK}							
测定含量 ω(mg/kg)							
回收率 R(%)							
平均值(%)							
相对相差(%)							
组分							
添加标样浓度 C_T(mg/L)							
添加体积 V_6(mL)							
质控添加浓度(mg/kg)							
样品空白峰面积 A_{CK}							
保留时间(min)							
峰面积 A_{ZK}							
测定含量 ω(mg/kg)							
回收率 R(%)							
平均值(%)							
相对相差(%)							

备注：环境条件、仪器条件、前处理步骤概述见标准样品表。计算公式如下：

$$R=\frac{C\times V_1\times V_3\times V_5\times(A_{ZK}-A_{CK})}{C_T\times m\times V_2\times V_4\times V_6\times A_s}\times100\%,\ 相对相差=\frac{|\omega_1-\omega_2|}{(\omega_1+\omega_2)\div2}\times100\%$$

允许相对相差：≤15%

室主任：　　　　　　　　校核人：　　　　　　　　检测人：

　　年　月　日　　　　　　　年　月　日　　　　　　　年　月　日

表 A.20　农田土壤环境质量监测结果报表　　　　　单位：mg/kg

序号	采样地点	采样时间年月日	土壤类型	采样深度(cm)	pH值	铜	锌	铅	镉	镍	汞	砷	铬	六六六	滴滴涕	氯化物	硫化物	…

表 21　农田土壤环境质量监测结果统计表　　　　　单位：mg/kg

地区	全区耕地面积（hm²）	全区监测耕地面积（hm²）	污染物	样本容量	测定范围	平均值	超标率(%)

附加说明：

本标准由中华人民共和国农业部提出并归口。

本标准起草（修订）单位：农业部环境保护科研监测所。

本标准主要起草（修订）人：刘凤枝、李玉浸、刘素云、徐亚平、蔡彦明、刘岩、战新华、刘传娟、王玲、王晓男。

二、耕地土壤重金属污染评价技术规程（报批稿）
（GB/T ××××—××××）

（××××-××-××发布，××××-××-××实施）

1 范围

本标准规定了耕地土壤重金属累积性评价方法及累积性等级划分；农作物对产地土壤环境质量适宜性评价方法及农产品产地土壤环境质量等级划分。

本标准适用于耕地土壤重金属累积性评价和累积性等级划分；农产品产地土壤环境质量适宜性评价及农产品产地土壤环境质量等级划分。

2 规范性引用文件

下列文件中的条款通过本标准的引用而成为本标准的条款。凡是注日期的引用文件，其随后所有的修改单（不包括勘误的内容）或修订版均不适用于本标准，然而，鼓励根据本标准达成协议的各方研究使用这些文件的最新版本。凡是不注日期的引用文件，其最新版本适用于本标准。

GB 2762 食品中污染物限量

GB/T 菜田土壤有效态镉的安全临界值制定技术规范

GB/T 菜田土壤有效态铅的安全临界值制定技术规范

GB/T 稻田土壤有效态镉的安全临界值制定技术规范

GB/T 稻田土壤有效态铅的安全临界值制定技术规范

NY/T 395 农田土壤环境质量监测技术规范

《中国土壤元素背景值》中国环境监测总站. 北京：中国环境科学出版社. 1990.8.

3 耕地土壤重金属污染评价

3.1 耕地土壤重金属累积性评价

3.1.1 用土壤重金属全量测定值与累积性评价指标值相比较，以反映耕地土壤重金属累积状况。

3.1.2 用当地同一种类土壤背景值或对照点测定值作为耕地土壤重金属累积性评价指标值。

3.1.3 土壤背景值参见《中国土壤元素背景值》，对照点的选择及样品采集、测定等按照 NY/T 395 执行。

3.1.4 耕地土壤重金属累积性评价方法

耕地土壤重金属累积性评价方法采用单项累积指数法与综合累积指数法相结合的方法。

3.1.4.1 单项累积指数计算公式为：

$$P_{i\text{全量}} = C_i/S_i \tag{1}$$

式中 $P_{i\text{全量}}$——耕地土壤中重金属 i 的单项累积指数；

C_i——耕地土壤中重金属 i 的实测浓度，mg/kg；

S_i——耕地土壤中重金属 i 的累积性评价指标值，mg/kg。

3.1.4.2 综合累积指数是在单项累积评价的基础上，运用内梅罗法求得，计算公式为：

$$P_{综合} = \frac{\max P_{i全量}^2 + \mathrm{ave}P_{i全量}^2}{4} \tag{2}$$

式中　$P_{综合}$——土壤重金属综合累积指数；

　$\max P_{i全量}^2$——土壤重金属中单项累积指数最大值；

　$\mathrm{ave}P_{i全量}$——土壤重金属中各单项累积指数的平均值。

3.1.5　耕地土壤重金属累积性等级划分

比较单一重金属累积程度，用单项累积指数法；比较多种重金属综合累积程度，用综合累积指数法。

单项累积指数等级划分按表1规定进行。

表1　耕地土壤重金属单项累积指数等级划分标准

划定等级	$P_{i全量}$	累积水平
1	$P_{i全量} \leqslant 1.0$	未累积，仍在背景水平
2	$1.0 < P_{i全量} \leqslant 2.0$	轻度累积，土壤中某种重金属已出现累积现象
3	$2.0 < P_{i全量} \leqslant 3.0$	中度累积，土壤中某种重金属已有一定程度的累积
4	$P_{i全量} > 3.0$	重度累积，土壤中某种重金属严重累积

综合累积指数等级划分按表2规定进行。

表2　耕地土壤重金属综合累积指数等级划分标准

划定等级	$P_{综全量}$	累积水平
1	$P_{综全量} \leqslant 0.7$	未累积，被评价的多种重金属均在背景水平
2	$0.7 < P_{综全量} \leqslant 1.4$	轻度累积，土壤中一种或几种重金属已超过背景值，出现累积现象
3	$1.4 < P_{综全量} \leqslant 2.1$	中度累积，土壤中一种或几种重金属已明显超过背景值，土壤已有一定程度的累积
4	$P_{综全量} > 2.1$	重度累积，土壤中一种或几种重金属已远远超过背景值，土壤重金属累积程度严重

注：当综合累积指数与单项累积指数划定等级不一致时，以划定等级低的为准。

3.2　农作物对产地土壤环境质量适宜性评价

3.2.1　用拟种植农作物土壤中重金属有效态测定值与同一种类型土壤环境质量适宜性评价指标值比较，反映产地土壤环境质量对种植作物的适宜程度。

3.2.2　农作物对产地土壤环境质量适宜性评价指标值的确定

农作物对产地土壤适宜性评价指标值，是用同一种土壤类型（k），同一作物种类（j），同一污染物（i）有效态安全临界值作为适宜性评价指标值。土壤中重金属有效态安全临界值的确定，按照《菜田土壤有效态镉的安全临界值制定技术规范》、《菜田土壤有效态铅的安全临界值制定技术规范》、《稻田土壤有效态镉的安全临界值制定技术规范》、《稻田土壤有效态铅的安全临界值制定技术规范》执行。

k：土壤类型，土壤分类见附录A。

j：作物种类，农作物分类见附录B。

i：重金属为Cu、Zn、Pb、Cd、Ni、As、Cr、Hg等。

注：若在同一种植单元中，种植两种或两种以上作物，则以对土壤中重金属相对敏感的作物种类，作

为该评价单元的代表作物，确定适宜性评价的指标值。

3.2.3 农作物对产地土壤环境质量适宜性评价方法

农作物对产地土壤环境质量适宜性评价采用单项污染指数法。

土壤适宜性评价指数计算公式为：

$$P_{ijk\text{适宜}} = C_{i\text{有效}}/S_{ijk\text{有效}} \tag{3}$$

式中　$P_{ijk\text{适宜}}$——土壤中重金属 i，土壤类型 k，农作物种类 j 时的适宜性评价指数；

$C_{i\text{有效}}$——土壤中重金属 i 有效态的实测值，mg/kg；

$S_{ijk\text{有效}}$——土壤中重金属 i，土壤类型 k，农作物种类 j 时适宜性评价指标值。

3.2.4 农产品安全质量评价方法

3.2.4.1 农产品安全性评价指数计算方法

农产品安全性评价方法采用单项污染指数法。

农产品单项污染指数计算公式：

$$P_{i\text{安全}} = C_{i\text{农产品}}/S_{i\text{农产品}} \tag{4}$$

式中　$P_{i\text{安全}}$——农产品中重金属 i 的安全性评价指数；

$C_{i\text{农产品}}$——农产品中重金属 i 的实测值，mg/kg；

$S_{i\text{农产品}}$——农产品中重金属 i 的农产品卫生标准值，mg/kg。

农产品卫生标准值按 GB 2762 执行。

当：$P_{i\text{安全}} \leqslant 1.0$　农产品是安全的；

$P_{i\text{安全}} > 1.0$　农产品受到污染，超过农产品卫生标准。

3.2.4.2 农产品超标率计算方法

农产品超标率计算公式为：

$$c = \frac{n}{m} \times 100\% \tag{5}$$

式中　c——农产品样本超标率，%；

n——农产品超标样本数；

m——农产品监测样本总数。

3.2.4.3 农产品减产率计算方法

农产品减产率计算公式为：

$$\gamma = \frac{\sigma - \beta}{\sigma} \times 100\% \tag{6}$$

式中　γ——农产品减产率，%；

β——评价区农产品单产，kg/亩；

σ——对照区农产品单产，kg/亩。

3.2.5 农作物对产地土壤环境质量适宜性判定

根据种植的某种农作物（j）对土壤类型（k）中的重金属（i）的适宜性评价指数（$P_{ijk\text{适宜（土壤）}}$），以及土壤中重金属对农产品产量和安全质量构成的威胁程度，做出适宜性判定。并根据判定结果，将农产品产地分为适宜区、限制区和禁产区，见表3。

3.3 农产品产地土壤环境质量等级划分标准

根据农产品产地土壤环境质量对不同种类农作物的适宜情况，将农产品产地土壤环境质量划分成（Ⅰ—Ⅳ）四个等级，见表4。

表3 农作物对产地土壤环境质量适宜性判定

划定区域	$P_{ijk适宜(土壤)}$	农产品超标 (或因污染减产)率/%	适 宜 程 度
适宜区	$P_{ijk适宜(土壤)} \leq 1.0$	0	土壤中重金属 i 含量低于 j 类农作物的临界值,且 j 类农产品中 i 重金属未有超标,或减产现象,适宜种植 j 类农产品
不适宜区	$P_{ijk适宜(土壤)} > 1.0$	>10	土壤中重金属 i 测定值有明显超过 j 类农作物临界值的现象,且部分 j 类农产品中 i 重金属超过农产品卫生标准,或有较明显的减产,土壤中 i 重金属已经对农产品产量或安全质量构成明显威胁

注:1. 当适宜性评价指数评定结果与农产品超标(或因污染减产)率划定等级不一时,以划定等级低的为准。
2. 多种重金属同时存在时,以 $P_{ijk适宜(土壤)}$ 最大值为准来划定区域。

表4 农产品产地土壤环境质量等级划分标准

产地等级	土壤适宜指数及农产品减产或超标情况	适 用 情 况
I	土壤中重金属对各类农作物适宜指数均小于1,且未有因污染减产或超标现象	耕地土壤环境质量良好,适宜种植各类农作物
II	土壤中某些重金属已对某类敏感农作物造成威胁,使其适宜指数大于1,或有明显的因污染减产或超标现象;而对一些具有一定耐性的农作物,适宜指数仍小于1,且尚没有因污染造成减产或超标现象	该产地已不适宜种植对环境条件敏感的农作物,但尚可种植具有一般耐性的农作物
III	土壤某些重金属已使具有一定耐性的农作物适宜指数大于1,或有明显的因重金属等减产或超标现象;而对一些耐性较强的农作物,适宜指数仍小于1,且没有因污染明显减产或超标现象	该产地已不适宜种植具有一般耐性的农作物,但尚可种植具有较强耐性的作物
IV	土壤中某些重金属已使各类食用农产品适宜指数均大于1,或有明显的因污染减产或超标现象	该产地已不适宜种植食用农产品,但可种植非食用农产品

附 录 A
（资料性附录）
中国土壤分类

中国土壤分类采用六级分类制,即土纲、土类、亚类、土属、土种和变种。前三级为高级分类单元,以土类为主;后三级为基层分类单元,以土种为主。土类是指在一定的生物气候条件、水文条件或耕作制度下形成的土壤类型。将成土过程有共性的土壤类型归成的类称为土纲。全国40多个土类归纳为10个土纲。

中国土壤分类表

土纲	土 类	亚 类
铁铝土	砖红壤	砖红壤、暗色砖红壤、黄色砖红壤
	赤红壤	赤红壤、暗色赤红壤、黄色赤红壤、赤红壤性土
	红壤	红壤、暗红壤、黄红壤、褐红壤、红壤性土
	黄壤	黄壤、表潜黄壤、灰化黄壤、黄壤性土

土纲	土类	亚类
淋溶土	黄棕壤	黄棕壤、黏盘黄棕壤
	棕壤	棕壤、白浆化棕、潮棕壤、棕壤性土
	暗棕壤	暗棕壤、草甸暗棕壤、潜育暗棕壤、白浆化暗棕壤
	灰黑土	淡灰黑土、暗灰黑土
	漂灰土	漂灰土、腐殖质淀积漂灰土、棕色针叶林土、棕色暗针叶林土
半淋溶土	燥红土	
	褐土	褐土、淋溶褐土、石灰性褐土、潮褐土、褐土性土
	塿土	
	灰褐土	淋溶灰褐土、石灰性灰褐土
钙层土	黑垆土	黑垆土、黏化黑垆土、轻质黑垆土、黑麻垆土
	黑钙土	黑钙土、淋溶黑钙土、草甸黑钙土、表灰性黑钙土
	栗钙土	栗钙土、暗栗钙土、淡栗钙土、草甸栗钙土
	棕钙土	棕钙土、淡棕钙土、草甸棕钙土、松沙质原始棕钙土
	灰钙土	灰钙土、草甸灰钙土、灌溉灰钙土
石膏盐层土	灰漠土	灰漠土、龟裂灰漠土、盐化灰漠土、碱化灰漠土
	灰棕漠土	灰棕漠土、石膏灰棕漠土、碱化灰棕漠土
	棕漠土	棕漠土、石膏棕漠土、石膏盐棕漠土、龟裂棕漠土
半水成土	黑土	黑土、草甸黑土、白浆化黑土、表潜黑土
	白浆土	白浆土、草甸白浆土、潜育白浆土
	潮土	黄潮土、盐化潮土、碱化潮土、褐土化潮土、湿潮土、灰潮土
	砂姜黑土	砂姜黑土、盐化砂姜黑土、碱化砂姜黑土
	灌淤土	
	绿洲土	绿洲灰土、绿洲白土、绿洲潮土
	草甸土	草甸土、暗草甸土、灰草甸土、林灌草甸土、盐化草甸土、碱化草甸土
水成土	沼泽土	草甸沼泽土、腐殖质沼泽土、泥炭腐殖质沼泽土、泥炭沼泽土、泥炭土
	水稻土	淹育性(氧化型)水稻土、潴育性(氧化还原型)水稻土、潜育性(还原型)水稻土、漂洗型水稻土、沼泽型水稻土、盐渍型水稻土
盐碱土	盐土	草甸盐土、滨海盐土、沼泽盐土、洪积盐土、残积盐土、碱化盐土
	碱土	草甸碱土、草原碱土、龟裂碱土
岩成土	紫色土	
	石灰土	黑色石灰土、棕色石灰土、黄色石灰土、红色石灰土
	磷质石灰土	磷质石灰土、硬盘磷质石灰土、潜育磷质石灰土、盐渍磷质石灰土
	黄绵土	
	风沙土	
	火山灰土	

土纲	土类	亚类
高山土	山地草甸土	
	亚高山草甸土	亚高山草甸土、亚高山灌丛草甸土
	高山草甸土	
	亚高山草原土	亚高山草原土、亚高山草甸草原土
	高山草原土	高山草原土、高山草甸草原土
	亚高山漠土	
	高山漠土	
	高山寒冻土	

附 录 B
（资料性附录）

大宗农作物分类表

农 作 物 分 类		作 物 名 称
粮食作物	谷类作物	小麦
		黑麦
		燕麦
		玉米
		水稻
		谷子
		黍子
		高粱
		荞麦
	豆类作物	大豆
		蚕豆
		豌豆
		绿豆
	薯类作物	马铃薯
		甘薯
		芋头
蔬菜作物	果菜类作物	番茄
		茄子
		辣椒
		豇豆
		甜椒
		黄瓜
		南瓜
		西葫芦
		冬瓜
		丝瓜

农 作 物 分 类		作 物 名 称
蔬菜作物	叶菜类作物	白菜
		油菜
		甘蓝
		菠菜
		韭菜
		苋菜
		芹菜
		茼蒿
	根茎作物	莴苣
		萝卜
		胡萝卜
		洋葱
		竹笋
		花椰菜
瓜果作物	瓜类	西瓜
		甜瓜
	水果类	葡萄
		草莓
		苹果
		梨
		桃
		杏
		柑橘
		金橘
		香蕉
	干果类	核桃
		栗
经济作物	油料作物	芝麻
		花生
		油菜籽
		向日葵
	糖料作物	甜菜
		甘蔗
	纤维作物	棉花
		红麻
		苎麻
		亚麻
		黄麻
	嗜好作物	烟草
		茶
		咖啡
		可可

农 作 物 分 类	作 物 名 称
饲料与绿肥作物	苜蓿
	三叶草
	草木犀
	紫云英
	柽麻
	田菁
	紫穗槐
	黑麦草

附加说明：

本标准由中华人民共和国农业部提出并归口。

本标准起草单位：农业部环境保护科研监测所。

本标准起草人：刘凤枝、李玉浸、曹仁林、师荣光、徐亚平、战新华、蔡彦明、刘铭、郑向群、王跃华、姚秀蓉、赵玉杰、刘传娟。

三、耕地土壤重金属有效态安全临界值制定技术规范（报批稿）
（GB/T ××××——××××）

（××××-××-××发布，××××-××-××实施）

1 范围

本标准规定了菜田、稻田土壤中重金属镉、铅的有效态安全临界值制定的实验方法。其中包括实验设计、样品采集、分析测试、安全临界值制定、实验报告的编制等技术内容。

本标准适用于土壤中重金属镉、铅有效态安全临界值的制定。

2 规范性引用文件

下列文件中的条款通过本标准的引用而成为本标准的条款。凡是注日期的引用文件，其随后所有的修改单（不包括勘误的内容）或修订版均不适用于本标准，然而，鼓励根据本标准达成协议的各方研究使用这些文件的最新版本。凡是不注日期的引用文件，其最新版本适用于本标准。

GB/T 5009.15 食品中镉的测定

GB/T 5009.12 食品中铅的测定

GB/T 17134 土壤质量 总砷的测定 二乙基二硫代氨基甲酸银分光光度法

GB/T 17135 土壤质量 总砷的测定 硼氢化钾-硝酸银分光光度法

GB/T 17136 土壤质量 总汞的测定 冷原子吸收分光光度法

GB/T 17137　土壤质量　总铬的测定　火焰原子吸收分光光度法

GB/T 17138　土壤质量　铜锌的测定　火焰原子吸收分光光度法

GB/T 17139　土壤质量　镍的测定　火焰原子吸收分光光度法

GB/T 17141　土壤质量　铅、镉的测定　石墨炉原子吸收分光光度法

GB/T ××××　土壤质量有效态铅和镉的测定　原子吸收法

LY/T 1229　森林土壤水解性氮的测定

NY/T 53　土壤全氮测定法　半微量凯氏法

NY/T 85　土壤有机质测定法

NY/T 88　土壤全磷测定法

NY/T 148　石灰性土壤有效磷测定法

NY/T 299　土壤全钾测定法

NY/T 395　农田土壤环境质量监测技术规范

NY/T 398　农、畜、水产品污染监测技术规范

NY/T 889　土壤速效钾和缓效钾含量的测定

NY/T 1121.2　土壤检测　第2部分：土壤pH的测定

NY/T 1121.3　土壤检测　第3部分：土壤机械组成的测定

NY/T 1121.5　土壤检测　第5部分：石灰性土壤阴离子交换量的测定

NY/T 1121.16　土壤水溶性盐总量的测定

3　实验原理

本标准中安全临界值的制定，采用盆栽实验与田间小区实验相结合的方法，通过盆栽实验初步得到菜田和稻田土壤中重金属镉、铅有效态安全临界值，经小区实验验证后形成最终有效态镉和铅的安全临界值。

4　实验设计

4.1　实验土壤

4.1.1　土壤类型选择

应选择当地蔬菜或水稻种植主要土壤类型进行实验工作。采集接近背景值的实验土壤，用于盆栽实验。

4.1.2　土壤理化分析

4.1.2.1　pH

按NY/T 1121.2执行。

4.1.2.2　阳离子交换量

按NY/T 1121.5执行。

4.1.2.3　有机质

按NY/T 85执行。

4.1.2.4　全氮

按NY/T 53执行。

4.1.2.5　水解氮

按NY/T 1229执行。

4.1.2.6　全磷

按NY/T 88执行。

4.1.2.7 速效磷

按 NY/T 148 执行。

4.1.2.8 全钾

按 NY/T 299 执行。

4.1.2.9 速效钾

按 NY/T 889 执行。

4.1.2.10 全盐量

按 NY/T 1121.16 执行。

4.1.2.11 机械组成

按 NY/T 1121.3 执行。

4.1.2.12 锌

按 GB/T 17138 执行。

4.1.2.13 铜

按 GB/T 17138 执行。

4.1.2.14 铅

按 GB/T 17141 执行。

4.1.2.15 镉

按 GB/T 17141 执行。

4.1.2.16 镍

按 GB/T 17139 执行。

4.1.2.17 铬

按 GB/T 17137 执行。

4.1.2.18 汞

按 GB/T 17136 执行。

4.1.2.19 砷

按 GB/T 17134 或 GB/T 17135 执行。

4.2 实验作物

4.2.1 蔬菜种类选择原则

在当地主要种植的蔬菜种类中，选择对重金属镉或铅吸收相对敏感的作物为实验对象，选择小白菜为宜。

4.2.2 水稻品种的选择原则

在当地主要种植的水稻品种中，选择对重金属镉或铅吸收相对敏感的水稻品种为实验对象。

4.3 盆栽实验

4.3.1 盆栽容器

蔬菜试验采用容量为 1.5kg 的塑料盆进行，每盆装土 1.2kg。

水稻试验采用容量为 15kg 的塑料盆进行，每盆装土 12kg。

4.3.2 底肥的添加

统一施肥量，以尿素作氮肥，磷酸二氢钾或磷酸氢二钾作磷钾肥。根据当地土壤肥力状况，适当添加底肥。

4.3.3 实验浓度梯度

盆栽实验设计 8 个浓度梯度。结合土壤类型，在资料查询和总结历年来调查与监测工作的基础上，本着将安全临界值设计在浓度梯度中间的原则，确定浓度梯度。每个实验浓度梯度设 3 个平行。

4.3.4 重金属的添加

4.3.4.1 镉的添加

镉的添加形态为：氯化镉 $\left(CdCl_2 \cdot \frac{5}{2}H_2O\right)$，添加浓度以镉计。称出每个梯度 3 个平行所需土壤总量和氯化镉的总量，将氯化镉溶解于适量水中，再将此溶液倒入待用土中，充分混匀，称量分装入每个盆中（添加氯化镉时，底肥同时加入）。

4.3.4.2 铅的添加

铅的添加形态为：醋酸铅 $\left[Pb(CH_3COO)_2 \cdot 3H_2O\right]$，添加浓度以铅计。称出每个梯度 3 个平行所需土壤总量和醋酸铅的总量，将醋酸铅溶解于适量的水中，再将此溶液倒入待用土中，充分混匀，称量分装入每个盆中（如需加底肥，可提前一个星期加入）。

4.3.5 实施与管理

（1）盆栽用土壤需挑拣出石头、砖块和植物的根茎等杂物，然后风干、粉碎、过 5mm 筛。

（2）土壤装盆后，种植小白菜的，先灌水至淹水状态，添加镉的土壤在 28d 后播种，添加铅的土壤在 60d 后播种。

（3）土壤装盆后，种植水稻的，先灌水至淹水状态，添加镉的土壤在淹水 28d 后插秧，添加铅的在淹水 60d 后插秧。

（4）盆栽蔬菜种植时间应根据当地蔬菜的种植情况确定，小白菜生长期一般为 40d。同时根据蔬菜的生长需要，及时统一追肥。

（5）盆栽水稻整个生长期间以自来水浇灌，且保持渍水状态（补加水时，不能过猛、过多，以免溢出盆外或飞溅到其他盆里），收获前自然落干。

（6）盆栽水稻种植时间应根据水稻在当地种植情况确定。同时视作物生长情况的需要，及时追肥（尿素和 KH_2PO_4）。

（7）注意预防病虫害。

（8）蔬菜生长期间应及时浇水，保证蔬菜正常生长，防止雨淋。

（9）水稻生长期间应注意预防病虫害、鼠害等。

4.4 小区实验

4.4.1 小区选择

根据盆栽实验的土壤类型和其相应作物所对应污染物的安全临界值，分别选择高于、低于及尽量接近临界值的 3 个实验小区，用来验证临界值的科学性。详细记录各个小区的位置，并用 GPS 定位。

不应在实验小区土壤中添加污染物，应选择在已经污染了的区域进行小区试验。

4.4.2 施肥要求

蔬菜按照常规蔬菜种植施肥要求进行。

水稻按照常规水稻种植施肥要求进行。

4.4.3 田间种植与管理要求

按照常规蔬菜或水稻种植管理的要求，对实验小区进行统一管理。种植时间及生长期与盆栽实验一致。

5 样品的采集与分析

5.1 样品的采集与制备

5.1.1 土壤样品的采集与制备

盆栽实验：每个梯度每盆土壤混匀后用四分法采集 0.5kg，自然风干后粉碎过 0.85mm 筛。

田间小区实验：采集作物根部的土壤，每个小区按照梅花布点法，设 5 个采样点，用 GPS 定位中心点位。土壤用四分法留足 0.5kg，自然风干后粉碎过 0.85mm 筛。

其余部分参照 NY/T 395 执行。

5.1.2 蔬菜样品的采集与制备

盆栽实验：每个梯度每盆的样品去除干叶、烂叶外，可食部分全部采集，用蒸馏水洗净 105℃杀青 30min 后 65～75℃烘干，粉碎后过 0.42mm 筛。

田间小区实验：蔬菜样品应与土壤样品同步采集，采鲜样 2kg，去掉干叶、烂叶，可食部分用蒸馏水洗净，105℃杀青 30min，65～75℃烘干，粉碎后过 0.42mm 筛。

其余部分参照 NY/T 398 执行。

5.1.3 水稻样品的采集与制备

盆栽实验：每个梯度每盆的根、茎叶、稻谷全部采集，分别处理。根、茎叶和稻谷于 105℃杀青 30min 后在 70℃左右烘干，粉碎；水稻每个梯度每盆要进行拷种（分蘖、株数、株高、穗长、千粒重、谷粒重、实粒数、空粒数、空秕率等）。

田间小区实验：水稻样品应与土壤样品同步采集，将根、茎叶和稻谷分别处理，根、茎叶和稻谷于 105℃杀青 30min 后在 70℃左右烘干，粉碎。

茎叶：取水稻茎叶中段 30cm 左右，留够 0.5kg（过 0.42mm 筛）。

籽粒：每株水稻都保留，混匀后脱粒，脱壳，粉碎过 0.25mm 筛。留足 0.5kg（其余部分备用）。

根：先用自来水洗净后（不能有残存的土壤），再用蒸馏水冲洗两次，留足 0.2kg（过 0.42mm 筛）。

其余部分参照 NY/T 398 执行。

5.2 样品的分析

5.2.1 分析方法的选择与确定

5.2.1.1 土壤有效态镉

按 GB/T ××××执行。

5.2.1.2 土壤有效态铅

按 GB/T ××××执行。

5.2.1.3 蔬菜中镉和铅

按 GB/T 5009.15 执行。

5.2.1.4 水稻根、茎叶、籽实中的镉和铅

按 GB/T 5009.12 和 GB/T 5009.15 执行。

5.2.2 实验质量控制的步骤与要求

按 NY/T 395 和 NY/T 398 执行。

6 记录及其要求

6.1 文字记录

6.1.1 具体描述背景土的采样地点与分析结果，填写表格见附录A中表A.1。

6.1.2 具体描述每个小区的具体位置及镉或铅平均含量值，采样点位置，记录小区面积，田间实验所用的蔬菜或水稻品种，田间种植与管理情况，种植与收获时间等，填写表格见附录A中表A.2。

6.1.3 记录盆栽与田间小区实验气候条件、温湿度状况；每次浇水、施肥和使用农药的时间、用量；蔬菜或水稻的病虫害的情况及所采取的措施；样品收获时，记录蔬菜或水稻的生物量，做到与蔬菜或水稻生长相关的各个环节均有记录，填写表格见附录A中表A.3。

6.1.4 记录土壤有效态镉或铅与蔬菜或水稻样品中镉或铅含量的分析方法与分析结果。

6.2 照片

6.2.1 蔬菜

在蔬菜生长期内要拍照三次，记录好每张照片对应的浓度以及照片对应蔬菜的生长期。具体为：第一次，蔬菜播种出苗后一周内；第二次，蔬菜生长到25～30d；第三次，蔬菜收获前。

盆栽实验与田间小区实验一致。同时，为比较各个浓度下蔬菜的生长情况与区别，盆栽实验还需分别在三个生长期，将不同浓度的盆栽一字排开拍照，并做好记录。

6.2.2 水稻

在水稻生育期内对不同浓度都要拍照，记录好每张照片相对应的浓度以及照片对应的水稻的生长阶段。具体为：第一阶段，在水稻苗期；第二阶段，在水稻生长期；第三阶段，在水稻收获期。

盆栽实验与田间小区实验一致。同时，为比较各个浓度下水稻的生长情况与区别，盆栽实验还需分别在3个生长期，将不同浓度的盆栽一字排开拍照，并做好记录。

7 安全临界值的制定

7.1 由盆栽试验获取土壤有效态镉或铅安全临界值

（1）以土壤有效态镉或铅含量为横坐标，以作物可食用部分镉或铅的含量为纵坐标，做散点图。

（2）分析散点图中数据趋势，确定要选用的模型。

（3）构建回归方程，进行显著性检验，确认回归方程的合理性。

（4）根据我国食品卫生标准蔬菜或稻米中镉或铅的限量标准，采用回归方程计算该类土壤有效态镉或铅的安全临界值。

7.2 利用田间小区实验验证安全临界值

盆栽实验确定的土壤安全临界值应低于小区实验的结果，当土壤中有效态镉或铅在安全临界值之下，蔬菜或稻谷样品中的镉或铅含量不应超过食品卫生标准。

7.3 安全临界值的表达

安全临界值，应标明实验土壤类型的理化性质包括pH值、阳离子交换量、有机质含量，还应标明氮、磷、钾等肥力状况，以及实验的温度、湿度、当年降雨量等。

7.4 安全临界值的适用期限

临界值一般5年修订一次。但如果遇到特殊情况，例如：国家食品卫生标准修订或种植主要作物品种改变，土壤中重金属有效态安全临界值应及时修订。

8 报告编制

主要包括以下几个方面：

（1）基本情况；

（2）实验方案的设计及各浓度梯度的确定；

（3）田间小区的选择与确定；

（4）盆栽实验与田间小区实验的种植、管理情况等；

（5）土壤、蔬菜样品的采集与分析；

（6）实验的质量控制；

（7）结果分析与安全临界值的制定；

（8）附录各类记录、照片等。

附 录 A
（规范性附录）
实验记录原始表

表 A.1 _____省背景土壤情况表

采样地点	省 市 县 镇（乡） 村 组		
	经度 纬度 海拔高度		
土壤类型		采样人	
采样时间			
有关检测数据			
pH 值		机械组成	
阳离子交换量/(cmol/kg)		锌/(mg/kg)	
有机质/%		铜/(mg/kg)	
全氮/%		铅/(mg/kg)	
水解氮/(mg/kg)		镉/(mg/kg)	
全磷(P_2O_5)/%		镍/(mg/kg)	
速效磷/(mg/kg)		铬/(mg/kg)	
全钾(K_2O)/%		砷/(mg/kg)	
速效钾/(mg/kg)		汞/(mg/kg)	
全盐量/%			

小区镉或铅浓度/(mg/kg)					
小区地点	省 市 县 镇(乡) 村 (户名)				
	给出小区中心点经纬度坐标,并绘制小区位置图。				
小区面积(亩)			土壤类型		
作物品种			污染类型		
种植时间			收获时间		
小区采样点位情况					
点位 1	经度:		纬度:		
点位 2	经度:		纬度:		
点位 3	经度:		纬度:		
点位 4	经度:		纬度:		
点位 5	经度:		纬度:		
采样点位示意图:					

表 A. 3 盆栽作物生长状况记录表

小区情况	温度/湿度		光照	
	灌水记录		施肥记录	
	病虫害情况		生长期	
	农药施用记录		生物量	
	株高		可食部分生物量	
盆栽作物生长状况	温度/湿度		光照	
	浇水记录		施肥记录	
	病虫害情况		生长期	
	农药施用记录		生物量	
	株高		可食部分生物量	

附加说明:

本标准的附录 A 为规范性附录。

本标准由中华人民共和国农业部提出并归口。

本标准起草单位:农业部环境保护科研监测所。

本标准起草人:.李玉浸、刘凤枝、蔡彦明、徐亚平、刘铭、郑向群、师荣光、战新华、王跃华、万晓红、高明和、杨天锦、贾兰英、项雅玲、杨艳芳。

四、农产品产地禁止生产区划分技术指南（报批稿）
（NY/T ××××—××××）

（200-××-××发布，200-××-××实施）

农产品产地禁止生产区划分技术指南

1 范围

本标准规定了农产品产地适宜生产区和禁止生产区区域划分的程序及划分技术方法。

本标准适用于种植业农产品产地，畜禽养殖业、渔业产地禁产区划分可参照本标准执行。

海洋渔业、海洋养殖业禁产区的划分不适用于本标准。

2 规范性引用文件

下列文件中的条款通过本标准的引用而成为本标准的条款。凡是注日期的引用文件，其随后所有的修改单（不包括勘误的内容）或修订版均不适用于本标准，然而，鼓励根据本标准达成协议的各方研究是否可使用这些文件的最新版本。凡是不注日期的引用文件，其最新版本适用于本标准。

GB 2762　食品中污染物限量

GB 3095　环境空气质量标准

GB 5084　农田灌溉水质标准

GB 9137　保护农作物的大气污染物最高允许浓度

NY/T 39　农田土壤环境质量监测技术规范

NY/T 396　农用水源环境质量监测技术规范

NY/T 397　农区环境空气质量监测技术规范

NY/T 398　农、蓄、水产品污染监测技术规范

《耕地土壤重金属污染评价技术规程》

3 术语与定义

3.1 农产品 agro-product

来源于农业的初级产品，即在农业活动中获得的植物、动物、微生物及其产品。

3.2 农产品产地 agro-product area

植物、动物、微生物及其产品生产的相关区域。

3.3 农产品产地安全 safety of agro-product area

农产品产地的土壤、水体和大气环境质量等符合农产品安全生产要求。

3.4 禁产区 non-producing area

指农产品产地环境要素中某些有毒有害物质不符合产地安全标准，并导致农产品中有毒有害物质不符合农产品质量安全标准的农产品生产区域。

4 农产品产地禁止生产区划分程序

4.1 资料收集整理及现场踏查

4.1.1　资料收集按 NY/T 395 中 4.1 执行。

4.1.2　在资料收集的基础上，重点列出以下 5 类区域：

（1）农田土壤适宜性评价指数＞1 的区域；

（2）农田灌溉水超过 GB 5084 的区域；

（3）农区空气超过 GB 3095 或 GB 9137 的区域；

（4）农产品中污染物超过 GB 2762 的区域；

（5）农业环境污染事故频发区。

4.1.3　污染分析

4.1.3.1　区域污染物来源及污染历史分析，按 NY/T 395 中 4.1.4 执行。

4.1.3.2　分析农产品中污染物种类和含量及其与污染源、农田土壤、灌溉水、农区大气中污染物种类和含量之间的关系；

4.1.3.3　分析污染源、土壤、大气、灌溉水及农产品安全质量变化趋势。

4.1.4　现状踏查，验证所收集资料与环境实际情况的一致性。

4.2　农产品产地重点监测划分区确认

农产品产地禁止生产区在以往工作基础上进行，本着经济、节约原则，以下区域可列为重点监测划分区：

（1）一般说来，本规范 4.1.2 中第（1）至（5）类区域。

（2）污水灌区、重点工矿企业周边农区和大中城市郊区。

（3）污染原因明确，污染源与环境及农产品中污染物种类及含量之间相关关系较为明显的区域。

4.3　农产品产地重点监测划分区环境质量划分监测与评价

4.3.1　农产品产地重点监测区土壤环境质量监测划分按 NY/T 395 执行。

4.3.2　农产品产地重点监测区农灌水质监测划分按 NY/T 396 执行。

4.3.3　农产品产地重点监测区环境空气质量监测划分按 NY/T 397 执行。

4.3.4　农产品产地重点监测区农、畜、水产品污染监测划分按 NY/T 398 执行。

4.3.5　农产品产地重点监测区评价及判定按《农产品产地适宜性评价技术规范》执行。

4.3.6　从事农产品产地禁止生产区监测工作的检测实验室应通过部级以上资质认定。

4.4　农产品产地禁止生产区的划分报告

4.4.1　以监测单元边界为基础划定禁产区边界。

4.4.2　禁产区边界难以确定时，应重新划分监测单元并进行加密监测。

4.4.3　禁产区的划定应通过省级农业行政主管部门组织的专家论证，提交论证会的材料应当包括：

（1）产地安全监测结果和农产品检测结果；

（2）产地安全监测评价报告，包括产地污染原因分析、产地与农产品污染的相关性分析、评价方法与结论。其中结论应包含：禁产区地点、面积、禁止生产的农产品种类、主要污染物种类等；

（3）农业生产结构调整及相关处理措施的建议。

4.4.4　禁产区划分报告

以提交的专家论证报告为基础，撰写农产品禁止生产区划分报告，并填写表 1。

表1 农产品禁止生产区划分报告表

提出划分报告的技术机构单位名称				法人代表	
禁产区位置	地点			联系方式	
				主要污染物种类	
	经度			污染原因	
	纬度			禁止生产的食用农产品种类	
	四至范围				
禁产区面积				禁产区范围图	

4.5 档案建立

禁止生产区划分相关文件、资料应建立档案，长期保存。

4.6 调整或撤消

禁止生产区安全状况改善，并符合相应标准需要调整或撤消时，仍按本划分指南执行。

附加说明：

本标准由中华人民共和国农业部提出并归口。

本标准起草单位：农业部环境保护科研监测所。

本标准主要起草人：李玉浸、刘凤枝、郑向群、师荣光、王跃华、姚秀荣。

五、农产品产地安全质量适宜性评价技术规范（报批稿）
（NY/T ××××—××××）

（201-××-××发布，201-××-××实施）

1 范围

本标准规定了农产品产地适宜性评价的方法、程序及农产品产地安全质量等级划分技术等。

本标准适用于种植业农产品产地的适宜性评价。畜禽养殖业、水产养殖业的产地适宜性评价可参照执行。

2 规范性引用文件

下列文件中的条款通过本标准的引用而成为本标准的条款。凡是注日期的引用文件，其随后所有的修改单（不包括勘误的内容）或修订版均不适用于本标准，然而，鼓励根据本标准达成协议的各方研究是否可使用这些文件的最新版本。凡是不注日期的引用文件，其最新版本适用于本标准。

GB 2762 食品中污染物限量

GB 3095 环境空气质量标准

GB 5084 农田灌溉水质标准

GB 9137　保护农作物的大气污染物最高允许浓度

NY/T 395—2000　农田土壤环境质量监测技术规范

NY/T 396—2000　农田水源环境质量监测技术规范

NY/T 397—2000　农区环境空气质量监测技术规范

NY/T 398—2000　农、畜、水产品污染监测技术规范

《耕地土壤重金属污染评价技术规程》

3　术语与定义

3.1　农产品产地适宜性评价　suitability assessment of agro-product area

指农产品产地环境对农作物生长和农产品安全质量适宜程度的评价，包括农产品产地土壤、农用水、农区环境空气等。

3.2　农产品产地土壤适宜性评价　suitability assessment for soil of agro-product area

指土壤环境质量对农作物生长和农产品安全适合程度的评价，即用拟种植农作物土壤中污染物测定值与同一种类土壤环境质量适宜性评价指标值比较，以反映产地土壤环境质量对种植作物的适宜程度。

3.3　土壤适宜性评价指标值　soil index value suitability assessment

指保证农作物正常生长和农产品质量安全的土壤中污染物有效态含量的最大值（临界值）。即用同一种土壤类型、同一作物种类、同一污染物有效态安全临界值作为适宜性评价指标值。

3.4　土壤适宜性指数　index of suitability for soil

用土壤中污染物的实测值与适宜性评价指标值之比，即为适宜性指数。

4　农产品产地监测

4.1　填写农产品产地基本情况表，如表1所列。

表1　农产品产地基本情况表

	位置	省(自治区、直辖市)		市县(区)	乡(镇)	村(组)
产地基本状况	区域范围及边界	北(经度_____;纬度_____) 西(经度_____;纬度_____) 东(经度_____;纬度_____) 南(经度_____;纬度_____)			草图	
	产地面积(公顷)			土地利用情况		
	主要农作物类型及种植模式	农作物一:_____种植面积(公顷),主要种植模式_____ 农作物二:_____种植面积(公顷),主要种植模式_____ 农作物三:_____种植面积(公顷),主要种植模式_____				
	灌溉水源状况			化肥施用状况		
	农作物受污染情况					

4.2　农产品产地土壤监测按照 NY/T 395 执行。

4.3　农产品产地灌溉水监测按照 NY/T 396 执行。

4.4　农产品产地环境空气监测按照 NY/T 397 执行。

4.5　农产品产地农产品监测按照 NY/T 398 执行。

5　农产品产地环境适宜性评价指标植的确定

5.1　土壤适宜性评价指标值的确定

5.1.1 土壤重金属适宜性评价指标值的确定按《农田土壤重金属有效态安全临界值制定技术规范》执行。

5.1.2 土壤其他污染物适宜性评价指标值的确定参照《农田土壤重金属有效态安全临界值制定技术规范》执行。

5.2 灌溉水适宜性评价指标值的确定，按照 GB 5084 指标值执行。

5.3 环境空气适宜性评价指标值的确定，按照 GB 9137 和 GB 3095 指标值执行。

6 农产品产地适宜性评价

6.1 农产品产地土壤适宜性评价

农产品产地土壤中重金属污染物的适宜性评价，按照《耕地土壤重金属污染评价技术规程》3.2.3 进行；其他污染物按照本标准 6.4 执行。

6.2 农产品产地灌溉水适宜性评价按照 GB 5084 评价方法执行。

6.3 农产品产地环境空气适宜性评价按照 GB 9137 和 GB 3095 评价方法执行。

6.4 农产品产地各环境要素中尚无适宜性评价指标值的污染物做适宜性评价，参照《耕地土壤重金属污染评价技术规程》3.2.4 执行.

6.5 统计农产品产地适宜性评价结果，如表 2 所列。

表 2　农产品产地适宜性评价结果统计表

污染物	土壤	空气	灌溉水	农产品

7 农产品产地安全质量适宜性判定

7.1 农产品产地各环境要素及其种植的农产品均不超标，为该种农产品生产的适宜区。

7.2 农产品产地环境要素中某项或某几项污染物超标，并导致所生产的农产品超过 GB 2762 规定的污染物限量标准，且超标率>10％时，为该种农产品的不适宜区，即重点调查区。

7.3 对比分析产地污染与农产品超标情况，如表 3 所列。

表 3　产地污染与农产品超标对比分析表

点位编号	要素	监测结果					评价结果				
		Cd	Pb	F	酚	…	Cd	Pb	F	酚	…
1	土壤										
	灌溉水										
	空气										
	农产品										
2	土壤										
	灌溉水										
	空气										
	农产品										

7.4 填写农产品产地重点调查区登记表，如表4所列。

表4 农产品产地重点调查区登记表

<table>
<tr><td rowspan="9">农产品产地重点调查区登记表</td><td>位置</td><td colspan="3">省(自治区、直辖市) 市县(区) 乡(镇) 村(组)</td></tr>
<tr><td rowspan="4">区域范围及边界</td><td colspan="2">北(经度_____;纬度_____)</td><td rowspan="4">草图</td></tr>
<tr><td colspan="2">西(经度_____;纬度_____)</td></tr>
<tr><td colspan="2">东(经度_____;纬度_____)</td></tr>
<tr><td colspan="2">南(经度_____;纬度_____)</td></tr>
<tr><td>区域面积(公顷)</td><td></td><td>土地利用情况</td><td></td></tr>
<tr><td>污染特征及主要超标污染物</td><td colspan="3"></td></tr>
<tr><td>超标农产品种类</td><td></td><td>农产品超标率</td><td></td></tr>
<tr><td>不适宜生产的农产品</td><td></td><td>建议种植的农产品</td><td></td></tr>
</table>

8 农产品产地安全质量适宜性等级划分

8.1 Ⅰ级地：农产品产地各环境要素良好，各类农作物评价适宜指数均小于1，且未出现因污染减产或超标现象的农产品产地。该类产地适宜种植各类农作物。

8.2 Ⅱ级地：农产品产地环境要素有超标现象，且对生长环境条件敏感的农作物（如叶菜类蔬菜）已经构成威胁，使其适宜指数大于1，或有明显的减产或超标现象的农产品产地。该类产地适宜种植具有一定抗性的农作物。

8.3 Ⅲ级地：农产品产地环境要素超标较严重，且对具有一般抗性的农作物（如水稻等粮食作物）生产已构成威胁，使其适宜指数大于1，或有明显的减产或超标现象的农产品产地。该类产地适宜种植具有较强抗性的农作物（如果树或一些高秆农作物）。

8.4 Ⅳ级地：农产品产地环境要素中污染物超标严重，使得各类食用农产品适宜指数均大于1，或有明显的减产或超标现象的农产品产地。该类产地只能种植抗性强的非食用农作物（如棉花苎麻等）。

8.5 农产品产地安全质量适宜性等级划分结果统计如表5所列。

表5 农产品产地安全质量适宜性等级划分结果统计表

<table>
<tr><td rowspan="9">农产品产地等级划分结果统计表</td><td>位置</td><td colspan="3">省(自治区、直辖市) 市县(区) 乡(镇) 村(组)</td></tr>
<tr><td rowspan="4">区域范围及边界</td><td colspan="2">北(经度_____;纬度_____)</td><td rowspan="4">草图</td></tr>
<tr><td colspan="2">西(经度_____;纬度_____)</td></tr>
<tr><td colspan="2">东(经度_____;纬度_____)</td></tr>
<tr><td colspan="2">南(经度_____;纬度_____)</td></tr>
<tr><td rowspan="4">产地面积(公顷)</td><td colspan="2">Ⅰ级地面积</td><td></td></tr>
<tr><td colspan="2">Ⅱ级地面积</td><td></td></tr>
<tr><td colspan="2">Ⅲ级地</td><td></td></tr>
<tr><td colspan="2">Ⅳ级地</td><td></td></tr>
</table>

附加说明：

本标准由中华人民共和国农业部提出并归口。

本标准起草单位：农业部环境保护科研监测所。

本标准主要起草人：刘凤枝、李玉浸、曹仁林、师荣光、郑向群、姚秀荣、战新华、刘传娟、王玲、王晓男。

六、基本农田环境质量保护技术规范（NY/T 1259—2007）

（2007-04-17 发布，2007-07-01 实施）

1 范围

本标准规定了基本农田环境质量保护规划编制的原则、编制大纲，基本农田环境质量保护的内容，基本农田环境质量影响评价，基本农田环境污染事故调查与分析，基本农田环境质量现状监测与评价以及基本农田环境质量状况及发展趋势报告书编写等。

本标准适用于基本农田环境质量保护。

2 规范性引用文件

下列文件中的条款通过本标准的引用而成为本标准的条款。凡是注日期的引用文件，其随后所有的修改单（不包括勘误的内容）或修订版均不适用于本标准，然而，鼓励根据本标准达成协议的各方研究是否可使用这些文件的最新版本。凡是不注日期的引用文件，其最新版本适用于本标准。

GB 2762　食品中污染物限量标准

GB 3095　环境空气质量标准

GB 4284　农用污泥中污染物控制标准

GB 4285　农药安全使用标准

GB/T 4455　农业用聚乙烯　吹塑薄膜

GB 5084　农田灌溉水质标准

GB 7959　粪便无害化卫生标准

GB 8172　城镇垃圾农用控制标准

GB 8173　农用粉煤灰中污染物控制标准

GB 9137　保护农作物的大气污染物最高允许浓度值

GB 13735　聚乙烯吹塑农用地面覆盖薄膜

GB 15618　土壤环境质量标准

NY/T 395　农田土壤环境质量监测技术规范

NY/T 396　农用水源环境质量监测技术规范

NY/T 397　农区环境空气质量监测技术规范

NY/T 398　农畜水产品污染监测技术规范

HJ/T 2.1　环境影响评价技术导则——总纲

HJ/T 89　环境影响评价技术导则——石油化工建设项目

HJ/T 169　建设项目环境风险评价技术导则

3 术语和定义

下列术语和定义适用于本标准。

3.1　基本农田 basic farmland

根据一定时期人口和国民经济对农产品的需求，以及对建设用地的预测而确定的长期不得占用的和基本农田保护区规划期内不得占用的耕地。

3.2 基本农田环境质量 environmental quality of basic farmland

基本农田环境总体或其某些要素对人群健康、生存和繁衍以及社会经济发展适宜程度的量化表达。

4 基本农田环境质量保护规划编制

4.1 编制原则

(1) 与当地国民经济社会发展规划相一致原则（以农业资源调查区划为依据，规划年限为十年以上）。

(2) 与土地利用总体规划相一致原则。

(3) 农业生产和农业环境保护协调发展原则。

(4) 前瞻性原则。

4.2 编制大纲

4.2.1 自然及社会经济概况

4.2.1.1 自然概况

自然地理、气候与气象、水文状况、土地资源、植被与生物资源、农业自然灾害发生情况等。

4.2.1.2 社会经济概况

行政区划、人口、国民经济发展情况、农业经济发展情况、农业及环境科技发展水平、人体健康状况、地方病等。

4.2.2 基本农田划定及利用状况

4.2.2.1 基本农田划定情况

基本农田划定范围、面积、地力等级及占补平衡情况等。

4.2.2.2 基本农田利用状况

基本农田农作物种植面积、布局、复种指数、耕作制度、农产品产量及闲置、荒芜情况等。

4.2.3 基本农田保护区环境污染及发展趋势情况

4.2.3.1 污染源情况

(1) 工业污染源种类、数量、分布、污染物排放量及处理情况。

(2) 城市生活污染物排放及处理情况。

(3) 农用化学物质污染情况等。

4.2.3.2 基本农田保护区污染现状

(1) 污水灌溉面积、灌溉时间、灌溉量、污水类型等。

(2) 工业污泥、城镇垃圾等固体废物农用情况。

(3) 大气污染类型、主要污染物种类及排放量等。

(4) 农田土壤、农用水、农区大气及农产品污染状况等。

(5) 基本农田污染损失估算等。

4.2.3.3 基本农田环境污染发展趋势

农田土壤、农用水、农区大气及农产品污染发展趋势预测。

4.2.4 基本农田环境质量保护规划

4.2.4.1 指导思想与目标

(1) 指导思想。

（2）5 年目标和 10 年目标。

4.2.4.2　规划年限与依据

（1）规划年限：中期 5 年，长期 10 年。

（2）规划依据：《基本农田保护条例》、当地国民经济社会发展规划等。

4.2.4.3　基本农田环境质量保护方案

（1）污染源控制及行动计划。

（2）基本农田污染整治行动计划。

4.2.4.4　效益分析

环境效益、经济效益、社会效益分析。

4.2.4.5　规划实施与管理

（1）实施安排。

（2）组织管理。

5　基本农田环境质量保护内容

5.1　基本农田水环境质量保护

5.1.1　用于基本农田灌溉的地表水、地下水应符合 GB 5084 的相关要求。

5.1.2　城市污水再生后用于基本农田灌溉纤维作物、旱地谷物、水田谷物要求达到一级强化处理，露地蔬菜要求达到二级处理。

5.1.3　再生水用于基本农田灌溉，在灌溉前应根据基本农田所在地的气候条件、作物种类、用水需求及土壤质地等进行灌溉试验，确定适宜的灌溉制度。

5.1.4　医药、生物制品、化学试剂、农药、石油炼制、焦化和有机化工等含有重金属或持久性有机污染物的废水经处理达到 GB 5084 的，也不得用于基本农田灌溉。

5.2　基本农田土壤环境质量保护

5.2.1　基本农田土壤环境质量应确保作物生长正常，土壤环境质量应符合 GB 15618 二级标准或地方土壤环境质量相关标准的规定。

5.2.2　不得在基本农田内倾倒、堆积矿业固体废物、工业固体废物、放射性固体废物、城镇生活垃圾、城镇建筑垃圾、医院垃圾以及未经处理的农业固体废弃物。

5.3　基本农田大气环境质量保护

5.3.1　基本农田保护区大气污染物二氧化硫和氟化物应符合 GB 9137 中的规定。

5.3.2　基本农田保护区其他大气污染物应符合 GB 3095 中二级标准的规定。

5.3.3　应采取有效措施，防止二氧化硫和酸雨控制区因酸沉降而造成基本农田的污染。

5.4　农用投入品的合理使用

5.4.1　化肥

5.4.1.1　基本农田保护区提倡合理使用有机肥料。

5.4.1.2　科学制定氮肥、磷肥和钾肥使用比例，合理选择施肥技术和施肥方法，提倡平衡施肥、测土配方施肥等技术，严格控制化肥施用总量。

5.4.1.3　因施肥造成基本农田灌溉用水、土壤污染或影响农作物生长，应停止使用该肥料。

5.4.1.4　使用富含氮的有机或无机（矿质）肥料应避免基本农田区内受纳水体的富营养化。

5.4.1.5　在基本农田使用含微量元素的复合肥、叶面肥料和煅烧磷酸盐（钙镁磷肥、脱氟磷肥）、硫酸钾等化学肥料，其质量应符合本标准附录 A 的规定。

5.4.2　农药

5.4.2.1　基本农田所使用的农药应符合国家农药登记证、生产许可证或生产批准证、执行标准号的要求，农药使用种类、用药量、施用方法、施用次数、安全间隔期等应按照 GB 4285 的规定执行。

5.4.2.2　剧毒、高毒农药不得用于基本农田区卫生害虫的防治，不得用于蔬菜、瓜果、茶叶和中草药材。

5.4.2.3　因施用农药造成基本农田水、土壤污染，或影响农作物生长，农产品质量达不到相关标准时，应停止使用该农药。

5.4.3　农膜

5.4.3.1　基本农田保护区提倡使用可降解的农用地膜。

5.4.3.2　基本农田保护区内使用农用聚乙烯吹塑膜应符合 GB/T 4455 和 GB 13735 规定的要求。

5.4.3.3　废旧地膜应采用人工或机械捡拾方法及时回收。

5.4.4　农用污泥

5.4.4.1　污水处理厂、自来水厂污泥，江、河、湖、库、塘、沟和渠的沉淀底泥，应达到 GB 4284 的要求。

5.4.4.2　基本农田农用污泥施用量和施用方式按 GB 4284 的规定执行。

5.4.5　城镇垃圾和人畜粪便

5.4.5.1　城镇生活垃圾及城镇垃圾堆肥工厂的产品施用于基本农田应符合 GB 8172 中的规定。

5.4.5.2　基本农田城镇垃圾施用量和施用方式按 GB 8172 的规定执行。

5.4.5.3　因施用城镇垃圾导致基本农田土壤、灌溉水污染或影响作物生长、发育和农产品中有害物质超过 GB 2762 的规定，应停止施用。

5.4.5.4　秸秆、残株、杂草、落叶、果实外壳等农田和果园残留物，农产品加工废弃物经厌氧发酵、堆制腐熟或高温速腐等处理后方可施用于基本农田。

5.4.5.5　人畜粪便应进行处理、充分腐熟并杀灭病原菌、虫卵，应符合 GB 7959 的规定。

5.4.6　粉煤灰

5.4.6.1　施用于基本农田，用于改良土壤的粉煤灰应符合 GB 8173 的规定。

5.4.6.2　粉煤灰宜施用于黏质土壤，壤质和缺乏微量元素的土壤应酌情使用，沙质土壤不宜使用。

5.4.6.3　基本农田粉煤灰施用量按 GB 8173 的规定执行。

5.4.6.4　因施用粉煤灰而对基本农田环境造成污染，影响农作物生长或农产品中有害物质超过 GB 2762 时，应停止粉煤灰施用，并采取相应措施加以解决。

6　基本农田环境影响评价

6.1　涉及基本农田的各类开发建设规划及新建、改建、扩建和技术改造项目，对其周围基本农田水、土壤、大气等环境要素可能带来变化或对基本农田环境质量带来不良影响的应进行基本农田环境影响评价。

6.2　基本农田环境影响评价应突出基本农田环境质量现状评价、基本农田环境质量目标及标准、基本农田环境保护措施及技术经济评价等相关内容。

6.3 基本农田环境影响评价中提出的基本农田环境保护措施应包括基本农田环境保护预防措施、保障措施、补偿措施和突发事件赔偿方案等。

6.4 涉及基本农田环境质量保护的规划环境影响评价的内容、要求和技术方法按照 HJ/T 2.1 的规定执行。

6.5 建设项目的环境影响评价

6.5.1 建设项目对基本农田环境造成不良影响的，在建设项目环境影响报告书中，应设有基本农田环境保护篇章或说明，提出基本农田环境保护方案。

6.5.2 基本农田本身进行的或因特殊情况确需占用基本农田耕地的国家重点建设项目以及在基本农田保护区进行的农业开发项目应编制基本农田环境影响报告书，提出基本农田环境保护措施。

6.5.3 涉及基本农田环境质量保护的建设项目环境影响评价的内容、要求和技术方法按照 HJ/T 2.1、HJ/T 169 和 HJ/T 89 的规定执行。

7 基本农田环境污染事故调查与处理

7.1 因突发性环境污染事故造成基本农田水、土壤、大气等环境要素污染或对基本农田环境生态系统造成不良影响的，应进行污染事故调查、处理。

7.2 基本农田环境污染事故调查内容包括事故发生的原因、时间、地点、污染物种类、污染范围与面积、受害对象、污染损失等。

7.3 事故处理应落实责任人、赔偿办法、赔偿额等。

7.4 基本农田环境污染事故发生后应立即采取有效措施，防止污染蔓延，并通知有关管理部门和受害人等，接受调查处理。

8 基本农田环境质量监测与评价

8.1 基本农田环境质量监测

在城市郊区、工矿企业周边、一般农田区的基本农田保护区内应设立长期定位监测点进行长期监测。监测点位应采用地球定位系统（GPS）明确各点位的经度、纬度和海拔高度。

农田土壤、农区大气、农田灌溉水和农产品监测项目、检测方法和基本农田环境质量现状评价分别按 NY/T 395、NY/T 397、NY/T 396 和 NY/T 398 的规定执行。

农区大气和农田灌溉水每年监测两次，农田土壤和农产品每年监测一次。农区大气和农用水质的监测结果，分别于每年 6 月和 12 月各报一次；农田土壤和农产品的监测结果每年 12 月上报。

8.2 基本农田环境质量评价

基本农田环境质量评价按 NY/T 395 的规定执行。

9 基本农田环境质量状况及发展趋势报告书编写

9.1 总体要求

按当年监测结果结合基本农田保护规划内容编写本年度基本农田环境质量状况及发展趋势报告。

9.2 编写提纲及要求

9.2.1 监测区域及布点、采样及样品分析情况

（1）监测区域范围、面积；

（2）水、土、气及农产品布点数量；

（3）水、土、气及农产品采样时间、频率、数量；

（4）样品处理及分析情况：包括处理方法、分析项目、分析方法、获取分析数据等。

9.2.2　监测区域自然社会经济概况

（1）自然环境状况：包括自然地理、气候与气象、水文状况、土地资源、植被与生物资源、农业自然灾害发生情况等；

（2）社会经济概况：包括行政区划、人口、国民经济发展情况、农业经济发展情况、农业及环境科技发展水平、人体健康状况、地方病等。

9.2.3　基本农田保护区环境污染概况

（1）污染源情况：包括工业污染源、城市生活污染物、农用化学物质排放及处理情况；

（2）基本农田保护区污染现状：包括污染面积，污染物农用情况，农田土壤、农用水、农区大气及农产品污染状况，基本农田污染损失估算等。

9.2.4　监测结果报告

（1）土壤监测评价结果；

（2）水体监测评价结果；

（3）大气监测评价结果；

（4）农产品监测评价结果。

9.2.5　基本农田污染发展趋势分析

（1）污染变化趋势；

（2）污染原因分析。

9.2.6　对策建议

附　录　A
（规范性附录）

使用含微量元素的叶面肥料和煅烧磷酸盐（钙镁磷肥、脱氟磷肥）、硫酸钾等化学肥料质量的技术要求：

A.1　煅烧磷酸盐

营养成分	杂质控制指标
有效磷 $P_2O_5 \geqslant 12\%$	每含 1% P_2O_5
（碱性柠檬酸铵提取）	$As \leqslant 0.004\%$
	$Cd \leqslant 0.01\%$
	$Pb \leqslant 0.002\%$

A.2　硫酸钾

营养成分	杂质控制指标
K_2O 5%	每含 1% K_2O
	$As \leqslant 0.004\%$
	$Cl \leqslant 3\%$
	$H_2SO_4 \leqslant 0.5\%$

A.3　腐殖质叶面肥料

营养成分	杂质控制指标

腐殖质≥8.0%   Cd≤0.01%
微量元素≥6.0%   As≤0.002%
(Fe、Mn、Cu、Zn、Mo、B)   Pb≤0.002%

附加说明：

本标准的附录 A 为规范性附录。

本标准由中华人民共和国农业部提出并归口。

本标准起草单位：农业部环境监测总站、农业部环境保护科研监测所、江苏省农林厅农业环境监测站、山东省农业环境保护总站。

本标准主要起草人：李玉浸、刘凤枝、周其文、程波、常玉海、万晓红、赵小明、万方浩、姚希来。

七、农田污染区登记技术规范（NY/T 1261—2007）

（2007-04-17 发布，2007-07-01 实施）

1 范围

本标准规定了农田污染区的术语和定义、分类和特征以及登记技术流程。

本标准适用于农田污染区的调查登记。

2 规范性引用文件

下列文件中的条款通过本标准的引用而成为本标准的条款。凡是注日期的引用文件，其随后所有的修改单（不包括勘误的内容）或修订版均不适用于本标准，然而，鼓励根据本标准达成协议的各方研究是否可使用这些文件的最新版本。凡是不注日期的引用文件，其最新版本适用于本标准。

NY/T 395   农田土壤环境质量监测技术规范

NY/T 396   农用水源环境质量监测技术规范

NY/T 397   农区环境空气质量监测技术规范

NY/T 398   农、畜、水产品污染监测技术规范

3 术语和定义

下列术语和定义适用于本标准。

3.1 农田污染区   polluted agro-area

由于人为因素排放工业废气、废水、废渣或其他环境污染物质，造成农田生态环境污染，导致农作物长期减产、死亡或农产品中污染物含量超标，使人、畜健康受到影响甚至引发疾病的农产品生产区域。

3.2 农田污染区登记   polluted agro-area registeration

对农田污染区的自然条件、社会经济概况、污染情况和环境治理措施等进行登记，包括农田污染区的申报、调查与监测、审核与上报、资料存档等技术流程。

4 分类和特征

4.1 按污染源种类划分

4.1.1 水污染区

因灌溉水中的污染物造成污染的农田。

4.1.2 农用化学品污染区

因不合理使用农药、化肥、农膜等农用化学品所造成污染的农田。

4.1.3 大气污染区

大气中的有害气体氟化物、二氧化硫、氮氧化物、一氧化碳及颗粒物等污染物或由它转化成的二次污染物等造成污染的农田。

4.1.4 固体废弃物污染区

因不合理施用垃圾、粉煤灰、污泥、废渣等固体废弃物造成污染的农田。

4.1.5 突发事件污染区

因突发污染事故，如井喷、企业事故性排放等造成污染的农田。

4.1.6 其他污染区

除以上五种污染情况以外的其他污染农田。

4.2 按污染物类型划分

4.2.1 有机污染区

污染物成分主要为农药等有机污染物的污染农田。

4.2.2 化肥污染区

污染物成分主要为化肥的污染农田。

4.2.3 重金属污染区

污染物成分主要为重金属的污染农田。

4.2.4 其他污染区

污染物成分除以上三种的污染农田。

5 登记技术流程

5.1 技术流程图

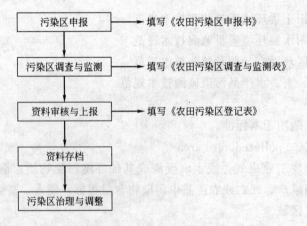

5.2 污染区申报

污染区申报内容主要包括：农田污染区地点、污染程度、污染面积、损失估算、污染来源、农业生产状况，填写《农田污染区申报书》（附录 A）。

5.3　污染区调查与监测

5.3.1　污染区调查

污染区调查包括自然条件、社会经济概况、污染情况、环境治理措施等方面。

5.3.1.1　自然条件

——自然地理：地理位置、地形地貌、面积等。

——气候与气象：所在区域的主要气候特性，年平均风速和主导风向、年平均气温、年平均降水量、降水天数、降水强度等。

——水文状况：该区域主要河流、水系、流域面积、水文特征、地下水位等。

——土地资源：土壤类型、成土母质、土壤肥力指标、土壤背景值、土地利用情况。

——植被及生物资源：林木植被覆盖率、植物资源、动物资源等。

——自然灾害：旱、涝、风灾、冰雹、冰霜、低温、病虫草鼠害等。

5.3.1.2　社会经济概况

——行政区划、人口状况。

——工农业布局、城镇布局。

——农、林、牧、渔业发展情况和工农业产值。

——农村能源结构情况。

5.3.1.3　污染情况

——污染源调查

主要包括污染源类型、规模、排放量等。

——工业污染源分布及"三废"排放情况

主要包括工矿乡镇村办企业污染源分布及废水、废气、废渣排放情况。

——农业污染物及其影响

主要包括农药、化肥、地膜、植物生长调节剂等农业生产资料的使用情况及其影响，规模畜禽场粪便排放及其影响。

——污水灌溉，污泥、垃圾等固体废物农用情况及影响。

——地面水、地下水、农田土壤、大气环境质量现状。

5.3.1.4　环境治理措施

5.3.2　定点监测

在以上调查的基础上，按照 NY/T 395、NY/T 396、NY/T 397、NY/T 398 的要求布点采样、根据污染源种类确定监测项目，准确反映污染区环境质量状况。

对农田污染区环境质量调查与监测后填写《农田污染区调查与监测表》（附录 B）。

5.4　资料审核与上报

调查与监测材料审核确认后，填写《农田污染区登记表》（附录 C），所有材料一并上报。

5.5　资料存档

将《农田污染区申报书》、《农田污染区调查与监测表》及《农田污染区登记表》统一存档。

5.6　治理与调整

各地视不同农田污染区的情况，采取定期和不定期的调查与监测，采取措施，对土地利用进行调整。

农田污染区申报书

申报地点：＿＿＿＿＿＿＿＿＿＿＿＿＿＿＿＿＿＿

申报单位：＿＿＿＿＿＿＿＿＿＿＿＿＿＿＿＿＿＿（公章）

填报时间：＿＿＿＿＿＿＿＿＿＿＿＿＿＿＿＿＿

××××年×月

一、概况描述（申报地点的地理位置、污染历史、污染程度、污染区面积）
二、农业生产现状

农田污染区调查与监测表

申报地点：_____

申报单位：_____（公章）

填报时间：_____

××××年×月

一、地理位置

位置： 省(自治区) 市县(区) 镇

面积： hm²

范围:东西自_____$\left(\begin{array}{l}经度_____\\纬度_____\end{array}\right)$至_____$\left(\begin{array}{l}经度_____\\纬度_____\end{array}\right)$

南北自_____$\left(\begin{array}{l}经度_____\\纬度_____\end{array}\right)$至_____$\left(\begin{array}{l}经度_____\\纬度_____\end{array}\right)$

北
↑

注:草图东西南北四个方向要
有相对固定的参照物

二、水文、气象、地形、地貌

气候带		海拔高度/m		地下水位/m	
年均气温/℃		河流、水系		降水天数/d	
年降水量/mm		主导风向		林木资源覆盖率/%	
地形地貌		年均风速/(m/s)		植物资源	
流域面积/hm²		降水强度		动物资源	

三、土壤性状、特征

土壤类型		土壤剖面 构形及特征	
成土母质			
耕层厚度/cm			

质 地		pH 值（水浸）		有机质,%	
全氮/%		有效磷,P/(mg/kg)		速效钾,K/(mg/kg)	
含盐量/%		阳离子交换量/[cmol(+)/kg]		盐基饱和度/%	

四、污染原因

污染源	类型	规模	起始排放时间	污染物种类	污染物排放量	污染物排放方式	污染治理情况

五、污染危害（具体描述）

污染途径：

污染历史：

农作物受害情况：

作物种类布局变化情况：

农业污染物使用情况（使用种类、使用量、危害等）：

土壤背景及目前利用情况：

人畜健康受损情况：

_____监测结果登记表

（单位：　　　　　　）

年度：

点位编号　＼　监测项目									
…									

批准人：_____　　审核人：_____　　填表人：_____

日　　期：_____　　日　　期：_____　　日　　期：_____

农田污染区登记表

登记地点：_____

申报单位：_____（公章）

登记时间：_____

××××年×月

农田污染区地点	
污染区面积/hm²	
污染类型	
污染源种类	
污染程度	
污染历史/年	
治理与调整措施	

批准人：_____   审核人：_____   填表人：_____

日　期：_____   日　期：_____   日　期：_____

附加说明：

本标准中附录 A、附录 B、附录 C 为资料性附录。

本标准由中华人民共和国农业部提出并归口。

本标准起草单位：农业部环境质量监督检验测试中心（天津）。

本标准主要起草人：刘潇威、刘凤枝、徐亚平、刘卫东、战新华、高怀友、周其文。

八、城市污水再生回灌农田安全技术规范（GB/T 22103—2008）

（2008-06-27 发布，2008-10-01 实施）

1 范围

本标准规定了城市再生水用于灌溉农田的水质要求、规划要求、具体使用、控制原则、监测及环境影响评价。

本标准适用于以城市再生水为水源的农田灌溉区。

2 规范性引用文件

下列文件中的条款通过本标准的引用而成为本标准的条款。凡是注日期的引用文件，其随后所有的修改单（不包括勘误的内容）或修订版均不适用于本标准，然而，鼓励根据本标准达成协议的各方研究是否可使用这些文件的最新版本。凡是不注日期的引用文件，其最新版本适用于本标准。

GB 2762 食品中污染物限量

GB/T 14848 地下水质量标准

GB 15618 土壤环境质量标准

GB 20922 城市污水再生利用 农田灌溉用水水质

NY/T 395 农田土壤环境质量监测技术规范

NY/T 396 农用水源环境质量监测技术规范

NY/T 398 农、畜、水产品污染监测技术规范

3 术语和定义

下列术语和定义适用于本标准

3.1 城市污水 municipal wasterwater

排入国家按行政建制设立的市、镇污水收集系统的污水统称。

注：它由综合生活污水、工业废水和地下渗水三部分组成，在合流制排水系统中，还包括截留的雨水。

3.2 城市再生水 reclaimed water from municipal wasterwater

城市污水经再生工艺处理后达到使用功能的水。

3.3 污水一级强化处理 enhanced primary treatment of sewage

城市污水在常规一级处理（重力沉降）基础上，增加化学混凝处理、机械过滤或不安全生物处理等，以提高一级处理效果的处理工艺。

3.4 污水二级处理 secondary treatment of sewage

城市污水在一级处理的基础上，采用生物处理工艺去除污水中有机污染物，使污水得到进一步净化，二级处理通常作为生物处理的同义语使用。

3.5 露地蔬菜 open-air vegetables

除温室、大棚蔬菜外的陆地露天生长的需加工、烹调及去皮的蔬菜。

4 水质要求

按 GB 20922 规定执行。

5 规划要求

5.1 城市再生水在规划用于灌溉之前，应对拟定的灌溉区农田土壤进行调查、取样、分析、评价。

5.2 规划的内容包括该地城市再生水水量、水质及灌溉的作物种类，城市再生水的输送，储存及净化措施，农田管网配制。

5.3 根据供水水量、作物灌溉制度，确定灌溉面积和储存塘容量。

5.4 灌溉区与居民区之间应有 200m 的卫生防护带。

5.5 使用喷灌的地区应距离居民区 500m 以上，避免水雾中的病原体向居民区扩散。

5.6 在集中式水源保护区、泉水出露区、岩石裂隙及碳酸岩溶发育区、淡水的地下水位距地表小于 1m 的地区、经常受淹的河滩和洼涝地，不应设置城市污水再生利用的灌溉区。

5.7 城市污水处理厂和住宅区的污泥严禁进入灌区。

6 具体使用

6.1 灌溉纤维作物、旱地谷物其水质处理应达到污水处理厂一级强化处理的要求；灌溉水田谷物、露地蔬菜其水质处理应达到污水处理厂二级处理的要求。

6.2 城市再生水应由专门的管道（或渠道）输送到农业灌区的储存地，在输水过程中应有防渗措施。

6.3 在灌溉农田之前，应根据当地的气候条件、作物的种植种类及土壤类别进行灌溉试验，确定适合当地的灌水定额及灌水时间。

6.4 露地蔬菜在采摘前 1 周应停止灌溉。

7 回用控制原则

7.1 城市再生水应经过储存净化达到农田灌溉水质要求后，方可用于灌溉。

7.2 在使用城市再生水的灌溉中出现作物生长异常、地下水中污染物增多，应立即停灌，查明原因。

7.3 灌溉区非食用农产品按其未来用途执行相关标准；灌溉区食用农产品质量达不到国家食品中污染物限量标准的，应立即停灌，查明原因。

8 监测

8.1 水质监测

8.1.1 水质监测包括城市再生水灌溉农田跟踪监测和灌溉区地下水的水质监测。

8.1.2 一类污染物的监测项目为：镉、汞、铅、砷、铬。

该类项目应为必测项目，灌溉露地蔬菜每月监测一次，灌溉纤维、旱地、水田为每两个月监测一次。

8.1.3 二类污染物的水质监测项目（常规水质控制项目）和时间见表1。

8.1.4 选择性控制项目的监测，由地方市政和农业行政主管部门，根据污水处理厂接纳的工业污染物类别和农业用水水质要求，进行选择控制，其控制标准按 GB 20922 规定执行。选择项目每月监测一次（日均值）。

8.1.5 取样要求，按每 2h 一次，取 24h 混合样，以日均值计。

8.1.6 监测项目采样布点按 NY/T 396 规定执行。

8.2 土壤监测

8.2.1 监测项目的采样点及监测频率按 NY/T 395 规定执行。

表1　二类污染物的监测时间

项目	pH值	化学需氧量（COD$_{Cr}$）	悬浮物（SS）	溶解性总固体（TDS）	溶解氧（DO）	石油类	挥发酚	余氯	粪大肠菌群数	蛔虫卵
纤维作物	每月	每月	每月	两月	—	—	—	—	—	—
旱地谷物	每月	每月	每月	两月	—	—	—	—	—	—
水田谷物	每月	每月	每月	两月	每月	每月	每月	每月	每月	每月
露地蔬菜	每月	每月	每月	两月	每月	15天	15天	15天	每月	每月

注1：若采用喷灌方式，SS需2天测一次。
注2：灌溉水田的5日生化需氧量（BOD$_5$）、硫化物、氯化物可每三个月监测一次。
注3：灌溉纤维、旱地作物的石油类、挥发酚、余氯在作物苗期监测一次。
注4：表中取样样品为日均值计。
注5：表中项目为必测的项目。

8.2.2　土壤监测应有对照地的样品，以便分析污染趋势及评价。

8.3　农产品监测

采样布点及样品处置按 NY/T 398 规定执行。

9　环境评价

9.1　评价参数

9.1.1　食用农产品质量按 GB 2762 规定执行。

9.1.2　土壤环境质量按 GB 15618 规定执行。

9.1.3　地下水环境质量按 GB/T 14848 规定执行。

9.2　评价方法

评价采用单项污染指数，按式(1) 计算。

$$P_i = \frac{C_i}{S_i} \tag{1}$$

式中　P_i——农产品、环境空气、地下水和土壤中污染物 i 的单项污染指数；

　　　C_i——农产品、环境空气、地下水和土壤中污染物 i 的实测值；

　　　S_i——农产品、环境空气、地下水和土壤中污染物 i 的评价标准。

对于有幅度限制的指标如 pH 值，单项污染指数按式(2)、式(3) 和式(4) 计算。

$$P_i = \frac{C_i - \overline{S}_i}{S_{i\max} - \overline{S}_i} \tag{2}$$

$$P_i = \frac{C_i - \overline{S}_i}{S_{i\min} - \overline{S}_i} \tag{3}$$

$$\overline{S}_i = \frac{S_{i\max} + S_{i\min}}{2} \tag{4}$$

式中　P_i——有幅度限制污染物 i 的单项污染指数；

　　　C_i——有幅度限制污染物 i 的实测值；

　　　$\overline{S}_i$——有幅度限制污染物 i 允许幅度平均值；

　　　$S_{i\max}$——有幅度限制污染物 i 允许幅度最高值；

　　　$S_{i\min}$——有幅度限制污染物 i 允许幅度最低值。

9.3　评价分析与结论

单项污染指数≤1，定为合格，可继续灌溉；单项污染指数＞1，定为不合格，不能继续使用处理后的城市污水灌溉。

9.4　评价时间

每年春季（开春）农业大量用水之前，对前一年的农田土壤、地下水、农产品进行一次全面的监测与评价；城市再生水的水质均在灌溉季节进行监测与评价。以上评价均为年度评价。

附加说明：

本标准由中华人民共和国农业部提出并归口。

本标准起草单位：农业部环境保护科研监测所。

本标准主要起草人：王德荣、张泽、刘凤枝、师荣光、杨德芬、贾兰英、蔡彦明。

第二篇 分 析 方 法

一、土壤水分测定法 (GB 7172—87)

(国家标准局 1987-01-03 发布，1987-08-01 实施)

1 适用范围

本标准用于测定除石膏性土壤和有机土（含有机质 20％以上的土壤）以外的各类土壤的水分含量。

2 测定原理

土壤样品在 105℃±2℃烘至恒重时的失重，即为土壤样品所含水分的质量。

3 仪器、设备

3.1 土钻。

3.2 土壤筛：孔径 1mm。

3.3 铝盒：小型的直径约 40mm、高约 20mm；大型的直径约 55mm，高约 28mm。

3.4 分析天平：感量为 0.001g 和 0.01g。

3.5 小型电热恒温烘箱。

3.6 干燥器：内盛变色硅胶或无水氯化钙。

4 试样的选取和制备

4.1 风干土样：选取有代表性的风干土壤样品，压碎，通过 1mm 筛，混合均匀后备用。

4.2 新鲜土样：在田间用土钻取有代表性的新鲜土样，刮去土钻中的上部浮土，将土钻中部所需深度处的土壤约 20g，捏碎后迅速装入已知准确质量的大型铝盒内，盖紧，装入木箱或其他容器，带回室内，将铝盒外表擦拭干净，立即称重，尽早测定水分。

5 测定步骤

5.1 风干土样水分的测定

取小型铝盒在 105℃恒温箱中烘烤约 2h，移入干燥器内冷却至室温，称重，准确至 0.001g。用角勺将风干土样搅匀，舀取约 5g，均匀地平铺在铝盒中，盖好，称重，准确至 0.001g。将铝盒盖揭开，放在盒底下，置于已预热至 105℃±2℃的烘箱中烘烤 6h。取出，盖好，移入干燥器内冷却至室温（约需 20min），立即称重。风干土样水分的测定应做两份平行测定。

5.2 新鲜土样水分的测定

将盛有新鲜土样的大型铝盒在分析天平上称重，准确至 0.01g。揭开盒盖，放在盒底下，置于已预热至 105℃±2℃的烘箱中烘烤 12h。取出，盖好，在干燥器中冷却至室温（约需 30min)，立即称重。新鲜土样水分的测定应做三份平行测定。

注：烘烤规定时间后一次称重，即达"恒重"。

6 测定结果的计算

6.1 计算公式

$$水分(分析基)=\frac{m_1-m_2}{m_1-m_0}\times100\% \tag{1}$$

$$水分(干基)=\frac{m_1-m_2}{m_2-m_0}\times100\% \tag{2}$$

式中 m_0——烘干空铝盒质量，g；

m_1——烘干前铝盒及土样质量，g；

m_2——烘干后铝盒及土样质量，g。

6.2 平行测定的结果用算术平均值表示，保留小数后一位。

6.3 平行测定结果的相差，水分小于 5% 的风干土样不得超过 0.2%，水分为 5%～25% 的潮湿土样不得超过 0.3%，水分大于 15% 的大粒（粒径约 10mm）黏重潮湿土样不得超过 0.7%（相当于相对相差不大于 5%）。

附加说明：

本标准由中华人民共和国农牧渔业部提出。

本标准由北京农业大学土化系负责起草。

本标准主要起草人：李酉开、易小琳。

二、土壤有效硼测定方法（GB 12298—90）

（国家技术监督局 1990-03-29 批准，1990-12-01 实施）

1 主题内容与适用范围

本标准规定了测定土壤中有效硼的姜黄素吸光度法。

本标准适用于各类土壤有效硼的测定。

2 测定原理

土壤用热水浸提出的硼，与作物对硼的反映有较高的相关性。浸提液中硼在草酸存在下与姜黄素作用，经脱水生成玫瑰红色的络合物。用乙醇溶解后测定其吸光度。红色络合物溶液在 0.0025～0.05μgB/mL 范围里，符合朗伯-比尔定律。

3 主要仪器设备

试验中所用玻璃器皿使用前应用 1+3 盐酸浸泡 2～4h，然后用水冲洗干净并晾干。

3.1 土样筛（尼龙筛）2.0mm 方孔筛。

3.2 分析天平，感量 0.0001g，0.001g。

3.3 分光光度计。

3.4 电热恒温水浴。

3.5 调温电炉或酒精灯。

3.6 锥形瓶 250mL（石英或低硼玻璃）。

3.7 回流冷凝管（石英或低硼玻璃）。

3.8 蒸发皿 50mL（石英或聚乙烯制品）。

3.9 刻度移液管 1.00mL，5.00mL，20.0mL。

3.10 聚乙烯瓶 30mL，60mL，1000mL。

3.11 中速滤纸 11cm。

4 试剂

试验中所有用水，均为去离子水或石英蒸馏器重蒸馏水。

4.1 95％乙醇（GB 679 分析纯）。

4.2 硫酸镁溶液：10.00g $MgSO_4 \cdot 7H_2O$（GB 671，分析纯）溶于 100mL 水中。

4.3 姜黄素-草酸溶液：称取 0.040g 姜黄素和 5.00g 草酸（HG 3—988，优级纯）溶于 100mL 95％乙醇中（4.1），充分搅动使之溶解完全，贮于棕色玻璃瓶中。此液应在使用前一天配制好，密闭好存放在冰箱内可使用一周。

4.4 硼标准溶液：称取 0.5720g 干燥的硼酸（GB 628，优级纯）溶于水中，定容至 1L，盛于塑料瓶中。此液为 $100\mu g/mL$ 硼贮备溶液。将此硼贮备溶液稀释 10 倍，即为 $10\mu g/mL$ 硼标准工作液。

5 测定步骤

5.1 土壤有效硼的浸提

称取 10.00g 风干过 2.0mm 筛的土样于 250mL 锥形瓶中，按 1∶2 土水比，加 20.0mL 水，连接冷凝管，文火煮沸 5min，立即移开热源，继续回流冷凝 5min（准确计时），取下锥形瓶，加入 2 滴硫酸镁溶液（4.2），摇匀后立即过滤，将瓶内悬浮液一次倾入滤纸（3.11）上，滤纸承接于聚乙烯瓶内。

同一试样做两个平行测定。

同时用水按上述提取步骤制备空白溶液。

5.2 显色测定

移取 1.00mL 滤液于 50mL 蒸发皿内（3.8），加 4.00mL 姜黄素-草酸溶液（4.3），在恒温水浴（55±3）℃上蒸发至干，自呈现玫瑰红色时开始计时继续烘焙 15min，取下蒸发皿冷却到室温，加入 20.0mL 95％乙醇（4.1），用橡胶淀帚擦洗皿壁，使内容物完全溶解，用中速滤纸过滤到具塞容器内（此溶液放置时间不要超过 3h），以 95％乙醇（4.1）为参比溶液，在分光光度计 550nm 波长处，用 1cm 光径比色皿测定吸光度。

注：① 若土壤中硝酸根含量超过 $20\mu g/g$ 时，对显色有干扰，须吸取一定量的滤液加饱和氢氧化钙溶液，放在水浴上蒸干后灼烧破坏硝酸根，然后用 0.1mol/L 盐酸溶解残渣，再进行显色。

② 待测液及空白溶液与标准系列溶液的显色条件，（如温度、容器的种类与体积、蒸发的速度）必须严格保持一致。

5.3 工作曲线绘制

用 $10\mu g/mL$ 硼工作溶液（4.4），按 0，0.1μg/mL，0.2μg/mL，0.4μg/mL，0.6μg/mL，0.8μg/mL，1.0μg/mL 硼浓度配成硼标准系列溶液，分别吸取 1.00mL 按 5.2 操作显色测定吸光度并绘制工作曲线。

6 分析结果计算

样品吸光度减去空白吸光度后，由工作曲线查得硼浓度。

土壤有效硼含量以 mg/kg 表示，按下式计算：

$$土壤有效硼含量 = 2c$$

式中 c——样品吸光度由工作曲线查得硼浓度，mg/kg；

2——水土比。

注：如果土壤有效硼含量较高时，待测液中硼超过 $1\mu g/mL$ 时，应将滤液稀释后进行显色。计算时乘以稀释倍数。

7 平行结果的允许差

两平行测定结果用算术平均值表示，保留小数后二位数字。

两平行样测定结果的允许差：土壤有效硼小于 0.2mg/kg 硼时，为 0.03mg/kg；有效硼在 0.2~0.5mg/kg 时，为 0.05mg/kg；有效硼大于 0.5mg/kg 时，相差不超过 0.06mg/kg。

附加说明：

本标准由中华人民共和国农牧渔业部提出。

本标准由中国农业科学院分析测试中心负责起草。

本标准主要起草人：董慕新、朱克庄、王治荣、李玉芳。

三、土壤全磷测定法（GB 9837—88）

（中华人民共和国农业部 1988-06-30 批准，1989-03-01 实施）

1 主题内容与适用范围

本标准对土壤全磷测定的原理、仪器、设备、样品制备、操作步骤等做了说明和规定。

本标准适用于测定各类土壤全磷含量。

2. 测定原理

土壤样品与氢氧化钠熔融，使土壤中含磷矿物及有机磷化合物全部转化为可溶性的正磷酸盐，用水和稀硫酸溶解熔块，在规定条件下样品溶液与钼锑抗显色剂反应，生成磷钼蓝，用分光光度法定量测定。

3 仪器、设备

3.1 土壤样品粉碎机。

3.2 土壤筛：孔径 1mm 和 0.149mm。

3.3 分析天平：感量为 0.0001g。

3.4 镍（或银）坩埚：容量≥30mL。

3.5 高温电炉：温度可调（0~1000℃）。

3.6 分光光度计：要求包括 700nm 波长。

3.7 容量瓶：50mL、100mL、1000mL。

3.8 移液管：5mL、10mL、15mL、20mL。

3.9 漏斗：直径7cm。

3.10 烧杯：150mL、1000mL。

3.11 玛瑙研钵。

4 试剂

所有试剂，除注明者外，皆为分析纯，水均指蒸馏水或去离子水。

4.1 氢氧化钠（GB 629）。

4.2 无水乙醇（GB 678）。

4.3 10%（m/V）碳酸钠溶液：10g 无水碳酸钠（GB 639）溶于水后，稀释至100mL，摇匀。

4.4 5%（V/V）硫酸溶液：吸取5mL浓硫酸（GB 625，95.0%～98.0%，相对密度1.84）缓缓加入90mL水中，冷却后加水至100mL。

4.5 3mol/L硫酸溶液：量取168mL浓硫酸缓缓加入到盛有800mL左右水的大烧杯中，不断搅拌，冷却后，再加水至1000mL。

4.6 二硝基酚指示剂：称取0.2g 2,6-二硝基酚溶于100mL水中。

4.7 0.5%酒石酸锑钾溶液：称取化学纯酒石酸锑钾0.5g溶于100mL水中。

4.8 硫酸钼锑贮备液：量取126mL浓硫酸，缓缓加入到400mL水中，不断搅拌，冷却。另称取经磨细的钼酸铵（GB 657）10g溶于温度约60℃ 300mL水中，冷却。然后将硫酸溶液缓缓倒入钼酸铵溶液中。再加入0.5%酒石酸锑钾溶液（4.7）100mL，冷却后，加水稀释至1000mL，摇匀，贮于棕色试剂瓶中，此贮备液含钼酸铵1%，硫酸2.25mol/L。

4.9 钼锑抗显色剂：称取1.5g抗坏血酸（左旋，旋光度+21～22°）溶于100mL钼锑贮备液中。此溶液有效期不长，宜用时现配。

4.10 磷标准贮备液：准确称取经105℃下烘干2h的磷酸二氢钾（GB 1274，优级纯）0.4390g，用水溶解后，加入5mL浓硫酸，然后加水定容至1000mL。该溶液含磷100mg/L，放入冰箱可供长期使用。

4.11 5mg/L磷标准溶液：吸取5mL磷贮备液（4.10），放入100mL容量瓶中，加水定容。该溶液用时现配。

4.12 无磷定性滤纸。

5 土壤样品制备

取通过1mm孔径筛的风干土样在牛皮纸上铺成薄层，划分成许多小方格。用小勺在每个方格中提取出等量土样（总量不少于20g）于玛瑙研钵中进一步研磨，使其全部通过0.149mm孔径筛。混匀后装入磨口瓶中备用。

6 操作步骤

6.1 熔样

准确称取风干样品0.25g，精确到0.0001g，小心放入镍（或银）坩埚（3.4）底部，切勿粘在壁上。加入无水乙醇（4.2）3～4滴，润湿样品，在样品上平铺2g氢氧化钠（4.1）。将坩埚（处理大批样品时，暂放入大干燥器中以防吸潮）放入高温电炉（3.5），升温。当温度升至400℃左右时，切断电源，暂停15min。然后继续升温至720℃，并保持15min，取出冷却。加入约80℃的水10mL，待熔块溶解后，将溶液无损失地转入100mL容量瓶（3.7）内，同时用3mol/L硫酸溶液（4.5）10mL和水多次洗坩埚，洗涤液也一并移入该容量瓶。冷却，定容。用无磷定性滤纸（4.12）过滤或离心澄清，同时做空白试验。

6.2 绘制校准曲线

分别吸取 5mg/L 磷标准溶液（4.11）0、2mL、4mL、6mL、8mL、10mL 于 50mL 容量瓶（3.7）中，同时加入与显色测定所用的样品溶液等体积的空白溶液及二硝基酚指示剂（4.6）2～3 滴。并用 10％碳酸钠溶液（4.3）或 5％硫酸溶液（4.4）调节溶液至刚呈微黄色。准确加入钼锑抗显色剂（4.9）5mL，摇匀，加水定容，即得含磷量分别为 0.0、0.2mg/L、0.4mg/L、0.8mg/L 的标准溶液系列。摇匀，于 15℃ 以上温度放置 30min 后，在波长 700nm 处，测定其吸光度。在方格坐标纸上以吸光度为纵坐标，磷浓度（mg/L）为横坐标，绘制校准曲线。

6.3 样品溶液中磷的定量

6.3.1 显色

吸取待测样品溶液（6.1）2～10mL（含磷 0.04～1.0μg）于 50mL 容量瓶中，用水稀释至总体积约 3/5 处。加入二硝基酚指示剂（4.6）2～3 滴，并用 10％碳酸钠溶液（4.3）或 5％硫酸溶液（4.4）调节溶液至刚呈微黄色。准确加入 5mL 钼锑抗显色剂（4.9），摇匀，加水定容。在室温 15℃ 以上条件下，放置 30min。

6.3.2 比色

显色的样品溶液在分光光度计（3.6）上，用 700nm、1cm 光径比色皿，以空白试验为参比液调节仪器零点，进行比色测定，读取吸光度。从校准曲线上查得相应的含磷量。

7 分析结果的表述

7.1 土壤全磷量的百分数（按烘干土计算），由下式给出：

$$C \times \frac{V_1}{m} \times \frac{V_2}{V_3} \times 10^{-4} \times \frac{100}{100-H}$$

式中　C——从校准曲线上查得待测样品溶液中磷的含量，mg/L；

　　　m——称样量，g；

　　　V_1——样品熔融后的定容体积，mL；

　　　V_2——显色时溶液定容的体积，mL；

　　　V_3——从熔样定容后分取的体积，mL；

　　　10^{-4}——将 mg/L 浓度单位换算为百分含量的换算因数；

　　　$\dfrac{100}{100-H}$——将风干土变换为烘干土的转换因数；

　　　H——风干土中水分含量百分数。

7.2 用两平行测定的结果的算术平均值表示，小数点后保留三位。

7.3 允许差

平行测定结果的绝对相差，不得超过 0.005％。

附加说明：

本标准由全国农业分析标准化技术委员会归口。

本标准由中国农业科学院分析测试中心负责起草。

本标准主要起草人：肖国壮、张辉、苏方康、杨杰。

四、石灰性土壤有效磷测定方法（GB 12297—90）

（国家技术监督局 1990-03-29 批准，1990-12-01 实施）

1 主题内容与适用范围

本标准规定了测定土壤有效磷的碳酸氢钠浸提-钼锑抗比色法。

本标准适用于石灰性土壤有效磷含量的测定；碱性或中性土壤也可参照使用。

2 方法提要

用 0.50mol/L 碳酸氢钠溶液浸提土壤有效磷。碳酸氢钠可以抑制溶液中 Ca^{2+} 的活度，使某些活性较大的磷酸钙盐被浸提出来；同时也可使活性磷酸铁、铝盐水解而被浸出。浸出液中的磷不致次生沉淀；可用钼锑抗比色法定量。测定值与作物对磷肥反应的相关性高。

3 试剂和溶液

分析中仅能用蒸馏水或相当纯度的水。

3.1 碳酸氢钠（GB 640，分析纯）。

3.2 氢氧化钠（GB 629，化学纯），50%（m/V）溶液。

3.3 活性炭（HG 3—1290，化学纯）。

3.4 盐酸（GB 622，化学纯）：1+1 溶液。

3.5 钼酸铵（GB 657，分析纯）。

3.6 硫酸（GB 625，分析纯）。

3.7 酒石酸氧锑钾 [$K(SbO)C_4H_4O_6 \cdot 1/2H_2O$，分析纯] 0.30%（$m/V$）溶液。

3.8 抗坏血酸（$C_6H_8O_6$，左旋，比旋光度+21～+22°，分析纯）。

3.9 磷酸二氢钾（GB 1274，分析纯）。

3.10 浸提剂（0.50mol/L $NaHCO_3$，pH=8.5）。将 42.0g 碳酸氢钠（3.1）溶于约 800mL 水中，稀释至 1L，用氢氧化钠溶液（3.2）调节至 pH 值至 8.5（用 pH 计测定）。贮存于聚乙烯或玻璃瓶中，用塞塞紧。如贮存期超过 20d，使用时必须检查并校准 pH 值。

3.11 无磷活性炭粉：如果所用活性炭（3.3）含磷，应先用 1+1 盐酸（3.4）浸泡 12h 以上，然后移放在平板漏斗上抽气过滤，用水淋洗 4～5 次，再用浸提剂（3.10）浸泡 12h 以上，在平板漏斗上抽气过滤，用水洗尽碳酸氢钠，并至无磷为止，烘干备用。

3.12 钼锑贮备液：10.0g 钼酸铵（3.5）溶于 300mL 约 60℃ 的水中，冷却。另取 181mL 硫酸（3.6）缓缓注入约 800mL 水中，搅匀，冷却。然后将稀硫酸注入钼酸铵溶液中，随时搅匀；再加入 100mL 酒石酸氧锑钾溶液（3.7）；最后用水稀释至 2L，盛于棕色瓶。

3.13 显色剂：0.50g 抗坏血酸（3.8）溶于 100mL 钼锑贮备液（3.12）中。此试剂有效期在室温下为 24h，在 2～8℃ 冰箱中可贮存 7d。

3.14 磷标准贮备溶液 [$c(P)=100mg/L$]：称取 105℃ 烘干的磷酸二氢钾（3.9）0.4394g，溶于约 200mL 水中，加入 5mL 硫酸（3.6）。转入 1L 容量瓶中，用水定容。此贮备溶液可以长期保存。

3.15 磷标准工作溶液 [$c(P)=5mg/L$]：将磷标准贮备溶液（3.14）用浸提剂（3.10）

准确稀释 20 倍。此工作溶液不宜久存。

4　仪器和设备

4.1　土壤筛：1mm 方孔筛。

4.2　分析天平：感量为 0.01g。

4.3　锥形瓶：50 和 150mL，带橡皮塞。

4.4　漏斗：7cm。

4.5　滤纸：11cm，不含磷。

4.6　移液管：5mL、10mL 和 20mL。

4.7　吸量管：5mL。

4.8　量筒：50mL。

4.9　容量瓶：50mL。

4.10　分光光度计：可在 880nm 波长处测读吸光度。

4.11　恒温往复振荡机，或普通往复振荡机及（25±1）℃的恒温室。振荡频率约 180r/min，但在 150～250r/min 的振荡机都可使用。

5　测定步骤

5.1　土壤有效磷的浸提

称取通过 1mm 筛的风干土样 2.50g，置于干燥的 150mL 锥形瓶中，加入（25±1）℃的浸提剂（3.10）50.0mL，用橡皮塞塞紧，在（25±1）℃的液温下，于往复振荡机上振荡（30±1）min，立即用无磷滤纸过滤入干燥的 150mL 锥形瓶中。

5.2　滤出液中磷的定量

在浸提土样的当天，吸取滤出液 10.00mL❶（含 1～25μg P）放入干燥的 50mL 锥形瓶中，加入显色剂（3.13）5.00mL，慢慢摇动，使二氧化碳逸出。再加入 10.00mL 水，充分摇匀，逐尽二氧化碳。在室温高于 15℃处放置 30min 后，用 1cm 光径比色槽❷在 880nm 波长处比色❸，测读吸光度，以空白溶液 [10.00mL 浸提剂（3.10）代替土壤滤出液，同上处理] 为参比液，调节分光光度计的零点。

5.3　校准曲线的绘制或线性回归方程的计算

在土样测定的同时，吸取磷标准工作溶液（3.15）0，1.50mL，2.50mL，5.00mL，10.00mL，15.00mL，20.00mL，25.00mL，分别放入 50mL 容量瓶中，并用浸提剂（3.10）定容。此标准系列溶液中磷的浓度依次为 0，0.15mg/L，0.25mg/L，0.50mg/L，1.00mg/L，1.50mg/L，2.00mg/L，2.50mg/L P 吸取标准系列溶液各 10.00mL，同上（5.2）处理显色，测读系列溶液的吸光度。然后以上述标准系列溶液的磷浓度为横坐标，相应的吸光度为纵坐标绘制校准曲线，或计算两个变量的直线回归方程。

6　结果表示

6.1　计算

土壤有效磷含量 X（P，mg/kg）按下式计算：

---

❶ 如果土壤有效磷含量较高，应改吸取较少量的滤出液，并加浸提剂（3.10）补足至 10.00mL 后显色。

❷ 比色溶液中的磷浓度很低时，可与标准系列显色溶液（5.3）一起改用 2cm 或 3cm 光径比色槽比色。

❸ 如果没有 880nm 波长的分光光度计，而滤出液的颜色又较深，或滤出液显色后浑浊时，可改在土壤浸提振荡 30min 后，在过滤之前，向土壤悬浊液中加入约 0.3～0.5g 活性炭粉（3.11），摇匀后立即过滤，在比色时可用 660～720nm 波长或红色滤光片比色。

$$X = c \times 20$$

式中　c——从校准曲线或回归方程求得土壤滤出液中磷的浓度，mg/kg P；

　　　20——浸提时的液土比。

注：如果定量磷时吸取滤出液少于 10mL，则测定结果必须再乘以稀释倍数（10/吸取滤出液体积，mL）。

6.2　精密度

（1）取平行测定结果的算术平均值为测定结果；

（2）平行测定结果的允许差：

测定值，mg/kg P	允许差
＜10	绝对差值＜0.5mg/kg P
10～20	绝对差值＜1.0mg/kg P
＞20	相对差＜5%

附加说明：

本标准由中华人民共和国农业部提出。

本标准由北京农业大学土壤及植物营养系负责起草。

本标准起草人：韩琅丰、李酉开。

五、土壤全氮测定法（半微量开氏法）（UDC 631. 423 GB 7173—87）

（国家标准局 1987-01-03 发布，1987-08-01 实施）

本标准适用于测定土壤全氮含量。

1　测定原理

样品在加速剂的参与下，用浓硫酸消煮时，各种含氮有机化合物，经过复杂的高温分解反应，转化为铵态氮。碱化后蒸馏出来的氨用硼酸吸收，以酸标准溶液滴定，求出土壤全氮含量（不包括全部硝态氮）。

包括硝态和亚硝态氮的全氮测定，在样品消煮前，需先用高锰酸钾将样品中的亚硝态氮氧化为硝态氮后，再用还原铁粉使全部硝态氮还原，转化成铵态氮。

2　仪器、设备

2.1　土壤样品粉碎机。

2.2　玛瑙研钵。

2.3　土壤筛：孔径 1.0mm（18 目）；0.25mm（60 目）。

2.4　分析天平：感量为 0.0001g。

2.5　硬质开氏烧瓶：容积 50mL，100mL。

2.6　半微量定氮蒸馏装置。

2.7　半微量滴定管：容积 10mL，25mL。

2.8　锥形瓶：容积 150mL。

2.9 电炉：300W 变温电炉。

3 试剂

3.1 硫酸（GB 625—77）：化学纯。

3.2 硫酸（GB 625—77）或盐酸（GB 622—77）：分析纯，0.005mol/L 硫酸或 0.01mol/L 盐酸标准溶液。

3.3 氢氧化钠（GB 629—81）：工业用或化学纯，10mol/L 氢氧化钠溶液。

3.4 硼酸-指示剂混合液。

3.4.1 硼酸（GB 628—78）：分析纯，2%溶液（W/V）。

3.4.2 混合指示剂：0.5g 溴甲酚绿（HG3—1220—79）和 0.1g 甲基红（HG3—958—76）于玛瑙研钵中，加入少量 95%乙醇，研磨至指示剂全部溶解后，加 95%乙醇至 100mL。使用前，每升硼酸溶液中加 20mL 混合指示剂，并用稀碱调节至红紫色（pH 值约 4.5）。此液放置时间不宜过长，如在使用过程中 pH 值有变化，需随时用稀酸或稀碱调节之。

3.5 加速剂：100g 硫酸钾（HG3—920—76，化学纯），10g 五水合硫酸铜（GB 665—78，化学纯），1g 硒粉（HG3—926—76）于研钵中研细，必须充分混合均匀。

3.6 高锰酸钾溶液：25g 高锰酸钾（GB 643—77）溶于 500mL 无离子水，贮于棕色瓶中。

3.7 1∶1 硫酸。

3.8 还原铁粉：磨细通过孔径 0.15mm（100 目）筛。

3.9 辛醇。

4 土壤样品的制备

将通过孔径 1mm（18 目）筛的土样，在牛皮纸上铺成薄层，划分成多个小方格。用小勺于每个方格中，取等量的土样（总量不得少于 20g）于玛瑙研钵中研磨，使之全部通过 0.25mm 筛。混合均匀后备用。

5 测定步骤

5.1 称取风干土样（通过 0.25mm 筛）1.0×××g（含氮约 1mg），同时测定土样水分含量。

5.2 土样消煮

5.2.1 不包括硝态和亚硝态氮的消煮

将土样送入干燥的开氏瓶底部，加少量无离子水（约 0.5~1mL）湿润土样后，加入 2g 加速剂和 5mL 浓硫酸，摇匀。将开氏瓶倾斜置于 300W 变温电炉上，用小火加热，待瓶内反应缓和时（约 10~15min），加强火力使消煮的土液保持微沸，加热的部位不超过瓶中的液面，以防瓶壁温度过高而使铵盐受热分解，导致氮素损失。消煮的温度以硫酸蒸气在瓶颈上部 1/3 处冷凝回流为宜。待消煮液和土粒全部变为灰白稍带绿色后，再继续消煮 1h。消煮完毕，冷却，待蒸馏。在消煮土样的同时，做两份空白测定，除不加土样外，其他操作皆与测定土样时相同。

5.2.2 包括硝态和亚硝态氮的消煮

将土样送入干燥的 50mL 开氏瓶底部，加 1mL 高锰酸钾溶液，摇动开氏瓶，缓缓加入 2mL 1∶1 硫酸，不断转动开氏瓶，然后放置 5min，再加入 1 滴辛醇。通过长颈漏斗将 0.5g（±0.01g）还原铁粉送入开氏瓶底部，瓶口盖上小漏斗，转动开氏瓶，使铁粉与酸接触，待剧烈反应停止时（约 5min），将开氏瓶置于电炉上缓缓加热 45min（瓶内土液应保持微沸，以不引起大量水分丢失为宜）。停火，待开氏瓶冷却后，通过长颈漏斗加 2g 加速剂和 5mL 浓硫酸，摇匀。按 5.2.1 的步骤，消煮至土液全部变为黄绿色，再继续消煮 1h。消煮完毕，冷却，待蒸馏。在消煮土样的同时，做两份空白测定。

5.3　氨的蒸馏

5.3.1　蒸馏前先检查蒸馏装置是否漏气，并通过水的馏出液将管道洗净。

5.3.2　待消煮液冷却后，用少量无离子水将消煮液定量地全部转入蒸馏器内，并用水洗涤开氏瓶 4～5 次（总用水量不超过 30～35mL）。

于 150mL 锥形瓶中，加入 5mL 2％硼酸-指示剂混合液，放在冷凝管末端，管口置于硼酸液面以上 3～4cm 处。然后向蒸馏室内缓缓加入 2mL 10mol/L 氢氧化钠溶液，通入蒸汽蒸馏，待馏出液体积约 50mL 时，即蒸馏完毕。用少量已调节至 pH4.5 的水洗涤冷凝管的末端。

5.3.3　用 0.005mol/L 硫酸（或 0.01mol/L 盐酸）标准溶液滴定馏出液由蓝绿色至刚变为红紫色。记录所用酸标准溶液的体积（mL）。空白测定所用酸标准溶液的体积，一般不得超过 0.4mL。

6　测定结果的计算

6.1　计算公式

$$土壤全氮 = \frac{(V - V_0) \times C_H \times 0.014}{m} \times 100\%$$

式中　V——滴定试液时所用酸标准溶液的体积，mL；

　　V_0——滴定空白时所用酸标准溶液的体积，mL；

　　C_H——酸标准溶液的浓度，mol/L；

　0.014——氮原子的毫摩质量；

　　m——烘干土样质量，g。

6.2　平行测定结果，用算术平均值表示，保留小数点后三位。

6.3　平行测定结果的相差：土壤含氮量大于 0.1％时，不得超过 0.005％；含氮 0.1％～0.06％时，不得超过 0.004％；含氮小于 0.06％时，不得超过 0.003％。

附加说明：

本标准由中华人民共和国农牧渔业部提出。

本标准由北京农业大学负责起草。

本标准主要起草人：周斐德、邵则瑶。

六、土壤有机质测定法（GB 9834—88）

（中华人民共和国农业部 1988-06-30 批准，1989-03-01 实施）

1　主题内容与适用范围

本标准规定了土壤有机质测定方法的原理、步骤和计算方法。

本标准适用于测定土壤有机质含量在 15％以下的土壤。

2 测定原理

用定量的重铬酸钾-硫酸溶液，在电砂浴加热条件下，使土壤中的有机碳氧化，剩余的重铬酸钾用硫酸亚铁标准溶液滴定，并以二氧化硅为添加物作试剂空白标定，根据氧化前后氧化剂质量差值，计算出有机碳量，再乘以系数 1.724，即为土壤有机质含量。

3 仪器、设备

3.1 分析天平：感量 0.001g。

3.2 电砂浴。

3.3 磨口三角瓶：150mL。

3.4 磨口简易空气冷凝管：直径 0.9cm，长 19cm。

3.5 定时钟。

3.6 自动调零滴定管：10.00、25.00mL。

3.7 小型日光滴定台。

3.8 温度计：200~300℃。

3.9 铜丝筛：孔径 0.25mm。

3.10 瓷研钵。

4 试剂

除特别注明者外，所用试剂皆为分析纯。

4.1 重铬酸钾（GB 642—77）。

4.2 硫酸（GB 625—77）。

4.3 硫酸亚铁（GB 664—77）。

4.4 硫酸银（HG 3—945—76）：研成粉末。

4.5 二氧化硅（Q/HG 22—562—76）：粉末状。

4.6 邻菲啰啉指示剂：称取邻菲啰啉 1.490g 溶于含有 0.700g 硫酸亚铁（4.3）的 100mL 水溶液中。此指示剂易变质，应密闭保存于棕色瓶中备用。

4.7 0.4mol/L 重铬酸钾-硫酸溶液：称取重铬酸钾（4.1）39.23g，溶于 600~800mL 蒸馏水中，待完全溶解后加水稀释至 1L，将溶液移入 3L 大烧杯中；另取 1L 相对密度为 1.84 的浓硫酸（4.2），慢慢地倒入重铬酸钾水溶液内，不断搅动，为避免溶液急剧升温，每加约 100mL 硫酸后稍停片刻，并把大烧杯放在盛有冷水的盆内冷却，待溶液的温度降到不烫手时再加另一份硫酸，直到全部加完为止。

4.8 重铬酸钾标准溶液：称取经 130℃ 烘 1.5h 的优级纯重铬酸钾（4.1）9.807g，先用少量水溶解，然后移入 1L 容量瓶内，加水定容。此溶液浓度 $c(1/6K_2Cr_2O_7)=0.2000mol/L$。

4.9 硫酸亚铁标准溶液：称取硫酸亚铁（4.3）56g，溶于 600~800mL 水中，加浓硫酸（4.2）20mL，搅拌均匀，加水定容至 1L（必要时过滤），贮于棕色瓶中保存。此溶液易受空气氧化，使用时必须每天标定一次准确浓度。

硫酸亚铁标准溶液的标定方法如下：

吸取重铬酸钾标准溶液（4.8）20mL，放入 150mL 三角瓶中，加浓硫酸（4.2）3mL 和邻菲啰啉指示剂（4.6）3~5 滴，用硫酸亚铁溶液滴定，根据硫酸亚铁溶液的消耗量，计算硫酸亚铁标准溶液浓度 c_2。

$$c_2 = \frac{c_1 V_1}{V_2} \tag{1}$$

式中 c_2——硫酸亚铁标准溶液的浓度，mol/L；

c_1——重铬酸钾标准溶液的浓度，mol/L；

V_1——吸取的重铬酸钾标准溶液的体积，mL；

V_2——滴定时消耗硫酸亚铁溶液的体积，mL。

5 样品的选择和制备

5.1 选取有代表性风干土壤样品，用镊子挑除植物根叶等有机残体，然后用木棍把土块压细，使之通过 1mm 筛。充分混匀后，从中取出试样 10～20g，磨细，并全部通过 0.25mm 筛，装入磨口瓶中备用。

5.2 对新采回的水稻土或长期处于渍水条件下的土壤，必须在土壤晾干压碎后，平摊成薄层，每天翻动一次，在空气中暴露一周左右后才能磨样。

6 测定步骤

6.1 按表 1 有机质含量的规定称取制备好的风干试样 0.05～0.5g，精确到 0.0001g。置入 150mL 三角瓶中，加粉末状的硫酸银（4.4）0.1g，然后用自动调零滴定管（3.6），准确加入 0.4mol/L 重铬酸钾-硫酸溶液（4.7）10mL 摇匀。

表 1 不同土壤有机质含量的称样量

有机质含量/%	试样质量/g	有机质含量/%	试样质量/g
2 以下	0.4～0.5	7～10	0.1
2～7	0.2～0.3	10～15	0.05

6.2 将盛有试样的三角瓶装一简易空气冷凝管（3.4），移置已预热到 200～230℃的电

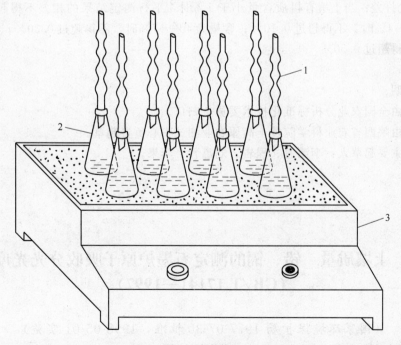

图 1 消煮装置

1—简易空气冷凝管；2—三角瓶；3—电砂浴

砂浴（3.2）上加热（见图1）。当简易空气冷凝管下端落下第一滴冷凝液，开始计时，消煮5min±0.5min。

6.3 消煮完毕后，将三角瓶从电砂浴上取下，冷却片刻，用水冲洗冷凝管内壁及其底端外壁，使洗涤液流入原三角瓶，瓶内溶液的总体积应控制在 60～80mL 为宜，加 3～5 滴邻菲啰啉指示剂（4.6），用硫酸亚铁标准溶液（4.9）滴定剩余的重铬酸钾。溶液的变色过程是先由橙黄变为蓝绿，再变为棕红，即达终点。如果试样滴定所用硫酸亚铁标准溶液的毫升数不到空白标定所耗硫酸亚铁标准溶液毫升数的 1/3 时，则应减少土壤称样量，重新测定。

6.4 每批试样测定必须同时做 2～3 个空白标定。取 0.500g 粉末状二氧化硅（4.5）代替试样，其他步骤与试样测定相同，取其平均值。

7 结果计算

7.1 土壤有机质含量 X（按烘干土计算），由式（2）计算：

$$X = \frac{(V_0 - V)c_2 \times 0.003 \times 1.724}{m} \times 100\% \tag{2}$$

式中 X——土壤有机质含量，%；

V_0——空白滴定时消耗硫酸亚铁标准溶液的体积，mL；

V——测定试样时消耗硫酸亚铁标准溶液的体积，mL；

c_2——硫酸亚铁标准溶液的浓度，mol/L；

0.003——1/4 碳原子的摩尔质量数，g/mol；

1.724——由有机碳换算为有机质的系数；

m——烘干试样质量，g。

平行测定的结果用算术平均值表示，保留三位有效数字。

7.2 允许差：当土壤有机质含量小于 1% 时，平行测定结果的相差不得超过 0.05%；含量为 1%～4% 时，不得超过 0.10%；含量为 4%～7% 时，不得超过 0.30%；含量在 10% 以上时，不得超过 0.50%。

附加说明：

本标准由全国农业分析标准化技术委员会归口。

本标准由陕西省农业科学院黄土高原农业测试中心负责起草。

本标准主要起草人：李鸿恩、程岩、刘惠蓉、李果。

七、土壤质量　铅、镉的测定石墨炉原子吸收分光光度法
（GB/T 17141—1997）

（国家环境保护局 1977-07-30 批准，1998-05-01 实施）

1 主题内容与适用范围

1.1 本标准规定了测定土壤中铅、镉的石墨炉原子吸收分光光度法。

1.2 本标准的检出限（按称取 0.5 g 试样消解定容至 50mL 计算）为：铅 0.1mg/kg，镉 0.01mg/kg。

1.3 使用塞曼法、自吸收法和氘灯法扣除背景，并在磷酸氢二铵或氯化铵等基体改进剂存在下，直接测定试液中的痕量铅、镉未见干扰。

2 原理

采用盐酸-硝酸-氢氟酸-高氯酸全消解的方法，彻底破坏土壤的矿物晶格，使试样中的待测元素全部进入试液。然后，将试液注入石墨炉中。经过预先设定的干燥、灰化、原子化等升温程序使共存基体成分蒸发除去，同时在原子化阶段的高温下铅、镉化合物离解为基态原子蒸气，并对空心阴极灯发射的特征谱线产生选择性吸收。在选择的最佳测定条件下，通过背景扣除，测定试液中铅、镉的吸光度。

3 试剂

本标准所使用的试剂除另有说明外，均使用符合国家标准的分析纯试剂和去离子水或同等纯度的水。

3.1 盐酸（HCl）：$\rho=1.19g/mL$，优级纯。

3.2 硝酸（HNO_3）：$\rho=1.42g/mL$，优级纯。

3.3 硝酸溶液，1+5：用 3.2 配制。

3.4 硝酸溶液，体积分数为 0.2%：用 3.2 配制。

3.5 氢氟酸（HF）：$\rho=1.49g/mL$。

3.6 高氯酸（$HClO_4$）：$\rho=1.68g/mL$，优级纯。

3.7 磷酸氢二铵 [$(NH_4)_2HPO_4$]（优级纯）水溶液，重量分数为 5%。

3.8 铅标准储备液，0.500mg/mL：准确称取 0.5000g（精确至 0.0002g）光谱纯金属铅于 50mL 烧杯中，加入 20mL 硝酸溶液（3.3），微热溶解。冷却后转移至 1000mL 容量瓶中，用水定容至标线，摇匀。

3.9 镉标准储备液，0.500mg/mL：准确称取 0.5000g（精确至 0.0002g）光谱纯金属镉粒于 50mL 烧杯中，加入 20mL 硝酸溶液（3.3），微热溶解。冷却后转移至 1000mL 容量瓶中，用水定容至标线，摇匀。

3.10 铅、镉混合标准使用液，铅 $250\mu g/L$、镉 $50\mu g/L$：临用前将铅、镉标准储备液（3.8）、（3.9），用硝酸溶液（3.4）经逐级稀释配制。

4 仪器

4.1 一般实验室仪器和以下仪器。

4.2 石墨炉原子吸收分光光度计（带有背景扣除装置）。

4.3 铅空心阴极灯。

4.4 镉空心阴极灯。

4.5 氩气钢瓶。

4.6 $10\mu L$ 手动进样器。

4.7 仪器参数

不同型号仪器的最佳测试条件不同，可根据仪器使用说明书自行选择。通常本标准采用的测量条件见表 1。

表 1 仪器测量条件

元　素	铅	镉	元　素	铅	镉
测定波长/nm	283.3	228.8	原子化/(℃/s)	2000/5	1500/5
通带宽度/nm	1.3	1.3	清除/(℃/s)	2700/3	2600/3
灯电流/mA	7.5	7.5	氩气流量/(mL/min)	200	200
干燥/(℃/s)	80~100/20	80~100/20	原子化阶段是否停气	是	是
灰化/(℃/s)	700/20	500/20	进样量/μL	10	10

5 样品

将采集的土壤样品（一般不少于 500g）混匀后用四分法缩分至约 100g。缩分后的土样经风干（自然风干或冷冻干燥）后，除去土样中石子和动植物残体等异物，用木棒（或玛瑙棒）研压，通过 2mm 尼龙筛（除去 2mm 以上的砂砾），混匀。用玛瑙研钵将通过 2mm 尼龙筛的土样研磨至全部通过 100 目（孔径 0.149mm）尼龙筛，混匀后备用。

6 分析步骤

6.1 试液的制备

准确称取 0.1~0.3g（精确至 0.0002g）试样于 50mL 聚四氟乙烯坩埚中，用水润湿后加入 5mL 盐酸（3.1），于通风橱内的电热板上低温加热，使样品初步分解，当蒸发至约 2~3mL 时，取下稍冷，然后加入 5mL 硝酸（3.2），4mL 氢氟酸（3.5），2mL 高氯酸（3.6），加盖后于电热板上中温加热 1h 左右，然后开盖，继续加热除硅，为了达到良好的飞硅效果，应经常摇动坩埚。当加热至冒浓厚高氯酸白烟时，加盖，使黑色有机碳化物充分分解。待坩埚上的黑色有机物消失后，开盖驱赶白烟并蒸至内容物呈黏稠状。视消解情况，可再加入 2mL 硝酸（3.2），2mL 氢氟酸（3.5），1mL 高氯酸（3.6），重复上述消解过程。当白烟再次基本冒尽且内容物呈黏稠状时，取下稍冷，用水冲洗坩埚盖和内壁，并加入 1mL 硝酸溶液（3.3）温热溶解残渣。然后将溶液转移至 25mL 容量瓶中，加入 3mL 磷酸氢二铵溶液（3.7）冷却后定容，摇匀备测。

由于土壤种类多，所含有机质差异较大，在消解时，应注意观察，各种酸的用量可视消解情况酌情增减。土壤消解液应呈白色或淡黄色（含铁较高的土壤），没有明显沉淀物存在。

注意：电热板的温度不宜太高，否则会使聚四氟乙烯坩埚变形。

6.2 测定

按照仪器使用说明书调节仪器至最佳工作条件，测定试液的吸光度。

6.3 空白试验

用水代替试样，采用和（6.1）相同的步骤和试剂，制备全程序空白溶液，并按步骤（6.2）进行测定。每批样品至少制备 2 个以上的空白溶液。

6.4 校准曲线

准确移取铅、镉混合标准使用液（3.10）0.00、0.50mL、1.00mL、2.00mL、3.00mL、5.00mL 于 25mL 容量瓶中。加入 3.0mL 磷酸氢二铵溶液（3.7），用硝酸溶液（3.4）定容。该标准溶液含铅 0、5.0μg/L、10.0μg/L、20.0μg/L、30.0μg/L、50.0μg/L，含镉 0、1.0μg/L、2.0μg/L、4.0μg/L、6.0μg/L、10.0μg/L。按（6.2）中的条件由低到高浓度顺次测定标准溶液的吸光度。

用减去空白的吸光度与相对应的元素含量（μg/L）分别绘制铅、镉的校准曲线。

7 结果的表示

土壤样品中铅、镉的含量 $W[Pb(Cd)，mg/kg]$ 按式（1）计算：

$$W = \frac{cV}{m(1-f)} \tag{1}$$

式中 c——试液的吸光度减去空白试验的吸光度，然后在校准曲线上查得铅、镉的含量，$\mu g/L$；

V——试液定容的体积，mL；

m——称取试样的重量，g；

f——试样中水分的含量，%。

8 精密度和准确度

多个实验室用本方法分析 ESS 系列土壤标样中铅、镉的精密度和准确度见表2。

表2 方法的精密度和准确度

元素	实验室数	土壤标样	保证值/(mg/kg)	总均值/(mg/kg)	室内相对标准偏差/%	室间相对标准偏差/%	相对误差/%
Pb	19	ESS-1	23.6±1.2	23.7	4.2	7.3	0.42
	21	ESS-3	33.3±1.3	33.7	3.9	8.6	1.2
Cd	25	ESS-1	0.083±0.011	0.080	3.6	6.2	−3.6
	28	ESS-3	0.044±0.014	0.045	4.1	8.4	2.3

附 录 A

（标准的附录）

土样水分含量测定

A.1 称取通过 100 目筛的风干土样 5～10g（准确至 0.01g），置于铝盒或称量瓶中，在 105℃烘箱中烘 4～5h，烘干至恒重。

A.2 以百分数表示的风干土样水分含量 f 按式（A.1）计算：

$$f = \frac{W_1 - W_2}{W_1} \times 100\% \tag{A.1}$$

式中 f——土样水分含量，%；

W_1——烘干前土样重量，g；

W_2——烘干后土样重量，g。

附加说明：

本标准由国家环境保护局科技标准司提出。

本标准由中国环境监测总站负责起草。

本标准主要起草人：齐文启、刘京。

本标准由中国环境监测总站负责解释。

八、土壤质量 铜、锌的测定 火焰原子吸收分光光度法
（GB/T 17138—1997）

（国家环境保护局 1997-07-30 批准，1998-05-01 实施）

1 主题内容与适用范围

1.1 本标准规定了测定土壤中铜、锌的火焰原子吸收分光光度法。

1.2 本标准的检出限《按称取 0.5g 试样消解定容至 50mL 计算》为：铜 1mg/kg，锌 0.5mg/kg。

1.3 当土壤消解液中铁含量大于 100mg/L 时，抑制锌的吸收，加入硝酸镧可消除共存成分的干扰。含盐类高时，往往出现非特征吸收，此时可用背景校正加以克服。

2 原理

采用盐酸-硝酸-氢氟酸-高氯酸全分解的方法，彻底破坏土壤的矿物晶格，使试样中的待测元素全部进入试液中。然后，将土壤消解液喷入空气-乙炔火焰中。在火焰的高温下，铜、锌化合物离解为基态原子，该基态原子蒸气对相应的空心阴极灯发射的特征谱线产生选择性吸收。在选择的最佳测定条件下，测定铜、锌的吸光度。

3 试剂

本标准所使用的试剂除另有说明外，均使用符合国家标准的分析纯试剂和去离子水或同等纯度的水。

3.1 盐酸（HCl）：$\rho=1.19g/mL$，优级纯。

3.2 硝酸（HNO_3）：$\rho=1.42g/mL$，优级纯。

3.3 硝酸溶液，1+1：用（3.2）配制。

3.4 硝酸溶液，体积分数为 0.2%：用 3.2 配制。

3.5 氢氟酸（HF）：$\rho=1.49g/mL$。

3.6 高氯酸（$HClO_4$）：$\rho=1.68g/mL$，优级纯。

3.7 硝酸镧 $[La(NO_3)_3 \cdot 6H_2O]$ 水溶液，质量分数为 5%。

3.8 铜标准储备液，1.000mg/mL：称取 1.0000g（精确至 0.0002g）光谱纯金属铜于 50mL 烧杯中，加入硝酸溶液（3.3）20mL，温热，待完全溶解后，转至 1000mL 容量瓶中，用水定容至标线，摇匀。

3.9 锌标准储备液，1.000mg/mL：称取 1.0000g（精确至 0.0002g）光谱纯金属锌粒于 50mL 烧杯中，用 20mL 硝酸溶液（3.3）溶解后，转移至 1000mL 容量瓶中，用水定容至标线，摇匀。

3.10 铜、锌混合标准使用液，铜 20.0mg/L，锌 10.0mg/L：用硝酸溶液（3.4）逐级稀释铜、锌标准储备液（3.8）、（3.9）配制。

4 仪器

4.1 一般实验室仪器和以下仪器。

4.2 原子吸收分光光度计（带有背景校正器）。

4.3 铜空心阴极灯。

4.4 锌空心阴极灯。

4.5 乙炔钢瓶。

4.6 空气压缩机，应备有除水、除油和除尘装置。

4.7 仪器参数

不同型号仪器的最佳测试条件不同，可根据仪器使用说明书自行选择。通常本标准采用表 1 中的测量条件。

5 样品

将采集的土壤样品（一般不少于 500g）混匀后用四分法缩分至约 100g。缩分后的土样经风干（自然风干或冷冻干燥）后，除去土样中石子和动植物残体等异物，用木棒（或玛瑙棒）研压，通过 2mm 尼龙筛（除去 2mm 以上的砂砾），混匀。用玛瑙研钵将通过 2mm 尼

表 1　仪器测量条件

元素	铜	锌	元素	铜	锌
测定波长/nm	324.8	213.8	火焰性质	氧化性	氧化性
通带宽度/nm	1.3	1.3	其他可测定波长/nm	327.4,225.8	307.6
灯电流/mA	7.5	7.5			

龙筛的土样研磨至全部通过 100 目（孔径 0.149mm）尼龙筛，混匀后备用。

6　分析步骤

6.1　试液的制备

准确称取 0.2～0.5g（精确至 0.0002g）试样于 50mL 聚四氟乙烯坩埚中，用水润湿后加入 10mL 盐酸（3.1），于通风橱内的电热板上低温加热，使样品初步分解，待蒸发至约剩 3mL 左右时，取下稍冷，然后加入 5mL 硝酸（3.2），5mL 氢氟酸（3.5），3mL 高氯酸（3.6），加盖后于电热板上中温加热。1h 后，开盖，继续加热除硅，为了达到良好的飞硅效果，应经常摇动坩埚。当加热至冒浓厚白烟时，加盖，使黑色有机碳化物分解。待坩埚壁上的黑色有机物消失后，开盖驱赶高氯酸白烟并蒸至内容物呈黏稠状。视消解情况可再加入 3mL 硝酸（3.2），3mL 氢氟酸（3.5）和 1mL 高氯酸（3.6），重复上述消解过程。当白烟再次基本冒尽且坩埚内容物呈黏稠状时，取下稍冷，用水冲洗坩埚盖和内壁，并加入 1mL 硝酸溶液（3.3）温热溶解残渣。然后将溶液转移至 50mL 容量瓶中，加入 5mL 硝酸镧溶液（3.7），冷却后定容至标线摇匀，备测。

由于土壤种类较多，所含有机质差异较大，在消解时，要注意观察，各种酸的用量可视消解情况酌情增减。土壤消解液应呈白色或淡黄色（含铁量高的土壤），没有明显沉淀物存在。

注意：电热板温度不宜太高，否则会使聚四氟乙烯坩埚变形。

6.2　测定

按照仪器使用说明书调节仪器至最佳工作条件，测定试液的吸光度。

6.3　空白试验

用去离子水代替试样，采用和（6.1）相同的步骤和试剂，制备全程序空白溶液。并按步骤（6.2）进行测定。每批样品至少制备 2 个以上的空白溶液。

6.4　校准曲线

参考表 2，在 50mL 容量瓶中，各加入 5mL 硝酸镧溶液（3.7），用硝酸溶液（3.4）稀释混合标准使用液（3.10），配制至少 5 个标准工作溶液，其浓度范围应包括试液中铜、锌的浓度。按步骤（6.2）中的条件由低到高浓度测定其吸光度。

用减去空白的吸光度与相对应的元素含量（mg/L）绘制校准曲线。

表 2　校准曲线溶液浓度

混合标准使用液加入体积/mL	0.00	0.50	1.00	2.00	3.00	5.00
校准曲线溶液浓度 Cu/(mg/L)	0.00	0.20	0.40	0.80	1.20	2.00
校准曲线溶液浓度 Zn/(mg/L)	0.00	0.10	0.20	0.40	0.60	1.00

7　结果的表示

土壤样品中铜、锌的含量 $W[Cu(Zn)，mg/kg]$ 按式（1）计算：

$$W=\frac{cV}{m(1-f)} \tag{1}$$

式中　c——试液的吸光度减去空白试验的吸光度，然后在校准曲线上查得铜、锌的含量，mg/L；

　　　V——试液定容的体积，mL；

m——称取试样的重量，g；

f——试样的水分含量，%。

8 精密度和准确度

多个实验室用本方法分析 ESS 系列土壤标样中铜、锌的精密度和准确度见表3。

表3 方法的精密度和准确度

元素	实验室数	土壤标样	保证值 /(mg/kg)	总均值 /(mg/kg)	室内相对标准 偏差/%	室间相对标准 偏差/%	相对误差 /%
Cu	35	ESS-1	20.9±0.8	20.7	2.3	6.8	−0.96
	34	ESS-3	29.4±1.6	29.2	2.0	4.8	−0.68
	30	ESS-4	26.3±1.7	25.6	2.3	3.9	−2.7
Zn	32	ESS-1	55.2±3.4	56.2	2.8	7.3	1.8
	31	ESS-3	89.3±4.0	88.4	1.6	5.0	−1.0
	31	ESS-4	69.1±3.5	68.1	3.2	4.1	−1.4

附 录 A

（标准的附录）

土样水分含量测定

A.1 称取通过 100 目筛的风干土样 5～10g（准确至 0.01g），置于铝盒或称量瓶中，在 105℃烘箱中烘 4～5h，烘干至恒重。

A.2 以百分数表示的风干土样水分含量 f 按式（A.1）计算：

$$f = \frac{W_1 - W_2}{W_1} \times 100\% \tag{A.1}$$

式中 f——土样水分含量，%；

W_1——烘干前土样重量，g；

W_2——烘干后土样重量，g。

附加说明：

本标准由国家环境保护局科技标准司提出。

本标准由中国环境监测总站负责起草。

本标准主要起草人：刘京、齐文启。

本标准由中国环境监测总站负责解释。

九、土壤质量 总铬的测定 火焰原子吸收分光光度法
(GB/T 17137—1997)

（国家环境保护局 1997-07-30 批准，1998-05-01 实施）

1 主题内容与适用范围

1.1 本标准规定了测定土壤中总铬的火焰原子吸收分光光度法。

1.2 本标准的检出限（按称取 0.5g 试样消解定容至 50mL 计算）为 5mg/kg。

1.3 干扰

1.3.1 铬是易形成耐高温氧化物的元素，其原子化效率受火焰状态和燃烧器高度的影响较大，需使用富燃烧性（还原性）火焰，观测高度以 10mm 处最佳。

1.3.2 加入氯化铵可以抑制铁、钴、镍、钒、铝、镁、铅等共存离子的干扰。

2 原理

采用盐酸-硝酸-氢氟酸-高氯酸全分解的方法，破坏土壤的矿物晶格，使试样中的待测元素全部进入试液，并且，在消解过程中，所有铬都被氧化成 $Cr_2O_7^{2-}$。然后，将消解液喷入富燃性空气-乙炔火焰中。在火焰的高温下，形成铬基态原子，并对铬空心阴极灯发射的特征谱线 357.9nm 产生选择性吸收。在选择的最佳测定条件下，测定铬的吸光度。

3 试剂

本标准所使用的试剂除另有说明外，均使用符合国家标准的分析纯试剂和去离子水或同等纯度的水。

3.1 盐酸（HCl）：$\rho=1.19g/mL$，优级纯。

3.2 盐酸溶液，1+1：用（3.1）配制。

3.3 硝酸（HNO_3）：$\rho=1.42g/mL$，优级纯。

3.4 氢氟酸（HF）：$\rho=1.49g/mL$。

3.5 硫酸（H_2SO_4）：$\rho=1.84g/mL$，优级纯。

3.6 硫酸溶液，1+1：用（3.5）配制。

3.7 氯化铵水溶液，质量分数为 10%。

3.8 铬标准储备液，1.000mg/mL：准确称取 0.2829g 基准重铬酸钾（$K_2Cr_2O_7$），用少量水溶解后全量转移入 100mL 容量瓶中，用水定容至标线，摇匀。

3.9 铬标准使用液，50mg/L：移取铬标准储备液（3.8）5.00mL 于 100mL 容量瓶中，加水定容至标线，摇匀。

4 仪器

4.1 一般实验室仪器和以下仪器。

4.2 原子吸收分光光度计。

4.3 铬空心阴极灯。

4.4 乙炔钢瓶。

4.5 空气压缩机，应备有除水、除油和除尘装置。

4.6 仪器参数

不同型号仪器的最佳测定条件不同，可根据仪器使用说明书自行选择。通常本标准采用表 1 中的测量条件。

表 1 仪器测量条件

元 素	Cr	元 素	Cr
测定波长/nm	357.9	次灵敏线/nm	359.0;360.5;425.4
通带宽度/nm	0.7	燃烧器高度	10mm（使空心阴极灯光斑通过火焰亮蓝色部分）
火焰性质	还原性		

5 样品

将采集的土壤样品（一般不少于 500g）混匀后用四分法缩分至约 100g。缩分后的土样经风干（自然风干或冷冻干燥）后，除去土样中石子和动植物残体等异物，用木棒（或玛瑙棒）研压，通过2mm尼龙筛（除去2mm以上的砂砾），混匀。用玛瑙研钵将通过2mm尼龙筛的土样研磨至全部通过100目（孔径0.149mm）尼龙筛，混匀后备用。

6 分析步骤

6.1 试液的制备

准确称取0.2～0.5g（精确至0.0002g）试样于50mL聚四氟乙烯坩埚中，用少量水润湿，加入硫酸溶液（3.6）5mL，硝酸（3.3）10mL，静置。待剧烈反应停止后，加盖，移至电热板上加热分解1h左右。开盖，待土壤分解物呈黏稠状时，加入5mL氢氟酸（3.4）并中温加热除硅，为了达到良好的飞硅效果，应经常摇动坩埚。当加热至冒SO_3白烟时，加盖，使黑色有机碳化物充分分解，然后，取下坩埚，稍冷，用少量水冲洗坩埚盖和坩埚内壁，再加热将SO_3白烟赶尽并蒸至内容物呈不流动状态。取下坩埚稍冷，加水盐酸溶液（3.2）3mL，温热溶解可溶性残渣，全量转移至50mL容量瓶中，加入5mL NH_4Cl溶液（3.7），冷却后定容至标线，摇匀。

由于土壤种类较多，所含有机质差异较大，在消解时，应注意观察，各种酸的用量可视消解情况酌情增减。

注意：电热板温度不宜太高，否则会使聚四氟乙烯坩埚变形。

6.2 测定

按照仪器使用说明书调节仪器至最佳工作状态，测定试液的吸光度。

6.3 空白试验

用去离子水代替试样，采用和（6.1）相同的步骤和试剂，制备全程序空白溶液，并按步骤（6.2）进行测定。每批样品至少制备2个以上的空白溶液。

6.4 校准曲线

准确移取铬标准使用液（3.9）0.00、0.50mL、1.00mL、2.00mL、3.00mL、4.00mL于50mL容量瓶中，然后，分别加入5mL NH_4Cl溶液（3.7），3mL盐酸溶液（3.2），用水定容至标线，摇匀，其铬的含量为0.00、0.05mg/L、1.0mg/L、2.0mg/L、3.0mg/L、4.0mg/L。此浓度范围应包括试液中铬的浓度。按（6.2）中的条件由低到高浓度顺次测定标准溶液的吸光度。

用减去空白的吸光度与相对应的元素含量（mg/L）绘制校准曲线。

7 结果的表示

土壤样品中铬的含量W（mg/kg）按式（1）计算：

$$W = \frac{cV}{m(1-f)} \tag{1}$$

式中　c——试液的吸光度减去空白溶液的吸光度，然后在校准曲线上查得铬的含量，mg/L；

　　　V——试液定容的体积，mL；

　　　m——称取试样的重量，g；

　　　f——试样中水分的含量，%。

8 精密度和准确度

多个实验室用本方法分析ESS系列土壤标样中铬的精密度和准确度见表2。

表 2 方法的精密度和准确度

土壤标样	实验室数	保证值/(mg/kg)	总均值/(mg/kg)	室内相对标准偏差/%	室间相对标准偏差/%	相对误差/%
ESS-1	16	57.2±4.2	56.1	2.0	9.8	−1.9
ESS-3	18	98.0±7.1	93.2	2.3	8.3	−4.9

附 录 A
(标准的附录)
土样水分含量测定

A.1 称取通过 100 目筛的风干土样 5～10g (准确至 0.01g),置于铝盒或称量瓶中,在 105℃烘箱中烘 4～5h,烘干至恒重。

A.2 以百分数表示的风干土样水分含量 f 按式(A.1) 计算:

$$f = \frac{W_1 - W_2}{W_1} \times 100\% \qquad (A.1)$$

式中 f ——土样水分含量,%;

W_1 ——烘干前土样重量,g;

W_2 ——烘干后土样重量,g。

附加说明:

本标准由国家环境保护局科技标准司提出。

本标准由中国环境监测总站负责起草。

本标准主要起草人:齐文启、刘京。

本标准由中国环境监测总站负责解释。

十、土壤质量 镍的测定 火焰原子吸收分光光度法
(GB/T 17139—1997)

(国家环境保护局 1997-07-30 批准,1998-05-01 实施)

1 主题内容与适用范围

1.1 本标准规定了测定土壤中镍的火焰原子吸收分光光度法。

1.2 本标准的检出限 (按称取 0.5g 试样消解定容至 50mL 计算) 为 5mg/kg。

1.3 干扰

1.3.1 使用 232.0nm 线作为吸收线,存在波长距离很近的镍三线,应选用较窄的光谱通带予以克服。

1.3.2 232.0nm 线处于紫外区,盐类颗粒物、分子化合物产生的光散射和分子吸收比较严重,会影响测定,使用背景校正可以克服这类干扰。如浓度允许亦可用将试液稀释的方法来减少背景干扰。

2 原理

采用盐酸-硝酸-氢氟酸-高氯酸全分解的方法，彻底破坏土壤的矿物晶格，使试样中的待测元素全部进入试液。然后，将土壤消解液喷入空气-乙炔火焰中。在火焰的高温下，镍化合物离解为基态原子，基态原子蒸气对镍空心阴极灯发射的特征谱线 232.0nm 产生选择性吸收。在选择的最佳测定条件下，测定镍的吸光度。

3 试剂

本标准所使用的试剂除另有说明外，均使用符合国家标准的分析纯试剂和去离子水或同等纯度的水。

3.1 盐酸（HCl）：$\rho=1.19g/mL$，优级纯。

3.2 硝酸（HNO_3）：$\rho=1.42g/mL$，优级纯。

3.3 硝酸溶液，1+1：用 3.2 配制。

3.4 硝酸溶液，体积分数为 0.2%：用 3.2 配制。

3.5 氢氟酸（HF）：$\rho=1.49g/mL$。

3.6 高氯酸（$HClO_4$）：$\rho=1.68g/mL$，优级纯。

3.7 镍标准储备液，1.000mg/mL：称取光谱纯镍粉 1.0000g（精确至 0.0002g）于 50mL 烧杯中，加硝酸溶液（3.3）20mL，温热，待完全溶解后，全量转移至 1000mL 容量瓶中，用水稀释至标线，摇匀。

3.8 镍标准使用液，50mg/L：移取镍标准储备液（3.7）10.00mL 于 200mL 容量瓶中，用硝酸溶液（3.4）稀释至标线，摇匀。

4 仪器

4.1 一般实验室仪器和以下仪器。

4.2 原子吸收分光光度计（带有背景校正装置）。

4.3 镍空心阴极灯。

4.4 乙炔钢瓶。

4.5 空气压缩机，应备有除水、除油和除尘装置。

4.6 仪器参数

不同型号仪器的最佳测试条件不同，可根据仪器使用说明书自行选择。表 1 列出本标准通常采用的测量条件。

表 1 仪器测量条件

元　素	镍	元　素	镍
测定波长/nm	232.0	灯电流/mA	12.5
通带宽度/nm	0.2	火焰性质	中性

5 样品

将采集的土壤样品（一般不少于 500g）混匀后用四分法缩分至约 100g。缩分后的土样经风干（自然风干或冷冻干燥）后，除去土样中石子和动植物残体等异物，用木棒（或玛瑙棒）研压，通过 2mm 尼龙筛（除去 2mm 以上的砂砾），混匀。用玛瑙研钵将通过 2mm 尼龙筛的土样研磨至全部通过 100 目（孔径 0.149mm）尼龙筛，混匀后备用。

6 分析步骤

6.1 试液的制备

准确称取 0.2~0.5g（精确至 0.0002g）试样于 50mL 聚四氟乙烯坩埚中，用水润湿后加入 10mL 盐酸（3.1），于通风橱内的电热板上低温加热，使样品初步分解，待蒸发至约剩 3mL 左右时，取下稍冷，然后加入 5mL 硝酸（3.2），5mL 氢氟酸（3.5），3mL 高氯酸（3.6），加盖后于电热板上中温加热 1h 左右，然后开盖，继续加热除硅，为了达到良好的飞硅效果，应经常摇动坩埚。当加热至冒浓厚高氯酸白烟时，加盖，使黑色有机碳化物分解。待坩埚壁上的黑色有机物消失后，开盖，驱赶白烟并蒸至内容物呈黏稠状。视消解情况，可再补加 3mL 硝酸（3.2），3mL 氢氟酸（3.5），1mL 高氯酸（3.6），重复以上消解过程。当白烟再次冒尽且内容物呈黏稠状时，取下稍冷，用水冲洗内壁及坩埚盖，并加入 1mL 硝酸溶液（3.3）温热溶解残渣。然后全量转移至 50mL 容量瓶中，冷却后定容至标线，摇匀，备测。

由于土壤种类较多，所含有机质差异较大，在消解时，要注意观察，各种酸的用量可视消解情况酌情增减。土壤消解液应呈白色或淡黄色（含铁较高的土壤），没有明显沉淀物存在。

注意：电热板温度不宜太高，否则会使聚四氟乙烯坩埚变形。

6.2 测定

按照仪器使用说明书调节仪器至最佳工作条件，测定试液的吸光度。

6.3 空白试验

用去离子水代替试样，采用和 6.1 相同的步骤和试剂，制备全程序空白溶液。并按步骤 6.2 进行测定。每批样品至少制备 2 个以上空白溶液。

6.4 校准曲线

准确移取镍标准使用液（3.8）0.00、0.20mL、0.50mL、1.00mL、2.00mL、3.00mL 于 50mL 容量瓶中，用硝酸溶液（3.4）定容至标线，摇匀，其浓度为 0、0.2mg/L、0.5mg/L、1.0mg/L、2.0mg/L、3.0mg/L。此浓度范围应包括试液中镍的浓度。按（6.2）中的条件由低到高顺次测定标准溶液的吸光度。

用减去空白的吸光度与相对应的元素含量（mg/L）绘制校准曲线。

7 结果的表示

土壤样品中镍的含量 W（mg/kg）按式（1）计算：

$$W = \frac{cV}{m(1-f)} \tag{1}$$

式中 c ——试液的吸光度减去空白试验的吸光度，然后在校准曲线上查得镍的含量，mg/L；

V ——试液定容的体积，mL；

m ——称取试样的重量，g；

f ——试样水分的含量，%。

8 精密度和准确度

多个实验室用本方法分析 ESS 系列土壤标样中镍的精密度和准确度见表 2。

表 2 方法的精密度和准确度

土壤标样	实验室数	保证值 /(mg/kg)	总均值 /(mg/kg)	室内相对标准偏差/%	室间相对标准偏差/%	相对误差/%
ESS-1	29	29.6±1.8	29.1	2.5	8.4	−1.7
ESS-3	32	33.7±2.1	34.0	2.6	6.0	0.89
ESS-4	33	32.8±1.7	34.1	2.9	9.1	4.0

附 录 A
（标准的附录）
土样水分含量测定

A.1 称取通过 100 目筛的风干土样 5～10g（准确至 0.01g），置于铝盒或称量瓶中，在 105℃烘箱中烘 4～5h，烘干至恒重。

A.2 以百分数表示的风干土样水分含量 f 按式（A.1）计算：

$$f = \frac{W_1 - W_2}{W_1} \times 100\%$$ (A.1)

式中　f——土样水分含量，%；

　　W_1——烘干前土样重量，g；

　　W_2——烘干后土样重量，g。

附加说明：

本标准由国家环境保护局科技标准司提出。

本标准由中国环境监测总站负责起草。

本标准主要起草人：刘京、齐文启。

本标准由中国环境监测总站负责解释。

十一、土壤质量　总汞的测定　冷原子吸收分光光度法
（GB/T 17136—1997）

（国家环境保护局 1997-07-30 批准，1998-05-01 实施）

1　主题内容与适用范围

1.1 本标准规定了测定土壤中总汞的冷原子吸收分光光度法。

1.2 标准的检出限视仪器型号的不同而异，本方法的最低检出限为 0.005mg/kg（按称取 2g 试样计算）。

1.3 易挥发的有机物和水蒸气为 253.7nm 处有吸收而产生干扰。易挥发有机物在样品消解时可除去，水蒸气用无水氯化钙、过氯酸镁除去。

2　原理

汞原子蒸气对波长为 253.7nm 的紫外光具有强烈的吸收作用，汞蒸气浓度与吸光度成正比。通过氧化分解试样中以各种形式存在的汞，使之转化为可溶态汞离子进入溶液，用盐酸羟胺还原过剩的氧化剂，用氯化亚锡将汞离子还原成汞原子，用净化空气做载气将汞原子载入冷原子吸收测汞仪的吸收池进行测定。

3　试剂

除非另有说明，分析中均使用符合国家标准或专业标准的优级纯试剂。

3.1 无汞蒸馏水：二次蒸馏水或电渗析去离子水通常可达到此纯度，也可将蒸馏水加

盐酸酸化至 pH 值为 3。然后通过巯基棉纤维管除汞（见附录 B）。

3.2　硫酸（H_2SO_4）：$\rho = 1.84g/mL$。

3.3　盐酸（HCl）：$\rho = 1.19g/mL$。

3.4　硝酸（HNO_3）：$\rho = 1.42g/mL$。

3.5　硫酸-硝酸混合液：1+1。

3.6　重铬酸钾（$K_2Cr_2O_7$）。

3.7　高锰酸钾溶液：将 20g 的高锰酸钾（$KMnO_4$，必要时重结晶精制）用蒸馏水（3.1）溶解，稀释至 1000mL。

3.8　盐酸羟胺溶液：将 20g 的盐酸羟胺（$NH_2OH \cdot HCl$）用蒸馏水（3.1）溶解，稀释至 100mL。

3.9　五氧化二钒（V_2O_5）。

3.10　氯化亚锡溶液：将 20g 氯化亚锡（$SnCl_2 \cdot 2H_2O$）置于烧杯中，加入 20mL 盐酸（3.3），微微加热。待完全溶解后，冷却，再用蒸馏水（3.1）稀释至 100mL。若有汞，可通入氮气鼓泡除汞。临用前现配。

3.11　汞标准固定液：将 0.5g 重铬酸钾（3.6）溶于 950mL 蒸馏水（3.1）中，再加 50mL。硝酸（3.4）。

3.12　稀释液：将 0.2g 重铬酸钾（3.6）溶于 972.2mL 蒸馏水（3.1）中，再加 27.8mL 硫酸（3.2）。

3.13　汞标准贮备溶液，100mg/L：称取放置在硅胶（3.16）干燥器中充分干燥过的 0.1354g 氯化汞（$HgCl_2$），用汞标准固定液（3.11）溶解后，转移到 1000mL。容量瓶中，再用汞标准固定液（3.11）稀释至标线，摇匀。

3.14　汞标准中间溶液，10.0mg/L：吸取汞标准贮备溶液（3.13）10.00mL，移入 100mL 容量瓶，加汞标准固定液（3.11）稀释至标线，摇匀。

3.15　汞标准使用溶液，0.100mg/L：吸取汞标准中间溶液（3.14）1.00mL，移入 100mL 容量瓶，加汞标准固定液（3.11）稀释至标线，摇匀。

3.16　变色硅胶：$\phi 3 \sim 4mm$，干燥用。

3.17　经碘处理的活性炭：按重量取 1 份碘，2 份碘化钾和 20 份蒸馏水，在玻璃烧杯中配制成溶液，然后向溶液中加入约 10 份柱状活性炭（工业用，$\phi 3mm$ 长 $3 \sim 7mm$）。用力搅拌至溶液脱色后，从烧杯中取出活性炭，用玻璃纤维把溶液滤出，然后在 100℃ 左右干燥 $1 \sim 2h$ 即可。

3.18　仪器洗液：将 1.0g 重铬酸钾（3.6）溶于 900mL 蒸馏水（3.1）中，加入 100mL 硝酸（3.4）。

4　仪器

一般实验室仪器和以下专用仪器：

载气净化系统，可根据不同测汞仪特点及具体条件，参考图 1 进行连接。

所有玻璃仪器及盛样瓶，均用仪器洗液浸泡过夜（3.18），用蒸馏水（3.1）冲洗干净。

4.1　测汞仪。

4.2　记录仪：量程与测汞仪匹配。

4.3　汞还原器：总容积分别为 50mL、75mL、100mL、250mL、500mL，具有磨口，带莲蓬形多孔吹气头的玻璃翻泡瓶。

4.4　U 形管（$\phi 15 \times 110mm$）：内装变色硅胶（3.16）$60 \sim 80mm$ 长。

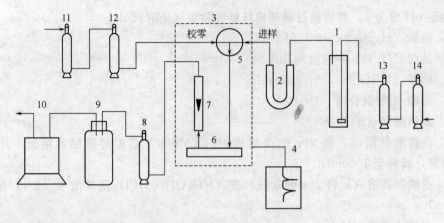

图1　测汞装置气路连接示意

1—汞还原器；2—U形管；3—测汞仪；4—记录仪；5—三通阀；6—吸收池；7—流量控制器；8、12、13—汞吸收塔；9—气体缓冲瓶，10L；10—机械真空泵；11、14—空气干燥塔（内盛变色硅胶）

4.5　三通阀。

4.6　汞吸收塔：250mL玻璃干燥塔，内装经碘处理的活性炭（3.17）。

5　样品

将采集的土壤样品（一般不少于500g）混匀后用四分法缩分至约100g。缩分后的土样经风干（自然风干或冷冻干燥）后，除去土样中石子和动植物残体等异物，用木棒（或玛瑙棒）研压，通过2mm尼龙筛（除去2mm以上的砂砾），混匀。用玛瑙研钵将通过2mm尼龙筛的土样研磨至全部通过100目（孔径0.149mm）尼龙筛，混匀后备用。

6　分析步骤

6.1　试液的制备

6.1.1　硫酸-硝酸-高锰酸钾消解法

称取按步骤5制备的土壤样品0.5~2g（准确至0.0002g）于150mL锥形瓶中，用少量蒸馏水（3.1）润湿样品，加硫酸-硝酸混合液（3.5）5~10mL，待剧烈反应停止后，加蒸馏水（3.1）10mL，高锰酸钾溶液（3.7）10mL，在瓶口插一小漏斗，置于低温电热板上加热至近沸，保持30~60min。分解过程中若紫色褪去，应随时补加高锰酸钾溶液（3.7），以保持有过量的高锰酸钾存在。取下冷却。在临测定前，边摇边滴加盐酸羟胺溶液（3.8），直至刚好使过剩的高锰酸钾及器壁上的水合二氧化锰全部褪色为止。

注：对有机质含量较多的样品，可预先用硝酸加热回流消解，然后再加硫酸和高锰酸钾继续消解。

6.1.2　硝酸-硫酸-五氧化二钒消解法

称取按步骤5制备的土壤样品0.5~2g（准确至0.0001g）于150mL锥形瓶中，用少量蒸馏水（3.1）润湿样品，加入五氧化二钒（3.9）约50mg，硝酸（3.4）10~20mL，硫酸（3.2）5mL，玻璃珠3~5粒，摇匀。在瓶口插一小漏斗，置于电热板上加热至近沸，保持30~60min。取下稍冷，加蒸馏水（3.1）20mL，继续加热煮沸15min，此时试样为浅灰白色（若试样色深应适当补加硝酸再进行分解）。取下冷却，滴加高锰酸钾溶液（3.7）至紫色不褪。在临测定前，边摇边滴加盐酸羟胺溶液（3.8），直至刚好使过剩的高锰酸钾及器壁上的水合二氧化锰全部褪色为止。

6.2　测定

6.2.1　连接好仪器，更换U形管中硅胶（3.16），按说明书调试好测汞仪及记录仪，

选择好灵敏度挡及载气流速。将三通阀（4.5）旋至"校零"端。

6.2.2 取出汞还原器（4.3）吹气头，将试液（含残渣）全部移入汞还原瓶，用蒸馏水洗涤锥形瓶3～5次，洗涤液并入还原瓶，加蒸馏水至100mL。加入1mL氯化亚锡溶液（3.11），迅速插入吹气头，然后将三通阀（4.5）旋至"进样"端，使载气通入汞还原器（4.3）。此时试液中汞被还原并汽化成汞蒸气，随载气流入测汞仪的吸收池，表头指针和记录仪笔迅速上升，记下最高读数或峰高。待指针和记录笔重新回零后，将三通阀（4.5）旋至"校零"端，取出吹气头，弃去废液，用蒸馏水（3.1）清洗汞还原器（4.3）二次，再用稀释液（3.11）洗一次，以氧化可能残留的二价锡，然后进行另一试样的测定。

6.3 空白试样

每分析一批试样，按步骤（6.1）制备至少两份空白试样，并按步骤（6.2）进行测定。

6.4 校准曲线

准确移取汞标准使用溶液（3.15）0.00，0.50mL，1.00mL，2.00mL，3.00mL和4.00mL于150mL锥形瓶中，加硫酸-硝酸混合液（3.5）4mL，加高锰酸钾溶液（3.7）5滴，加蒸馏水（3.1）20mL，摇匀。测定前滴加盐酸羟胺溶液（3.8）还原，以下按6.2所述步骤进行测定。

将测得的吸光度为纵坐标，对应的砷含量（μg）为横坐标，绘制校准曲线。

7 结果的表示

土样中总汞的含量c（Hg，mg/kg）按式(1)计算：

$$c = \frac{m}{W(1-f)} \tag{1}$$

式中 m——测得试液中汞量，μg；

W——称取土样重量，g；

f——土样水分含量，%。

8 精密度和准确度

多个实验室用本方法分析ESS系列土壤标样中总汞的精密度和准确度见表1。

表1 方法的精密度和准确度

实验室数	土壤标样	保证值 /(mg/kg)	总均值 /(mg/kg)	室内相对标准 偏差/%	室间相对标准 偏差/%	相对误差 /%
25	ESS-1	0.016±0.003	0.016	6.2	32.5	0.0
26	ESS-3	0.112±0.012	0.100	3.4	20.0	−10.7
24	ESS-4	0.021±0.004	0.019	8.4	20.5	−9.5

十二、土壤质量 总砷的测定 二乙基二硫代氨基甲酸银分光光度法
（GB/T 17134—1997）

（国家环境保护局 1997-07-03批准，1998-05-01实施）

1 主题内容与适用范围

1.1 本标准规定了测定土壤中总砷的二乙基二硫代氨基甲酸银分光光度法。

1.2　本标准方法的检出限为 0.5mg/kg（按称取 1g 试样计算）。

1.3　锑和硫化物对测定有正干扰。锑在 $300\mu g$ 以下，可用 KI-SnCl$_2$ 掩蔽。在试样氧化分解时，硫已被硝酸氧化分解，不再有影响。试剂中可能存在的少量硫化物，可用乙酸铅脱脂棉吸收除去。

2　原理

通过化学氧化分解试样中以各种形式存在的砷，使之转化为可溶态砷离子进入溶液。锌与酸作用，产生新生态氢。在碘化钾和氯化亚锡存在下，使五价砷还原为三价砷，三价砷被新生态氢还原成气态砷化氢（胂）。用二乙基二硫代氨基甲酸银-三乙醇胺的三氯甲烷溶液吸收砷化氢，生成红色胶体银，在波长 510nm 处，测定吸收液的吸光度。

3　试剂

除非另有说明，分析中均使用符合国家标准或专业标准的分析纯试剂和蒸馏水或同等纯度的水。

3.1　硫酸（H$_2$SO$_4$）：$\rho=1.84$g/mL。

3.2　硫酸溶液：1+1。

3.3　硝酸（HNO$_3$）：$\rho=1.42$g/mL。

3.4　高氯酸（HClO$_4$）：$\rho=1.67$g/mL。

3.5　盐酸（HCl）：$\rho=1.19$g/mL。

3.6　碘化钾（KI）溶液：将 15g 碘化钾（KI）溶于蒸馏水中并稀释至 100mL。

3.7　氯化亚锡溶液：将 40g 氯化亚锡（SnCl$_2$·2H$_2$O）置于烧杯中，加入 40mL 盐酸（3.5），微微加热。待完全溶解后，冷却，再用蒸馏水稀释至 100mL。加数粒金属锡保存。

3.8　硫酸铜溶液：将 15g 硫酸铜（CuSO$_4$·5H$_2$O）溶于蒸馏水中并稀释至 100mL。

3.9　乙酸铅溶液：将 8g 乙酸铅［Pb(CH$_3$COO)$_2$·5H$_2$O］溶于蒸馏水中并稀释至 100mL。

3.10　乙酸铅棉花：将 10g 脱脂棉浸于 100mL 乙酸铅溶液（3.9）中，浸透后取出风干。

3.11　无砷锌粒（10～20 目）。

3.12　二乙基二硫代氨基甲酸银（C$_5$H$_{10}$NS$_2$Ag）。

3.13　三乙醇胺［(HOCH$_2$CH$_3$)$_3$N］。

3.14　三氯甲烷（CHCl$_3$）。

3.15　吸收液：将 0.25g 二乙基二硫代氨基甲酸银（3.12）用少量三氯甲烷（3.14）溶成糊状，加入 2mL 三乙醇胺（3.13），再用氯仿（3.14）稀释到 100mL。用力振荡使其尽量溶解。静置暗处 24h 后，倾出上清液或用定性滤纸过滤，贮于棕色玻璃瓶中。贮存在 2～5℃冰箱中。

3.16　氢氧化钠溶液，2mol/L：贮存在聚乙烯瓶中。

3.17　砷标准贮备溶液，1.00mg/mL：称取放置在硅胶干燥器中充分干燥过的 0.1320g 三氧化二砷（As$_2$O$_3$），溶于 2mL 氢氧化钠溶液（3.16）中，溶解后加入 10mL 硫酸溶液（3.2），转移到 100mL 容量瓶中，用蒸馏水稀释至标线，摇匀。

注：三氧化二砷剧毒，小心使用。

3.18　砷标准中间溶液，100mg/L：取 10.00mL 砷标准贮备液（3.17）于 100mL 容量

瓶中，用蒸馏水稀释至标线，摇匀。

3.19　砷标准使用溶液，1.00mg/L：取 1.00mL 砷标准中间溶液（3.18）于 100mL 容量瓶中，用蒸馏水稀释至标线，摇匀。

4　仪器

一般实验室仪器和以下仪器：

4.1　分光光度计：10mm 比色皿。

4.2　砷化氢发生装置，此仪器由下述部件组成（图1）。

4.2.1　砷化氢发生瓶：容量为 150mL、带有磨口玻璃接头的锥形瓶。

4.2.2　导气管：一端带有磨口接头，并有一球形泡[内装乙酸铅棉花（3.10）]；一端被拉成毛细管，管口直径不大于 1mm。

4.2.3　吸收管：内径为 8mm 的试管，带有 5.0mL 刻度。

注：吸收液柱高保持 8～10cm。

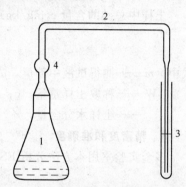

图 1　砷化氢发生与吸收装置
1—砷化氢发生瓶；2—导气管；
3—吸收管；4—乙酸铅棉花

5　样品

将采集的土壤样品（一般不少于 500g）混匀后用四分法缩分至约 100g。缩分后的土样经风干（自然风干或冷冻干燥）后，除去土样中石子和动植物残体等异物，用木棒（或玛瑙棒）研压，通过 2mm 尼龙筛除去 2mm 以上的砂砾，混匀。用玛瑙研钵将通过 2mm 尼龙筛的土样研磨至全部通过 100 目（孔径 0.149mm）尼龙筛，混匀后备用。

6　分析步骤

6.1　试液的制备

称取按步骤 5 制备的土壤样品 0.5～2g（准确至 0.0002g）于 150mL 锥形瓶（4.2.1）中，加 7mL 硫酸溶液（3.2），10mL 硝酸（3.3），2mL 高氯酸（3.4），置电热板上加热分解，破坏有机物（若试液颜色变深，应及时补加硝酸），蒸至冒白色高氯酸浓烟。取下放冷，用水冲洗瓶壁，再加热至冒浓白烟，以驱尽硝酸。取下锥形瓶，瓶底仅剩下少量白色残渣（若有黑色颗粒物应补加硝酸继续分解），加蒸馏水至约 50mL。

6.2　测定

6.2.1　于盛有试液的砷化氢发生瓶（4.2.1）中，加 4mL 碘化钾溶液（3.6），摇匀，再加 2mL 氯化亚锡溶液（3.7），混匀，放置 15min。

6.2.2　取 5.00mL 吸收液（3.15）至吸收管（4.2.3）中，插入导气管（4.2.2）。

6.2.3　加 1mL 硫酸铜溶液（3.8）和 4g 无砷锌粒（3.11）于砷化氢发生瓶（4.2.1）中，并立即将导气管（4.2.2）与砷化氢发生瓶（4.2.1）连接，保证反应器密闭。

6.2.4　在室温下，维持反应 1h，使砷化氢完全释出。加三氯甲烷（3.14）将吸收液体积补充至 5.0mL。

注：1. 砷化氢剧毒，整个反应在通风橱内进行。

2. 在完全释放砷化氢后，红色生成物在 2.5h 内是稳定的，应在此期间内进行分光光度测定。

6.2.5　用 10mm 比色皿，以吸收液（3.15）为参比液，在 510nm 波长下测量吸收液的吸光度，减去空白试验所测得的吸光度，从校准曲线（6.4）上查出试样中的含砷量。

119

6.3 空白试样

每分析一批试样，按步骤 6.1 制备至少两份空白试样，并按步骤 6.2 进行测定。

6.4 校准曲线

分别加入 0.00、1.00mL、2.50mL、5.00mL、10.00mL、15.00mL、20.00mL 及 25.00mL 砷标准使用溶液（3.19）于 8 个砷化氢发生瓶（4.2.1）中，并用蒸馏水稀释至 50mL。加入 7mL 硫酸溶液（3.2），以下按 6.2 所述步骤进行测定。

将测得的吸光度为纵坐标，对应的砷含量（μg）为横坐标，绘制校准曲线。

7 结果的表示

土样中总砷的含量 c(mg/kg) 按式(1)计算：

$$c = \frac{m}{W(1-f)} \tag{1}$$

式中 m——测得试液中砷量，μg；

W——称取土样重量，g；

f——土样水分含量，%。

8 精密度和准确度

多个实验室用本方法分析 ESS 系列土壤标样中砷的精密度和准确度见表 1

表 1 方法的精密度和准确度

实验室数	土壤标样	保证值 /(mg/kg)	总均值 /(mg/kg)	室内相对标准偏差/%	室间相对标准偏差/%	相对误差 /%
14	ESS-1	10.7±0.8	10.7	2.0	5.6	0.0
15	ESS-3	15.9±1.3	17.1	1.3	4.3	7.5
12	ESS-4	11.4±0.7	11.4	3.8	4.8	0.0

附 录 A
（标准的附录）
土样水分含量测定

A.1 称取通过 100 目筛的风干土样 5～10g（准确至 0.01g），置于铝盒或称量瓶中，在 105℃烘箱中烘 4～5h，烘干至恒重。

A.2 以百分数表示的风干土样水分含量 f 按式(A.1)计算：

$$f = \frac{W_1 - W_2}{W_1} \times 100\% \tag{A.1}$$

式中 f——土样水分含量，%；

W_1——烘干前土样重量，g；

W_2——烘干后土样重量，g。

附加说明：

本标准由国家环境保护局科技标准司提出。

本标准由中国环境监测总站负责起草。

本标准主要起草人：刘廷良、齐文启。

本标准由中国环境监测总站负责解释。

十三、土壤质量　总砷的测定　硼氢化钾-硝酸银分光光度法
（GB/T 17135—1997）

（国家环境保护局 1997-07-30 批准，1998-05-01 实施）

1　主题内容与适用范围

1.1　本标准规定了测定土壤中总砷的硼氢化钾-硝酸银分光光度法。

1.2　本标准方法的检出限为 0.2mg/kg（按称取 0.5g 试样计算）。

1.3　能形成共价氢化物的锑、铋、锡、硒和碲的含量为砷的 20 倍时可用二甲基甲酰胺-乙醇胺浸渍的脱脂棉除去，否则不能使用本方法。硫化物对测定有正干扰，在试样氧化分解时，硫化物已被硝酸氧化分解，不再有影响。试剂中可能存在的少量硫化物，可用乙酸铅脱脂棉吸收除去。

2　原理

通过化学氧化分解试样中以各种形式存在的砷，使之转化为可溶态砷离子进入溶液。硼氢化钾（或硼氢化钠）在酸性的溶液中产生新生态的氢，在一定酸度下，可使五价砷还原为三价砷，三价砷还原成气态砷化氢（胂）。用硝酸-硝酸银-聚乙烯醇-乙醇溶液为吸收液，银离子被砷化氢还原成单质银，使溶液呈黄色，在波长 400nm 处测量吸光度。

3　试剂

除非另有说明，分析中均使用符合国家标准或专业标准的分析纯试剂和蒸馏水或同等纯度的水。

3.1　硝酸（HNO_3）：$\rho = 1.42\text{g/mL}$。

3.2　盐酸（HCl）：$\rho = 1.19\text{g/mL}$。

3.3　高氯酸（$HClO_4$）：$\rho = 1.67\text{g/mL}$。

3.4　盐酸溶液：0.5mol/L。

3.5　二甲基甲酰胺 $[HCON(CH_3)_2]$。

3.6　乙醇胺（C_2H_7NO）。

3.7　无水硫酸钠（Na_2SO_4）。

3.8　硫酸氢钾（$KHSO_4$）。

3.9　硫酸钠-硫酸氢钾混合粉：取硫酸钠（3.7）和硫酸氢钾（3.8），按 9∶1 比例混合，并用研钵研细后使用。

3.10　抗坏血酸（$C_6H_8O_6$）。

3.11　氨水溶液（$NH_3 \cdot H_2O$），1+1。

3.12　氢氧化钠溶液，2mol/L。

3.13　聚乙烯醇 $[(C_2H_4O)_x]$ 溶液：称取 0.2g 聚乙烯醇（平均聚合度为 1 750±50）于 150mL 烧杯中，加 100mL 蒸馏水，在不断搅拌下加热至全溶，盖上表面皿微沸 10min，冷却后，贮于玻璃瓶中，此溶液可稳定一周。

3.14　酒石酸（$C_4H_6O_6$）溶液：200g/L。

3.15　硝酸银（$AgNO_3$）溶液：称取 2.04g 硝酸银于 100mL 烧杯中，用 50mL 蒸馏水溶解，加入 5mL 硝酸（3.1），用蒸馏水稀释至 250mL，摇匀。于棕色玻璃瓶中保存。

3.16　砷化氢吸收液：取硝酸银溶液（3.15）、聚乙烯醇溶液（3.13）、乙醇（无水或

121

95%）按1＋1＋2比例混合，充分摇匀后使用，用时现配。如果出现混浊，将此溶液放入70℃左右的水中，待透明后取出，冷却后使用。

3.17 二甲基甲酰胺混合液（简称DMF混合液）：取二甲基甲酰胺（3.5）、乙醇胺（3.6），按9＋1比例混合，贮于棕色玻璃瓶中，在2～5℃冰箱中可保存30天左右。

3.18 乙酸铅溶液：将8g乙酸铅［Pb(CH₃COO)₂·5H₂O］溶于蒸馏水中并稀释至100mL。

3.19 乙酸铅脱脂棉：将10g脱脂棉浸于100mL乙酸铅溶液（3.18）中，浸透后取出风干。

3.20 硼氢化钾片的制备：硼氢化钾与氯化钠按1：5重量比混合，充分混匀后，在压片机上以2～5t/cm²的压强，压成直径约为1.2cm，重约为1.5g的片剂。

3.21 硫酸（H₂SO₄）：ρ＝1.84g/mL。

3.22 硫酸溶液：1＋1。

3.23 砷标准贮备溶液，1.00mg/mL：称取放置在硅胶干燥器中充分干燥过的0.1320g三氧化二砷（As₂O₃），溶于2mL氢氧化钠溶液（3.12）中，溶解后加入10mL硫酸溶液（3.22），转移到100mL容量瓶中，用蒸馏水稀释至标线，摇匀。

注：三氧化二砷剧毒，小心使用。

3.24 砷标准中间溶液，100mg/L：取10.00mL砷标准贮备液（3.23）于100mL容量瓶中，用蒸馏水稀释至标线，摇匀。

3.25 砷标准使用溶液1.00mg/L：取1.00mL砷标准中间溶液（3.24）于100mL容量瓶中，用蒸馏水稀释至标线，摇匀。

4. 仪器

一般实验室仪器和以下仪器：

4.1 分光光度计：10mm比色皿。

4.2 砷化氢发生装置，如图1所示。

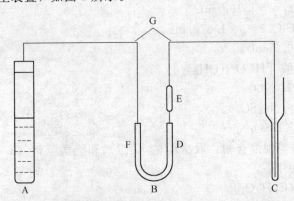

A—砷化氢发生器，管径以30mm，液面为管高的2/3为宜；
B—U形管（消除干扰用），管径为10mm；
C—吸收管，液面以90mm高为宜；
D—装有1.5mLDMF混合液（3.18）脱脂棉0.3g；
E—内装吸附有硫酸氢钠-硫酸氢钾混合粉（3.9）脱脂棉的聚乙烯管；
F—乙酸铅脱脂棉（3.20）0.3g；
G—导气管（内径为2mm）。

图1 砷化氢发生装置

5 样品

将采集的土壤样品（一般不少于500g）混匀后用四分法缩分至约100g。缩分后的土样经风干（自然风干或冷冻干燥）后，除去土样中石子和动植物残体等异物，用木棒（或玛瑙

122

棒）研压，通过 2mm 尼龙筛（除去 2mm 以上的砂砾），混匀。用玛瑙研钵将通过 2 mm 尼龙筛的土样研磨至全部通过 100 目（孔径 0.149mm）尼龙筛。混匀后备用。

6 分析步骤

6.1 试液的制备

称取按步骤 5 制备的土壤样品 0.1～0.5 g（准确至 0.000 2g）于 100mL 锥形瓶中，用少量蒸馏水润湿后，加 6mL 盐酸（3.2），2mL 硝酸（3.1），高氯酸 2mL（3.3）。在瓶口插一小三角漏斗。在电热板上加热分解，待剧烈反应停止后，用少量蒸馏水冲洗小漏斗，然后取下小漏斗，小心蒸至近干。冷却后，加入 20mL 盐酸溶液（3.4），加热 3～5min，冷却后，加 0.2g 抗坏血酸（3.10），使 Fe^{3+} 还原为 Fe^{2+}。将试液移至 100mL 砷化氢发生器中，加入 0.1% 甲基橙指示液 2 滴。用氨水溶液（3.11）调至溶液转黄，加蒸馏水至 50mL，供测试。

6.2 测定

6.2.1 于盛有试液（6.1）的砷化氢发生器中，加 5mL 酒石酸溶液（3.14），摇匀。

6.2.2 取 4mL 砷化氢吸收液（3.16）至吸收管中，插入导气管。

6.2.3 按图 1 连接好装置，加一片硼氢化钾（3.20）于盛有试液的砷化氢发生瓶中，立即盖好橡皮塞，保证反应器密闭。

注：砷化氢剧毒，整个反应应在通风橱内或通风良好的室内进行。

6.2.4 待反应完毕后（约 3～5min），用 10mm 比色皿，以砷化氢吸收液（3.16）为参比溶液，在 400nm 波长处测量样品吸收液的吸光度，减去空白试验所测得的吸光度，从校准曲线上查出试液中的含砷量。

6.3 空白试样

每分析一批试样，按步骤 6.1 制备至少两份空白试样，并按步骤 6.2 进行测定。

6.4 校准曲线

附　录　A

（标准的附录）

土样水分含量测定

A.1 称取通过 100 目筛的风干土样 5～10g（准确至 0.01g），置于铝盒或称量瓶中，在 105℃ 烘箱中烘 4～5h，烘干至恒重。

A.2 以百分数表示的风干土样水分含量 f 按式（A.1）计算：

$$f = \frac{W_1 - W_2}{W_1} \times 100\%$$ （A.1）

式中　f——土样水分含量，%；

　　　W_1——烘干前土样重量，g；

　　　W_2——烘干后土样重量，g。

附加说明：

本标准由国家环境保护局科技标准司提出。

本标准由中国环境监测总站负责起草。

本标准主要起草人：刘廷良、齐文启。

本标准由中国环境监测总站负责解释。

十四、土壤中六六六和滴滴涕测定的气相色谱法
（GB/T 14550—2003 代替 GB/T 14550—1993）

（2003-11-10 发布，2004-04-01 实施）

1 范围

本标准规定了土壤中六六六和滴滴涕残留量的测定方法。

本标准适用于土壤样品中有机氯农药残留量的分析。

2 规范性引用文件

下列文件中的条款通过本标准的引用而成为本标准的条款。凡是注日期的引用文件，其随后所有的修改单（不包括勘误内容）或修订版均不适用于本标准，然而，鼓励根据本标准达成协议的各方研究是否可使这些文件的最新版本。凡是不注日期的引用文件，其最新版本适用于本标准。

GB/T 17332—1998 食品中有机氯和拟除虫菊酯类农药多种残留的测定。

NY/T 395 农田土壤环境质量监测技术规范

3 原理

土壤样品中的六六六和滴滴涕农药残留量分析采用有机溶剂提取，经液-液分配及浓硫酸净化或柱层析净化除去干扰物质，用电子捕获检测器（ECD）检测，根据色谱峰的保留时间定性，外标法定量。

4 试剂与材料

4.1 载气：氮气（N_2），纯度≥99.99%。

4.2 标准样品及土壤样品分析时使用的试剂和材料。所使用的试剂除另有规定外均系分析纯，水为蒸馏水。

4.2.1 农药标准品：

α-BHC、β-BHC、γ-BHC、δ-BHC、p,p'-DDE、o,p'-DDT、p,p'-DDD、p,p'-DDT，纯度为 98.0%～99.0%。

4.2.1.1 农药标准溶液制备：准确称取（4.2.1）的每种 100mg（准确到±0.0001g），溶于异辛烷或正己烷（β-BHC 先用少量苯溶解），在 100mL 容量瓶中定容至刻度，在冰箱中贮存。

4.2.1.2 农药标准中间溶液配制：用移液管量分别取 8 种农药标准溶液，移至 100mL 容量瓶中，用异辛烷或正己烷稀释至刻度，8 种储备液的体积比为：$V_{\alpha\text{-BHC}} : V_{\beta\text{-BHC}} : V_{\gamma\text{-BHC}} : V_{\delta\text{-BHC}} : V_{p,p'\text{-DDE}} : V_{o,p'\text{-DDT}} : V_{p,p'\text{-DDD}} : V_{p,p'\text{-DDT}} = 1 : 1 : 3.5 : 1 : 3.5 : 5 : 3 : 8$（适用于填充柱）。

4.2.1.3 农药标准工作溶液配制：根据检测器的灵敏度及线性要求，用石油醚或正己烷稀释中间标液，配制成几种浓度的标准工作溶液，在 4℃下贮存。

4.2.2 异辛烷（C_8H_{18}）。

4.2.3 正己烷（C_6H_{14}）：沸程 67～69℃，重蒸。

4.2.4 石油醚：沸程 60～90℃，重蒸。

4.2.5 丙酮（CH₃COCH₃）：重蒸。

4.2.6 苯（C₆H₆）：优级纯。

4.2.7 浓硫酸（H₂SO₄）：优级纯。

4.2.8 无水硫酸钠（Na₂SO₄）：在300℃烘箱中烘烤4h，放入干燥器备用。

4.2.9 硫酸钠溶液：20g/L。

4.2.10 硅藻土：试剂级。

5 仪器

5.1 脂肪提取器（索式提取器）。

5.2 旋转蒸发器。

5.3 振荡器。

5.4 水浴锅。

5.5 离心机。

5.6 玻璃器皿：样品瓶（玻璃磨口瓶），300mL分液漏斗，300mL具塞锥形瓶；100mL量筒，250mL平底烧瓶，25mL、50mL、100mL容量瓶。

5.7 微量注射器。

5.8 气相色谱仪：带电子捕获检测器（⁶³Ni放射源）。

6 样品

6.1 样品性状

6.1.1 样品种类：土壤。

6.1.2 样品状态：固体。

6.1.3 样品的稳定性：在土壤样品中的六六六、滴滴涕化学性质稳定。

6.2 样品的采集与贮存方法

6.2.1 样品的采集：按照NY/T 395中有关规定采集土壤，采集后风干去杂物，研碎过60目筛，充分混匀，取500g装入样品瓶中备用。

6.2.2 样品的保存：土壤样品采集后应尽快分析，如暂不分析可保存在−18℃冷冻箱中。

7 分析步骤

7.1 提取

准确称取20.0g土壤置于小烧杯中，加蒸馏水2mL，硅藻土4g，充分混匀，无损地移入滤纸筒内，上部盖一片滤纸，将滤纸筒装入索式提取器中，加100mL石油醚-丙酮（1:1)，用30mL浸泡土样12h后在75~95℃恒温水浴锅上加热提取4h，每次回流4~6次，待冷却后，将提取液移入300mL的分液漏斗中，用10mL石油醚分三次冲洗提取器及烧瓶，将洗液并入分液漏斗中，加入100mL硫酸钠溶液，振荡1min，静置分层后，弃去下层丙酮水溶液，留下石油醚提取液待净化。

7.2 净化

7.2.1 浓硫酸净化法（A法）：适用于土壤、生物样品。在分液漏斗中加入石油醚提取液体积的十分之一的浓硫酸，振摇1min，静置分层后，弃去硫酸层（注意：用浓硫酸净化过程中，要防止发热爆炸，加浓硫酸后，开始要慢慢振摇，不断放气，然后再较快振摇），按上述步骤重复数次，直至加入的石油醚提取液二相界面清晰均呈透明时止。然后向弃去硫酸层的石油醚提取液中加入其体积量一半左右的硫酸钠溶液。振摇十余次。待其静置分层后

125

弃去水层。如此重复至提取液成中性时止（一般 2～4 次），石油醚提取液再经装有少量无水硫酸钠的筒形漏斗脱水，滤入 250mL 平底烧瓶中，用旋转蒸发器浓缩至 5mL，定容 10mL。定容，供气相色谱测定。

7.2.2 柱层析净化法（B 法）：遵照 GB/T 17332—1998 中 6.2 的净化步骤进行。

7.3 气相色谱测定

7.3.1 测定条件 A

7.3.1.1 柱

（1）玻璃柱：2.0m×2mm（i.d），填装涂有 1.5% OV-17＋1.95% QF-1 的 Chromosorb WAW-DMCS，80～100 目的担体。

（2）玻璃柱：2.0m×2mm（i.d），填装涂有 1.5% OV-17＋1.95% OV-210 的 Chromosorb W AW-DMCS-HP，80～100 目的担体。

7.3.1.2 温度：柱箱 195～200℃，汽化室 220℃，检测器 280～300℃。

7.3.1.3 气体流速：氮气（N$_2$），50～70mL/min。

7.3.1.4 检测器：电子捕获检测器（ECD）。

7.3.2 测定条件 B

7.3.2.1 柱：石英弹性毛细管柱 DB-17，30m×0.25mm（i.d）。

7.3.2.2 温度：（柱温采用程序升温方式）

150℃ —恒温 1min；8℃/min→ 280℃ —恒温 280min→ 280℃，进样口 220℃，检定器（ECD）320℃。

7.3.2.3 气体流速：氮气 1.0mL/min，尾吹 37.25mL/min。

7.3.3 气相色谱中使用农药标准样品的条件

标准样品的进样体积与试样的进样体积相同，标准样品的响应值接近试样的响应值。当一个标样连续注射进样两次，其峰高（或峰面积）相对偏差不大于 7%，即认为仪器处于稳定状态。在实际测定时标准样品和试样应交叉进样分析。

7.3.4 进样

7.3.4.1 进样方式：注射器进样。

7.3.4.2 进样量：1～4μL。

7.3.5 色谱图

7.3.5.1 色谱图

图 1 采用填充柱；图 2 采用毛细管柱。

7.3.5.2 定性分析

（1）组分的色谱峰顺序：α-BHC、γ-BHC、β-BHC、δ-BHC、p,p'-DDE、o,p'-DDT、p,p'-DDD、p,p'-DDT。

（2）检验可能存在的干扰，采取双柱定性。用另一根色谱柱 1.5% OV-17＋1.95% OV-210 的 Chromosorb W AW-DMCS-HP 80～100 目进

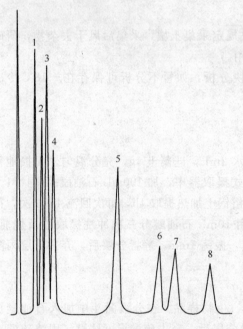

图 1 六六六、滴滴涕气相色谱图（1）
1—α-BHC；2—γ-BHC；3—β-BHC；
4—δ-BHC；5—p,p'-DDE；
6—o,p'-DDT；7—p,p'-DDD；8—p,p'-DDT

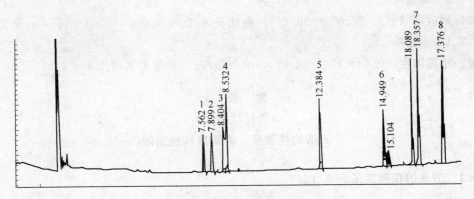

图 2　六六六、滴滴涕气相色谱图（2）

1—α-BHC；2—γ-BHC；3—β-BHC；4—δ-BHC；5—p,p'-DDE；

6—o,p'-DDT；7—p,p'-DDD；8—p,p'-DDT

行确证检验色谱分析，可确定六六六、滴滴涕及杂质干扰状况。

7.3.5.3　定量分析

（1）气相色谱分析

吸取 1μL 混合标准溶液注入气相色谱仪，记录色谱峰的保留时间和峰高（或峰面积）。再吸取 1μL 试样，注入气相色谱仪，记录色谱峰的保留时间和峰高（或峰面积），根据色谱峰的保留时间和峰高（或峰面积）采用外标法定性和定量。

（2）计算

$$X=\frac{c_{is}\times V_{is}\times H_i(S_i)\times V}{V_i\times H_{is}(S_{is})\times m} \tag{1}$$

式中　　X——样本中农药残留量，mg/kg；

c_{is}——标准溶液中 i 组分农药浓度，μg/mL；

V_{is}——标准溶液进样体积，μL；

V——样本溶液最终定容体积，mL；

V_i——样本溶液进样体积，μL；

$H_{is}(S_{is})$——标准溶液中 i 组分农药的峰高，mm 或峰面积，mm²；

$H_i(S_i)$——样本溶液中 i 组分农药的峰高，mm 或峰面积，mm²；

m——称样质量，g。

8　结果表示

8.1　定性结果

根据标准样品的色谱图中各组分的保留时间来确定被测试样中出现的六六六和滴滴涕各组分数目和组分名称。

8.2　定量结果

8.2.1　含量表示的方法

根据式(1)计算出各组分的含量，以 mg/kg 表示。

8.2.2　精密度

变异系数（%）：2.08%～8.19%。参见表 A.1。

127

8.2.3 准确度

加标回收率（%）：90.0%～99.2%。参见表 A.2。

8.2.4 检测限

最小检测浓度：0.49×10⁻⁴～4.87×10⁻³ mg/kg。参见表 A.3。

附　录　A
（资料性附录）
方法的精密度、准确度和检测限

A.1　方法的精密度见表 A.1。

表 A.1　精密度　　　　　　　　　　　　　　（土壤）

农药名称	添加浓度/(mg/kg)	变异系数 CV/%		允许差/%	
		室内	室间	室内	室间
α-BHC	0.2000	4.22	5.33	16.29	14.27
	0.0400	2.32	4.64	8.95	15.87
	0.0040	5.26	7.89	20.31	18.17
β-BHC	1.0000	4.24	7.38	15.36	23.48
	0.2000	3.54	5.14	8.95	15.57
	0.0200	4.78	6.91	18.45	22.53
γ-BHC	0.2000	3.68	2.45	14.20	11.49
	0.0400	3.50	5.22	13.66	16.89
	0.0040	2.70	5.40	10.43	20.86
δ-BHC	0.5000	5.55	4.79	32.57	20.57
	0.1000	3.63	7.05	12.72	23.91
	0.0100	3.30	3.30	12.72	8.16
p,p'-DDE	0.5000	4.89	5.80	18.87	14.72
	0.1000	3.52	5.97	14.02	19.76
	0.0100	5.26	6.31	20.31	16.35
o,p'-DDT	1.0000	5.27	8.12	20.35	25.53
	0.2000	4.75	3.90	18.35	15.69
	0.0200	3.19	4.79	12.59	14.16
p,p'-DDD	0.5000	6.03	6.98	23.28	17.00
	0.1000	4.15	5.32	16.03	14.79
	0.0100	4.35	5.43	16.78	12.45
p,p'-DDT	1.0000	3.35	6.09	12.96	20.49
	0.2000	2.92	4.41	11.28	13.65
	0.0200	2.08	6.25	8.04	24.12

注：协作实验室为 5 个；每个实验室对每个添加浓度做重复 5 次试验。

128

A.2 方法准确度见表 A.2。

表 A.2　方法准确度

农药名称	添加浓度/(mg/kg)	准确度(加标回收率)/% 土壤	农药名称	添加浓度/(mg/kg)	准确度(加标回收率)/% 土壤
α-BHC	0.2000	94.8	p,p'-DDE	0.5000	97.0
	0.0400	95.0		0.1000	93.8
	0.0040	95.0		0.0100	95.0
β-BHC	1.0000	93.8	o,p'-DDT	1.0000	99.2
	0.2000	90.0		0.2000	95.7
	0.0200	94.0		0.0200	94.0
γ-BHC	0.2000	93.8	p,p'-DDD	0.5000	97.1
	0.0400	91.0		0.1000	93.9
	0.0040	92.5		0.0100	92.0
δ-BHC	0.5000	94.3	p,p'-DDT	1.0000	91.8
	0.1000	93.6		0.2000	97.5
	0.0100	91.0		0.0200	96.0

注：协作实验室为 5 个；每个实验室对每个添加浓度做重复 5 次试验。

A.3 方法检测限见表 A.3，最小检出浓度见式(A.1)

表 A.3　检测限（土壤）

农药名称	最小检测量/g	最小检测浓度/(mg/kg)
α-BHC	3.57×10^{-12}	0.49×10^{-4}
β-BHC	3.73×10^{-12}	0.80×10^{-4}
γ-BHC	1.18×10^{-12}	0.74×10^{-4}
δ-BHC	9.79×10^{-13}	0.18×10^{-3}
p,p'-DDE	1.76×10^{-12}	0.17×10^{-3}
o,p'-DDT	7.56×10^{-12}	1.90×10^{-3}
p,p'-DDD	5.57×10^{-12}	0.48×10^{-3}
p,p'-DDT	1.47×10^{-12}	4.87×10^{-3}

$$\text{方法最小检出浓度(mg/kg)} = \frac{\text{最小检出量(g)} \times \text{样本溶液定容体积(mL)}}{\text{样本溶液进样体积(μL)} \times \text{样品质量(g)}} \quad (A.1)$$

附加说明：

本标准是对 GB/T 14550—1993《土壤质量　六六六和滴滴涕的测定　气相色谱法》进行下述内容的修订：

——原标准中 2.3 制备色谱柱时使用的试剂和材料和 3.6 色谱柱及 5.2.3 校准数据表示的内容全部删去；

——在第 5 章色谱测定操作步骤中增加了测定条件 B、毛细管色谱柱及图谱；

——把 6.2.2 精密度、6.2.3 准确度和 6.2.4 检测限的数据表格全部放到附录 A 中，原精密度用标准偏差表示改为采用相对标准偏差表示。

本标准的附录 A 为资料性附录。

本标准由中华人民共和国农业部提出并归口。

本标准的起草单位：农业部环境保护科研监测所。

本标准的主要起草人：黄士忠、刘潇威、黄永春、王继军、买光熙、徐应明、李治祥、张克强。

十五、土壤速效钾和缓效钾含量的测定（NY/T 889—2004）

（2005-01-04 发布，2005-02-01 实施）

1 范围

本标准规定了以中性乙酸铵溶液浸提、火焰光度计法测定土壤速效钾含量的方法和以热硝酸浸提、火焰光度计法测定土壤缓效钾含量的方法。

本标准适用于各类土壤速效钾和缓效钾含量的测定。

2 规范性引用文件

下列文件中的条款通过本标准的引用而成为本标准的条款。凡是注日期的引用文件，其随后所有的修改单（不包括勘误的内容）或修订版均不适用于本标准，然而，鼓励根据本标准达成协议的各方研究是否可使用这些文件的最新版本。凡是不注日期的引用文件，其最新版本适用于本标准。

GB/T 6682 分析实验室用水规格和试验方法

3 试验方法

本标准所用试剂在未注明规格时，均为分析纯试剂。本标准用水应符合 GB/T 6682 中三级水之规定。

3.1 土壤速效钾含量的测定

3.1.1 方法提要

土壤速效钾以中性 1mol/L 乙酸铵溶液浸提，火焰光度计测定。

3.1.2 试剂和材料

3.1.2.1 乙酸铵溶液，$c(CH_3COONH_4)=1.0mol/L$：称取 77.08g 乙酸铵溶于近 1L 水中，用稀乙酸（CH_3COOH）或氨水（1+1）（$NH_3 \cdot H_2O$）调节 pH 值为 7.0，用水稀释至 1L。该溶液不宜久放。

3.1.2.2 钾标准溶液，$c(K)=100\mu g/mL$：称取经 110℃烘 2h 的氯化钾 0.1907g 溶于乙酸铵溶液（3.1.2.1）中，并用该溶液定容至 1L。

3.1.3 仪器

通常实验室用仪器及以下仪器。

3.1.3.1 往复式振荡机：振荡频率满足 150～180r/min；

3.1.3.2 火焰光度计。

3.1.4 分析步骤

称取通过 1mm 孔径筛的风干土试样 5g（精确至 0.01g）于 200mL 塑料瓶（或 100mL 三角瓶）中，加入 50.0mL 乙酸铵溶液（3.1.2.1）（土液比为 1∶10），盖紧瓶塞，在 20～25℃下，150～180r/min 振荡 30min，干过滤。滤液直接在火焰光度计上测定。同时做空白试验。

标准曲线的绘制：分别吸取钾标准溶液（3.1.2.2）体积（mL）：0.00、3.00mL、6.00mL、9.00mL、12.00mL、15.00mL 于 50mL 容量瓶中，用乙酸铵溶液（3.1.2.1）定容，即为浓度（μg/mL）0、6μg/mL、12μg/mL、18μg/mL、24μg/mL、30μg/mL 的钾标准系列溶液。以钾浓度为 0 的溶液调节仪器零点，用火焰光度计测定，绘制标准曲线或求回归方程。

3.1.5 结果计算

土壤速效钾含量以钾（K）的质量分数 ω_1 计，数值以毫克每千克（mg/kg）表示，按式（1）计算：

$$\omega_1 = \frac{c_1 V_1}{m_1} \tag{1}$$

式中 c_1——查标准曲线或求回归方程而得待测液中钾的浓度，μg/mL；

V_1——浸提剂的体积，mL；

m_1——试样的质量，g。

取平行测定结果的算术平均值为测定结果，结果取整数。

3.1.6 允许差

平行测定结果的相对相差不大于 5%。

不同实验室测定结果的相对相差不大于 8%。

3.2 土壤缓效钾含量的测定

3.2.1 方法提要

土壤以 1mol/L 热硝酸浸提，火焰光度计测定，为酸溶性钾含量，减去速效钾含量后为缓效钾含量。

3.2.2 试剂和材料

3.2.2.1 硝酸溶液，$c(HNO_3)=1mol/L$：量取 62.5mL 浓硝酸（HNO_3，$\rho \approx 1.42g/mL$，化学纯）稀释至 1L❶。

3.2.2.2 硝酸溶液，$c(HNO_3)=0.1mol/L$：量取 100.0mL 硝酸（3.2.2.1）稀释至 1L。

3.2.2.3 钾标准溶液，$c(K)=100μg/mL$：称取经 110℃烘 2h 的氯化钾 0.1907g 溶于水中，稀释至 1L。

3.2.3 仪器

通常实验室用仪器和以下仪器

3.2.3.1 火焰光度计。

3.2.3.2 油浴或磷酸浴。

3.2.4 分析步骤

称取通过 1mm 孔径筛的风干土样 2.5g（精确至 0.01g）于消煮管中，加入 25.0mL 硝

---

❶ 如浓硝酸浓度不准确，可先配制成稍大于 1mol/L 的硝酸溶液，经标定后稀释成准确的 1mol/L 的硝酸溶液。

酸溶液（3.2.2.1）（土液比为1:10），轻轻摇匀，在瓶口插入弯颈小漏斗，可将多个消煮管置于铁丝笼中，放入温度为130～140℃的油浴（或磷酸浴）中，于120～130℃煮沸（从沸腾开始准确计时）[1] 10min取下，稍冷，趁热干过滤于100mL容量瓶中，用硝酸溶液（3.2.2.2）洗涤消煮管4次，每次15mL，冷却后定容，火焰光度计测定。同时做空白试验。

标准曲线的绘制：分别吸取钾标准溶液（3.2.2.3）0、3.00mL、6.00mL、9.00mL、12.00mL、15.00mL于50mL容量瓶中，加入15.5mL硝酸溶液（3.2.2.1），定容，即为浓度分别为：0、6μg/mL、12μg/mL、18μg/mL、24μg/mL、30μg/mL的钾标准系列溶液。以钾浓度为0的溶液调节仪器零点，火焰光度计测定，绘制标准曲线或求回归方程。

按照3.1规定测定速效钾含量 ω_1。

3.2.5 分析结果的表述

土壤缓效钾含量以钾（K）的质量分数 ω_2 计，数值以毫克每千克（mg/kg）表示，按式(2)计算：

$$\omega_2 = \frac{c_2 V_2}{m_2} - \omega_1 \tag{2}$$

式中 c_2 ——查标准曲线或求回归方程而得待测液中钾的浓度，μg/mL；

V_2 ——测定时定容体积，mL；

m_2 ——试样的质量，g；

ω_1 ——测定的速效钾含量，mg/kg。

取平行测定结果的算术平均值为测定结果，结果取整数。

3.2.6 允许差

平行测定结果的相对相差不大于8%。

不同实验室测定结果的相对相差不大于15%。

附加说明：

本标准由中华人民共和国农业部提出并归口。

本标准起草单位：全国农业技术推广服务中心、中国农业大学、杭州土壤肥料测试中心。

本标准主要起草人：杜森、高祥照、李花粉、陆若辉、蒋启全。

十六、土壤有效态锌、锰、铁、铜含量的测定二乙三胺五乙酸（DTPA）浸提法（NY/T 890—2004）

（2005-01-04发布，2005-02-01实施）

1 范围

本标准规定了采用二乙三胺五乙酸（DTPA）浸提剂提取土壤中有效态锌、锰、铁、

---

[1] 碳酸盐土壤加酸消煮时有大量的二氧化碳气泡产生，不要误认为沸腾。

铜，以原子吸收分光光度法或电感耦合等离子体发射光谱法加以定量测定的方法。

本标准适用于 pH 值大于 6 的土壤中有效态锌、锰、铁、铜含量的测定。

2 规范性引用文件

下列文件中的条款通过本标准的引用而成为本标准的条款。凡是注日期的引用文件，其随后所有的修改单（不包括勘误的内容）或修订版均不适用于本标准，然而，鼓励根据本标准达成协议的各方研究是否可使用这些文件的最新版本。凡是不注日期的引用文件，其最新版本适用于本标准。

GB/T 6682　分析实验室用水规格和试验方法

3 原理

用 pH7.3 的二乙三胺五乙酸-氯化钙-三乙醇胺（DTPA-CaCl$_2$-TEA）缓冲溶液作为浸提剂，螯合浸提出土壤中有效态锌、锰、铁、铜。其中 DTPA 为螯合剂；氯化钙能防止石灰性土壤中游离碳酸钙的溶解，避免因碳酸钙所包蔽的锌、铁等元素释放而产生的影响；三乙醇胺作为缓冲剂，能使溶液 pH 值保持在 7.3 左右，对碳酸钙溶解也有抑制作用。

用原子吸收分光光度计，以乙炔-空气火焰测定浸提液中锌、锰、铁、铜的含量；或者用电感耦合等离子体发射光谱仪测定浸提液中锌、锰、铁、铜的含量。

4 试剂

本标准所用试剂，在未注明其他要求时，均指符合国家标准的分析纯试剂；本标准所述溶液如未指明溶剂，均系水溶液。

4.1　水，GB/T 6682，二级。

4.2　DTPA 浸提剂：其成分为 0.005mol/L DTPA、0.01mol/L CaCl$_2$、0.1mol/L TEA，pH7.3。

称取 1.967g DTPA ｛[（HOCOCH$_2$）$_2$NCH$_2$ · CH$_2$]$_2$NCH$_2$COOH｝溶于 14.92g（13.3mL）TEA[（HOCH$_2$CH$_2$）$_3$ · N]和少量水中，再将 1.47g 氯化钙（CaCl$_2$ · 2H$_2$O）溶于水中，一并转至 1L 的容量瓶中，加水至约 950mL，在 pH 计上用盐酸溶液（1+1）或氨水溶液（1+1）调节 DTPA 溶液的 pH 值至 7.3，加水定容至刻度。该溶液几个月内不会变质，但用前应检查并校准 pH 值。

4.3　锌标准贮备溶液，ρ(Zn)＝1mg/mL：称取 1.000g 金属锌（99.9％以上）于烧杯中，用 30mL 盐酸溶液（1+1）加热溶解，冷却后，转移至 1L 容量瓶中，稀释至刻度，混匀，贮存于聚乙烯瓶中。此溶液 1mL 含 1mg 锌。

或用硫酸锌配制：称取 4.398g 硫酸锌（ZnSO$_4$ · 7H$_2$O，未风化）溶于水中，转移至 1L 容量瓶中，加 5mL 硫酸溶液（1+5），稀释至刻度，即为 1mg/mL 锌标准贮备溶液。

4.4　锌标准溶液，ρ(Zn)＝0.05mg/mL：吸取锌标准贮备溶液（4.3）5mL 于 100mL 容量瓶中，稀释至刻度，混匀。

4.5　锰标准贮备溶液，ρ(Mn)＝1mg/mL：称取 1.000g 金属锰（99.9％以上）于烧杯中，用 20mL 硝酸溶液（1+1）加热溶解，冷却后，转移至 1L 容量瓶中，稀释至刻度，混匀，贮存于聚乙烯瓶中。此溶液 1mL 含 1mg 锰。

或用硫酸锰配制：称取 2.749g 已于 400～500℃灼烧至恒重的无水硫酸锰（MnSO$_4$），溶于水，移入 1L 容量瓶中，加 5mL 硫酸溶液（1+5），稀释至刻度，即为 1mg/mL 锰标准贮备溶液。

4.6　锰标准溶液，ρ(Mn)＝0.1mg/mL：吸取锰标准贮备溶液（4.5）10mL 于 100mL

容量瓶中，稀释至刻度，混匀。

4.7　铁标准贮备溶液，$\rho(Fe)=1mg/mL$：称取 1.000g 金属铁（99.9％以上）于烧杯中，用 30mL 盐酸溶液（1＋1）加热溶解，冷却后，转移至 1L 容量瓶中，稀释至刻度，混匀，贮存于聚乙烯瓶中。此溶液 1mL 含 1mg 铁。

或用硫酸铁铵配制：称取 8.634g 硫酸铁铵 $[NH_4Fe(SO_4)_2 \cdot 12H_2O]$，溶于水，移入 1L 容量瓶中，加入 10mL 硫酸溶液（1＋5），稀释至刻度，混匀，即为 1mg/mL 铁标准贮备溶液。

4.8　铁标准溶液，$\rho(Fe)=0.1mg/mL$：吸取铁标准贮备溶液（4.7）10mL 于 100mL 容量瓶中，稀释至刻度，混匀。

4.9　铜标准贮备溶液，$\rho(Cu)=1mg/mL$：称取 1.000g 金属铜（99.9％以上）于烧杯中，用 20mL 硝酸溶液（1＋1）加热溶解，冷却后，转移至 1L 容量瓶中，稀释至刻度，混匀，贮存于聚乙烯瓶中。此溶液 1mL 含 1mg 铜。

或用硫酸铜配制：称取 3.928g 硫酸铜（$CuSO_4 \cdot 5H_2O$，未风化），溶于水中，移入 1L 容量瓶中，加 5mL 硫酸溶液（1＋5），稀释至刻度，即为 1mg/mL 铜标准贮备溶液。

4.10　铜标准溶液，$\rho(Cu)=0.1mg/mL$：吸取铜标准贮备溶液（4.9）10mL 于 100mL 容量瓶中，稀释至刻度，混匀。

5　仪器

5.1　分析实验室通常使用的仪器设备。

5.2　恒温往复式或旋转式振荡器，或普通振荡器及 25℃±2℃的恒温室。振荡器应能满足（180±20）r/min 的振荡频率。

5.3　原子吸收分光光度计，附有空气-乙炔燃烧器及锌、锰、铁、铜空心阴极灯，或等离子体发射光谱仪。

6　试样的制备

6.1　去杂和风干（仅对未风干的新鲜土样）

首先应剔除土壤以外的侵入体，如植物残根、昆虫尸体和砖头石块等，之后将样品平铺在干净的纸上，摊成薄层，于室内阴凉通风处风干，切忌阳光直接暴晒。风干过程中应经常翻动样品，加速其干燥。风干场所应防止酸、碱等气体及灰尘的污染。当土壤达到半干状态时，须及时将大土块捏碎，以免干后结成硬块，不易压碎。

6.2　磨细和过筛

用四分法分取适量风干样品，用研钵研磨至样品全部通过 2mm 孔径的尼龙筛。过筛后的土样应充分混匀，装入玻璃广口瓶、塑料瓶或洁净的土样袋中，备用。

7　分析步骤

7.1　土壤有效锌、锰、铁、铜的浸提

准确称取 10.00g 试样，置于干燥的 150mL 具塞三角瓶或塑料瓶中，加入 25℃±2℃的 DTPA 浸提剂 20.0mL，将瓶塞盖紧，于 25℃±2℃的温度下，以 180r/min±20r/min 的振荡频率振荡 2h 后立即过滤。保留滤液，在 48h 内完成测定。

如果测定需要的试液数量较大，则可称取 15.00g 或 20.00g 试样，但应保证样液比为 1：2，同时浸提使用的容器应足够大，确保试样的充分振荡。

7.2　空白试液的制备

除不加试样外，试剂用量和操作步骤与 7.1 相同。

7.3 试样溶液中锌、锰、铁、铜的测定

7.3.1 原子吸收分光光度法

7.3.1.1 标准工作曲线绘制

按表 1 所示，配制标准溶液系列。吸取一定量的锌、锰、铁、铜标准溶液（4.4mL、4.6mL、4.8mL、4.10mL），分别置于一组 100mL 容量瓶中，用 DTPA 浸提剂稀释至刻度，混匀。

测定前，根据待测元素性质，参照仪器使用说明书，对波长、灯电流、狭缝、能量、空气-乙炔流量比、燃烧头高度等仪器工作条件进行选择，调整仪器至最佳工作状态。

以 DTPA 浸提剂校正仪器零点，采用乙炔-空气火焰，在原子吸收分光光度计上分别测量标准溶液中锌、锰、铁、铜的吸光度。以浓度为横坐标，吸光度为纵坐标，分别绘制锌、锰、铁、铜的标准工作曲线。

表 1 采用原子吸收分光光度法的标准溶液系列

序号	Zn		Mn		Fe		Cu	
	加入标准溶液体积/mL	相应浓度/(μg/mL)	加入标准溶液体积/mL	相应浓度/(μg/mL)	加入标准溶液体积/mL	相应浓度/(μg/mL)	加入标准溶液体积/mL	相应浓度/(μg/mL)
1	0	0	0	0	0	0	0	0
2	0.50	0.25	1.00	1.00	1.00	1.00	0.50	0.50
3	1.00	0.50	2.00	2.00	2.00	2.00	1.00	1.00
4	2.00	1.00	4.00	4.00	4.00	4.00	2.00	2.00
5	3.00	1.50	6.00	6.00	6.00	6.00	3.00	3.00
6	4.00	2.00	8.00	8.00	8.00	8.00	4.00	4.00
7	5.00	2.50	10.00	10.00	10.00	10.00	5.00	5.00

注：标准溶液系列的配制可根据试样溶液中待测元素含量的多少和仪器灵敏度高低适当调整。

7.3.1.2 试液的测定

与标准工作曲线绘制的步骤相同，依次测定空白试液和试样溶液中锌、锰、铁、铜的浓度。

试样溶液中测定元素的浓度较高时，可用 DTPA 浸提剂相应稀释，再上机测定。有时亦可根据仪器使用说明书，选择灵敏度较低的共振线或旋转燃烧器的角度进行测定，而不必稀释。

7.3.2 等离子体发射光谱法

7.3.2.1 标准工作曲线的绘制

按表 2 所示，配制锌、锰、铁、铜的混合标准溶液系列。吸取一定量的锌、锰、铁、铜标准溶液或标准贮备溶液（4.4mL、4.5mL、4.7mL、4.10mL），置于同一组 100mL 容量瓶中，用 DTPA 浸提剂稀释至刻度，混匀。

测定前，根据待测元素性质，参照仪器使用说明书，对波长、射频发生器频率、功率、工作气体流量、观测高度、提升量、积分时间等仪器工作条件进行选择，调整仪器至最佳工作状态。

以 DTPA 溶液为标准工作溶液系列的最低标准点，用等离子体发射光谱仪测量混合标准溶液中锌、锰、铁、铜的强度，经微机处理各元素的分析数据，得出标准工作曲线。

7.3.2.2 试液的测定

与标准工作曲线绘制的步骤相同，以 DTPA 浸提剂为低标，标准溶液系列中浓度最高的标准溶液（应尽量接近试样溶液浓度并略高一些）为高标，校准标准工作曲线，然后依次测定空白试液和试样溶液中锌、锰、铁、铜的浓度。

表 2　采用等离子体发射光谱法的混合标准溶液系列

序号	Zn		Mn		Fe		Cu	
	加入标准溶液体积/mL	相应浓度/(μg/mL)	加入标准溶液体积/mL	相应浓度/(μg/mL)	加入标准溶液体积/mL	相应浓度/(μg/mL)	加入标准溶液体积/mL	相应浓度/(μg/mL)
1	0	0	0	0	0	0	0	0
2	0.50	0.25	0.50	5.0	1.00	10.0	0.50	0.50
3	1.00	0.50	1.00	10.0	2.50	25.0	1.00	1.00
4	2.50	1.25	2.50	25.0	5.00	50.0	2.50	2.50
5	5.00	2.50	5.00	50.00	10.00	100.0	5.00	5.00

注：标准溶液系列的配制可根据试样溶液中待测元素含量高低适当调整。

7.4　结果计算

土壤有效锌（锰、铁、铜）含量 ω，以质量分数表示，单位为毫克每千克（mg/kg），按式(1)计算：

$$\omega = \frac{(\rho - \rho_0)VD}{m} \tag{1}$$

式中　ρ——试样溶液中锌（锰、铁、铜）的浓度，$\mu g/mL$；

　　　ρ_0——空白试液中锌（锰、铁、铜）的浓度，$\mu g/mL$；

　　　V——加入的 DTPA 浸提剂体积，mL；

　　　D——试样溶液的稀释倍数；

　　　m——试料的质量，g。

取平行测定结果的算术平均值作为测定结果。

有效锌、铜的计算结果表示到小数点后两位，有效锰、铁的计算结果表示到小数点后一位，但有效数字位数最多不超过三位。

7.5　允许差

有效锌、有效铜测定结果的允许差应符合表 3 的要求。

表 3　有效锌、有效铜测定结果的允许差

有效锌(以 Zn 计)或有效铜(以 Cu 计)的质量分数	平行测定允许差值	不同实验室间测定允许差值
＜1.50mg/kg	绝对差值≤0.15mg/kg	绝对差值≤0.30mg/kg
≥1.50mg/kg	相对相差≤10%	相对相差≤30%

有效锰、有效铁测定结果的允许差应符合表 4 的要求。

表 4　有效锰、有效铁测定结果的允许差

有效锰(以 Mn 计)或有效铁(以 Fe 计)的质量分数	平行测定允许差值	不同实验室间测定允许差值
＜15.0mg/kg	绝对差值≤1.5mg/kg	绝对差值≤3.0mg/kg
≥15.0mg/kg	相对相差≤10%	相对相差≤30%

附加说明：

本标准由中华人民共和国农业部提出并归口。

本标准起草单位：中国农业科学院土壤肥料研究所、农业部肥料质量监督检验测试中心（长沙）、农业部肥料质量监督检验测试中心（成都）。

本标准主要起草人：王敏、张跃、刘海荷、刘密、肖瑞芹、刘建安、黄跃蓉。

十七、土壤中全硒的测定（NY/T 1104—2006）

（2006-07-10 发布，2006-10-01 实施）

1 范围

本标准规定了用原子荧光光谱法、氢化物原子吸收光谱法和荧光法测定土壤中全硒的方法。

本标准适用于各种土壤中全硒的测定。

2 规范性引用文件

下列文件中的条款通过本标准的引用而成为本标准的条款。凡是注日期的引用文件，其随后所有的修改单（不包括勘误的内容）或修订版均不适用于本标准，然而，鼓励根据本标准达成协议的各方研究是否可使用这些文件的最新版本。凡是不注日期的引用文件，其最新版本适用于本标准。

GB/T 6682　分析实验室用水规格和试验方法。

3 试剂和材料

除非另有规定，在分析中仅使用确认为分析纯的试剂。本标准所述溶液如未指明溶剂，均系水溶液。

3.1　水，GB/T 6682，二级。

3.2　硝酸，优级纯，$\rho(HNO_3)$ 约为 1.42g/mL。

3.3　高氯酸，优级纯，$\rho(HClO_4)$ 约为 1.60g/mL。

3.4　盐酸，优级纯，$\rho(HCl)$ 约为 1.19g/mL。

3.5　硼氢化钾碱性溶液，8g/L：称取 2g 氢氧化钠溶于 200mL 水中，加入 4g 硼氢化钾，搅拌至溶解完全，加水至 500mL，用定性滤纸过滤，贮存于塑料瓶中备用。

3.6　硼氢化钠溶液，10g/L：称取 1g 硼氢化钠（NaBH₄）和 0.5g 氢氧化钠溶于去离子水，稀释至 100mL（现用现配）。

3.7　环己烷，ρ 为 0.778～0.80g/mL。

3.8　硝酸-高氯酸混合酸：硝酸（优级纯）V_1，高氯酸（优级纯）V_2，$V_1+V_2=3+2$。

3.9　硫酸溶液：优级纯，（1+1）。

3.10　盐酸溶液：优级纯，（1+1）。

3.11　盐酸溶液：$c(HCl)=0.1mol/L$。

3.12　碳酸氢钠溶液：$c(NaHCO_3)=0.5mol/L$。

3.13 氨水溶液：1+1。

3.14 盐酸羟胺-乙二胺四乙酸二钠（EDTA）溶液：称取 10g EDTA 溶于 500mL 水中，加入 25g 盐酸羟胺，使其溶解，用水稀释至 1000mL。

3.15 2,3-二氨基萘溶液（暗室中配制）：1g/L：称取 0.1g 2,3-二氨基萘于 150mL 烧杯中，加入 100mL 盐酸溶液（3.11）使其溶解，转移到 250mL 分液漏斗，加入 20mL 环己烷（3.7）振荡 1min，待分层后弃去环己烷，水相重复用环己烷处理 3~4 次。水相放入棕色瓶中上面加盖约 1cm 厚的环己烷，于暗处置冰箱保存。必要时再纯化一次。

3.16 硒标准储备液，$\rho(Se)=100mg/L$：精确称取 0.1000g 元素硒（光谱纯），溶于少量硝酸（3.2）中，加 2mL 高氯酸（3.3），置沸水浴中加热 3~4h，蒸去硝酸，冷却后加入 8.4mL 盐酸（3.4），再置沸水浴中煮 5min。准确稀释至 1000mL，其盐酸浓度为 0.1mol/L。混匀。

3.17 硒标准使用液，$\rho(Se)=0.05mg/L$：将硒标准储备液（3.16）用 0.1mol/L 盐酸溶液稀释成 1.00mL 含 0.05μg 硒的标准使用液，于冰箱内保存。

3.18 甲酚红指示剂：0.2g/L。

称取 0.02g 甲酚红于 400mL 烧杯中，加水溶解，加氨水溶液（3.13）1 滴，使其溶解后加水稀释到 100mL。

4 仪器与设备

4.1 分析实验室通常使用的仪器设备。

4.2 无色散原子荧光分析仪：配有硒特种空心阴极灯。用于氢化物发生-原子荧光光谱法。

4.3 原子吸收分光光度计：配有氢化物发生器和硒空心阴极灯。用于氢化物发生-原子吸收分光光度法。

4.4 荧光光度计：配有光程为 1cm 石英比色杯。用于荧光法。

4.5 自动控温消化炉。

5 试样的制备

取风干后的土样，用四分法分取适量样品后，全部粉碎，过 0.149mm 孔径筛，混匀后用磨口瓶或塑料袋装，作为测定全硒的待测样品。

6 氢化物发生-原子荧光光谱法

6.1 原理

样品经硝酸-高氯酸混合酸加热消化后，在盐酸介质中，将样品中的六价硒还原成四价硒，用硼氢化钠（$NaBH_4$）或硼氢化钾（KBH_4）作还原剂，将四价硒在盐酸介质中还原成硒化氢（SeH_2），由载气（氩气）带入原子化器中进行原子化，在硒特制空心阴极灯照射下，基态硒原子被激发至高能态，在去活化回到基态时，发射出特征波长的荧光，其荧光强度与硒含量成正比。与标准系列比较定值。本方法最低检测量为 1.0ng。

6.2 分析步骤

提示：待测样品消化过程中，谨防蒸干，以免爆炸。

6.2.1 试样溶液的制备

称取待测样品 2g（精确至 0.0002g）于 100mL 三角瓶中，加入混合酸（3.8）10~15mL，盖上小漏斗，放置过夜。次日，于 160℃ 自动控温消化炉上，消化至无色（土样成灰白色），继续消化至冒白烟后，1~2min 内取下稍冷，向三角瓶中加入 10mL 盐酸溶液

（3.10），置于沸水浴中加热 10min，取下三角瓶，冷却至室温，用去离子水将消化液转入 50mL 容量瓶中，定容至刻度，摇匀。保留试液待测。

6.2.2 硒标准工作曲线绘制

用硒标准使用液（3.17）逐级稀释配制成 $\rho(Se)$ 分别为 0.00，1.00μg/L，2.00μg/L，4.00μg/L，8.00μg/L 的标准溶液。各吸 20.00mL 使其硒含量分别为 0.00，20.00ng，40.00ng，80.00ng，160.00ng 于氢化物发生器中，盖好磨口塞，通入氩气，用加液器以恒定流速注入一定量的硼氢化钾溶液（3.5）。此时反应生成的硒化氢由氩气载入石英炉中进行原子化。记录荧光信号峰值。标准溶液系列的浓度范围可根据样品中硒含量的多少和仪器灵敏度高低适当调整。

用荧光信号峰值与之对应的硒含量绘制标准工作曲线。

6.2.3 试液的测定

分取 10.00～20.00mL 还原定容后的待测液，在与测定硒标准系列溶液相同的条件下，测定试液的荧光信号峰值。

6.2.4 空白试验

除不加试样外，其余分析步骤同试样溶液的测定。

6.3 结果计算

全硒（Se）含量 ω_1，以质量分数计，单位为毫克每千克（mg/kg），按式（1）计算：

$$\omega_1 = \frac{(m_1 - m_{01}) \times 50}{m v_1} \times 10^{-3} \tag{1}$$

式中 m_1——自工作曲线上查得的试样溶液中硒的质量，ng；

       m_{01}——空白试液所测得的硒的质量，ng；

       v_1——测定时吸取的试样溶液体积，mL；

       m——试样的质量，g；

       50——试样溶液定容体积，mL；

10^{-3}——以纳克为单位的质量数值换算为以微克为单位的质量数值的换算系数。

取平行测定结果的算术平均值作为测定结果。

计算结果，表示到小数点后两位。

6.4 允许差

全硒测定结果的允许差应符合表 1 的要求：

表1 全硒测定结果的允许差

全硒的质量分数(以 Se 计)/(mg/kg)	平行测定允许相对相差/%	不同实验室间测定允许相对相差/%
<0.10	20	50
0.10～0.40	15	30
>0.40	10	20

7 氢化物发生-原子吸收分光光度法

7.1 原理

样品经硝酸、高氯酸混合酸加热消化后，在盐酸介质中，将样品中的六价硒还原成四价硒，用硼氢化钠（NaBH₄）或硼氢化钾（KBH₄）作还原剂，将四价硒在盐酸介质中还原成硒化氢（SeH₂），由载气（氮气）将硒化氢吹入高温电热石英管原子化。根据硒基态原子吸收由硒空心阴极灯发射出来的共振线的量与待测液中硒含量成正比，与标准系列比较定值。本方法最低检测量为 1.4ng。

7.2 分析步骤

7.2.1 试样溶液的制备

同 6.2.1 步骤操作。

7.2.2 硒标准工作曲线绘制

用硒标准使用液（3.17）逐级稀释配制成 ρ(Se) 分别为 0.00，1.00μg/L，2.00μg/L，4.00μg/L，8.00μg/L 的标准溶液。各吸 20.00mL 使其硒含量分别为 0.00，20.00ng，40.00ng，80.00ng，160.00ng，由载气导入氢化物发生器中，以硼氢化钠（3.6）为还原剂将四价硒还原为硒化氢，测定其吸光度。标准溶液系列的浓度范围可根据样品中硒含量的多少和仪器灵敏度高低适当调整。

用吸光度与之对应的硒含量绘制标准工作曲线。

7.2.3 试液的测定

分取 10.00～20.00mL 还原定容后的待测液，在与测定硒标准系列溶液相同的条件下，测定试液的吸光度。

7.2.4 空白试验

除不加试样外，其余分析步骤同试样溶液的测定。

7.3 结果计算

全硒（Se）含量 ω_2，以质量分数计，单位为毫克每千克（mg/kg），按式（2）计算：

$$\omega_2 = \frac{(m_2 - m_{02}) \times 50}{m v_2} \times 10^{-3} \tag{2}$$

式中 m_2——自工作曲线上查得的试样溶液中硒的质量，ng；

m_{02}——空白试液所测得的硒的质量，ng；

v_2——测定时吸取的试样溶液体积，mL；

m——试样的质量，g；

50——试样溶液定容体积，mL；

10^{-3}——以纳克为单位的质量数值换算为以微克为单位的质量数值的换算系数。

取平行测定结果的算术平均值作为测定结果。

计算结果表示到小数点后两位。

7.4 允许差

全硒测定结果的允许差同 6.4 的规定。

8 荧光法

8.1 原理

样品经混合酸消化后，有机物被破坏使硒游离出来，还原后在酸性溶液中硒和 2,3-二氨基萘（2,3-diaminonaph-thalene，简称 DAN）反应生成 4,5-苯并芘硒脑（4,5-henzo-piaselenol），其荧光强度与硒的浓度在一定条件下成正比。加入 EDTA 和盐酸羟胺，可消除试液中铁、铜、钼及大量氧化性物质对全硒测定的干扰。用环己烷萃取后在荧光光度计上选择激发波长 376nm，发射光波长 525nm 处测定荧光强度，与绘制的标准曲线比较定量。本方法最低检测量为 3ng。

8.2 分析步骤

8.2.1 试样溶液的制备

同 6.2.1 步骤操作。

8.2.2 试液的测定

吸取 10.00～20.00mL 还原定容后的待测液于 100mL 具塞三角瓶中，加 10mL 盐酸羟胺-乙二胺四乙酸二钠（EDTA）溶液（3.14），混匀，加 2 滴甲酚红指示剂（3.18），溶液呈桃红色，滴加氨水溶液（3.13）至出现黄色，继续加入至呈桃红色，再用盐酸溶液（3.10）调至橙黄色（pH 值为 1.5～2.0）。以下步骤在暗室进行：加 2mL 2,3-二氨基萘溶液（3.15），混匀，置沸水浴中煮 5min，取出冷却至室温。准确加入 5mL 环己烷（3.7），盖上瓶塞，在振荡机上振荡 10min 后将溶液移入分液漏斗中，待分层后弃去水层，将环己烷层转入带盖试管中，小心勿使环己烷层中混入水滴，于激发波长 376nm、发射波长525nm 处测定苯并芘硒脑的荧光强度，查标准工作曲线，得出试样溶液中硒的质量数值。

8.2.3 硒标准工作曲线绘制

用硒标准使用液（3.17）逐级稀释配制成 $\rho(Se)$ 分别为 0.00、1.00μg/L、2.00μg/L、4.00μg/L、8.00μg/L 的标准溶液。各吸 20.00mL 使其硒含量分别为 0.00、20.00ng、40.00ng、80.00ng、160.00ng，放入 100mL 具塞三角瓶中，按试液测定步骤 8.2.2 同时进行。

8.2.4 空白试验

除不加试样外，其余分析步骤同试样溶液的测定。

8.3 结果计算

全硒（Se）含量 ω_3，以质量分数计，单位为毫克每千克（mg/kg），按式（3）计算：

$$\omega_3 = \frac{(m_3 - m_{03}) \times 50}{m v_3} \times 10^{-3} \tag{3}$$

式中 m_3——自工作曲线上查得的试样溶液中硒的质量，ng；

m_{03}——空白试液所测得的硒的质量，ng；

v_3——测定时吸取的试样溶液体积，mL；

m——试样的质量，g；

50——试样溶液定容体积，mL；

10^{-3}——以纳克为单位的质量数值换算为以微克为单位的质量数值的换算系数。

取平行测定结果的算术平均值作为测定结果。

计算结果表示到小数点后两位。

8.4 允许差

全硒测定结果的允许差同 6.4 的规定。

附加说明：

本标准由中华人民共和国农业部提出并归口。

本标准起草单位：农业部肥料质量监督检验测试中心（武汉）、华中农业大学资源与环境学院。

本标准主要起草人：王忠良、何迅、巩细民、邓银霞、易妍睿、贺立源、向心炯。

十八、土壤 pH 的测定（NY/T 1377—2007）

（2007-06-14 发布，2007-09-01 实施）

1 范围

本标准规定了以水或 1mol/L KCl 溶液或 0.01mol/L CaCl$_2$ 溶液为浸提剂，采用电位法测定土壤 pH 的方法。

本标准适用于各类土壤的 pH 测定。

2 规范性引用文件

下列文件中的条款通过本标准的引用而成为本标准的条款。凡是注日期的引用文件，其随后所有的修改单（不包括勘误的内容）或修订版均不适用于本标准，然而，鼓励根据本标准达成协议的各研究是否可使用这些文件的最新版本。凡是不注日期的引用文件，其最新版本适用于本标准。

GB/T 6682 分析实验室用水规格和试验方法

3 原理

当规定的指示电极和参比电极浸入土壤悬浊液时，构成一原电池，其电动势与悬浊液的 pH 有关，通过测定原电池的电动势即可得到土壤的 pH 值。

4 试剂和材料

除非另有说明，在分析中仅使用确认为分析纯的试剂。

4.1 水：pH 值和电导率应符合 GB/T 6682 规定的至少三级的规格，并应除去二氧化碳。

无二氧化碳水的制备方法：将水注入烧瓶中（水量不超过烧瓶体积的 2/3），煮沸 10min，放置冷却，用装有碱石灰干燥管的橡皮塞塞进。如制备 10～20L 较大体积的不含二氧化碳的水，可插入一玻璃管到容器底部，通氮气到水中 1～2h，以除去被水吸收的二氧化碳。

4.2 氯化钾溶液，$c(\text{KCl})=1\text{mol/L}$：称取 74.6g 氯化钾溶于水，并稀释至 1L。

4.3 氯化钙溶液，$c(\text{CaCl}_2)=0.01\text{mol/L}$：称取 1.47g 氯化钙（CaCl$_2$·2H$_2$O）溶于水，并稀释至 1L。

4.4 pH 标准缓冲溶液

以下 pH 标准缓冲溶液应用 pH 基准试剂配制。如贮存于密闭的聚乙烯瓶中，则配制好的 pH 标准缓冲溶液至少可稳定一个月。不同温度下各标准缓冲溶液的 pH 值见表 1。

表 1 不同温度下各标准缓冲溶液的 pH 值

温 度	苯二甲酸盐标准缓冲溶液	磷酸盐标准缓冲溶液	硼酸盐标准缓冲溶液
10℃	4.00	6.92	9.33
15℃	4.00	6.90	9.27
20℃	4.00	6.88	9.22
25℃	4.01	6.86	9.18
30℃	4.01	6.85	9.14

4.4.1 苯二甲酸盐标准缓冲溶液，$c(\text{C}_6\text{H}_4\text{CO}_2\text{HCO}_2\text{K})=0.05\text{mol/L}$。称取 10.21g 于

110～120℃干燥 2h 的邻苯二甲酸氢钾（$C_6H_4CO_2HCO_2K$），溶于水，转移至 1L 容量瓶中，用水稀释至刻度，混匀。

4.4.2 磷酸盐标准缓冲溶液，$c(KH_2PO_4)=0.025mol/L$，$c(Na_2HPO_4)=0.025$ mol/L。称取 3.40g 于 110～120℃烘干 2h 的磷酸二氢钾（KH_2PO_4）和 3.55g 磷酸氢二钠（Na_2HPO_4），溶于水，转移到 1L 容量瓶中，用水稀释至刻度，混匀。

4.4.3 硼酸盐标准缓冲溶液，$c(Na_2B_4O_7)=0.01mol/L$。称取 3.81g 四硼酸钠（$Na_2B_4O_7 \cdot 10H_2O$），溶于水，转移到 1L 容量瓶中，用水稀释至刻度，混匀。

注：四硼酸钠长时间放置可能会失去结晶水，不能使用。

5 仪器

5.1 检测实验室常用仪器设备。

5.2 pH 计：精度高于 0.1 单位，有温度补偿功能。

5.3 电极：玻璃电极和饱和甘汞电极，或 pH 复合电极。当 pH 值大于 10 时，应使用专用电极。

5.4 振荡机或搅拌器。

6 试样的制备

6.1 风干

新鲜样品应进行风干。将样品平铺在干净的纸上，摊成薄层，于室内阴凉通风处风干，切忌阳光直接暴晒。风干过程中应经常翻动样品，加速其干燥。风干场所应防止酸、碱等气体及灰尘的污染。当土样达到半干状态时，宜及时将大土块捏碎。亦可在不高于 40℃条件下干燥土样。

6.2 磨细和过筛

用四分法分取适量风干样品，剔除土壤以外的侵入体，如动植物残体、砖头、石块等，再用圆木棍将土样碾碎，使样品全部通过 2mm 孔径的试验筛。过筛后的土样应充分混匀，装入玻璃广口瓶、塑料瓶或洁净的土样袋中，备用。储存期间，试样应尽量避免日光、高温、潮湿、酸碱气体等的影响。

7 分析步骤

7.1 试样溶液的制备

称取 10.0g±0.1g 试样，置于 50mL 的高型烧杯或其他适宜的容器中，并加入 25mL 水（或氯化钾溶液或氯化钙溶液）。将容器密封后，用振荡机或搅拌器，剧烈振荡或搅拌 5min，然后静置 1～3h。

注：浸提剂可根据测试目的或委托方要求选择。

7.2 pH 计的校正

依照仪器说明书，至少使用两种 pH 标准缓冲溶液进行 pH 计的校正。

7.2.1 将盛有缓冲溶液并内置搅拌子的烧杯置于磁力搅拌器上，开启磁力搅拌器。

7.2.2 用温度计测量缓冲溶液（或土壤悬浊液）的温度，并将 pH 计的温度补偿旋钮调节到该温度上。有自动温度补偿功能的仪器，此步骤可省略。

7.2.3 搅拌平稳后将电极插入缓冲溶液中，待读数稳定后读取 pH 值。

7.3 试样溶液 pH 的测定

测量试样溶液的温度，试样溶液的温度与标准缓冲溶液的温度之差不应超过 1℃。pH 测量时，应在搅拌的条件下或事前充分摇动试样溶液后，将电极插入试样溶液中，待读数稳定后读取 pH 值。

8 结果计算

直接读取 pH 值，结果保留一位小数，并应标明浸提剂的种类。

9 精密度

在重复性条件下获得的两次独立测定结果的绝对差值不大于 0.1。

不同实验室测定结果的绝对差值不大于 0.2。

附加说明：

本标准修改采用 ISO 10390:2005（E）《土壤质量 pH 值的测定》（英文版）。

考虑到我国国情，在采用 ISO 10390:2005（E）时，本标准做了一些修改。本标准与该国际标准的主要差异如下：

——将该国际标准中 4.1 规定的"水：电导率不大于 0.2mS/m（25℃），pH 值不低于 5.6，即符合 ISO 3696:1987 中的二级水"，修改为"所使用水的 pH 值和电导率应符合 GB/T 6682 中三级水规格，并应除去二氧化碳"；

——根据我国标准，修改了混合磷酸盐标准缓冲溶液的配制方法，并增加了"不同温度下各标准缓冲溶液的 pH 值"表；

——增加了"试样的制备"一章；

——将该国际标准中 7.1.1 规定的"用量勺量取至少 5mL 有代表性的实验室样品"，修改为"称取 10.0g±0.1g 试样"；

——将该国际标准中规定的 1:5（V/V）的样液比，修改为 1:2.5（m/V）；

——将该国际标准中 7.1.3 规定的"振荡或搅拌 60min±10min"，修改为"振荡或搅拌 5min"；

——将该国际标准中第 8 章中的有关重复性的要求，修改为"在重复性条件下获得的两次独立测定结果的绝对差值不大于 0.1pH"；

——删除了该国际标准中第 9 章"测试报告"；

——删除了该国际标准中附录 A（资料性附录）"土壤 pH 值的测定实验室间测定结果"，而在本标准第 9 章中规定"不同实验室测定结果的绝对差值不大于 0.2pH"。

本标准由中华人民共和国农业部提出并归口。

本标准起草单位：中国农业科学院农业质量标准与检测技术研究所、中国农业科学院农业资源与农业区划研究所。

本标准主要起草人：王敏、南春波、王占华、陈芳。

十九、土壤氯离子含量的测定（NY/T 1378—2007）

（2007-06-14 发布，2007-09-01 实施）

本标准规定采用电位滴定法和硝酸银滴定法测定土壤中氯离子的含量。

第一篇　电位滴定法

1　范围

本标准规定了土壤中氯离子含量的电位滴定测定方法。

本标准适用于氯离子含量（以 Cl^- 计）在 $1\sim1500mg/L$ 的试样溶液（分取用于滴定的试验溶液中氯离子含量为 $0.01\sim75mg$）。当使用的硝酸银标准溶液浓度小于 $0.02mol/L$ 时，滴定应在乙醇-水溶液中进行。

2　规范性引用文件

下列文件中的条款通过本标准的引用而成为本标准的条款。凡是注日期的引用文件，其随后所有的修改单（不包括勘误的内容）或修订版均不适用于本标准，然而，鼓励根据本标准达成协议的各方研究是否可使用这些文件的最新版本。凡是不注日期的引用文件，其最新版本适用于本标准。

GB/T 6682　分析实验室用水规格和试验方法

3　原理

用水浸提土壤中的氯离子，然后在酸性的水或乙醇-水溶液中，以银或银-硫化银电极为测量电极（电极种类的选择参见附录 B），甘汞电极为参比电极，用硝酸银标准滴定溶液滴定，借助电位突跃确定其反应终点。由所消耗的硝酸银标准滴定溶液的量，计算出土壤中氯离子的含量。

4　试剂和材料

除非另有说明，在分析中仅使用确认为分析纯的试剂和 GB/T 6682 规定的至少三级的水。

4.1　乙醇：$\varphi(C_2H_5OH)=95\%$。

4.2　硝酸溶液：$2+3$。

4.3　氢氧化钠溶液：$200g/L$。

4.4　硝酸钾饱和溶液。

4.5　氯化钾标准溶液，$c(KCl)=0.1mol/L$：称取 3.728g 预先在 130℃ 下干燥 1h 的基准氯化钾，置于烧杯中，加水溶解后，移入 500mL 容量瓶中，用水稀释至刻度，混匀。

$0.01mol/L$、$0.005mol/L$、$0.001mol/L$ 或其他浓度的氯化钾标准溶液配制时，可用 $0.1mol/L$ 氯化钾标准溶液准确稀释至所需浓度。

4.6　硝酸银标准滴定溶液，$c(AgNO_3)=0.1mol/L$。

4.6.1　配制

称取 16.99g 预先在 105℃ 下干燥过 1h 的硝酸银，置于烧杯中，加水溶解后，移入 1L 容量瓶中；加 $2\sim3$ 滴硝酸溶液防止水解，用水稀释至刻度，混匀。贮存溶液在密闭的棕色玻璃瓶中。

$0.01mol/L$、$0.005mol/L$、$0.001mol/L$ 或其他浓度的硝酸银标准滴定溶液配制时，可用 $0.1mol/L$ 硝酸银标准滴定溶液准确稀释至所需浓度。

4.6.2　标定

准确移取 5mL 或 10mL 选定浓度的氯化钾标准溶液，置于 50mL 烧杯中，加 1 滴溴酚蓝指示剂，加 $1\sim2$ 滴硝酸溶液，使溶液恰呈黄色，再加 15mL 或 30mL 乙醇，放入磁力搅拌子。将烧杯置于电磁搅拌器上，开动搅拌器（搅拌速度不宜过快，使溶液不出现明显的旋涡），将测量电极和参比电极插入溶液中，连接好电位计接线，调整电位计零点，校正完毕。记录起始电位值。

用与氯化钾标准溶液浓度相对应的硝酸银标准滴定溶液进行滴定，先加入 4mL 或 9mL，再逐次加入一定体积的浓度为 0.01mol/L、0.005mol/L、0.001mol/L 的硝酸银标准滴定溶液，每次加入量为 0.05mL、0.1mL 和 0.2mL（必要时可适当增加），记录每次加入硝酸银标准滴定溶液后的总体积及相对应的电位 E，计算出连续增加的电位 ΔE_1 和 ΔE_1 之间的差值 ΔE_2。ΔE_1 的最大值即为滴定的终点，终点后再继续记录一个电位 E。记录格式参见附录 C。

标定 0.1mol/L 硝酸银标准滴定溶液时，应取 25mL 氯化钾标准溶液（0.1mol/L），加入 2mL 硝酸溶液。在水溶液中进行，其他操作与上述步骤相同。

4.6.3　结果计算

（1）滴定至终点所消耗的硝酸银标准滴定溶液体积（V），单位为毫升（mL），按式（1）计算：

$$V = V_0 + V_1 \frac{b}{B} \tag{1}$$

式中　V_0——电位增量值 ΔE_1 达最大值前所加入硝酸银标准滴定溶液的体积，mL；

V_1——电位增量值 ΔE_1 达最大值前最后一次所加入硝酸银标准滴定溶液的体积，mL；

b——ΔE_2 最后一次正值；

B——ΔE_2 最后一次正值和第一次负值的绝对值之和。

计算结果保留两位小数。

（2）硝酸银标准滴定溶液的浓度（c_1），单位为摩尔每升（mol/L），按式（2）计算：

$$c_1 = \frac{c_0 V_2}{V} \tag{2}$$

式中　c_0——所取的氯化钾标准溶液的浓度，mol/L；

V_2——所取的氯化钾标准溶液的体积，mL；

V——滴定至终点所消耗的硝酸银标准滴定溶液的体积，mL。

计算结果保留四位小数。

4.7　溴酚蓝指示剂溶液：1g/L。称取 0.10g 溴酚蓝，溶于乙醇，用乙醇稀释至 100mL。

5　仪器

5.1　分析实验室通常使用的仪器设备。

5.2　电位计：精度为 2mV，范围 $-500 \sim +500$mV。

5.3　参比电极：双液接型饱和甘汞电极，内充饱和氯化钾溶液，滴定时外套管内盛饱和硝酸钾溶液和甘汞电极相连接。

5.4　测量电极：银电极或 0.5mm 银丝（含银 99.9%，与电位计连接时要用屏蔽线）。

当使用的硝酸银标准滴定溶液浓度低于 0.005mol/L 时，应使用具有硫化银涂层的银电极。制备方法详见附录 A。

5.5　磁力搅拌器：带有外包聚四氟乙烯套的搅拌子。

5.6　微量滴定管：分度值为 0.02mL 或 0.01mL。

5.7 振荡器。

6 试样的制备

6.1 风干

新鲜样品应进行风干。将样品平铺在干净的纸上,摊成薄层,于室内阴凉通风处风干,切忌阳光直接暴晒。风干过程中应经常翻动样品,加速其干燥。风干场所应防止酸、碱等气体及灰尘的污染。当土样达到半干状态时,宜及时将大土块捏碎。亦可在不高于40℃条件下干燥土样。

6.2 磨细和过筛

用四分法分取适量风干样品,剔除土壤以外的侵入体,如动植物残体、砖头、石块等,再用圆木棍将土样碾碎,使样品全部通过2mm孔径的试验筛。过筛后的土样应充分混匀,装入玻璃广口瓶、塑料瓶或洁净的土样袋中,备用。储存期间,试样应尽量避免日光、高温、潮湿、酸碱气体等的影响。

7 分析步骤

7.1 试样溶液的制备

准确称取20.00g试样,置于250mL锥形瓶中,加入100mL水。加塞或用其他方式封闭瓶口。用振荡器剧烈振荡5min,使试样充分分散,然后干过滤。滤液用于测定。

如浸提液还用于碳酸盐等其他项目的测定,则应使用无二氧化碳水浸提,并可适当增加称样量,但应保证样液比为1+5。

7.2 滴定

用移液管移取适量体积的试样溶液,使氯含量为0.01～75mg,置于50mL烧杯中。加1滴溴酚蓝指示剂溶液,加1～2滴硝酸溶液或氢氧化钠溶液,使溶液恰呈黄色,再加乙醇,使乙醇与所取试样溶液的体积比为3+1,总体积不大于40mL。当所用的硝酸银标准滴定溶液的浓度大于0.02mol/L时,可不加乙醇。以下操作按4.6.2中加乙醇以后的规定进行,但不再加入4mL(或9mL)硝酸银标准滴定溶液。

当试样溶液中氯离子浓度太低,滴定所消耗的硝酸银标准滴定溶液的体积小于1mL时,可采用标准加入法测定,在计算结果时应当扣除加入的氯化钾标准溶液中的氯所消耗的硝酸银标准滴定溶液的体积。

7.3 空白试验

除不加试样外,其余分析步骤同样品测定。

8 结果计算

氯离子(Cl$^-$)含量w_1,以质量分数计,数值以毫克每千克(mg/kg)表示,按式(3)计算:

$$w_1 = \frac{c_2(V_3 - V_4)D_1 \times 0.03545}{m_1} \times 10^6 \qquad (3)$$

式中 V_3——滴定所消耗的硝酸银标准滴定溶液的体积,mL;

V_4——空白滴定所消耗的硝酸银标准滴定溶液的体积,mL;

c_2——硝酸银标准滴定溶液的浓度,mol/L;

m_1——试料的质量,g;

D_1——试样溶液体积与测定时吸取的试样溶液体积之比值;

0.03545——与1.00mL硝酸银标准滴定溶液[$c(AgNO_3)=1.000$mol/L]相当的以克表示

的氯离子质量。

计算结果保留两位小数，但有效数字应不超过四位。

9 精密度

应符合表1的要求。

表 1 精密度要求

氯离子含量 $w(Cl^-)/(mg/kg)$	在重复条件下获得的两次独立测定结果的允许差	不同实验室间测定结果的允许差
$w(Cl^-) \leqslant 100$	绝对相差≤10mg/kg	绝对相差≤20mg/kg
$100 < w(Cl^-) \leqslant 1000$	相对相差≤5%	相对相差≤10%
$w(Cl^-) > 1000$	相对相差≤3%	相对相差≤5%

第二篇　硝酸银滴定法

10 范围

本标准规定了土壤中氯离子含量的硝酸银滴定测定方法。

本标准适用于氯离子含量在 10～500mg/L 的试样溶液，尤其是盐渍化土壤中氯离子含量的测定。高于此测定范围的试样溶液，可稀释或采用较高浓度的硝酸银标准滴定溶液滴定。

11 规范性引用文件

下列文件中的条款通过本标准的引用而成为本标准的条款。凡是注日期的引用文件，其随后所有的修改单（不包括勘误的内容）或修订版均不适用于本标准，然而，鼓励根据本标准达成协议的各方研究是否可使用这些文件的最新版本。凡是不注日期的引用文件，其最新版本适用于本标准。

GB/T 6682　分析实验室用水规格和试验方法

12 原理

用水浸提土壤中的氯离子，然后在中性至弱碱性范围内（pH 6.5～10.5），以铬酸钾为指示剂，用硝酸银标准滴定溶液滴定试液中的氯离子。由于氯化银的溶解度小于铬酸银的溶解度，在氯离子被完全沉淀出来后，铬酸盐才以铬酸银的形式被沉淀，产生砖红色，指示到达滴定终点。由所消耗的硝酸银标准溶液的量，可求得土壤中氯离子的含量。

13 试剂和材料

除非另有说明，在分析中仅使用确认为分析纯的试剂和 GB/T 6682 规定的至少三级的水。

13.1　碳酸氢钠（$NaHCO_3$）：粉状。

13.2　氯化钾标准溶液，$c(KCl) = 0.1mol/L$：准确称取 3.728g 预先在 130℃下干燥 1h 的基准氯化钾，置于烧杯中，加水溶解后，移入 500mL 容量瓶中，用水稀释至刻度，混匀。

0.01mol/L、0.005mol/L、0.001mol/L 或其他浓度的氯化钾标准溶液配制时，可用 0.1mol/L 氯化钾标准溶液准确稀释至所需浓度。

13.3　硝酸银标准滴定溶液，$c(AgNO_3) = 0.01mol/L$ 或 0.02mol/L：准确称取预先在 105℃下干燥 1h 的硝酸银（$AgNO_3$）1.699g 或 3.398g，用水溶解后，转移至 1L 容量瓶中，用水稀释至刻度，混匀，贮存在密闭的棕色瓶中，即得到 0.01mol/L 或 0.02mol/L 的硝酸银标准滴定溶液。必要时以氯化钾标准溶液标定。

13.4 铬酸钾指示剂溶液，50g/L：称取 5g 铬酸钾溶于少量水中，滴加 1mol/L 硝酸银溶液至有砖红色沉淀生成，摇匀。静置 12h，然后过滤并用水稀释至 100mL。

13.5 活性炭：粉状。

14 试样的制备

按第 6 章的规定执行。

15 分析步骤

15.1 试样溶液的制备

按 7.1 的规定执行。如果土壤有机质含量高或试样溶液有颜色，可加入 0.5g 左右的活性炭与试样一并振荡。

15.2 滴定

用移液管吸取 25mL 试样溶液（若氯离子含量高，可取少量，但应加水至 25mL），置于 100mL 锥形瓶中。若试样溶液 pH 值在 6.5～10.5，则加入 8 滴铬酸钾指示剂溶液，混匀。若试样溶液的 pH 值低于 6.5，则应在试样溶液中先加入 0.2～0.5g 的碳酸氢钠，混匀。在不断搅动下，用硝酸银标准滴定溶液滴定试样溶液至出现砖红色并 0.5min 内不退色为止。记录硝酸银标准滴定溶液的用量。

15.3 空白试验

除不加试样外，其余分析步骤同样品测定。

16 结果计算

氯离子（Cl$^-$）含量 w_2，以质量分数计，数值以毫克每千克（mg/kg）表示，按式（4）计算：

$$w_2 = \frac{c_3(V_5 - V_6)D_2 \times 0.03545}{m_2} \times 10^6 \tag{4}$$

式中 V_5——试样溶液测定时消耗的硝酸银标准滴定溶液的体积，mL；

V_6——空白溶液测定时消耗的硝酸银标准滴定溶液的体积，mL；

c_3——硝酸银标准滴定溶液的浓度，mol/L；

m_2——试料的质量，g；

D_2——试样溶液体积与测定时吸取的试样溶液体积之比值；

0.03545——与 1.00mL 硝酸银标准滴定溶液 [$c(AgNO_3)$＝1.000mol/L] 相当的以克表示的氯离子质量。

计算结果保留两位小数，但有效数字应不超过四位。

17 精密度

按表 1 的规定执行。

附 录 A
（资料性附录）
银-硫化银电极的制备方法

用金相砂纸（M14）将长为 15～20cm，直径为 0.5mm 的银丝打磨光亮，再用乙醇浸泡的脱脂棉擦干净，晾干，浸没于适量的 0.2mol/L 氯化钠和 0.2mol/L 硫化钠的等体积混合溶液（温度约为 25℃）中，浸没深度为 3～5cm，浸没时间为 30min，取出，用自来水冲洗约 10min，再用蒸馏水洗净，备用。

所制备的电极，用 0.005mol/L 硝酸银标准滴定溶液对 0.005mol/L 氯化钾标准溶液进行标定时，终点电位突越值应大于 60mV。

附　录　B

（资料性附录）

标准溶液及电极种类的选择

本附录提供了预计所取氯化物（以 Cl⁻ 计）的含量和建议采用的标准溶液浓度及测量电极的种类，见表 B.1。

表 B.1

所取试液中 Cl⁻ 的质量浓度/(mg/L)	选用标准溶液(AgNO₃ 和 KCl)的浓度/(mol/L)	选用测量电极的种类
1～10	0.001	Ag-Ag₂S
10～100	0.005	Ag-Ag₂S
100～250	0.01	Ag-Ag₂S
250～1500	0.1	Ag

附　录　C

（资料性附录）

试验记录格式举例

表 C.1

硝酸银标准滴定溶液的体积 V/mL	电位 E/mV	ΔE_1/mV	ΔE_2/mV
4.80	176	35	+37
4.90	211		
5.00	283	72	−49
5.10	306	23	−10
5.20	319	13	
5.30	330		

$$V = 4.90 + 0.10 \times 37/(37 + 49) = 4.94$$

说明：第一栏、第二栏分别记录所加入的硝酸银标准滴定溶液的总体积和对应的电位 E。第三栏记录连续增加的电位 ΔE_1，第四栏记录增加的电位 ΔE_1 之间的差值 ΔE_2，此差值有正有负。

附加说明：

本标准的附录 A、附录 B 和附录 C 均为资料性附录。

本标准由中华人民共和国农业部提出并归口。

本标准起草单位：中国农业科学院农业质量标准与检测技术研究所、中国农业科学院农业资源与农业区划研究所。

本标准主要起草人：王敏、金轲、陈芳、毛雪飞。

二十、土壤质量　重金属测定　王水回流消解原子吸收法
（NY/T 1613—2008）

（2008-05-16 发布，2008-07-01 实施）

1　范围

本标准规定了土壤中铜、锌、镍、铬、铅和镉的王水回流消解测定方法。

本标准适用于土壤中铜、锌、镍、铬、铅和镉的测定。土壤中的铜、锌、镍、铬适用于火焰原子吸收法；土壤中铅含量在 25mg/kg 以上适用于火焰原子吸收法，铅含量在 25mg/kg 以下适用于石墨炉原子吸收法；土壤中镉含量在 5mg/kg 以上适用于火焰原子吸收法，镉含量在 5mg/kg 以下适用于石墨炉原子吸收法。

本标准方法检出限为 Cu 2mg/kg、Zn 0.4mg/kg、Ni 2mg/kg、Cr 5mg/kg、Pb 5mg/kg（火焰法）、Cd 0.2mg/kg（火焰法）、Pb 0.1mg/kg（石墨炉法）、Cd 0.01mg/kg（石墨炉法）。

2　原理

试样经消化处理后，在特制的铜、锌、镍、铬、铅和镉的空心阴极灯照射下，气态中的基态金属原子吸收特定波长的辐射能量而跃迁到较高能级状态，光路中基态原子的数量越多，对其特征辐射能量的吸收就越大，与该原子的密度成正比，最后根据标准系列进行定量计算。

3　试剂

本标准所使用的试剂除另有说明外，均为分析纯的试剂，试验用水为符合 GB/T 6682 中规定的一级水。

3.1　盐酸（HCl）：$\rho=1.19g/mL$，优级纯。

3.2　硝酸（HNO_3）：$\rho=1.42g/mL$，优级纯。

3.3　硝酸溶液（1+1）：用硝酸（3.2）配制。

3.4　硝酸溶液（体积分数为 3%）：用硝酸（3.2）配制。

3.5　硝酸溶液（体积分数为 0.2%）：用硝酸（3.2）配制。

3.6　王水：取 3 份盐酸（3.1）与 1 份硝酸（3.2），充分混合均匀。

3.7　铜标准贮备溶液（1000mg/L）：称取 1.0000g（精确至 0.0002g）光谱纯金属铜于 50mL 烧杯中，加入 20mL 硝酸溶液（3.3）微热，待完全溶解后，冷却，转至 1000mL 容量瓶中，用水定容至标线，摇匀（有条件的单位可以到国家认可的部门直接购买标准贮备溶液）。

3.8　锌标准贮备溶液（1000mg/L）：称取 1.0000g（精确至 0.0002g）光谱纯金属锌粒于 50mL 烧杯中，加入 20mL 硝酸溶液（3.3）微热，待完全溶解后，冷却，转至 1000mL 容量瓶中，用水定容至标线，摇匀（有条件的单位可以到国家认可的部门直接购买标准贮备溶液）。

3.9　镍标准贮备溶液（1000mg/L）：称取 1.0000g（精确至 0.0002g）光谱纯镍粉于 50mL 烧杯中，加入 20mL 硝酸溶液（3.3）微热，待完全溶解后，冷却，转至 1000mL 容量

瓶中，用水定容至标线，摇匀（有条件的单位可以到国家认可的部门直接购买标准贮备溶液）。

3.10 铬标准贮备溶液（1000mg/L）：准确称取 0.2829g 基准重铬酸钾（120℃烘干恒重），用少量水溶解后全量转移入 100mL 容量瓶中，用水定容至标线，摇匀（有条件的单位可以到国家认可的部门直接购买标准贮备溶液）。

3.11 铅标准贮备溶液（500mg/L）：称取 0.5000g（精确至 0.0002g）光谱纯金属铅于 50mL 烧杯中，加入 20mL 硝酸溶液（3.3）微热，待完全溶解后，冷却，转至 1000mL 容量瓶中，用水定容至标线，摇匀（有条件的单位可以到国家认可的部门直接购买标准贮备溶液）。

3.12 镉标准贮备溶液（500mg/L）：称取 0.5000g（精确至 0.0002g）光谱纯金属镉于 50mL 烧杯中，加入 20mL 硝酸溶液（3.3）微热，待完全溶解后，冷却，转至 1000mL 容量瓶中，用水定容至标线，摇匀（有条件的单位可以到国家认可的部门直接购买标准贮备溶液）。

3.13 铜标准工作溶液（20mg/L）：吸取 1000mg/L 铜标准贮备液（3.7），用硝酸溶液（3.4）逐级稀释至 20mg/L，此溶液作为铜的标准工作液。

3.14 锌标准工作溶液（10mg/L）：吸取 1000mg/L 锌标准贮备液（3.8），用硝酸溶液（3.4）逐级稀释至 10mg/L，此溶液作为锌的标准工作液。

3.15 镍标准工作溶液（50mg/L）：吸取 1000mg/L 镍标准贮备液（3.9），用硝酸溶液（3.4）逐级稀释至 50mg/L，此溶液作为镍的标准工作液。

3.16 铬标准工作溶液（50mg/L）：吸取 1000mg/L 铬标准贮备液（3.10），用硝酸溶液（3.4）逐级稀释至 50mg/L，此溶液作为铬的标准工作液。

3.17 铅标准工作溶液（50mg/L）（火焰法）：吸取 1000mg/L 铅标准贮备液（3.11），用硝酸溶液（3.4）逐级稀释至 50mg/L，此溶液作为铅的标准工作液。

3.18 镉标准工作溶液（10mg/L）（火焰法）：吸取 1000mg/L 镉标准贮备液（3.12），用硝酸溶液（3.4）逐级稀释至 10mg/L，此溶液作为镉的标准工作液。

3.19 铅标准工作溶液（0.25mg/L）（石墨炉法）：吸取 1000mg/L 铅标准贮备液（3.11），用硝酸溶液（3.4）逐级稀释至 0.25mg/L，此溶液作为铅的标准工作液，临用前配制。

3.20 镉标准工作溶液（0.05mg/L）（石墨炉法）：吸取 1000mg/L 镉标准贮备液（3.12），用硝酸溶液（3.4）逐级稀释至 0.05mg/L，此溶液作为镉的标准工作液，临用前配制。

4 仪器和设备

4.1 原子吸收分光光度计。

4.2 铜、锌、镍、铬、镉、铅空心阴极灯。

4.3 空气压缩机，应备有除水、除油和除尘装置。

5 分析步骤

5.1 试液的制备

5.1.1 锥形瓶的预处理：量取 15mL 王水加入 100mL 锥形瓶中，加 3～4 粒小玻璃珠，盖上干净表面皿，在电热板上加热到明显微沸，让王水蒸气浸润整个锥形瓶内壁，约 30min，冷却，用纯水洗净锥形瓶内壁待用。

5.1.2 试样消解

5.1.2.1 准确称取约1g（精确至0.0002g）通过0.149mm孔径筛的土壤样品，加少许蒸馏水润湿土样，加3～4粒小玻璃珠。

5.1.2.2 加入10mL硝酸溶液（3.2），浸润整个样品，电热板上微沸状态下加热20min（硝酸与土壤中有机质反应后剩余部分约6～7mL，与下一步加入20mL盐酸仍大约保持王水比例）。

5.1.2.3 加入20mL盐酸（3.1），盖上表面皿，放在电热板上加热2h，保持王水处于明显的微沸状态（即可见到王水蒸气在瓶壁上回流，但反应又不能过于剧烈而导致样品溢出）。

5.1.2.4 移去表面皿，赶掉全部酸液至湿盐状态，加10mL水溶解，趁热过滤至50mL容量瓶中定容。

5.2 空白试验

采用与5.1相同的试剂和步骤，每批样品至少制备2个以上空白溶液。

5.3 标准曲线

5.3.1 铜的标准曲线：分别吸取0.00，0.50mL，1.00mL，1.50mL，2.00mL，2.50mL铜标准工作液（3.13）于50mL容量瓶中。用硝酸溶液（3.5）稀释至刻度，摇匀。此标准系列相当于铜的质量浓度分别为0.00，0.20mg/L，0.40mg/L，0.60mg/L，0.80mg/L，1.00mg/L，适用一般样品测定。

5.3.2 锌的标准曲线：分别吸取0.00，1.00mL，2.00mL，3.00mL，4.00mL，5.00mL锌标准工作液（3.14）于50mL容量瓶中。用硝酸溶液（3.5）稀释至刻度，摇匀。此标准系列相当于锌的质量浓度分别为0.00，0.20mg/L，0.40mg/L，0.60mg/L，0.80mg/L，1.00mg/L，适用一般样品测定。

5.3.3 镍的标准曲线：分别吸取0.00，0.20mL，0.40mL，0.60mL，0.80mL，1.00mL镍标准工作液（3.15）于50mL容量瓶中。用硝酸溶液（3.5）稀释至刻度，摇匀。此标准系列相当于镍的质量浓度分别为0.00，0.20mg/L，0.40mg/L，0.60mg/L，0.80mg/L，1.00mg/L，适用一般样品测定。

5.3.4 铬的标准曲线：分别吸取0.00，0.50mL，1.00mL，2.00mL，3.00mL，4.00mL铬标准工作液（3.16）于50mL容量瓶中。用硝酸溶液（3.5）稀释至刻度，摇匀。此标准系列相当于铬的质量浓度分别为0.00，0.05mg/L，1.00mg/L，2.00mg/L，3.00mg/L，4.00mg/L，适用一般样品测定。

5.3.5 铅的标准曲线（火焰法）：分别吸取0.00，0.50mL，1.00mL，2.00mL，3.00mL，5.00mL铅标准工作液（3.17）于50mL容量瓶中。用硝酸溶液（3.5）稀释至刻度，摇匀。此标准系列相当于铅的质量浓度分别为0.00，0.50mg/L，1.00mg/L，2.00mg/L，3.00mg/L，5.00mg/L，适用一般样品测定。

5.3.6 镉的标准曲线（火焰法）：分别吸取0.00，0.50mL，1.00mL，2.00mL，3.00mL，5.00mL镉标准工作液（3.18）于50mL容量瓶中。用硝酸溶液（3.5）稀释至刻度，摇匀。此标准系列相当于镉的质量浓度分别为0.00，0.10mg/L，0.20mg/L，0.40mg/L，0.60mg/L，1.00mg/L，适用一般样品测定。

5.3.7 铅的标准曲线（石墨炉法）：分别吸取0.00，0.50mL，1.00mL，2.00mL，3.00mL，5.00mL铅标准工作液（3.19）于50mL容量瓶中。用硝酸溶液（3.5）稀释至刻度，摇匀。此标准系列相当于铅的质量浓度分别为 0.00，2.50μg/L，5.00μg/L，10.00μg/L，15.00μg/L，25.00μg/L，适用一般样品测定（带自动进样器的，标准曲线可由仪器自行完成）。

5.3.8 镉的标准曲线（石墨炉法）：分别吸取 0.00，0.50mL，1.00mL，2.00mL，3.00mL，5.00mL 镉标准工作液（3.20）于 50mL 容量瓶中。用硝酸溶液（3.5）稀释至刻度，摇匀。此标准系列相当于镉的质量浓度分别为 0.00，0.50μg/L，1.00μg/L，2.00μg/L，3.00μg/L，5.00μg/L，适用一般样品测定（带自动进样器的，标准曲线可由仪器自行完成）。

5.4 仪器参考条件

5.4.1 铜、锌、镍、铬、铅、镉火焰原子吸收法仪器参考条件，见表1。

表1 火焰原子吸收法仪器参考条件

元　　素	Cu	Zn	Cr	Ni	Pb	Cd
测定波长/nm	324.8	213.9	357.9	232.0	283.3	228.8
通带宽度/nm	1.3	1.3	0.7	0.2	1.3	1.3
灯电流/mA	7.5	7.5	7.0	7.5	7.5	7.5
测量方法	标准曲线					
火焰性质	空气-乙炔火焰，Cr 用还原性，其他用氧化性					

5.4.2 铅、镉石墨炉原子吸收法仪器参考条件，见表2。

表2 石墨炉原子吸收法仪器参考条件

元素	Pb	Cd	元素	Pb	Cd
测定波长/nm	283.3	228.8	原子化/(℃/s)	2000/5	1500/5
通带宽度/nm	1.3	1.3	清除/(℃/s)	2700/3	2600/3
灯电流/mA	7.5	7.5	原子化阶段是否停气	是	是
干燥/(℃/s)	80~100/20	85~100/20	进样量/μL	10	10
灰化/(℃/s)	700/20	500/20			

5.5 测定

将仪器调至最佳工作条件，上机测定，测定顺序为先标准系列各点，然后样品空白、试样。

6 结果表示

6.1 火焰法测定土壤样品中铜、锌、镍、铬、铅、镉含量，以质量分数 W 计，数值以毫克每千克（mg/kg）表示，按公式（1）计算：

$$W = \frac{(\rho - \rho_0)V}{m} \tag{1}$$

式中　ρ——从校准曲线上查得铜、锌、镍、铬、铅、镉的质量浓度，mg/L；

　　　ρ_0——试剂空白溶液的质量浓度，mg/L；

　　　V——样品消解后定容体积，mL；

　　　m——试样重量，g。

重复试验结果以算术平均值表示，保留 3 位有效数字。

6.2 石墨炉法测定土壤样品中铅、镉含量，以质量分数 W 计，数值以毫克每千克（mg/kg）表示，按公式（2）计算：

$$W=\frac{(\rho-\rho_0)V}{m\times1000}\qquad(2)$$

式中 ρ——从校准曲线上查得铅、镉的质量浓度，μg/L；

ρ_0——试剂空白溶液的质量浓度，μg/L；

V——样品消解后定容体积，mL；

m——试样重量，g；

1000——将 μg 换算为 mg 的系数。

重复试验结果以算术平均值表示，保留 3 位有效数字。

7 精密度

土壤监测平行双样测定值的精密度和准确度允许误差参照 NY/T 395 农田土壤环境质量监测技术规范中的规定。

本方法测定土壤标准物质中铜、锌、镍、铬、铅、镉的精密度见表3。

表3 方法的精密度

元素	实验室数	土壤标样	全消解保证值/(mg/kg)	王水消解法总均值/(mg/kg)	室内相对标准偏差/%	室间相对标准偏差/%
Cd	7	Ess-1	0.083±0.011	0.079	6.7	7.8
	6	Ess-2	0.041±0.011	0.040	9.9	12
	6	Ess-3	0.044±0.014	0.042	4.7	4.9
	7	Ess-4	0.083±0.008	0.075	8.1	8.9
	7	Gss-2	0.071±0.009	0.064	5.1	6.6
	7	Gss-3	0.059±0.009	0.051	8.9	9.9
	5	Gss-7	0.080±0.014	0.069	7.3	9.2
	6	Gss-8	0.13±0.02	0.12	9.9	11
Pb	9	Ess-1	23.6±1.2	17.8	12	17
	9	Ess-2	24.6±1.0	20.1	17	19
	9	Ess-3	33.3±1.3	28.7	8.6	11
	8	Ess-4	22.6±1.7	18.0	12	16
	8	Gss-2	20.2±1.0	13.4	10	11
	8	Gss-3	26±2	15.5	13	16
	6	Gss-7	13.6±1.2	12.9	11	14
	7	Gss-8	21±1	15.5	9.7	11
Cu	11	Ess-1	20.9±0.8	19.1	6.4	9.1
	10	Ess-2	27.6±0.5	26.6	4.8	6.2
	10	Ess-3	29.4±1.6	27.2	6.8	6.9
	9	Ess-4	26.3±1.7	25.0	6.4	7.5
	9	Gss-2	16.3±0.4	15.4	5.6	6.2
	10	Gss-3	11.4±0.4	10.4	7.6	7.9
	9	Gss-7	97±2	95.9	2.8	3.1
	10	Gss-8	24.3±0.5	22.6	5.0	8.4

元素	实验室数	土壤标样	全消解保证值 /(mg/kg)	王水消解法总均值 /(mg/kg)	室内相对标准偏差/%	室间相对标准偏差/%
Zn	10	Ess-1	55.2±3.4	52.5	3.6	6.4
	10	Ess-2	63.5±3.5	61.6	3.3	5.0
	10	Ess-3	89.3±4.0	87.2	3.2	3.5
	10	Ess-4	69.1±3.5	65.3	4.9	5.7
	10	Gss-2	42.3±1.2	40.7	4.9	7.4
	11	Gss-3	31.4±1.1	27.6	12	13
	9	Gss-7	142±5	132	4.5	5.3
	9	Gss-8	68±2	64.1	4.7	5.3
Ni	11	Ess-1	29.6±1.8	28.0	8.5	12
	11	Ess-2	33.6±1.6	32.5	8.8	12
	11	Ess-3	33.7±2.1	32.5	10	10
	10	Ess-4	32.8±1.7	31.8	8.6	11
	11	Gss-2	19.4±0.5	18.6	10	13
	11	Gss-3	12.2±0.4	10.8	15	18
	9	Gss-7	276±6	265	4.8	7.3
	10	Gss-8	31.5±0.7	30.3	9.3	13
Cr	11	Ess-1	57.2±4.2	33.2	16	19
	11	Ess-2	75.9±4.6	42.0	18	23
	11	Ess-3	98.0±7.1	51.9	16	20
	10	Ess-4	70.4±4.9	38.1	20	23
	11	Gss-2	47±2	31.1	16	20
	11	Gss-3	32±2	16.3	22	28
	9	Gss-7	410±9	204	13	27
	9	Gss-8	68±2	37.6	18	20

8 王水消解法对土壤标准物质中重金属定值结果

本标准对土壤标准物质中重金属（Cu、Zn、Ni、Cr、Cd、Pb）定值结果见表4。

表4 王水消解法对土壤标准物质中重金属（Cu、Zn、Ni、Cr、Cd、Pb）定值结果

标准物质	元素	实验室数	定值结果/(mg/kg)	室内相对标准偏差/%	室间相对标准偏差/%
Ess1	Cu	11	19.1±3.5	6.4	9.1
	Zn	10	52.5±6.7	3.6	6.4
	Ni	11	28.0±6.5	8.5	12
	Cr	11	33.2±12.7	16	19
	Cd	7	0.079±0.012	6.7	7.8
	Pb	9	17.8±6.2	12	17

标准物质	元素	实验室数	定值结果/(mg/kg)	室内相对标准偏差/%	室间相对标准偏差/%
Ess2	Cu	10	26.6±3.3	4.8	6.2
	Zn	10	61.6±6.1	3.3	5.0
	Ni	11	32.5±7.5	8.8	12
	Cr	11	42.0±19.4	18	23
	Cd	6	0.040±0.010	9.9	12
	Pb	9	20.1±7.6	17	19
Ess3	Cu	10	27.2±3.8	6.8	6.9
	Zn	10	87.2±6.1	3.2	3.5
	Ni	11	32.5±6.7	10	10
	Cr	11	51.9±20.8	16	20
	Cd	6	0.042±0.004	4.7	4.9
	Pb	9	28.7±6.4	8.6	11
Ess4	Cu	9	25.0±3.8	6.4	7.5
	Zn	10	65.3±7.4	4.9	5.7
	Ni	10	31.8±7.2	8.6	11
	Cr	10	38.1±17.3	20	23
	Cd	7	0.075±0.014	8.1	8.9
	Pb	8	18.0±5.7	12	16
Gss2	Cu	9	15.4±1.9	5.6	6.2
	Zn	10	40.7±6.1	4.9	7.4
	Ni	11	18.6±4.9	10	13
	Cr	11	31.1±12.4	16	20
	Cd	7	0.064±0.008	5.1	6.6
	Pb	8	13.4±3.1	10	11
Gss3	Cu	10	10.4±1.6	7.6	7.9
	Zn	11	27.6±7.2	12	13
	Ni	11	10.8±3.9	15	18
	Cr	11	16.3±9.1	22	28
	Cd	7	0.051±0.010	8.9	9.9
	Pb	8	15.5±5.1	13	16
Gss7	Cu	9	95.9±5.9	2.8	3.1
	Zn	9	132±14	4.5	5.3
	Ni	9	265±39	4.8	7.3
	Cr	9	204±109	13	27
	Cd	5	0.069±0.012	7.3	9.2
	Pb	6	12.9±3.8	11	14

标准物质	元素	实验室数	定值结果/(mg/kg)	室内相对标准偏差/%	室间相对标准偏差/%
Gss8	Cu	10	22.6±3.8	5.0	8.4
	Zn	9	64.1±6.8	4.7	5.3
	Ni	10	30.3±7.9	9.3	13
	Cr	9	37.6±15.4	18	20
	Cd	6	0.12±0.02	9.9	11
	Pb	7	15.5±3.4	9.7	11

附加说明：

本标准由中华人民共和国农业部提出并归口。

本标准起草单位：农业部环境保护科研监测所。

本标准主要起草人：刘凤枝、蔡彦明、刘岩、刘铭、徐亚平、杨艳芳、战新华。

二十一、石灰性土壤交换性盐基及盐基总量的测定
（NY/T 1615—2008）

（2008-05-16 发布，2008-07-01 实施）

1　范围

本标准规定了以 pH 8.5 氯化铵-乙醇溶液作交换液，原子吸收分光光度计测定土壤交换性钙、镁，火焰光度计测定土壤交换性钾、钠含量的方法。

本标准适用于石灰性土壤交换性盐基及盐基总量的测定

2　规范性引用文件

下列文件中的条款通过本标准的引用而成为本标准的条款。凡是注日期的引用文件，其随后所有的修改单（不包括勘误的内容）或修订版均不适用于本标准，然而，鼓励根据本标准达成协议的各方研究是否可使用这些文件的最新版本。凡是不注日期的引用文件，其最新版本适用于本标准。

GB/T 6682　分析实验室用水规格和试验方法

3　术语和定义

下列术语和定义适用于本标准。

3.1　石灰性土壤

土表至 50cm 范围内所有亚层中 $CaCO_3$ 相当物均≥10g/kg 的土壤。

3.2　交换性盐基

土壤胶体吸附的碱金属离子和碱土金属离子（K^+、Na^+、Ca^{2+}、Mg^{2+}）。

4　原理

石灰性土壤中钾、钠、钙、镁除了以水溶盐形态存在外，还有一部分被土壤胶体吸附，同

时还有大量的游离碳酸钙、碳酸镁等难溶盐。采用乙醇溶液 $[\varphi(C_2H_5OH)=70\%]$ 洗去土壤中易溶的氯化物和硫酸盐，然后用 pH8.5 的氯化铵 $[c(NH_4Cl)=0.1mol/L]$-乙醇溶液 $[\varphi(C_2H_5OH)=70\%]$ 进行交换处理，交换出土壤胶体吸附的钾、钠、钙、镁。较低浓度的氯化铵交换剂可减低其盐效应作用，较高的 pH 值和较高的乙醇浓度可抑制难溶碳酸盐及石膏的溶解。

在原子吸收分光光度计上测定交换液中钙、镁的含量，在火焰光度计上测定交换液中钾、钠的含量。交换性钾、钠、钙、镁的总和即为交换性盐基总量。

5 试剂

本标准所用试剂，在未注明其他要求时，均指符合国家标准的分析纯试剂；本标准所述溶液如未指明溶剂，均系水溶液；本标准用水应符合 GB/T 6682 中二级水之规定。

5.1 乙醇溶液，$\varphi(C_2H_5OH)=70\%$：量取 737mL 乙醇溶液 $[\varphi(C_2H_5OH)=95\%]$，用水稀释至 1000mL。

5.2 氯化铵-乙醇交换液，其成分为氯化铵 $[c(NH_4Cl)=0.1mol/L]$-乙醇溶液（5.1），pH 8.5：称取 5.35g 氯化铵（NH_4Cl）溶于 950mL 乙醇溶液（5.1）中，以氨水溶液（1+1）或盐酸溶液（1+1）调节 pH 至 8.5，再用乙醇溶液（5.1）稀释至 1000mL。

5.3 钙标准溶液，$\rho(Ca)=1000mg/L$：称取 2.4973g 经 110℃ 烘 4h 的碳酸钙（$CaCO_3$，优级纯）于 50mL 烧杯中，加水 10mL，边搅拌边滴加盐酸溶液（1+1）直至碳酸钙全部溶解。加热逐去二氧化碳，冷却后转入 100mL 容量瓶，用水定容到刻度。

5.4 镁标准贮备液，$\rho(Mg)=1000mg/L$：称取 1000g 金属镁（光谱纯），加盐酸（优级纯）溶液（1+3）溶解，用水定容至 1000mL，摇匀。

5.5 镁标准溶液，$\rho(Mg)=100mg/L$：吸取 10mL 镁标准贮备液（5.4）于 100mL 容量瓶中，用水定容至刻度，摇匀。

5.6 钾标准贮备液，$\rho(K)=1000mg/L$：称取 1.9069g 经 150℃ 烘 2h 的基准氯化钾（KCl，优级纯）溶于水，定容至 1000mL，贮于塑料瓶中。

5.7 钾标准溶液，$\rho(K)=100mg/L$：吸取 10mL 钾标准贮备液（5.6）于 100mL 容量瓶中，用水定容至刻度，摇匀，贮于塑料瓶中。

5.8 钠标准贮备液，$\rho(Na)=100mg/L$：称取 2.5422g 经 150℃ 烘 2h 的基准氯化钠（NaCl，优级纯）溶于水，定容至 1000mL，贮于塑料瓶中。

5.9 钠标准溶液，$\rho(Na)=100mg/L$：吸取 10mL 钠标准贮备液（5.8）于 100mL 容量瓶中，用水定容至刻度，摇匀，贮于塑料瓶中。

5.10 硝酸银溶液，$\rho(AgNO_3)=50g/L$：称取 5.00g 硝酸银（$AgNO_3$）溶于 100mL 水，贮于棕色瓶中。

5.11 氯化钡溶液，$\rho(BaCl_2)=100g/L$：称取 10.00g 氯化钡（$BaCl_2$）溶于 100mL 水中。

6 仪器

6.1 往复式振荡机：振荡频率满足 150～180r/min。

6.2 原子吸收分光光度计。

6.3 火焰光度计。

7 分析步骤

7.1 称取通过 2mm 孔径筛的风干试样 5g（精确到 0.01g），放入 250mL 三角瓶中，加入 50mL 乙醇溶液（5.1），以 150～180r/min 的振荡频率振荡 30min 后，静置过夜。

将土壤转移至放有滤纸的漏斗中，用乙醇溶液（5.1）30mL 淋洗，待淋洗液滤干，再加入 30mL 乙醇溶液（5.1）继续淋洗，重复数次，至无 Cl^- 和 SO_4^{2-} 反应为止●。

取出滤纸及土壤，立刻置于 250mL 三角瓶中，加 100mL 交换液（5.2），以 150～180r/min 的振荡频率振荡 30min 后，过滤到 250mL 容量瓶中。用交换液（5.2）继续淋洗，方法同上，直至定容刻度，摇匀待测，同时做空白试验。

7.2 测定

7.2.1 标准工作曲线的绘制：按表 1 所示，配制标准溶液系列。吸取一定量的钙、镁、钾、钠标准溶液（5.3、5.5、5.7、5.9），分别置于一组 100mL 容量瓶中，用交换液（5.2）定容至刻度，摇匀。

表1 钙、镁、钾、钠标准溶液系列

序号	Ca		Mg		K		Na	
	加入标准溶液体积/mL	相应浓度/(mg/L)	加入标准溶液体积/mL	相应浓度/(mg/L)	加入标准溶液体积/mL	相应浓度/(mg/L)	加入标准溶液体积/mL	相应浓度/(mg/L)
1	0	0	0	0	0	0	0	0
2	0.50	5.0	2.00	2.00	2.00	2.00	2.00	2.00
3	1.00	10.0	4.00	4.00	4.00	4.00	4.00	4.00
4	2.00	20.0	6.00	6.00	6.00	6.00	6.00	6.00
5	3.00	30.0	8.00	8.00	8.00	8.00	8.00	8.00
6	4.00	40.0	10.00	10.00	10.00	10.00	10.00	10.00

注：标准溶液系列的配制可根据试样中待测元素含量的多少和仪器灵敏度高低适当调整。

7.2.2 样品测定：以交换液（5.2）校正仪器零点，在原子吸收分光光度计上测定钙、镁，火焰光度计上测定钾、钠。以浓度为横坐标，吸光度为纵坐标，分别绘制钙、镁、钾、钠的标准工作曲线或求回归方程。

8 结果计算

土壤交换性盐基钙（Ca^{2+}）、镁（Mg^{2+}）、钾（K^+）、钠（Na^+）及盐基总量以质量摩尔分数 S 计，数值以厘摩尔每千克（cmol/kg）表示，按下列公式计算：

$$S\left(\frac{1}{2}Ca^{2+}\right) = \frac{\rho(Ca)Vt_s}{m \times 20.04 \times 10} \tag{1}$$

$$S\left(\frac{1}{2}Mg^{2+}\right) = \frac{\rho(Mg)Vt_s}{m \times 12.16 \times 10} \tag{2}$$

$$S(K^+) = \frac{\rho(K)Vt_s}{m \times 39.10 \times 10} \tag{3}$$

$$S(Na^+) = \frac{\rho(Na)Vt_s}{m \times 22.99 \times 10} \tag{4}$$

$$S = S\left(\frac{1}{2}Ca^{2+}\right) + S\left(\frac{1}{2}Mg^{2+}\right) + S(K^+) + S(Na^+) \tag{5}$$

● 将滤液 1mL 承接于小试管中，加硝酸银溶液（4.10）数滴，如无白色沉淀产生，表示 Cl^- 已洗净。再加一滴盐酸溶液（1+1）和几滴氯化钡溶液（4.11），摇匀。5min 后观察，如无浑浊出现，表示 SO_4^{2-} 已洗净。

式中 ρ(Ca)、ρ(Mg)、ρ(K)、ρ(Na)——分别为查标准工作曲线或求回归方程而得待测液
中钙、镁、钾、钠的浓度，mg/L;

V——待测液定容的体积，mL;

m——称取试样的质量，g;

20.04、12.16、39.10、22.99——分别为钙 $\left(\frac{1}{2}Ca^{2+}\right)$、镁 $\left(\frac{1}{2}Mg^{2+}\right)$、钾（$K^+$）、

钠（Na^+）的摩尔质量，g/mol;

t_s——稀释倍数;

10——毫摩尔每千克换算为厘摩尔每千克的换算系数。

取平行测定结果的算术平均值为测定结果，计算结果表示到小数点后两位，最多不超过
三位有效数字。

9 允许差

交换性钙和钠的平行测定结果的相对相差不大于 10%，不同实验室测定结果的相对相
差不大于 25%。

交换性镁和钾的平行测定结果的相对相差不大于 10%，不同实验室测定结果的相对相
差不大于 20%。

交换性盐基总量的平行测定结果的相对相差不大于 10%，不同实验室测定结果的相对
相差不大于 25%。

附加说明：

本标准由中华人民共和国农业部种植业管理司提出并归口。

本标准起草单位：银川土壤肥料测试中心。

本标准主要起草人：李素棉、潘庆华、王全祥、高建伟、陈惠娟、金国柱、郑冰、吴秀玲。

二十二、土壤质量　氟化物的测定　离子选择电极法
（GB/T 22104—2008）

（2008-06-27 发布，2008-10-01 实施）

1 范围

本标准规定了测定土壤中氟化物的离子选择电极法。

本标准适用于离子选择电极法测定土壤中氟化物的含量。

本标准方法的检出限为 2.5μg。

2 原理

当氟电极与试验溶液接触时，所产生的电极电位与溶液中氟离子活度的关系服从能斯特
（Nernst）方程：

$$E = E_0 - Slgc_{F^-}$$

式中　　E——测得的电极电位；

E_0——参比电极的电位（固定值）；

S——氟电极的斜率；

c_{F^-}——溶液中氟离子的浓度。

当控制试验溶液的总离子强度为定值时，电极电位就随试液中氟离子浓度的变化而变化，E 与 $\lg c_{F^-}$ 呈线性关系。为此通常加大总离子强度缓冲溶液，以消除或减少不同浓度的离子间引力大小的差异，使其活度系数为 1，用浓度代替温度。

样品用氢氧化钠在高温熔融后，用热水浸取，并加入适量盐酸，使有干扰作用的阳离子变为不溶的氢氧化物，经澄清除去后调节溶液的 pH 至近中性，在总离子强度缓冲溶液存在的条件下，直接用氟电极法测定。

3　试剂

本标准所用试剂除另有说明外，均为分析纯试剂，所用水为去离子水或无氟蒸馏水。

3.1　（1+1）盐酸溶液。

3.2　氢氧化钠（固体）：粒片状。

3.3　0.2mol/L 氢氧化钠溶液：称取 0.80g 氢氧化钠，溶于水后，用水稀释至 100mL。

3.4　0.04% 溴甲酚紫指示剂：称取 0.10g 溴甲酚紫，溶于 9.25mL 氢氧化钠溶液（3.3）中，用水稀释至 250mL。

3.5　总离子强度缓冲溶液（TISAB）

3.5.1　1mol/L 柠檬酸钠（TISAB Ⅰ）：称取 294g 柠檬酸钠（$Na_3C_6H_5O_7 \cdot 2H_2O$）于 1000mL 烧杯中，加入约 900mL 水溶解，用盐酸溶液（3.1）调节 pH 值至 6.0～7.0，转入 1000mL 容量瓶中，用水稀释至标线，摇匀。

3.5.2　1mol/L 六次甲基四胺-1mol/L 硝酸钾-0.15mol/L 钛铁试剂（TISAB Ⅱ）：称取 140.2g 六次甲基四胺 [$(CH_2)_6N_4$]、101.1g 硝酸钾（KNO_3）和 49.8g 钛铁试剂（$C_6H_4Na_2O_8S_2 \cdot H_2O$），加水溶解，调节 pH 值至 6.0～7.0，转入 1000mL 容量瓶中，用水稀释至标线，摇匀。

3.6　氟标准储备溶液：准确称取基准氟化钠（NaF，105～110℃烘干 2h）0.2210g，加水溶解后，转入 1000mL 容量瓶中，用水稀释至标线，摇匀。贮于聚乙烯瓶中，此溶液每毫升含氟 100μg。

3.7　氟标准使用溶液：用无分度吸管吸取氟标准贮备溶液（3.6）10.00mL，放入 100mL 容量瓶中，用水稀释至标线，摇匀。此溶液每毫升含氟 10.0μg。

4　仪器

4.1　氟离子选择电极及饱和甘汞电极。

4.2　离子活度计或 pH 计（精度±0.1mV）。

4.3　磁力搅拌器及包有聚乙烯的搅拌子。

4.4　聚乙烯烧杯：100mL。

4.5　容量瓶：50mL、100mL、1000mL。

4.6　镍坩埚：50mL。

4.7　高温电炉：温度可调（0～1000℃）。

5　样品

将采集的土壤样品（约 500g），摊在聚乙烯薄膜或清洁的纸上，放在通风避光的室内自然风干。风干后用木棒压碎，去除石子和动植物残体等异物，过 2mm 尼龙筛，过筛样品全部置于聚乙烯薄膜上，充分混匀，用四分法缩分为约 100g。用玛瑙研钵研磨土样至全部通过 0.149mm 尼龙筛，混匀后备用。

6 分析步骤

6.1 试液的制备

准确称取过 0.149mm 筛的土样 0.2g（准确至 0.0002g）于 50mL 镍坩埚中，加入 2g 氢氧化钠（3.2），放入高温电炉中加热，由低温逐渐缓缓加热升至 550～570℃后，继续保温 20min。取出冷却，用约 50mL 煮沸的热水分几次浸取，直至熔块完全溶解，全部转入 100mL 容量瓶中，再缓缓加入 5mL 盐酸（3.1），不停摇动。冷却后加水至标线，摇匀。放置澄清，待测。

6.2 测定

6.2.1 准确吸取样品溶液的上清液 10.0mL，放入 50mL 容量瓶中，加 1～2 滴溴甲酚紫指示剂（3.4），边摇边逐滴加入盐酸（3.1），直至溶液由蓝紫色刚变为黄色为止。加入 15.0mL 总离子强度缓冲溶液（3.5），用水稀释至标线，摇匀。

6.2.2 将试液倒入聚乙烯烧杯中，放入搅拌子，置于磁力搅拌器上，插入氟离子选择电极和饱和甘汞电极，测量试液的电位，在搅拌状态下，平衡 3min，读取电极点位值（mV）。每次测量之前，都要用水充分冲洗电极，并用滤纸吸去水分。根据测量毫伏数计算出相应的氟化物含量。

6.3 空白试验

不加样品按 6.1 制备全程序试剂空白溶液，并按步骤 6.2 进行测定。每批样品制备两个空白溶液。

6.4 标准曲线的绘制

准确吸取氟标准使用溶液（3.7）0.00、0.50mL、1.00mL、2.00mL、5.00mL、10.0mL、20.0mL，分别于 50mL 容量瓶中，加入 10.0mL 试剂空白溶液，以下按 6.2 所述步骤，从空白溶液开始由低浓度到高浓度顺序依次进行测定。以毫伏数（mV）和氟含量（μg）绘制对数标准曲线。

7 结果表示

土壤中氟含量 c(mg/kg) 按式(1)计算：

$$c = \frac{m - m_0}{w} \times \frac{V_总}{V} \tag{1}$$

式中　m——样品氟的含量，μg；

　　　m_0——空白氟的含量，μg；

　　　w——称取试样质量，g；

　　　$V_总$——试样定容体积，mL；

　　　V——测定时吸取试样溶液体积，mL。

8 精密度和准确度

按照本标准测定土壤中氟化物，其相对误差的绝对值不得超过 10%。在重复条件下，获得的两次独立测定结果的相对偏差不得超过 10%。

9 注释

9.1 电极法测定的是游离氟离子，能与氟离子形成稳定络合物的高价阳离子及氢离子干扰测定。根据络合物的稳定常数及实验研究证明，Al^{3+} 的干扰最严重，Zr^{4+}、Sc^{3+}、Th^{4+}、Ce^{4+} 等次之，Fe^{3+}、Ti^{4+}、Ca^{2+}，Mg^{2+} 等也有干扰。其他阳离子和阴离子均不干扰。

9.2　在碱性溶液中，当 OH^- 的浓度大于 F^- 浓度的 1/10 时也有干扰。

9.3　加入总离子强度缓冲溶液可消除干扰，使试液的 pH 值保持在 6.0～7.0 时，氟电极就能在理想的范围内进行测定。

附加说明：

本标准由中华人民共和国农业部提出并归口。

本标准起草单位：农业部环境保护科研监测所、广西壮族自治区农业环境监测管理站。

本标准主要起草人：刘凤枝、徐亚平、战新华、蔡彦明、刘岩、刘铭。

二十三、土壤质量　总汞、总砷、总铅的测定原子荧光法

第1部分：土壤中总汞的测定 (GB/T 22105.1—2008)

（2008-06-27 发布，2008-10-01 实施）

1　范围

GB/T 22105 的本部分规定了土壤中总汞的原子荧光光谱测定方法。

本部分适用于土壤中总汞的测定。

本部分方法检出限为 0.002mg/kg。

2　原理

采用硝酸-盐酸混合试剂在沸水浴中加热消解土壤试样，再用硼氢化钾（KBH_4）或硼氢化钠（$NaBH_4$）将样品中所含汞还原成原子态汞，由载气（氩气）导入原子化器中在特制汞空心阴极灯照射下，基态汞原子被激发至高能态，在去活化回到基态时，发射出特征波长的荧光，其荧光强度与汞的含量成正比。与标准系列比较，求得样品中汞的含量。

3　试剂

本部分所使用的试剂除另有说明外，均为分析纯试剂，试验用水为去离子水。

3.1　盐酸（HCl）：$\rho = 1.19g/mL$，优级纯。

3.2　硝酸（HNO_3）：$\rho = 1.42g/mL$，优级纯。

3.3　硫酸（H_2SO_4）：$\rho = 1.84g/mL$，优级纯。

3.4　氢氧化钾（KOH）：优级纯。

3.5　硼氢化钾（KBH_4）：优级纯。

3.6　重铬酸钾（$K_2Cr_2O_7$）：优级纯。

3.7　氯化汞（$HgCl_2$）：优级纯。

3.8 硝酸-盐酸混合试剂［(1+1) 王水］：取 1 份硝酸 (3.2) 与 3 份盐酸 (3.1) 混合，然后用去离子水稀释一倍。

3.9 还原剂［0.01％硼氢化钾(KBH₄)＋0.2％氢氧化钾 (KOH) 溶液］：称取 0.2g 氢氧化钾 (3.4) 放入烧杯中，用少量水溶解，称取 0.01g 硼氢化钾 (8.5) 放入氢氧化钾溶液中，用水稀释至 100mL，此溶液现用现配。

3.10 载液［(1+19) 硝酸溶液］：量取 25mL 硝酸 (3.2)，缓缓倒入放有少量去离子水的 500mL 容量瓶中，用去离子水定容至刻度，摇匀。

3.11 保存液：称取 0.5g 重铬酸钾 (3.6)，用少量水溶解，加入 50mL 硝酸 (3.2)，用水稀释至 1000mL，摇匀。

3.12 稀释液：称取 0.2g 重铬酸钾 (3.6)，用少量水溶解，加入 28mL 硫酸 (3.3)，用水稀释至 1000mL，摇匀。

3.13 汞标准贮备液：称取经干燥处理的 0.1354g 氯化汞 (3.7)，用保存液 (3.11) 溶解后，转移至 1000mL 容量瓶中，再用保存液 (3.11) 稀释至刻度，摇匀。此标准溶液汞的浓度为 100μg/mL（有条件的单位可以到国家认可的部门直接购买标准贮备溶液）。

3.14 汞标准中间溶液：吸取 10.00mL 汞标准贮备液 (3.13) 注入 1000mL 容量瓶中，用保存液 (3.11) 稀释至刻度，摇匀。此标准溶液汞的浓度为 1.00μg/mL。

3.15 汞标准工作溶液：吸取 2.00mL 汞标准中间溶液 (3.14) 注入 100mL 容量瓶中，用保存液 (3.11) 稀释至刻度，摇匀。此标准溶液汞的浓度为 20.0ng/mL（现用现配）。

4 仪器及设备

4.1 氢化物发生原子荧光光度计。

4.2 汞空心阴极灯。

4.3 水浴锅。

5 分析步骤

5.1 试样制备

称取经风干、研磨并过 0.149mm 孔径筛的土壤样品 0.2 ～1.0g（精确至 0.0002g）于 50mL 具塞比色管中，加少许水润湿样品，加入 10mL (1+1) 王水 (3.8)，加塞后摇匀，于沸水浴中消解 2h，取出冷却，立即加入 10mL 保存液 (3.11)，用稀释液 (3.12) 稀释至刻度，摇匀后放置，取上清液待测。同时做空白试验。

5.2 空白试验

采用与 5.1 相同的试剂和步骤，制备全程序空白溶液。每批样品至少制备 2 个以上空白溶液。

5.3 校准曲线

分别准确吸取 0.00, 0.50mL，1.00mL，2.00mL，3.00mL，5.00mL，10.00mL 汞标准工作液 (3.15) 置于 7 个 50mL 容量瓶中，加入 10mL 保存液 (3.11)，用稀释液 (3.12) 稀释至刻度，摇匀，即得含汞量分别为 0.00，0.20ng/mL，0.40ng/mL，0.80ng/mL，1.20ng/mL，2.00ng/mL，4.00ng/mL 的标准系列溶液。此标准系列适用于一般样品的测定。

5.4 仪器参考条件

不同型号仪器的最佳参数不同，可根据仪器使用说明书自行选择。表 1 列出了本部分通常采用的参数。

表 1　仪器参数

负高压/V	280	加热温度/℃	200
A 道灯电流/mA	35	载气流量/(mL/min)	300
B 道灯电流/mA	0	屏蔽气流量/(mL/min)	900
观测高度/mm	8	测量方法	校准曲线
读数方式	峰面积	读数时间/s	10
延迟时间/s	1	测量重复次数	2

5.5　测定

将仪器调至最佳工作条件，在还原剂（3.9）和载液（3.10）的带动下，测定标准系列各点的荧光强度（校准曲线是减去标准空白后的荧光强度对浓度绘制的校准曲线），然后测定样品空白、试样的荧光强度。

6　结果表示

土壤样品总汞含量 w 以质量分数计，数值以毫克每千克（mg/kg）表示，按式（1）计算：

$$w = \frac{(c-c_0)V}{m(1-f) \times 1000} \tag{1}$$

式中　c——从校准曲线上查得汞元素含量，ng/mL；

　　　c_0——试剂空白液测定浓度，ng/mL；

　　　V——样品消解后定容体积，mL；

　　　m——试样质量，g；

　　　f——土壤含水量；

　　1000——将"ng"换算为"μg"的系数。

重复试验结果以算术平均值表示，保留三位有效数字。

7　精密度和准确度

按照本部分测定土壤中总汞，其相对误差的绝对值不得超过 5%。在重复条件下，获得的两次独立测定结果的相对偏差不得超过 12%。

8　注释

8.1　操作中要注意检查全程序的试剂空白，发现试剂或器皿玷污，应重新处理，严格筛选，并妥善保管，防止交叉污染。

8.2　硝酸-盐酸消解体系不仅由于氧化能力强使样品中大量有机物得以分解，同时也能提取各种无机形态的汞。而盐酸存在条件下，大量 Cl^- 与 Hg^{2+} 作用形成稳定的 $[HgCl_4]^{2-}$ 络离子，可抑制汞的吸附和挥发。但应避免使用沸腾的王水处理样品，以防止汞以氯化物的形式挥发而损失。样品中含有较多的有机物时，可适当增大硝酸-盐酸混合试剂的浓度和用量。

8.3　由于环境因素的影响及仪器稳定性的限制，每批样品测定时须同时绘制校准曲线。若样品中汞含量太高，不能直接测量，应适当减少称样量，使试样含汞量保持在校准曲线的直线范围内。

8.4　样品消解完毕，通常要加保存液并以稀释液定容，以防止汞的损失。样品试液宜尽早测定，一般情况下只允许保存 2～3d。

附加说明：

GB/T 22105《土壤质量　总汞、总砷、总铅的测定　原子荧光法》分为三个部分：

——第1部分：土壤中总汞的测定；

——第2部分：土壤中总砷的测定；

——第3部分：土壤中总铅的测定。

本部分为 GB/T 22105 的第1部分。

本部分由中华人民共和国农业部提出并归口。

本部分起草单位：农业部环境保护科研监测所。

本部分主要起草人：刘凤枝、刘岩、蔡彦明、刘铭、徐亚平、战新华、刘传娟。

第2部分：土壤中总砷的测定 (GB/T 22105.2—2008)

(2008-06-27 发布，2008-10-01 实施)

1　范围

GB/T 22105 的本部分规定了土壤中总砷的原子荧光光谱测定方法。

本部分适用于土壤中总砷的测定。

本部分方法检出限为 0.01mg/kg。

2　原理

样品中的砷经加热消解后，加入硫脲使五价砷还原为三价砷，再加入硼氢化钾将其还原为砷化氢，由氩气导入石英原子化器进行原子化分解为原子态砷，在特制砷空心阴极灯的发射光激发下产生原子荧光，产生的荧光强度与试样中被测元素含量成正比，与标准系列比较，求得样品中砷的含量。

3　试剂

本部分所使用的试剂除另有说明外，均为分析纯试剂，试验用水为去离子水。

3.1　盐酸（HCl）：$\rho=1.19$g/mL，优级纯。

3.2　硝酸（HNO$_3$）：$\rho=1.42$g/mL，优级纯。

3.3　氢氧化钾（KOH）：优级纯。

3.4　硼氢化钾（KBH$_4$）：优级纯。

3.5　硫脲（H$_2$NCSNH$_2$）：分析纯。

3.6　抗坏血酸（C$_6$H$_3$O$_6$）：分析纯。

3.7　三氧化二砷（As$_2$O$_3$）：优级纯。

3.8　(1+1) 王水：取1份硝酸（3.2）和3份盐酸（3.1）混合均匀，然后用水稀释一倍。

3.9　还原剂 [1%硼氢化钾（KBH$_4$）+0.2%氢氧化钾（KOH）溶液]：称取 0.2g 氢氧化钾（3.3）放入烧杯中，用少量水溶解，称取 1.0g 硼氢化钾（3.4）放入氢氧化钾溶液中，溶解后用水稀释至 100mL，此溶液用时现配。

3.10　载液 [(1+9) 盐酸溶液]：量取 50mL 盐酸（3.1），加水定容至 500mL，混匀。

3.11　硫脲溶液（5%）：称取 10g 硫脲（3.5），溶解于 200mL 水中，摇匀。用时现配。

3.12　抗坏血酸（5%）：称取 10g 抗坏血酸（3.6），溶解于 200mL 水中，摇匀。用时现配。

167

3.13 砷标准贮备液：称取 0.6600g 三氧化二砷（3.7）（在 105℃ 烘 2h）于烧杯中，加入 10mL 10％ 氢氧化钠溶液，加热溶解，冷却后移入 500mL 容量瓶中，并用水稀释至刻度，摇匀。此溶液砷浓度为 1.00mg/mL（有条件的单位可以到国家认可的部门直接购买标准贮备溶液）。

3.14 砷标准中间溶液：吸取 10.00mL 砷标准贮备液（3.13）注入 100mL 容量瓶中，用（1＋9）盐酸溶液（3.10）稀释至刻度，摇匀。此溶液砷浓度为 100μg/mL。

3.15 砷标准工作溶液：吸取 1.00mL 砷标准中间溶液（3.14）注入 100mL 容量瓶中，用（1＋9）盐酸溶液（3.10）稀释至刻度，摇匀。此溶液砷浓度为 1.00μg/mL。

4 仪器及设备

4.1 氢化物发生原子荧光光度计。

4.2 砷空心阴极灯。

4.3 水浴锅。

5 分析步骤

5.1 试液的制备

称取经风干、研磨并过 0.149mm 孔径筛的土壤样品 0.2～1.0g（精确至 0.0002g）于 50mL 具塞比色管中，加少许水润湿样品，加入 10mL（1＋1）王水（3.8），加塞摇匀于沸水浴中消解 2h，中间摇动几次，取下冷却，用水稀释至刻度，摇匀后放置。吸取一定量的消解试液于 50mL 比色管中，加 3mL 盐酸（3.1）、5mL 硫脲溶液（3.11）、5mL 抗坏血酸溶液（3.12），用水稀释至刻度，摇匀放置，取上清液待测。同时做空白试验。

5.2 空白试验

采用和 5.1 相同的试剂和步骤，制备全程序空白溶液。每批样品制备 2 个以上空白溶液。

5.3 校准曲线

分别准确吸取 0.00，0.50mL，1.00mL，1.50mL，2.00mL，3.00mL 砷标准工作溶液（3.15）置于 6 个 50mL 容量瓶中，分别加入 5mL 盐酸（3.1）、5mL 硫脲溶液（3.11）、5mL 抗坏血酸溶液（3.12），然后用水稀释至刻度，摇匀，即得含砷量分别为 0.00，10.0ng/mL，20.0ng/mL，30.0ng/mL，40.0ng/mL，60.0ng/mL 的标准系列溶液。此标准系列适用于一般样品的测定。

5.4 仪器参考条件

不同型号仪器的最佳参数不同，可根据仪器使用说明书自行选择。表 1 列出了本部分通常采用的参数。

表 1 仪器参数

负高压/V	300	加热温度/℃	200
A 道灯电流/mA	0	载气流量/(mL/min)	400
B 道灯电流/mA	60	屏蔽气流量/(mL/min)	1000
观测高度/mm	8	测量方法	校准曲线
读数方式	峰面积	读数时间/s	10
延迟时间/s	1	测量重复次数	2

5.5 测定

将仪器调节至最佳工作条件，在还原剂（3.9）和载液（3.10）的带动下，测定标准系列各点的荧光强度（校准曲线是减去标准空白后荧光强度对浓度绘制的校准曲线），然后依次测定样品空白、试样的荧光强度。

6 结果表示

土壤样品总砷含量 w 以质量分数计，数值以毫克每千克（mg/kg）表示，按式（1）计算：

$$w = \frac{(c-c_0)V_2 V_总/V_1}{m(1-f) \times 1000} \tag{1}$$

式中 c——从校准曲线上查得砷元素含量，ng/mL；

     c_0——试剂空白溶液测定浓度，ng/mL；

     V_2——测定时分取样品溶液稀释定容体积，mL；

     $V_总$——样品消解后定容总体积，mL；

     V_1——测定时分取样品消解液体积，mL；

     m——试样质量，g；

     f——土壤含水量；

1000——将"ng"换算为"μg"的系数。

重复试验结果以算术平均值表示，保留三位有效数字。

7 精密度和准确度

按照本部分测定土壤中总砷，其相对误差的绝对值不得超过 5%。在重复条件下，获得的两次独立测定结果的相对偏差不得超过 7%。

附加说明：

GB/T 22105《土壤质量 总汞、总砷、总铅的测定 原子荧光法》分为三个部分：

——第 1 部分：土壤中总汞的测定；

——第 2 部分：土壤中总砷的测定；

——第 3 部分：土壤中总铅的测定。

本部分为 GB/T 22105 的第 2 部分。

本部分由中华人民共和国农业部提出并归口。

本部分起草单位：农业部环境保护科研监测所。

本部分主要起草人：刘凤枝、刘岩、蔡彦明、刘铭、徐亚平、战新华、刘传娟。

第 3 部分：土壤中总铅的测定（GB/T 22105.3—2008）

（2008-06-27 发布，2008-10-01 实施）

1 范围

GB/T 22105 的本部分规定了土壤中总铅的原子荧光光谱测定方法。

本部分适用于土壤中总铅的测定。

本部分方法检出限为 0.06mg/kg。

2 原理

采用盐酸-硝酸-氢氟酸-高氯酸全消解的方法，消解后的样品中铅与还原剂硼氢化钾反应生成挥发性铅的氢化物（PbH₄）。以氩气为载体，将氢化物导入电热石英原子化器中进行原子化。在特制铅空心阴极灯照射下，基态铅原子被激发至高能态在去活化回到基态时，发射出特征波长的荧光，其荧光强度与铅的含量成正比，最后根据标准系列进行定量计算。

3 试剂

本部分所使用的试剂除另有说明外，均为分析纯试剂，试验用水为去离子水。

3.1 盐酸（HCl）：$\rho=1.19$g/mL，优级纯。

3.2 硝酸（HNO₃）：$\rho=1.42$g/mL，优级纯。

3.3 氢氟酸（HF）：$\rho=1.49$g/mL，优级纯。

3.4 高氯酸（HClO₄）：$\rho=1.68$g/mL，优级纯。

3.5 氢氧化钾（KOH）：优级纯。

3.6 硼氢化钾（KBH₄）：优级纯。

3.7 铁氰化钾 [K₃Fe(CN)₆]：优级纯。

3.8 盐酸溶液（1+1）：取一定体积的盐酸（3.1），加入同体积的水配制。

3.9 盐酸溶液（1+66）：量取 1.5mL 盐酸（3.1），加水定容至 100mL，混匀。

3.10 硝酸溶液（1+1）：取一定体积的硝酸（3.2），加入同体积的水配制。

3.11 草酸溶液（100g/L）：称取 10g 草酸，加水溶解，定容至 100mL。

3.12 铁氰化钾溶液（100g/L）：称取 10g 铁氰化钾（3.7），加水溶解，定容至 100mL。

3.13 还原剂 [2%硼氢化钾（KBH₄）+0.5%氢氧化钾（KOH）溶液]：称取 0.5g 氢氧化钾（3.5）放入烧杯中，用少量水溶解，称取 2.0g 硼氢化钾（3.6）放入氢氧化钾溶液中，溶解后用水稀释至 100mL，此溶液现用现配。

3.14 载液：取 3mL 盐酸溶液（3.8）、2mL 草酸溶液（3.11）、4mL 铁氰化钾溶液（3.12）放入烧杯中，用水稀释至 100mL，混匀。

3.15 铅标准贮备溶液：称取 0.5000g 光谱纯金属铅，分次少量加入（1+1）硝酸溶液（3.10），必要时加热，直至溶解完全。移入 500mL 容量瓶中，用水稀释至刻度，摇匀。此标准溶液铅的浓度为 1.00mg/mL（有条件的单位可以到国家认可的部门直接购买标准贮备溶液）。

3.16 铅标准中间溶液：吸取 10.00mL 铅标准贮备液（3.15）注入 1000mL 容量瓶中，用盐酸溶液（3.9）稀释至刻度，摇匀。此标准溶液铅的浓度为 10.00μg/mL。

3.17 铅标准工作溶液：吸取 2.00mL 铅标准中间溶液（3.16）注入 100mL 容量瓶中，用盐酸溶液（3.9）稀释至刻度，摇匀。此标准溶液铅的浓度为 0.20μg/mL。

4 仪器及设备

4.1 氢化物发生原子荧光光度计。

4.2 铅双阴极空心阴极灯。

4.3 电热板。

5 分析步骤

5.1 试液的制备

称取经风干、研磨并过 0.149mm 孔径筛的土壤样品 0.2～1.0g（精确至 0.0002g），于 25mL 聚四氟乙烯坩埚中，用少许的水湿润样品，加入 5mL 盐酸（3.1）、2mL 硝酸（3.2）摇匀，盖上坩埚盖，浸泡过夜，然后置于电热板上加热消解，温度控制在 100℃左右，至残余酸量较少时（约 2～3mL），取下坩埚稍冷后加入 2mL 氢氟酸（3.3），继续低温加热至残余酸液为 1～2mL 时取下，冷却后加入 2～3mL 高氯酸（3.4），将电热板温度升至约 200℃，继续消解至白烟冒净为止。加少许盐酸（3.1）淋洗坩埚壁，加热溶解残渣，将盐酸赶尽，加入 15mL（1+1）盐酸溶液（3.8）于坩埚中，在电热板上低温加热，溶解至溶液清澈为止。取下冷却后转移至 50mL 容量瓶中，用水稀释至刻度，摇匀后取 5mL 溶液于 50mL 容量瓶中，加入 2mL 草酸溶液（3.11）、2mL 铁氰化钾溶液（3.12），然后用水稀释至刻度，摇匀，放置 30min 待测。同时做空白试验。

5.2 空白试验

采用与 5.1 相同的试剂和步骤，制备全程序空白溶液。每批样品至少制备 2 个以上空白溶液。

5.3 校准曲线

分别准确吸取 0.00，1.00mL，2.00mL，3.00mL，5.00mL，7.50mL，10.00mL 铅标准工作液（3.17）置于 7 个 50mL 容量瓶中。用少量水稀释后，加 1.5mL 盐酸溶液（3.8）、2mL 草酸溶液（3.11）、2mL 铁氰化钾溶液（3.12），最后用水稀释至刻度，摇匀。此标准系列相当于铅的浓度分别为 0.00，4.00ng/mL，8.00ng/mL，12.0ng/mL，20.0ng/mL，30.0ng/mL，40.0ng/mL，适用于一般样品的测定。

5.4 仪器参考条件

不同型号仪器的最佳参数不同，可根据仪器使用说明书自行选择。表 1 列出了本部分通常采用的参数。

表 1　仪器参数

负高压/V	280	加热温度/℃	200
A 道灯电流/mA	80	载气流量/(mL/min)	400
B 道灯电流/mA	0	屏蔽气流量/(mL/min)	1000
观测高度/mm	8	测量方法	校准曲线
读数方式	峰面积	读数时间/s	10
延迟时间/s	1	测量重复次数	2

5.5 测定

将仪器调至最佳工作条件，在还原剂（3.13）和载液（3.14）的带动下，测定标准系列各点的荧光强度（校准曲线是减去标准空白后的荧光强度对浓度绘制的），然后依次测定样品空白、试样的荧光强度。

6　结果表示

土壤样品总铅含量 w 以质量分数计，数值以毫克每千克（mg/kg）表示，按式（1）计算：

$$w = \frac{(c - c_0) V_2 V_{总}/V_1}{m(1-f) \times 1000} \tag{1}$$

式中　c——从校准曲线上查得元素含量，ng/mL；

c_0——试剂空白溶液测定浓度，ng/mL；

V_2——测定时分取样品溶液稀释定容体积，mL；

$V_{总}$——样品消解后定容总体积，mL；

171

V_1——测定时分取样品消化液体积，mL；

m——试样质量，g；

f——土壤含水量；

1000——将"ng"换算为"μg"的系数。

重复试验结果以算术平均值表示，保留三位有效数字。

7 精密度和准确度

按照本部分测定土壤中总铅，其相对误差的绝对值不得超过5%。在重复条件下，获得的两次独立测定结果的相对偏差不得超过5%。

8 注释

8.1 GB/T 22105 的本部分对测定溶液中盐酸的浓度要求比较严格，所以样品消解至赶酸时，应特别注意务必将酸赶尽，然后再准确加入15mL（1+1）盐酸溶液（3.8），低温加热溶解完全。取下冷却后转移至50mL 容量瓶中，用水稀释至刻度，摇匀后取5mL 溶液于50mL 容量瓶中，加入2mL 草酸溶液（3.11），加入2mL 铁氰化钾溶液（3.12），然后用水稀释至刻度，摇匀。这一步是为确保待测溶液的盐酸浓度在 0.18～0.24mol/L 的范围内。同样，标准系列的盐酸浓度也应控制在 0.18～0.24mol/L 的范围内。

8.2 制备好的样品试液应放置 30min 后再测定，以确保试液中的二价铅全部被氧化为四价铅，标准系列也同样放置 30min 后测定。

附加说明：

GB/T 22105《土壤质量 总汞、总砷、总铅的测定 原子荧光法》分为三个部分：

——第 1 部分：土壤中总汞的测定；

——第 2 部分：土壤中总砷的测定；

——第 3 部分：土壤中总铅的测定。

本部分为 GB/T 22105 的第 3 部分。

本部分由中华人民共和国农业部提出并归口。

本部分起草单位：农业部环境保护科研监测所。

本部分主要起草人：刘凤枝、刘岩、蔡彦明、刘铭、徐亚平、战新华、刘传娟。

二十四、土 壤 检 测

第1部分：土壤样品的采集、处理和贮存（NY/T 1121.1—2006）

（2006-07-10 发布，2006-10-01 实施）

1 范围

本部分规定了土壤样品的采集、处理和贮存方法。

2 土壤样品的采集

2.1 土壤样品的采集误差控制

采样前要进行现场勘察和有关资料的收集，根据土壤类型、肥力等级和地形等因素将采样范围划分为若干个采样单元，每个采样单元的土壤要尽可能均匀一致。

要保证有足够多的采样点，使之能代表采样单元的土壤特性。采样点的多少，取决于采样范围的大小，采样区域的复杂程度和试验所要求的精密度等因素。

2.2 耕层混合土样的采集

采样时应沿着一定的路线，按照"随机"、"等量"和"多点混合"的原则进行采样。"随机"即每一个采样点都是任意决定的，使采样单元内的所有点都有同等机会被采到："等量"是要求每一点采集土样深度要一致，采样量要一致；"多点混合"是指把一个采样单元内各点所采的土样均匀混合构成一个混合样品，以提高样品的代表性，一个混合样品由15～20个样点组成。采样时应遵循以下方法：

(1) 一般采用"S"形布点采样，能较好地克服耕作、施肥等农艺措施所造成的误差。但在地形变化小、地力较均匀、采样单元面积小的情况下，也可采用梅花形布点取样。每一个样要求有15～20个取样点采土混匀。

(2) 采样点的分布要尽量均匀，从总体上控制整个采样区，避免在堆过肥料的地方和田埂、沟边及特殊地形部位采样。

(3) 每个采样点的取土深度及采样量应均匀一致，土样上层与下层的比例要相同。采样器应垂直于地面，入土至规定的深度。用取土铲取样应先铲出一个耕层断面，再平行于断面下铲取土。

(4) 一个混合土样以取1kg左右为宜，如果采集的样品数量太多，可用四分法将多余的土壤弃去。方法是将采集的土壤样品放在盘子里或塑料布上，弄碎、混匀，铺成四方形，画对角线将土样分成四份，把对角的两份分别合并成一份，保留一份，弃去一份。如果所得的样品仍然很多，可再用四分法处理，直到所需数量为止。

(5) 采集水稻土或湖沼土等烂泥土样时，四分法难以应用，可将所采集的样品放入塑料盆中，用塑料棍将各样点的烂泥搅拌均匀后再取出所需数量的样品。

(6) 采集的样品放入样品袋，用铅笔写好标签，内外各具一张，注明采样地点、日期、采样深度、土壤名称、编号及采样人等，同时做好采样记录。

2.3 土壤剖面样品的采集

在能代表研究对象的采样点挖掘1m×1.5m左右的长方形土壤剖面坑，较窄的一面向阳作为剖面观察面。挖出的土应放在土坑两侧，而不放在观察面的上方。土坑的深度根据具体情况确定，一般要求达到母质层或地下水位。根据剖面的土壤颜色、结构、质地、松紧度、湿度及植物根系分布等，划分土层，按计划项目逐项进行仔细观察、描述记载，然后自下而上逐层采集样品，一般采集各层最典型的中部位置的土壤，以克服层次之间的过渡现象，保证样品的代表性。每个土样质量1kg左右，将所采集的样品分别放入样品袋，在样品袋内外各具一张标签，写明采集地点、剖面号、层次、土层深度、采样日期和采样人等。

2.4 土壤诊断样品的采集

为诊断某些植物（包括作物）发生局部死苗、失绿、矮缩、花而不实等异常现象，必须有针对性地对土壤某些成分进行分析，以查明原因。一般应在发生异常现象的范围内，采集典型土壤样品，多点混合，同时，在附近采集正常土样作为对照。

2.5 土壤盐分动态样品的采集

为了解土壤中盐分的积累规律和动态变化，须进行盐分动态样品的采集。此类样品的采集应按垂直深度分层采集。即从地表起每10cm或20cm划为一个采样层，取样方法用"段取"，即在该取样层内，自上而下，全层均匀地取土。调查盐分在土壤中垂直分布的特点时，用"点取"，即在各取样层的中部位置取样。

2.6 土壤物理性质测定样品的采集

测定土壤容重和孔隙度等物理性状，须用原状土样，其样品可直接用环刀在各土层中采取。采取土壤结构性的样品，须注意土壤湿度，不宜过干或过湿，应在不粘铲、经接触不变形时分层采取。在取样过程中须保持土块不受挤压、不变形，尽量保持土壤的原状，如有受挤压变形的部分要弃去。土样采集后要小心装入铁盒。其他项目土样根据要求装入铝盒或环刀，带回室内分析测定。

3 土壤样品的处理和贮存

3.1 新鲜样品的处理和贮存

某些土壤成分如低价铁、铵态氮、硝态氮等在风干过程中会发生显著变化，必须用新鲜样品进行分析。为了能真实地反映土壤在田间自然状态下的某些理化性状，新鲜样品要及时送回室内进行处理和分析。先用粗玻棒或塑料棒将样品弄碎混匀后迅速称样测定。

新鲜样品一般不宜贮存，如需要暂时贮存时，可将新鲜样品装入塑料袋，扎紧袋口，放在冰箱冷藏室或进行速冻固定。

3.2 风干样品的处理和贮存

从野外采回的土壤样品要及时放在样品盘上，摊成薄薄的一层，置于干净整洁的室内通风处自然风干，严禁曝晒，并注意防止酸、碱等气体及灰尘的污染。风干样品过程中要经常翻动土样并将大土块捏碎以加速干燥，同时剔除土壤以外的侵入体。

风干后的土样按照不同的分析要求研磨过筛，充分混匀后，放入样品瓶中备用。瓶内外各具标签一张，写明编号、采样地点、土壤名称、采样深度、样品粒径、采样日期、采样人及制样时间、制样人等项目。制备好的样品要妥为贮存，避免日晒、高温、潮湿，并避免酸碱气体的污染。全部分析工作结束，分析数据核实无误后，试样一般还要保存三个月至半年，以备查询。少数有价值需要长期保存的样品，须保存于广口瓶中，用蜡封好瓶口。

3.2.1 一般化学分析试样的处理与贮存

将风干后的样品平铺在制样板上，用木棍或塑料棍碾压，并将植物残体、石块等浸入体和新生体剔除干净，细小已断的植物须根，可用静电吸的方法清除。压碎的土样要全部通过2mm孔径筛。未过筛的土粒必须重新碾压过筛，直至全部样品通过2mm孔径筛为止。过2mm孔径筛的土样可供pH、盐分、交换性能以及有效养分等项目的测定。

将通过2mm孔径筛的土样用四分法取出一部分继续碾磨，使之全部通过0.25mm孔径筛，供有机质、腐殖质组成、全氮、碳酸钙等项目的测定。将通过0.25mm孔径筛的土样用四分法取出一部分继续用玛瑙研钵磨细，使之全部通过0.149mm孔径筛，供矿质全量分析等项目的测定。

3.2.2 微量元素分析试样的处理与贮存

用于微量元素分析的土样其处理方法同一般化学分析样品，但在采样、风干、研磨、过筛、运输、贮存等诸环节都要特别注意，不要接触可能导致污染的金属器具以防污染。如采样、制样使用木、竹或塑料工具，过筛使用尼龙网筛等。通过2mm孔径尼龙筛的样品可用于测定土壤中有效态微量元素。从通过2mm孔径筛的试样中用四分法或多点取样法取出一部分样品用玛瑙研钵进一步磨细，使之全部通过0.149mm孔径尼龙筛，用于测定土壤全量微量元素。处理好的样品应放在塑料瓶中保存备用。

3.2.3 颗粒分析试样的处理与贮存

将风干土样反复碾碎，使之全部通过 2mm 孔径筛。留在筛上的碎石称量后保存，同时将过筛的土样称量，以计算石砾质量百分数，然后将土样混匀后盛于广口瓶内，作为颗粒分析及其他物理性质测定之用。若在土壤中有铁锰结核、石灰结核、铁或半风化体，不能用木棍碾碎，应细心拣出称量保存。

附加说明：

TY/T 1121 《土壤检测》为系列标准，包括以下部分：
——第 1 部分：土壤样品的采集、处理和贮存
——第 2 部分：土壤 pH 的测定
——第 3 部分：土壤机械组成的测定
——第 4 部分：土壤容重的测定
——第 5 部分：石灰性土壤阳离子交换量的测定
——第 6 部分：土壤有机质的测定
——第 7 部分：酸性土壤有效磷的测定
——第 8 部分：土壤有效硼的测定
——第 9 部分：土壤有效钼的测定
——第 10 部分：土壤总汞的测定
——第 11 部分：土壤总砷的测定
——第 12 部分：土壤总铬的测定
——第 13 部分：土壤交换性钙和镁的测定
——第 14 部分：土壤有效硫的测定
——第 15 部分：土壤有效硅的测定
——第 16 部分：土壤水溶性盐总量的测定
——第 17 部分：土壤氯离子含量的测定
——第 18 部分：土壤硫酸根离子含量的测定
……

本部分为 NY/T 1121 的第 1 部分。

本部分由中华人民共和国农业部提出并归口。

本部分起草单位：全国农业技术推广服务中心、湖南省土壤肥料工作站、江西省土壤肥料技术推广站、湖北省土壤肥料工作站。

本部分主要起草人：辛景树、田有国、任意、黄铁平、邵华、鲁明星、郑磊。

第 2 部分：土壤 pH 的测定（NY/T 1121. 2—2006）

（2006-07-10 发布，2006-10-01 实施）

1 应用范围

本部分适用于各类土壤 pH 的测定。

2 测定原理

当把 pH 玻璃电极和甘汞电极插入土壤悬浊液时，构成一电池反应，两者之间产生一个电位差，由于参比电极的电位是固定的，因而该电位差的大小决定于试液中的氢离子活度，其负对数即为 pH，在 pH 计上直接读出。

3 仪器和设备

3.1 酸度计

3.2 pH 玻璃电极—饱和甘汞电极或 pH 复合电极

3.3 搅拌器

4 试剂和溶液

4.1 邻苯二甲酸氢钾

4.2 磷酸氢二钠

4.3 硼砂（$Na_2B_4O_7 \cdot 10H_2O$）

4.4 氯化钾

4.5 pH 4.01（25℃）标准缓冲溶液

称取经 110～120℃烘干 2～3h 的邻苯二甲酸氢钾 10.21g 溶于水，移入 1L 容量瓶中，用水定容，贮于塑料瓶。

4.6 pH 6.87（25℃）标准缓冲溶液

称取经 110～130℃烘干 2～3h 的磷酸氢二钠 3.53g 和磷酸二氢钾 3.39g 溶于水，移入 1L 容量瓶中，用水定容，贮于塑料瓶。

4.7 pH 9.18（25℃）标准缓冲溶液

称取经平衡处理的硼砂（$Na_2B_4O_7 \cdot 10H_2O$）3.80g 溶于无 CO_2 的水，移入 1L 容量瓶中，用水定容，贮于塑料瓶。

4.8 硼砂的平衡处理

将硼砂放在盛有蔗糖和食盐饱和水溶液的干燥器内平衡两昼夜。

4.9 去除 CO_2 的蒸馏水

5 分析步骤

5.1 仪器校准

将仪器温度补偿器调节到试液、标准缓冲溶液同一温度值。将电极插入 pH 4.01 的标准缓冲溶液中，调节仪器，使标准溶液的 pH 值与仪器标示值一致。移出电极，用水冲洗，以滤纸吸干，插入 pH 6.87 标准缓冲溶液中，检查仪器读数，两标准溶液之间允许绝对差值 0.1 pH 单位。反复几次，直至仪器稳定。如超过规定允许差，则要检查仪器电极或标准液是否有问题。当仪器校准无误后，方可用于样品测定。

5.2 土壤水浸 pH 的测定

(1) 称取通过 2mm 孔径筛的风干试样 10g（精确至 0.01g）于 50mL 高型烧杯中，加去除 CO_2 的水 25mL（土液比为 1：2.5），用搅拌器搅拌 1min，使土粒充分分散，放置 30min 后进行测定。

(2) 将电极插入试样悬液中（注意玻璃电极球泡下部位于土液界面处，甘汞电极插入上部清液），轻轻转动烧杯以除去电极的水膜，促使快速平衡，静置片刻，按下读数开关，待读数稳定时记下 pH 值。放开读数开关，取出电极，以水洗净，用滤纸条吸干水分后即可进行第二个样品的测定。每测 5～6 个样品后需用标准溶液检查定位。

6 分析结果的表述

用酸度计测定 pH 时，可直接读取 pH 值，不需计算。

7 精密度

重复试验结果允许绝对相差：中性、酸性土壤≤0.1pH 单位，碱性土壤≤0.2pH 单位。

8 注意事项

（1）长时间存放不用的玻璃电极需要在水中浸泡 24h，使之活化后才能使用。暂时不用的可浸泡在水中，长期不用时，要干燥保存。玻璃电极表面受到污染时，需进行处理。甘汞电极腔内要充满饱和氯化钾溶液，在室温下应该有少许氯化钾结晶存在，但氯化钾结晶不宜过多，以防堵塞电极与被测溶液的通路。玻璃电极的内电极与球泡之间、甘汞电极内电极和多孔陶瓷末端芯之间不得有气泡。

（2）电极在悬液中所处的位置对测定结果有影响，要求将甘汞电极插入上部清液中，尽量避免与泥浆接触。

（3）pH 读数时摇动烧杯会使读数偏低，要在摇动后稍加静止再读数。

（4）操作过程中避免酸碱蒸气侵入。

（5）标准溶液在室温下一般可保存 1～2 月，在 4℃冰箱中可延长保存期限。用过的标准溶液不要倒回原液中混存，发现浑浊、沉淀，就不能够再使用。

（6）温度影响电极电位和水的电离平衡。测定时，要用温度补偿器调节至与标准缓冲液、待测试液温度保持一致。标准溶液 pH 随温度稍有变化，校准仪器时可参照表 1。

表 1 pH 缓冲溶液在不同温度下的变化

温度/℃	pH 值			温度/℃	pH 值		
	标准液 4.01	标准液 6.87	标准液 9.18		标准液 4.01	标准液 6.87	标准液 9.18
0	4.003	6.984	9.464	30	4.015	6.853	9.139
5	3.999	6.951	9.395	35	4.024	6.844	9.102
10	3.998	6.923	9.332	38	4.030	6.840	9.081
15	3.999	6.900	9.276	40	4.035	6.838	9.068
20	4.002	6.881	9.225	45	4.047	6.834	9.038
25	4.008	6.865	9.180				

（7）在连续测量 pH>7.5 以上的样品后，建议将玻璃电极在 0.1mol/L 盐酸溶液中浸泡一下，防止电极由碱引起的响应迟钝。

附加说明：

NY/T 1121 《土壤检测》为系列标准，包括以下部分：

——第 1 部分：土壤样品的采集、处理和贮存

——第 2 部分：土壤 pH 的测定

——第 3 部分：土壤机械组成的测定

——第 4 部分：土壤容重的测定

——第 5 部分：石灰性土壤阳离子交换量的测定

——第 6 部分：土壤有机质的测定

——第 7 部分：酸性土壤有效磷的测定

本部分为 NY/T 1121 的第 2 部分。

本部分由中华人民共和国农业部提出并归口。

本部分起草单位：全国农业技术推广服务中心、中国农业科学院农业资源与农业区划研究所、上海市农业技术推广服务中心、江西省土壤肥料技术推广站。

本部分主要起草人：田有国、辛景树、任意、龙怀玉、朱恩、郑磊。

第 3 部分：土壤机械组成的测定（NY/T 1121.3—2006）

（2006-07-10 发布，2006-10-01 实施）

1 应用范围

本部分适用于各类土壤机械组成的测定。

2 测定原理

试样经处理制成悬浮液，根据斯托克斯定律，用特制的甲种土壤比重计于不同时间测定悬液密度的变化，并根据沉降时间、沉降深度及比重计读数计算出土粒粒径大小及其含量百分数。

3 主要仪器设备

3.1 土壤比重计。刻度范围为 $0\sim60g/L$。

3.2 沉降筒（1L）。

3.3 洗筛。直径 6cm，孔径 0.2mm。

3.4 带橡皮垫（有孔）的搅拌棒。

3.5 恒温干燥箱。

3.6 电热板。

3.7 秒表。

4 试剂

4.1 0.5mol/L 六偏磷酸钠溶液

称取 51.00g 六偏磷酸钠（化学纯），加水 400mL，加热溶解，冷却后用水稀释至 1L，其浓度 $c\left[\dfrac{1}{6}(NaPO_3)_6\right]=0.5mol/L$。

4.2 0.5mol/L 草酸钠溶液

称取 33.50g 草酸钠（化学纯），加水 700mL，加热溶解，冷却后用水稀释至 1L，其浓度 $c\left(\frac{1}{2}Na_2C_2O_4\right)=0.5mol/L$。

4.3 0.5mol/L 氢氧化钠溶液

称取 20.00g 氢氧化钠（化学纯），加水溶解并稀释至 1L。

5 分析步骤

5.1 土壤自然含水量的测定方法见附录 A。

5.2 称样：称取 2mm 孔径筛的风干试样 50.00g 于 500mL 三角瓶中，加水润湿。

5.3 悬液的制备：根据土壤 pH 加入不同的分散剂（石灰性土壤加 60mL 0.5mol/L 偏磷酸钠溶液；中性土壤加 20mL 0.5mol/L 草酸钠溶液；酸性土壤加 40mL 0.5mol/L 氢氧化钠溶液），再加水于三角瓶中，使土液体积约为 250mL，瓶口放一小漏斗，摇匀后静置 2h，然后放在电热板上加热，微沸 1h，在煮沸过程中要经常摇动三角瓶，以防土粒沉积于瓶底结成硬块。

将孔径为 0.2mm 的洗筛放在漏斗中，再将漏斗放在沉降筒上，待悬液冷却后，通过洗筛将悬液全部进入沉降筒，直至筛下流出的水清澈为止，但洗水量不能超过 1L，然后加水至 1L 刻度。

留在洗筛上的砂粒用水洗入已知质量的铝盒内，在电热板上蒸干后移入烘箱，于 105℃±2℃烘 6h，冷却后称量（精确至 0.01g），并计算砂粒含量百分数。

5.4 测量悬液温度：将温度计插入有水的沉降筒中，并将其与装待测悬液的沉降筒放在一起，记录水温，即代表悬液的温度。

5.5 测定悬液密度：将盛有悬液的沉降筒放在温度变化小的平台上，用搅拌棒上下搅动 1min（上下各 30 次，搅拌棒的多孔片不要提出液面）。搅拌时，悬液若产生气泡影响比重计刻度观测时，可加数滴 95%乙醇除去气泡，搅拌完毕后立即开始计时，于读数前 10～15s 轻轻将比重计垂直地放入悬液，并用手略微挟住比重计的玻璃杆，使之不上下左右晃动，测定开始沉降后 30s、1min、2min 时的比重计读数（每次皆以弯月面上缘为准）并记录，取出比重计，放入清水中洗净备用。

按规定的沉降时间，继续测定 4min、8min、15min、30min 及 1h、2h、4h、8h、24h 等时间的比重计读数。每次读数前 15s 将比重计放入悬液，读数后立即取出比重计，放入清水中洗净备用。

6 结果计算

6.1 土壤自然含水量的计算见附录 A。

6.2 烘干土质量的计算：

$$烘干土质量,g=\frac{风干试样质量,g}{试样自然含水量,g/kg+1000}\times 1000 \tag{1}$$

6.3 粗砂粒含量（2.0mm≥D>0.2mm）的计算：

$$2.0\sim 0.2mm粗砂粒含量=\frac{留在0.2mm孔径筛上的烘干砂粒质量}{烘干试样质量}\times 100\% \tag{2}$$

6.4 0.2mm 粒径以下，小于某粒径颗粒的累积含量的计算：

$$小于某粒径颗粒含量=\frac{比重计读数+比重计刻度弯月面校正值+温度校正值-分散剂量}{烘干土样质量}\times$$
$$100\% \tag{3}$$

6.5 土粒直径的计算。0.2mm 粒径以下，小于某粒径颗粒的有效直径（D），可按斯托克斯公式计算：

$$D=\sqrt{\frac{1800\eta}{981(d_1-d_2)}\times\frac{L}{T}} \tag{4}$$

式中 D——土粒直径，mm；

　　　d_1——土粒密度，g/cm³；

　　　d_2——水的密度，g/cm³；

　　　L——土粒有效沉降深度，cm（可由图1查得）；

　　　T——土粒沉降时间，s；

　　　η——水的黏滞系数，g/(m·s)，见表1；

　　981——重力加速度，单位为厘米每二次方秒，cm/s²。

表1　水的黏滞系数（η）

温度/℃	η/[g/(m·s)]	温度/℃	η/[g/(m·s)]
4	0.01567	6	0.01473
5	0.01519	7	0.01428
8	0.01386	22	0.009579
9	0.01346	23	0.009358
10	0.01308	24	0.009142
11	0.01271	25	0.008937
12	0.01236	26	0.008737
13	0.01203	27	0.008545
14	0.01171	28	0.008360
15	0.01140	29	0.008180
16	0.01111	30	0.008007
17	0.01083	31	0.007840
18	0.01056	32	0.007679
19	0.01030	33	0.007523
20	0.01005	34	0.007371
21	0.009810	35	0.007225

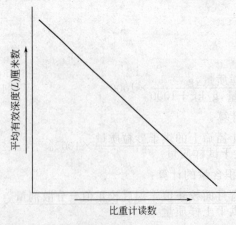

图1　比重计读数与土粒有效沉降深度关系图

式中的 L 值可由比重计读数与土粒有效沉降深度关系图（图1）查得。

6.6　颗粒大小分配曲线的绘制：根据筛分和比重计读数计算出的各粒径数值以及相应土粒累积百分数，以土粒累积百分数为纵坐标，土粒粒径数值为横坐标，在半对数纸上绘出颗粒大小分配曲线（图2）。

6.7　计算各粒级百分数，确定土壤质地。从颗粒大小分配曲线图上查出＜2.0mm、0.2mm、＜0.02mm 及＜0.002mm 各粒径累积百分数，上下两级相减即得到 2.0mm≥D＞

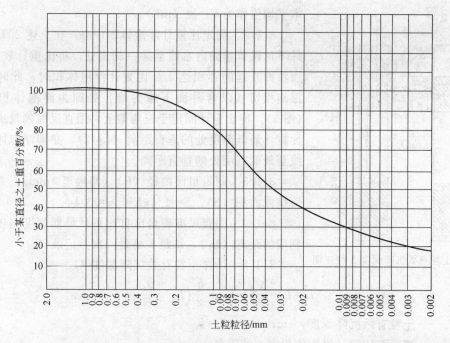

图 2　颗粒大小分配曲线

示例：若从颗粒大小分配曲线上查得＜2.0mm、＜0.2mm、＜0.02mm、＜0.002mm 各粒径的累计百分数分别为 100、93、42 和 20，则

黏粒（$D<0.002$mm）含量，%＝20

粉（砂）粒（0.02mm$\geqslant D>0.002$mm）含量，%＝42－20＝22

细砂粒（0.2mm$\geqslant D>0.02$mm）含量，%＝93－42＝51

粗砂粒（2.0mm～0.2mm）含量，%＝100－93＝7

0.2mm$\geqslant D>0.02$mm 与 2.0mm$\geqslant D>0.2$mm 即细砂粒与粗砂粒含量之和为砂粒级（2.0mm$\geqslant D>0.02$mm）的含量，本例中砂粒级含量为58%

0.02mm、0.02mm$\geqslant D>0.002$mm、$D<0.002$mm 各粒级的百分含量。

7　精密度

平行测定结果允许绝对相差黏粒级≤3%；粉（砂）粒级≤4%。

8　注意事项

8.1　土粒有效沉降深度（L）的校正。

比重计读数不仅表示悬液密度，而且还表示土粒的沉降深度，亦即用由悬液表面至比重计浮泡体积中心距离（L'）来表示土粒的沉降深度。但在实验测定中，当比重计浸入悬液后，使液面升高，由读数（即悬液表面和比重计相切处）至浮泡体积中心距离（L'）并非土粒沉降的实际深度（即土粒有效沉降深度 L）。而且，不同比重计的同样读数所代表的（L'）值因比重计形式及读数而不同。因此，在使用比重计前就必须先进行土粒有效沉降深度校正（图3），求出比重计读数与土粒有效沉降深度的关系。校正步骤如下。

8.1.1　测定比重计浮泡体积：取 500mL 量筒，倒入约 300mL 水，置于恒温室或恒温水槽内，使水温保持 20℃，测记量筒水面处的体积刻度（以弯月面下缘为准）。将比重计放入量筒中，使水面恰达比重计最低刻度处（以弯月面下缘为准），再测记水面处的量筒体积刻度（以弯月面下缘为准）。两者体积差即为比重计浮泡的体积（V_b），连续两次，取其算

181

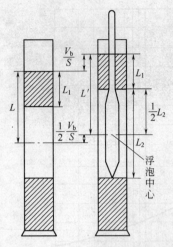

图 3　土粒有效沉降深度 L 校正图

术平均值作为 V_b 值（mL）。

8.1.2　测定比重计浮泡体积中心：在上述 20℃恒温条件下，调节量筒内水面至某一刻度处，将比重计放入水中，当液面升起的容积达 1/2 比重计浮泡体积时，此时水面与浮泡相切（以弯月面下缘为准）处即为浮泡体积中心线（图 3）。将比重计固定于三角架上，用直尺准确量出水面至比重计最低刻度处的垂直距离（$L_2/2$），亦即浮泡体积中心线至最低刻度处的垂直距离。

8.1.3　测量量筒内径（R）（精确至 1mm），并计算量筒横截面积（S）：$S=1/4\pi R^2$，$\pi\approx3.14$。

8.1.4　用直尺准确量出自比重计最低刻度至玻杆上各刻度的距离（L_1），每距 5 格量一次并记录。

8.1.5　计算土粒有效沉降深度（L）

$$L=L'-\frac{V_b}{2S}=L_1+\frac{1}{2}\left(L_2-\frac{V_b}{S}\right) \tag{5}$$

式中　L——土粒有效沉降深度，cm；

　　　L'——液面至比重计浮泡体积中心的距离，cm；

　　　L_1——自最低刻度至玻璃杆上各刻度的距离，cm；

　　　$L_2/2$——比重计浮泡体积中心至最低刻度的距离，cm；

　　　V_b——比重计浮泡体积，cm³；

　　　S——量筒横截面积，cm²。

8.1.6　绘制比重计读数与土粒有效沉降深度（L）的关系曲线。用所量出的不同 L_1 值，代入式(5)，计算出各相应的 L 值，绘制比重计读数与土粒有效沉降深度（L）的关系曲线（图 1）。或将比重计读数直接列于斯托克斯公式列线图中有效沉降深度 L 列线的右侧。这样，就不仅可直接从曲线上把比重计读数换算出土粒有效沉降深度（L）值，而且可应用比重计读数等数值在斯托克斯公式列线图上查出相应的土粒直径（D）。

8.2　比重计刻度及弯月面校正。

比重计在应用前必须校验，此为刻度校正。另外，比重计的读数原以弯月面下缘为准，但在实际操作中，由于悬液浑浊不清而只能用弯月面上缘读数，所以，弯月面校正实为必要。在校正时，刻度校正和弯月面校正可合并进行。校正步骤如下：

第一步，配制不同浓度的标准溶液：根据甲种比重计刻度及弯月面校正计算例表（表2）第三直行所列数值，准确称取经 105℃ 干燥过的氯化钠，配制氯化钠标准系列溶液（表2中第二直行），定容于 1000mL 容量瓶中，分别倒入沉降筒。配制时液温保持在 20℃，可在恒温室外或恒温水槽中进行。

第二步，测定比重计实际读数：将盛有不同氯化钠标准溶液的各个沉降筒放于恒温室或恒温水槽中，使液温保持 20℃，用搅拌棒搅拌筒内溶液，使其分布均匀。

将需要校正的比重计依次放入盛有各标准溶液（从浓度小到大）的沉降筒中，在 20℃下进行比重计实际读数（以弯月面上缘为准）的测定，连测两次，取平均值（表2中第五直行）。比重计的理论读数（即准确读数，见表2中第一直行）和实际平均读数（表2中第五直行）之差，即为刻度及弯月面校正值（表2中第六直行）。在实际应用中要注意校正值的正负符号，以免弄错。

表 2　甲种比重计刻度及弯月面校正计算例表

20℃时比重计的准确读数/(g/L)	20℃时标准溶液浓度/(g/mL)	每升标准溶液中所需的氯化钠量/g	读数时温度/℃	校正时由比重计测定的平均读数/(g/L)	刻度及弯月面校正值/(g/L)
0	0.998232	0	20	−0.6	+0.6
5	1.001349	4.56	20	4.0	+1.0
10	1.004465	8.94	20	9.4	+0.6
15	1.007582	13.30	20	15.1	−0.1
20	1.010698	17.79	20	20.2	−0.2
25	1.013815	22.30	20	25.0	0
30	1.016931	26.73	20	29.5	+0.5
35	1.020048	31.11	20	34.5	+0.5
40	1.023165	35.61	20	39.7	+0.3
45	1.026281	40.32	20	44.4	+0.6
50	1.029398	44.88	20	49.4	+0.6
55	1.032514	49.56	20	54.4	+0.6
60	1.035631	54.00	20	60.3	−0.3

　　第三步，绘制比重计刻度及弯月面校正曲线：根据比重计的实际平均读数和校正值，以比重计的实际平均读数为横坐标，校正值为纵坐标，在方格坐标纸上绘制成刻度及弯月面校正曲线（图4）。依据此曲线，可对用比重计进行颗粒分析时所测得的各读数进行实际的校正。

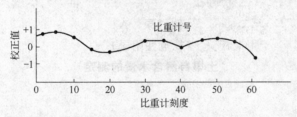

图 4　比重计刻度及弯月面校正曲线

8.3　温度校正。

　　土壤比重计都是在 20℃ 校正的。测定温度改变，会影响比重计的浮泡体积及水的密度，一般根据表 3 进行校正。

8.4　土粒比重校正。

　　比重计的刻度是以土粒相对密度为 2.65 作标准的。土粒相对密度改变时，可将比重计读数乘以表 4 所列校正值进行校正，如土粒比重差异不大，可忽略不计。

8.5　若不考虑比重计的刻度校正，在比重计法中作空白测定（即在沉降筒中加入与样品所加相同量的分散剂，用蒸馏水加至 1L，与待测样品同条件测定），计算时减去空白值，便可免去弯月面校正、温度校正和分散剂校正等步骤。

8.6　土壤颗粒分析的许多繁琐计算及绘图可由微机处理。

8.7　加入分散剂进行样品分散时，除使用煮沸法分散外，也可采用振荡法、研磨法处理。

表3 甲种比重计温度校正表

悬液温度,℃	校正值	悬液温度,℃	校正值	悬液温度,℃	校正值
6.0~8.5	−2.2	18.5	−0.4	26.5	+2.2
9.0~9.5	−2.1	19.0	−0.3	27.0	+2.5
10.0~10.5	−2.0	19.5	−0.1	27.5	+2.6
11.0	−1.9	20.0	0	28.0	+2.9
11.5~12.0	−1.8	20.5	+0.15	28.5	+3.1
12.5	−1.7	21.0	+0.3	29.0	+3.3
13.0	−1.6	21.5	+0.45	29.5	+3.5
13.5	−1.5	22.0	+0.6	30.0	+3.7
14.0~14.5	−1.4	22.5	+0.8	30.5	+3.8
15.0	−1.2	23.0	+0.9	31.0	+4.0
15.5	−1.1	23.5	+1.1	31.5	+4.2
16.0	−1.0	24.0	+1.3	32.0	+4.6
16.5	−0.9	24.5	+1.5	32.5	+4.9
17.0	−0.8	25.0	+1.7	33.0	+5.2
17.5	−0.7	25.5	+1.9	33.5	+5.5
18.0	−0.5	26.0	+2.1	34.0	+5.8

表4 甲种比重计土粒相对密度校正值

土粒相对密度	校正值	土粒相对密度	校正值	土粒相对密度	校正值	土粒相对密度	校正值
2.50	1.0376	2.60	1.0118	2.70	0.9889	2.80	0.9686
2.52	1.0322	2.62	1.0070	2.72	0.9847	2.82	0.9648
2.54	1.0269	2.64	1.0023	2.74	0.9805	2.84	0.9611
2.56	1.0217	2.66	0.9977	2.76	0.9768	2.86	0.9575
2.58	1.0166	2.68	0.9933	2.78	0.9725	2.88	0.9540

附　录　A

（规范性附录）

土壤自然含水量的测定

A.1　应用范围

本方法适用于除有机土（含有机质 200g/kg 以上的土壤）和含大量石膏土壤以外的各类土壤的水分含量测定。

A.2　方法提要

土壤样品在恒温干燥箱中以 105℃±2℃烘至恒量，由土壤质量变化计算土壤含水量。

A.3　主要仪器设备

（1）天平：感量 0.01g。

（2）电热恒温干燥箱。

（3）铝盒。

（4）干燥器：内盛变色硅胶或无水氯化钙。

A.4　分析步骤

取空铝盒编号后放入 105℃恒温干燥箱中烘 2h，移入干燥器冷却约 20min，于天平称量，精确至 0.01g（m_0）。取待测试样约 10g 平铺于铝盒中，称量，精确至 0.01g（m_1）。将盒盖倾斜放在铝盒上，置于已预热至 105℃±2℃的恒温干燥箱中烘 6~8h（一般样品烘干

6h，含水较多，质地黏重样品需烘 8h），取出，将盒盖盖严，移入干燥器中冷却 20～30min 称量，精确至 0.01g（m_2）。每一样品应进行两份平行测定。

A.5 结果计算

$$水分（分析基，g/kg）=\frac{m_1-m_2}{m_1-m_0}\times 1000 \qquad (A.1)$$

$$水分（干基，g/kg）=\frac{m_1-m_2}{m_2-m_0}\times 1000 \qquad (A.2)$$

式中　m_0——烘干空铝盒质量，g；

m_1——烘干前铝盒加试样质量，g；

m_2——烘干后铝盒加试样质量，g。

平行测定结果以算术平均值表示，保留整数。

A.6 精密度

平行测定结果允许绝对相差：水分含量＜50g/kg，允许绝对相差≤2g/kg；水分含量 50～150g/kg，允许绝对相差≤3g/kg；水分含量＞150g/kg，允许绝对相差≤7g/kg。

A.7 注意事项

（1）干燥器内的干燥剂无水氯化钙或变色硅胶要经常更换或处理。

（2）严格控制恒温条件，温度过高，土壤有机质易炭化逸失。

（3）按分析步骤的条件一般试样烘 6h 可烘至恒量。

（4）称量的精确度应根据要求而定，如果测定要求达到 3 位有效数字，称量应精确到 0.001g。

附加说明：

NY/T 1121 《土壤检测》为系列标准，包括以下部分：

——第 1 部分：土壤样品的采集、处理和贮存

——第 2 部分：土壤 pH 的测定

——第 3 部分：土壤机械组成的测定

——第 4 部分：土壤容重的测定

——第 5 部分：石灰性土壤阳离子交换量的测定

——第 6 部分：土壤有机质的测定

——第 7 部分：酸性土壤有效磷的测定

——第 8 部分：土壤有效硼的测定

——第 9 部分：土壤有效钼的测定

——第 10 部分：土壤总汞的测定

——第 11 部分：土壤总砷的测定

——第 12 部分：土壤总铬的测定

——第 13 部分：土壤交换性钙和镁的测定

——第 14 部分：土壤有效硫的测定

——第 15 部分：土壤有效硅的测定

——第 16 部分：土壤水溶性盐总量的测定

——第 17 部分：土壤氯离子含量的测定

——第 18 部分：土壤硫酸根离子含量的测定

......

本部分为 NY/T 1121 的第 3 部分。

本部分中的附录为规范性附录。

本部分由中华人民共和国农业部提出并归口。

本部分起草单位：全国农业技术推广服务中心、中国农业科学院农业资源与农业区划研究所、北京市土壤肥料工作站、安徽省土壤肥料总站。

本部分主要起草人：田有国、辛景树、任意、徐爱国、朱莉、张一凡。

第 4 部分：土壤容重的测定（NY/T 1121. 4—2006）

（2006-07-10 发布，2006-10-01 实施）

1 应用范围

本部分除坚硬和易碎的土壤外，适用于各类土壤容重的测定。

2 测定原理

利用一定容积的环刀切割自然状态的土样，使土样充满其中，称量后计算单位体积的烘干土样质量，即为容重。

3 主要仪器设备

3.1 环刀（容积 100cm³）

3.2 钢制环刀托。上有两个小排气孔。

3.3 削土刀。刀口要平直

3.4 小铁铲

3.5 木槌

3.6 天平（感量 0.1g）

3.7 电热恒温干燥箱

3.8 干燥器

4 分析步骤

采样前，事先在各环刀的内壁均匀地涂上一层薄薄的凡士林，逐个称取环刀质量（m_1），精确至 0.1g。选择好土壤剖面后，按土壤剖面层次，自上至下用环刀在每层的中部采样。先用铁铲刨平采样层的土面，将环刀托套在环刀无刃的一端，环刀刃朝下，用力均衡地压环刀托把，将环刀垂直压入土中。如土壤较硬，环刀不易插入土中时，可用木槌轻轻敲打环刀托把，待整个环刀全部压入土中，且土面即将触及环刀托的顶部（可由环刀托盖上之小孔窥见）时，停止下压。用铁铲把环刀周围土壤挖去，在环刀下方切断，并使其下方留有一些多余的土壤。取出环刀，将其翻转过来，刃口朝上，用削土刀迅速刮去黏附在环刀外壁上的土壤，然后从边缘向中部用削土刀削平土面，使之与刃口齐平。盖上环刀顶盖，再次翻转环刀，使已盖上顶盖的刃口一端朝下，取下环刀托。同样削平无刃口端的土面并盖好底盖。在环刀采样底相近位置另取土样 20g 左右，装入有盖铝盒，按照 NY/T 1121.3—2006 附录 A 的方法测定含水量（W）。将装有土样的环刀迅速装入木箱带回室内，在天平上称取环刀及湿土质量（m_2）。

5 结果计算

$$容重,g/cm^3 = \frac{(m_2 - m_1) \times 1000}{V(1000 + W)} \qquad (1)$$

式中 m_2——环刀及湿土质量，g；

m_1——环刀质量，g；

V——环刀容积，cm³，$V = \pi r^2 h$，式中 r 为环刀有刃口一端的内半径（cm），h 为环刀高度；

W——土壤含水量，g/kg。

测定结果以算术平均值表示，保留两位小数。

6 精密度

平行测定结果允许绝对相差≤0.02g/cm³。

7 注意事项

容重测定也可将装满土样的环刀直接于 105℃±2℃ 恒温干燥箱中烘至恒量，在百分之一精度天平上称量测定。

$$容重,g/cm^3 = \frac{烘干土样质量(g)}{环刀容积(cm^3)} \qquad (2)$$

附加说明：

NY/T 1121 《土壤检测》为系列标准，包括以下部分：

——第 1 部分：土壤样品的采集、处理和贮存

——第 2 部分：土壤 pH 的测定

——第 3 部分：土壤机械组成的测定

——第 4 部分：土壤容重的测定

——第 5 部分：石灰性土壤阳离子交换量的测定

——第 6 部分：土壤有机质的测定

——第 7 部分：酸性土壤有效磷的测定

——第 8 部分：土壤有效硼的测定

——第 9 部分：土壤有效钼的测定

——第 10 部分：土壤总汞的测定

——第 11 部分：土壤总砷的测定

——第 12 部分：土壤总铬的测定

——第 13 部分：土壤交换性钙和镁的测定

——第 14 部分：土壤有效硫的测定

——第 15 部分：土壤有效硅的测定

——第 16 部分：土壤水溶性盐总量的测定

——第 17 部分：土壤氯离子含量的测定

——第 18 部分：土壤硫酸根离子含量的测定

……

本部分为 NY/T 1121 的第 4 部分。

本部分由中华人民共和国农业部提出并归口。

本部分起草单位：全国农业技术推广服务中心、中国农业科学院农业资源与农业区划研究所、湖南省土壤肥料工作站、辽宁省土壤肥料总站。

本部分主要起草人：田有国、辛景树、任意、黄铁平、龙怀玉、路钰、郑磊。

第 5 部分：石灰性土壤阳离子交换量的测定（NY/T 1121. 5—2006）

（2006-07-10 发布，2006-10-01 实施）

1　应用范围

本部分适用于石灰性土壤阳离子交换量的测定。

2　测定原理

用 0.25mol/L 盐酸破坏碳酸盐，再以 0.05mol/L 盐酸处理试样，使交换性盐基完全自土壤中被置换，形成氢饱和土壤，用乙醇洗净多余盐酸，加入 1mol/L 乙酸钙溶液，使 Ca^{2+} 再交换出 H^+。所生成的乙酸用氢氧化钠标准溶液滴定，计算土壤阳离子交换量。

3　主要仪器设备

3.1　电动离心机（3000～5000r/min）。

3.2　离心管（100mL）。

3.3　滴定装置。

4　试剂

本试验方法所用试剂和水，除特殊注明外，均指分析纯试剂和 GB/T 6682 中规定的三级水。所述溶液如未指明溶剂，均系水溶液。

4.1　0.5mol/L 乙酸钙溶液（pH8.2）

称取 88.00g 乙酸钙（化学纯）溶于水中，稀释至 1L。吸取该溶液 50mL，加酚酞指示剂 2 滴，用 0.02mol/L 氢氧化钠标准溶液滴至微红色。由消耗的氢氧化钠体积，计算出每升乙酸钙溶液应加入 2mol/L 氢氧化钠的量，配成 pH8.2 的乙酸钙溶液。

4.2　0.25mol/L 盐酸溶液

吸取 21.0mL 浓盐酸（化学纯，密度 1.19），加水稀释至 1L。

4.3　0.05mol/L 盐酸溶液

吸取 0.25mol/L 盐酸溶液 200mL，加水稀释至 1L。

4.4　2mol/L 氢氧化钠溶液

称取 40.00g 氢氧化钠，加水溶解，稀释至 500mL。

4.5　0.02mol/L 氢氧化钠标准溶液

4.6　40％（V/V）乙醇溶液

4.7　0.5％（m/V）酚酞指示剂

称取酚酞 0.5g，溶于 50mL 95％乙醇，稀释至 100mL。

4.8　5％（m/V）硝酸银溶液

称取 5.00g 硝酸银（化学纯）溶于 100mL 水，贮于棕色瓶内。

4.9　pH 10 缓冲溶液

称取氯化铵（化学纯）33.75g 溶于无 CO_2 水中，加新开瓶的浓氨水（化学纯，密度 0.90）285mL，用水稀释至 500mL。

5 分析步骤

5.1 称取通过 2mm 孔径筛的风干试样 5g（精确至 0.01g），放入 100mL，离心管中，加 5～10mL 0.05mol/L 盐酸溶液湿润试样，然后边搅拌边滴加 0.25mol/L 盐酸溶液，以分解土壤中的碳酸盐和石膏（防止因局部过酸对土壤胶体的破坏），直至不再强烈发生 CO_2 气泡为止。再加入足量（指分解碳酸盐和石膏而言）0.05mol/L 盐酸溶液浸泡过夜。

5.2 将离心管成对称地放在粗天平两盘上，加 0.05mol/L 盐酸使达平衡，对称地放入离心机，以 3000～4000r/min 转速离心 5min，弃去清液。向离心管内加入少量 0.05mol/L 盐酸溶液，用玻璃棒将土样搅拌成均匀泥浆状，再加 0.05mol/L 盐酸溶液至总体积 60mL 左右，继续搅拌 5min，以少量 0.05mol/L 盐酸溶液洗净玻璃棒。将离心管成对称地放在粗天平上平衡后，对称地放入离心机中离心并弃去清液，如此反复处理 3～4 次，直至溶液中无 Ca^{2+} 为止（检验方法见注释）。

5.3 向离心管中加入少量 40% 乙醇，用玻璃棒将土样搅拌成均匀泥浆状，再加 40% 乙醇溶液至总体积 60mL 左右，继续搅拌，以少量 40% 乙醇溶液洗净玻璃棒。经粗天平平衡后离心，弃去清液。反复清洗试样 3～4 次，直至检查无氯离子为止（检验方法见注释）。

5.4 向离心管中加入少量 0.5mol/L 乙醇钙溶液，用玻璃棒将土样搅拌成均匀泥浆状，再加入 50mL 乙酸钙溶液，继续搅拌 5min，经粗天平平衡后放入离心机中离心 5min，将离心液小心移入 250mL 容量瓶中。如此反复操作 4 次，最后以 0.5mol/L 乙酸钙溶液稀释至刻度，待测。

5.5 吸取待测液 100mL 于 250mL 三角瓶中，加酚酞指示剂 3～4 滴，以 0.02mol/L 氢氧化钠标准溶液滴定溶液至浅红色，同时做空白试验。

6 结果计算

$$土壤阳离子交换量,cmol/kg(+) = \frac{c(V-V_0)D}{m \times 10} \times 1000 \tag{1}$$

式中　c——氢氧化钠标准溶液浓度，mol/L；

　　　V——样品滴定用去氢氧化钠标准溶液体积，mL；

　　　V_0——空白滴定用去氢氧化钠标准溶液体积，mL；

　　　m——风干试样质量，g；

　　　D——分取倍数，250/100＝2.5；

　　　10——将 mmol 换算成 cmol 的倍数；

　　1000——换算成每千克中的厘摩尔数。

7 精密度

表 1　阳离子交换量平行测定结果允许差

测定值/(cmol/kg)	允许绝对相差/(cmol/kg)	测定值/(cmol/kg)	允许绝对相差/(cmol/kg)
＞50	≤5.0	30～10	1.5～0.5
50～30	2.5～1.5	＜10	≤0.5

8 注释

8.1 在已知土壤碳酸盐含量的情况下，可以定量地加入盐酸破坏它。如碳酸盐含量过高，可先用 0.05mol/L 盐酸溶液湿润土壤后，将盐酸浓度提高到 0.5～1mol/L，边加边充分搅拌，以防止因局部过酸而破坏了土壤胶体。

8.2　检验溶液中有无钙离子的方法：取澄清液 20mL 左右，放入三角瓶中，加 pH10 缓冲溶液 3.5mL，摇匀，再加数滴钙镁指示剂混合，如呈蓝色，表示无钙离子，如呈紫红色，表示有钙离子存在。

8.3　以氢氧化钠标准溶液滴定酸性交换液时，其终点应以空白试验的颜色为参考标准，加入酚酞的量应一致，以减少滴定误差。

附加说明：

NY/T 1121 《土壤检测》为系列标准，包括以下部分：

——第 1 部分：土壤样品的采集、处理和贮存

——第 2 部分：土壤 pH 的测定

——第 3 部分：土壤机械组成的测定

——第 4 部分：土壤容重的测定

——第 5 部分：石灰性土壤阳离子交换量的测定

——第 6 部分：土壤有机质的测定

——第 7 部分：酸性土壤有效磷的测定

——第 8 部分：土壤有效硼的测定

——第 9 部分：土壤有效钼的测定

——第 10 部分：土壤总汞的测定

——第 11 部分：土壤总砷的测定

——第 12 部分：土壤总铬的测定

——第 13 部分：土壤交换性钙和镁的测定

——第 14 部分：土壤有效硫的测定

——第 15 部分：土壤有效硅的测定

——第 16 部分：土壤水溶性盐总量的测定

——第 17 部分：土壤氯离子含量的测定

——第 18 部分：土壤硫酸根离子含量的测定

……

本部分为 NY/T 1121 的第 5 部分。

本部分由中华人民共和国农业部提出并归口。

本部分起草单位：全国农业技术推广服务中心、湖南省土壤肥料工作站、湖北省土壤肥料工作站、华中农业大学。

本部分主要起草人：任意、辛景树、田有国、黄铁平、鲁明星、贺立源、郑磊。

第 6 部分：土壤有机质的测定（NY/T 1121.6—2006）

（2006-07-10 发布，2006-10-01 实施）

1　应用范围

本部分适用于有机质含量在 15% 以下的土壤。

2　方法提要

在加热条件下，用过量的重铬酸钾-硫酸溶液氧化土壤有机碳，多余的重铬酸钾用硫酸

亚铁标准溶液滴定，由消耗的重铬酸钾量按氧化校正系数计算出有机碳量，再乘以常数1.724，即为土壤有机质含量。

3 主要仪器设备

3.1 电炉（1000W）。

3.2 硬质试管（ϕ25mm×200mm）。

3.3 油浴锅。

用紫铜皮做成或用高度约为15～20cm的铝锅代替，内装甘油（工业用）或固体石蜡（工业用）。

3.4 铁丝笼

大小和形状与油浴锅配套，内有若干小格，每格内可插入一支试管。

3.5 自动调零滴定管。

3.6 温度计（300℃）。

4 试剂

本试验方法所用试剂和水，除特殊注明外，均指分析纯试剂和GB/T 6682中规定的三级水。所述溶液如未指明溶剂，均系水溶液。

4.1 0.4mol/L重铬酸钾-硫酸溶液

称取40.0g重铬酸钾（化学纯）溶于600～800mL水中，用滤纸过滤到1L量筒内，用水洗涤滤纸，并加水至1L，将此溶液转移入3L大烧杯中。另取1L密度为1.84的浓硫酸（化学纯），慢慢地倒入重铬酸钾水溶液中，不断搅动。为避免溶液急剧升温，每加约100mL浓硫酸后可稍停片刻，并把大烧杯放在盛有冷水的大塑料盆内冷却，当溶液的温度降到不烫手时再加另一份浓硫酸，直到全部加完为止。此溶液浓度 $c\left(\dfrac{1}{6}K_2Cr_2O_7\right)=$ 0.4mol/L。

4.2 0.1mol/L硫酸亚铁标准溶液

称取28.0g硫酸亚铁（化学纯）或40.0g硫酸亚铁铵（化学纯）溶解于600～800mL水中，加浓硫酸（化学纯）20mL搅拌均匀，静止片刻后用滤纸过滤到1L容量瓶内，再用水洗涤滤纸并加水至1L。此溶液易被空气氧化而致浓度下降，每次使用时应标定其准确浓度。

0.1mol/L硫酸亚铁溶液的标定：吸取0.1000mol/L重铬酸钾标准溶液20.00mL放入150mL三角瓶中，加浓硫酸3～5mL和邻菲啰啉指示剂3滴，以硫酸亚铁溶液滴定，根据硫酸亚铁溶液消耗量即可计算出硫酸亚铁溶液的准确浓度。

4.3 重铬酸钾标准溶液

准确称取130℃烘2～3h的重铬酸钾（优级纯）4.904g，先用少量水溶解，然后无损地移入1000mL容量瓶中，加水定容，此标准溶液浓度 $c\left(\dfrac{1}{6}K_2Cr_2O_7\right)=$0.1000mol/L。

4.4 邻菲啰啉（$C_{12}HgN_2 \cdot H_2O$）指示剂

称取邻菲啰啉1.49g溶于含有0.70g $FeSO_4 \cdot 7H_2O$ 或1.00g $(NH_4)_2SO_4 \cdot FeSO_4 \cdot 6H_2O$ 的100mL水溶液中。此指示剂易变质，应密闭保存于棕色瓶中。

5 分析步骤

准确称取通过0.25mm孔径筛风干试样0.05～0.5g（精确到0.0001g，称样量根据有机质含量范围而定），放入硬质试管中，然后从自动调零滴定管准确加入10.00mL

0.4mol/L 重铬酸钾-硫酸溶液,摇匀并在每个试管口插入一玻璃漏斗。将试管逐个插入铁丝笼中,再将铁丝笼沉入已在电炉上加热至 $185\sim190\text{℃}$ 的油浴锅内,使管中的液面低于油面,要求放入后油浴温度下降至 $170\sim180\text{℃}$,等试管中的溶液沸腾时开始计时,此刻必须控制电炉温度,不使溶液剧烈沸腾,其间可轻轻提起铁丝笼在油浴锅中晃动几次,以使液温均匀,并维持在 $170\sim180\text{℃}$,$5\text{min}\pm0.5\text{min}$ 后将铁丝笼从油浴锅内提出,冷却片刻,擦去试管外的油(蜡)液。把试管内的消煮液及土壤残渣无损地转入 250mL 三角瓶中,用水冲洗试管及小漏斗,洗液并入三角瓶中,使三角瓶内溶液的总体积控制在 $50\sim60\text{mL}$。加 3 滴邻菲啰啉指示剂,用硫酸亚铁标准溶液滴定剩余的 $K_2Cr_2O_7$,溶液的变色过程是橙黄—蓝绿—棕红。

如果滴定所用硫酸亚铁溶液的毫升数不到下述空白试验所耗硫酸亚铁溶液毫升数的1/3,则应减少土壤称样量重测。

每批分析时,必须同时做 2 个空白试验,即取大约 0.2g 灼烧浮石粉或土壤代替土样,其他步骤与土样测定相同。

6 结果计算

$$O.M=\frac{c(V_0-V)\times0.003\times1.724\times1.10}{m}\times1000 \tag{1}$$

式中 $O.M$——土壤有机质的质量分数,g/kg;

V_0——空白试验所消耗硫酸亚铁标准溶液体积,mL;

V——试样测定所消耗硫酸亚铁标准溶液体积,mL;

c——硫酸亚铁标准溶液的浓度,mol/L;

0.003——1/4 碳原子的毫摩尔质量,g;

1.724——由有机碳换算成有机质的系数;

1.10——氧化校正系数;

m——称取烘干试样的质量,g;

1000——换算成每千克含量。

平行测定结果用算术平均值表示,保留三位有效数字。

7 精密度

表 1 平行测定结果允许相差

有机质含量/(g/kg)	允许绝对相差/(g/kg)	有机质含量/(g/kg)	允许绝对相差/(g/kg)
<10	≤0.5	40~70	≤3.0
10~40	≤1.0	>70	≤5.0

8 注释

8.1 氧化时,若加 0.1g 硫酸银粉末,氧化校正系数取 1.08。

8.2 测定土壤有机质必须采用风干样品。因为水稻土及一些长期渍水的土壤,由于较多的还原性物质存在,可消耗重铬酸钾,使结果偏高。

8.3 本方法不宜用于测定含氯化物较高的土壤。

8.4 加热时,产生的二氧化碳气泡不是真正沸腾,只有在真正沸腾时才能开始计算时间。

附加说明：

NY/T 1121《土壤检测》为系列标准，包括以下部分：

——第 1 部分：土壤样品的采集、处理和贮存

——第 2 部分：土壤 pH 的测定

——第 3 部分：土壤机械组成的测定

——第 4 部分：土壤容重的测定

——第 5 部分：石灰性土壤阳离子交换量的测定

——第 6 部分：土壤有机质的测定

——第 7 部分：酸性土壤有效磷的测定

——第 8 部分：土壤有效硼的测定

——第 9 部分：土壤有效钼的测定

——第 10 部分：土壤总汞的测定

——第 11 部分：土壤总砷的测定

——第 12 部分：土壤总铬的测定

——第 13 部分：土壤交换性钙和镁的测定

——第 14 部分：土壤有效硫的测定

——第 15 部分：土壤有效硅的测定

——第 16 部分：土壤水溶性盐总量的测定

——第 17 部分：土壤氯离子含量的测定

——第 18 部分：土壤硫酸根离子含量的测定

……

本部分为 NY/T 1121 的第 6 部分。

本部分由中华人民共和国农业部提出并归口。

本部分起草单位：全国农业技术推广服务中心、中国农业科学院农业资源与农业区划研究所、华中农业大学、北京市土壤肥料工作站。

本部分主要起草人：任意、辛景树、田有国、徐爱国、贺立源、朱莉、曲华。

第 7 部分：酸性土壤有效磷的测定（NY/T 1121.7—2006）

（2006-07-10 发布，2006-10-01 实施）

1 应用范围

本部分适用于测定酸性土壤有效磷含量。

2 方法提要

酸性土壤中的磷主要以 Fe-P 和 Al-P 形态存在，利用 F^- 具有在酸性条件下溶解络合 Fe^{3+} 和 Al^{3+} 的能力，使一定量具潜在活性的磷酸铁、磷酸铝中的磷释放出来。同时由于 H^+ 的作用亦溶解出部分活性较大的 Ca-P 中的磷。

本方法严格规定土液比为 1:10，浸提温度为 20~25℃，振荡提取时间为 30min。所提取出的有效磷以钼锑抗比色法测定。

3 主要仪器设备

3.1 恒温室

3.2 往复式振荡机

3.3 分光光度计

3.4 塑料瓶（150mL）

3.5 比色管（25mL）

4 试剂

4.1 5%（V/V）硫酸溶液

吸取 5mL 浓硫酸缓缓加入 90mL 水中，冷却后以水稀释至 100mL。

4.2 0.5%（m/V）酒石酸锑钾溶液

称取酒石酸锑钾（$KSbOC_4H_4O_6 \cdot 1/2H_2O$，化学纯）0.5g 溶于 100mL 水中。

4.3 钼锑贮备液

量取 126mL 浓硫酸（密度 1.84），缓缓倒入约 400mL 水中，搅拌，冷却。另称取 10.0g 钼酸铵溶于约 60℃的 300mL 水中，冷却。然后将硫酸溶液缓缓倒入钼酸铵溶液中，再加入 100mL 0.5%酒石酸锑钾溶液，冷却后，加水稀释至 1L，摇匀，贮于棕色试剂瓶中。此贮备液含钼酸铵 1%，硫酸 2.25mol/L。

4.4 钼锑抗显色剂

称取 1.5g 抗坏血酸（左旋，旋光度+21°～+22°）溶于 100mL 钼锑贮备液中，此溶液有效期 1d，须随配随用。

4.5 磷标准贮备液

准确称取经 105℃烘干 2h 的磷酸二氢钾（优级纯）0.4390g，用水溶解后，加入 5mL 浓硫酸，转入 1L 容量瓶中，用水定容，即为 100μg/mL 磷标准贮备液，在冰箱中可以长期保存。

4.6 5μg/mL 磷标准溶液

吸取 5.00mL 磷标准贮备液放入 100mL 容量瓶中，加水定容即为 5μg/mL 磷标准溶液，此溶液不宜久存。

4.7 二硝基酚指示剂

称取 0.2g 2,4-二硝基酚或 2,6-二硝基酚溶于 100mL 水中。

4.8 1+3 氨水溶液

4.9 0.03mol/L 氟化铵-0.025mol/L 盐酸提取液。

称取 1.11g 氟化铵，溶于 800mL 水中，加 25mL 1mol/L 盐酸溶液，用水稀释至 1L，贮于塑料瓶中。

4.10 3%（m/V）硼酸溶液

称取 30.0g 硼酸，溶于约 900mL 热水中，冷却后稀释至 1L。

5 分析步骤

称取通过 2mm 孔径筛的风干试样 5g（精确至 0.01g）至于 150mL 塑料瓶中，加入 50.0mL 0.03mol/L 氟化铵-0.025mol/L 盐酸提取液，在 20～25℃恒温条件下振荡 30min（浸提剂温度亦须 20～25℃，振荡机速率 160～200r/min），取出后立即用无磷滤纸干过滤于塑料瓶中。同时做空白试验。

准确吸取滤液 5.00～10.00mL（含 P5.00～20.00μg）于 50mL 容量瓶中，加入 10mL 3%硼酸溶液，摇匀，加水至 30mL 左右，再加入二硝基酚指示剂 2 滴，用 5%硫酸溶液和 1+3 氨水溶液调节溶液刚显微黄色。加入 5.00mL 钼锑抗显色剂，用水定容，在室温 20℃

以上的条件下，放置 30min。

显色后的样品溶液在分光光度计上，用 700nm 波长，2cm 光径比色皿，以空白试验溶液为参比液调零，进行比色，读取吸光度。从标准曲线上查得相应的含磷量或通过回归方程计算出样品显色液中含磷量。

标准曲线绘制：准确吸取 5μg/mL 磷标准溶液 0，0.50mL，1.00mL，1.50mL，2.00mL，2.50mL，3.00mL 于 25mL 比色管中，加入浸提剂 10.00mL，显色剂 5.00mL，慢慢摇动，使 CO_2 逸出，再以水稀释至刻度，充分摇动，逐尽 CO_2，定容，即为含磷量 0.00，0.10μg/mL，0.20μg/mL，0.30μg/mL，0.40μg/mL，0.50μg/mL，0.60μg/mL 的磷标准系列溶液。在室温高于 20℃ 处放置 30min 后，按上述样品待测液分析步骤、条件进行比色，测量吸光度，绘制标准曲线或建立回归方程。

6 结果计算

$$有效磷，mg/kg = \frac{cVD}{m \times 1000} \times 1000 \tag{1}$$

式中　c——从标准曲线上查或回归方程求得显色液磷浓度，μg/mL；

　　　V——显色液体积，mL，此方法为 25mL；

　　　D——分取倍数，即试样提取液体积/显色时分取体积，本试验为 50/10；

　　1000——将 μg 换算为 mg 和将 g 换算为 kg；

　　　m——风干试样质量，g；

平均测定结果以算术平均值表示，保留小数点后一位。

7 精密度

表 1　平行测定结果允许差

测定值/(mg/kg)	允许差/(mg/kg)
<10	绝对值≤0.5
10~20	绝对值≤1.0
>20	相对相差≤5%

8 注释

在本方法所规定的酸度及钼酸铵浓度下，钼锑抗法显色温度以 20~40℃ 为宜，如室温低于 20℃，可放置在 30~40℃ 烘箱中保温 30min，取出冷却后比色。

附加说明：

NY/T 1121《土壤检测》为系列标准，包括以下部分：

——第 1 部分：土壤样品的采集、处理和贮存

——第 2 部分：土壤 pH 的测定

——第 3 部分：土壤机械组成的测定

——第 4 部分：土壤容重的测定

——第 5 部分：石灰性土壤阳离子交换量的测定

——第 6 部分：土壤有机质的测定

——第 7 部分：酸性土壤有效磷的测定

——第 8 部分：土壤有效硼的测定

——第 9 部分：土壤有效钼的测定

本部分为 NY/T 1121 的第 7 部分。

本部分由中华人民共和国农业部提出并归口。

本部分起草单位：全国农业技术推广服务中心、湖南省土壤肥料工作站、江苏省土壤肥料技术指导站。

本部分主要起草人：辛景树、田有国、任意、黄铁平、郑磊。

第 8 部分：土壤有效硼的测定（NY/T 1121.8—2006）

（2006-07-10 发布，2006-10-01 实施）

1 应用范围

本部分适用于各类土壤中有效硼含量的测定。

2 方法提要

土壤中有效硼采用沸水提取，提取液用 EDTA 消除铁、铝离子的干扰，用高锰酸钾消退有机质的颜色后，在弱酸性条件下，以甲亚铵-H 比色法测定提取液中的硼量。

3 仪器和设备

3.1 分光光度计

3.2 石英或其他无硼锥形瓶（250mL）

3.3 石英回流冷凝装置

3.4 离心机（3000～5000r/min）

4 试剂和溶液

本试验方法所用试剂和水，除特殊注明外，均指分析纯试剂和 GB/T 6682 中规定的一级水。所述溶液如未指明溶剂，均系水溶液。

4.1 硫酸镁溶液 $[\rho(MgSO_4 \cdot 7H_2O)=1g/L]$

称取 1.0g 硫酸镁（$MgSO_4 \cdot 7H_2O$）溶于水中，稀释至 1L。

4.2 酸性高锰酸钾溶液（现用现配）

高锰酸钾溶液 $[c(KMnO_4)=0.2mol/L]$ 与硫酸溶液（1+5，优级纯）等体积混合。

4.3 抗坏血酸（左旋，旋光度+21～+22℃）溶液 $[\rho(C_6H_8O_6)=100g/L]$（现用现配）

称取 1.0g 抗坏血酸溶于 10mL 水中。

4.4 甲亚胺溶液（$\rho=9g/L$）

称取 0.90g 甲亚胺和 2.00g 抗坏血酸溶解于微热的 60mL 水中，稀释到 100mL。

4.5 缓冲溶液（pH5.6～5.8）

称取 250g 乙酸铵（CH_3COONH_4）和 10.0g EDTA 二钠盐（$C_{10}H_{14}O_8N_2Na_2 \cdot 2H_2O$），微热溶于 250mL 水中，冷却后，用水稀释到 500mL，再加入 80mL 硫酸溶液（1+4，优级纯），摇匀（用酸度计检查 pH）。

4.6 混合显色剂

量取 3 体积甲亚胺溶液（4.4）和 2 体积缓冲溶液（4.5）混合（现用现配）。

4.7 硼标准溶液〔$\rho(B)=0.1g/L$〕

称取 0.5719g 干燥的硼酸（H_3BO_3，优级纯）溶于水中，移入 1L 容量瓶中，加水定容，即为含硼（B）100mg/L 的标准贮备溶液。立即移入干燥洁净的塑料瓶中保存。

将此溶液准确稀释成含硼（B）10mg/L 的标准溶液备用（存于塑料瓶中）

4.8 标准系列溶液制备

准确吸取含硼（B）10mg/L 的标准溶液 0.00、0.50mL、1.00mL、2.00mL、3.00mL、4.00mL、5.00mL 于 7 个 50mL 容量瓶中，用水定容，即为含硼（B）0.00、0.10mg/L、0.20mg/L、0.40mg/L、0.60mg/L、0.80mg/L、1.00mg/L 的校准系列溶液，贮于塑料瓶中。

5 分析步骤

5.1 试液制备

称取通过 2mm 孔径尼龙筛的风干试样 10g（精确至 0.01g）于 250mL 石英或无硼玻璃锥形瓶中，加 20.00mL 硫酸镁溶液（4.1），装好回流冷凝器，文火煮沸并微沸 5min（从沸腾时准确计时）。取下三角瓶，稍冷，一次倾入滤纸上过滤（或离心），滤液承接于塑料杯中（最初滤液浑浊时可弃去）。同时做空白试验。

5.2 显色和测定

吸取滤液 4.00mL 于 10mL 比色管中，加入 0.5mL 酸性高锰酸钾溶液，摇匀，放置 2～3min，加入 0.5mL 抗坏血酸溶液（4.3），摇匀，待紫红色消退且褐色的二氧化锰沉淀完全溶解后，加入 5.00mL 混合显色剂（4.6）摇匀，放置 1h 后于波长 415nm 处，用 2cm 光径比色皿，以校准曲线的零浓度调节仪器零点，读取吸光度。

5.3 绘制校准曲线

分别准确吸取含硼（B）0.00、0.10mg/L、0.20mg/L、0.40mg/L、0.60mg/L、0.80mg/L、1.00mg/L 的标准系列溶液 4.00mL 于 10mL 比色管中，与试液同条件显色、比色。读取吸光度，绘制校准曲线或求出一元直线回归方程。

6 结果计算

有效硼的质量分数以（mg/kg）表示，按式（1）计算：

$$\omega(B) = \frac{m_1 D}{m \times 10^3} \times 1000 \tag{1}$$

式中　$\omega(B)$——土壤有效硼的质量分数，mg/kg；

　　　m_1——由校准曲线查得显色液中硼的含量，μg；

　　　m——试样质量，g；

10^3 和 1000——换算系数；

　　　D——分取倍数，20/4。

重复试验结果用算术平均值表示，保留两位小数。

7 精密度

表 1 重复试验结果允许绝对相差

有效硼含量/(mg/kg)	允许绝对相差/(mg/kg)
＜0.2	≤0.03
0.2～0.5	≤0.05
＞0.5	≤0.06

8 注释

8.1 甲亚胺系在水溶液中显色，灵敏度虽较姜黄素法为低，但操作较简便快速，可利用自动分析仪代替手工操作，也适合较高浓度范围的测定。

8.2 本法中用的硫酸必须是优级纯或高纯试剂。

8.3 测定中，甲亚胺的用量、显色酸度、显色温度等对测定有一定影响，必须严格按方法的规定进行。

8.4 甲亚胺的制备：

（1）称取 H 酸钠盐 20g 于 100mL 烧杯中，加水 50mL，加（1＋4）盐酸 1mL，搅拌均匀，微热至 50℃。

（2）另取水杨酸 6～6.5mL 于小烧杯中，加乙醇 6mL。

（3）在不断搅拌下，将（2）液加入到（1）液中，继续搅拌 10～20min，放置过夜。将沉淀物移入布氏漏斗，抽气过滤，用乙醇洗涤沉淀物 4～5 次，每次 5～10mL，直至洗出液为浅黄色。将沉淀物连同漏斗移入恒温干燥箱中于 100～105℃烘 2～3h。在干燥器中冷却后移入干净的容器中密封保存。

附加说明：

NY/T 1121 《土壤检测》为系列标准，包括以下部分：

——第 1 部分：土壤样品的采集、处理和贮存

——第 2 部分：土壤 pH 的测定

——第 3 部分：土壤机械组成的测定

——第 4 部分：土壤容重的测定

——第 5 部分：石灰性土壤阳离子交换量的测定

——第 6 部分：土壤有机质的测定

——第 7 部分：酸性土壤有效磷的测定

——第 8 部分：土壤有效硼的测定

——第 9 部分：土壤有效钼的测定

——第 10 部分：土壤总汞的测定

——第 11 部分：土壤总砷的测定

——第 12 部分：土壤总铬的测定

——第 13 部分：土壤交换性钙和镁的测定

——第 14 部分：土壤有效硫的测定

——第 15 部分：土壤有效硅的测定

……

本部分为 NY/T 1121 的第 8 部分。

本部分由中华人民共和国农业部提出并归口。

本部分起草单位：全国农业技术推广服务中心、安徽省土壤肥料总站、广东省土壤肥料总站、农业部土壤肥料质检中心（武汉）。

本部分主要起草人：辛景树、田有国、任意、张一凡、王忠良、汤建东、曲华。

第 9 部分：土壤有效钼的测定（NY/T 1121. 9—2006）

（2006-07-10 发布，2006-10-01 实施）

1 应用范围

本部分适用于测定各类土壤中有效钼含量。

2 方法提要

样品经草酸-草酸铵溶液浸提，用硝酸-高氯酸破坏草酸盐、消除铁的干扰，以极谱法测定。

3 仪器和设备

3.1 示波极谱仪

3.2 振荡机

3.3 塑料瓶（200mL）

3.4 比色管（25mL）

4 试剂和溶液

本试验方法所用试剂和水，除特殊注明外，均指分析纯试剂和 GB/T 6682 中规定的一级水。所述溶液如未指明溶剂，均系水溶液。

4.1 高氯酸 [$HClO_4$，$\phi=70\%\sim72\%$，优级纯]

4.2 硝酸（HNO_3，$\rho=1.40g/cm^3$，优级纯）

4.3 草酸-草酸铵浸提剂

称取 24.9g 草酸铵 [$(NH_4)_2C_2O_4 \cdot H_2O$，优级纯] 和 12.6g 草酸（$H_2C_2O_4 \cdot 2H_2O$，优级纯）溶于水，定容至 1L。酸度为 pH3.3，必要时定容前用 pH 计校准。

4.4 （1+1）盐酸溶液（优级纯）

4.5 苯羟乙酸（苦杏仁酸）溶液 {c [$C_6H_5CH(OH)COOH$]$=0.5mol/L$}（宜新配，勿久置）

4.6 硫酸 [$c(H_2SO_4)=2.5mol/L$，优级纯]

4.7 饱和氯酸钾溶液（$KClO_3$）

4.8 钼标准贮备溶液 [$\rho(Mo)=0.1g/L$，优级纯]

称取 0.2522g 钼酸钠（$Na_2MoO_4 \cdot H_2O$，优级纯）溶于水，加入 1mL 浓盐酸（优级纯），移入 1L 容量瓶中，用水定容，即为含钼（Mo）100mg/L 钼标准贮备溶液。

吸取此标准贮备溶液 5.00mL 于 500mL 容量瓶中，用水定容，即为含钼（Mo）1mg/L 的标准溶液。

分别吸取含钼（Mo）1mg/L的标准溶液 0.00、0.40mL、0.80mL、1.20mL、1.60mL、2.00mL 于100mL容量瓶中，用水定容，即为含钼（Mo）0.000、0.004mg/L、0.008mg/L、0.012mg/L、0.016mg/L、0.020mg/L 的标准系列溶液，备用。

5 分析步骤

5.1 试液制备

称取通过2mm孔径筛的风干试样5.00g于200mL塑料瓶中，加50mL草酸-草酸铵浸提剂（4.3），盖紧瓶塞，振荡0.5h后放置过夜，干过滤，同时做空白试验。

5.2 测定

吸取1.00mL滤液于25mL烧杯中，在通风橱中于电热板上低温蒸发至干。取下烧杯，向蒸干的残渣中加入10滴浓硝酸（4.2）和2滴浓高氯酸（4.1），于电热板上，在较高温度下蒸发，使试液在1～2min左右沸腾，蒸干且烟冒尽后，取下稍冷，再向蒸干的残渣中加入5滴盐酸溶液（4.4），在电热板上低温蒸发至湿盐状，取下冷却后，依次加入1mL硫酸溶液（4.6）、1mL苯羟乙酸溶液（4.5）、8mL饱和氯酸钾溶液（4.7），于极谱仪上测定。

5.3 绘制校准曲线

分别吸取1.00mL含钼（Mo）0.000、0.004mg/L、0.008mg/L、0.012mg/L、0.016mg/L、0.020mg/L 的标准系列溶液于6个预先盛有1.00mL浸提剂的25mL烧杯中，同时取1.00mL水于另一25mL烧杯中，加1.00mL浸提剂，于电热板上低温蒸发至干，以下步骤同样品操作。记录电流倍率和峰电流值（格或微安），绘制校准曲线或求出一元直线回归方程。

6 结果计算

$$\omega(\mathrm{Mo}) = \frac{m_1 D}{m \times 10^3} \times 1000 \tag{1}$$

式中 $\omega(\mathrm{Mo})$ ——土壤有效钼的质量分数，mg/kg；

        m_1——从校准曲线上查得试液的含钼量，μg；

        m——试样风干质量，g；

10^3和1000——换算系数；

        D——分取倍数。本试验为20/1。

重复试验结果用算术平均值表示，保留两位小数。

7 精密度

重复试验结果允许相对相差≤15%。

8 注释

8.1 所用试剂须无钼。

8.2 温度对钼的催化电流影响较大，校准曲线和样品测定应在同一温度条件下进行。最好保持测定温度在25℃左右。

8.3 用硝酸-高氯酸作氧化剂操作时，所用试剂必须是高纯品（也可经比对后选用适宜的分析纯试剂），以免空白值高。

8.4 硝酸-高氯酸作氧化剂法中，硫酸、苯羟乙酸、氯酸钾的浓度对测定有影响，必须严加控制。

8.5 低温蒸至湿盐状后，不可继续灼烧沉淀，否则将影响消除铁的干扰效果。

8.6 苯羟乙酸（苦杏仁酸）溶液宜新配，勿久置。

附加说明：

NY/T 1121 《土壤检测》为系列标准，包括以下部分：

——第 1 部分：土壤样品的采集、处理和贮存

——第 2 部分：土壤 pH 的测定

——第 3 部分：土壤机械组成的测定

——第 4 部分：土壤容重的测定

——第 5 部分：石灰性土壤阳离子交换量的测定

——第 6 部分：土壤有机质的测定

——第 7 部分：酸性土壤有效磷的测定

——第 8 部分：土壤有效硼的测定

——第 9 部分：土壤有效钼的测定

——第 10 部分：土壤总汞的测定

——第 11 部分：土壤总砷的测定

——第 12 部分：土壤总铬的测定

——第 13 部分：土壤交换性钙和镁的测定

——第 14 部分：土壤有效硫的测定

——第 15 部分：土壤有效硅的测定

——第 16 部分：土壤水溶性盐总量的测定

——第 17 部分：土壤氯离子含量的测定

——第 18 部分：土壤硫酸根离子含量的测定

……

本部分为 NY/T 1121 的第 9 部分。

本部分由中华人民共和国农业部提出并归口。

本部分起草单位：全国农业技术推广服务中心、中国农业科学院农业资源与农业区划研究所、广东省土壤肥料总站、山西省土壤肥料工作站。

本部分主要起草人：田有国、辛景树、任意、徐爱国、汤建东、王晋民、路钰。

第 10 部分：土壤总汞的测定（NY/T 1121. 10—2006）

（2006-07-10 发布，2006-10-01 实施）

1 应用范围

本部分适用于一般土壤中痕量汞的测定。

本部分最低检出量为 0.04ng 汞。若称取 0.5g 样品测定，则最低检出限为 0.002mg/kg，测定上限可达 0.4mg/kg。

2 方法提要

基态汞原子在波长为 235.7mm 的紫外光激发而产生共振荧光，在一定的测量条件下和较低浓度范围内，荧光浓度与汞浓度成正比。

样品用硝酸-盐酸混合试剂在沸水浴中加热消解，使所含汞全部以二价汞的形式进入到

溶液中，再用硼氢化钾将二价汞还原成单质汞，形成汞蒸气，在载气带动下导入仪器的荧光池中，测定荧光峰值，求得样品中汞的含量。

3 仪器和设备

3.1 原子荧光光度计

3.2 氩气或高纯氮气瓶

4 试剂和溶液

本试验方法所用试剂和水，除特殊注明外，均指分析纯试剂和 GB/T 6682 中规定的一级水。所述溶液如未指明溶剂，均系水溶液。

4.1 （1＋1）王水溶液

取 3 份浓盐酸（优级纯，$\rho=1.19g/cm^3$）与 1 份浓硝酸（优级纯，$\rho=1.40g/cm^3$）混合，然后用二级水稀释 1 倍。

4.2 硼氢化钾（KBH_4）—氢氧化钾（KOH）溶液（还原剂）

称取 0.2g 氢氧化钾（KOH）放入烧杯中，用少量水溶解。称取 0.01g 硼氢化钾（KBH_4，99％）放入氢氧化钾溶液中，用水稀释至 100mL。

4.3 保存液

称取 0.5g 重铬酸钾（$K_2Cr_2O_7$，优级纯），用少量水溶解，加 50mL 浓硝酸（优级纯，$\rho=1.40g/cm^3$），用水稀释至 1L，摇匀。

4.4 稀释液

称取 0.2g 重铬酸钾（$K_2Cr_2O_7$，优级纯）溶于 900mL 水，加入 28mL 浓硫酸（优级纯，$\rho=1.84g/cm^3$），用水稀释至 1L，摇匀。

4.5 汞标准贮备溶液 $[\rho(Hg)=0.1g/L]$

称取 0.1354g 在硅胶干燥器中放置过夜的氯化汞（$HgCl_2$，优级纯），用保存液（4.3）溶解并用保存液（4.3）无损移入 1L 容量瓶中，用保存液（4.3）定容，即为含汞（Hg）100mg/L 的标准贮备溶液。

准确吸取 10.00mL 上述汞标准贮备溶液，移入 1L 容量瓶中，用保存液（4.3）定容，即为含汞（Hg）1.00mg/L 的标准溶液。

准确吸取 20.00mL 含汞（Hg）1.00mg/L 的标准溶液，移入 1L 容量瓶中，用保存液（4.3）定容，即为含汞（Hg）20.00ng/mL 的标准溶液（现用现配）。

4.6 硝酸溶液[$\phi(HNO_3)=5\%$]

5 分析步骤

5.1 试样制备

称取通过 0.149mm 筛孔的风干试样 0.2～2.0g（精确至 0.0001g）置于 50mL 具塞比色管中，加 10mL（1＋1）王水（4.1），加塞后小心摇匀，于沸水浴中加热消解 2h，取出冷却，立即加 10mL 保存液（4.3），用稀释液（4.4）定容，澄清后直接上机待测。同时做空白试验。

5.2 测定

按仪器说明书的要求调试好原子荧光光度计测量条件，以硝酸溶液（4.6）为载流，以硼氢化钾-氢氧化钾溶液（4.2）为还原剂，测量试液的荧光强度。

5.3 绘制校准曲线：

分别准确吸取含汞（Hg）20.00ng/mL 的标准溶液 0.00、0.50mL、1.00mL、2.00mL、3.00mL、4.00mL、5.00mL 于 7 个 50mL，具塞比色管中，加 10mL 保存液（4.3），用稀释液（4.4）稀释至标线，摇匀，即为含汞（Hg）0.00、0.20ng/mL、0.40ng/mL、0.80ng/mL、1.20ng/mL、1.60ng/mL、2.00ng/mL 的标准系列溶液。在原子荧光光度计上，与试样同条件将标准系列溶液各浓度吸入原子化器中进行原子化，分别测量、记录荧光强度，绘制校准曲线或求出一元直线回归方程。

6 结果计算

$$\omega(\text{Hg}) = \frac{\rho V}{1000m} \tag{1}$$

式中　$\omega(\text{Hg})$ ——土壤汞的质量分数，mg/kg；

　　　　ρ ——从校准曲线上查得汞（Hg）的浓度，ng/mL；

　　　　V ——试样消解后定容体积，mL，本试验为 50mL；

　　　　m ——风干试样重量，g；

　　　　1000——将 ng 换算为 μg 的系数；

重复试验结果以算术平均值表示，保留两位小数。

7 精密度

表1　重复试验结果允许相对标准偏差

样品含量范围/(mg/kg)	允许差(实验室内)/%	允许差(实验室间)/%
<0.1	35	40
0.1~0.4	30	35
>0.4	25	30

8 注释

8.1　操作中要注意检查全程序的试剂空白，发现试剂或器皿玷污，应重新处理、严格筛选、并妥善保管，防止交叉污染。

8.2　此消解体系不仅由于它本身的氧化能力使样品中大量有机物得以分解，同时也能提取各种无机形态的汞。而盐酸存在的条件下，大量 Cl^- 与 Hg^{2+} 作用形成稳定的 $[HgCl]^{2-}$ 络离子，可抑制汞的吸附和挥发。但应避免使用沸腾的王水处理样品，以防止汞以氯化物形式挥发而损失。样品中含有较多的有机物时，可适当增大硝酸-盐酸混合试剂的浓度和用量。

8.3　由于环境因素的影响及仪器稳定性的限制，每批样品测定时须同时绘制校准曲线。若试样中汞含量太高，不能直接测量，应适当减少称样量，使试样含汞量保持在校准曲线的直线范围内。

8.4　样品消解完毕，通常加入保存液和稀释液稀释，以防止汞的损失。不过样品宜尽早测定为妥，一般情况下只允许保存 2d~3d。

8.5　激发态汞原子与某些原子或化合物（如氧、氮和二氧化碳等）碰撞发生能量传递而产生"荧光淬灭"，故用惰性气体氩气或高纯氮作为载气通入荧光池中，以帮助改善测试的灵敏度和稳定性。操作时应注意避免空气和水蒸气进入荧光池。

附加说明：

NY/T 1121 《土壤检测》为系列标准，包括以下部分：

——第 1 部分：土壤样品的采集、处理和贮存

——第 2 部分：土壤 pH 的测定

——第 3 部分：土壤机械组成的测定

——第 4 部分：土壤容重的测定

——第 5 部分：石灰性土壤阳离子交换量的测定

——第 6 部分：土壤有机质的测定

——第 7 部分：酸性土壤有效磷的测定

——第 8 部分：土壤有效硼的测定

——第 9 部分：土壤有效钼的测定

——第 10 部分：土壤总汞的测定

——第 11 部分：土壤总砷的测定

——第 12 部分：土壤总铬的测定

——第 13 部分：土壤交换性钙和镁的测定

——第 14 部分：土壤有效硫的测定

——第 15 部分：土壤有效硅的测定

——第 16 部分：土壤水溶性盐总量的测定

——第 17 部分：土壤氯离子含量的测定

——第 18 部分：土壤硫酸根离子含量的测定

······

本部分为 NY/T 1121 的第 10 部分。

本部分由中华人民共和国农业部提出并归口。

本部分起草单位：全国农业技术推广服务中心、中国农业科学院农业资源与农业区划研究所、上海市农业技术推广服务中心、山西省土壤肥料工作站。

本部分主要起草人：田有国、辛景树、任意、龙怀玉、朱恩、王晋民、郑磊。

第 11 部分：土壤总砷的测定（NY/T 1121.11—2006）

（2006-07-10 发布，2006-10-01 实施）

1 应用范围

本部分适用于各类土壤中总砷的测定。

2 方法提要

砷的酸性溶液在氢化物发生器中，与还原剂硼氢化钾发生氢化反应，生成砷化氢气体。用氩气作载气将砷化氢气体导入石英炉中进行原子化，受热的砷化氢解离成砷的气态原子。砷原子受到光源特征辐射线的照射而被激发产生原子荧光，荧光信号到达检测器变为电信号，经电子放大器放大后由读数装置读出结果。产生的荧光强度与试样中被测元素含量成正比，可以从校准曲线查得被测元素的含量。

土壤中大多数元素经分解后也能进入待测溶液中，Cu^{2+}、Co^{2+}、Ni^{2+}、Cr^{6+}、Au^{3+}、

Hg^{2+} 对测定有干扰，加入硫脲即可消除。

方法检出限为 $0.4\mu g/L$。

3 仪器和设备

3.1 原子荧光光度计

3.2 砷双阴极空心阴极灯

4 试剂和溶液

本试验方法所用试剂和水，除特殊注明外，均指分析纯试剂和 GB/T 6682 中规定的一级水。所述溶液如未指明溶剂，均系水溶液。

4.1 （1＋1）王水溶液（优级纯）

现用现配。取 3 份浓盐酸（优级纯）与 1 份浓硝酸（优级纯）混合均匀，然后用水稀释一倍。

4.2 氢氧化钠溶液[$\rho(NaOH)=100g/L$]

称取 10g 氢氧化钠溶于 100mL 水中。

4.3 氢氧化钾溶液[$\rho(KOH)=1g/L$]

称取 0.1g 氢氧化钾溶于 100mL 水中。

4.4 硼氢化钾-氢氧化钾溶液

称取 1.5g 硼氢化钾溶于 100mL 氢氧化钾溶液（4.3）中。用时现配。

4.5 （1＋1）盐酸溶液（优级纯）

4.6 硫脲-抗坏血酸溶液

称取 5g 硫脲（优级纯，H_2NCSNH_2）、5g 抗坏血酸（$C_6H_8O_6$）溶于水中，稀释至 100mL。用时现配。

4.7 （1＋9）盐酸溶液（优级纯）

4.8 砷[$\rho(As)=1.00g/L$]标准贮备溶液

称取 0.6600g 预先在 110℃烘干 2h 的三氧化二砷（As_2O_3，优级纯）于小烧杯中，加入 10mL 氢氧化钠溶液（4.2），加热溶解，无损移入 500mL 容量瓶中，用水稀释到刻度，摇匀。此溶液含砷（As）1.00g/L。

临用时，取此溶液一定量，用（1＋9）盐酸溶液（4.7）准确稀释成含砷（As）1.00mg/L 的标准工作溶液。

5 分析步骤

5.1 试液制备

称取通过 0.149mm 筛孔的风干试样 0.5g（精确至 0.0001g）置于 50mL 具塞比色管中，加数滴水湿润样品，加 10mL（1＋1）王水溶液（4.1），加塞后小心摇匀，在室温下放置过夜。于沸水浴中加热消解 2h，其间摇动一次，取出冷却，加水定容。同时做空白试验。

5.2 样品测定

吸取 5.00mL 清亮试液于 10mL 比色管中，加 2.5mL 硫脲-抗坏血酸溶液（4.6），充分摇匀，加 2mL（1＋1）盐酸溶液（4.5），加水至刻度，摇匀，放置 15min。以（1＋9）盐酸溶液（4.7）为载体，以硼氢化钾-氢氧化钾溶液（4.4）为还原剂，用氩气作载气，将样品吸入氢化物发生器中，将产生的砷化氢气体导入电热石英炉中进行原子化，将测得的荧光强度减去试剂空白的荧光强度后，从校准曲线上求出试液中砷的含量。

5.3 绘制校准曲线

分别吸取含砷（As）1.00mg/L 的标准工作溶液 0.00、0.50mL、1.50mL、2.50mL、5.00mL、7.50mL 于 50mL 比色管中，加 10mL（1＋1）盐酸溶液（4.5），摇匀，加 12.5mL 硫脲-抗坏血酸溶液（4.6），加水至刻度，充分摇匀，即为含砷（As）0.00、0.01mg/L、0.03mg/L、0.05mg/L、0.10mg/L、0.15mg/L 的标准系列溶液。放置 15min，与试样同条件测量样品的荧光强度。

6 结果计算

$$\omega(As)=\frac{\rho VD}{m} \tag{1}$$

式中 $\omega(As)$ ——土壤砷的质量分数，mg/kg；

ρ ——从校准曲线查得砷的浓度，mg/L；

V ——测定体积，mL，本方法为 10mL；

D ——分取倍数，本方法为 50/5；

m ——试样质量，g。

重复试验结果以算术平均值表示，保留两位小数。

7 精密度

表1 重复试验结果允许相对标准偏差

样品含量范围/(mg/kg)	允许差（实验室内）/%	允许差（实验室间）/%
<10	20	30
10～20	15	25
>20	15	20

8 注意事项

8.1 加入硫脲将 As^{5+} 还原成低价后才能有效地生成砷化氢。

8.2 加入硫脲后应充分摇匀使其溶解。

8.3 试样酸度不宜过大，一般在 $c(HCl)＝1.2mol/L$ 为宜。

8.4 20 多种常见元素的量在 100mg/L 或大于 100mg/L 时对此法不产生干扰，但 Ag、Au、Bi 分别不超过 5mg/L、3mg/L、20mg/L。

附加说明：

NY/T 1121 《土壤检测》为系列标准，包括以下部分：

——第 1 部分：土壤样品的采集、处理和贮存

——第 2 部分：土壤 pH 的测定

——第 3 部分：土壤机械组成的测定

——第 4 部分：土壤容重的测定

——第 5 部分：石灰性土壤阳离子交换量的测定

——第 6 部分：土壤有机质的测定

——第 7 部分：酸性土壤有效磷的测定

——第 8 部分：土壤有效硼的测定

——第 9 部分：土壤有效钼的测定

——第 10 部分：土壤总汞的测定

……

本部分为 NY/T 1121 的第 11 部分。

本部分由中华人民共和国农业部提出并归口。

本部分起草单位：全国农业技术推广服务中心、湖北省土壤肥料工作站、江苏省土壤肥料技术指导站、华中农业大学。

本部分主要起草人：任意、辛景树、田有国、鲁明星、王绪奎、贺立源、郑磊。

第 12 部分：土壤总铬的测定（NY/T 1121. 12—2006）

（2006-07-10 发布，2006-10-01 实施）

1 应用范围

本部分适用于各类土壤中铬的测定

2 方法提要

土壤经硫酸、硝酸、磷酸消化，铬的化合物转化为可溶物，用高锰酸钾将铬氧化成六价铬，过量的高锰酸钾用叠氮化钠还原除去，在酸性条件下，六价铬与二苯碳酰二肼（DPC）反应生成紫红色化合物，于波长 540nm 处进行比色测定。

3 仪器和设备

3.1 分光光度计

3.2 离心机

3.3 电热板

4 试剂和溶液

本试验方法所用试剂和水，除特殊注明外，均指分析纯试剂和 GB/T 6682 中规定的一级水。所述溶液如未指明溶剂，均系水溶液。

4.1 硝酸（优级纯，$\rho=1.42$）

4.2 硫酸（优级纯，$\rho=1.84$）

4.3 磷酸（优级纯，85%）

4.4 高锰酸钾（优级纯）

4.5 叠氮化钠（优级纯）

4.6 二苯碳酰二肼

4.7 乙醇或丙酮

4.8 铬标准贮备溶液[$\rho(Cr)=100mg/L$]

称取 0.2829g 经 110℃ 烘干 2h 的重铬酸钾（优级纯）于小烧杯中，加少量水溶解，无损移入 1L 容量瓶中，用水定容，即为含铬（Cr）100mg/L 的标准贮备溶液。准确将此溶液稀释成含铬（Cr）1.00mg/L 的标准溶液备用。

4.9 （1＋1）硫酸溶液

4.10 （1＋1）磷酸溶液

4.11 高锰酸钾溶液（5g/L）

4.12 叠氮化钠溶液（5g/L）

4.13 二苯碳酰二肼溶液（2.5g/L）

称取二苯碳酰二肼 0.25g 溶于 100mL 乙醇溶液中。

5 分析步骤

5.1 试液制备

称取通过 0.149mm 筛孔的风干试样 0.5g（精确至 0.0001g）于 100mL 高型烧杯（或三角瓶）中，加几滴水湿润样品，加 1.5mL 浓硫酸（4.2），小心摇匀，加 1.5mL 浓磷酸（4.3），加 3mL 硝酸（4.1），小心摇匀。盖上表面皿，置于电热板上（表面温度控制在 220℃ 以下）加热消解至冒大量白烟。这时如果土样未变白，将烧杯取下稍冷，再加 1mL 硝酸，继续加热至冒浓白烟，直至土样变白，取下烧杯冷却，用水冲洗表面皿和烧杯壁，将烧杯内容物无损转入 50mL 容量瓶中，加水至刻度，摇匀，干过滤或放置澄清或离心。同时做空白试验。

5.2 测定

准确吸取 5.00mL 清亮试液于 26mL 比色管中，加 1～2 滴高锰酸钾溶液至紫红色，置沸水浴中煮沸 15min，若紫红色褪去，再补加 1 滴高锰酸钾溶液至紫色不退，摇匀。趁热滴加叠氮化钠溶液，迅速充分摇匀至紫红色刚好消失，将比色管放入冷水中迅速冷却，加 1mL 磷酸溶液，摇匀，加水至刻度。加 2mL 二苯碳酰二肼溶液，迅速摇匀。5min 后，用 3cm 比色皿于波长 540nm 处，以标准系列溶液的零浓度为参比调节仪器零点比色，读取吸光度。

5.3 绘制校准曲线

分别吸取含铬（Cr）1.00mg/L 的标准溶液 0.00、1.00mL、2.00mL、4.00mL、6.00mL、8.00mL、10.00mL 于 25mL 比色管中，加 1mL（1＋1）磷酸溶液、0.25mL（1＋1）硫酸溶液，摇匀，滴加 1～2 滴高锰酸钾溶液（4.11）至紫红色，置沸水浴中煮沸 15min，若紫红色褪去，再补加高锰酸钾溶液。趁热滴加叠氮化钠溶液（4.12）至紫红色刚好消失，将比色管放入冷水中迅速冷却，加水至刻度，即为含铬（Cr）0.00、1.00μg、2.00μg、4.00μg、6.00μg、8.00μg、10.00μg 的标准系列溶液。加入二苯碳酰二肼溶液（4.13）2mL，迅速摇匀，5min 后与试样同条件比色。读取吸光度，绘制校准曲线或求出一元直线回归方程。

6 结果分析

$$\omega(\text{Cr}) = \frac{m_1 D}{m} \tag{1}$$

式中　$\omega(\text{Cr})$——土壤铬的质量分数，mg/kg；

m_1——从校准曲线上查得铬的含量，μg；

D——分取倍数，定容体积/分取体积，本方法为 50/5；

m——试样质量，g。

重复试验结果以算术平均值表示，保留两位小数。

7 精密度

重复试验结果允许相对相差≤8%。

8 注释

8.1 加入磷酸掩蔽铁，使之形成无色络合物，同时也络合其他金属离子，避免一些盐类析出产生浑浊。在磷酸存在下还可以排除硝酸银、氯离子的影响。如果在氧化时或显色时出现浑浊可考虑加大磷酸的用量。

8.2 用叠氮化钠使高锰酸钾褪色时，要逐滴加入并充分摇匀，至红色刚好褪去。

8.3 用高锰酸钾氧化低价铬时，七价锰可能被还原为二价锰，出现棕色而影响低价铬的氧化完全，因而应控制好溶液的酸度及高锰酸钾的用量。

8.4 加入二苯碳酰二肼乙醇溶液后，应立即摇动，防止局部有机溶剂过量而使六价铬部分被还原为三价铬，使测定结果偏低。

附加说明：

NY/T 1121 《土壤检测》为系列标准，包括以下部分：
——第 1 部分：土壤样品的采集、处理和贮存
——第 2 部分：土壤 pH 的测定
——第 3 部分：土壤机械组成的测定
——第 4 部分：土壤容重的测定
——第 5 部分：石灰性土壤阳离子交换量的测定
——第 6 部分：土壤有机质的测定
——第 7 部分：酸性土壤有效磷的测定
——第 8 部分：土壤有效硼的测定
——第 9 部分：土壤有效钼的测定
——第 10 部分：土壤总汞的测定
——第 11 部分：土壤总砷的测定
——第 12 部分：土壤总铬的测定
——第 13 部分：土壤交换性钙和镁的测定
——第 14 部分：土壤有效硫的测定
——第 15 部分：土壤有效硅的测定
——第 16 部分：土壤水溶性盐总量的测定
——第 17 部分：土壤氯离子含量的测定
——第 18 部分：土壤硫酸根离子含量的测定
……

本部分为 NY/T 1121 的第 12 部分。

本部分由中华人民共和国农业部提出并归口。

本部分起草单位：全国农业技术推广服务中心、中国农业科学院农业资源与农业区划研究所、安徽省土壤肥料总站。

本部分主要起草人：任意、辛景树、田有国、徐爱国、张一凡、曲华。

第 13 部分：土壤交换性钙和镁的测定（NY/T 1121. 13—2006）

（2006-07-10 发布，2006-10-01 实施）

1 应用范围

本部分适用于酸性、中性土壤交换性钙镁的测定。

2 方法提要

以乙酸铵为土壤交换剂，浸出液中的交换性钙、镁，可直接用原子吸收分光光度法测定。测定时所用的钙、镁标准溶液中要同时加入同量的乙酸铵溶液，以消除基本效应。此外，在土壤浸出液中，还要加入释放剂锶（Sr），以消除铝、磷和硅对钙测定的干扰。

3 主要仪器和设备

3.1 原子吸收分光光度计，钙、镁空心阴极灯

3.2 离心机（3000～4000r/min）

3.3 离心管（100mL）

4 试剂和溶液

本试验方法所用试剂和水，除特殊注明外，均指分析纯试剂和 GB/T 6682 中规定的二级水，所述溶液如未指明溶剂，均系水溶液。

4.1 乙酸铵溶液$[c(CH_3COONH_4)＝1mol/L,pH7.0]$

称取乙酸铵（CH_3COONH_4）77.09g 溶于 950mL 水中，用（1+1）氨水溶液（4.2）和稀乙酸调节至 pH7.0，加水稀释到 1L，摇匀。

4.2 （1+1）氨水溶液

4.3 （1+1）盐酸溶液

4.4 氯化锶溶液$[\rho(SrCl_2 \cdot 6H_2O)＝30g/L]$

称取氯化锶（$SrCl_2 \cdot 6H_2O$）30g 溶于水，用水稀释到 1L，摇匀。

4.5 pH10 缓冲溶液

称取 67.5g 氯化铵溶于无二氧化碳水中，加入新开瓶的 570mL 浓氨水（$\rho＝0.090g/mL$），用水稀释至 1L，贮存于塑料瓶中，并注意防止吸收空气中的二氧化碳。

4.6 钙标准贮备溶液$[\rho(Ca)＝1g/L]$

称取 2.4972g 经 110℃烘 4h 的碳酸钙（$CaCO_3$，基准试剂）于 250mL 高型烧杯中，加少许水，盖上表面皿，小心从杯嘴处加入 100mL（1+1）盐酸溶液（4.3）溶解，待反应完全后，用水洗净表面皿，小心煮沸赶去二氧化碳，无损将溶液移入 1L 容量瓶中，用水稀释至刻度，摇匀。

4.7 钙标准溶液$[\rho(Ca)＝100mg/L]$

吸取 10.00mL 钙标准贮备溶液（4.6）于 100mL 容量瓶中，用水稀释至刻度，摇匀。此溶液含钙（Ca）100mg/L。

4.8 镁标准贮备溶液$[\rho(Mg)＝0.5g/L]$

称取 0.5000g 金属镁（光谱纯）于 250mL 高型烧杯中，盖上表面皿，小心从杯嘴处加入 100mL（1+1）盐酸溶液（4.3）溶解，用水洗净表面皿，无损将溶液移入 1L 容量瓶中，用水稀释至刻度，摇匀。

4.9 镁标准溶液$[\rho(Mg)＝50mg/L]$

吸取 10.00mL 镁标准贮备溶液（4.8）于 100mL 容量瓶中，用水稀释至刻度，摇匀。此溶液含镁（Mg）50mg/L。

4.10 K-B 指示剂

称取 0.5g 酸性铬蓝 K 和 1.0g 萘酚绿 B($C_{30}H_{15}N_3Na_3Fe$）与 100g 经 105℃烘干的氯化钠一同研细磨匀，越细越好，贮于棕色瓶中。

5 分析步骤

5.1 试液制备

称取 2.00g（质地轻的土壤称 5.00g）通过 2mm 筛孔的风干试样于 100mL 离心管中，沿离心管壁加入少量乙酸铵溶液（4.1），用橡皮头玻璃棒搅拌土样，使成为均匀的泥浆状。再加入乙酸铵溶液至总体积约 60mL，并充分搅拌均匀。用乙酸铵溶液（4.1）洗净橡皮头玻棒，溶液收入离心管内。

将离心管成对放在粗天平的两盘上，加乙酸铵溶液（4.1）使其平衡。将平衡好的离心管对称放入离心机（3.2）中，离心 3～5min，清液收集在 250mL 容量瓶中。如此用乙酰铵溶液处理 2～3 次，直至浸出液中无钙离子反应为止［检查钙离子：取 5mL 浸出液于试管中，加 1mL pH10 缓冲溶液（4.5），再加少许 K-B 指示剂（4.10），如呈蓝色，表示无钙离子，如呈紫红色，表示有钙离子］。最后用乙酸铵溶液定容。

5.2 测定

吸取 20.00mL 试液（5.1）于 50mL 容量瓶中，加入 5.0mL 氯化锶溶液（4.4），用乙酸铵溶液（4.1）稀释至刻度，摇匀。直接在原子吸收分光光度计上按钙、镁的测定要求调节仪器进行测定。读取吸光度或浓度值。

5.3 绘制标准曲线

5.3.1 钙、镁混合标准系列溶液 ［其中含钙 0～10mg/L，含镁 0～4mg/L］

分别吸取 0、2.00mL、4.00mL、6.00mL、8.00mL、10.00mL，含钙（Ca）100mg/L 的标准溶液（4.7）于 6 个 100mL 容量瓶中；另分别吸取 0、1.00mL、2.00mL、4.00mL、6.00mL、8.00mL 含镁（Mg）50mg/L 的标准溶液（4.9）于上述相应容量瓶中，各加入 10.00mL 氯化锶溶液（4.4），用乙酸铵溶液（4.1）稀释至刻度，摇匀。即为含钙（Ca）0.00、2.00mg/L、4.00mg/L、6.00mg/L、8.00mg/L、10.00mg/L 和含镁（Mg）0.00、0.50mg/L、1.00mg/L、2.00mg/L、3.00mg/L、4.00mg/L 的钙、镁混合标准系列溶液。

5.3.2 绘制标准曲线

在原子吸收分光光度计上，与试液同条件测定。读取吸光度绘制标准曲线或求出一元直线回归方程，再计算浓度值，或从仪器上直接读取浓度值。

6 结果计算

交换性钙、镁的质量分数按式(1)、式(2) 计算：

$$交换性钙\left(\frac{1}{2}Ca^{2+},cmol/kg\right)=\frac{\rho VD\times100}{m\times20.04\times1000} \tag{1}$$

$$交换性镁\left(\frac{1}{2}Mg^{2+},cmol/kg\right)=\frac{\rho VD\times100}{m\times12.15\times1000} \tag{2}$$

式中 ρ——从标准曲线上查得测读液的钙（或镁）浓度，mg/L；

$\quad\quad V$——测定液体积，mL，本方法为 50mL；

$\quad\quad D$——分取倍数，$D=$ 浸出液总体积/吸取浸出液体积＝250/20；

20.04——钙（1/2Ca^{2+}）离子的摩尔质量，g/mol；

12.15——镁（1/2Mg^{2+}）离子的摩尔质量，g/mol；

1000——将 mL 换算成 L 的系数；

m——风干试样质量，g。

重复试验测定结果以算术平均值表示，保留一位小数。

7 精密度

表 1 重复试验测定结果的允许相对相差

测定值/(cmol/kg)	相对相差/%
≤10	≤10%
10～30	≤5%
≥30	≤3%

8 注释

土壤浸出液中如有漂浮的枯枝落叶等物，要先过滤除去，避免阻塞喷雾装置。

附加说明：

NY/T 1121 《土壤检测》为系列标准，包括以下部分：

——第 1 部分：土壤样品的采集、处理和贮存

——第 2 部分：土壤 pH 的测定

——第 3 部分：土壤机械组成的测定

——第 4 部分：土壤容重的测定

——第 5 部分：石灰性土壤阳离子交换量的测定

——第 6 部分：土壤有机质的测定

——第 7 部分：酸性土壤有效磷的测定

——第 8 部分：土壤有效硼的测定

——第 9 部分：土壤有效钼的测定

——第 10 部分：土壤总汞的测定

——第 11 部分：土壤总砷的测定

——第 12 部分：土壤总铬的测定

——第 13 部分：土壤交换性钙和镁的测定

——第 14 部分：土壤有效硫的测定

——第 15 部分：土壤有效硅的测定

——第 16 部分：土壤水溶性盐总量的测定

——第 17 部分：土壤氯离子含量的测定

——第 18 部分：土壤硫酸根离子含量的测定

……

本部分为 NY/T 1121 的第 13 部分。

本部分由中华人民共和国农业部提出并归口。

本部分起草单位：全国农业技术推广服务中心、湖南省土壤肥料工作站、江西省土壤肥料技术推广站。

本部分主要起草人：辛景树、田有国、任意、黄铁平、邵华、郑磊。

第14部分：土壤有效硫的测定（NY/T 1121.14—2006）

（2006-07-10 发布，2006-10-01 实施）

1 应用范围

本部分适用于酸性土壤中有效硫含量的测定，也适用于中性和石灰性土壤中有效硫含量的测定。

2 方法提要

酸性土壤有效硫的测定，通常用磷酸盐-乙酸溶液浸提。石灰性土壤用氯化钙溶液浸提。浸出液中的少数有机质用过氧化氢消除。浸出的 SO_4^{2-} 用硫酸钡比浊法测定。

3 仪器和设备

3.1 振荡机

3.2 电热板或砂浴

3.3 分光光度计

3.4 电磁搅拌器

4 试剂和溶液

4.1 氯化钡晶粒

4.2 磷酸二氢钙

4.3 硫酸钾

4.4 阿拉伯胶

4.5 过氧化氢（$\phi=30\%$）

4.6 氯化钙

4.7 盐酸（$\rho=1.19g/cm^3$）

4.8 硫标准贮备液[$\rho(S)=100mg/L$]

称取硫酸钾 0.5436g 溶于水，定容至 1L，即为含硫（S）100mg/L 的标准贮备液。将此溶液准确稀释成含硫（S）20mg/L 的标准溶液备用。

4.9 阿拉伯胶水溶液（2.5g/L）

4.10 磷酸盐-乙酸浸提剂

称取磷酸二氢钙[$Ca(H_2PO_4)_2 \cdot H_2O$]2.04g 溶于 1L 乙酸 [$c(CH_3COOH)=2mol/L$] 溶液中。

4.11 （1+4）盐酸溶液

4.12 氯化钡晶粒

将氯化钡（$BaCl_2 \cdot 2H_2O$）研细，通过 0.5mm 孔径筛。

4.13 氯化钙浸提剂（用于石灰性土壤）

称取氯化钙（$CaCl_2$）1.50g 溶于水，稀释至 1L。

5 分析步骤

5.1 绘制校准曲线

准确吸取含硫（S）20.00mg/L 标准溶液 0.00、2.00mL、4.00mL、6.00mL、

8.00mL、10.00mL、12.00mL 分别放入 50mL 比色管中，加（1+4）盐酸溶液 2mL 和阿拉伯胶水溶液 4mL，用水定容，即为 0.00、0.80mg/L、1.60mg/L、2.40mg/L、3.20mg/L、4.00mg/L、4.80mg/L、硫（S）标准系列溶液。将溶液转入 150mL 烧杯中，加氯化钡晶粒 2.0g，用电磁搅拌器搅拌 1min，5～10min 内在分光光度计上波长 440nm 处，用 3cm 光径比色皿比浊，用标准系列溶液的零浓度调节仪器零点，与试样溶液同条件比浊测定，读取吸光度，绘制校准曲线或求出一元直线回归方程。

5.2 试液制备

称取通过 2mm 孔径筛的风干试样 10g（精确到 0.01g）于 250mL 塑料瓶或三角瓶中，加磷酸盐-乙酸浸提剂 50.00mL，在 20～25℃下振荡 1h，过滤。

5.3 测定

吸取滤液 25.00mL 于 100mL 三角瓶中，在电热板或砂浴上加热，加过氧化氢 3～5 滴氧化有机物。待有机物分解完全后，继续煮沸，除尽过剩的过氧化氢。加入（1+4）盐酸溶液 2mL，得到清亮的溶液。将溶液无损移入 50mL 容量瓶中，加阿拉伯胶水溶液 4mL，用水定容后转入 150mL 烧杯中，加氯化钡晶粒 2.0g，用电磁搅拌器搅拌 1min，5～10min 内在分光光度计上波长 440nm 处，用 3cm 光径比色皿，与标准溶液同条件比浊，读取吸光度。

6 分析结果的表述

有效硫的质量分数以（mg/kg）表示，按式（1）计算：

$$有效硫，mg/kg = \frac{\rho V D}{m} \tag{1}$$

式中 ρ——从校准曲线上查得测定液中硫的浓度，mg/L；

V——测定溶液体积，mL，本试验为 50mL；

D——分取倍数，50/25＝2；

m——试样质量，g。

重复试验结果用算术平均值表示，保留两位小数。

7 精密度

重复试验结果允许相对相差≤10%。

8 注释

石灰性土壤用氯化钙溶液浸提时，其土液比、振荡时间、浸提温度及其他操作与磷酸盐-乙酸提取一样，只是浸提剂种类改变了。

附加说明：

NY/T 1121《土壤检测》为系列标准，包括以下部分：

——第 1 部分：土壤样品的采集、处理和贮存

——第 2 部分：土壤 pH 的测定

——第 3 部分：土壤机械组成的测定

——第 4 部分：土壤容重的测定

——第 5 部分：石灰性土壤阳离子交换量的测定

——第 6 部分：土壤有机质的测定

——第 7 部分：酸性土壤有效磷的测定

……

本部分为 NY/T 1121 的第 14 部分。

本部分由中华人民共和国农业部提出并归口。

本部分起草单位：全国农业技术推广服务中心、广东省土壤肥料总站、农业部土壤肥料质检中心（武汉）。

本部分主要起草人：辛景树、田有国、任意、王忠良、汤建东、曲华。

第 15 部分：土壤有效硅的测定（NY/T 1121.15—2006）

（2006-07-10 发布，2006-10-01 实施）

1 应用范围

本部分适用于各种类型水稻土中二氧化硅含量的测定，对于酸性、中性及微碱性土壤具有较为一致的浸提能力。

2 方法提要

用柠檬酸作浸提剂，浸出的硅在一定酸度条件下与钼试剂生成硅钼酸，用草酸掩蔽磷的干扰后，硅钼酸可被抗坏血酸还原成硅钼蓝，在一定浓度范围内蓝色深浅与硅浓度成正比，从而可用比色法测定。

3 仪器和设备

3.1 电热恒温箱

3.2 可见光分光光度计

3.3 塑料瓶（250mL）

4 试剂和溶液

4.1 二氧化硅（SiO_2，优级纯）

4.2 硫酸（$\rho = 1.84 g/cm^3$）

4.3 钼酸铵[$(NH_4)_6Mo_7O_{24} \cdot 4H_2O$]

4.4 草酸（$H_2C_2O_4 \cdot 2H_2O$）

4.5 抗坏血酸（左旋，旋光度 $+21° \sim +22°$）

4.6 柠檬酸（$C_6H_8O_7 \cdot H_2O$）

4.7 无水碳酸钠

4.8 柠檬酸浸提剂 $[c(C_6H_8O_7)=0.025mol/L]$

称取柠檬酸 5.25g 溶于水中，稀释至 1L。

4.9 硫酸溶液 $[c(1/2H_2SO_4)=0.6mol/L]$

吸取浓硫酸 16.6mL 缓缓倒入约 800mL 水中，冷却后稀释至 1L。

4.10 硫酸溶液 $[c(1/2H_2SO_4)=6mol/L]$

吸取浓硫酸 166mL 缓缓倒入约 800mL 水中，冷却后稀释至 1L。

4.11 钼酸铵溶液（50g/L）

称取钼酸铵 $[(CH_4)_6Mo_7O_{24} \cdot 4H_2O]50.00g$ 溶于水中，稀释至 1L。

4.12 草酸溶液（50g/L）

称取草酸 $(H_2C_2O_4 \cdot 2H_2O)$ 50.00 溶于水中，稀释至 1L。

4.13 抗坏血酸溶液（15g/L）

称取抗坏血酸 1.5g，用 6mol/L 的硫酸溶液溶解并稀释至 100mL。此液需随用随配。

4.14 硅标准溶液 $[\rho(Si)=1g/L]$

准确称取经 920℃灼烧过的二氧化硅（SiO_2，优级纯）0.5347g 于铂坩埚中，加入无水碳酸钠 4g，搅匀，在 920℃高温电炉中熔融 30min，取出稍冷，将坩埚直立于 250mL 烧杯中，盖上表面皿，从杯嘴处加热水溶解熔块，无损洗入 500mL 容量瓶，水定容后立即倒入塑料瓶中存放，即为含硅（Si）1g/L 的标准贮备溶液。再将此溶液准确稀释成含硅（Si）25mg/L 的标准溶液备用。

5 分析步骤

5.1 绘制校准曲线

分别准确吸取含硅（Si）25mg/L 的标准溶液 0.00、0.50mL、1.00mL、2.00mL、3.00mL、4.00mL、5.00mL 于 50mL 容量瓶中，加水稀释至约 20mL。依次加入 0.6mol/L 硫酸溶液 5mL，在 30～35℃下放置 15min，加钼酸铵溶液 5mL，摇匀后放置 5min，加入草酸溶液 5mL、抗坏血酸溶液 5mL，用水定容，放置 20min 后，在分光光度计上 700nm 波长处用 1cm 光径比色皿比色。

5.2 试液制备

称取通过 2mm 筛孔的风干试样 10g（精确至 0.01g）于 250mL 塑料瓶中，加 0.025mol/L 柠檬酸溶液 100mL，塞好瓶塞，摇匀，于 30℃恒温箱中保温 5h，每隔 1h 摇动一次，取出后干过滤。同时做空白试验。

5.3 比色

吸取上述滤液 1.00～5.00mL [使含硅（Si）在 10～125μg 范围内] 于 50mL 容量瓶中，加水稀释至 20mL 左右，以下操作步骤同校准曲线。

6 分析结果的表述

有效硅（Si）的质量分数以（mg/kg）表示，按式（1）计算：

$$有效硅(Si)，mg/kg = \frac{\rho VD}{m} \tag{1}$$

式中 ρ——从校准曲线上查得显色液中硅的浓度，mg/L；

V——显色液体积，mL，本方法为 50mL；

216

D——分取倍数，100/5＝20；

m——试样质量，g。

测定结果用重复试验的算术平均值表示，保留两位小数。

7 精密度

重复试验结果允许相对相差≤10%。

8 注释

8.1 不同浸提剂浸出土壤有效硅的差别较大，宜统一规定。

8.2 浸提温度和时间对浸出的硅量影响较大，要求浸提温度稳定在30℃，时间控制在5h。

8.3 生成的硅钼黄和硅钼蓝的稳定时间受温度影响很大，必须严格控制显色温度和时间。

8.4 用抗坏血酸代替硫酸亚铁铵，校准曲线直而稳定。

附加说明：

NY/T 1121 《土壤检测》为系列标准，包括以下部分：

——第 1 部分：土壤样品的采集、处理和贮存

——第 2 部分：土壤 pH 的测定

——第 3 部分：土壤机械组成的测定

——第 4 部分：土壤容重的测定

——第 5 部分：石灰性土壤阳离子交换量的测定

——第 6 部分：土壤有机质的测定

——第 7 部分：酸性土壤有效磷的测定

——第 8 部分：土壤有效硼的测定

——第 9 部分：土壤有效钼的测定

——第 10 部分：土壤总汞的测定

——第 11 部分：土壤总砷的测定

——第 12 部分：土壤总铬的测定

——第 13 部分：土壤交换性钙和镁的测定

——第 14 部分：土壤有效硫的测定

——第 15 部分：土壤有效硅的测定

——第 16 部分：土壤水溶性盐总量的测定

——第 17 部分：土壤氯离子含量的测定

——第 18 部分：土壤硫酸根离子含量的测定

……

本部分为 NY/T 1121 的第 15 部分。

本部分由中华人民共和国农业部提出并归口。

本部分起草单位：全国农业技术推广服务中心、湖南省土壤肥料工作站、安徽省土壤肥料总站。

本部分主要起草人：辛景树、田有国、任意、黄铁平、张一凡、郑磊。

第16部分：土壤水溶性盐总量的测定（NY/T 1121.16—2006）

（2006-07-10 发布，2006-10-01 实施）

1 应用范围

本部分适用于各类土壤中水溶性盐总量的测定。

2 方法提要

土壤样品与水按一定的水土比例（5∶1）混合，经过一定时间（3min）振荡后，将土壤中可溶性盐分提取到溶液中，然后将水土混合液进行过滤，滤液可作为土壤可溶盐分测定的待测液。吸取一定量的待测液，经蒸干后，称得的重量即为烘干残渣总量（此数值一般接近或略高于盐分总量）。将此烘干残渣总量再用过氧化氢去除有机质后，再称其重量即得可溶盐分总量。

3 仪器

3.1 电动振荡机

3.2 真空泵（抽气用）

3.3 大口塑料瓶（1000mL）

3.4 巴氏管或平板瓷漏斗

3.5 抽气瓶（1000mL）

3.6 瓷蒸发皿（100mL）

3.7 分析天平

3.8 电烘箱

3.9 水浴锅

4 操作步骤

4.1 称取通过 2mm 筛孔风干土壤样品 50g（精确到 0.01g），放入 500mL 大口塑料瓶中，加入 250mL 无二氧化碳蒸馏水。

4.2 将塑料瓶用橡皮塞塞紧后在振荡机上振荡 3min。

4.3 振荡后立即抽气过滤，开始滤出的 10mL 滤液弃去，以获得清亮的滤液，加塞备用。

4.4 吸取待测清液 20～50mL（视含盐量而定，所取体积中含盐 50～200mg 为宜），放入已知烘干重量的瓷蒸发皿中。将瓷蒸发皿放在水浴上蒸干（亦可用砂浴）。近干时，如发现有黄褐色物质，应滴加过氧化氢溶液氧化至白色。

4.5 用滤纸片擦干瓷蒸发皿外部，放入 100～105℃烘箱中烘干 4h，然后移至干燥器中冷却，用分析天平称量（一般冷却 30min）。

4.6 称好后的样品继续放入烘箱中烘 2h 后再称重，直至恒重（即二次重量相差小于 0.0003g），即得烘干残渣。

5 结果计算

$$水溶性盐总量，g/kg = \frac{(m_1 - m_0)D \times 1000}{m} \tag{1}$$

式中 m——称取风干试样质量，本试验为 50g；

m_1——蒸发皿＋盐的烘干质量，g；

m_0——蒸发皿烘干质量，g；

1000——换算成千克含量；

D——分取倍数，250/（20～50）。

平行测定结果以算术平均值表示，保留小数点后一位。

6 精密度

见表1。

表1 全盐量平行测定结果允许差

全盐量范围/(g/kg)	允许相对差/%	全盐量范围/(g/kg)	允许相对差/%
<0.5	<20	2～5	10～5
0.5～2	15～10	>5	<5

7 注意事项

7.1 水土比例大小直接影响土壤可溶性盐分的提取，因此提取的水土比例不要随便更改，否则分析结果无法对比。通常采用水土比例为5∶1。

7.2 土壤可溶盐分浸提时间，经试验证明，水土作用2min后，即可使土壤中可溶性的氯化、碳酸盐与硫酸盐等全部溶入水中，如果延长作用时间，将有硫酸钙和碳酸钙等进入溶液。因此，建议采用振荡3min立即过滤的方法，振荡和放置时间越长，对可溶盐的分析结果误差也越大。

7.3 空气中的二氧化碳以及蒸馏水中溶解的二氧化碳，都会影响碳酸钙、碳酸镁和硫酸钙的溶解度，相应地影响着水浸出液的盐分数量。因此，必须使用无二氧化碳蒸馏水来提取样品。

7.4 待测液不能放置过长时间（一般不得超过1d），否则，会影响钙、碳酸根和重碳酸根的测定。

7.5 吸取待测液的数量，应依盐分的多少而定，如果含盐量>0.5%则吸取25mL，含盐量<0.5%则吸取50mL或100mL。保持盐分含量在0.02～0.2g之间，过多会因某些盐类吸水，不易称至恒重，过少则误差太大。

7.6 蒸干时的温度不能过高，否则，因沸腾使溶液遭到损失，特别当接近蒸干时，更应注意。在水浴上蒸干就可避免这种现象。

7.7 因可溶性盐分组成比较复杂，在105～110℃烘干后，由于钙、镁的氯化物吸湿水解，以及钙、镁的硫酸盐中仍含结晶水，因此不能得出较正确的结果。如遇此种情况，可加入10mL 2%～4%的碳酸钠溶液，以便在蒸干过程中，使钙、镁的氯化物及硫酸盐都转变为碳酸盐及氯化钠、硫酸钠等，这样蒸干后在150～180℃下烘干2～3h即可称至恒重。所加入的碳酸钠量应从盐分总量中减去。

7.8 由于盐分在空气中容易吸水，故应在相同的时间和条件下冷却、称重。

7.9 加过氧化氢去除有机质时，只要达到使残渣湿润即可。这样可以避免由于过氧化氢分解时泡沫过多，使盐分溅失，因而，必须少量多次地反复处理，直到残渣完全变白为止。但溶液中有铁存在而出现红色氧化铁时，不可误认为是有机质的颜色。

附加说明：

NY/T 1121 《土壤检测》为系列标准，包括以下部分：

——第 1 部分：土壤样品的采集、处理和贮存

——第 2 部分：土壤 pH 的测定

——第 3 部分：土壤机械组成的测定

——第 4 部分：土壤容重的测定

——第 5 部分：石灰性土壤阳离子交换量的测定

——第 6 部分：土壤有机质的测定

——第 7 部分：酸性土壤有效磷的测定

——第 8 部分：土壤有效硼的测定

——第 9 部分：土壤有效钼的测定

——第 10 部分：土壤总汞的测定

——第 11 部分：土壤总砷的测定

——第 12 部分：土壤总铬的测定

——第 13 部分：土壤交换性钙和镁的测定

——第 14 部分：土壤有效硫的测定

——第 15 部分：土壤有效硅的测定

——第 16 部分：土壤水溶性盐总量的测定

——第 17 部分：土壤氯离子含量的测定

——第 18 部分：土壤硫酸根离子含量的测定

……

本部分为 NY/T 1121 的第 16 部分。

本部分由中华人民共和国农业部提出并归口。

本部分起草单位：全国农业技术推广服务中心、中国农业科学院农业资源与农业区划研究所、山东省土壤肥料总站。

本部分主要起草人：田有国、辛景树、任意、龙怀玉、李涛、万广华、郑磊。

第 17 部分：土壤氯离子含量的测定（NY/T 1121. 17—2006）

（2006-07-10 发布，2006-10-01 实施）

1 应用范围

本部分适用于含有机质较低的各类型土壤中氯离子的测定。

2 方法提要

在 pH6.5～10.0 的溶液中，以铬酸钾作指示剂，用硝酸银标准溶液滴定氯离子。在等当点前，银离子首先与氯离子作用生成白色氯化银沉淀，而在等当点后，银离子与铬酸根离子作用生成砖红色铬酸银沉淀，指示达到终点。由消耗硝酸银标准溶液量计算出氯离子含量。

3 试剂

3.1　0.02mol/L 硝酸银标准溶液

准确称取 3.398g 硝酸银（经 105℃烘 0.5h）溶于水，转入 1L 容量瓶，定容，贮于棕色瓶中。必要时可用氯化钠标准溶液标定。

3.2　5％（m/V）铬酸钾指示剂

称取 5.0g 铬酸钾，溶于约 40mL 水中，滴加 1mol/L 硝酸银溶液至刚有砖红色沉淀生成为止，放置过夜后，过滤，滤液稀释至 100mL。

4　分析步骤

4.1　称取通过 2mm 筛孔风干土壤样品 50g（精确到 0.01g），放入 500mL 大口塑料瓶中，加入 250mL 无二氧化碳蒸馏水。

4.2　将塑料瓶用橡皮塞塞紧后在振荡机上振荡 3min。

4.3　振荡后立即抽气过滤，开始滤出的 10mL 滤液弃去，以获得清亮的滤液，加塞备用。

4.4　吸取待测滤液 25.00mL 放入 150mL 三角瓶中，滴加 5％铬酸钾指示剂 8 滴，在不断摇动下，用硝酸银标准溶液滴定至出现砖红色沉淀且经摇动不再消失为止。记录消耗硝酸银标准溶液的体积（V）。取 25.00mL 蒸馏水，同上法作空白试验，记录消耗硝酸银标准溶液体积（V_0）。

5　结果计算

$$Cl^-[mmol(Cl^-)/kg] = \frac{c(V-V_0)D}{m} \times 1000 \qquad (1)$$

$$Cl^-(g/kg) = Cl^-[mmol(Cl^-)/kg] \times 0.0355 \qquad (2)$$

式中　V，V_0——滴定待测液和空白消耗硝酸银标准溶液的体积，mL；

$\qquad c$——硝酸银标准溶液浓度，mol/L；

$\qquad D$——分取倍数，250/25；

$\qquad$ 1000——换算成每千克含量；

$\qquad m$——称取试样质量，g，此试验为 50g；

0.0355——Cl^- 的毫摩尔质量，g。

平行测定结果用算术平均值表示，保留两位有效数字。

6　精密度

按表 1 规定的方法测定。

表 1　氯离子平行测定结果允许相对相差

氯离子含量范围/(mmol/kg)	相对相差/%	氯离子含量范围/(mmol/kg)	相对相差/%
＜0.5	15～20	10～50	5～10
5.0～10	10～15	＞50	＜5

7　注意事项

7.1　铬酸钾指示剂的用量与滴定终点到来的迟早有关。根据计算，以 25mL 待测液中加 8 滴铬酸钾指示剂为宜。

7.2　在滴定过程中，当溶液出现稳定的砖红色时，Ag^+ 的用量已微有超过，因此终点颜色不宜过深。

7.3　硝酸银滴定法测定 Cl^- 时，待测液的 pH 值应在 6.5～10.0 之间。因铬酸银能溶于酸，溶液 pH 不能低于 6.5；若 pH＞10，则会生成氧化银黑色沉淀。溶液 pH 不在滴定适宜范围，可于滴定前用稀 NaHCO₃ 溶液调节。

附加说明：

NY/T 1121 《土壤检测》为系列标准，包括以下部分：

——第 1 部分：土壤样品的采集、处理和贮存

——第 2 部分：土壤 pH 的测定

——第 3 部分：土壤机械组成的测定

——第 4 部分：土壤容重的测定

——第 5 部分：石灰性土壤阳离子交换量的测定

——第 6 部分：土壤有机质的测定

——第 7 部分：酸性土壤有效磷的测定

——第 8 部分：土壤有效硼的测定

——第 9 部分：土壤有效钼的测定

——第 10 部分：土壤总汞的测定

——第 11 部分：土壤总砷的测定

——第 12 部分：土壤总铬的测定

——第 13 部分：土壤交换性钙和镁的测定

——第 14 部分：土壤有效硫的测定

——第 15 部分：土壤有效硅的测定

——第 16 部分：土壤水溶性盐总量的测定

——第 17 部分：土壤氯离子含量的测定

——第 18 部分：土壤硫酸根离子含量的测定

……

本部分为 NY/T 1121 的第 17 部分。

本部分由中华人民共和国农业部提出并归口。

本部分起草单位：全国农业技术推广服务中心、湖北省土壤肥料工作站。

本部分主要起草人：辛景树、田有国、任意、邵华、鲁明星、郑磊。

第 18 部分：土壤硫酸根离子含量的测定（NY/T 1121. 18—2006）

(2006-07-10 发布，2006-10-01 实施)

1 应用范围

本部分适用于各类型土壤中水溶液 SO_4^{2-} 的测定。

2 方法提要

在土壤浸出液中加入钡镁混合液，Ba^{2+} 将溶液中的 SO_4^{2-} 完全沉淀并过量。过量的 Ba^{2+} 和加入的 Mg^{2+}，连同浸出液中原有的 Ca^{2+}、Mg^{2+}，在 pH10.0 的条件下，以铬黑 T 为指示剂，用 EDTA 标准溶液滴定，由沉淀 SO_4^{2-} 净消耗的 Ba^{2+} 量，计算吸取的浸出液中 SO_4^{2-} 量。添加一定量的 Mg^{2+}，可使终点清晰。为了防治 $BaCO_3$ 沉淀生成，土壤浸出液必

须酸化，同时加热至沸以赶去 CO_2，并趁热加入钡镁混合液，以促进 $BaSO_4$ 沉淀熟化。

吸取的土壤浸出液中 SO_4^{2-} 量的适宜范围约为 $0.5 \sim 10.0mg$，如 SO_4^{2-} 浓度过大，应减少浸出液的用量。

3 试剂

3.1 （1+1）盐酸溶液

3.2 钡镁混合液

称取 2.44g 氯化钡（$BaCl_2 \cdot 2H_2O$）和 2.04g 氯化镁（$MgCl_2 \cdot 6H_2O$）溶于水，稀释至 1L。此溶液中 Ba^{2+} 和 Mg^{2+} 的浓度各为 $0.01mol/L$，每毫升约可沉淀 SO_4^{2-} 1mg。

3.3 pH10 氨缓冲溶液

称取 67.5g 氯化铵溶于去 CO_2 水中，加入新开瓶的浓氨水（含 NH_3 25%）570mL，用水稀释至 1L，贮于塑料瓶中，注意防治吸收空气中 CO_2。

3.4 0.02mol/L EDTA 标准溶液

称取 7.440g 乙二胺四乙酸二钠，溶于水中，定容至 1L。称取 0.25g（精确至 0.0001g）于 800℃灼烧至恒量的基准氧化锌放入 50mL 烧杯中，用少量水湿润，滴加 6mol/L 盐酸至样品溶解，移入 250mL 容量瓶中，定容。取 25.00mL，加入 70mL 水，用 10% 氨水中和至 pH7~8，加 10mL 氨-氯化铵缓冲溶液（pH10），加 5 滴铬黑 T 指示剂，用配置待标定的 0.02mol/L 乙二胺四乙酸二钠溶液滴定至溶液由紫色变为纯蓝色，同时作空白试验。乙二胺四乙酸二钠标准溶液的准确浓度由式(1) 计算：

$$c = \frac{m}{(V_1 - V_2) \times 0.08138} \tag{1}$$

式中 c——乙二胺四乙酸二钠标准溶液浓度，mol/L；

　　　m——称取氧化锌的量，g；

　　　V_1——乙二胺四乙酸二钠溶液用量，mL；

　　　V_2——空白试验乙二胺四乙酸二钠溶液的用量，mL；

0.08138——氧化锌的毫摩尔质量，g。

3.5 铬黑 T 指示剂

称取 0.5g 铬黑 T 与 100g 烘干的氯化钠，共研至极细，贮于棕色瓶中。

4 分析步骤

4.1 称取通过 2mm 筛孔风干土壤样品 50g（精确到 0.01g），放入 500mL 大口塑料瓶中，加入 250mL 无二氧化碳蒸馏水。

4.2 将塑料瓶用橡皮塞塞紧后在振荡机上振荡 3min。

4.3 振荡后立即抽气过滤，开始滤出的 10mL 滤液弃去，以获得清亮的滤液，加塞备用。

4.4 吸取待测液 5.00~25.00mL（视 SO_4^{2-} 含量而定）于 150mL 三角瓶中，加（1+1）盐酸溶液 2 滴，加热煮沸，趁热缓缓地加入过量 25%~100% 的钡镁混合液（约 5.00~20.00mL），并继续微沸 3min，放置 2h 后，加入氨缓冲液 5mL，铬黑 T 指示剂 1 小勺（约 0.1g），摇匀后立即用 EDTA 标准溶液滴定至溶液由酒红色突变为纯蓝色，记录消耗 EDTA 标准溶液的体积（V_2）。

4.5 空白（钡镁混合液）标定：取与以上所吸待测液同量的蒸馏水于 150mL 三角瓶中，以下操作与上述待测液测定相同。记录消耗 EDTA 标准溶液的体积（V_0）。

4.6 待测液中 Ca^{2+}、Mg^{2+} 含量的测定：吸取同体积待测液于 150mL 三角瓶中，加 (1+1) 盐酸溶液 2 滴，充分摇动，煮沸 1min 赶 CO_2，冷却后，加 pH10.0 氨缓冲液 4mL，加铬黑 T 指示剂 1 小勺（约 0.1g），用 EDTA 标准溶液滴定至溶液由酒红色突变为纯蓝色为终点。记录消耗 EDTA 标准溶液的体积（V_1）。

5 结果计算

$$SO_4^{2-}\left[mmol\left(\frac{1}{2}SO_4^{2-}\right)/kg\right]=\frac{2c(V_0+V_1-V_2)D}{m}\times 1000 \tag{2}$$

$$SO_4^{2-}(g/kg)=SO_4^{2-}\left[mmol\left(\frac{1}{2}SO_4^{2-}\right)/kg\right]\times 0.0480 \tag{3}$$

式中 c——EDTA 标准溶液浓度，mol/L；

      m——称取试样质量，g，本试验为 50g；

      D——分取倍数，250/(5～25)；

      V_0——空白试验所消耗 EDTA 标准溶液体积，mL；

      V_1——滴定待测液 Ca^{2+}、Mg^{2+} 合量所消耗 EDTA 标准溶液体积，mL；

      V_2——滴定待测液中 Ca^{2+}、Mg^{2+} 及与 SO_4^{2-} 作用后剩余钡镁混合液中 Ba^{2+}、Mg^{2+} 所消耗 EDTA 标准溶液体积，mL；

    1000——换算为每千克含量；

0.0480——$\frac{1}{2}SO_4^{2-}$ 的毫摩尔质量，g。

平行测定结果用算术平均值表示，保留两位小数。

6 精密度

按表 1 规定的方法测定。

表 1 硫酸根离子平行测定结果允许相对相差

硫酸根离子含量范围/(mmol/kg)	相对相差/%	硫酸根离子含量范围/(mmol/kg)	相对相差/%
<2.5	15～20	5.0～25	5～10
2.5～5.0	10～15	>25	<5

7 注意事项

7.1 若吸取的土壤待测液中 SO_4^{2-} 含量过高时，可能出现加入的 Ba^{2+} 量不能将 SO_4^{2-} 沉淀完全的情况，此时滴定值表现为 $V_1+V_0-V_2\approx V_0/2$，此时应将土壤待测液的吸取量减少，重新滴定，以使 $V_1+V_0-V_2<V_0/2$，但改吸后测定待测液 Ca^{2+}、Mg^{2+} 合量的吸取待测液量也应相应改变。

7.2 加入钡镁混合液后，若生成的 $BaSO_4$ 沉淀很多，影响滴定终点的观察，可用滤纸过滤，并用热水少量多次洗涤至无 SO_4^{2-}，滤液再用来滴定。

附加说明：

NY/T 1121《土壤检测》为系列标准，包括以下部分：

——第 1 部分：土壤样品的采集、处理和贮存

——第 2 部分：土壤 pH 的测定

——第 3 部分：土壤机械组成的测定

——第 4 部分：土壤容重的测定

——第 5 部分：石灰性土壤阳离子交换量的测定

——第 6 部分：土壤有机质的测定

——第 7 部分：酸性土壤有效磷的测定

——第 8 部分：土壤有效硼的测定

——第 9 部分：土壤有效钼的测定

——第 10 部分：土壤总汞的测定

——第 11 部分：土壤总砷的测定

——第 12 部分：土壤总铬的测定

——第 13 部分：土壤交换性钙和镁的测定

——第 14 部分：土壤有效硫的测定

——第 15 部分：土壤有效硅的测定

——第 16 部分：土壤水溶性盐总量的测定

——第 17 部分：土壤氯离子含量的测定

——第 18 部分：土壤硫酸根离子含量的测定

……

本部分为 NY/T 1121 的第 18 部分。

本部分由中华人民共和国农业部提出并归口。

本部分起草单位：全国农业技术推广服务中心、中国农业科学院农业资源与农业区划研究所、山东省土壤肥料总站。

本部分主要起草人：田有国、辛景树、任意、龙怀玉、李涛、万广华、郑磊。

第 19 部分：土壤水稳性大团聚体组成的测定（NY/T 1121. 19—2008）

（2008-05-16 发布，2008-07-01 实施）

1 范围

本部分规定了湿筛法测定土壤水稳性大团聚体组成的方法。

本部分适用于各类土壤中水稳性大团聚体组成的测定。

2 规范性引用文件

下列文件中的条款通过本部分的引用而成为本部分的条款。凡是注日期的引用文件，其随后所有的修改单（不包括勘误的内容）或修订版均不适用于本部分，然而，鼓励根据本部分达成协议的各方研究是否可使用这些文件的最新版本。凡是不注日期的引用文件，其最新版本适用于本部分。

NT/T 52 土壤水分的测定

3 术语和定义

下列术语和定义适用于本部分。

3.1 土壤团聚体

土壤所含的大小不同、形状不一、有不同孔隙度和机械稳定性及水稳性的团聚体的总和。它是由胶体的凝聚、胶结和黏结而相互联结的土壤原生颗粒组成的。

3.2 土壤大团聚体

土壤中直径 0.25～10mm 的团聚体称为土壤大团聚体。

3.3 土壤水稳性大团聚体

是钙、镁、有机质、菌丝等胶结起来的土粒，在水中振荡、浸泡、冲洗而不易崩解，仍维持其原来结构的大团聚体。

4 方法原理

对风干样品进行干筛后确定一定机械稳定下的团粒分布，然后将干筛法得到的团粒分布按相应比例混合并在水中进行湿筛，用以确定水稳性大团聚体的数量及分布。

5 仪器与设备

5.1 天平（感量 0.01g）

5.2 电热恒温干燥箱

5.3 1000mL 沉降筒

5.4 水桶（直径 33cm、高 43cm）

5.5 孔径为 10mm、7mm、5mm、3mm、1mm、0.5mm、0.25mm 的土壤筛组（直径 20cm、高 5cm）和孔径为 5mm、3mm、2mm、1mm、0.5mm、0.25mm 的土壤筛组（直径 20cm、高 5cm）各一套，2mm 土壤筛，并附有固定筛子的铁夹子。

5.6 大号铝盒（直径 5.5cm）

5.7 干燥器

6 样品采集与制备

6.1 样品采集

采样时土壤湿度不宜过干或过湿，应在土不粘锹、经接触不变形时采取。采样时从下至上分层采取，注意不要使土块受挤压，以保持原来结构状态。剥去土块外面直接与土锹接触而变形的土壤，均匀地取内部未变形的土壤约 2kg，置于封闭的木盒或白铁盒内，运回室内备用。

6.2 样品制备

将带回的土壤沿自然结构面轻轻剥成 10～12mm 直径的小土块，弃去粗根和小石块。剥样时应沿土壤的自然结构而轻轻剥开，避免受机械压力而变形。然后将样品放置风干。

取上述风干土一部分，压碎，过 2mm 筛，混合均匀后，供测土壤水分用。

7 分析步骤

7.1 土壤水分（干基）含量的测定

按 NY/T 52 规定的方法执行。

7.2 干筛

7.2.1 取风干土样 500g 左右（精确到 0.01g），装入孔径顺序依次为 10mm、7mm、5mm、3mm、2mm、1mm、0.5mm、0.25mm 的筛组（包含筛盖和筛底）的最上层。

7.2.2 土壤样品装好后，往返匀速筛动筛组至样品过筛完全。从上向下依次取下筛子，在分开每个筛子时要用手掌在筛壁上敲打几下，震落其中塞住孔眼的团聚体。分别收集＞10mm，10～7mm，7～5mm，5～3mm，3～2mm，2～1mm，1～0.5mm，0.5～0.25mm 和底盒中＜0.25mm 的各级土粒，称重，并计算各级干筛团聚体的百分含量（精确到小数点后一位）。

7.3 湿筛

7.3.1 根据干筛法求得的各级团聚体的百分含量，把干筛分取的风干土壤样品按比例配成 50.00g。为了防止在湿筛时堵塞筛孔，不把<0.25mm 的团聚体倒入准备湿筛的样品内，但在计算取样数量和其他计算中都需计算这一数值。

7.3.2　将按比例配好的样品倒入 1000mL 沉降筒，沿筒壁缓慢灌水，使水由下部逐渐湿润至表层，并达到饱和状态为止。将样品在水中浸泡 10min 后，沿沉降筒壁灌水至标线，塞住筒口，立即把沉降筒颠倒过来，直至筒中样品完全沉到筒口处。然后再把沉降筒倒转过来，至样品全部沉到底部，重复倒转 10 次。

7.3.3　用白铁（或其他金属）薄板将一套孔径为 5mm、3mm、2mm、1mm、0.5mm、0.25mm 的筛子夹住，放入盛有水的水桶中，水面应高出筛组上缘 10cm。

7.3.4　将沉降筒倒转过来，筒口置于最上层筛上，待样品全部沉到筒口处，拔去塞子，使土样均匀地分布在整个筛面上。

7.3.5　将沉降筒缓缓移开，取出沉降筒。

7.3.6　将筛组缓慢提起、迅速沉下，重复 10 次后（提起时勿使样品露出水面，沉下时勿使水面漫过筛组顶部），取出上部三个筛子（5mm、3mm、2mm），再将下部三个筛子（1mm、0.5mm、0.25mm）重复上述操作 5 次，以洗净下部 3 个筛子中的水稳性团聚体表面的附着物。

7.3.7　将筛组分开，将各级筛子上的样品分别转移到已恒重的铝盒中。

7.3.8　将铝盒置入电热恒温干燥箱中，在 60～70℃烘至近干，然后在 105～110℃下干燥约 6h，取出铝盒，在干燥器中冷却至室温称重，重复操作，直至恒重。计算各级水稳性团聚体的百分含量。

注：如土壤质地较轻，经干筛和湿筛后，各粒级中有石块、石砾、植物残体和砂粒，应将石块、石砾和植物残体挑出。若这一层筛中全部为单个砂粒，这些砂粒也应弃去，但结合在大团聚体中的砂粒与细砾不应挑出，应包括在大团聚体中。计算时，土样的质量应扣除全部被挑出的石块、石砾、植物残体和砂粒的质量，再换算出各粒级团聚体的质量分数。

8　结果计算

土壤水稳性大团聚体数值以百分含量（％）表示，按下列公式计算：

$$m_0 = \frac{m}{w+100} \times 100\% \tag{1}$$

式中　m_0——烘干样品重，g；
　　　m——风干样品重，g；
　　　w——土壤水分含量，％。

$$x_i = \frac{m_i}{m_0} \times 100\% \tag{2}$$

式中　x_i——各级水稳性大团聚体含量，％；
　　　m_i——各级水稳性大团聚体烘干重，g；
　　　m_0——烘干样品重，g。

$$X = \sum_1^n x_i \tag{3}$$

式中　X——水稳性大团聚体总和，％。

$$P_i = \frac{x_i}{X} \times 100\% \tag{4}$$

式中　P_i——各级水稳性大团聚体占水稳性大团聚体总和的百分含量，％。

两平行测定结果的算术平均值作为测定结果，保留一位小数。

9 允许差

两平行测定结果的绝对差值不超过 3%。

附加说明：

NY/T 1121《土壤检测》为系列标准：

——第 1 部分：土壤样品的采集、处理和贮存

——第 2 部分：土壤 pH 的测定

——第 3 部分：土壤机械组成的测定

——第 4 部分：土壤容重的测定

——第 5 部分：石灰性土壤阳离子交换量的测定

——第 6 部分：土壤有机质的测定

——第 7 部分：酸性土壤有效磷的测定

——第 8 部分：土壤有效硼的测定

——第 9 部分：土壤有效钼的测定

——第 10 部分：土壤总汞的测定

——第 11 部分：土壤总砷的测定

——第 12 部分：土壤总铬的测定

——第 13 部分：土壤交换性钙和镁的测定

——第 14 部分：土壤有效硫的测定

——第 15 部分：土壤有效硅的测定

——第 16 部分：土壤水溶性盐总量的测定

——第 17 部分：土壤氯离子含量的测定

——第 18 部分：土壤硫酸根离子含量的测定

——第 19 部分：土壤水稳性大团聚体组成的测定

——第 20 部分：土壤微团聚体组成的测定

——第 21 部分：土壤最大吸湿量的测定

本部分为 NY/T 1121 的第 19 部分。

本部分由中华人民共和国农业部种植业管理司提出并归口。

本部分的负责起草单位为：全国农业技术推广服务中心、农业部肥料质量监督检验测试中心（成都）、农业部肥料质量监督检验测试中心（沈阳）、贵州省土壤肥料工作总站。

本部分的主要起草人：辛景树、许宗林、于立宏、高雪、宋文琪、高飞、何琳、曲华。

第 20 部分：土壤微团聚体组成的测定（NY/T 1121.20—2008）

（2008-05-16 发布，2008-07-01 实施）

1 范围

本部分规定了吸管法测定土壤微团聚体组成的方法。

本部分适用于各类土壤微团聚体组成的测定。

2　规范性引用文件

下列文件中的条款通过本部分的引用而成为本部分的条款。凡是注日期的引用文件，其随后所有的修改单（不包括勘误的内容）或修订版均不适用于本部分，然而，鼓励根据本部分达成协议的各方研究是否可使用这些文件的最新版本。凡是不注日期的引用文件，其最新版本适用于本部分。

NY/T 52　土壤水分的测定

3　术语和定义

下列术语和定义适用于本部分。

土壤微团聚体：直径小于 0.25mm 的团聚体称为土壤微团聚体。

4　方法原理

根据斯托克斯定律，按照不同直径微团聚体的沉降时间，将悬液分级，用吸管分别吸取各粒级悬液后烘干称重。在分析过程中用振荡方式分散样品，而不加入化学分散剂。

5　仪器与设备

5.1　电热板

5.2　电热恒温干燥箱

5.3　往返式振荡机（振荡频率为 40～220 次/min）

5.4　天平（感量 0.0001g、0.01g 两种）

5.5　大漏斗（直径 12cm）

5.6　大号铝盒（直径 5.5cm）

5.7　0.25mm 孔径标准筛

5.8　250mL 振荡瓶

5.9　1000mL 沉降筒（直径约 6cm，高约 45cm）

5.10　土壤颗粒分析吸管装置（参见附录 A）

6　样品采集与制备

6.1　样品采集

采样时土壤湿度不宜过干或过湿，应在土不粘锹、经接触不变形时采取。采样时从下至上分层采取，注意不要使土块受挤压，以保持原来结构状态。剥去土块外面直接与土锹接触而变形的土壤，均匀地取内部未变形的土壤约 2kg，置于封闭的木盒或白铁盒内，运回室内备用。

6.2　样品制备

将带回的土壤沿自然结构面轻轻剥成 10～12mm 直径的小土块，弃去粗根和小石块。剥样时应沿土壤的自然结构而轻轻剥开，避免受机械压力而变形。然后将样品放置风干。

7　分析步骤

7.1　称取通过 2mm 筛的风干土壤样品 10g（精确到 0.0001g），倒入 250mL 振荡瓶中，加蒸馏水 150mL，静置浸泡 24h。另称 10g（精确到 0.01g）样品，按 NY/T 52 的方法测定土壤水分含量。在测定盐渍化土壤的微团聚体时，用分析样品的水浸提液代替蒸馏水作为沉淀颗粒的介质。其制备方法是，称取<2mm 样品 40g，加蒸馏水 1000mL，摇动 10min，静置 24h，上部的清液即为所需的水浸提取液。

7.2 将盛有样品的振荡瓶在往返式振荡机上振荡 2h（振荡频率为 160～180 次/min）。

7.3 在 1000mL 沉降筒上放一大漏斗，将 0.25mm 孔径洗筛置于漏斗上，用蒸馏水将振荡后的土液通过筛孔洗入沉降筒中（过筛时，切不可用橡皮头玻棒搅拌或擦洗，以免破坏土壤微团聚体），定量 1000mL。将筛内的土粒转移至已恒重的铝盒中，将铝盒置入电热恒温干燥箱中，在 60～70℃烘至近干，然后在 105～110℃温度下烘至恒重，取出后放入干燥器中冷却至室温，称重（精确到 0.0001g）。

7.4 测定悬液温度，查土壤颗粒分析各级土粒吸取时间表（参见附录 B），找出各级微团聚体的吸液时间。用塞子塞紧沉降筒口，上下颠倒 1min，各约 30 次，使悬液均匀分布。再按不同粒级相应的沉降时间，用 25mL 吸管或颗粒分析吸管（参见附录 A）分别吸取＜0.05mm、＜0.01mm、＜0.005mm 及＜0.001mm 粒级悬液，各移入已恒重的 50mL 烧杯中，用蒸馏水冲洗吸管，使附于管壁的悬液全部移入 50mL 烧杯中。将装有悬液的烧杯置于电热板上蒸干后，放入烘箱（105～110℃）中烘至恒重，取出后放入干燥器内冷却至室温，称重（精确到 0.0001g）。

8 结果计算

8.1 小于某粒径微团聚体含量的计算

$$X = \frac{g_v}{g} \times \frac{1000}{V} \times 100\% \tag{1}$$

式中　X——小于某粒径微团聚体含量，%；

　　　g_v——25mL 吸液中小于某粒径微团聚体重量，g；

　　　g——烘干样品重，g；

　　　V——吸管容积（25mL）。

两平行测定结果的算术平均值作为测定结果，保留两位小数。

8.2 大于 0.25mm 粒径团聚体含量的计算

$$A = \frac{g_m}{g} \times 100\% \tag{2}$$

式中　A——大于 0.25mm 粒径团聚体含量，%；

　　　g_m——洗筛中团聚体重量，g；

　　　g——烘干样品重，g。

两平行测定结果的算术平均值作为测定结果，保留两位小数。

8.3 ＜2mm 粒径的各级团聚体百分数的计算

2～0.25mm：　　　　　　A

0.25～0.05mm：　　　　　$100-(A+X_{0.05})$

0.05～0.01mm：　　　　　$X_{0.05}-X_{0.01}$

0.01～0.005mm：　　　　　$X_{0.01}-X_{0.005}$

0.005～0.001mm：　　　　$X_{0.005}-X_{0.001}$

＜0.001mm：　　　　　　$X_{0.001}$

两平行测定结果的算术平均值作为测定结果，保留两位小数。

9 允许差

两平行测定结果的绝对差值：黏粒级（＜0.001mm）≤1%；粉砂粒级（≥0.001mm）≤2%。

附　录　A

（资料性附录）

土壤颗粒分析吸管装置

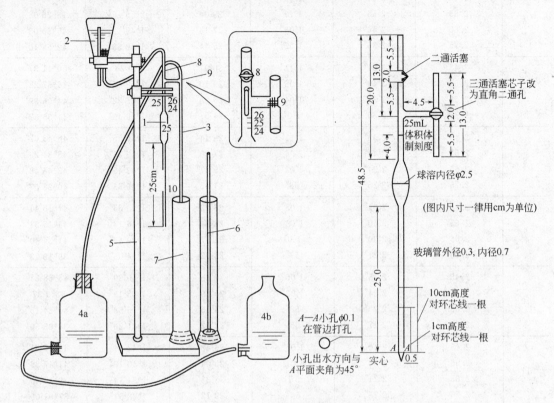

图 A.1　土壤颗粒分析吸管装置

1—颗粒分析吸管；2—盛水 250mL 锥形瓶；3—通气橡皮管；4—抽气装置（包括两个 1000mL
下口瓶 4a 和 4b）；5—支架；6—搅拌棒；7—沉降量筒；8—活塞；9—三通活塞

附　录　B

（资料性附录）

土壤颗粒分析各级土粒吸取时间表

表 B.1　土壤颗粒分析各级土粒吸取时间表

土粒直径/mm		<0.05		<0.01	<0.005	<0.001
温度/℃	土粒密度/(g/cm³)	吸液深度 25cm	吸液深度 10cm	吸液深度 10cm	吸液深度 10cm	吸液深度 10cm
4	2.45	3′18″	1′20″	33′03″	2ʰ12′11″	55ʰ04′46″
	2.55	3′05″	1′15″	30′55″	2ʰ03′40″	51ʰ31′36″
	2.65	2′54″	1′10″	29′03″	1ʰ56′10″	48ʰ24′16″
	2.75	2′44″	1′06″	27′23″	1ʰ49′32″	45ʰ38′26″
5	2.45	3′13″	1′17″	32′02″	2ʰ08′09″	53ʰ23′33″
	2.55	3′01″	1′12″	29′58″	2ʰ59′53″	49ʰ56′54″
	2.65	2′50″	1′08″	28′09″	1ʰ52′37″	46ʰ55′19″
	2.75	2′40″	1′04″	26′33″	1ʰ46′11″	44ʰ14′34″

土粒直径/mm		<0.05		<0.01	<0.005	<0.001
温度/℃	土粒密度/(g/cm³)	吸液深度25cm	吸液深度10cm	吸液深度10cm	吸液深度10cm	吸液深度10cm
6	2.45	3'07"	1'15"	31'04"	2ʰ04'16"	51ʰ46'31"
	2.55	2'55"	1'10"	29'04"	2ʰ56'15"	48ʰ26'08"
	2.65	2'44"	1'06"	27'18"	1ʰ49'12"	45ʰ30'03"
	2.75	2'35"	1'02"	25'44"	1ʰ42'58"	42ʰ54'10"
7	2.45	3'01"	1'13"	30'07"	2ʰ0'28"	50ʰ11'37"
	2.55	2'49"	1'08"	28'10"	1ʰ52'42"	46ʰ57'22"
	2.65	2'39"	1'04"	26'28"	1ʰ45'52"	44ʰ06'39"
	2.75	2'30"	1'0"	24'57"	1ʰ39'49"	41ʰ35'32"
8	2.45	2'55"	1'11"	29'14"	1ʰ56'55"	48ʰ43'02"
	2.55	2'44"	1'06"	27'20"	1ʰ49'23"	45ʰ34'29"
	2.65	2'34"	1'02"	25'41"	1ʰ42'45"	42ʰ48'48"
	2.75	2'25"	58"	24'13"	1ʰ36'53"	40ʰ22'07"
9	2.45	2'51"	1'08"	28'23"	1ʰ53'33"	47ʰ18'41"
	2.55	2'40"	1'04"	26'34"	1ʰ46'13"	44ʰ15'34"
	2.65	2'30"	1'0"	24'57"	1ʰ39'47"	41ʰ34'40"
	2.75	2'21"	57"	23'32"	1ʰ34'05"	39ʰ12'13"
10	2.45	2'45"	1'06"	27'36"	1ʰ50'20"	45ʰ58'33"
	2.55	2'34"	1'02"	25'49"	1ʰ43'13"	43ʰ0'37"
	2.65	2'25"	58"	24'15"	1ʰ16'58"	40ʰ24'15"
	2.75	2'17"	55"	22'52"	1ʰ31'26"	38ʰ05'50"
11	2.45	2'40"	1'05"	26'48"	1ʰ47'14"	44ʰ40'31"
	2.55	2'30"	1'01"	25'04"	1ʰ40'19"	41ʰ47'36"
	2.65	2'21"	57"	23'33"	1ʰ34'14"	39ʰ15'40"
	2.75	2'13"	54"	22'12"	1ʰ28'51"	37ʰ01'09"
12	2.45	2'36"	1'03"	26'03"	1ʰ44'16"	43ʰ26'42"
	2.55	2'26"	59"	24'23"	1ʰ37'33"	40ʰ38'33"
	2.65	2'17"	55"	22'54"	1ʰ31'38"	38ʰ10'48"
	2.75	2'09"	52"	21'36"	1ʰ26'24"	36ʰ0'0"
13	2.45	2'32"	1'01"	25'23"	1ʰ41'29"	42ʰ17'06"
	2.55	2'23"	57"	23'44"	1ʰ34'56"	39ʰ33'27"
	2.65	2'14"	54"	22'18"	1ʰ29'11"	37ʰ09'38"
	2.75	2'06"	51"	21'02"	1ʰ24'05"	35ʰ02'19"
14	2.45	2'28"	59"	24'42"	1ʰ38'47"	41ʰ09'37"
	2.55	2'18"	55"	23'06"	1ʰ32'25"	38ʰ30'19"
	2.65	2'10"	52"	21'42"	1ʰ26'49"	36ʰ10'20"
	2.75	2'03"	49"	20'28"	1ʰ21'52"	34ʰ06'24"
15	2.45	2'25"	58"	24'03"	1ʰ36'10"	40ʰ04'01"
	2.55	2'15"	54"	22'30"	1ʰ29'58"	37ʰ29'09"
	2.65	2'07"	51"	21'08"	1ʰ24'31"	35ʰ12'52"
	2.75	2'0"	48"	19'56"	1ʰ19'41"	33ʰ12'13"
16	2.45	2'21"	56"	23'25"	1ʰ33'43"	39ʰ02'52"
	2.55	2'12"	52"	21'55"	1ʰ27'41"	36ʰ31'56"
	2.65	2'04"	49"	20'35"	1ʰ22'22"	34ʰ19'07"
	2.75	1'57"	46"	19'24"	1ʰ17'40"	32ʰ21'32"

温度/℃	土粒密度/(g/cm³)	土粒直径/mm <0.05 吸液深度25cm	吸液深度10cm	<0.01 吸液深度10cm	<0.005 吸液深度10cm	<0.001 吸液深度10cm
17	2.45	2'17″	55″	22'50″	1ʰ31'21″	38ʰ03'50″
	2.55	2'08″	51″	21'22″	1ʰ25'28″	35ʰ36'42″
	2.65	2'0″	48″	20'04″	1ʰ20'17″	33ʰ27'14″
	2.75	1'53″	45″	18'55″	1ʰ15'42″	31ʰ32'37″
18	2.45	2'13″	53″	22'16″	1ʰ29'04″	37ʰ06'53″
	2.55	2'05″	50″	20'50″	1ʰ23'20″	34ʰ43'25″
	2.65	1'57″	47″	19'34″	1ʰ18'17″	32ʰ37'11″
	2.75	1'50″	44″	18'27″	1ʰ13'49″	30ʰ45'26″
19	2.45	2'11″	52″	21'43″	1ʰ26'53″	36ʰ12'04″
	2.55	2'02″	49″	20'19″	1ʰ21'17″	33ʰ51'56″
	2.65	1'55″	46″	19'05″	1ʰ16'22″	31ʰ49'0″
	2.75	1'48″	43″	18'0″	1ʰ12'0″	30ʰ0'0″
20	2.45	2'07″	51″	21'12″	1ʰ24'46″	35ʰ19'21″
	2.55	1'59″	48″	19'50″	1ʰ19'18″	33ʰ02'37″
	2.65	1'52″	45″	18'38″	1ʰ14'30″	31ʰ02'40″
	2.75	1'46″	42″	17'34″	1ʰ10'15″	29ʰ16'19″
21	2.45	2'04″	50″	20'41″	1ʰ22'45″	34ʰ28'33″
	2.55	1'56″	47″	19'21″	1ʰ17'25″	32ʰ15'16″
	2.65	1'49″	44″	18'11″	1ʰ12'44″	30ʰ18'11″
	2.75	1'43″	41″	17'09″	1ʰ08'35″	28ʰ34'22″
22	2.45	2'02″	49″	20'12″	1ʰ20'48″	33ʰ39'50″
	2.55	1'54″	46″	18'54″	1ʰ15'35″	31ʰ29'42″
	2.65	1'47″	43″	17'45″	1ʰ11'01″	29ʰ35'22″
	2.75	1'41″	41″	16'44″	1ʰ06'58″	27ʰ54'0″
23	2.45	1'58″	48″	19'44″	1ʰ18'56″	32ʰ53'14″
	2.55	1'51″	45″	18'28″	1ʰ13'51″	30ʰ46'06″
	2.65	1'44″	42″	17'21″	1ʰ09'23″	28ʰ54'24″
	2.75	1'38″	40″	16'22″	1ʰ05'25″	27ʰ15'22″
24	2.45	1'56″	47″	19'17″	1ʰ17'06″	32ʰ07'41″
	2.55	1'49″	44″	18'02″	1ʰ12'08″	30ʰ03'29″
	2.65	1'42″	41″	16'57″	1ʰ07'46″	28ʰ14'22″
	2.75	1'36″	39″	15'59″	1ʰ03'54″	26ʰ37'37″
25	2.45	1'53″	46″	18'51″	1ʰ15'22″	31ʰ24'28″
	2.55	1'45″	43″	17'38″	1ʰ10'31″	29ʰ23'03″
	2.65	1'39″	40″	16'34″	1ʰ06'15″	27ʰ36'23″
	2.75	1'33″	38″	15'37″	1ʰ02'28″	26ʰ01'58″
26	2.45	1'50″	44″	18'26″	1ʰ13'41″	30ʰ42'08″
	2.55	1'43″	42″	17'15″	1ʰ08'56″	28ʰ43'36″
	2.65	1'37″	39″	16'12″	1ʰ04'46″	26ʰ59'19″
	2.75	1'31″	37″	15'17″	1ʰ01'04″	25ʰ27'01″
27	2.45	1'48″	43″	18'01″	1ʰ12'04″	30ʰ01'39″
	2.55	1'41″	40″	16'51″	1ʰ07'26″	28ʰ05'44″
	2.65	1'35″	38″	15'50″	1ʰ03'21″	26ʰ23'44″
	2.75	1'30″	36″	14'56″	59'44″	24ʰ53'28″

土粒直径/mm		<0.05		<0.01	<0.005	<0.001
温度/℃	土粒密度/(g/cm³)	吸液深度 25cm	吸液深度 10cm	吸液深度 10cm	吸液深度 10cm	吸液深度 10cm
28	2.45	1′46″	42″	17′38″	1ʰ10′31″	29ʰ22′38″
	2.55	1′39″	39″	16′30″	1ʰ05′59″	27ʰ29′13″
	2.65	1′33″	37″	15′30″	1ʰ01′59″	25ʰ49′26″
	2.75	1′28″	35″	14′37″	58′27″	24ʰ21′07″
29	2.45	1′44″	41″	17′15″	1ʰ09′	28ʰ44′42″
	2.55	1′37″	38″	16′09″	1ʰ04′33″	26ʰ53′43″
	2.65	1′31″	36″	15′10″	1ʰ0′39″	25ʰ16′05″
	2.75	1′26″	34″	14′18″	57′12″	23ʰ49′40″
30	2.45	1′41″	41″	16′52″	1ʰ07′32″	28ʰ08′04″
	2.55	1′35″	38″	15′47″	1ʰ03′11″	26ʰ19′26″
	2.65	1′29″	36″	14′50″	59′22″	24ʰ44′01″
	2.75	1′24″	34″	13′59″	55′59″	23ʰ19′26″

附加说明：

NY/T 1121 《土壤检测》为系列标准：

——第 1 部分：土壤样品的采集、处理和贮存

——第 2 部分：土壤 pH 的测定

——第 3 部分：土壤机械组成的测定

——第 4 部分：土壤容重的测定

——第 5 部分：石灰性土壤阳离子交换量的测定

——第 6 部分：土壤有机质的测定

——第 7 部分：酸性土壤有效磷的测定

——第 8 部分：土壤有效硼的测定

——第 9 部分：土壤有效钼的测定

——第 10 部分：土壤总汞的测定

——第 11 部分：土壤总砷的测定

——第 12 部分：土壤总铬的测定

——第 13 部分：土壤交换性钙和镁的测定

——第 14 部分：土壤有效硫的测定

——第 15 部分：土壤有效硅的测定

——第 16 部分：土壤水溶性盐总量的测定

——第 17 部分：土壤氯离子含量的测定

——第 18 部分：土壤硫酸根离子含量的测定

——第 19 部分：土壤水稳性大团聚体组成的测定

——第 20 部分：土壤微团聚体组成的测定

——第 21 部分：土壤最大吸湿量的测定

本部分为 NY/T 1121 的第 20 部分。

本部分的附录 A 和附录 B 为资料性附录。

本部分由中华人民共和国农业部种植业管理司提出并归口。

本部分的负责起草单位为：全国农业技术推广服务中心、农业部肥料质量监督检验测试中心（武汉）、农业部肥料质量监督检验测试中心（郑州）、浙江省土壤肥料工作站、贵州省土壤肥料工作总站。

本部分的主要起草人：田有国、王忠良、董越勇、王小琳、巩细民、陈海燕、周焱。

第 21 部分：土壤最大吸湿量的测定（NT/T 1121. 21—2008）

（2008-05-16 发布，2008-07-01 实施）

1 范围

本部分规定了硫酸钾饱和溶液法测定土壤最大吸湿量的方法。

本部分适用于各类土壤最大吸湿量的测定。

2 术语和定义

下列术语和定义适用于本部分。

土壤最大吸湿量：大气相对湿度在饱和条件下，土壤吸湿水达到最大量，这时的吸湿水占土壤干重的百分数称为土壤最大吸湿量。

3 方法原理

本方法是在硫酸钾饱和溶液所形成的空气相对饱和湿度条件下，测定土壤样品最大吸湿量。

4 试剂

饱和硫酸钾溶液：称取 110～150g 硫酸钾（K_2SO_4，化学纯）溶于 1L 水中（应看到溶液中有白色未溶解的硫酸钾晶体为止）。

5 仪器与设备

5.1 天平：感量 0.001g。

5.2 干燥器。

5.3 带磨口塞称量瓶：直径 50mm，高 30mm。

5.4 电热恒温干燥箱。

6 分析步骤

6.1 称取通过 2mm 孔径的风干试样 5～20g（黏土和有机质含量多的土壤为 5～10g，壤土和有机质较少的土壤为 10～15g，砂土和有机质极少的土壤为 15～20g，精确至 0.001g），放入已恒重的称量瓶中，平铺于瓶底。

6.2 在干燥器下层加入饱和硫酸钾溶液至瓷板以下 1cm 处左右。

6.3 将称量瓶置于干燥器的瓷孔板上，将称量瓶盖打开斜靠在瓶上，瓶勿接触干燥器壁。盖好干燥器，放置于温度稳定处，温度应控制在 20℃±2℃。7d 后，将称量瓶加盖取出，立即称重（精确至 0.001g），再放入干燥器中，使其继续吸水，以后每隔 2～3d 称量一次，直至前后两次质量差不超过 0.005g 为止，取最大值进行计算。

6.4 将上述吸湿水达到恒重的试样，放入 105℃±2℃ 的恒温干燥箱中烘至恒重，冷却至室温称重，计算土壤最大吸湿量。

7 结果计算

$$W = \frac{m_1 - m_2}{m_2 - m_0} \times 100\% \tag{1}$$

式中　W——土壤最大吸湿量，%；

　　　m_0——称量瓶质量，g；

　　　m_1——相对湿度饱和后试样加称量瓶质量，g；

　　　m_2——烘干后试样加称量瓶质量，g。

两平行测定结果的算术平均值作为测定结果，保留一位小数。

8　允许差

两平行测定结果的相对相差≤5%。

附加说明：

NY/T 1121《土壤检测》为系列标准：

——第 1 部分：土壤样品的采集、处理和贮存

——第 2 部分：土壤 pH 的测定

——第 3 部分：土壤机械组成的测定

——第 4 部分：土壤容重的测定

——第 5 部分：石灰性土壤阳离子交换量的测定

——第 6 部分：土壤有机质的测定

——第 7 部分：酸性土壤有效磷的测定

——第 8 部分：土壤有效硼的测定

——第 9 部分：土壤有效钼的测定

——第 10 部分：土壤总汞的测定

——第 11 部分：土壤总砷的测定

——第 12 部分：土壤总铬的测定

——第 13 部分：土壤交换性钙和镁的测定

——第 14 部分：土壤有效硫的测定

——第 15 部分：土壤有效硅的测定

——第 16 部分：土壤水溶性盐总量的测定

——第 17 部分：土壤氯离子含量的测定

——第 18 部分：土壤硫酸根离子含量的测定

——第 19 部分：土壤水稳性大团聚体组成的测定

——第 20 部分：土壤微团聚体组成的测定

——第 21 部分：土壤最大吸湿量的测定

本部分为 NY/T 1121 的第 21 部分。

本部分由中华人民共和国农业部种植业管理司提出并归口。

本部分的负责起草单位为：全国农业技术推广服务中心、农业部肥料质量监督检验测试中心（合肥）、北京市土壤肥料工作站。

本部分的主要起草人：任意、朱莉、褚敬东、方从权、徐玉梅、胡劲红、闫军印、郑磊。

第二篇　土壤元素背景值

一、按土类划分统计单元、各元素背景值基本统计量

01　砷——A层土壤

单位：mg/kg

类别 土类名称	样点数	顺　序　统　计　量									算　术		几　何	
		最小值	5%值	10%值	25%值	中位值	75%值	90%值	95%值	最大值	平均	标准差	平均	标准差
绵土	41	6.0	6.4	8.1	9.4	10.5	11.5	12.7	14.0	15.6	10.5	1.94	10.3	1.21
篓土	13	6.2	*	6.4	9.0	11.4	12.7	14.5	15.2	15.2	11.2	2.78	10.8	1.31
黑垆土	23(3)	1.6	2.1	5.8	9.9	11.0	13.0	15.2	15.7	18.4	12.2	2.35	12.0	1.20
黑土	51	3.3	4.4	5.6	7.9	10.3	12.4	14.8	16.4	17.9	10.2	3.49	9.6	1.46
白浆土	54	2.6	3.5	4.3	8.0	11.2	13.2	16.3	19.2	27.0	11.1	5.00	10.0	1.65
黑钙土	90(2)	0.01	2.6	4.6	6.4	8.7	12.4	16.1	18.8	26.4	9.8	4.73	8.7	1.66
潮土	265(14)	0.01	3.7	5.3	7.3	9.3	11.1	14.1	15.5	27.9	9.7	3.04	9.3	1.37
绿洲土	48(3)	4.4	5.9	7.3	10.4	12.7	13.9	15.3	16.0	17.2	12.5	2.42	12.2	1.24
水稻土	382(11)	0.01	2.4	3.8	6.1	8.6	12.0	16.9	20.2	53.4	10.0	6.19	8.6	1.74
砖红壤	39	1.8	2.5	2.7	3.2	4.9	9.1	10.8	12.9	31.8	6.7	5.24	5.5	1.83
赤红壤	223(4)	0.1	0.8	1.6	2.9	5.6	11.2	22.0	43.1	626.0	9.7	13.33	5.6	2.83
红壤	527(3)	0.5	2.2	3.1	5.6	10.3	17.3	24.3	39.6	309.2	13.6	12.87	9.7	2.31
黄壤	209(3)	1.2	3.4	4.0	6.7	9.8	14.4	24.7	29.2	178.7	12.4	10.14	9.9	1.91
燥红土	10	1.0	*	1.0	3.0	3.8	6.3	13.6	40.9	68.3	11.2	20.37	5.2	3.11

类别 土类名称	样点数	顺序统计量 最小值	5%值	10%值	25%值	中位值	75%值	90%值	95%值	最大值	算术 平均	算术 标准差	几何 平均	几何 标准差
黄棕壤	162(3)	0.7	2.9	3.7	7.8	11.4	14.4	19.4	24.0	89.5	11.8	6.21	10.2	1.77
棕壤	265(6)	1.0	3.3	4.8	6.7	9.5	12.5	19.2	26.4	77.2	10.8	6.35	9.4	1.70
褐土	242(11)	0.0	4.0	6.3	8.4	11.0	13.8	17.1	19.3	65.0	11.6	4.39	10.9	1.45
灰褐土	19	8.0	*	8.3	9.2	10.8	12.7	13.6	14.6	19.3	11.4	2.68	11.1	1.24
暗棕壤	139	0.8	1.5	2.3	3.4	6.1	8.4	10.8	13.1	25.8	6.4	3.99	5.3	1.95
棕色针叶林土	47(3)	0.1	0.8	1.2	2.6	4.1	6.2	11.2	15.7	77.6	5.4	3.97	4.2	2.02
灰色森林土	28(2)	0.3	1.3	2.9	3.7	6.4	7.9	11.7	18.2	27.1	8.0	5.53	6.8	1.74
栗钙土	150(4)	1.4	3.4	4.7	6.5	9.2	13.7	17.3	21.2	35.2	10.8	5.50	9.5	1.64
棕钙土	56	3.2	4.3	5.9	7.4	9.0	11.5	16.0	18.3	30.3	10.2	4.59	9.4	1.50
灰钙土	19(2)	4.0	*	6.4	9.9	10.6	12.1	14.6	15.0	15.7	11.5	2.16	11.3	1.21
灰漠土	17	3.9	4.4	4.1	5.1	8.1	11.2	12.5	13.9	15.8	8.8	3.49	8.1	1.54
灰棕漠土	41	4.2	4.6	5.3	6.4	8.5	11.3	15.3	17.9	36.2	9.8	5.65	8.7	1.56
棕漠土	50	3.6	1.2	5.7	6.9	9.9	12.2	14.9	15.9	18.1	10.0	3.53	9.4	1.45
草甸土	172(6)	0.4	1.2	2.7	4.4	7.6	11.5	15.6	19.5	65.2	8.8	5.65	7.2	1.95
沼泽土	60	0.5	1.3	2.2	3.8	7.4	9.7	20.0	29.1	46.4	9.6	8.96	6.6	2.49
盐土	115(3)	0.01	2.5	4.1	7.1	10.1	11.6	14.9	26.2	51.9	10.6	5.91	9.4	1.67
碱土	7	7.4	*	*	*	10.0	*	*	*	14.9	10.7	2.42	10.5	1.25
磷质石灰土	9	1.8	*	*	2.0	2.5	3.7	4.0	4.0	4.0	2.9	0.89	2.8	1.37
石灰(岩)土	101	7.0	8.5	10.2	14.4	23.1	38.3	51.7	57.3	158.6	29.3	22.95	23.7	1.88
紫色土	103(3)	1.1	3.2	4.1	5.9	8.1	12.5	15.5	17.2	111.5	9.4	4.59	8.4	1.64
风沙土	66(2)	0.1	1.5	1.8	2.6	4.1	5.4	6.6	7.9	9.3	4.3	1.90	3.9	1.59
黑毡土	53	4.8	6.5	8.2	11.3	16.6	19.6	26.9	28.7	35.9	17.0	7.23	15.4	1.58
草毡土	54	5.9	7.0	8.9	10.9	16.6	20.8	26.7	33.0	45.1	17.2	7.97	15.6	1.57
巴嘎土	46	6.8	7.4	9.6	12.5	16.3	24.8	32.7	39.3	68.9	20.0	11.41	17.6	1.64
莎嘎土	69	4.0	7.6	9.5	13.0	17.9	24.0	33.1	39.6	68.3	20.5	11.46	18.0	1.68
寒漠土	4	9.4	*	*	*	17.9	*	*	*	23.2	17.1	6.00	16.2	1.49
高山漠土	24	8.6	8.7	9.2	12.3	14.6	17.9	25.1	28.6	32.1	16.6	6.16	15.6	1.42

単位：mg/kg

02 镉——A层土壤

类别 土类名称	样点数	最小值	5%值	10%值	25%值	中位值	75%值	90%值	95%值	最大值	算术平均	算术标准差	几何平均	几何标准差
绵土	41(2)	0.006	0.039	0.049	0.077	0.091	0.108	0.123	0.129	0.249	0.098	0.0327	0.0934	1.3465
娄土	13	0.064	*	0.069	0.086	0.094	0.124	0.221	0.247	0.253	0.123	0.0613	0.112	1.5288
黑垆土	23(1)	0.031	0.033	0.045	0.084	0.104	0.130	0.150	0.153	0.176	0.112	0.0337	0.1065	1.4196
黑土	51(4)	0.004	0.021	0.042	0.050	0.072	0.090	0.105	0.123	0.165	0.078	0.0282	0.0734	1.4123
白浆土	54	0.032	0.041	0.050	0.064	0.090	0.123	0.184	0.207	0.429	0.106	0.0650	0.0929	1.6576
黑钙土	90(1)	0.005	0.016	0.041	0.057	0.089	0.136	0.204	0.225	0.393	0.110	0.0763	0.0869	2.1171
潮土	265(4)	0.005	0.019	0.032	0.062	0.090	0.129	0.176	0.231	0.943	0.103	0.0648	0.0852	1.9375
绿洲土	48	0.054	0.064	0.078	0.092	0.122	0.137	0.155	0.157	0.206	0.118	0.0323	0.1138	1.3285
水稻土	382(4)	0.008	0.025	0.040	0.069	0.115	0.169	0.280	0.368	3.000	0.142	0.1175	0.1078	2.1577
砖红壤	39	0.004	0.005	0.007	0.014	0.034	0.071	0.084	0.096	0.680	0.058	0.1086	0.0313	2.9304
赤红壤	223(1)	0.005	0.008	0.012	0.020	0.032	0.052	0.095	0.148	0.505	0.048	0.0537	0.0331	2.3066
红壤	528(15)	0.002	0.010	0.020	0.029	0.049	0.080	0.139	0.201	4.500	0.065	0.0643	0.0472	2.2040
黄壤	209(5)	0.005	0.017	0.023	0.039	0.070	0.103	0.160	0.181	4.500	0.080	0.0527	0.0642	2.0030
燥红土	10	0.009	*	0.009	0.026	0.074	0.146	0.150	0.355	0.560	0.125	0.1619	0.069	3.2817
黄棕壤	162(1)	0.008	0.017	0.024	0.054	0.078	0.130	0.229	0.280	8.220	0.105	0.0881	0.0786	2.2039
棕壤	265(12)	0.001	0.021	0.031	0.050	0.078	0.110	0.157	0.210	0.485	0.092	0.0574	0.0782	1.7727
褐土	242(4)	0.002	0.018	0.026	0.060	0.083	0.120	0.170	0.211	0.583	0.100	0.0703	0.0809	1.9571
灰褐土	19(2)	0.006	*	0.033	0.089	0.104	0.147	0.250	0.262	0.301	0.139	0.0683	0.127	1.5359
暗棕壤	139(2)	0.015	0.040	0.045	0.061	0.084	0.121	0.175	0.212	0.380	0.103	0.0603	0.0898	1.6681
棕色针叶林土	47	0.024	0.027	0.041	0.072	0.093	0.131	0.153	0.188	0.400	0.108	0.0648	0.0933	1.7463

类 别 土类名称	样点数	顺 序 统 计 量									算 术		几 何	
		最小值	5%值	10%值	25%值	中位值	75%值	90%值	95%值	最大值	平均	标准差	平均	标准差
灰色森林土	28	0.019	0.021	0.030	0.034	0.051	0.083	0.132	0.159	0.174	0.066	0.0423	0.0555	1.7790
栗钙土	150	0.002	0.005	0.005	0.023	0.057	0.103	0.149	0.177	0.303	0.069	0.0584	0.0406	3.3775
棕钙土	56	0.005	0.005	0.016	0.057	0.094	0.118	0.143	0.188	0.589	0.102	0.0928	0.0721	2.6726
灰钙土	19(1)	0.026	*	0.036	0.065	0.072	0.101	0.113	0.124	0.172	0.088	0.0309	0.083	1.4166
灰漠土	17(3)	0.005	*	0.013	0.055	0.079	0.096	0.158	0.167	0.175	0.101	0.0408	0.095	1.4633
灰棕漠土	41(5)	0.005	0.007	0.028	0.069	0.091	0.126	0.162	0.175	0.257	0.110	0.0426	0.1033	1.4295
棕漠土	50(1)	0.031	0.036	0.047	0.073	0.086	0.115	0.142	0.170	0.824	0.094	0.0372	0.0871	1.5145
草甸土	172(2)	0.005	0.026	0.035	0.054	0.073	0.101	0.133	0.176	0.300	0.084	0.0459	0.0738	1.6921
沼泽土	60(3)	0.005	0.023	0.041	0.054	0.080	0.104	0.142	0.190	1.634	0.092	0.0604	0.0805	1.6322
盐土	115(4)	0.002	0.019	0.027	0.055	0.084	0.120	0.165	0.267	2.470	0.100	0.0739	0.0805	1.9601
碱土	7	0.035	*	*	*	0.083	*	*	*	0.178	0.088	0.0442	0.080	1.6273
磷质石灰土	9	0.027	*	*	0.056	0.170	1.238	1.758	2.022	2.286	0.751	0.8517	0.282	5.4632
石灰(岩)土	101(1)	0.003	0.032	0.073	0.158	0.332	0.936	3.048	3.700	13.430	1.115	2.2149	0.3854	4.1835
紫色土	104(1)	0.010	0.020	0.028	0.055	0.082	0.119	0.168	0.244	0.710	0.094	0.0668	0.0752	2.0221
风沙土	66	0.005	0.007	0.017	0.026	0.037	0.056	0.082	0.089	0.127	0.044	0.0252	0.0361	1.9583
黑毡土	53(1)	0.017	0.042	0.048	0.063	0.075	0.109	0.146	0.209	0.251	0.094	0.0490	0.0847	1.5557
草毡土	54	0.040	0.056	0.059	0.064	0.096	0.156	0.190	0.199	0.257	0.114	0.0541	0.1020	1.5996
巴嘎土	46	0.016	0.022	0.051	0.063	0.090	0.133	0.166	0.202	0.560	0.116	0.1017	0.0918	1.9347
莎嘎土	69(4)	0.006	0.035	0.056	0.071	0.094	0.144	0.173	0.193	0.294	0.116	0.0517	0.1056	1.5288
寒漠土	4	0.064	*	*	*	0.083	*	*	*	0.102	0.083	0.0156	0.082	1.2120
高山漠土	24	0.044	0.046	0.056	0.072	0.113	0.151	0.184	0.243	0.326	0.124	0.0658	0.1105	1.6362

03 钴——A层土壤

单位：mg/kg

类别 土类名称	样点数	最小值	5%值	10%值	25%值	中位值	75%值	90%值	95%值	最大值	算术 平均	算术 标准差	几何 平均	几何 标准差
绵土	41	5.0	6.2	6.7	7.8	8.5	11.1	12.4	12.9	15.4	9.4	2.24	9.1	1.27
篓土	13	6.4	*	6.7	7.9	9.1	11.6	12.5	12.7	13.0	9.8	2.20	9.6	1.26
黑垆土	23(4)	1.3	1.9	5.7	8.6	11.0	12.2	13.4	13.6	13.7	11.4	1.67	11.2	1.16
黑土	51(3)	5.0	7.4	9.7	11.6	13.1	14.7	15.5	15.7	15.9	13.2	1.91	13.1	1.17
白浆土	54	6.1	6.8	7.7	10.1	12.1	14.2	16.0	19.3	27.5	12.5	3.85	12.0	1.35
黑钙土	90	3.0	5.1	6.5	9.3	12.6	16.1	20.4	22.1	31.6	13.1	5.56	12.0	1.57
潮土	264(13)	0.01	4.2	6.1	8.5	11.6	14.2	17.1	19.0	47.0	12.1	4.06	11.4	1.42
绿洲土	48	7.9	8.8	9.5	12.0	14.1	15.9	21.0	23.3	25.1	14.5	4.20	14.0	1.32
水稻土	382(17)	0.6	3.9	6.0	8.6	12.2	15.1	18.2	21.0	78.6	12.7	5.08	11.8	1.50
砖红壤	39	0.7	0.8	1.5	2.8	5.4	11.0	38.5	69.8	72.9	13.6	19.53	6.4	3.39
赤红壤	223(3)	0.1	0.8	1.1	2.6	4.9	8.4	13.9	19.5	91.5	6.6	6.67	4.6	2.47
红壤	528(9)	0.2	2.3	3.2	5.7	10.0	16.1	22.5	29.0	93.9	12.3	9.50	9.5	2.10
黄壤	209(2)	0.9	2.0	3.7	5.8	11.9	17.1	21.1	26.3	67.5	12.7	8.86	10.0	2.10
燥红土	10	2.5	*	2.5	5.0	10.2	23.0	26.0	27.9	29.7	14.0	10.39	10.2	2.41
黄棕壤	162(1)	3.0	5.2	6.8	10.2	13.3	17.5	22.0	28.6	43.3	14.7	7.06	13.2	1.60
棕壤	265(2)	3.0	7.6	8.6	10.8	13.5	17.4	24.3	30.1	40.8	15.3	6.59	14.1	1.48
褐土	242(7)	0.01	6.7	8.2	10.1	13.0	15.4	19.6	23.1	47.5	13.6	4.76	12.9	1.39
灰褐土	19	7.7	*	7.8	10.3	11.4	14.4	17.7	20.0	20.7	12.7	3.69	12.3	1.32
暗棕壤	139(9)	1.7	5.8	7.9	9.7	11.6	14.9	18.7	24.0	48.5	12.7	4.14	12.1	1.36
棕色针叶林土	47	2.4	2.5	4.5	7.2	9.8	14.6	18.4	24.3	31.3	11.5	6.28	9.9	1.79

类别 土类名称	样点数	顺序统计量									算术		几何	
		最小值	5%值	10%值	25%值	中位值	75%值	90%值	95%值	最大值	平均	标准差	平均	标准差
灰色森林土	28(3)	2.7	3.1	5.4	8.1	10.7	13.0	14.0	15.2	19.2	11.4	2.86	11.0	1.28
栗钙土	150	3.3	5.0	6.2	8.0	10.5	13.5	16.4	18.6	29.8	11.1	4.48	10.3	1.48
棕钙土	56	4.5	6.2	7.1	8.5	10.9	13.6	16.0	17.5	19.4	11.2	3.52	10.7	1.38
灰钙土	19	6.2	*	6.4	7.6	9.8	12.1	13.0	13.7	14.5	10.0	2.58	9.7	1.31
灰漠土	17	7.1	*	7.5	9.4	12.2	14.7	20.4	22.0	25.0	13.6	5.09	12.8	1.43
灰棕漠土	41	5.1	5.6	6.3	9.2	12.8	16.6	22.8	23.1	30.0	13.6	5.95	12.4	1.56
棕漠土	50	5.9	6.4	7.3	9.1	12.5	15.4	17.6	20.2	24.6	12.7	4.39	11.9	1.42
草甸土	172(7)	1.0	3.4	5.1	8.4	10.9	13.6	17.5	20.1	37.2	11.8	4.88	10.9	1.51
沼泽土	60	1.8	4.0	4.8	7.5	11.8	17.5	21.5	22.9	54.2	13.0	8.14	11.0	1.85
盐土	115(2)	1.9	5.5	6.8	9.1	12.3	15.7	19.0	19.8	24.3	12.9	4.41	12.1	1.45
碱土	7(1)	2.5	*	*	*	8.7	*	*	*	19.2	10.9	4.27	10.4	1.40
磷质石灰土	9(2)	0.2	*	*	2.5	3.1	4.3	5.0	5.0	5.1	3.9	1.00	3.8	1.31
石灰(岩)土	101(7)	0.1	0.8	5.6	14.5	18.3	23.7	30.0	38.6	55.5	20.6	9.48	18.6	1.61
紫色土	104(1)	1.0	3.9	6.0	10.0	15.0	18.0	22.0	26.2	51.0	15.7	8.97	13.6	1.75
风沙土	66	1.1	1.8	3.3	5.3	6.9	10.9	14.7	16.1	23.6	8.3	4.50	7.1	1.83
黑毡土	53(1)	3.1	4.6	6.5	9.9	13.0	16.4	19.0	21.5	28.7	13.5	5.04	12.6	1.50
草毡土	54	3.7	4.4	5.9	8.9	10.6	13.9	19.9	24.9	31.0	12.3	5.88	11.1	1.56
巴嘎土	46	4.0	4.6	7.3	10.5	13.4	16.8	21.9	24.6	27.6	14.2	5.61	13.0	1.54
莎嘎土	69	3.6	4.8	6.0	7.4	9.5	10.7	13.3	15.0	22.2	9.7	3.28	9.1	1.40
寒漠土	4(1)	5.2	*	*	*	14.7	*	*	*	16.1	15.2	1.24	15.1	1.09
高山漠土	24	6.1	6.2	7.7	11.2	13.1	16.9	18.8	19.2	19.6	13.7	3.90	13.1	1.37

单位：mg/kg

类别		样点数	顺序统计量									算术		几何	
类别	土类名称	样点数	最小值	5%值	10%值	25%值	中位值	75%值	90%值	95%值	最大值	平均	标准差	平均	标准差
	绵土	41	31.3	39.5	42.1	48.5	51.9	60.4	82.1	87.8	103.0	57.5	15.54	55.7	1.28
	娄土	13	50.6	*	51.1	59.0	63.5	67.9	71.4	74.1	76.8	63.8	7.42	63.4	1.13
	黑垆土	23(4)	22.6	23.6	33.3	50.9	61.0	64.0	68.9	70.0	71.0	61.8	6.20	61.5	1.11
	黑土	51(2)	22.1	38.9	46.1	51.7	61.1	65.6	68.2	72.7	77.7	60.1	8.66	59.4	1.16
	白浆土	54	33.2	35.1	41.3	51.2	58.8	65.4	72.4	73.8	84.9	57.9	11.68	56.6	1.24
	黑钙土	90	10.1	17.3	24.2	34.2	50.8	64.4	81.8	90.7	151.4	52.2	23.65	46.7	1.66
	潮土	264(19)	2.4	23.8	42.3	52.3	64.1	76.0	88.0	93.0	150.1	66.6	15.73	64.8	1.27
	绿洲土	48	39.1	39.4	40.5	45.2	54.1	63.4	74.1	81.1	96.6	56.5	13.48	55.0	1.26
	水稻土	382(11)	5.1	17.0	23.8	42.0	66.9	80.7	93.2	116.0	324.3	65.8	30.74	58.6	1.67
	砖红壤	39	7.6	8.1	12.8	21.3	30.5	46.4	201.5	236.5	350.4	64.6	84.38	37.3	2.66
	赤红壤	223	5.0	8.4	11.0	17.3	30.5	58.9	82.5	103.6	220.0	41.5	32.90	31.0	2.19
	红壤	528(2)	6.5	14.7	19.0	30.0	55.1	82.0	115.0	150.5	519.0	62.6	43.92	49.7	2.03
	黄壤	209(5)	6.7	16.2	21.7	38.4	52.0	65.0	88.4	102.2	313.2	55.5	26.30	49.6	1.63
	燥红土	10	14.0	*	14.0	17.0	35.4	61.5	72.3	93.7	115.0	45.0	32.59	35.5	2.09
	黄棕壤	162(6)	8.0	21.1	34.2	47.8	64.4	81.8	101.8	120.0	275.6	66.9	25.75	61.9	1.51
	棕壤	265(1)	16.3	29.1	34.8	43.9	57.5	74.1	108.2	139.6	245.7	64.5	33.35	58.0	1.57
	褐土	242(10)	7.3	40.7	44.5	53.3	63.9	75.3	89.2	113.4	1209.7	64.8	16.79	62.8	1.29
	灰褐土	19(1)	43.6	*	48.9	59.5	63.8	71.0	83.2	93.3	164.1	65.1	11.46	64.2	1.19
	暗棕壤	139	17.1	21.0	30.7	38.1	51.4	63.2	86.2	101.4	158.8	54.9	24.52	50.2	1.53
	棕色针叶林土	47	16.1	20.6	27.4	34.3	43.8	54.5	65.7	78.9	97.5	46.3	17.14	43.3	1.45

续表

类别 土类名称	样点数	顺 序 统 计 量									算 术		几 何	
		最小值	5%值	10%值	25%值	中位值	75%值	90%值	95%值	最大值	平均	标准差	平均	标准差
灰色森林土	28	13.9	15.8	22.9	31.7	41.0	51.5	69.4	89.7	104.7	46.4	20.94	42.3	1.55
栗钙土	150	15.1	20.7	26.3	37.9	51.6	64.6	81.6	93.9	176.4	54.0	23.88	49.3	1.55
棕钙土	56	21.7	28.5	32.9	36.5	45.4	53.6	66.2	69.8	74.6	47.0	12.77	45.4	1.32
灰钙土	19(1)	29.7	*	34.9	50.3	60.9	65.0	68.1	69.1	72.1	59.3	9.21	58.6	1.19
灰漠土	17	25.0	*	26.1	32.3	39.7	53.0	82.6	93.4	96.6	47.6	21.94	43.8	1.50
灰棕漠土	41(3)	21.1	31.6	40.9	45.1	53.9	63.1	73.3	90.7	168.0	56.4	13.50	55.0	1.25
棕漠土	50	16.2	20.4	24.8	39.1	47.5	56.4	65.5	71.0	102.2	48.0	16.11	45.3	1.43
草甸土	172(5)	10.4	18.0	21.2	37.7	49.8	62.1	76.5	84.6	111.7	51.1	19.00	47.4	1.50
沼泽土	60	7.2	11.4	18.7	31.5	57.8	70.4	97.2	127.9	166.0	58.3	33.14	48.5	1.95
盐土	115(5)	8.1	21.3	30.8	43.8	61.3	77.7	84.2	90.7	133.0	62.7	21.27	58.9	1.44
碱土	7(1)	25.5	*	*	*	52.2	*	*	*	59.4	53.3	6.87	52.9	1.15
磷质石灰土	9(2)	3.4	*	*	12.1	15.0	18.5	21.3	21.4	21.4	17.4	3.39	17.2	1.22
石灰(岩)土	101	20.0	37.6	47.1	62.1	91.0	127.4	167.0	239.6	485.0	108.6	73.68	92.1	1.75
紫色土	104(2)	29.0	33.0	37.8	46.5	61.8	74.7	100.3	112.2	388.5	64.8	25.49	60.6	1.44
风沙土	66(1)	2.2	6.9	8.3	13.2	23.8	33.9	40.8	42.3	67.7	24.8	13.23	21.2	1.81
黑毡土	53	27.7	29.3	36.0	56.4	66.8	83.5	104.7	116.6	152.0	71.5	25.98	66.9	1.46
草毡土	54	32.9	43.3	50.2	58.6	82.7	114.3	130.1	151.6	164.4	87.8	33.75	81.6	1.48
巴嘎土	46	24.2	28.3	41.7	56.6	70.0	82.0	117.7	128.7	194.5	76.6	32.31	70.4	1.52
莎嘎土	69	23.4	32.2	40.0	51.1	67.8	84.2	123.2	187.1	316.0	80.8	52.47	70.5	1.63
寒漠土	4(1)	22.3	*	*	*	76.4	*	*	*	89.1	80.6	7.38	80.4	1.09
高山漠土	24	27.5	29.0	35.1	43.7	50.6	62.5	77.6	89.8	107.0	55.4	18.58	52.7	1.37

244

単位：mg/kg

05 铜——A层土壤

| 类别 | 样点数 | 顺序统计量 | | | | | | | | | 算术 | | 几何 | |
土类名称		最小值	5%值	10%值	25%值	中位值	75%值	90%值	95%值	最大值	平均	标准差	平均	标准差
绵土	41	14.1	14.8	15.5	16.9	20.9	25.3	34.0	38.2	50.3	23.0	8.06	21.9	1.36
娄土	13	18.3	*	18.5	21.4	24.3	27.6	29.6	30.7	32.1	24.9	4.22	24.6	1.19
黑垆土	23	7.5	7.5	8.2	14.9	20.7	24.8	29.4	29.8	39.3	20.5	7.64	19.0	1.53
黑土	51	11.6	14.1	15.5	17.1	21.3	24.1	25.8	26.4	29.6	20.8	4.15	20.4	1.23
白浆土	54(1)	10.6	11.0	12.1	16.1	20.2	24.7	28.0	30.0	174.0	20.1	5.70	19.3	1.34
黑钙土	90(1)	3.4	6.6	9.7	15.6	20.3	26.6	35.4	39.7	49.3	22.1	9.76	19.8	1.64
潮土	265(15)	3.4	8.1	13.4	18.0	22.0	28.0	34.3	37.1	116.6	24.1	8.07	22.9	1.38
绿洲土	48(2)	8.0	15.0	17.8	20.7	25.8	29.3	38.5	40.7	51.4	26.9	7.31	26.0	1.29
水稻土	382(20)	2.8	8.2	12.9	18.1	24.0	29.5	37.9	44.9	208.9	25.3	9.46	23.7	1.44
砖红壤	39	2.0	2.4	3.0	4.2	7.5	16.1	72.3	85.3	98.7	20.0	26.66	10.4	2.99
赤红壤	223	2.0	2.5	3.3	6.3	12.0	20.9	33.3	41.1	98.3	17.1	17.59	11.5	2.44
红壤	528(2)	1.0	4.3	6.0	10.7	20.0	30.0	42.3	56.8	177.0	24.4	21.07	18.4	2.18
黄壤	209	2.4	4.2	7.1	11.3	20.1	26.6	35.5	45.1	79.9	21.4	13.15	17.5	1.98
燥红土	10	3.5	*	3.5	4.3	16.1	48.0	60.8	89.4	118.0	32.5	37.47	16.1	3.72
黄棕壤	162(4)	5.0	8.4	12.0	16.3	21.9	28.4	38.5	47.4	144.6	23.4	10.84	21.2	1.58
棕壤	265(6)	1.0	10.0	11.4	15.8	20.1	27.0	36.5	43.8	272.0	22.4	10.14	20.5	1.53
褐土	242(6)	5.8	13.7	15.4	18.6	23.3	27.2	36.7	42.9	115.0	24.3	8.28	23.1	1.37
灰褐土	19	14.6	*	18.2	19.3	21.6	26.1	30.0	31.9	38.7	23.6	5.74	23.0	1.26
暗棕壤	139(5)	5.6	8.6	11.0	13.8	16.8	20.6	25.9	30.1	62.8	17.8	5.55	17.0	1.35
棕色针叶林土	47	6.3	6.8	8.9	10.4	12.1	15.6	20.3	24.7	33.5	13.8	5.61	12.9	1.43

类别 土类名称	样点数	顺序统计量									算术		几何	
		最小值	5%值	10%值	25%值	中位值	75%值	90%值	95%值	最大值	平均	标准差	平均	标准差
灰色森林土	28	6.1	6.2	6.6	12.2	16.0	18.5	21.7	24.2	26.0	15.9	5.18	15.0	1.46
栗钙土	150	5.5	7.3	8.8	11.9	16.8	23.3	32.9	36.7	53.7	18.9	9.08	16.9	1.61
棕钙土	56	7.0	9.3	10.6	13.6	18.6	25.6	31.3	47.8	76.7	21.6	12.74	19.0	1.62
灰钙土	19(2)	8.1	*	12.9	17.5	19.7	22.3	23.9	24.2	24.5	20.3	3.05	20.1	1.17
灰漠土	17	9.4	*	10.0	13.3	20.7	24.7	28.7	29.8	32.7	20.2	7.35	18.9	1.49
灰棕漠土	41	10.3	12.4	14.0	17.1	22.6	30.5	39.8	43.5	56.9	25.6	10.67	23.7	1.49
棕漠土	50	11.3	13.4	14.6	17.5	22.7	28.6	33.3	34.7	47.8	23.5	7.49	22.4	1.37
草甸土	172(6)	2.5	8.3	10.0	15.1	19.7	24.2	29.1	32.9	137.5	19.8	6.85	18.6	1.45
沼泽土	60(2)	2.6	6.2	9.7	12.7	19.0	25.8	30.7	39.7	51.7	20.8	9.66	18.8	1.57
盐土	115(5)	0.3	9.2	11.5	16.0	21.6	28.4	36.8	39.4	78.4	23.3	9.07	21.6	1.48
碱土	7	11.1	*	*	*	16.5	*	*	*	34.1	18.7	7.22	17.8	1.40
磷质石灰土	9	0.4	*	*	1.1	3.9	27.1	49.9	60.8	71.7	19.5	25.47	6.2	6.26
石灰(岩)土	101	5.7	9.5	14.6	22.3	28.8	42.5	53.7	56.0	94.5	33.0	16.33	28.9	1.72
紫色土	104(3)	5.0	11.2	15.0	20.0	25.0	32.2	38.2	48.5	102.5	26.3	9.64	24.6	1.47
风沙土	66	1.3	2.9	3.4	4.5	8.6	11.7	14.5	17.3	21.8	8.8	4.84	7.5	1.83
黑毡土	53	6.4	11.1	13.3	18.9	23.4	31.4	43.3	48.5	89.0	27.3	14.18	24.4	1.60
草毡土	54(1)	6.5	8.3	13.9	18.7	22.5	27.6	34.2	37.5	57.1	24.3	8.57	22.8	1.44
巴嘎土	46(1)	7.2	10.0	11.9	20.0	26.8	31.7	40.1	42.0	182.7	25.9	9.53	23.9	1.54
莎嘎土	69	6.8	9.7	13.0	15.8	19.1	23.3	27.3	30.0	50.2	20.0	6.73	18.9	1.40
寒漠土	4	16.0	*	*	*	22.7	*	*	*	36.8	24.5	9.70	23.2	1.48
高山漠土	24	13.4	14.0	16.6	20.9	24.9	30.1	35.6	43.3	48.2	26.3	8.38	25.1	1.35

06 氟——A层土壤

类别 土类名称	样点数	最小值	5%值	10%值	25%值	中位值	75%值	90%值	95%值	最大值	算术 平均	算术 标准差	几何 平均	几何 标准差
绢土	41	201	205	231	377	425	458	521	570	590	415	95.8	402	1.3
婆土	13	413	*	420	464	510	540	572	579	583	511	52.8	508	1.1
黑垆土	23	240	241	257	319	390	487	516	526	732	410	115.0	395	1.3
黑土	51	231	278	364	391	445	511	591	672	740	461	101.7	450	1.3
白浆土	54	215	264	290	360	408	490	503	573	675	421	93.9	410	1.3
黑钙土	90(1)	91	173	233	290	436	550	638	675	722	432	152.1	403	1.5
潮土	265(10)	97	229	295	420	509	621	703	758	1011	526	145.6	506	1.3
绿洲土	48(1)	201	260	297	435	536	577	635	698	785	515	120.8	499	1.3
水稻土	382(13)	79	223	289	407	527	635	720	796	1733	533	157.8	508	1.4
砖红壤	39	70	76	99	129	213	301	373	586	1500	282	279.8	219	1.9
赤红壤	223	89	141	162	243	357	501	659	782	1580	395	222.4	343	1.7
红壤	527(5)	95	196	237	336	480	630	765	898	2015	500	236.2	450	1.6
黄壤	209(2)	78	212	266	375	485	672	921	1285	2646	584	373.2	503	1.7
燥红土	10	71	*	71	108	315	540	660	785	909	369	288.6	264	2.5
黄棕壤	162(3)	119	214	262	362	515	635	829	1016	3467	534	238.4	486	1.6
棕壤	265(2)	91	186	249	317	412	560	748	916	3013	469	230.7	422	1.6
褐土	242(7)	50	238	315	386	463	539	649	699	1114	474	132.7	456	1.3
灰褐土	19	301	*	340	416	465	621	736	776	972	527	165.5	505	1.3
暗棕壤	139	140	196	216	289	386	494	662	868	1400	426	206.1	387	1.5
棕色针叶林土	47(1)	81	115	200	256	311	452	583	633	725	368	147.2	340	1.5

类别 土类名称	样点数	最小值	5%值	10%值	25%值	顺序统计量 中位值	75%值	90%值	95%值	最大值	算术 平均	标准差	几何 平均	标准差
灰色森林土	28	184	188	202	225	292	358	411	532	880	324	143.5	302	1.4
栗钙土	150	107	176	207	271	361	456	571	621	937	379	152.0	351	1.5
棕钙土	56	181	189	222	272	360	501	580	689	985	403	168.3	373	1.5
灰钙土	19	199	*	220	333	401	502	628	649	724	425	143.7	402	1.4
灰漠土	17	213	*	235	292	356	444	474	532	736	386	121.5	370	1.3
灰棕漠土	41	147	158	174	242	448	544	600	609	674	414	156.5	380	1.6
棕漠土	50	157	190	283	334	431	541	672	694	977	459	158.9	432	1.4
草甸土	172(1)	148	241	290	355	434	550	697	800	1114	469	167.9	442	1.4
沼泽土	60	103	173	217	321	452	554	640	870	1306	466	226.2	419	1.6
盐土	115(2)	93	217	272	380	495	637	774	808	1021	523	184.2	489	1.5
碱土	7	399	*	*	*	451	*	*	*	846	546	184.0	523	1.4
磷质石灰土	9	231	*	*	245	335	463	524	565	606	376	134.7	355	1.4
石灰（岩）土	100	154	298	370	497	684	1144	1697	1872	3458	906	626.1	747	1.9
紫色土	104(1)	63	179	208	290	485	640	749	818	1102	482	213.7	432	1.6
风沙土	66	96	106	118	179	249	335	444	474	700	271	120.7	246	1.6
黑毡土	53	106	127	212	341	542	691	819	868	1050	528	228.1	468	1.7
草毡土	54(2)	348	244	328	446	531	596	700	729	850	531	123.8	516	1.3
巴嘎土	46	348	357	401	447	524	602	687	753	1050	544	133.8	530	1.3
莎嘎土	69(4)	116	236	283	344	438	500	631	745	1558	456	131.5	439	1.3
寒漠土	4(1)	466	*	*	*	674	*	*	*	725	691	29.8	690	1.0
高山漠土	24	203	205	224	272	393	513	578	703	737	418	147.2	393	1.4

07 汞——A层土壤

单位：mg/kg

类别 土类名称	样点数	顺序统计量									算术		几何	
		最小值	5%值	10%值	25%值	中位值	75%值	90%值	95%值	最大值	平均	标准差	平均	标准差
绵土	40	0.005	0.005	0.007	0.010	0.013	0.019	0.022	0.030	0.055	0.016	0.0098	0.0141	1.6818
娄土	13	0.016	*	0.017	0.030	0.040	0.072	0.090	0.112	0.148	0.055	0.0367	0.046	1.8744
黑垆土	23(1)	0.006	0.006	0.008	0.010	0.015	0.022	0.027	0.030	0.261	0.016	0.0074	0.0144	1.6206
黑土	51(1)	0.012	0.016	0.020	0.023	0.030	0.044	0.060	0.081	0.220	0.037	0.0220	0.0328	1.6050
白浆土	54	0.011	0.015	0.017	0.023	0.033	0.043	0.060	0.065	0.085	0.036	0.0165	0.0324	1.5754
黑钙土	90(3)	0.008	0.011	0.012	0.016	0.022	0.032	0.048	0.070	0.275	0.026	0.0161	0.0227	1.6660
潮土	265(6)	0.004	0.008	0.011	0.018	0.033	0.061	0.106	0.203	5.412	0.047	0.0521	0.0320	2.3309
绿洲土	48(1)	0.009	0.010	0.011	0.014	0.022	0.027	0.033	0.056	0.130	0.023	0.0141	0.0206	1.6017
水稻土	382(3)	0.014	0.031	0.044	0.075	0.128	0.212	0.414	0.631	22.200	0.183	0.1840	0.1267	2.3355
砖红壤	39(1)	0.010	0.011	0.018	0.023	0.031	0.046	0.063	0.120	1.120	0.040	0.0292	0.0330	1.7953
赤红壤	223(5)	0.007	0.018	0.023	0.030	0.044	0.070	0.104	0.137	1.309	0.056	0.0385	0.0466	1.8103
红壤	528(13)	0.010	0.025	0.031	0.044	0.069	0.100	0.150	0.214	1.710	0.078	0.0510	0.0655	1.8156
黄壤	209(7)	0.010	0.036	0.044	0.064	0.086	0.128	0.170	0.208	6.000	0.102	0.0558	0.0895	1.6651
燥红土	10	0.013	*	0.013	0.015	0.024	0.032	0.039	0.047	0.056	0.027	0.0132	0.025	1.5892
黄棕壤	162(5)	0.002	0.014	0.017	0.027	0.044	0.104	0.163	0.234	45.900	0.071	0.0714	0.0494	2.2909
棕壤	265(1)	0.004	0.010	0.014	0.022	0.039	0.067	0.101	0.154	0.539	0.053	0.0478	0.0387	2.1861
褐土	242(4)	0.001	0.008	0.010	0.016	0.026	0.043	0.097	0.140	3.969	0.040	0.0421	0.0278	2.2556
灰褐土	19(1)	0.013	*	0.014	0.015	0.020	0.032	0.043	0.066	0.235	0.024	0.0121	0.022	1.5475
暗棕壤	139(1)	0.001	0.017	0.021	0.028	0.039	0.059	0.078	0.099	0.190	0.049	0.0299	0.0419	1.7064
棕色针叶林土	46(2)	0.003	0.018	0.025	0.037	0.054	0.088	0.123	0.160	0.189	0.070	0.0421	0.0593	1.7666

类别	土类名称	样点数	顺 序 统 计 量									算 术		几 何	
			最小值	5%值	10%值	25%值	中位值	75%值	90%值	95%值	最大值	平均	标准差	平均	标准差
	灰色森林土	28(1)	0.006	0.008	0.012	0.024	0.033	0.046	0.103	0.267	1.124	0.052	0.0654	0.0358	2.2340
	栗钙土	149(4)	0.001	0.007	0.010	0.014	0.020	0.031	0.049	0.088	0.242	0.027	0.0254	0.0213	1.9119
	棕钙土	56	0.004	0.004	0.007	0.011	0.014	0.018	0.028	0.035	0.047	0.016	0.0090	0.0142	1.7038
	灰钙土	19	0.009	*	0.010	0.014	0.017	0.019	0.023	0.025	0.037	0.017	0.0062	0.017	1.3845
	灰漠土	17	0.003	*	0.004	0.005	0.010	0.013	0.018	0.020	0.023	0.011	0.0056	0.009	1.7913
	灰棕漠土	41(1)	0.001	0.004	0.006	0.008	0.012	0.022	0.037	0.040	0.090	0.018	0.0162	0.0140	2.0494
	棕漠土	50	0.002	0.003	0.005	0.006	0.009	0.016	0.026	0.029	0.045	0.013	0.0095	0.0102	1.9734
	草甸土	172(1)	0.003	0.008	0.010	0.017	0.027	0.042	0.074	0.142	0.412	0.039	0.0399	0.0276	2.2194
	沼泽土	60	0.007	0.008	0.011	0.017	0.032	0.053	0.079	0.083	0.300	0.041	0.0417	0.0308	2.1275
	盐土	115(1)	0.001	0.006	0.009	0.013	0.023	0.046	0.077	0.145	0.298	0.041	0.0508	0.0256	2.5733
	碱土	7	0.012	*	*	*	0.015	*	*	*	0.065	0.025	0.0195	0.020	1.8737
	磷质石灰土	9	0.010	*	*	0.023	0.029	0.059	0.081	0.097	0.113	0.046	0.0328	0.037	2.0884
	石灰(岩)土	101(1)	0.019	0.031	0.040	0.075	0.131	0.264	0.438	0.516	22.670	0.191	0.1651	0.1354	2.3598
	紫色土	104(2)	0.002	0.006	0.011	0.020	0.033	0.047	0.107	0.185	0.652	0.047	0.0483	0.0326	2.2829
	风沙土	66	0.001	0.003	0.004	0.007	0.011	0.018	0.024	0.050	0.116	0.016	0.0179	0.0108	2.2671
	黑毡土	53(1)	0.010	0.012	0.012	0.015	0.023	0.034	0.046	0.063	9.769	0.028	0.0178	0.0237	1.6975
	草毡土	54(1)	0.004	0.008	0.011	0.013	0.023	0.031	0.037	0.041	0.061	0.024	0.0108	0.0220	1.6050
	巴嘎土	46	0.004	0.006	0.008	0.014	0.020	0.027	0.040	0.044	0.053	0.022	0.0116	0.0192	1.7774
	莎嘎土	69	0.004	0.006	0.008	0.012	0.017	0.023	0.027	0.034	0.057	0.019	0.0090	0.0169	1.6320
	寒漠土	4	0.012	*	*	*	0.020	*	*	*	0.025	0.019	0.0057	0.019	1.4002
	高山漠土	24	0.004	0.005	0.009	0.012	0.019	0.024	0.029	0.055	0.072	0.022	0.0153	0.0185	1.8306

08 锰——A层土壤

单位：mg/kg

类别 土类名称	样点数	最小值	5%值	10%值	25%值	中位值	75%值	90%值	95%值	最大值	算术 平均	算术 标准差	几何 平均	几何 标准差
绢土	41	318	360	422	469	539	592	656	734	899	543	110.4	533	1.2
娄土	13	488	*	493	515	584	632	713	719	727	597	82.9	592	1.1
黑垆土	23(2)	222	242	366	450	533	633	642	653	698	553	93.4	545	1.2
黑土	51	381	523	537	659	772	932	1040	1069	1153	798	177.7	777	1.3
白浆土	54	233	307	401	515	661	832	1227	1311	1628	720	307.3	662	1.5
黑钙土	90(4)	106	278	368	459	632	786	926	1003	1462	659	213.1	626	1.4
潮土	265(9)	70	248	368	475	583	712	892	1051	3743	629	227.6	592	1.4
绿洲土	48(3)	207	459	484	567	629	667	767	840	1233	632	94.1	625	1.2
水稻土	382(9)	22	102	134	236	383	541	694	777	1850	423	247.5	360	1.8
砖红壤	39	7	27	41	68	171	427	811	1246	1922	359	443.5	184	3.5
赤红壤	223	18	32	51	100	205	487	819	980	2825	352	401.3	209	2.9
红壤	528(1)	16	81	100	167	320	592	962	1198	2720	440	372.0	317	2.3
黄壤	209(1)	54	82	91	183	385	625	871	1150	5800	446	347.6	329	2.3
燥红土	10	346	*	346	423	722	876	943	1077	1211	709	278.4	657	1.5
黄棕壤	162	89	181	249	359	627	840	1166	1432	2915	684	450.1	563	1.9
棕壤	265(6)	95	286	346	492	610	772	980	1096	1994	648	240.9	607	1.4
褐土	242(8)	148	394	430	515	604	711	921	1025	2281	633	173.7	611	1.3
灰褐土	19	403	*	426	534	586	676	946	1044	1062	643	182.6	622	1.3
暗棕壤	139(2)	116	443	514	642	874	1354	2046	2838	5434	1109	733.5	946	1.7
棕色针叶林土	46	174	225	298	583	1381	2357	4170	5089	5888	1790	1537.7	1209	2.6

251

类 别 土类名称	样点数	顺 序 统 计 量									算 术		几 何	
		最小值	5%值	10%值	25%值	中位值	75%值	90%值	95%值	最大值	平均	标准差	平均	标准差
灰色森林土	28(2)	154	216	351	557	653	802	988	1172	1348	734	229.2	703	1.3
栗钙土	150	188	233	299	388	502	638	796	904	1090	528	195.5	493	1.5
棕钙土	56(2)	103	187	309	368	478	659	818	908	1126	541	204.4	505	1.5
灰钙土	19	246	*	295	395	494	573	594	602	622	478	108.5	464	1.3
灰漠土	17	275	*	315	436	629	714	771	865	1035	614	191.2	583	1.4
灰棕漠土	41	266	287	446	514	590	740	866	904	1088	630	172.7	607	1.3
棕漠土	50	231	267	298	479	593	671	777	854	969	583	165.8	557	1.4
草甸土	172(3)	94	182	250	422	577	786	995	1351	2309	655	359.5	572	1.7
沼泽土	60	137	162	224	342	539	747	918	1671	3802	663	615.8	522	1.9
盐土	115(2)	40	293	364	461	578	717	895	1112	1495	625	239.6	585	1.4
碱土	7	285	*	*	*	490	*	*	*	875	514	181.9	489	1.4
磷质石灰土	9(1)	1	*	*	10	34	41	62	66	70	37	21.3	31	2.1
石灰(岩)土	101(1)	31	68	160	515	812	1308	1893	2437	4953	1011	789.8	738	2.4
紫色土	104	69	96	111	251	544	676	748	844	1476	500	280.5	402	2.1
风沙土	66	59	99	145	207	289	429	533	579	670	324	149.5	286	1.7
黑毡土	53(4)	127	268	411	576	640	719	945	1125	1195	698	193.2	674	1.3
草毡土	54(1)	229	304	453	555	629	732	849	906	1071	649	156.4	629	1.3
巴嘎土	46	214	251	297	508	658	728	846	885	996	621	191.8	585	1.5
莎嘎土	69(1)	220	286	332	431	526	595	673	757	4361	516	138.3	497	1.3
寒漠土	4	379	*	*	*	631	*	*	*	1041	670	322.3	612	1.6
高山漠土	24(1)	245	270	371	476	601	728	822	940	1121	640	182.2	616	1.3

09 镍——A层土壤

单位：mg/kg

类别	样点数	顺序统计量									算术		几何	
土类名称		最小值	5%值	10%值	25%值	中位值	75%值	90%值	95%值	最大值	平均	标准差	平均	标准差
绵土	41	15.4	20.2	21.1	23.5	28.5	32.9	39.6	42.7	51.0	29.3	7.51	28.4	1.28
娄土	13	24.6	*	24.9	27.8	31.7	34.6	35.6	36.7	38.4	31.5	4.35	31.2	1.15
黑垆土	23(1)	8.4	8.7	12.3	20.5	28.6	35.5	41.1	41.3	41.3	29.0	9.10	27.5	1.43
黑土	51	16.4	17.0	19.1	21.2	25.4	28.2	30.5	32.3	37.0	25.1	4.63	24.7	1.21
白浆土	54	12.2	13.4	16.4	19.0	23.3	25.0	30.8	33.8	44.3	23.1	6.18	22.4	1.29
黑钙土	90	5.1	7.9	9.7	15.4	23.8	31.5	40.0	41.5	98.2	25.4	13.33	22.2	1.71
潮土	265(11)	3.5	11.0	16.2	22.0	27.1	35.9	41.5	45.8	60.7	29.6	9.50	28.1	1.40
绿洲土	48	16.2	19.8	22.9	25.4	30.1	36.0	41.4	48.4	61.1	32.0	8.96	30.9	1.30
水稻土	382(19)	1.8	6.4	10.8	19.0	27.0	33.0	41.0	48.6	184.0	27.6	11.44	25.1	1.58
砖红壤	39	2.2	2.3	3.0	4.3	6.3	16.9	96.1	115.0	200.7	27.6	47.02	10.6	3.54
赤红壤	223(3)	0.8	3.0	3.5	5.3	8.9	17.5	28.0	40.4	163.1	13.1	12.04	9.6	2.17
红壤	528(2)	2.0	3.9	6.3	12.0	22.0	33.0	45.7	64.0	315.0	25.7	20.74	19.3	2.22
黄壤	209(3)	2.7	5.5	8.8	14.4	23.7	32.0	41.7	51.2	90.1	25.3	14.08	21.5	1.85
燥红土	10	2.1	*	2.1	3.5	11.5	38.3	58.9	65.2	71.5	24.4	25.93	12.5	3.70
黄棕壤	162(6)	1.0	11.0	14.1	20.0	29.5	38.1	48.4	56.2	142.0	31.5	14.73	28.5	1.57
棕壤	265(11)	2.5	11.3	14.1	19.6	24.8	31.6	41.2	49.9	300.0	26.5	10.24	24.7	1.46
褐土	242(6)	9.0	15.4	19.2	23.0	28.7	36.0	45.3	49.7	627.5	30.7	10.23	29.2	1.38
灰褐土	19(2)	17.8	*	26.3	30.0	34.0	39.8	42.4	45.8	49.4	36.3	5.90	35.9	1.17
暗棕壤	139(4)	3.8	10.3	11.8	17.0	21.2	26.2	33.0	40.8	77.7	23.1	10.06	21.4	1.48
棕色针叶林土	47	2.8	2.8	4.8	8.7	13.7	23.0	30.7	34.4	39.5	16.2	9.90	13.2	2.01

类别 土类名称	样点数	顺序统计量 最小值	5%值	10%值	25%值	中位值	75%值	90%值	95%值	最大值	算术 平均	标准差	几何 平均	标准差
灰色森林土	28(2)	3.3	5.3	10.7	14.9	18.4	25.0	28.3	33.8	40.9	21.0	7.42	19.9	1.39
栗钙土	150(2)	4.2	8.7	10.7	16.0	22.3	29.4	36.4	46.5	95.8	23.6	10.29	21.4	1.58
棕钙土	56	9.6	12.5	14.4	18.4	24.0	29.7	33.9	35.9	37.6	24.1	7.25	23.0	1.39
灰钙土	19	12.9	*	16.7	28.8	30.8	33.9	37.3	43.3	81.8	33.0	13.47	31.0	1.43
灰漠土	17	8.1	*	11.9	15.5	22.3	26.5	29.6	33.6	37.3	22.0	7.55	20.7	1.46
灰棕漠土	41(1)	12.9	14.7	15.9	21.9	27.7	32.6	42.1	46.1	113.4	28.4	8.84	27.0	1.38
棕漠土	50	10.6	11.3	15.9	19.2	22.9	29.0	33.6	37.4	42.0	24.2	7.25	23.1	1.37
草甸土	172(4)	1.0	7.2	10.3	16.7	22.1	27.7	34.1	39.5	56.6	23.3	9.12	21.4	1.53
沼泽土	60	3.7	5.9	8.0	12.8	22.5	28.5	40.7	47.3	64.8	23.1	12.67	19.7	1.85
盐土	115(5)	0.1	9.7	14.4	22.3	28.1	35.5	43.6	45.6	50.0	29.7	9.71	28.0	1.43
碱土	7(1)	4.3	*	*	*	22.5	*	*	*	42.8	25.6	8.99	24.5	1.37
磷质石灰土	9	0.1	*	*	0.9	2.5	2.9	8.0	24.7	41.4	6.6	13.14	2.1	5.61
石灰(岩)土	101(3)	4.4	9.6	14.5	30.0	43.5	61.6	84.4	99.4	149.0	49.1	26.96	41.8	1.83
紫色土	104(1)	6.8	11.7	14.9	22.0	29.7	36.5	43.4	50.3	102.1	30.7	13.60	28.1	1.55
风沙土	66(1)	1.3	2.3	4.6	5.8	11.4	14.4	18.2	21.1	26.9	11.5	5.78	9.9	1.81
黑毡土	53(1)	9.1	15.1	16.9	22.4	28.3	36.5	42.4	46.2	51.0	30.1	9.40	28.7	1.37
草毡土	54(2)	7.8	14.2	20.5	23.8	30.3	36.0	44.7	57.9	76.9	33.0	11.81	31.3	1.38
巴嘎土	46	7.5	9.1	19.1	26.2	32.1	38.7	54.0	71.9	92.8	35.6	17.35	31.8	1.65
莎嘎土	69(4)	3.6	9.6	15.5	22.9	29.8	34.6	48.0	52.9	154.6	34.5	21.56	30.9	1.55
寒漠土	4	11.7	*	*	*	29.9	*	*	*	48.5	30.0	15.75	26.4	1.85
高山漠土	24	17.0	17.5	21.4	25.6	29.6	37.2	50.7	52.1	69.2	33.9	12.17	32.1	1.39

10 铅——A层土壤

类别 土类名称	样点数	顺序统计量									算术		几何	
		最小值	5%值	10%值	25%值	中位值	75%值	90%值	95%值	最大值	平均	标准差	平均	标准差
绵土	41	12.6	13.0	13.1	13.9	17.0	19.2	20.2	20.8	22.9	16.8	2.81	16.5	1.18
娄土	13	13.6	*	14.0	16.2	22.0	25.7	27.8	29.5	31.6	21.8	5.54	21.2	1.30
黑垆土	23	12.7	12.8	13.5	14.8	18.3	20.8	22.9	23.7	24.2	18.5	3.60	18.1	1.22
黑土	51(1)	8.1	10.5	16.5	23.5	25.3	29.1	38.9	40.9	47.0	26.7	7.88	25.5	1.36
白浆土	54	16.3	20.6	21.9	23.6	25.5	31.0	35.6	39.3	48.5	27.7	6.02	27.1	1.23
黑钙土	90	7.1	8.3	9.2	12.6	20.9	25.3	27.7	29.5	38.0	19.6	7.37	18.0	1.53
潮土	265(8)	4.8	9.2	12.0	16.6	20.5	26.4	32.0	36.7	200.0	21.9	7.90	20.6	1.44
绿洲土	48(2)	8.5	15.4	17.0	17.8	21.2	24.5	26.0	27.7	28.3	21.8	3.56	21.5	1.18
水稻土	382(7)	6.5	18.0	19.2	23.0	29.3	40.3	60.2	68.2	123.0	34.4	16.12	31.4	1.53
砖红壤	39	3.9	4.2	6.5	15.8	26.6	35.4	50.0	61.1	75.0	28.7	17.22	23.2	2.07
赤红壤	223(4)	2.6	9.5	12.0	17.1	27.1	44.5	65.3	92.2	286.5	35.0	24.38	28.4	1.90
红壤	528(19)	6.0	14.1	16.2	21.0	26.3	35.0	48.1	71.0	1143.0	29.1	12.78	26.8	1.49
黄壤	209(4)	3.9	13.0	16.0	20.1	27.5	34.3	48.2	61.2	193.0	29.4	13.47	26.9	1.52
燥红土	10	17.7	*	17.7	26.1	39.8	49.6	58.0	66.0	74.0	41.2	17.41	37.8	1.56
黄棕壤	162(2)	11.1	15.5	17.8	21.3	26.6	32.4	44.2	57.0	234.0	29.2	12.10	27.3	1.44
棕壤	265(5)	4.7	11.5	14.5	18.5	23.8	29.5	38.4	46.2	98.3	25.1	9.94	23.4	1.46
褐土	242(6)	4.3	11.4	13.0	16.5	20.0	24.6	29.9	34.4	141.8	21.3	6.89	20.3	1.36
灰褐土	19	17.9	*	18.3	20.0	20.8	22.1	23.1	24.8	25.9	21.2	2.00	21.1	1.10
暗棕壤	139(1)	7.0	11.8	13.3	19.8	24.0	27.5	32.9	35.4	49.0	23.9	7.41	22.7	1.40
棕色针叶林土	47	8.1	10.0	10.6	12.0	21.3	24.6	30.0	30.8	38.2	20.2	7.33	18.8	1.49

类别 土类名称	样点数	顺序统计量									算术		几何	
		最小值	5%值	10%值	25%值	中位值	75%值	90%值	95%值	最大值	平均	标准差	平均	标准差
灰色森林土	28	7.5	7.8	8.6	10.6	14.3	16.3	27.9	32.1	35.8	15.6	7.47	14.3	1.51
栗钙土	150(6)	1.7	7.5	9.7	14.3	19.3	22.0	29.6	50.1	150.0	21.2	10.94	19.1	1.54
棕钙土	56(2)	4.9	9.4	11.5	17.3	19.4	23.7	32.2	35.8	62.5	22.0	8.53	20.7	1.40
灰钙土	19	13.7	*	13.8	16.2	18.0	19.9	21.3	22.2	24.1	18.2	2.80	18.0	1.17
灰漠土	17	11.3	*	11.9	14.5	18.7	22.0	26.8	31.5	34.0	19.8	6.22	19.0	1.36
灰棕漠土	41(1)	6.0	6.9	9.6	15.5	17.7	20.4	23.4	27.3	27.8	18.1	4.74	17.4	1.34
棕漠土	50(1)	4.9	5.6	10.0	15.8	17.6	19.7	22.2	23.4	30.4	17.6	4.58	16.8	1.39
草甸土	172(3)	4.9	10.3	11.8	16.9	21.9	25.4	30.8	44.1	77.0	22.4	9.06	20.9	1.46
沼泽土	60	7.3	11.0	11.4	16.3	22.1	26.2	29.8	36.0	43.2	22.1	7.65	20.7	1.45
盐土	115(6)	1.0	8.6	13.4	16.9	20.6	27.4	35.7	59.1	415.0	23.0	10.40	21.1	1.50
碱土	7	13.0	*	*	*	16.4	*	*	*	25.5	17.5	4.27	17.0	1.26
磷质石灰土	9	0.7	*	*	1.2	1.4	1.6	2.1	3.4	4.7	1.7	1.14	1.5	1.65
石灰(岩)土	101(1)	2.4	14.6	15.6	22.1	32.2	49.0	71.9	81.8	116.0	38.7	22.04	33.5	1.71
紫色土	104	11.2	13.6	14.4	20.0	26.0	33.4	41.5	45.6	74.0	27.7	10.72	25.8	1.46
风沙土	66	4.2	5.8	7.8	10.1	13.9	16.1	18.1	21.8	32.4	13.8	4.89	13.0	1.46
黑毡土	53	10.8	17.6	21.1	23.5	27.3	34.9	46.9	56.0	89.1	31.4	13.48	29.3	1.44
草毡土	54	9.9	10.8	15.4	19.1	25.1	31.7	37.6	47.8	65.6	27.0	10.66	25.1	1.47
巴嘎土	46(1)	9.8	11.9	15.8	21.8	24.8	29.0	33.9	35.9	41.3	25.8	6.35	25.0	1.31
莎嘎土	69	12.1	13.5	15.1	18.8	24.0	28.4	35.7	37.3	56.1	25.0	7.96	23.8	1.37
寒漠土	4	31.7	*	*	*	34.7	*	*	*	47.9	37.3	7.24	36.8	1.20
高山漠土	24	15.1	15.3	16.4	17.4	22.0	25.5	33.0	39.3	50.4	23.7	8.29	22.7	1.35

11 硒——A层土壤

单位：mg/kg

类别 土类名称	样点数	顺序统计量									算术		几何	
		最小值	5%值	10%值	25%值	中位值	75%值	90%值	95%值	最大值	平均	标准差	平均	标准差
绵土	18	0.054	*	0.056	0.067	0.083	0.112	0.137	0.162	0.185	0.094	0.0366	0.088	1.4248
娄土	7	0.052	*	*	*	0.155	*	*	*	0.415	0.184	0.1168	0.155	1.9192
黑垆土	15	0.019	*	0.031	0.055	0.082	0.177	0.238	0.315	0.466	0.133	0.1164	0.097	2.2646
黑土	48(1)	0.037	0.059	0.087	0.163	0.221	0.321	0.365	0.395	0.479	0.240	0.1005	0.2161	1.6513
白浆土	54(1)	0.020	0.053	0.065	0.123	0.180	0.252	0.374	0.426	0.452	0.207	0.1085	0.1785	1.7662
黑钙土	45(4)	0.018	0.041	0.083	0.140	0.170	0.233	0.282	0.306	0.598	0.202	0.0854	0.1897	1.4127
潮土	183(3)	0.014	0.068	0.080	0.106	0.140	0.188	0.270	0.370	9.135	0.163	0.0911	0.1449	1.5871
绿洲土	12(1)	0.021	*	0.026	0.060	0.203	0.221	0.249	3.369	8.048	0.167	0.0832	0.133	2.3159
水稻土	337(3)	0.008	0.089	0.119	0.170	0.236	0.310	0.420	0.542	1.000	0.267	0.1423	0.2356	1.6522
砖红壤	37	0.061	0.085	0.099	0.149	0.234	0.375	0.602	0.730	1.235	0.313	0.2368	0.2499	1.9599
赤红壤	170(1)	0.048	0.112	0.161	0.223	0.406	0.729	1.215	1.370	5.442	0.545	0.4091	0.4137	2.1558
红壤	452(4)	0.060	0.140	0.180	0.270	0.430	0.650	0.860	1.016	9.001	0.494	0.3054	0.4144	1.8365
黄壤	183(2)	0.019	0.076	0.100	0.175	0.325	0.590	0.993	1.351	4.220	0.488	0.5387	0.3313	2.3783
燥红土	8	0.123	*	*	0.148	0.225	0.269	0.270	0.270	0.270	0.215	0.0571	0.207	1.3453
黄棕壤	126	0.034	0.062	0.080	0.106	0.215	0.421	0.774	0.900	1.840	0.333	0.3190	0.2266	2.4104
棕壤	199(6)	0.030	0.072	0.100	0.148	0.204	0.295	0.425	0.524	1.940	0.243	0.1311	0.2126	1.6946
褐土	99(1)	0.024	0.062	0.082	0.102	0.131	0.203	0.301	0.351	0.540	0.166	0.0919	0.1456	1.6570
灰褐土	13	0.047	*	0.057	0.093	0.104	0.193	0.229	0.250	0.283	0.142	0.0720	0.125	1.6761
暗棕壤	109(1)	0.047	0.086	0.107	0.133	0.168	0.228	0.310	0.339	0.482	0.190	0.0780	0.1760	1.4847
棕色针叶林土	29	0.060	0.060	0.060	0.086	0.135	0.193	0.232	0.268	0.350	0.146	0.0727	0.1297	1.6442

类 别 土类名称	样点数	顺 序 统 计 量									算 术		几 何	
		最小值	5%值	10%值	25%值	中位值	75%值	90%值	95%值	最大值	平均	标准差	平均	标准差
灰色森林土	6	0.077	*	*	*	0.145	*	*	*	0.228	0.151	0.0509	0.143	1.4437
栗钙土	69	0.014	0.023	0.040	0.061	0.095	0.146	0.213	0.243	0.352	0.114	0.0728	0.0929	1.9885
棕钙土	36(1)	0.006	0.012	0.026	0.052	0.102	0.134	0.179	0.234	0.612	0.120	0.1022	0.0934	2.0905
灰钙土	13(2)	0.053	*	0.075	0.135	0.194	0.205	0.243	0.283	0.328	0.204	0.0530	0.199	1.2811
灰漠土	8	0.018	*	*	0.041	0.093	0.128	0.192	0.193	0.195	0.104	0.0642	0.083	2.2250
灰棕漠土	14	0.031	*	0.034	0.045	0.065	0.093	0.110	0.139	0.203	0.078	0.0442	0.069	1.6462
棕漠土	8	0.089	*	*	0.117	0.189	0.208	0.228	0.265	0.302	0.181	0.0656	0.170	1.4648
草甸土	120(3)	0.031	0.059	0.110	0.156	0.207	0.280	0.350	0.464	1.010	0.232	0.1256	0.2050	1.6435
沼泽土	38	0.028	0.059	0.068	0.116	0.189	0.278	0.391	0.566	1.160	0.241	0.2075	0.1865	2.0598
盐土	77(5)	0.012	0.029	0.055	0.100	0.130	0.177	0.231	0.260	0.366	0.149	0.0624	0.1371	1.5132
碱土	3	0.143	*	*	*	0.185	*	*	*	0.313	0.228	0.0850	0.217	1.4826
磷质石灰土	9	0.027	*	*	0.052	0.169	0.319	0.612	0.891	1.170	0.313	0.3609	0.174	3.4058
石灰(岩)土	93	0.052	0.089	0.126	0.250	0.396	0.598	0.787	0.850	2.229	0.449	0.3082	0.3612	2.0134
紫色土	70	0.025	0.033	0.046	0.073	0.155	0.260	0.400	0.535	0.680	0.191	0.1512	0.1404	2.2723
风沙土	33(1)	0.007	0.015	0.024	0.044	0.080	0.100	0.153	0.233	0.317	0.094	0.0674	0.0765	1.9316
黑毡土	37	0.036	0.051	0.064	0.082	0.119	0.174	0.187	0.248	0.440	0.135	0.0750	0.1186	1.6544
草毡土	45	0.033	0.038	0.064	0.107	0.136	0.171	0.225	0.243	0.331	0.143	0.0608	0.1292	1.6311
巴嘎土	37	0.047	0.056	0.075	0.112	0.161	0.237	0.308	0.357	0.540	0.188	0.1112	0.1616	1.7612
莎嘎土	68	0.037	0.040	0.055	0.080	0.105	0.144	0.178	0.217	0.547	0.120	0.0740	0.1053	1.6334
寒漠土	4(1)	0.127	*	*	*	0.206	*	*	*	0.224	0.212	0.0115	0.212	1.0557
高山漠土	7	0.075	*	*	*	0.112	*	*	*	0.172	0.122	0.0361	0.117	1.3639

12 钒——A层土壤

单位：mg/kg

类别 土类名称	样点数	顺序统计量 最小值	5%值	10%值	25%值	中位值	75%值	90%值	95%值	最大值	算术 平均	算术 标准差	几何 平均	几何 标准差
绵土	41(2)	13.2	31.3	35.8	59.7	62.0	73.0	88.6	102.5	117.3	68.1	17.37	66.0	1.29
娄土	13(2)	15.3	*	25.5	57.5	64.8	67.5	82.1	85.2	90.2	69.3	10.61	68.6	1.16
黑垆土	23	30.9	31.7	36.9	56.8	66.9	76.0	84.9	85.3	87.0	65.8	16.18	63.5	1.33
黑土	51(2)	45.2	65.5	66.4	73.5	82.8	92.7	99.1	100.9	117.6	84.7	11.61	83.9	1.15
白浆土	54(1)	53.5	58.6	63.5	67.6	76.3	86.8	97.1	103.0	241.0	78.1	13.12	77.0	1.18
黑钙土	90(8)	5.2	32.3	47.7	67.4	80.3	90.8	97.9	103.3	187.8	82.8	18.85	80.9	1.23
潮土	265(14)	7.9	33.3	54.7	66.9	77.8	93.8	110.1	117.5	185.9	82.5	20.45	80.1	1.28
绿洲土	48(4)	25.4	44.9	58.4	68.6	70.6	75.7	80.1	90.8	95.8	73.7	7.82	73.4	1.11
水稻土	382(24)	3.4	27.2	42.1	67.0	84.6	99.8	119.2	138.7	490.1	87.2	27.72	83.0	1.38
砖红壤	39(2)	0.5	8.4	11.4	33.1	45.8	83.9	212.9	257.0	333.4	87.0	84.70	59.5	2.39
赤红壤	223(10)	3.5	11.4	18.5	31.4	60.4	92.1	133.7	186.5	481.9	73.1	62.29	54.2	2.23
红壤	527(8)	4.0	24.8	36.7	63.4	96.1	125.8	159.4	201.8	1264.2	103.2	62.28	88.1	1.79
黄壤	209(7)	3.8	30.5	39.0	59.6	85.5	109.4	142.1	212.1	780.6	91.4	48.71	80.9	1.65
煤红土	10	9.1	*	9.1	16.8	63.6	118.2	148.0	166.0	184.0	76.0	65.14	47.1	3.07
黄棕壤	161(4)	20.4	45.0	50.0	72.0	91.7	111.5	128.9	153.6	699.0	93.0	31.63	87.8	1.41
棕壤	265(10)	28.6	47.5	51.8	65.4	80.3	97.9	122.6	146.9	300.9	84.2	26.14	80.5	1.35
褐土	242(7)	21.1	44.6	54.9	67.9	79.1	92.3	110.5	122.3	299.9	82.6	21.14	80.0	1.29
灰褐土	19	31.6	*	43.8	50.6	70.2	86.8	91.8	99.4	100.0	70.4	19.69	67.5	1.36
暗棕壤	139(6)	27.6	49.4	54.5	63.8	74.7	85.0	97.6	117.6	314.2	75.7	17.70	73.8	1.26
棕色针叶林土	47(2)	4.5	27.6	32.5	46.7	67.0	75.7	89.8	93.9	139.7	66.7	22.05	63.1	1.41

类别		顺 序 统 计 量									算 术		几 何	
土类名称	样点数	最小值	5%值	10%值	25%值	中位值	75%值	90%值	95%值	最大值	平均	标准差	平均	标准差
灰色森林土	28(4)	4.5	6.6	27.9	47.4	57.0	73.0	85.1	87.1	109.9	65.6	16.79	63.7	1.28
栗钙土	150(2)	10.5	21.8	28.9	38.7	57.4	73.4	90.1	94.7	123.0	58.4	22.65	53.8	1.52
棕钙土	56(1)	13.2	19.8	30.1	45.4	60.6	74.5	86.4	88.3	98.5	60.1	20.03	56.2	1.48
灰钙土	19(2)	7.4	*	53.9	65.3	69.9	73.8	75.8	76.7	79.9	70.8	4.98	70.7	1.07
灰漠土	17	27.0	*	29.6	53.2	69.9	73.4	76.1	77.1	78.1	63.2	16.42	60.5	1.39
灰棕漠土	41	31.0	32.0	36.6	61.8	75.9	85.8	89.8	90.6	106.1	71.6	18.77	68.6	1.37
棕漠土	50(5)	15.5	37.2	54.8	62.6	69.6	74.7	81.9	84.8	118.7	70.3	8.05	69.8	1.12
草甸土	172(9)	14.1	30.9	43.4	59.6	70.9	82.8	96.9	103.9	131.7	73.1	18.46	70.7	1.30
沼泽土	60	13.2	19.0	25.9	45.9	64.2	79.1	96.6	99.9	148.2	63.4	27.21	56.8	1.66
盐土	115(3)	1.1	30.3	40.7	54.6	70.3	86.7	106.7	112.2	151.6	73.9	24.16	69.9	1.41
碱土	7	11.0	*	*	*	76.9	*	*	*	124.8	73.0	43.77	54.7	2.62
磷质石灰土	9(1)	1.1	*	*	1.1	1.1	1.1	1.1	1.2	1.2	1.1	0.00	1.1	1.00
石灰(岩)土	100(2)	6.8	47.8	75.9	103.3	130.4	179.8	242.5	301.1	565.7	155.3	87.32	137.3	1.63
紫色土	104(5)	16.5	44.3	60.5	71.7	86.2	103.6	125.1	141.5	275.0	90.0	23.52	87.0	1.30
风沙土	66	3.8	8.4	11.7	19.9	41.0	60.2	67.5	71.3	75.7	40.6	22.22	32.8	2.09
黑毡土	53(2)	36.6	47.1	64.7	74.3	83.0	95.0	112.6	127.7	245.0	86.5	19.85	84.4	1.25
草毡土	54(4)	21.9	44.6	57.3	67.2	79.1	87.7	94.8	108.4	133.2	81.2	15.67	79.8	1.20
巴嘎土	46(1)	29.2	30.5	55.7	70.1	81.1	91.3	113.6	126.8	143.0	84.1	23.25	80.7	1.36
莎嘎土	69	27.4	35.9	42.2	56.2	67.4	76.9	92.2	100.1	115.0	67.2	18.85	64.4	1.35
寒漠土	4	45.4	*	*	*	78.8	*	*	*	129.0	83.0	34.49	77.6	1.53
高山漠土	24	42.8	43.5	49.8	67.3	72.4	77.2	85.4	87.9	98.6	71.8	12.59	70.6	1.21

13 锌——A层土壤

单位：mg/kg

类别 土类名称	样点数	顺序统计量 最小值	5%值	10%值	25%值	中位值	75%值	90%值	95%值	最大值	算术 平均	标准差	几何 平均	标准差
绵土	41	35.5	42.8	48.5	53.3	63.7	82.9	95.5	102.2	115.2	67.9	19.12	65.5	1.32
娄土	13	55.3	*	55.8	59.3	71.0	82.2	85.8	90.5	98.0	73.4	13.01	72.4	1.20
黑垆土	23(1)	27.5	29.0	40.1	49.9	58.3	67.1	76.4	79.5	85.7	61.0	11.97	59.8	1.22
黑土	51	39.5	44.7	48.4	55.7	63.3	70.1	75.4	80.3	85.3	63.2	10.58	62.3	1.19
白浆土	54	39.4	43.0	46.0	53.6	81.6	104.3	129.5	133.8	172.0	83.3	31.91	77.5	1.47
黑钙土	90	17.4	23.1	29.5	45.1	68.6	82.8	114.0	129.3	314.9	71.7	41.93	62.4	1.70
潮土	265(10)	11.0	34.8	42.7	54.3	66.6	83.1	102.0	115.3	238.0	71.1	22.26	67.8	1.36
绿洲土	48(4)	19.3	37.2	52.8	60.1	67.5	76.8	83.1	85.8	90.8	70.5	9.74	69.9	1.15
水稻土	382(16)	8.5	29.0	40.6	62.0	78.0	100.0	125.8	144.6	272.0	85.4	32.69	79.6	1.46
砖红壤	39	7.3	7.4	8.7	14.2	26.3	43.9	89.7	116.6	176.0	39.6	37.49	27.9	2.29
赤红壤	223(1)	5.6	10.7	16.0	26.0	39.2	59.3	102.3	126.8	335.7	49.0	35.00	39.2	1.98
红壤	528(11)	7.6	31.2	37.3	51.9	71.0	100.0	130.0	170.6	493.0	80.1	40.10	71.7	1.60
黄壤	209(4)	13.2	27.4	40.8	51.2	70.0	90.0	125.5	156.1	212.0	79.2	37.15	71.5	1.58
燥红土	10	11.1	*	11.1	18.1	51.7	103.8	111.1	121.1	131.0	62.5	46.81	44.5	2.53
黄棕壤	162(3)	22.9	38.2	43.6	53.1	68.9	86.6	103.3	124.2	283.0	71.8	24.07	68.0	1.40
棕壤	265(4)	2.6	29.0	35.2	47.7	64.0	81.3	101.4	127.1	376.0	68.5	29.58	62.8	1.52
褐土	242(8)	12.0	39.3	45.5	55.6	67.6	87.7	112.2	138.8	340.7	74.1	26.52	70.0	1.40
灰褐土	19	40.6	*	48.5	56.2	72.3	78.7	94.8	109.0	145.0	73.9	23.60	70.8	1.34
暗棕壤	139(1)	26.9	47.2	58.5	68.3	81.3	99.2	118.3	129.3	165.6	86.0	24.19	82.7	1.33
棕色针叶林土	47	36.4	44.9	51.7	66.1	85.8	104.3	123.4	159.8	171.9	89.4	31.99	84.2	1.42

类别 土类名称	样点数	顺序统计量									算术		几何	
		最小值	5%值	10%值	25%值	中位值	75%值	90%值	95%值	最大值	平均	标准差	平均	标准差
灰色森林土	28(5)	12.8	16.8	36.4	55.6	65.3	74.8	81.1	106.1	555.5	69.9	14.10	68.7	1.20
栗钙土	150(1)	4.0	22.9	28.5	39.6	65.1	87.0	102.5	124.3	222.0	66.9	32.71	59.3	1.66
棕钙土	56(2)	7.2	23.6	28.4	37.7	54.7	65.3	84.1	95.9	139.4	56.2	23.94	51.9	1.49
灰钙土	19(2)	13.4	*	37.3	42.0	55.1	59.9	73.9	102.2	141.3	61.3	25.24	57.8	1.39
灰漠土	17	26.7	*	34.6	47.5	58.9	69.3	80.3	98.2	102.2	61.5	19.04	58.6	1.38
灰棕漠土	41	33.1	34.2	40.4	47.5	62.9	72.5	84.0	87.0	105.2	63.2	16.67	60.9	1.33
棕漠土	50(1)	38.9	39.9	43.5	49.6	56.7	70.8	78.7	89.5	153.5	60.1	14.96	58.5	1.26
草甸土	172(5)	15.5	28.3	41.5	52.1	62.8	81.8	100.3	143.9	288.3	70.0	29.71	64.8	1.48
沼泽土	60(3)	14.4	26.5	36.9	51.6	67.7	81.3	103.1	110.0	204.0	71.8	26.94	67.8	1.40
盐土	115(4)	3.4	28.5	34.6	51.4	64.6	87.1	112.5	158.8	361.0	74.4	37.34	67.5	1.54
碱土	7	34.3	*	*	*	57.5	*	*	*	86.0	60.0	16.44	57.9	1.34
磷质石灰土	9	3.4	*	*	7.8	19.1	36.4	42.8	45.9	49.0	24.1	16.42	18.0	2.47
石灰(岩)土	101	14.1	25.3	45.8	80.2	110.0	163.3	271.6	303.4	593.2	139.2	98.32	111.2	2.01
紫色土	104(2)	-19.0	34.4	42.1	59.5	80.0	99.8	123.3	137.8	181.0	82.8	29.99	77.5	1.46
风沙土	66	5.4	7.0	7.6	10.6	28.0	42.0	48.9	55.5	120.3	29.8	19.96	23.5	2.10
黑毡土	53(2)	30.3	49.9	61.0	69.4	83.2	100.6	111.4	130.1	144.4	88.1	21.61	85.7	1.27
草毡土	54(1)	31.8	47.1	50.1	63.0	83.8	97.5	107.8	114.1	118.9	81.8	20.73	79.1	1.30
巴嘎土	46	39.7	49.4	56.2	66.4	78.7	87.3	100.0	118.8	135.3	80.1	19.04	77.9	1.27
莎嘎土	69(1)	35.9	44.6	47.1	55.5	64.8	76.4	89.3	97.4	180.1	66.4	16.04	64.6	1.27
寒漠土	4	81.3	*	*	*	90.4	*	*	*	108.7	92.7	11.53	92.2	1.13
高山漠土	24	47.8	48.3	50.5	57.5	66.4	75.6	99.6	102.8	131.1	71.5	20.37	69.1	1.29

14 钾——A层土壤

类别 土类名称	样点数	顺序统计量									算术		几何	
		最小值	5%值	10%值	25%值	中位值	75%值	90%值	95%值	最大值	平均	标准差	平均	标准差
绵土	12	1.59	*	1.60	1.64	1.72	1.76	1.89	1.96	2.02	1.75	0.119	1.74	1.068
娄土	4	1.91	*	*	*	1.99	*	*	*	2.21	2.03	0.129	2.02	1.064
黑垆土	7	1.71	*	*	*	1.89	*	*	*	2.12	1.90	0.138	1.89	1.076
黑土	11	1.74	*	1.74	1.86	2.04	2.20	2.28	2.33	2.38	2.06	0.217	2.05	1.113
白浆土	10	1.57	*	1.57	1.67	1.93	2.02	2.13	2.17	2.20	1.90	0.210	1.89	1.120
黑钙土	18	1.94	*	1.96	2.03	2.14	2.22	2.34	2.46	2.56	2.17	0.164	2.16	1.077
潮土	51	1.37	1.60	1.67	1.77	1.98	2.16	2.32	2.37	2.47	1.99	0.251	1.97	1.137
绿洲土	16	1.70	*	1.74	1.79	1.96	2.08	2.17	2.21	2.34	1.97	0.177	1.96	1.093
水稻土	58(1)	0.26	0.54	0.62	1.42	1.78	1.93	2.21	2.58	4.09	1.64	0.587	1.49	1.651
砖红壤	7	0.15	*	*	*	1.05	*	*	*	2.81	1.28	1.031	0.80	3.371
赤红壤	30	0.11	0.14	0.34	0.66	1.15	2.00	3.36	3.98	4.43	1.53	1.193	1.10	2.450
红壤	77	0.16	0.49	0.70	1.11	1.70	2.22	3.00	3.20	4.07	1.75	0.875	1.51	1.823
黄壤	37(1)	0.67	0.81	0.94	1.17	1.58	2.29	2.80	3.30	4.87	1.76	0.762	1.61	1.523
爆黄土	5	0.28	*	*	*	1.49	*	*	*	4.31	2.06	1.534	1.48	2.823
黄棕壤	35	1.11	1.12	1.26	1.56	1.80	2.34	2.75	2.93	3.30	1.99	0.562	1.92	1.327
棕壤	53(2)	0.61	1.11	1.42	1.65	1.83	2.06	2.25	2.48	3.28	1.86	0.327	1.83	1.221
褐土	45(1)	1.30	1.44	1.62	1.71	1.92	2.11	2.42	2.75	3.60	1.95	0.337	1.93	1.180
灰褐土	5	1.74	*	*	*	1.90	*	*	*	2.22	1.99	0.222	1.98	1.119
暗棕壤	29	1.36	1.39	1.59	1.73	1.88	2.13	2.34	2.43	2.45	1.93	0.289	1.91	1.163
棕色针叶林土	10(1)	0.71	*	0.71	1.46	1.89	2.04	2.09	2.22	2.34	1.87	0.304	1.85	1.182

| 类别 | 样点数 | 顺序统计量 | | | | | | | | | 算术 | | 几何 | |
土类名称		最小值	5%值	10%值	25%值	中位值	75%值	90%值	95%值	最大值	平均	标准差	平均	标准差
灰色森林土	5	1.79	*	*	*	1.89	*	*	*	2.23	1.97	0.177	1.96	1.092
栗钙土	34	1.14	1.19	1.46	1.63	1.93	2.20	2.33	2.38	2.51	1.91	0.359	1.88	1.221
棕钙土	13	1.76	*	1.78	1.91	2.10	2.18	2.39	2.56	2.79	2.13	0.270	2.11	1.130
灰钙土	5	1.86	*	*	*	1.96	*	*	*	2.15	2.00	0.110	1.99	1.056
灰漠土	4	1.66	*	*	*	2.10	*	*	*	2.26	2.03	0.258	2.02	1.144
灰棕漠土	14	1.46	*	1.49	1.66	1.70	1.87	2.08	2.27	2.51	1.80	0.269	1.79	1.149
棕漠土	14	0.60	*	0.76	1.30	1.81	1.94	2.16	2.22	2.22	1.68	0.470	1.60	1.434
草甸土	39	1.00	1.18	1.38	1.66	1.85	1.98	2.21	2.51	2.97	1.86	0.372	1.82	1.227
沼泽土	20	1.15	1.15	1.28	1.66	1.94	2.16	2.32	2.34	2.76	1.90	0.397	1.86	1.245
盐土	33(2)	0.22	0.77	1.51	1.62	1.83	2.23	2.45	2.48	2.57	1.96	0.341	1.93	1.189
碱土	3	1.65	*	*	*	1.69	*	*	*	2.18	1.85	0.287	1.84	1.162
磷质石灰土	9	0.03	*	*	0.03	0.12	0.22	0.26	0.28	0.31	0.15	0.105	0.11	2.571
石灰(岩)土	15	0.06	*	0.06	0.32	1.01	1.60	1.72	1.75	1.80	0.99	0.650	0.65	3.299
紫色土	28	1.16	1.17	1.28	1.68	2.05	2.30	2.40	2.43	2.58	2.00	0.399	1.95	1.249
风沙土	13	1.49	*	1.54	1.70	1.87	2.40	2.53	2.60	2.66	2.06	0.400	2.02	1.216
黑毡土	25(3)	0.78	0.98	1.66	1.84	1.99	2.19	2.30	2.48	3.42	2.04	0.203	2.03	1.103
草毡土	18	1.55	*	1.57	1.65	1.73	1.89	2.36	2.62	2.66	1.88	0.343	1.85	1.183
巴嘎土	17	1.63	*	1.75	1.92	2.03	2.36	2.62	2.83	3.02	2.18	0.363	2.15	1.173
莎嘎土	23	1.10	1.12	1.25	1.40	1.67	2.26	2.44	2.85	3.44	1.86	0.585	1.78	1.341
寒漠土	2	1.76	*	*	*	2.17	*	*	*	2.58	2.17	0.581	2.13	1.311
高山漠土	9	1.45	*	*	1.58	1.94	2.16	2.48	2.68	2.88	2.03	0.451	1.98	1.245

15 铍——A层土壤

| 类 别 | | 顺 序 统 计 量 | | | | | | | | | 算 术 | | 几 何 | |
土类名称	样点数	最小值	5%值	10%值	25%值	中位值	75%值	90%值	95%值	最大值	平均	标准差	平均	标准差
绵土	12	1.14	*	1.15	1.70	2.25	2.40	2.68	2.70	2.70	2.11	0.538	2.03	1.347
娄土	4	0.87	*	*	*	1.88	*	*	*	2.80	1.86	1.092	1.60	1.916
黑垆土	7(2)	1.14	*	*	*	2.20	*	*	*	2.50	2.34	0.195	2.33	1.092
黑土	11	1.90	*	1.91	2.08	2.45	2.50	2.59	2.60	2.60	2.35	0.246	2.34	1.116
白浆土	10	1.80	*	1.80	2.00	2.25	2.40	2.40	2.55	2.70	2.23	0.263	2.22	1.126
黑钙土	18(2)	0.68	*	1.18	1.53	1.76	2.03	2.20	2.21	2.30	1.84	0.307	1.81	1.190
潮土	51(1)	0.70	1.07	1.37	1.58	2.10	2.40	2.80	2.85	3.20	2.08	0.541	2.01	1.328
绿洲土	16	1.27	*	1.02	1.61	1.80	1.86	2.24	2.34	2.50	1.81	0.315	1.78	1.187
水稻土	58	0.65	0.83	*	1.30	1.80	2.40	2.70	2.90	3.48	1.86	0.664	1.73	1.477
砖红壤	7	0.10	*	*	*	0.68	*	*	*	1.55	0.72	0.518	0.48	3.056
赤红壤	30(1)	0.25	0.35	0.50	1.05	1.42	1.80	2.08	2.30	3.40	1.48	0.635	1.35	1.599
红壤	77	0.42	0.66	0.82	1.10	1.40	2.12	2.79	3.05	4.10	1.66	0.793	1.49	1.600
黄壤	37	0.40	0.74	0.88	1.11	1.65	2.48	3.07	3.80	4.92	1.91	1.013	1.67	1.715
爆红土	5(1)	0.10	*	*	*	2.04	*	*	*	4.20	2.74	1.056	2.60	1.453
黄棕壤	35	0.64	0.71	0.81	1.48	1.97	2.40	2.80	3.03	7.94	2.10	1.215	1.87	1.617
棕壤	53	0.69	0.93	1.10	1.27	1.69	2.10	2.60	3.35	4.54	1.82	0.759	1.69	1.468
褐土	45	0.92	1.03	1.06	1.36	2.00	2.20	2.55	2.78	3.30	1.92	0.583	1.83	1.384
灰褐土	5	1.61	*	*	*	1.70	*	*	*	2.20	1.88	0.293	1.86	1.165
暗棕壤	29(2)	0.60	0.96	1.49	1.83	2.20	2.47	2.80	2.80	4.40	2.26	0.570	2.21	1.255
棕色针叶林土	10	1.00	*	1.00	1.40	1.90	2.10	2.30	2.55	2.80	1.86	0.517	1.79	1.345

类别		样点数	顺序统计量									算术		几何	
土类名称			最小值	5%值	10%值	25%值	中位值	75%值	90%值	95%值	最大值	平均	标准差	平均	标准差
灰色森林土		5	2.10	*	*	*	2.20	*	*	*	2.70	2.36	0.270	2.35	1.119
栗钙土		34	1.10	1.10	1.12	1.33	1.61	1.92	2.10	2.20	3.21	1.66	0.440	1.61	1.281
棕钙土		13	1.15	*	1.19	1.44	1.61	1.88	2.21	2.65	3.31	1.76	0.558	1.70	1.315
灰钙土		5	1.32	*	*	*	1.87	*	*	*	3.75	2.24	0.956	2.09	1.507
灰漠土		4	1.10	*	*	*	1.46	*	*	*	1.95	1.49	0.382	1.46	1.293
灰棕漠土		14	1.10	*	1.20	1.51	1.95	2.15	2.26	2.45	2.80	1.88	0.447	1.83	1.280
棕漠土		14	0.93	*	0.96	1.27	1.53	1.74	1.78	1.97	2.40	1.54	0.373	1.49	1.282
草甸土		39	1.02	1.02	1.09	1.25	2.15	2.53	2.81	2.93	3.50	2.06	0.699	1.94	1.450
沼泽土		20	1.19	1.19	1.19	1.60	2.10	2.40	2.50	2.80	3.00	2.03	0.533	1.96	1.327
盐土		33	0.85	0.86	1.00	1.41	1.61	2.33	2.74	3.17	3.90	1.86	0.724	1.73	1.461
碱土		3	1.24	*	*	*	1.30	*	*	*	1.95	1.52	0.380	1.49	1.270
磷质石灰土		9	0.005	*	*	0.005	0.005	1.08	2.26	3.43	4.60	0.97	1.538	0.07	22.808
石灰(岩)土		15	1.02	*	1.11	1.51	2.71	3.43	4.32	4.51	4.83	2.75	1.213	2.48	1.636
紫色土		28	0.88	0.90	1.08	1.48	2.03	2.47	2.62	2.70	3.10	1.98	0.587	1.88	1.402
风沙土		13	0.76	*	0.83	1.10	1.36	1.66	2.00	2.24	2.50	1.45	0.478	1.39	1.382
黑毡土		25	1.40	1.41	1.44	1.80	2.16	2.53	3.90	4.70	5.80	2.47	1.076	2.31	1.436
草毡土		18	1.53	*	1.67	1.95	2.40	2.85	3.12	3.65	4.10	2.49	0.668	2.42	1.297
巴嘎土		17	1.61	*	1.76	2.01	2.35	2.88	3.30	4.03	4.20	2.55	0.717	2.46	1.301
莎嘎土		23	1.10	1.10	1.13	1.48	2.10	3.05	3.71	4.99	10.00	2.64	1.898	2.26	1.703
寒漠土		2	3.20	*	*	*	3.50	*	*	*	3.80	3.50	0.424	3.49	1.129
高山漠土		9	1.61	*	*	1.80	1.95	2.35	2.63	3.01	3.40	2.18	0.550	2.12	1.257

16 镁——A层土壤

单位：%

| 类别 | 样点数 | 顺序统计量 | | | | | | | | | 算术 | | 几何 | |
土类名称		最小值	5%值	10%值	25%值	中位值	75%值	90%值	95%值	最大值	平均	标准差	平均	标准差
绵土	12	0.78	*	0.84	1.09	1.15	1.20	1.41	1.44	1.47	1.17	0.186	1.16	1.181
娄土	4	1.18	*	*	*	1.26	*	*	*	1.43	1.28	0.106	1.28	1.085
黑垆土	7	0.72	*	*	*	1.08	*	*	*	1.32	1.07	0.201	1.05	1.226
黑土	11	0.40	0.54	0.41	0.54	0.60	0.67	0.70	0.72	0.74	0.60	0.096	0.60	1.187
白浆土	10	0.38	*	0.38	0.45	0.59	0.64	0.76	0.79	0.82	0.59	0.140	0.57	1.277
黑钙土	18	0.21	*	0.32	0.56	0.82	1.14	1.34	1.49	1.55	0.88	0.392	0.78	1.707
潮土	51	0.48	0.54	0.85	0.95	1.09	1.32	1.51	1.65	1.84	1.15	0.303	1.11	1.337
绿洲土	16	0.99	0.10	1.02	1.27	1.69	2.02	2.29	2.40	2.74	1.71	0.510	1.64	1.356
水稻土	58	0.10	*	0.14	0.32	0.63	0.86	1.08	1.13	1.40	0.62	0.334	0.50	2.055
砖红壤	7(1)	0.02	*	*	*	0.15	*	*	*	0.84	0.16	0.094	0.13	2.439
赤红壤	30	0.04	0.05	0.07	0.08	0.21	0.33	0.50	0.52	0.58	0.24	0.166	0.18	2.178
红壤	77(1)	0.05	0.08	0.11	0.18	0.29	0.42	0.70	0.82	1.44	0.34	0.226	0.28	1.962
黄壤	37(1)	0.10	0.13	0.15	0.26	0.38	0.56	0.74	0.78	1.24	0.42	0.208	0.37	1.744
爆红土	5	0.04	*	*	*	0.61	*	*	*	1.48	0.78	0.639	0.41	4.979
黄棕壤	35(1)	0.18	0.23	0.29	0.45	0.67	0.83	1.02	1.13	3.56	0.66	0.271	0.60	1.587
棕壤	53	0.29	0.36	0.44	0.53	0.71	1.02	1.17	1.25	1.86	0.79	0.318	0.73	1.495
褐土	45(1)	0.37	0.45	0.56	0.75	0.88	1.14	1.25	1.47	2.22	0.93	0.278	0.88	1.377
灰褐土	5	0.89	*	*	*	1.09	*	*	*	1.33	1.14	0.173	1.13	1.170
暗棕壤	29	0.37	0.41	0.46	0.56	0.67	0.81	0.93	1.18	1.37	0.72	0.228	0.69	1.346
棕色针叶林土	10	0.25	*	0.25	0.36	0.56	0.62	0.68	0.73	0.78	0.53	0.169	0.50	1.456

267

续表

类别 土类名称	样点数	顺序统计量									算术		几何	
		最小值	5%值	10%值	25%值	中位值	75%值	90%值	95%值	最大值	平均	标准差	平均	标准差
灰色森林土	5	0.54	*	*	*	0.68	*	*	*	1.04	0.75	0.191	0.73	1.283
栗钙土	34	0.27	0.31	0.38	0.51	1.09	1.32	1.50	1.67	1.92	0.98	0.461	0.86	1.735
棕钙土	13	0.34	*	0.35	0.48	0.93	1.11	1.45	1.71	1.98	0.94	0.475	0.83	1.715
灰钙土	5	1.39	*	*	*	1.45	*	*	*	1.62	1.49	0.093	1.49	1.064
灰漠土	4	0.42	*	*	*	0.75	*	*	*	1.19	0.78	0.399	0.70	1.727
灰棕漠土	14	0.63	*	0.70	0.97	1.15	1.56	1.85	2.03	2.24	1.28	0.458	1.21	1.423
棕漠土	14(1)	0.42	*	0.57	1.04	1.43	1.67	2.29	2.97	4.00	1.39	0.530	1.28	1.566
草甸土	39(3)	0.36	0.37	0.46	0.57	0.65	0.89	1.44	2.31	3.23	0.74	0.296	0.70	1.425
沼泽土	20(1)	0.39	0.39	0.42	0.57	0.71	1.18	1.32	1.68	2.92	0.83	0.355	0.76	1.515
盐土	33	0.23	0.35	0.63	1.02	1.37	1.82	2.48	3.12	3.49	1.52	0.767	1.33	1.761
碱土	3	1.39	*	*	*	1.40	*	*	*	2.58	1.80	0.679	1.72	1.421
磷质石灰土	9	0.02	*	*	0.07	0.28	0.41	0.46	0.49	0.52	0.28	0.185	0.19	3.065
石灰(岩)土	15(1)	0.12	*	0.14	0.29	0.55	0.86	1.01	1.31	2.20	0.56	0.319	0.46	2.067
紫色土	28	0.26	0.30	0.39	0.78	0.91	1.07	1.48	1.51	1.72	0.93	0.360	0.85	1.571
风沙土	13	0.12	*	0.13	0.17	0.31	0.51	1.25	1.38	1.43	0.52	0.453	0.37	2.267
黑毡土	25(1)	0.40	0.42	0.50	0.59	0.67	0.89	0.99	1.55	3.97	0.80	0.313	0.75	1.424
草毡土	18	0.25	*	0.37	0.43	0.63	0.86	0.99	1.28	1.45	0.69	0.314	0.63	1.569
巴嘎土	17	0.62	*	0.63	0.69	0.98	1.53	1.66	1.85	2.16	1.14	0.472	1.05	1.506
莎嘎土	23(1)	0.19	0.20	0.30	0.51	0.73	1.05	1.10	1.36	2.20	0.73	0.322	0.66	1.675
寒漠土	2	0.50	*	*	*	0.74	*	*	*	0.98	0.74	0.337	0.70	1.604
高山漠土	9	0.87	*	*	0.96	1.23	1.48	2.17	2.36	2.56	1.43	0.564	1.35	1.434

17 钙——A层土壤

单位:%

类别 土类名称	样点数	顺序统计量									算术		几何	
		最小值	5%值	10%值	25%值	中位值	75%值	90%值	95%值	最大值	平均	标准差	平均	标准差
绵土	12(1)	2.62	*	2.78	4.43	4.81	5.02	5.36	5.48	5.54	4.77	0.579	4.73	1.140
娄土	4	2.82	*	*	*	3.92	*	*	*	5.74	4.10	1.253	3.96	1.353
黑垆土	7	1.02	*	*	*	3.53	*	*	*	5.03	3.58	1.441	3.22	1.753
黑土	11(1)	0.78	*	0.78	0.78	0.83	0.93	1.00	1.17	1.37	0.86	0.080	0.85	1.096
白浆土	10	0.60	*	0.60	0.63	0.69	0.78	0.84	0.86	0.88	0.72	0.101	0.71	1.148
黑钙土	18	0.42	*	0.54	1.07	1.73	2.32	3.19	3.23	3.52	1.81	0.907	1.57	1.796
潮土	51	0.49	0.66	0.82	1.43	2.43	3.72	4.14	4.61	5.23	2.59	1.320	2.22	1.831
绿洲土	16	2.22	*	2.79	3.53	4.93	6.05	7.75	8.73	10.79	5.32	2.234	4.91	1.505
水稻土	58(4)	0.04	0.09	0.11	0.22	0.45	0.67	0.92	1.94	2.42	0.43	0.258	0.34	2.137
砖红壤	7(1)	0.01	*	*	*	0.04	*	*	*	0.65	0.04	0.030	0.03	2.212
赤红壤	30	0.01	0.01	0.01	0.02	0.09	0.15	0.18	0.25	0.36	0.10	0.085	0.07	2.754
红壤	77(4)	0.01	0.01	0.03	0.04	0.07	0.13	0.19	0.30	1.49	0.08	0.054	0.07	1.972
黄壤	37(2)	0.02	0.02	0.02	0.04	0.08	0.21	0.35	0.47	1.31	0.12	0.108	0.08	2.533
燥红土	5	0.03	*	*	*	1.13	*	*	*	6.69	2.42	2.723	0.72	9.832
黄棕壤	35(2)	0.05	0.06	0.12	0.26	0.44	0.80	0.99	1.40	3.24	0.51	0.306	0.40	2.247
棕壤	53(3)	0.09	0.13	0.33	0.50	0.68	0.88	1.27	1.67	6.84	0.70	0.310	0.61	1.812
褐土	45	0.34	0.51	0.58	0.92	1.54	4.02	5.00	5.58	6.54	2.42	1.809	1.79	2.273
灰褐土	5	0.97	*	*	*	1.72	*	*	*	5.08	2.56	1.710	2.11	2.043
暗棕壤	29	0.16	0.18	0.35	0.62	0.83	1.09	1.62	1.96	2.07	0.91	0.478	0.79	1.782
棕色针叶林土	10	0.39	*	0.39	0.57	0.86	1.15	1.31	1.38	1.45	0.91	0.354	0.84	1.546

续表

类别 土类名称	样点数	最小值	5%值	10%值	25%值	中位值	75%值	90%值	95%值	最大值	算术 平均	算术 标准差	几何 平均	几何 标准差
灰色森林土	5	0.97	*	*	*	1.01	*	*	*	1.70	1.17	0.307	1.14	1.264
栗钙土	34	0.16	0.51	0.76	1.17	3.27	4.76	5.96	6.47	7.80	3.34	2.077	2.52	2.416
棕钙土	13	0.78	*	0.80	0.92	1.51	3.35	5.33	6.17	6.32	2.51	1.933	1.92	2.142
灰钙土	5	4.02	*	*	*	4.44	*	*	*	7.55	5.35	1.533	5.19	1.318
灰漠土	4	0.54	*	*	*	2.49	*	*	*	9.36	3.72	3.985	2.23	3.434
灰棕漠土	14	2.04	*	2.19	2.56	4.75	5.69	6.61	6.89	7.43	4.52	1.777	4.17	1.538
棕漠土	14	1.95	*	2.58	5.52	7.22	9.08	11.43	13.89	16.30	7.68	3.642	6.85	1.688
草甸土	39	0.41	0.44	0.59	0.83	1.23	2.41	6.68	8.36	9.08	2.20	2.356	1.48	2.316
沼泽土	20	0.56	0.56	0.64	0.78	1.22	3.21	4.93	8.08	9.51	2.48	2.560	1.66	2.400
盐土	33(1)	0.20	0.46	0.98	2.11	2.84	5.16	7.87	8.70	46.71	3.70	2.520	2.83	2.297
碱土	3	4.23	*	*	*	4.32	*	*	*	5.80	4.81	0.862	4.76	1.188
磷质石灰土	9	17.01	*	*	24.46	29.82	33.32	33.73	33.97	34.21	29.00	5.910	28.37	0.901
石灰(岩)土	15	0.12	*	0.12	0.12	0.47	0.65	1.84	2.60	2.74	0.73	0.829	0.43	2.878
紫色土	28	0.03	0.03	0.10	0.28	0.80	3.92	4.61	5.08	5.44	1.80	1.904	0.81	4.436
风沙土	13	0.33	*	0.33	0.44	0.84	2.61	6.16	6.89	7.79	2.28	2.597	1.26	3.098
黑毡土	25(3)	0.13	0.14	0.18	0.29	0.70	1.03	3.40	5.75	9.08	0.67	0.393	0.54	2.075
草毡土	18(1)	0.28	*	0.40	0.66	1.02	1.34	1.89	2.85	4.53	1.08	0.571	0.95	1.726
巴嘎土	17	0.40	*	0.50	0.85	2.04	4.17	5.57	7.42	8.15	2.92	2.290	2.10	2.448
莎嘎土	23	0.36	0.39	0.60	1.11	1.83	3.92	5.00	5.89	7.45	2.71	1.949	2.03	2.293
寒漠土	2	0.41	*	*	*	0.54	*	*	*	0.67	0.54	0.182	0.52	1.415
高山漠土	9	1.44	*	*	3.56	4.12	5.17	6.52	6.63	6.75	4.48	1.625	4.14	1.582

单位：mg/kg

18 锶——A层土壤

类别 土类名称	样点数	顺 序 统 计 量									算 术		几 何	
		最小值	5%值	10%值	25%值	中位值	75%值	90%值	95%值	最大值	平均	标准差	平均	标准差
绵土	12	166	*	168	179	195	229	239	247	258	204	30.0	202	1.2
娄土	4	138	*	*	*	183	*	*	*	229	183	37.3	180	1.2
黑垆土	7	151	*	*	*	180	*	*	*	215	185	20.7	184	1.1
黑土	11(1)	154	*	154	161	174	181	194	249	314	172	13.1	171	1.1
白浆土	10	132	*	132	144	161	172	177	179	180	160	16.6	159	1.1
黑钙土	18(2)	123	*	130	141	173	208	297	606	940	168	33.2	165	1.2
潮土	51	87	91	120	166	189	205	241	257	329	187	47.1	180	1.3
绿洲土	16	221	*	227	237	308	368	384	388	405	309	66.6	303	1.2
水稻土	58	10	15	28	51	90	116	138	146	210	87	44.4	74	1.9
砖红壤	7	8	*	*	*	17	*	*	*	199	57	76.1	27	3.6
赤红壤	30	6	7	9	17	25	63	80	126	396	52	72.5	32	2.6
红壤	77	8	12	14	20	34	48	65	138	434	49	67.0	34	2.1
黄壤	37	10	12	15	28	38	52	87	108	292	52	51.9	40	2.0
燥红土	5	15	*	*	*	35	*	*	*	238	79	91.2	50	2.8
黄棕壤	35	32	33	41	58	87	115	202	280	358	108	75.1	90	1.8
棕壤	53(1)	26	43	80	108	128	162	217	357	504	157	94.0	138	1.6
褐土	45	74	85	92	127	153	200	222	271	456	170	67.5	158	1.4
灰褐土	5	120	*	*	*	140	*	*	*	184	153	29.7	151	1.2
暗棕壤	29	54	59	79	102	149	203	335	342	395	173	87.7	154	1.6
棕色针叶林土	10	66	*	66	110	166	243	301	302	302	184	88.2	164	1.7

类别		顺序统计量									算术		几何	
土类名称	样点数	最小值	5%值	10%值	25%值	中位值	75%值	90%值	95%值	最大值	平均	标准差	平均	标准差
灰色森林土	5	153	*	*	*	172	*	*	*	276	190	49.0	186	1.3
栗钙土	34(1)	99	128	143	157	192	219	281	322	562	199	56.5	192	1.3
棕钙土	13	156	*	158	167	180	210	239	250	258	194	33.1	192	1.2
灰钙土	5	148	*	*	*	225	*	*	*	300	231	58.3	225	1.3
灰漠土	4	127	*	*	*	303	*	*	*	876	402	327.2	317	2.2
灰棕漠土	14	194	*	196	214	276	414	731	920	938	379	246.6	328	1.7
棕漠土	14	164	*	168	223	353	491	1169	1558	2112	557	552.4	404	2.2
草甸土	39	108	116	137	150	192	258	472	612	763	253	157.7	221	1.6
沼泽土	20	94	94	100	134	187	275	380	398	566	226	121.2	201	1.6
盐土	33(1)	64	65	89	151	197	365	532	1282	5957	303	305.8	228	2.0
碱土	3	217	*	*	*	219	*	*	*	417	285	114.5	271	1.5
磷质石灰土	9(2)	1101	*	*	3542	4542	5274	5436	5441	5445	4894	619.5	4858	1.1
石灰(岩)土	15	18	*	19	23	46	58	89	151	247	58	58.1	44	2.0
紫色土	28(2)	6	15	38	54	110	146	160	182	194	110	46.9	99	1.6
风沙土	13	92	29	102	146	182	279	346	374	376	217	92.0	200	1.5
黑毡土	25(1)	19	*	59	79	110	176	278	383	501	158	111.8	132	1.8
草毡土	18	54	*	73	96	133	146	161	170	206	128	37.2	122	1.4
巴嘎土	17	68	72	103	131	195	239	299	321	346	200	76.0	185	1.5
莎嘎土	23	70	*	80	100	159	193	347	360	375	178	92.8	158	1.6
寒漠土	2	155	*	*	*	156	*	*	*	156	156	0.7	155	1.0
高山漠土	9	198	*	*	220	255	489	708	755	803	392	229.1	342	1.7

单位：mg/kg

19 钡——A层土壤

类别 土类名称	样点数	顺序统计量									算术		几何	
		最小值	5%值	10%值	25%值	中位值	75%值	90%值	95%值	最大值	平均	标准差	平均	标准差
绵土	12	379	*	383	426	444	458	471	474	475	440	28.7	439	1.1
篓土	4	356	*	*	*	475	*	*	*	511	454	71.4	450	1.2
黑垆土	7	381	*	*	*	444	*	*	*	540	456	49.0	454	1.1
黑土	11	536	*	536	540	556	573	584	604	627	563	26.7	563	1.0
白浆土	10	503	*	503	520	537	553	565	566	567	539	21.7	538	1.0
黑钙土	18	441	*	460	489	525	564	580	602	616	529	48.6	526	1.1
潮土	51	300	357	417	443	480	558	610	623	720	499	84.0	492	1.2
绿洲土	16	415	*	419	444	473	500	517	543	627	480	50.7	478	1.1
水稻土	58(1)	92	118	183	383	472	505	598	625	706	442	138.6	412	1.5
砖红壤	7	28	*	*	*	113	*	*	*	594	221	227.1	132	3.2
赤红壤	30	27	31	43	80	212	419	744	865	967	305	277.7	195	2.8
红壤	77(1)	20	67	94	207	328	443	722	846	1675	381	268.4	303	2.1
黄壤	37(1)	45	64	125	233	323	475	595	655	846	370	178.5	324	1.7
燥红土	5	96	*	*	*	257	*	*	*	864	385	312.7	280	2.6
黄棕壤	35	201	272	339	378	453	545	765	914	1109	513	202.4	481	1.4
棕壤	53(4)	115	229	323	407	483	564	700	734	851	522	128.2	507	1.3
褐土	45	280	318	335	437	474	529	588	619	942	493	120.9	481	1.3
灰褐土	5	414	*	*	*	446	*	*	*	524	468	47.0	466	1.1
暗棕壤	29	284	293	329	455	528	623	698	717	1070	541	160.2	520	1.3
棕色针叶林土	10	314	*	314	435	601	695	752	796	840	588	165.1	565	1.4

续表

类别 土类名称	样点数	顺序统计量									算术		几何	
		最小值	5%值	10%值	25%值	中位值	75%值	90%值	95%值	最大值	平均	标准差	平均	标准差
灰色森林土	5	434	*	*	*	482	*	*	*	543	490	40.0	488	1.1
栗钙土	34	360	370	408	435	475	535	601	628	736	495	83.4	488	1.2
棕钙土	13	375	*	388	431	467	535	593	604	620	492	76.4	487	1.2
灰钙土	5	431	*	*	*	461	*	*	*	558	476	48.5	474	1.1
灰漠土	4	442	*	*	*	473	*	*	*	570	489	56.2	487	1.1
灰棕漠土	14	341	*	345	376	430	496	559	583	591	447	82.3	440	1.2
棕漠土	14(2)	71	*	139	312	460	502	520	526	534	454	76.8	447	1.2
草甸土	39	322	326	385	462	511	558	634	668	734	516	91.0	508	1.2
沼泽土	20	261	261	302	364	491	524	560	621	750	472	116.0	458	1.3
盐土	33(2)	261	155	267	372	426	467	521	542	592	427	80.9	419	1.2
碱土	3	434	*	*	*	436	*	*	*	544	472	62.6	469	1.1
磷质石灰土	9(1)	5	*	*	5	5	5	6	12	18	5	0.0	5	1.0
石灰(岩)土	15	42	*	43	112	216	250	349	386	408	211	108.1	177	2.0
紫色土	28(4)	93	106	192	335	426	466	557	619	745	453	104.3	442	1.3
风沙土	13	314	*	342	467	538	597	655	759	910	555	142.1	539	1.3
黑毡土	25	200	216	274	332	411	443	505	557	701	409	104.6	396	1.3
草毡土	18	300	*	306	343	376	417	480	527	540	389	68.5	384	1.2
巴嘎土	17	300	*	334	381	431	491	520	555	609	441	77.3	435	1.2
莎嘎土	23	213	217	248	306	358	405	486	616	906	390	145.0	371	1.4
寒漠土	2	342	*	*	*	411	*	*	*	479	411	96.9	405	1.3
高山漠土	9	235	*	*	277	397	475	544	546	548	402	115.9	386	1.4

单位：mg/kg

20 硼——A 层土壤

类别 土类名称	样点数	顺序统计量									算术		几何	
		最小值	5%值	10%值	25%值	中位值	75%值	90%值	95%值	最大值	平均	标准差	平均	标准差
绵土	12	22.1	*	22.2	27.0	39.8	47.8	56.9	59.6	61.7	39.8	13.35	37.7	1.42
娄土	4(2)	28.5	*	*	*	55.3	*	*	*	57.1	56.8	0.42	56.8	1.01
黑垆土	7(1)	18.5	*	*	*	49.8	*	*	*	62.3	50.7	8.78	50.0	1.20
黑土	11	15.9	*	16.1	20.6	31.0	37.2	42.3	45.6	48.9	31.4	10.50	29.7	1.44
白浆土	10	33.1	*	33.1	34.0	38.4	44.5	51.3	55.1	58.9	41.4	8.43	40.7	1.21
黑钙土	18	9.4	*	13.4	22.4	29.8	39.1	67.2	69.2	71.0	35.0	18.95	30.5	1.73
潮土	51(3)	11.5	20.7	26.0	39.5	49.2	56.2	66.1	76.6	83.0	51.0	13.15	49.3	1.31
绿洲土	16(4)	4.0	*	7.4	24.1	31.7	40.0	52.4	54.1	55.5	38.4	10.46	37.2	1.31
水稻土	58(1)	6.4	8.9	21.2	39.2	57.8	74.8	81.9	91.2	108.1	56.8	23.23	50.4	1.74
砖红壤	7	1.0	*	*	*	31.5	*	*	*	261.6	64.4	89.85	25.7	5.75
赤红壤	30	1.0	2.0	3.0	4.5	10.8	50.3	64.5	84.2	148.2	30.9	34.85	14.9	3.79
红壤	77(1)	1.0	4.0	7.2	13.1	31.4	60.2	100.1	115.7	184.3	44.4	39.15	29.4	2.67
黄壤	37	5.0	5.8	12.1	25.0	41.3	63.5	83.2	101.3	223.7	50.2	39.68	37.8	2.26
燥红土	5	4.0	*	*	*	11.7	*	*	*	51.1	22.4	19.75	15.1	2.88
黄棕壤	35(2)	7.0	13.0	19.6	35.8	48.3	57.6	71.8	75.1	114.9	50.8	19.43	47.2	1.49
棕壤	53	7.0	8.9	19.2	32.4	38.2	55.2	69.9	86.5	144.6	45.6	26.06	39.1	1.80
褐土	45	12.5	15.9	26.7	34.3	47.5	58.2	78.3	94.4	114.0	50.2	21.81	45.6	1.59
灰褐土	5	26.8	*	20.7	*	46.5	*	*	*	91.4	55.4	26.01	50.3	1.65
暗棕壤	29	17.6	18.5	20.7	25.3	34.3	49.4	65.7	85.8	106.3	41.0	21.78	36.6	1.60
棕色针叶林土	10	9.0	*	9.0	17.9	29.7	34.2	35.9	42.2	48.4	28.5	11.45	25.9	1.66

类别 土类名称	样点数	顺 序 统 计 量									算 术		几 何	
		最小值	5%值	10%值	25%值	中位值	75%值	90%值	95%值	最大值	平均	标准差	平均	标准差
灰色森林土	5	24.0	*	*	*	29.5	*	*	*	34.0	29.8	4.09	29.6	1.15
栗钙土	34	9.0	10.3	13.8	21.0	29.4	34.5	47.3	62.4	75.7	30.7	15.47	27.4	1.63
棕钙土	13	14.7	*	17.1	24.3	29.4	43.1	45.3	51.7	63.6	34.3	13.05	32.0	1.47
灰钙土	5	19.3	*	*	*	33.0	*	*	*	45.7	35.4	11.22	33.7	1.43
灰漠土	4	5.0	*	*	*	17.5	*	*	*	37.4	19.3	13.41	15.4	2.30
灰棕漠土	14(1)	7.0	*	10.7	19.2	29.2	37.3	49.4	52.0	54.3	32.5	12.48	30.3	1.48
棕漠土	14(1)	3.0	*	5.8	16.5	21.1	35.2	48.9	53.1	56.7	28.7	14.79	25.4	1.68
草甸土	39(3)	3.0	5.8	14.7	20.0	28.0	37.2	47.3	64.0	114.4	34.6	20.06	30.8	1.59
沼泽土	20	13.4	13.4	15.2	20.5	42.6	54.4	86.2	114.9	122.5	48.7	32.02	39.6	1.96
盐土	33(1)	6.0	12.8	26.6	50.3	70.3	87.3	121.8	213.7	768.6	99.9	129.64	73.8	1.97
碱土	3	41.3	*	*	*	50.5	*	*	*	67.1	56.0	13.27	54.9	1.29
磷质石灰土	9(2)	3.0	*	*	18.3	22.5	24.8	31.4	37.7	44.0	27.1	7.93	26.3	1.28
石灰(岩)土	15(1)	36.6	*	39.1	43.5	51.3	57.2	63.0	80.8	129.7	51.1	8.31	50.5	1.18
紫色土	28	14.6	20.6	30.1	33.3	41.3	63.0	83.3	90.0	166.1	52.8	29.89	46.9	1.62
风沙土	13(2)	1.0	*	2.2	6.0	7.9	10.9	12.6	13.2	14.0	9.5	2.81	9.2	1.36
黑毡土	25	19.1	20.8	27.3	38.4	61.6	82.7	124.0	138.3	245.0	74.5	48.69	62.7	1.82
草毡土	18	20.1	*	38.7	56.2	70.4	84.1	137.5	165.1	219.3	82.7	46.36	72.8	1.69
巴嘎土	17	29.1	*	32.7	40.0	85.7	119.0	172.6	276.5	446.4	111.6	102.14	84.2	2.10
莎嘎土	23	10.6	11.6	17.8	31.6	43.8	48.5	83.6	100.9	148.6	50.6	30.59	43.2	1.79
寒漠土	2	119.7	*	*	*	130.1	*	*	*	140.4	130.1	14.64	129.6	1.12
高山漠土	9	20.3	*	*	32.2	35.7	56.1	63.0	67.2	71.5	44.3	17.02	41.3	1.50

单位：mg/kg

21 锗——A层土壤

类别	样点数	顺序统计量									算术		几何	
土类名称		最小值	5%值	10%值	25%值	中位值	75%值	90%值	95%值	最大值	平均	标准差	平均	标准差
绵土	12	1.4	*	1.4	1.4	1.6	1.7	1.8	1.9	2.0	1.6	0.18	1.6	1.12
娄土	4	1.8	*	*	*	1.9	*	*	*	1.9	1.9	0.06	1.8	1.03
黑垆土	7	1.4	*	*	*	1.7	*	*	*	1.9	1.7	0.18	1.7	1.11
黑土	11	1.3	*	1.3	1.4	1.5	1.6	1.7	1.7	1.8	1.5	0.15	1.5	1.10
白浆土	10	1.4	*	1.4	1.5	1.6	1.7	2.0	2.0	2.0	1.6	0.22	1.6	1.14
黑钙土	18	1.1	1.3	1.2	1.3	1.6	1.8	2.3	2.4	2.7	1.6	0.44	1.6	1.29
潮土	51	1.2	*	1.5	1.6	1.7	1.8	2.0	2.0	2.2	1.7	0.21	1.7	1.13
绿洲土	16	1.0	1.2	1.0	1.3	1.5	1.7	2.0	2.1	2.2	1.5	0.36	1.5	1.27
水稻土	58	1.0	*	1.4	1.6	1.7	1.9	2.1	2.3	2.6	1.7	0.31	1.7	1.20
砖红壤	7(1)	0.9	*	*	*	1.5	*	*	*	1.7	1.5	0.15	1.5	1.10
赤红壤	30	1.2	1.3	1.3	1.5	1.7	1.8	2.2	2.3	2.3	1.7	0.29	1.7	1.18
红壤	77(3)	0.8	1.3	1.4	1.5	1.7	1.9	2.2	2.4	2.8	1.8	0.32	1.7	1.18
黄壤	37	1.1	1.2	1.3	1.5	1.8	1.9	2.1	2.2	2.8	1.7	0.35	1.7	1.22
燥红土	5	1.1	*	*	*	1.8	*	*	*	2.6	1.8	0.54	1.8	1.37
黄棕壤	35(2)	0.9	1.2	1.5	1.6	1.7	1.8	2.0	2.3	2.4	1.8	0.24	1.8	1.14
棕壤	53(1)	1.1	1.4	1.4	1.6	1.7	1.8	2.1	2.1	2.3	1.7	0.23	1.7	1.14
褐土	45	1.2	1.3	1.4	1.6	1.7	1.8	2.0	2.2	2.2	1.7	0.24	1.7	1.15
灰褐土	5	1.6	*	*	*	1.7	*	*	*	2.2	1.8	0.24	1.8	1.14
暗棕壤	29(2)	1.2	1.3	1.5	1.6	1.7	1.8	1.9	2.1	2.7	1.7	0.17	1.7	1.10
棕色针叶林土	10(1)	0.7	*	0.7	1.4	1.6	1.8	1.8	2.3	2.7	1.7	0.39	1.7	1.22

22 钼——A层土壤

单位：mg/kg

类别	样点数	顺序统计量									算术		几何	
土类名称		最小值	5%值	10%值	25%值	中位值	75%值	90%值	95%值	最大值	平均	标准差	平均	标准差
绵土	12(2)	0.1	*	0.1	0.4	0.4	0.6	0.7	0.8	0.9	0.5	0.16	0.5	1.32
娄土	4	0.4	*	*	*	0.4	*	*	*	0.6	0.5	0.10	0.5	1.22
黑垆土	7	0.3	*	*	*	0.4	*	*	*	1.0	0.6	0.26	0.5	1.57
黑土	11	0.3	*	0.3	0.8	1.0	1.2	2.2	2.8	3.5	1.3	0.88	1.1	1.87
白浆土	10(1)	1.0	*	1.0	1.0	1.1	1.3	1.5	1.8	2.2	1.2	0.15	1.1	1.13
黑钙土	18	0.1	0.1	0.1	0.6	0.9	1.5	2.2	2.9	4.9	1.3	1.16	0.8	2.72
潮土	51	0.1	*	0.3	0.6	2.8	4.3	5.3	7.4	9.8	2.9	2.47	1.6	3.80
绿洲土	16(2)	0.1	0.1	0.3	0.8	1.3	1.5	2.0	2.4	2.5	1.4	0.56	1.3	1.51
水稻土	58	0.1	0.1	0.3	0.7	1.1	3.8	6.1	8.9	11.5	2.6	2.83	1.4	3.37
砖红壤	7	1.0	*	*	*	4.3	8	*	*	18.3	8.3	7.35	4.9	3.48
赤红壤	30	0.5	0.6	1.0	1.9	4.0	6.5	7.7	8.2	8.8	4.2	2.65	3.2	2.26
红壤	77	0.1	0.1	0.6	1.2	2.6	5.1	6.8	10.1	75.1	5.3	11.96	2.3	3.55
黄壤	37	0.4	0.4	0.5	0.9	1.5	3.0	4.7	5.1	9.8	2.2	2.13	1.6	2.33
紫色土	5	0.6	*	*	*	0.8	*	*	*	15.6	5.0	6.58	2.1	4.61
黄棕壤	35	0.1	0.1	0.3	0.5	0.6	1.3	2.2	5.7	15.0	1.6	2.86	0.8	2.83
棕壤	53	0.4	0.5	0.6	0.7	1.0	1.7	3.5	5.6	8.1	1.7	1.65	1.3	2.04
褐土	45	0.1	0.3	0.3	0.6	0.9	1.7	4.5	5.1	7.1	1.7	1.71	1.1	2.55
灰褐土	5	0.4	*	*	*	0.5	*	*	*	1.5	0.8	0.49	0.7	1.81
暗棕壤	28(2)	0.1	0.2	0.5	1.0	1.2	1.6	1.9	2.7	5.2	1.5	0.91	1.3	1.58
棕色针叶林土	10(1)	0.7	*	0.7	1.0	1.2	1.6	1.9	4.2	6.4	1.3	0.39	1.2	1.37

278

类别 土类名称	样点数	顺序统计量 最小值	5%值	10%值	25%值	中位值	75%值	90%值	95%值	最大值	算术 平均	算术 标准差	几何 平均	几何 标准差
灰色森林土	5	0.3	*	*	*	0.6	*	*	*	0.8	0.6	0.22	0.6	1.52
栗钙土	34	0.1	0.1	0.1	0.4	0.6	1.1	1.9	2.0	2.8	0.8	0.67	0.6	2.54
棕钙土	13(2)	0.1	*	0.2	0.5	0.8	1.1	1.3	1.6	2.1	1.0	0.46	0.9	1.51
灰钙土	5	0.6	*	*	*	0.8	*	*	*	1.4	0.9	0.33	0.9	1.41
灰漠土	4	0.8	*	*	*	1.4	*	*	*	4.2	1.9	1.53	1.6	2.08
灰棕漠土	14	0.3	*	0.3	0.6	1.3	1.5	2.1	2.4	2.7	1.3	0.70	1.1	1.91
棕漠土	14	0.6	*	0.6	0.8	1.2	1.5	1.9	2.2	2.5	1.3	0.55	1.2	1.54
草甸土	39(2)	0.1	0.4	0.6	0.7	1.0	1.4	2.4	4.1	5.2	1.4	1.09	1.2	1.75
沼泽土	20	0.1	0.1	0.6	0.7	1.3	1.9	3.8	7.2	13.5	2.2	3.07	1.3	2.75
盐土	32	0.1	0.1	0.4	0.6	1.3	3.6	4.6	5.1	13.6	2.3	2.59	1.4	3.03
碱土	3	0.1	*	*	*	0.2	*	*	*	0.4	0.3	0.15	0.2	2.08
石灰（岩）土	15	0.6	*	0.7	2.0	2.9	9.2	14.0	15.8	18.5	6.3	5.73	3.9	2.98
紫色土	28	0.1	0.1	0.1	0.1	0.4	0.9	1.0	1.1	1.5	0.5	0.42	0.3	2.83
风沙土	13	0.1	*	0.1	0.4	0.7	0.9	1.4	3.2	6.2	1.1	1.56	0.7	2.90
黑毡土	25(1)	0.1	0.2	0.4	0.7	1.0	1.4	2.3	2.7	4.4	1.3	0.91	1.1	1.84
草毡土	18	0.4	*	0.4	0.5	0.7	0.9	1.2	1.2	1.6	0.8	0.33	0.7	1.48
巴嘎土	17(2)	0.1	*	0.7	1.0	1.2	1.4	1.5	1.6	1.7	1.3	0.23	1.3	1.20
莎嘎土	23	0.1	0.1	0.2	0.4	0.8	0.9	1.2	1.9	3.6	0.9	0.72	0.7	2.22
寒漠土	2	1.1	*	*	*	1.2	*	*	*	1.3	1.2	0.13	1.2	1.12
高山漠土	9	1.1	*	*	1.3	1.4	1.6	3.1	4.3	5.5	2.0	1.40	1.7	1.66

23 铁——A层土壤

单位:%

| 类别 | 样点数 | 顺序统计量 | | | | | | | | | 算术 | | 几何 | |
土类名称		最小值	5%值	10%值	25%值	中位值	75%值	90%值	95%值	最大值	平均	标准差	平均	标准差
绵土	12	2.34	*	2.37	2.58	2.92	3.11	3.41	3.50	3.53	2.92	0.372	2.90	1.136
娄土	4	3.08	*	*	*	3.36	*	*	*	3.87	3.42	0.365	3.40	1.111
黑垆土	7	2.51	*	*	*	2.91	*	*	*	3.23	2.90	0.287	2.89	1.106
黑土	11	1.92	*	1.95	2.40	2.99	3.30	3.40	3.47	3.55	2.92	0.545	2.87	1.225
白浆土	10	2.12	*	2.12	2.32	2.68	2.90	3.18	3.44	3.71	2.72	0.475	2.69	1.183
黑钙土	18	0.99	*	1.37	1.87	2.84	3.21	3.56	3.81	3.96	2.65	0.852	2.50	1.463
潮土	51	1.64	1.93	2.30	2.56	3.05	3.55	3.97	4.18	4.85	3.10	0.685	3.03	1.256
绿洲土	16	2.21	*	2.24	2.44	2.86	3.24	3.33	3.42	3.72	2.88	0.440	2.85	1.167
水稻土	58(2)	0.81	1.49	1.99	2.62	3.10	3.63	4.40	5.01	10.81	3.12	0.879	2.97	1.391
砖红壤	7	0.96	*	*	*	1.57	*	*	*	3.52	2.03	1.051	1.82	1.645
赤红壤	30	0.63	0.74	1.26	1.91	3.22	3.93	5.10	6.61	8.24	3.31	1.775	2.84	1.818
红壤	77(2)	1.37	1.71	2.05	2.66	3.50	4.51	7.08	7.77	12.21	3.78	1.687	3.46	1.516
黄壤	37	1.45	1.64	1.78	2.31	2.73	3.89	5.18	5.62	6.99	3.22	1.345	2.98	1.473
燥红土	5	0.59	*	*	*	2.79	*	*	*	6.30	3.58	2.465	2.62	2.723
黄棕壤	35	0.88	1.58	2.18	2.61	3.21	3.90	4.41	4.92	5.87	3.33	0.990	3.16	1.410
棕壤	53(2)	1.63	1.72	2.10	2.34	2.81	3.29	4.26	4.82	12.89	2.89	0.746	2.80	1.284
褐土	45	2.06	2.11	2.31	2.81	3.08	3.40	3.75	3.85	4.61	3.11	0.542	3.06	1.194
灰褐土	5	2.86	*	*	*	3.10	*	*	*	3.67	3.18	0.299	3.17	1.096
暗棕壤	29	1.83	1.90	2.19	2.58	3.15	3.62	4.14	4.34	4.97	3.21	0.741	3.13	1.268
棕色针叶林土	10	0.92	*	0.92	2.11	2.69	2.83	3.36	3.47	3.57	2.56	0.754	2.42	1.472

类别	样点数	顺序统计量									算术		几何	
土类名称		最小值	5%值	10%值	25%值	中位值	75%值	90%值	95%值	最大值	平均	标准差	平均	标准差
灰色森林土	5	2.53	*	*	*	2.79	*	*	*	4.27	3.18	0.713	3.12	1.239
栗钙土	34	1.13	1.17	1.51	1.94	2.62	3.07	3.46	3.64	3.77	2.55	0.731	2.44	1.375
棕钙土	13	1.30	*	1.37	1.70	2.40	2.99	3.17	3.21	3.21	2.42	0.680	2.32	1.363
灰钙土	5	2.20	*	*	*	2.85	*	*	*	3.25	2.83	0.391	2.81	1.159
灰漠土	4	1.44	*	*	*	2.14	*	*	*	3.24	2.24	0.789	2.14	1.424
灰棕漠土	14	2.18	*	2.25	2.45	2.64	3.53	3.59	3.69	3.90	2.91	0.578	2.86	1.213
棕漠土	14	1.25	*	1.29	1.78	2.54	2.79	3.37	3.39	3.40	2.42	0.718	2.31	1.384
草甸土	39	1.29	1.51	1.83	2.35	2.61	3.27	4.09	4.32	4.73	2.87	0.796	2.76	1.331
沼泽土	20	1.45	1.45	1.74	2.09	2.86	3.14	4.36	4.46	5.16	2.86	0.949	2.72	1.382
盐土	33	0.16	0.58	1.52	2.01	2.56	3.25	4.07	4.90	5.37	2.74	1.152	2.41	1.867
碱土	3	2.00	*	*	*	2.19	*	*	*	2.53	2.30	0.271	2.29	1.129
磷质石灰土	9(1)	0.12	*	*	0.12	0.13	0.14	0.16	0.18	0.20	0.13	0.012	0.13	1.094
石灰(岩)土	15	1.82	*	2.45	3.41	4.67	5.20	6.20	7.06	7.62	4.68	1.455	4.45	1.418
紫色土	28	1.90	1.95	2.36	3.14	3.41	3.77	4.14	4.35	5.12	3.41	0.703	3.33	1.248
风沙土	13	0.61	*	0.66	0.82	1.24	1.85	2.29	2.42	2.59	1.48	0.651	1.34	1.601
黑毡土	25	1.38	1.54	2.04	2.67	3.23	3.59	4.00	4.45	4.99	3.19	0.788	3.09	1.313
草毡土	18(2)	1.24	*	1.90	2.52	3.01	3.27	3.62	4.04	5.58	2.95	0.508	2.90	1.198
巴嘎土	17	2.63	*	2.76	3.08	3.48	4.16	4.69	4.87	5.81	3.71	0.834	3.63	1.237
莎嘎土	23	1.06	1.07	1.24	1.72	2.37	2.95	3.45	3.79	4.35	2.43	0.864	2.28	1.454
寒漠土	2	3.64	*	*	*	4.32	*	*	*	5.00	4.32	0.964	4.26	1.253
高山漠土	9	2.07	*	*	2.59	2.73	2.82	3.00	3.27	3.54	2.76	0.383	2.74	1.150

281

24 pH——A层土壤

类 别 土类名称	样点数	顺 序 统 计 量									算 术		几 何	
		最小值	5%值	10%值	25%值	中位值	75%值	90%值	95%值	最大值	平均	标准差	平均	标准差
绵土	41	7.8	7.9	8.1	8.3	8.4	8.6	8.9	9.0	9.5	8.5	0.33	8.5	1.04
娄土	13(1)	7.8	*	7.9	8.2	8.4	8.5	8.6	8.6	8.7	8.4	0.16	8.4	1.02
黑垆土	23	7.7	7.7	7.8	8.2	8.5	8.7	9.0	9.0	9.1	8.5	0.40	8.4	1.05
黑土	51	5.7	5.7	5.9	6.3	6.7	7.1	7.7	7.9	8.1	6.8	0.64	6.7	1.10
白浆土	54	4.7	4.9	5.1	5.6	5.8	6.2	6.5	6.8	7.2	5.9	0.55	5.9	1.10
黑钙土	90	5.6	6.4	6.7	7.1	7.7	8.2	8.6	8.7	9.2	7.6	0.76	7.6	1.11
潮土	265(33)	6.2	6.2	7.0	8.0	8.4	8.7	8.9	9.0	9.5	8.4	0.40	8.4	1.05
绿洲土	48	7.7	7.7	7.8	8.0	8.4	8.8	9.0	9.2	9.4	8.4	0.47	8.4	1.06
水稻土	382	4.3	4.9	5.1	5.4	6.0	7.0	8.1	8.3	9.0	6.3	1.08	6.2	1.18
砖红壤	39(1)	4.4	4.5	4.7	4.9	5.2	5.7	5.8	5.9	8.0	5.3	0.45	5.3	1.09
赤红壤	223(7)	4.0	4.3	4.4	4.6	4.8	5.3	5.7	6.0	8.0	4.9	0.47	4.9	1.10
红壤	527(33)	4.1	4.3	4.4	4.6	4.8	5.1	5.6	6.4	8.0	4.8	0.38	4.8	1.08
黄壤	207(1)	4.1	4.3	4.5	4.6	4.9	5.4	6.7	7.3	8.2	5.2	0.86	5.1	1.16
燥红土	10	5.9	*	5.9	6.3	6.6	7.4	8.1	8.1	8.2	6.9	0.85	6.9	1.13
黄棕壤	162	4.1	4.7	4.8	5.4	6.2	7.1	7.8	8.0	8.8	6.2	1.09	6.1	1.19
棕壤	265(3)	5.0	5.1	5.4	5.9	6.5	7.2	7.8	8.0	8.4	6.6	0.88	6.5	1.15
褐土	242(3)	6.0	6.7	6.9	7.4	8.0	8.3	8.5	8.6	8.8	7.8	0.60	7.8	1.08
灰褐土	19	6.4	*	6.6	7.3	7.8	8.1	8.4	8.5	8.7	7.7	0.66	7.7	1.09
暗棕壤	139(1)	4.86	5.1	5.3	5.7	6.1	6.6	7.2	7.6	8.1	6.2	0.72	6.2	1.12
棕色针叶林土	47	3.9	4.2	4.5	5.0	6.0	6.5	6.9	7.0	7.5	5.8	0.91	5.7	1.18

类别 土类名称	样点数	顺 序 统 计 量									算 术		几 何	
		最小值	5%值	10%值	25%值	中位值	75%值	90%值	95%值	最大值	平均	标准差	平均	标准差
灰色森林土	28	5.9	5.9	6.0	6.3	6.6	6.7	7.4	7.7	8.2	6.7	0.56	6.6	1.08
栗钙土	150(2)	6.0	6.9	7.2	7.8	8.2	8.5	8.7	8.8	9.5	8.1	0.54	8.1	1.07
棕钙土	56	7.6	7.8	7.9	8.1	8.3	8.5	8.7	8.9	9.4	8.3	0.36	8.3	1.04
灰钙土	19	7.8	*	7.9	8.0	8.4	8.7	8.8	8.9	8.9	8.4	0.38	8.4	1.05
灰漠土	17	7.7	*	7.7	8.0	8.4	8.7	8.8	8.8	8.9	8.3	0.39	8.3	1.05
灰棕漠土	41	7.3	7.6	7.8	8.1	8.4	8.7	9.0	9.2	9.8	8.4	0.48	8.4	1.06
棕漠土	50	7.7	7.7	7.7	7.9	8.1	8.3	8.6	8.8	9.3	8.1	0.35	8.1	1.04
草甸土	172(1)	4.4	5.1	5.7	6.3	7.5	8.3	8.8	9.5	10.6	7.4	1.29	7.2	1.20
沼泽土	60	4.9	5.2	5.3	5.8	6.9	8.2	8.7	9.1	9.7	7.0	1.33	6.9	1.21
盐土	115(6)	6.2	7.1	7.8	8.3	8.6	8.9	9.2	9.4	10.0	8.6	0.49	8.6	1.06
碱土	7	8.7	*	*	*	9.5	*	*	*	10.3	9.6	0.61	9.5	1.07
磷质石灰土	9	7.9	*	*	7.9	8.2	8.5	8.9	9.1	9.3	8.3	0.48	8.3	1.06
石灰(岩)土	101	4.1	4.5	4.7	5.7	6.7	7.4	8.0	8.1	8.3	6.6	1.14	6.5	1.20
紫色土	103	4.2	4.6	4.7	5.0	5.7	7.4	8.0	8.4	8.8	6.2	1.35	6.1	1.24
风沙土	66	5.9	6.5	7.1	7.3	8.0	8.4	8.8	9.0	9.9	7.9	0.76	7.9	1.10
黑毡土	53	4.6	4.8	5.0	5.7	6.6	7.6	7.8	8.2	9.0	6.6	1.11	6.5	1.19
草毡土	54(3)	4.2	4.9	6.0	6.6	7.3	8.0	8.4	8.5	8.7	7.4	0.80	7.3	1.12
巴嘎土	46	6.8	7.1	7.2	7.8	8.3	8.5	8.7	9.0	9.2	8.2	0.54	8.2	1.07
莎嘎土	69(6)	6.1	7.0	7.6	8.2	8.5	8.8	9.1	9.5	9.9	8.6	0.48	8.6	1.06
寒漠土	4	6.1	*	*	*	7.2	*	*	*	7.8	7.1	0.76	7.0	1.12
高山漠土	24	7.7	7.7	7.9	8.0	8.1	8.3	8.8	8.8	9.0	8.2	0.33	8.2	1.04

单位：%

25 有机质——A层土壤

类别 土类名称	样点数	顺序统计量 最小值	5%值	10%值	25%值	中位值	75%值	90%值	95%值	最大值	算术 平均	标准差	几何 平均	标准差
绵土	41(2)	0.03	0.22	0.38	0.55	0.81	1.09	1.56	1.89	2.75	0.96	0.530	0.85	1.626
娄土	13	0.62	*	0.64	0.78	1.34	2.53	3.13	3.59	4.30	1.81	1.157	1.50	1.902
黑垆土	23(1)	0.28	0.34	0.80	1.11	1.34	2.02	2.48	2.61	5.50	1.75	0.999	1.57	1.567
黑土	51(2)	0.19	0.86	1.47	2.41	4.72	6.30	7.81	8.76	9.58	4.87	2.345	4.23	1.785
白浆土	54(2)	0.16	0.80	1.42	2.57	3.66	5.86	11.40	14.58	17.71	5.26	4.169	4.07	2.037
黑钙土	90(1)	0.19	0.87	1.10	1.98	4.09	7.01	10.12	13.01	22.58	5.15	4.158	3.73	2.363
潮土	249(6)	0.19	0.57	0.65	0.89	1.19	1.57	1.95	2.19	4.50	1.29	0.509	1.20	1.481
绿洲土	48	0.31	0.45	0.56	0.81	1.07	1.38	1.82	2.30	4.10	1.19	0.643	1.07	1.608
水稻土	336(7)	0.43	1.12	1.49	2.03	2.79	3.76	4.73	5.71	8.88	3.07	1.354	2.80	1.742
砖红壤	39(1)	0.26	0.72	0.87	1.15	1.78	2.85	3.58	5.15	5.60	2.23	1.282	1.92	1.781
赤红壤	223(4)	0.19	0.57	0.88	1.51	2.22	3.32	4.31	5.35	7.28	2.51	1.312	2.17	1.782
红壤	449(4)	0.19	0.72	1.00	1.47	2.18	3.17	4.52	4.79	10.00	2.54	1.482	2.17	1.781
黄壤	207(2)	0.11	0.53	0.99	1.43	2.28	5.22	7.50	9.25	18.93	3.57	2.989	2.61	2.243
燥红土	10	0.40	*	0.40	0.58	2.18	3.62	3.80	5.24	6.67	2.45	2.016	1.67	2.677
黄棕壤	162	0.37	0.65	0.83	1.37	2.19	4.13	7.64	9.06	12.02	3.16	2.599	2.33	2.202
棕壤	265	0.19	0.47	0.69	1.17	2.40	4.34	7.16	8.58	21.98	3.29	3.034	2.27	2.445
褐土	242(1)	0.24	0.59	0.69	1.00	1.40	2.43	4.48	6.50	26.02	2.10	1.912	1.59	2.038
灰褐土	19	1.14	*	1.24	2.75	4.88	6.61	7.79	8.18	9.73	4.94	2.495	4.19	1.911
暗棕壤	139(3)	0.22	1.23	1.95	3.58	6.55	9.93	14.57	17.07	33.32	7.80	5.623	6.05	2.122
棕色针叶林土	47(1)	0.51	0.78	4.17	7.02	10.77	17.60	25.21	31.29	70.28	14.76	13.165	10.95	2.304

类别 土类名称	样点数	顺序统计量 最小值	5%值	10%值	25%值	中位值	75%值	90%值	95%值	最大值	算术 平均	标准差	几何 平均	标准差
灰色森林土	28(1)	0.68	1.00	1.51	4.36	7.61	9.39	11.31	12.22	16.55	7.61	3.520	6.65	1.797
栗钙土	149(1)	0.11	0.60	0.69	1.11	1.97	3.16	4.24	5.16	10.20	2.36	1.602	1.88	2.001
棕钙土	55	0.10	0.18	0.23	0.43	0.70	0.89	1.38	1.64	2.31	0.76	0.464	0.63	1.934
灰钙土	18	0.40	*	0.44	0.56	0.77	1.20	1.50	1.58	2.15	0.94	0.467	0.84	1.605
灰漠土	17(2)	0.01	*	0.07	0.25	0.58	0.85	0.96	1.08	1.30	0.65	0.324	0.56	1.845
灰棕漠土	411(1)	0.04	0.08	0.13	0.22	0.37	0.55	0.72	0.76	0.98	0.41	0.222	0.35	1.807
棕漠土	50(1)	0.04	0.12	0.15	0.18	0.26	0.43	0.70	0.81	1.11	0.36	0.230	0.30	1.793
草甸土	172(1)	0.04	0.38	0.55	1.35	3.15	5.78	9.23	11.13	30.08	4.25	4.042	2.70	2.851
沼泽土	59	0.36	0.82	1.03	2.42	5.86	11.84	25.36	40.99	91.54	11.21	15.757	5.78	3.274
盐土	115(2)	0.09	0.25	0.37	0.54	0.95	1.46	1.96	2.49	13.26	1.09	0.695	0.89	1.967
碱土	7	0.32	*	*	*	0.45	*	*	*	1.96	0.72	0.586	0.58	1.911
磷质石灰土	9	0.28	*	*	1.70	5.03	16.32	27.62	36.27	44.92	12.63	14.765	5.62	4.882
石灰(岩)土	96(1)	0.18	0.76	1.10	1.62	2.50	4.06	6.84	8.24	9.70	3.27	2.241	2.61	1.997
紫色土	92	0.14	0.30	0.37	0.59	0.94	1.60	2.64	3.33	4.68	1.29	0.982	0.99	2.091
风沙土	58	0.01	0.02	0.05	0.19	0.40	1.02	1.49	2.07	2.62	0.66	0.649	0.36	3.690
黑毡土	53	0.88	1.21	1.53	2.88	5.21	9.09	11.94	12.15	13.97	6.19	3.643	4.99	2.058
草毡土	54(2)	0.76	2.00	2.59	4.28	6.32	10.14	11.95	12.29	16.45	7.31	3.378	6.53	1.643
巴嘎土	46	0.30	0.60	0.91	1.22	2.19	3.21	5.07	7.23	8.49	2.64	1.965	2.07	2.062
莎嘎土	69	0.16	0.48	0.53	0.87	1.30	1.71	3.11	4.14	10.14	1.69	1.498	1.32	1.985
寒漠土	4(1)	0.26	*	*	*	3.49	*	*	*	4.56	3.85	1.142	3.72	1.396
高山漠土	24	0.20	0.21	0.26	0.32	0.57	0.89	1.22	5.47	7.56	1.12	1.849	0.64	2.448

二、按行政区划分统计单元、各元素背景值基本统计量

01 砷——A层土壤

单位：mg/kg

类别 省区市名称	样点数	顺序统计量									算术		几何	
		最小值	5%值	10%值	25%值	中位值	75%值	90%值	95%值	最大值	平均	标准差	平均	标准差
辽宁	116(4)	0.6	4.0	4.4	6.2	8.6	10.9	13.6	15.1	57.8	8.8	3.30	8.2	1.47
河北	148(7)	0.01	4.2	6.9	9.8	12.1	16.2	19.3	22.2	31.7	13.6	5.11	12.8	1.44
山东	117(3)	2.8	5.2	5.9	7.0	8.7	10.6	13.5	14.8	18.6	9.3	2.86	8.9	1.35
江苏	83(5)	0.01	2.4	4.1	6.9	9.3	12.4	14.4	15.3	20.3	10.0	3.49	9.4	1.46
浙江	76(1)	0.5	2.0	2.9	4.5	7.5	9.7	18.4	22.3	46.2	9.2	7.90	7.2	2.01
福建	87	0.9	2.0	2.3	3.2	5.1	7.7	10.0	14.5	35.6	6.3	5.00	5.1	1.90
广东	167(3)	1.8	2.3	2.6	3.9	7.1	11.0	16.6	28.3	309.2	8.9	7.68	6.8	2.05
广西	150	1.5	2.8	4.1	6.8	12.2	24.8	47.8	58.2	153.1	20.5	21.45	13.4	2.55
黑龙江	246(7)	0.1	1.4	2.6	4.0	6.3	9.7	12.0	14.1	27.0	7.3	4.30	6.1	1.85
吉林	112(1)	0.6	1.9	2.5	4.2	6.7	11.3	14.9	15.9	18.3	8.0	4.41	6.7	1.90
内蒙古	339(10)	0.01	1.7	2.5	4.2	6.7	9.1	12.0	15.3	77.6	7.5	4.56	6.3	1.81
山西	89(5)	1.1	3.1	5.1	7.9	9.4	10.5	12.5	14.2	25.8	9.8	3.33	9.4	1.37
河南	86(3)	2.7	4.7	6.8	9.0	10.6	12.4	15.8	17.3	28.2	11.4	3.82	10.9	1.37
安徽	70(5)	0.7	2.8	3.5	6.0	8.5	10.4	14.3	15.3	89.5	9.0	3.38	8.4	1.48
江西	73	1.1	2.8	3.8	7.7	12.4	16.9	24.3	27.7	77.2	14.9	13.19	11.3	2.16

类别 省区市名称	样点数	顺序统计量									算术		几何	
		最小值	5%值	10%值	25%值	中位值	75%值	90%值	95%值	最大值	平均	标准差	平均	标准差
湖北	92	2.2	3.2	5.0	7.6	11.1	14.3	20.5	27.8	40.0	12.3	7.31	10.5	1.78
湖南	505(7)	2.5	6.0	6.9	9.8	13.6	18.6	25.8	40.2	118.0	15.7	9.52	13.6	1.69
陕西	60	6.3	6.9	8.0	9.3	10.8	12.6	14.5	15.2	21.0	11.1	2.62	10.8	1.26
四川	118	2.3	4.2	4.8	6.5	10.1	13.1	17.1	19.4	25.3	10.4	4.77	9.3	1.63
贵州	50	5.6	6.6	6.7	10.0	13.3	26.8	41.2	47.5	75.5	20.0	14.55	16.0	1.93
云南	73	1.0	1.0	2.3	6.8	10.9	18.8	42.3	69.1	133.8	18.4	22.74	10.8	2.94
宁夏	29	6.1	6.3	7.2	10.2	12.1	13.3	14.9	15.4	18.4	11.9	2.76	11.5	1.29
甘肃	76	3.6	5.7	6.6	9.9	12.9	14.2	16.9	18.2	36.2	12.6	5.05	11.7	1.48
青海	115(2)	5.7	7.4	8.5	10.6	13.0	17.0	21.3	26.0	68.3	14.0	5.15	13.2	1.41
新疆	260(5)	1.4	3.9	4.7	7.1	10.1	13.6	17.2	20.7	39.5	11.2	5.52	10.0	1.61
西藏	205(1)	1.9	5.7	8.4	11.7	17.3	24.5	33.7	39.4	68.9	19.7	11.45	16.8	1.78
北京	40	4.0	4.4	5.2	8.0	10.4	11.4	12.4	13.6	14.1	9.7	2.54	9.4	1.36
天津	41(2)	2.3	5.9	6.5	7.3	9.2	10.7	12.3	13.9	15.2	9.6	2.29	9.4	1.26
上海	20	6.5	6.5	6.8	7.5	9.2	10.1	11.2	11.5	13.3	9.1	1.83	8.9	1.22
大连	104(1)	0.5	2.2	3.0	4.7	7.4	10.6	15.3	20.0	39.8	8.9	6.23	7.3	1.90
温州	81	1.7	2.6	3.3	4.4	6.4	8.9	12.8	15.5	46.2	7.6	5.62	6.4	1.74
厦门	101(3)	0.8	1.6	1.8	2.5	3.9	5.5	7.5	13.5	626.0	4.4	2.63	3.7	1.74
深圳	82(2)	0.01	0.4	0.6	1.1	2.6	9.3	27.4	35.4	77.7	9.1	13.86	3.5	4.03
宁波	82	1.4	2.7	3.4	5.0	6.8	9.0	11.1	11.6	19.1	7.2	3.13	6.5	1.63

単位：mg/kg

02 镉——A层土壤

类　别 省区市名称	样点数	顺　序　统　计　量									算　术		几　何	
		最小值	5%值	10%值	25%值	中位值	75%值	90%值	95%值	最大值	平均	标准差	平均	标准差
辽宁	116(4)	0.001	0.018	0.030	0.062	0.084	0.139	0.202	0.222	0.412	0.108	0.0664	0.0908	1.8290
河北	148	0.002	0.002	0.010	0.028	0.075	0.136	0.201	0.277	0.474	0.094	0.0792	0.0561	3.4981
山东	117	0.021	0.029	0.033	0.054	0.079	0.105	0.129	0.157	0.204	0.084	0.0391	0.0745	1.6601
江苏	83	0.008	0.013	0.013	0.021	0.044	0.098	0.244	0.355	2.470	0.126	0.3231	0.0501	3.1904
浙江	76	0.004	0.010	0.011	0.020	0.058	0.101	0.163	0.192	0.220	0.070	0.0590	0.0472	2.6230
福建	87	0.016	0.019	0.022	0.031	0.048	0.077	0.149	0.234	0.447	0.074	0.0772	0.0538	2.1035
广东	167(5)	0.004	0.009	0.015	0.026	0.040	0.072	0.138	0.188	2.286	0.056	0.0507	0.0408	2.2143
广西	150(3)	0.006	0.010	0.014	0.034	0.073	0.140	0.684	2.008	13.430	0.267	0.6407	0.0791	3.9956
黑龙江	246(8)	0.036	0.046	0.051	0.062	0.081	0.105	0.141	0.187	0.400	0.086	0.0346	0.0806	1.4422
吉林	112(2)	0.013	0.043	0.050	0.069	0.094	0.121	0.154	0.180	0.429	0.099	0.0387	0.0914	1.4962
内蒙古	339	0.004	0.005	0.006	0.025	0.045	0.074	0.102	0.129	0.214	0.053	0.0394	0.0374	2.5521
山西	89	0.031	0.046	0.057	0.079	0.109	0.145	0.246	0.271	0.358	0.128	0.0711	0.1118	1.6986
河南	86(2)	0.039	0.045	0.056	0.062	0.074	0.084	0.098	0.110	0.276	0.074	0.0167	0.0726	1.2562
安徽	70	0.020	0.032	0.046	0.064	0.083	0.101	0.160	0.230	0.344	0.097	0.0612	0.0837	1.7020
江西	73	0.006	0.010	0.020	0.040	0.075	0.127	0.180	0.290	1.010	0.108	0.1358	0.0696	2.6056
湖北	92(1)	0.016	0.023	0.027	0.056	0.130	0.209	0.340	0.564	8.220	0.172	0.1919	0.1137	2.5042
湖南	507(8)	0.002	0.017	0.022	0.037	0.081	0.152	0.274	0.375	4.500	0.126	0.1531	0.0787	2.6082

类别 省区市名称	样点数	顺 序 统 计 量									算 术		几 何	
		最小值	5%值	10%值	25%值	中位值	75%值	90%值	95%值	最大值	平均	标准差	平均	标准差
陕西	60	0.031	0.044	0.048	0.078	0.089	0.103	0.131	0.150	0.249	0.094	0.0350	0.0886	1.4359
四川	118(11)	0.010	0.015	0.031	0.055	0.073	0.090	0.110	0.115	0.150	0.079	0.0241	0.0750	1.3687
贵州	50	0.042	0.047	0.061	0.083	0.133	0.370	1.990	3.000	7.650	0.659	1.4055	0.2086	3.7779
云南	73	0.009	0.019	0.027	0.049	0.083	0.154	0.470	0.745	3.409	0.218	0.4375	0.1035	3.0434
宁夏	29	0.046	0.048	0.053	0.069	0.108	0.145	0.157	0.169	0.254	0.112	0.0469	0.1025	1.5304
甘肃	76(1)	0.037	0.058	0.071	0.089	0.116	0.136	0.157	0.167	0.236	0.116	0.0361	0.1106	1.3615
青海	115	0.073	0.091	0.102	0.114	0.132	0.152	0.185	0.195	0.264	0.137	0.0335	0.1329	1.2665
新疆	260(7)	0.016	0.039	0.051	0.073	0.101	0.151	0.207	0.260	1.634	0.120	0.0706	0.1037	1.7113
西藏	205(9)	0.006	0.045	0.056	0.062	0.074	0.093	0.118	0.152	0.583	0.081	0.0265	0.0775	1.3473
北京	40	0.005	0.005	0.012	0.036	0.073	0.094	0.126	0.138	0.339	0.074	0.0584	0.0534	2.5413
天津	41(1)	0.054	0.057	0.064	0.070	0.085	0.100	0.132	0.138	0.943	0.090	0.0233	0.0870	1.2857
上海	20	0.052	0.052	0.056	0.095	0.128	0.165	0.169	0.265	0.331	0.138	0.0670	0.1241	1.5976
大连	104(1)	0.010	0.025	0.030	0.039	0.065	0.100	0.130	0.143	0.219	0.075	0.0408	0.0648	1.7389
温州	81	0.010	0.023	0.025	0.052	0.113	0.162	0.210	0.331	0.496	0.127	0.0964	0.0954	2.2552
厦门	101	0.005	0.005	0.005	0.020	0.035	0.050	0.080	0.109	0.410	0.047	0.0560	0.0318	2.4654
深圳	82	0.006	0.011	0.014	0.023	0.040	0.089	0.139	0.192	0.359	0.067	0.0709	0.0442	2.4781
宁波	82(1)	0.010	0.031	0.038	0.067	0.112	0.155	0.198	0.255	0.427	0.123	0.0734	0.1032	1.8597

03　钴——A层土壤

单位：mg/kg

类　别		顺　序　统　计　量											算　术		几　何	
省区市名称	样点数	最小值	5%值	10%值	25%值	中位值	75%值	90%值	95%值	最大值	平均	标准差	平均	标准差
辽宁	116(5)	0.01	4.0	6.0	11.0	15.5	20.5	27.5	33.4	45.0	17.2	8.26	15.3	1.65
河北	148(3)	0.01	6.5	7.5	9.5	12.1	14.3	16.6	19.0	29.7	12.4	3.91	11.9	1.36
山东	117(1)	2.6	6.4	7.2	9.5	13.0	15.6	20.5	24.8	40.8	13.6	5.81	12.6	1.49
江苏	83	4.0	6.0	7.0	8.5	11.5	14.0	17.7	20.7	47.0	12.6	6.91	11.3	1.54
浙江	76	2.4	4.5	5.5	8.1	11.6	16.0	17.5	22.7	67.5	13.2	8.93	11.3	1.73
福建	87(1)	1.4	2.7	3.3	4.5	6.9	10.6	17.0	21.2	91.5	8.8	6.68	7.1	1.90
广东	167(6)	0.2	1.0	2.0	3.5	5.0	8.5	16.6	25.4	78.6	7.0	6.52	5.3	2.08
广西	150(2)	0.1	0.3	0.7	1.9	5.5	13.8	26.7	38.8	93.9	10.4	13.31	4.8	4.09
黑龙江	246(3)	2.7	6.8	7.4	9.4	11.5	13.9	16.3	20.2	35.0	11.9	3.90	11.4	1.37
吉林	112(1)	4.0	5.7	6.5	9.5	11.7	13.8	16.6	17.2	23.8	11.9	3.56	11.3	1.38
内蒙古	338(6)	1.1	2.9	4.4	6.9	9.7	12.8	16.1	18.5	48.5	10.3	4.75	9.2	1.63
山西	89	4.2	5.3	6.5	7.8	9.8	11.2	13.8	15.4	18.4	9.9	2.88	9.5	1.34
河南	86(1)	4.5	6.2	7.3	8.0	9.5	11.3	13.7	16.5	33.0	10.0	2.93	9.7	1.32
安徽	70(1)	4.9	7.6	9.8	12.5	14.9	18.4	22.2	29.1	37.6	16.3	5.96	15.4	1.40
江西	73	2.3	3.3	4.9	7.5	9.4	13.7	19.2	22.2	51.0	11.5	7.14	9.9	1.73
湖北	92	5.1	7.6	9.6	12.7	15.1	17.5	20.5	22.7	43.3	15.4	5.24	14.6	1.40
湖南	507(13)	1.0	4.0	5.7	9.0	13.3	18.0	23.0	28.0	71.0	14.6	7.01	12.9	1.68

类别		顺 序 统 计 量									算 术		几 何	
省区市名称	样点数	最小值	5%值	10%值	25%值	中位值	75%值	90%值	95%值	最大值	平均	标准差	平均	标准差
陕西	60(2)	1.3	5.0	6.7	8.2	9.4	12.2	14.6	16.3	23.8	10.6	3.40	10.1	1.35
四川	118(6)	3.1	8.5	11.0	14.2	17.5	20.5	26.2	28.8	63.4	17.6	5.16	16.9	1.34
贵州	50(2)	2.1	7.2	8.8	12.9	17.1	19.8	28.6	36.0	51.5	19.2	8.97	17.6	1.50
云南	73	3.0	4.1	5.7	9.0	14.8	20.7	28.6	41.8	65.0	17.5	12.75	13.9	1.98
宁夏	29	5.8	6.2	6.9	7.9	11.3	13.6	16.2	17.6	19.2	11.5	3.68	10.9	1.39
甘肃	76(4)	5.1	7.3	9.1	11.0	12.6	14.1	14.9	16.2	54.2	12.6	2.26	12.4	1.20
青海	115	4.2	5.5	6.2	8.0	10.1	11.8	13.1	14.7	21.8	10.1	2.82	9.7	1.34
新疆	260	6.2	9.5	10.1	12.2	14.8	19.0	22.9	24.7	37.2	15.9	5.07	15.1	1.37
西藏	205(4)	1.7	4.3	5.3	8.1	11.0	14.4	19.1	22.1	47.5	11.8	5.13	10.7	1.57
北京	40	10.4	10.4	11.0	12.6	14.2	17.2	22.8	25.0	28.0	15.6	4.45	15.0	1.29
天津	41	7.8	8.6	9.9	10.8	13.9	15.3	17.3	18.8	19.1	13.6	2.92	13.3	1.25
上海	20(1)	5.4	5.4	6.7	10.6	13.1	13.4	15.1	15.4	16.0	12.4	2.57	12.1	1.27
大连	104(1)	3.7	6.4	8.0	10.2	12.5	15.6	18.5	24.0	38.0	13.6	5.60	12.7	1.44
温州	81(1)	0.8	1.7	3.4	4.9	8.4	12.4	15.3	17.1	19.9	9.1	4.75	7.6	1.91
厦门	101(2)	0.2	0.9	1.3	2.6	4.9	7.8	12.3	14.4	23.0	6.1	4.35	4.7	2.18
深圳	82	1.1	1.5	1.8	3.1	5.1	8.1	12.9	19.0	30.8	6.7	5.45	5.1	2.10
宁波	82(1)	3.0	4.2	5.6	9.4	12.8	14.9	17.3	18.5	27.8	12.4	4.22	11.6	1.49

04 铬——A层土壤

单位：mg/kg

类 别 省区市名称	样点数	顺 序 统 计 量										算 术		几 何	
		最小值	5%值	10%值	25%值	中位值	75%值	90%值	95%值	最大值	平均	标准差	平均	标准差
辽宁	116(8)	2.4	18.6	27.5	43.5	54.5	67.9	87.0	108.3	251.2	57.9	21.51	54.2	1.44
河北	148(2)	35.4	41.4	47.1	53.3	63.9	74.6	96.2	129.6	217.0	68.3	22.35	65.4	1.33
山东	117(10)	18.6	31.6	43.2	54.7	65.2	75.8	88.1	106.4	245.7	66.0	14.81	64.3	1.26
江苏	83(5)	22.8	52.1	57.2	66.2	76.2	84.3	91.5	102.8	275.6	77.8	14.55	76.6	1.19
浙江	76	7.3	13.3	14.3	23.9	49.7	68.1	86.6	94.8	313.2	52.9	43.01	41.4	2.05
福建	87	12.6	15.5	17.7	22.8	29.9	54.7	75.3	100.7	244.0	44.0	37.70	35.4	1.85
广东	167	3.4	11.9	13.5	19.8	34.8	60.9	92.2	138.5	350.4	50.5	53.36	35.6	2.24
广西	150	8.7	17.8	24.7	40.8	65.3	98.6	150.1	208.8	485.0	82.1	66.97	64.3	2.01
黑龙江	246(15)	10.1	24.9	33.2	49.4	58.5	65.6	76.1	85.7	158.8	58.6	14.16	56.8	1.29
吉林	112(3)	5.7	12.7	19.2	33.2	45.5	57.2	68.6	72.9	113.1	46.7	20.15	42.4	1.58
内蒙古	339(2)	2.2	12.0	16.2	27.6	39.3	51.0	65.2	73.5	164.1	41.4	20.42	36.5	1.69
山西	89(1)	30.2	35.3	39.7	48.0	58.8	73.2	88.1	101.3	455.9	61.8	19.30	59.1	1.35
河南	86(2)	25.0	41.7	46.6	53.5	62.9	71.3	80.6	84.9	109.8	63.8	13.25	62.5	1.23
安徽	70(1)	16.0	20.0	35.0	55.0	67.0	76.0	87.0	98.0	131.0	66.5	20.72	62.6	1.46
江西	73	8.2	12.1	17.4	29.0	42.3	58.0	74.0	89.8	140.0	45.9	24.67	39.4	1.79
湖北	92	25.9	38.8	46.3	64.3	77.3	102.0	135.4	146.8	242.0	86.0	36.92	79.0	1.52
湖南	506(12)	8.0	29.0	36.6	48.5	64.0	86.0	113.4	137.7	519.0	71.4	33.56	64.9	1.54

类 别 省区市名称	样点数	顺 序 统 计 量									算 术		几 何	
		最小值	5%值	10%值	25%值	中位值	75%值	90%值	95%值	最大值	平均	标准差	平均	标准差
陕西	60(2)	22.6	39.4	43.0	50.5	62.0	69.3	82.5	87.7	96.0	62.5	13.64	61.1	1.24
四川	118	35.8	45.3	48.0	54.8	69.0	97.0	122.2	134.5	210.3	79.0	31.81	73.7	1.44
贵州	50	38.2	40.2	46.4	64.7	86.6	99.3	137.0	198.4	388.5	95.9	63.21	84.4	1.60
云南	73(1)	13.7	25.5	36.2	41.9	58.6	80.2	115.7	154.1	426.0	65.2	35.13	57.6	1.65
宁夏	29(2)	35.0	38.6	47.8	52.8	59.9	63.2	67.0	68.8	72.1	60.0	6.06	59.7	1.11
甘肃	76(10)	16.2	27.8	44.5	58.3	67.3	76.3	86.0	89.5	168.0	70.2	11.86	69.3	1.19
青海	115	31.7	40.8	44.1	49.9	63.3	82.3	103.5	114.4	176.4	70.1	24.77	66.3	1.39
新疆	260(3)	18.4	28.9	32.6	39.5	47.6	57.8	66.4	73.6	119.1	49.3	13.84	47.4	1.32
西藏	205(3)	13.9	27.7	32.5	50.0	69.6	90.9	130.2	157.3	1209.7	76.6	38.90	68.1	1.64
北京	40(1)	50.6	52.9	53.3	59.3	64.4	71.6	91.9	117.0	163.0	68.1	15.94	66.7	1.22
天津	41	48.4	50.5	54.9	66.7	83.9	92.6	100.4	126.6	150.1	84.2	22.54	81.4	1.30
上海	20	37.3	37.3	40.9	63.4	73.8	80.3	82.2	84.9	87.9	70.2	14.49	68.5	1.28
大连	104(2)	14.4	18.8	25.7	35.6	44.7	57.0	70.0	84.0	217.5	46.8	17.84	43.6	1.47
温州	81	16.0	20.0	22.0	32.0	46.0	73.0	84.0	88.9	100.0	52.3	23.62	46.7	1.64
厦门	101	9.4	12.2	13.8	16.4	21.6	28.2	38.6	52.4	71.9	24.7	12.17	22.5	1.53
深圳	82	5.0	5.3	6.7	8.6	15.4	37.5	69.9	81.8	105.8	27.5	26.13	18.3	2.45
宁波	82(1)	10.8	21.2	26.9	37.3	63.3	77.1	87.5	101.1	190.4	62.1	28.08	56.1	1.60

单位：mg/kg

05 铜——A层土壤

类别 省区市名称	样点数	顺序统计量									算术		几何	
		最小值	5%值	10%值	25%值	中位值	75%值	90%值	95%值	最大值	平均	标准差	平均	标准差
辽宁	116(3)	2.8	6.9	8.8	14.5	18.5	23.4	29.5	34.5	47.5	19.8	8.10	18.2	1.52
河北	148(3)	6.7	11.6	13.5	17.9	21.7	24.9	28.8	32.2	53.5	21.8	6.22	21.0	1.34
山东	117(4)	1.0	9.2	13.6	17.7	21.7	27.8	35.2	39.3	118.0	24.0	9.79	22.3	1.46
江苏	83(2)	6.4	10.1	12.2	17.0	21.0	26.0	32.3	39.6	102.0	22.3	8.02	21.0	1.41
浙江	76	2.2	3.5	4.5	8.1	15.0	22.0	30.9	45.7	71.7	17.6	12.94	13.7	2.10
福建	87	6.5	8.0	9.1	11.9	17.3	25.9	40.1	54.6	89.4	22.8	16.31	18.9	1.79
广东	167(2)	0.3	2.0	2.7	4.9	11.4	20.3	34.5	60.6	98.7	17.0	19.09	10.5	2.71
广西	150	2.4	5.5	7.7	14.8	23.1	32.9	48.8	67.6	175.7	27.8	23.74	21.4	2.09
黑龙江	246(6)	4.4	9.1	11.0	15.6	19.7	24.1	26.6	29.5	36.5	20.0	5.77	19.1	1.37
吉林	112(1)	6.7	10.2	11.2	13.8	16.5	19.8	24.2	26.1	30.6	17.1	4.76	16.4	1.32
内蒙古	339(3)	1.3	4.2	6.3	9.9	14.2	17.5	21.9	25.0	76.7	14.4	6.70	12.9	1.65
山西	89	7.5	12.5	15.7	19.8	24.8	32.9	39.8	47.3	58.1	26.9	10.19	25.0	1.47
河南	86(3)	5.5	12.1	13.5	16.4	19.0	22.3	25.9	29.0	67.5	19.7	4.80	19.2	1.26
安徽	70(1)	7.8	9.9	11.5	15.8	20.2	24.3	31.0	32.7	144.6	20.4	7.01	19.3	1.42
江西	73(1)	5.0	6.7	8.2	11.8	18.5	27.9	36.2	39.3	272.0	20.3	10.34	17.7	1.71
湖北	92(1)	11.7	13.9	16.7	23.2	27.4	36.5	49.2	56.4	174.0	30.7	14.05	28.2	1.49
湖南	507(8)	2.5	11.1	15.0	20.0	25.0	32.0	42.0	50.0	118.4	27.3	10.85	25.4	1.48

续表

类 别 省区市名称	样点数	顺 序 统 计 量									算 术		几 何	
		最小值	5%值	10%值	25%值	中位值	75%值	90%值	95%值	最大值	平均	标准差	平均	标准差
陕西	60	6.8	9.6	13.4	16.1	19.5	27.2	31.4	35.4	43.6	21.4	7.74	20.1	1.45
四川	118(6)	10.0	14.9	18.4	23.7	31.5	37.5	45.3	49.8	115.0	31.1	9.18	29.7	1.38
贵州	50	8.2	8.4	13.9	17.2	25.7	38.0	56.6	69.6	102.5	32.0	20.76	26.9	1.81
云南	73	6.2	8.8	14.6	20.1	28.7	59.0	97.3	119.3	208.9	46.3	42.81	33.6	2.19
宁夏	29	8.0	9.9	13.3	17.0	21.5	28.6	29.8	32.7	34.1	22.1	7.10	20.9	1.43
甘肃	76	13.2	15.0	16.7	20.4	23.4	26.3	32.0	34.0	43.5	24.1	6.04	23.4	1.27
青海	115(2)	14.6	15.9	16.8	20.2	22.3	23.8	27.6	30.6	41.7	22.2	3.98	21.9	1.19
新疆	260(3)	6.4	11.8	14.5	19.9	25.5	32.7	39.0	42.3	78.4	26.7	9.56	25.0	1.45
西藏	205(2)	6.4	8.9	10.7	14.6	19.5	27.3	36.3	41.5	182.7	21.9	10.78	19.6	1.59
北京	40(2)	15.0	17.5	18.0	20.7	23.7	26.1	32.4	37.3	101.0	23.6	4.68	23.1	1.21
天津	41(2)	10.3	16.7	17.2	21.1	28.0	32.0	36.8	52.8	116.6	28.8	9.23	27.6	1.35
上海	20	13.5	13.5	14.7	21.1	27.7	32.1	34.5	39.2	43.7	27.2	8.03	26.0	1.37
大连	104(3)	3.0	8.7	10.4	14.1	18.4	25.5	33.7	42.7	137.5	21.0	10.70	18.8	1.59
温州	81	4.0	5.0	6.0	8.3	19.0	29.0	36.0	38.0	50.0	20.0	11.95	16.1	2.02
厦门	101	1.6	2.6	3.5	4.7	8.4	12.2	16.7	20.3	51.3	9.7	6.88	7.9	1.92
深圳	82	2.1	2.6	2.8	3.8	6.9	12.3	24.5	34.1	61.5	10.7	10.73	7.6	2.20
宁波	82	3.2	5.0	6.3	10.3	23.5	28.0	32.3	34.9	59.9	21.1	10.87	17.6	1.95

単位：mg/kg

06 氟——A层土壤

类别 省区市名称	样点数	顺序统计量									算术		几何	
		最小值	5%值	10%值	25%值	中位值	75%值	90%值	95%值	最大值	平均	标准差	平均	标准差
辽宁	116	102	137	170	280	384	500	736	935	1400	430	241.3	373	1.7
河北	148(3)	138	215	239	361	465	550	615	630	909	462	132.7	441	1.4
山东	117(2)	179	275	341	393	499	571	686	798	1400	506	150.0	486	1.3
江苏	83(2)	180	250	344	401	496	569	664	687	1441	488	117.7	472	1.3
浙江	76	122	141	214	295	420	544	633	680	808	426	164.5	391	1.5
福建	87	102	166	211	286	373	506	699	1016	1704	446	276.6	387	1.7
广东	167(1)	71	109	154	248	378	526	717	944	2860	429	276.7	358	1.8
广西	150(1)	70	146	171	316	424	563	832	955	1798	481	276.0	415	1.7
黑龙江	246(4)	184	223	263	348	415	493	613	696	1306	423	132.4	404	1.4
吉林	112(2)	250	303	327	380	450	550	660	708	1160	472	123.3	457	1.3
内蒙古	339(1)	81	142	173	231	303	384	495	602	972	327	145.5	298	1.5
山西	89(3)	50	320	356	401	451	496	561	606	807	463	82.9	456	1.2
河南	86	192	215	226	290	388	469	586	635	962	406	151.3	381	1.4
安徽	70(1)	293	301	333	448	510	573	642	748	2241	516	142.0	500	1.3
江西	73	129	228	266	334	401	591	727	811	1164	478	198.4	441	1.5
湖北	92(1)	237	378	405	496	617	730	947	1378	3013	674	324.8	622	1.5
湖南	505(29)	102	291	373	482	596	714	844	1018	3467	608	181.4	582	1.3

类别 省区市名称	样点数	顺 序 统 计 量									算 术		几 何	
		最小值	5%值	10%值	25%值	中位值	75%值	90%值	95%值	最大值	平均	标准差	平均	标准差
陕西	60	284	304	341	415	480	538	631	827	1020	497	149.6	479	1.3
四川	118(1)	63	106	130	200	261	331	414	449	809	280	126.4	255	1.6
贵州	50	305	326	363	505	743	1472	2110	2747	3458	1066	773.0	855	1.9
云南	73	228	263	307	352	495	676	1007	1316	1800	592	326.8	525	1.6
宁夏	29	222	238	332	408	483	651	754	785	846	531	164.6	505	1.4
甘肃	76	157	171	201	238	302	407	465	501	550	323	103.1	307	1.4
青海	115	331	361	387	452	523	605	705	732	961	538	119.1	525	1.2
新疆	260(4)	168	250	289	395	481	564	644	736	1230	488	144.1	467	1.4
西藏	205(5)	116	253	313	416	524	650	800	850	1558	539	172.6	511	1.4
北京	40	248	272	280	336	420	480	600	680	680	433	116.1	418	1.3
天津	41	377	426	475	508	619	705	758	836	1114	628	139.1	614	1.2
上海	20	387	387	416	425	507	535	580	592	738	504	79.5	499	1.2
大连	104(1)	230	251	260	300	405	560	740	886	1500	466	199.3	432	1.5
温州	81	174	206	259	379	492	686	751	789	959	524	189.4	486	1.5
厦门	101	95	109	133	179	238	330	475	564	674	273	131.9	246	1.6
深圳	82	166	200	233	325	430	575	662	680	697	446	151.8	417	1.5
宁波	82(1)	247	343	367	472	583	661	715	739	814	569	123.1	554	1.3

07 表—A层土壤

单位：mg/kg

类别 省区市名称	样点数	顺序统计量									算术		几何	
		最小值	5%值	10%值	25%值	中位值	75%值	90%值	95%值	最大值	平均	标准差	平均	标准差
辽宁	116	0.004	0.009	0.010	0.020	0.032	0.047	0.073	0.077	0.135	0.037	0.0244	0.0298	1.9972
河北	148(3)	0.001	0.005	0.008	0.014	0.023	0.039	0.078	0.104	0.269	0.036	0.0394	0.0247	2.3333
山东	117(1)	0.004	0.007	0.008	0.011	0.016	0.024	0.034	0.042	0.204	0.019	0.0122	0.0163	1.7549
江苏	83(3)	0.032	0.037	0.039	0.046	0.105	0.230	0.746	3.169	45.900	0.289	0.7228	0.1232	2.9721
浙江	76(1)	0.011	0.033	0.036	0.044	0.065	0.097	0.184	0.235	1.223	0.086	0.0667	0.0697	1.8898
福建	87(2)	0.007	0.026	0.033	0.047	0.074	0.107	0.148	0.224	1.309	0.093	0.0843	0.0740	1.8715
广东	167(1)	0.010	0.015	0.020	0.031	0.056	0.088	0.156	0.242	1.120	0.078	0.0846	0.0552	2.2323
广西	150	0.011	0.025	0.031	0.057	0.099	0.164	0.336	0.491	1.046	0.152	0.1737	0.1005	2.4245
黑龙江	245(10)	0.001	0.013	0.017	0.024	0.033	0.046	0.058	0.077	0.220	0.037	0.0180	0.0332	1.5923
吉林	112	0.010	0.012	0.013	0.019	0.027	0.047	0.066	0.082	0.189	0.037	0.0290	0.0300	1.8646
内蒙古	338(4)	0.001	0.009	0.011	0.016	0.026	0.042	0.084	0.148	1.124	0.040	0.0451	0.0278	2.2264
山西	88	0.003	0.005	0.007	0.013	0.018	0.030	0.047	0.057	0.261	0.027	0.0338	0.0193	2.1959
河南	86	0.014	0.014	0.016	0.024	0.030	0.039	0.050	0.065	0.115	0.034	0.0172	0.0308	1.5460
安徽	70	0.008	0.010	0.011	0.017	0.029	0.043	0.060	0.066	0.107	0.033	0.0205	0.0276	1.8417
江西	73(2)	0.006	0.020	0.026	0.049	0.070	0.100	0.127	0.177	0.360	0.084	0.0563	0.0707	1.7989
湖北	92	0.007	0.018	0.025	0.038	0.069	0.102	0.151	0.193	0.280	0.080	0.0564	0.0634	2.0542
湖南	507(8)	0.002	0.030	0.039	0.058	0.087	0.140	0.215	0.307	6.000	0.116	0.0945	0.0912	1.9549

类 别 省区市名称	样点数	顺 序 统 计 量									算 术		几 何	
		最小值	5%值	10%值	25%值	中位值	75%值	90%值	95%值	最大值	平均	标准差	平均	标准差
陕西	60	0.002	0.006	0.009	0.012	0.021	0.039	0.058	0.079	0.148	0.030	0.0265	0.0217	2.2461
四川	118(1)	0.005	0.007	0.012	0.020	0.038	0.076	0.136	0.191	3.969	0.061	0.0651	0.0395	2.5391
贵州	50	0.011	0.016	0.024	0.042	0.102	0.153	0.184	0.227	0.300	0.110	0.0691	0.0845	2.2492
云南	73(2)	0.010	0.016	0.019	0.027	0.044	0.065	0.127	0.197	22.670	0.058	0.0556	0.0450	1.9765
宁夏	29(1)	0.008	0.009	0.012	0.018	0.020	0.023	0.027	0.030	0.034	0.021	0.0053	0.0202	1.2952
甘肃	76(2)	0.001	0.005	0.007	0.010	0.014	0.023	0.033	0.040	0.130	0.020	0.0186	0.0157	1.9102
青海	115	0.010	0.011	0.012	0.014	0.019	0.025	0.034	0.038	0.042	0.020	0.0080	0.0190	1.4455
新疆	260(2)	0.001	0.004	0.006	0.008	0.014	0.022	0.032	0.041	0.235	0.017	0.0126	0.0133	1.9554
西藏	205(3)	0.004	0.007	0.010	0.015	0.022	0.029	0.040	0.064	9.769	0.024	0.0159	0.0203	1.8148
北京	40(1)	0.020	0.029	0.032	0.038	0.050	0.080	0.130	0.195	1.480	0.069	0.0511	0.0576	1.7471
天津	41	0.010	0.013	0.016	0.027	0.036	0.063	0.197	0.306	0.628	0.084	0.1273	0.0476	2.5714
上海	20	0.031	0.031	0.031	0.045	0.094	0.140	0.164	0.165	0.181	0.095	0.0515	0.0809	1.8431
大连	104	0.010	0.022	0.029	0.041	0.064	0.091	0.154	0.178	0.412	0.080	0.0619	0.0634	1.9864
温州	81	0.017	0.033	0.041	0.052	0.080	0.141	0.214	0.290	0.721	0.118	0.1056	0.0902	2.0203
厦门	101(4)	0.011	0.020	0.022	0.026	0.038	0.055	0.130	0.178	0.633	0.049	0.0390	0.0401	1.7963
深圳	82	0.017	0.021	0.025	0.043	0.071	0.110	0.215	0.346	0.632	0.105	0.1044	0.0749	2.2056
宁波	82	0.025	0.031	0.040	0.052	0.117	0.380	0.700	0.817	1.231	0.255	0.2752	0.1434	2.9831

08 锰——A层土壤

单位：mg/kg

类别 省区市名称	样点数	顺序统计量									算术		几何	
		最小值	5%值	10%值	25%值	中位值	75%值	90%值	95%值	最大值	平均	标准差	平均	标准差
辽宁	116(3)	95	230	262	398	563	672	830	996	5434	564	210.1	524	1.5
河北	148(4)	229	364	409	520	606	687	783	879	1694	608	137.2	592	1.3
山东	117(2)	193	297	391	505	618	701	978	1072	2281	644	228.8	608	1.4
江苏	83(2)	148	290	345	447	535	704	828	1039	3743	585	203.2	553	1.4
浙江	76(1)	16	74	109	187	346	579	865	1222	1350	448	326.8	340	2.2
福建	87	69	84	95	165	279	491	762	992	1612	391	332.7	292	2.1
广东	167(1)	1	27	42	80	151	323	664	855	2825	279	369.6	163	2.8
广西	150	7	29	50	101	176	472	1105	1794	4953	446	669.6	216	3.3
黑龙江	245	184	258	372	577	823	1180	1918	2763	5888	1065	882.9	846	1.9
吉林	112	292	354	394	488	594	740	876	1052	1356	636	210.4	605	1.4
内蒙古	339(8)	59	154	192	324	462	639	902	1167	4421	520	309.5	446	1.8
山西	89(3)	177	354	404	446	525	643	756	888	1425	554	142.6	538	1.3
河南	86(3)	180	333	407	470	543	645	862	988	2600	579	186.6	554	1.3
安徽	70	106	188	237	311	462	638	844	966	2296	530	343.5	452	1.8
江西	73	66	79	103	155	224	451	667	809	1163	328	242.5	257	2.0
湖北	92(1)	100	205	279	514	692	860	1059	1163	1913	712	309.3	642	1.6
湖南	507(1)	48	95	115	202	380	580	893	1166	5800	459	359.6	349	2.1

类别 省区市名称	样点数	顺序统计量									算术		几何	
		最小值	5%值	10%值	25%值	中位值	75%值	90%值	95%值	最大值	平均	标准差	平均	标准差
陕西	60	222	238	348	468	553	627	719	758	1424	557	176.8	531	1.4
四川	118(11)	127	394	496	587	648	719	806	923	1514	657	98.9	650	1.2
贵州	50	49	82	90	249	591	1101	1365	2050	3657	794	723.5	529	2.7
云南	73	70	101	129	259	515	788	1273	1483	2768	626	498.3	461	2.3
宁夏	29	207	246	295	400	533	637	745	753	875	524	163.8	497	1.4
甘肃	76(5)	231	416	472	560	635	715	805	845	3802	653	110.4	644	1.2
青海	115(4)	328	423	449	518	570	660	700	785	4361	580	94.5	572	1.2
新疆	260(5)	144	396	462	563	651	803	950	1035	1462	688	177.7	666	1.3
西藏	205(1)	154	247	298	423	582	773	951	1086	2830	625	295.4	565	1.6
北京	40	419	492	519	571	685	778	937	993	1039	705	160.3	688	1.3
天津	41	417	452	465	549	660	785	884	990	1231	686	182.3	665	1.3
上海	204(4)	77	77	186	412	506	586	606	680	856	548	114.2	538	1.2
大连	104(1)	126	274	346	467	564	743	885	1075	1402	620	239.4	579	1.5
温州	81	118	144	224	330	478	779	1299	1393	1776	619	400.3	507	1.9
厦门	101	102	183	250	379	606	927	1159	1224	2161	670	394.5	565	1.8
深圳	82	26	38	51	86	112	194	528	832	1241	209	249.4	135	2.4
宁波	82	90	179	202	280	455	710	1037	1186	2035	556	358.1	460	1.9

09 镍——A层土壤

单位：mg/kg

类别 省区市名称	样点数	顺序统计量									算术		几何	
		最小值	5%值	10%值	25%值	中位值	75%值	90%值	95%值	最大值	平均	标准差	平均	标准差
辽宁	116(4)	4.4	8.9	11.4	19.4	24.6	30.0	37.9	41.3	97.5	25.6	9.73	23.8	1.49
河北	148(4)	7.0	12.4	16.0	22.0	28.8	37.0	47.7	50.1	300.0	30.8	11.18	28.7	1.46
山东	117(10)	2.5	7.3	14.2	18.8	23.0	29.1	39.4	48.3	156.4	25.8	9.00	24.4	1.39
江苏	83(2)	7.0	11.9	15.3	21.4	26.0	30.0	37.7	44.8	142.0	26.7	9.51	25.1	1.42
浙江	76(2)	2.9	8.7	12.7	16.4	20.9	30.9	34.3	38.9	83.0	24.6	11.88	22.4	1.53
福建	87	2.3	3.2	4.0	7.4	11.0	21.1	40.2	43.1	163.1	18.2	22.19	12.3	2.32
广东	167(6)	0.1	2.4	3.0	5.0	8.8	18.1	31.7	51.5	200.7	14.4	16.94	9.6	2.37
广西	150	1.3	3.3	4.9	10.3	18.2	29.7	63.3	83.8	186.2	26.6	28.68	17.4	2.57
黑龙江	246(20)	2.8	5.5	9.9	16.6	21.6	26.8	32.0	36.6	77.7	22.8	7.66	21.6	1.41
吉林	112(1)	7.3	10.3	13.5	16.3	21.0	24.5	31.4	34.0	62.0	21.4	7.21	20.3	1.42
内蒙古	339(7)	1.3	5.4	7.5	12.5	18.7	24.5	30.9	36.1	98.2	19.5	9.07	17.3	1.68
山西	89(2)	8.4	18.6	21.1	25.4	31.1	35.7	43.3	50.3	55.6	32.0	8.76	30.8	1.31
河南	86(4)	6.0	16.0	19.5	22.5	25.8	29.0	34.1	38.0	80.5	26.7	5.69	26.1	1.23
安徽	70(2)	3.5	11.8	13.6	22.6	29.6	35.0	39.4	46.1	61.1	29.8	9.92	28.1	1.43
江西	73	2.7	3.8	7.0	11.0	15.9	24.0	36.0	40.3	46.3	18.9	10.85	15.8	1.91
湖北	92(1)	9.0	17.2	22.1	27.2	34.3	44.1	54.2	61.3	94.3	37.3	14.98	34.7	1.47
湖南	507(14)	1.0	12.7	16.1	22.0	30.0	38.0	51.3	61.3	264.0	31.9	14.00	29.2	1.52

类别 省区市名称	样点数	顺序统计量									算术		几何	
		最小值	5%值	10%值	25%值	中位值	75%值	90%值	95%值	最大值	平均	标准差	平均	标准差
陕西	60(1)	10.6	16.2	19.2	22.5	28.4	33.6	37.2	40.4	56.3	28.8	7.92	27.7	1.32
四川	118(2)	14.8	21.2	22.0	24.9	29.8	38.2	49.8	53.3	102.1	32.6	10.66	31.1	1.35
贵州	50	5.3	9.0	15.1	21.9	33.7	52.6	72.3	80.2	103.0	39.1	22.40	32.9	1.88
云南	73	4.5	9.2	10.9	24.2	36.0	49.7	66.0	81.6	315.0	42.5	39.14	33.4	2.00
宁夏	29(1)	21.1	23.6	26.6	29.5	38.3	41.3	41.3	42.1	42.8	36.5	5.64	36.1	1.18
甘肃	76(3)	12.9	20.6	23.7	29.9	33.8	39.4	46.1	50.5	113.4	35.2	7.97	34.4	1.25
青海	115(2)	11.8	15.9	19.1	23.4	29.1	35.0	41.4	45.3	95.8	29.6	8.60	28.3	1.35
新疆	260(4)	7.4	12.2	15.2	20.8	26.7	31.6	37.5	40.5	86.5	26.6	8.69	25.2	1.41
西藏	205(6)	3.6	9.5	13.5	21.5	29.8	40.4	51.3	58.0	627.5	32.1	15.43	28.7	1.63
北京	40	17.0	19.5	22.0	23.0	27.4	31.7	40.0	42.6	48.9	29.0	7.45	28.2	1.27
天津	41(2)	12.2	20.6	24.4	26.9	32.8	36.5	39.1	42.4	54.4	33.3	6.55	32.8	1.21
上海	20	12.2	12.2	12.2	26.7	29.8	35.3	38.9	41.0	44.5	29.9	8.76	28.4	1.44
大连	104(4)	6.1	11.1	12.2	17.3	21.1	26.8	34.6	39.5	97.5	22.8	8.30	21.4	1.43
温州	81	2.0	5.0	5.2	10.0	19.5	33.0	40.7	45.0	50.0	22.1	13.40	17.4	2.13
厦门	101	1.8	2.4	2.7	4.6	7.1	11.3	15.1	26.0	32.7	9.0	6.58	7.2	1.94
深圳	82	2.1	2.7	3.3	4.9	7.1	11.6	18.9	38.3	47.9	10.6	10.08	7.9	2.05
宁波	82	14.6	16.6	17.7	21.4	28.0	34.9	37.8	43.7	68.1	28.8	9.49	27.4	1.37

单位：mg/kg

10 铅——A层土壤

类别 省区市名称	样点数	顺 序 统 计 量									算 术		几 何	
		最小值	5%值	10%值	25%值	中位值	75%值	90%值	95%值	最大值	平均	标准差	平均	标准差
辽宁	116(6)	4.8	8.1	11.2	15.4	20.7	24.6	28.6	35.2	66.0	21.4	6.83	20.3	1.39
河北	148(5)	4.8	10.2	12.7	17.0	20.0	24.0	31.1	34.5	200.0	21.5	6.88	20.5	1.36
山东	117(5)	4.7	10.0	15.5	19.9	24.3	29.7	35.7	43.0	81.4	25.8	8.59	24.5	1.38
江苏	83(3)	8.0	13.0	16.0	20.0	25.0	30.0	40.0	63.1	415.0	26.2	10.92	24.4	1.47
浙江	76	11.6	15.0	16.8	19.0	22.4	26.7	34.6	36.3	41.9	23.7	6.76	22.9	1.32
福建	87(1)	12.6	15.1	19.9	25.0	33.5	48.4	75.7	83.0	322.6	41.3	25.66	35.8	1.68
广东	167(12)	0.7	1.7	7.6	17.0	28.9	43.7	63.3	74.0	163.0	36.0	23.39	29.8	1.89
广西	150(1)	2.4	8.0	10.0	14.7	19.5	28.3	44.5	55.2	74.9	24.0	14.30	20.5	1.75
黑龙江	246(4)	14.6	17.6	19.6	22.2	24.1	26.1	28.1	29.9	38.2	24.2	3.22	23.9	1.15
吉林	112	17.0	19.0	19.8	23.5	27.0	33.7	39.0	40.8	49.0	28.8	7.35	27.9	1.28
内蒙古	339(2)	1.7	7.4	8.5	10.6	13.9	20.5	28.3	35.7	64.6	17.2	10.18	15.0	1.65
山西	89(3)	4.3	11.4	12.2	13.3	14.9	17.5	19.7	21.8	29.0	15.8	3.29	15.5	1.21
河南	86	12.5	13.1	13.8	16.5	19.1	21.8	24.2	28.2	38.5	19.6	4.62	19.1	1.25
安徽	70(3)	11.1	16.6	19.0	22.8	26.0	29.6	33.7	37.3	1143.0	26.6	5.37	26.0	1.23
江西	73	10.3	13.7	16.4	23.1	29.4	39.7	46.2	55.2	99.0	32.3	14.34	29.7	1.51
湖北	92(1)	14.1	17.1	19.2	21.7	25.4	29.9	35.8	42.3	97.4	26.7	7.86	25.7	1.30
湖南	507(10)	6.0	14.0	17.0	21.0	26.3	35.0	49.7	61.8	234.0	29.7	13.41	27.3	1.49

类 别 省区市名称	样点数	顺 序 统 计 量									算 术		几 何	
		最小值	5%值	10%值	25%值	中位值	75%值	90%值	95%值	最大值	平均	标准差	平均	标准差
陕西	60	13.7	14.0	15.3	17.3	20.5	25.2	28.2	30.5	34.5	21.4	5.04	20.9	1.26
四川	118(1)	9.9	13.6	18.7	24.7	30.0	34.3	43.6	52.7	120.4	30.9	12.15	28.9	1.44
贵州	50	10.8	14.6	18.3	23.5	29.3	39.2	55.8	74.5	108.0	35.2	19.59	31.3	1.60
云南	73(1)	9.5	15.2	18.4	26.2	35.7	50.0	67.1	74.3	490.0	40.6	21.18	36.0	1.64
宁夏	29	13.9	14.5	15.5	16.3	19.1	24.1	25.5	27.2	29.8	20.6	4.41	20.1	1.24
甘肃	76(1)	4.9	6.0	10.3	16.5	19.3	22.2	25.0	25.6	28.3	18.8	5.07	17.9	1.42
青海	115(2)	7.3	11.8	13.6	17.3	20.4	23.8	28.2	29.9	41.7	20.9	5.95	20.1	1.32
新疆	260(7)	4.2	13.4	14.8	16.6	19.0	21.8	24.8	25.9	50.4	19.4	3.71	19.1	1.21
西藏	205(9)	9.8	16.5	19.1	23.3	27.9	34.7	42.8	51.5	141.8	29.1	8.47	27.9	1.34
北京	40(1)	10.0	12.9	18.0	21.0	24.1	28.6	31.9	36.0	46.0	25.4	6.29	24.7	1.27
天津	41(1)	12.4	13.3	15.4	17.3	20.0	23.0	27.4	30.0	68.6	21.0	5.33	20.4	1.26
上海	20(1)	11.9	11.9	14.4	19.8	24.9	27.6	31.1	31.2	34.2	25.0	5.12	24.5	1.24
大连	104(3)	11.9	12.9	11.5	15.2	18.8	23.9	29.2	32.5	61.6	19.6	6.25	18.6	1.39
温州	81(1)	13.4	21.0	23.3	30.3	34.9	46.3	54.7	100.7	363.0	40.7	20.15	37.3	1.49
厦门	101(2)	12.7	23.1	25.0	29.7	38.4	57.0	88.2	99.5	286.5	46.8	23.33	41.9	1.59
深圳	82	3.4	8.2	11.0	20.7	33.8	51.9	65.6	83.2	193.0	39.2	27.95	31.0	2.07
宁波	82	12.9	16.2	17.9	21.8	27.0	31.8	38.8	46.1	80.2	28.1	10.14	26.7	1.37

11 硒——A层土壤

单位：mg/kg

类别 省区市名称	样点数	最小值	5%值	10%值	25%值	中位值	75%值	90%值	95%值	最大值	算 术 平均	算 术 标准差	几 何 平均	几 何 标准差
辽宁	116(2)	0.031	0.087	0.095	0.108	0.161	0.250	0.369	0.411	1.940	0.199	0.1139	0.1731	1.6714
山东	78	0.060	0.072	0.077	0.094	0.116	0.145	0.182	0.235	0.400	0.130	0.0594	0.1205	1.4522
江苏	83(5)	0.008	0.055	0.076	0.123	0.184	0.246	0.339	0.443	0.843	0.222	0.1434	0.1915	1.6804
浙江	76(1)	0.050	0.128	0.172	0.260	0.380	0.580	0.758	0.796	0.970	0.435	0.2194	0.3780	1.7514
福建	87(2)	0.048	0.201	0.269	0.395	0.503	0.677	0.842	0.951	1.140	0.548	0.2114	0.5070	1.4999
广东	167(3)	0.025	0.082	0.098	0.155	0.233	0.347	0.511	0.614	1.235	0.288	0.1889	0.2411	1.8128
广西	150(1)	0.052	0.223	0.266	0.484	0.678	0.930	1.338	1.506	2.673	0.770	0.4397	0.6543	1.8076
黑龙江	246	0.037	0.059	0.080	0.125	0.184	0.245	0.320	0.371	0.546	0.195	0.0937	0.1719	1.6820
吉林	112(2)	0.020	0.090	0.102	0.140	0.180	0.250	0.320	0.334	0.430	0.200	0.0780	0.1847	1.4970
内蒙古	173(3)	0.006	0.018	0.030	0.051	0.083	0.132	0.195	0.230	8.048	0.103	0.0744	0.0817	2.0265
安徽	70	0.061	0.075	0.084	0.120	0.195	0.295	0.410	0.515	0.840	0.234	0.1585	0.1935	1.8467
湖北	92	0.027	0.061	0.071	0.098	0.153	0.288	0.549	0.816	2.000	0.275	0.3501	0.1788	2.3365
湖南	462(8)	0.010	0.083	0.102	0.170	0.280	0.420	0.630	0.789	7.010	0.329	0.2204	0.2678	1.9263
陕西	60	0.014	0.032	0.043	0.063	0.086	0.125	0.203	0.240-	0.496	0.115	0.0889	0.0918	1.9516
四川	58	0.023	0.026	0.035	0.059	0.083	0.115	0.169	0.181	0.273	0.095	0.0545	0.0815	1.7871
贵州	50	0.060	0.080	0.080	0.200	0.345	0.435	0.710	0.835	1.020	0.373	0.2328	0.2984	2.0628
云南	41	0.046	0.102	0.154	0.190	0.310	0.447	0.847	0.910	2.205	0.423	0.3746	0.3260	2.0466
宁夏	29	0.095	0.112	0.134	0.171	0.204	0.257	0.305	0.335	0.466	0.217	0.0758	0.2062	1.3900
青海	115	0.038	0.073	0.080	0.114	0.152	0.204	0.248	0.329	0.598	0.170	0.0867	0.1521	1.5979
西藏	205(1)	0.035	0.054	0.064	0.101	0.136	0.197	0.266	0.325	0.711	0.157	0.0880	0.1365	1.7042
北京	40	0.105	0.108	0.162	0.183	0.238	0.294	0.371	0.390	0.540	0.247	0.0913	0.2317	1.4442
天津	41	0.066	0.079	0.086	0.113	0.149	0.189	0.281	0.392	0.547	0.176	0.1026	0.1559	1.5980
上海	20	0.120	0.120	0.135	0.163	0.209	0.286	0.343	0.937	1.144	0.298	0.2639	0.2423	1.7791
大连	104	0.096	0.118	0.142	0.180	0.242	0.316	0.458	0.511	0.605	0.268	0.1189	0.2445	1.5366
温州	81	0.116	0.171	0.190	0.228	0.379	0.747	0.989	1.196	2.270	0.529	0.3969	0.4166	1.9834
厦门	101(3)	0.082	0.125	0.152	0.215	0.391	0.656	0.922	1.379	9.135	0.476	0.3546	0.3770	1.9891
宁波	82	0.100	0.120	0.142	0.240	0.320	0.510	0.758	0.933	1.350	0.405	0.2542	0.3406	1.8038

单位：mg/kg

12 钒——A层土壤

类别 省区市名称	样点数	顺序统计量									算术		几何	
		最小值	5%值	10%值	25%值	中位值	75%值	90%值	95%值	最大值	平均	标准差	平均	标准差
辽宁	116(3)	15.0	31.1	42.5	64.4	81.8	98.3	109.0	130.4	157.5	82.4	25.50	78.2	1.40
河北	148(5)	20.0	38.0	45.3	63.4	73.3	80.4	89.1	95.6	141.3	73.2	17.51	71.2	1.28
山东	117(6)	23.8	40.1	51.4	67.1	74.7	87.9	109.3	129.4	184.1	80.1	22.11	77.5	1.29
江苏	83(5)	23.1	44.6	61.4	69.6	81.0	90.9	101.1	105.2	157.3	83.4	15.59	82.1	1.20
浙江	76(1)	7.8	16.6	30.7	42.5	62.0	88.0	116.3	126.4	205.4	69.3	36.57	60.5	1.72
福建	87	21.3	29.3	35.1	47.8	68.6	90.4	117.1	157.6	373.0	79.5	56.89	67.8	1.71
广东	167	1.1	1.1	9.9	23.6	49.1	83.6	126.4	176.7	481.9	65.3	67.01	39.0	3.42
广西	150(2)	0.5	33.9	42.7	76.9	103.1	144.5	217.6	289.5	596.2	129.9	94.46	106.9	1.84
黑龙江	246(22)	19.0	37.3	50.8	67.0	80.7	89.3	100.8	108.3	164.0	81.9	16.05	80.3	1.22
吉林	112	53.0	53.5	54.6	60.3	68.4	74.1	78.4	81.1	91.3	68.0	8.88	67.4	1.14
内蒙古	339(8)	3.8	12.7	18.5	30.5	49.7	66.7	80.7	91.1	187.8	51.1	24.61	44.7	1.74
山西	89	29.3	48.1	52.3	56.4	63.1	75.6	92.8	106.5	126.8	68.3	18.59	66.1	1.30
河南	86	35.0	52.9	60.5	75.0	92.0	112.7	125.9	131.1	195.1	94.2	27.35	90.1	1.36
安徽	70(2)	27.0	45.0	68.0	83.0	96.0	106.0	117.0	124.5	246.0	98.2	29.87	94.5	1.31
江西	73	16.5	27.9	40.3	60.9	92.3	124.2	146.0	151.7	286.9	95.8	44.90	84.5	1.72
湖北	92(1)	48.6	59.9	74.6	85.5	102.7	119.6	151.4	178.0	699.0	110.2	41.87	104.2	1.38
湖南	504(12)	20.4	60.7	67.5	81.0	102.5	122.6	153.1	176.9	1264.2	105.4	33.02	100.6	1.36

类 别 省区市名称	样点数	顺 序 统 计 量										算 术		几 何	
		最小值	5%值	10%值	25%值	中位值	75%值	90%值	95%值	最大值	平均	标准差	平均	标准差
陕西	60(1)	15.3	30.9	33.0	54.2	62.3	71.4	95.2	106.6	167.8	66.9	26.44	62.4	1.46
四川	118(8)	29.6	56.6	62.8	78.8	95.6	111.7	150.2	279.9	401.0	96.0	26.40	92.6	1.31
贵州	50(2)	6.8	56.7	63.5	83.9	114.2	156.1	232.0	263.0	335.0	138.8	64.68	126.0	1.55
云南	73	24.1	46.2	61.9	83.0	118.1	187.0	304.7	348.4	780.6	154.9	117.15	126.7	1.86
宁夏	29(2)	37.3	43.4	54.0	66.2	72.9	75.9	88.8	98.4	102.0	75.1	11.05	74.3	1.15
甘肃	76(6)	15.5	35.3	50.8	68.1	77.4	88.1	102.9	114.7	151.7	81.9	17.77	80.2	1.23
青海	115	39.8	47.5	51.7	62.8	72.6	80.0	87.5	97.1	106.1	71.8	13.85	70.4	1.22
新疆	260(1)	21.9	58.7	61.4	67.3	73.3	83.5	90.1	94.5	122.1	74.9	10.79	74.2	1.15
西藏	205(1)	53.8	35.4	45.0	60.5	76.1	89.1	105.3	115.8	159.0	76.6	23.52	72.7	1.40
北京	40	57.7	58.0	60.0	65.9	75.7	86.1	101.0	116.0	134.0	79.2	17.84	77.4	1.23
天津	41	52.9	54.5	56.3	76.3	82.8	95.9	107.9	108.0	117.4	85.2	16.44	83.6	1.22
上海	20	55.9	55.9	66.3	77.9	88.1	101.2	108.7	111.7	113.3	89.7	15.54	88.3	1.20
大连	104(4)	28.6	44.1	51.6	64.7	84.0	95.9	124.5	138.6	300.9	83.8	25.49	80.1	1.35
温州	81(2)	4.0	29.1	33.1	48.5	84.0	95.8	110.9	115.9	231.0	77.9	33.62	71.0	1.57
厦门	101	12.3	19.0	21.9	29.4	42.6	60.3	78.7	84.4	137.7	46.5	22.26	41.6	1.61
深圳	82	3.4	7.7	9.3	17.5	35.7	63.0	93.1	130.7	151.6	45.7	36.30	32.8	2.37
宁波	82(6)	26.9	54.8	57.8	70.2	80.5	89.5	100.8	104.9	125.0	82.8	14.57	81.5	1.19

13 锌——A层土壤

单位：mg/kg

类别 省区市名称	样点数	最小值	5%值	10%值	25%值	顺序统计量 中位值	75%值	90%值	95%值	最大值	算术 平均	算术 标准差	几何 平均	几何 标准差
辽宁	116(7)	7.0	17.0	26.4	49.0	59.1	73.0	89.0	94.1	170.0	63.5	22.53	59.8	1.43
河北	148(1)	28.5	39.0	49.7	56.2	68.0	84.7	120.2	175.4	376.0	78.4	38.19	71.9	1.49
山东	117(5)	14.6	30.9	37.0	48.8	61.9	73.6	87.9	98.9	197.0	63.5	18.20	60.9	1.34
江苏	83(4)	14.0	30.3	38.0	47.8	60.0	73.3	85.4	97.7	361.0	62.6	20.95	59.6	1.37
浙江	76(2)	7.6	24.1	30.3	46.4	62.1	78.9	117.4	147.1	216.0	70.6	37.19	62.9	1.60
福建	87	25.5	41.5	47.6	57.7	79.1	103.3	130.3	157.9	240.0	86.1	38.01	78.8	1.52
广东	167(2)	3.4	8.4	12.1	22.4	35.8	58.1	89.8	110.6	277.5	47.3	39.49	36.3	2.09
广西	150	8.7	13.0	15.5	29.2	51.8	80.6	137.1	265.6	593.2	75.6	87.29	50.8	2.35
黑龙江	246(5)	22.3	42.6	46.3	57.0	68.4	81.9	99.6	110.6	171.9	70.7	20.05	68.1	1.32
吉林	112	20.1	31.4	38.2	50.2	82.3	104.4	126.9	133.7	172.0	80.4	34.24	72.8	1.59
内蒙古	339(5)	2.6	10.6	19.0	33.6	53.8	76.0	95.6	121.5	555.5	59.1	37.65	48.6	1.95
山西	89	31.5	43.8	49.1	57.0	71.8	93.5	102.1	105.1	138.9	75.5	21.60	72.4	1.34
河南	86(1)	34.3	40.4	43.3	50.7	57.3	65.8	77.9	90.6	221.5	60.1	15.30	58.4	1.26
安徽	70(2)	16.9	23.0	41.2	51.1	56.3	70.8	87.7	108.9	281.6	62.0	21.09	58.6	1.41
江西	73	19.0	27.8	34.4	50.3	66.1	79.8	108.2	124.4	158.0	69.4	28.48	63.7	1.54
湖北	92	27.3	43.7	46.9	59.8	77.3	97.0	127.6	144.0	283.0	83.6	36.15	77.5	1.47
湖南	507(13)	20.8	45.0	55.7	70.0	90.0	110.0	142.3	173.9	320.0	94.4	34.81	88.6	1.43

类别	样点数	顺序统计量									算术		几何	
省区市名称		最小值	5%值	10%值	25%值	中位值	75%值	90%值	95%值	最大值	平均	标准差	平均	标准差
陕西	60	27.5	37.4	46.7	53.2	65.8	80.7	97.3	108.0	145.0	69.4	22.53	66.1	1.37
四川	118	36.9	45.8	53.7	66.7	83.4	101.1	123.3	139.5	195.2	86.5	28.36	82.1	1.38
贵州	50(1)	13.5	26.2	41.5	61.5	82.4	112.8	183.5	223.2	272.0	99.5	56.01	86.9	1.68
云南	73(1)	14.0	27.3	40.0	57.3	86.0	109.9	133.4	153.7	281.0	89.7	42.12	80.5	1.63
宁夏	29(1)	19.3	25.6	33.3	40.5	56.3	69.6	79.4	83.3	99.7	58.8	17.30	56.4	1.35
甘肃	76	40.4	46.6	52.5	57.8	66.8	74.1	82.5	86.6	134.0	68.5	15.60	67.0	1.24
青海	115	33.9	43.0	48.0	61.5	75.7	93.9	112.5	122.1	180.1	80.3	26.65	76.1	1.39
新疆	260(3)	21.5	37.9	43.1	55.0	66.9	80.4	91.7	102.5	153.5	68.8	19.86	66.0	1.34
西藏	205(3)	29.5	45.0	48.3	58.8	71.7	87.3	102.1	114.8	340.7	74.0	20.76	71.1	1.33
北京	40	48.2	56.2	64.7	74.1	97.5	129.0	141.0	143.0	226.0	102.6	35.37	97.2	1.39
天津	41	46.5	51.7	56.5	62.7	77.2	86.4	97.0	127.3	155.7	79.3	22.00	76.7	1.29
上海	20(1)	38.9	38.9	59.7	66.7	78.2	87.8	93.3	97.1	131.6	81.3	16.17	79.9	1.20
大连	104(1)	12.9	24.8	32.0	40.5	51.0	66.0	86.1	93.8	124.3	55.9	21.56	52.0	1.48
温州	81	28.0	41.1	47.4	82.0	100.0	113.0	154.0	196.9	493.0	111.1	73.02	97.5	1.62
厦门	101(3)	9.9	23.3	29.5	35.7	43.3	60.9	83.0	98.7	168.4	51.5	22.93	47.5	1.48
深圳	82	8.5	13.0	14.3	23.5	40.9	76.8	126.6	148.8	366.0	59.3	55.26	42.8	2.24
宁波	82	28.5	40.9	50.5	67.1	82.1	111.0	175.6	220.0	344.0	99.8	56.98	88.2	1.61

14 钾——A层土壤

类别 省区市名称	样点数	顺序统计量									算术		几何	
		最小值	5%值	10%值	25%值	中位值	75%值	90%值	95%值	最大值	平均	标准差	平均	标准差
辽宁	19	1.36	*	1.66	1.94	2.05	2.25	2.34	2.50	2.66	2.08	0.290	2.05	1.159
河北	20(1)	1.53	1.53	1.54	1.66	1.86	1.98	2.09	2.17	3.28	1.85	0.191	1.84	1.110
山东	15	1.39	*	1.40	1.69	1.85	2.14	2.32	2.42	2.57	1.93	0.337	1.90	1.194
江苏	11(1)	1.20	*	1.23	1.62	1.74	1.94	1.97	1.98	1.99	1.81	0.159	1.80	1.094
浙江	12	0.58	*	0.61	0.86	1.46	1.83	2.21	2.67	3.22	1.48	0.759	1.32	1.664
福建	13	0.42	*	0.48	0.73	1.09	1.80	2.87	3.51	4.07	1.52	1.073	1.24	1.920
广东	23	0.11	0.11	0.14	0.32	0.67	1.73	2.68	2.93	4.31	1.17	1.111	0.74	2.828
广西	21	0.06	0.06	0.07	0.30	0.82	1.34	1.74	2.19	2.35	0.95	0.671	0.64	2.952
黑龙江	52(1)	0.71	1.19	1.46	1.70	1.93	2.06	2.32	2.44	2.57	1.90	0.314	1.87	1.192
吉林	22	1.32	1.33	1.46	1.69	1.96	2.17	2.23	2.28	2.31	1.94	0.288	1.92	1.171
内蒙古	60(1)	1.19	1.58	1.70	1.91	2.07	2.29	2.40	2.45	2.79	2.08	0.264	2.07	1.138
山西	15(1)	1.63	*	1.63	1.69	1.78	1.92	2.01	2.23	2.81	1.81	0.132	1.80	1.076
河南	18(1)	1.48	*	1.54	1.65	1.68	1.78	2.10	2.23	3.02	1.73	0.179	1.72	1.104
安徽	17	1.11	*	1.12	1.39	1.59	1.73	1.84	2.06	2.48	1.61	0.322	1.58	1.215
江西	16	0.55	*	0.95	1.46	1.74	2.62	3.96	4.25	4.87	2.21	1.186	1.94	1.721
湖北	21	1.17	1.17	1.19	1.58	1.83	2.24	2.46	2.62	2.62	1.89	0.432	1.84	1.266
湖南	17	0.81	*	0.94	1.21	1.79	2.28	2.69	2.84	2.90	1.86	0.654	1.75	1.468

类别 省区市名称	样点数	顺 序 统 计 量									算 术		几 何	
		最小值	5%值	10%值	25%值	中位值	75%值	90%值	95%值	最大值	平均	标准差	平均	标准差
陕西	20(2)	1.32	1.32	1.59	1.74	1.96	2.07	2.19	2.21	3.30	1.93	0.183	1.92	1.102
四川	52	0.73	1.04	1.47	1.77	1.98	2.30	2.53	2.72	3.18	2.02	0.480	1.95	1.311
贵州	18(1)	0.37	*	0.86	1.17	1.68	1.84	2.42	2.90	3.99	1.56	0.579	1.44	1.576
云南	33	0.56	0.60	0.69	1.21	1.60	1.99	2.31	2.33	2.71	1.61	0.554	1.50	1.501
宁夏	7	1.70	*	*	*	1.90	*	*	*	2.12	1.90	0.157	1.90	1.087
甘肃	27(2)	0.60	0.81	1.36	1.58	1.74	1.87	2.06	2.08	2.17	1.78	0.194	1.77	1.114
青海	39	1.06	1.09	1.15	1.54	1.66	1.85	1.95	2.16	2.45	1.66	0.298	1.63	1.204
新疆	79(1)	1.01	1.48	1.65	1.79	1.98	2.17	2.33	2.44	2.66	1.99	0.274	1.97	1.151
西藏	76	0.78	1.30	1.40	1.72	1.97	2.31	2.77	2.93	3.44	2.04	0.515	1.98	1.296
北京	10(1)	1.58	*	1.58	1.84	1.90	2.13	2.17	2.88	3.60	1.93	0.188	1.92	1.105
天津	25	1.72	1.72	1.74	1.99	2.16	2.38	2.49	2.55	3.02	2.20	0.298	2.18	1.143
上海	11	0.87	*	0.94	1.55	1.76	1.85	1.99	2.32	2.71	1.76	0.433	1.17	1.311
大连	21	1.32	1.32	1.40	1.61	1.76	1.91	2.05	2.18	2.23	1.78	0.240	1.77	1.147
温州	20	0.74	0.74	1.16	1.66	1.91	2.16	2.49	2.49	3.07	1.91	0.509	1.84	1.358
厦门	18	0.34	*	0.61	1.07	1.96	3.27	4.03	4.25	4.43	2.26	1.275	1.86	2.018
深圳	8	0.16	*	*	0.51	1.22	2.12	2.80	3.27	3.73	1.53	1.215	1.06	2.794
宁波	17	1.59	*	1.81	2.08	2.18	2.25	2.55	2.67	3.05	2.22	0.314	2.20	1.149

单位：mg/kg

15 铍——A层土壤

类别 省区市名称	样点数	顺序统计量									算术		几何	
		最小值	5%值	10%值	25%值	中位值	75%值	90%值	95%值	最大值	平均	标准差	平均	标准差
辽宁	19(1)	0.76	*	0.99	1.58	1.74	2.10	2.31	2.42	2.80	1.87	0.423	1.83	1.265
河北	20	1.10	1.10	1.30	1.70	2.00	2.10	2.50	2.50	3.10	1.98	0.467	1.93	1.282
山东	15	1.30	*	1.45	1.98	2.20	2.22	2.65	2.97	3.80	2.22	0.556	2.16	1.267
江苏	11	1.50	*	1.53	1.80	2.00	2.10	2.10	2.33	2.60	2.01	0.270	1.99	1.145
浙江	12	0.80	*	0.84	1.20	1.75	2.00	2.30	2.38	2.50	1.67	0.553	1.58	1.434
福建	13	0.90	*	0.94	1.30	1.70	1.98	2.67	2.91	3.30	1.82	0.695	1.71	1.458
广东	23	0.10	0.10	0.22	0.77	1.35	2.05	3.10	3.47	4.20	1.61	1.06	1.19	2.60
广西	21(2)	0.10	0.14	0.86	1.04	1.40	1.88	3.08	4.35	4.83	1.88	1.114	1.66	1.627
黑龙江	52(2)	1.00	1.40	1.70	2.00	2.30	2.50	2.70	2.80	2.90	2.31	0.343	2.28	1.171
吉林	22	1.53	1.53	1.53	1.63	1.92	2.15	2.48	2.50	2.54	1.95	0.333	1.93	1.183
内蒙古	60	0.68	1.10	1.10	1.27	1.74	2.16	2.50	2.60	3.50	1.78	0.548	1.70	1.373
山西	15	0.70	*	0.78	0.91	1.05	1.15	1.23	1.43	1.90	1.09	0.270	1.06	1.250
河南	18	0.88	*	1.00	1.15	1.27	1.33	1.61	1.96	2.03	1.32	0.288	1.29	1.225
安徽	17	0.64	*	0.66	0.75	1.11	1.33	1.47	1.50	1.52	1.08	0.307	1.04	1.350
江西	16	0.78	*	0.82	1.11	2.17	2.79	4.11	4.62	4.92	2.29	1.327	1.95	1.820
湖北	21	1.20	1.21	1.44	1.72	2.03	2.28	2.80	2.89	3.00	2.08	0.498	2.02	1.277
湖南	17	0.40	*	0.70	1.05	1.74	2.53	3.02	4.18	7.94	2.19	1.708	1.76	1.965

类别		顺序统计量									算术		几何	
省区市名称	样点数	最小值	5%值	10%值	25%值	中位值	75%值	90%值	95%值	最大值	平均	标准差	平均	标准差
陕西	20	1.20	1.20	1.40	2.00	2.35	2.40	2.80	2.90	3.30	2.27	0.514	2.21	1.281
四川	52	0.93	1.03	1.46	1.86	2.03	2.54	2.86	3.22	3.80	2.18	0.604	2.10	1.338
贵州	18	0.85	*	0.91	1.53	2.20	2.98	3.42	3.63	4.24	2.29	0.931	2.10	1.557
云南	33	0.42	0.45	0.62	0.94	1.47	1.75	2.34	2.70	2.85	1.48	0.643	1.34	1.636
宁夏	7	1.40	*	*	*	2.15	*	*	*	3.75	2.36	0.861	2.23	1.440
甘肃	27(1)	1.00	1.11	1.38	1.70	2.20	2.42	2.63	2.77	2.80	2.16	0.410	2.12	1.225
青海	39(1)	1.10	1.20	1.40	1.80	2.05	2.22	2.40	2.50	2.90	2.06	0.342	2.03	1.196
新疆	79	0.93	1.10	1.19	1.44	1.61	1.78	2.03	2.29	3.31	1.65	0.366	1.62	1.235
西藏	76(1)	1.10	1.44	1.76	2.20	2.60	3.20	4.04	4.48	10.00	2.74	0.894	2.61	1.382
北京	10	1.07	*	1.07	1.23	1.38	1.45	1.50	1.53	1.57	1.36	0.150	1.35	1.121
天津	25	1.80	1.80	1.90	2.20	2.40	2.78	2.80	2.80	3.20	2.44	0.352	2.41	1.159
上海	11	1.70	*	1.73	2.08	2.45	2.70	2.70	2.74	2.80	2.41	0.345	2.38	1.167
大连	21(2)	0.69	0.70	0.98	1.09	1.18	1.26	1.33	1.33	1.45	1.21	0.118	1.20	1.103
温州	20	1.00	1.00	1.00	1.20	2.35	2.90	3.20	3.30	3.70	2.18	0.850	2.01	1.545
厦门	18(2)	0.25	*	0.55	0.88	1.13	1.34	1.62	1.67	2.08	1.22	0.349	1.17	1.326
深圳	8	0.60	*	*	0.70	1.30	2.40	3.94	4.02	4.10	1.88	1.437	1.44	2.176
宁波	17	1.12	*	1.16	1.35	1.48	1.66	1.86	2.05	2.19	1.53	0.286	1.51	1.198

16 镁——A层土壤

类别 省区市名称	样点数	顺 序 统 计 量									算 术		几 何	
		最小值	5%值	10%值	25%值	中位值	75%值	90%值	95%值	最大值	平均	标准差	平均	标准差
辽宁	19	0.14	*	0.46	0.56	0.77	0.94	1.12	1.13	1.22	0.78	0.271	0.72	1.624
河北	20(1)	0.33	0.33	0.37	0.55	0.98	1.09	1.18	1.30	2.22	0.87	0.298	0.81	1.515
山东	15	0.29	*	0.36	0.49	0.61	1.05	1.09	1.29	1.86	0.80	0.401	0.71	1.623
江苏	11	0.39	*	0.39	0.49	0.90	1.08	1.16	1.17	1.18	0.84	0.305	0.78	1.523
浙江	12	0.11	*	0.11	0.14	0.29	0.48	1.02	1.14	1.18	0.44	0.368	0.32	2.229
福建	13	0.13	*	0.14	0.17	0.21	0.27	0.31	0.33	0.34	0.23	0.064	0.22	1.335
广东	23	0.02	0.03	0.04	0.07	0.15	0.20	0.33	0.33	0.54	0.17	0.126	0.13	2.220
广西	21	0.07	0.07	0.10	0.15	0.23	0.37	0.47	0.51	0.64	0.28	0.152	0.24	1.804
黑龙江	52	0.25	0.31	0.44	0.52	0.61	0.68	0.77	0.81	0.86	0.60	0.134	0.58	1.291
吉林	22	0.30	0.31	0.41	0.55	0.64	0.73	0.80	1.31	1.40	0.68	0.259	0.64	1.407
内蒙古	60(2)	0.12	0.21	0.27	0.42	0.59	0.83	1.01	1.07	2.58	0.62	0.265	0.56	1.645
山西	15(1)	0.70	*	0.82	1.11	1.24	1.28	1.42	1.46	1.54	1.25	0.150	1.25	1.130
河南	18	0.63	*	0.66	0.87	1.14	1.35	1.44	1.51	1.67	1.14	0.293	1.10	1.322
安徽	17(1)	0.37	*	0.39	0.56	0.77	0.87	1.36	1.90	3.56	0.78	0.315	0.73	1.484
江西	16	0.10	*	0.14	0.21	0.36	0.48	0.71	0.74	0.81	0.39	0.215	0.33	1.813
湖北	21	0.36	0.36	0.43	0.45	0.68	1.01	1.15	1.20	1.23	0.76	0.293	0.71	1.497
湖南	17	0.12	*	0.20	0.25	0.31	0.41	0.75	0.93	0.99	0.40	0.240	0.35	1.680

类别 省区市名称	样点数	顺序统计量									算术		几何	
		最小值	5%值	10%值	25%值	中位值	75%值	90%值	95%值	最大值	平均	标准差	平均	标准差
陕西	20	0.42	0.42	0.54	0.76	1.04	1.16	1.25	1.33	1.54	1.00	0.270	0.96	1.367
四川	52	0.34	0.39	0.43	0.58	0.82	0.94	1.24	1.46	1.72	0.85	0.310	0.79	1.456
贵州	18(1)	0.33	*	0.33	0.38	0.71	0.96	1.30	1.59	2.20	0.71	0.351	0.63	1.646
云南	33	0.23	0.24	0.28	0.37	0.52	0.75	1.07	1.18	1.48	0.61	0.315	0.54	1.630
宁夏	7	0.80	*	*	*	1.15	*	*	*	1.53	1.22	0.261	1.19	1.254
甘肃	27	0.42	0.49	0.75	1.03	1.39	1.63	1.95	2.15	2.93	1.40	0.530	1.30	1.502
青海	39	0.52	0.64	0.70	0.85	1.10	1.44	1.73	1.85	2.12	1.18	0.399	1.11	1.407
新疆	79(1)	0.42	0.62	0.98	1.11	1.35	1.76	2.53	2.93	4.00	1.52	0.619	1.40	1.503
西藏	76(3)	0.18	0.27	0.36	0.51	0.65	0.89	1.23	1.47	3.97	0.70	0.292	0.64	1.554
北京	10	0.80	*	0.80	0.99	1.21	1.47	1.63	1.74	1.84	1.27	0.327	1.24	1.298
天津	25	0.82	0.83	0.88	0.93	1.27	1.48	1.71	1.77	1.85	1.27	0.315	1.24	1.286
上海	11	0.32	*	0.33	0.57	1.00	1.09	1.16	1.17	1.18	0.90	0.308	0.83	1.589
大连	21	0.37	0.37	0.49	0.53	0.60	0.70	0.89	1.04	1.18	0.66	0.192	0.64	1.307
温州	20	0.14	0.14	0.15	0.18	0.45	0.84	1.15	1.57	1.63	0.60	0.467	0.44	2.256
厦门	18	0.07	*	0.08	0.09	0.12	0.16	0.43	0.45	0.56	0.18	0.145	0.15	1.880
深圳	8(2)	0.05	*	*	0.08	0.10	0.12	0.35	0.57	0.79	0.09	0.023	0.09	1.363
宁波	17	0.26	*	0.27	0.40	0.70	1.01	1.30	1.34	1.37	0.75	0.374	0.66	1.719

17 钙——A层土壤

类别 省区市名称	样点数	顺序统计量									算术		几何	
		最小值	5%值	10%值	25%值	中位值	75%值	90%值	95%值	最大值	平均	标准差	平均	标准差
辽宁	19(1)	0.34	*	0.54	0.64	0.80	1.04	1.28	1.48	3.82	0.86	0.276	0.81	1.414
河北	20	0.49	0.49	0.58	1.01	1.80	3.22	4.02	4.02	4.83	2.18	1.354	1.76	2.026
山东	15	0.49	*	0.51	0.60	1.04	2.15	3.68	3.74	3.80	1.67	1.314	1.26	2.146
江苏	11	0.27	*	0.28	0.52	1.23	3.07	3.40	3.52	3.64	1.82	1.355	1.26	2.683
浙江	12(3)	0.04	*	0.04	0.05	0.13	0.30	0.86	1.45	2.22	0.12	0.089	0.09	2.077
福建	13	0.01	*	0.01	0.02	0.04	0.08	0.10	0.12	0.15	0.05	0.042	0.04	2.288
广东	23	0.01	0.01	0.01	0.01	0.03	0.09	0.16	0.17	0.24	0.06	0.065	0.04	2.686
广西	21	0.01	0.01	0.02	0.03	0.07	0.14	0.38	0.45	0.52	0.13	0.146	0.08	2.755
黑龙江	52(2)	0.60	0.61	0.62	0.73	0.85	1.11	1.36	1.87	3.22	0.94	0.304	0.90	1.336
吉林	22	0.16	0.19	0.46	0.70	0.84	1.83	2.51	2.67	3.19	1.26	0.846	1.01	2.018
内蒙古	60(1)	0.16	0.39	0.49	0.84	1.13	2.54	4.93	5.80	9.08	1.80	1.598	1.30	2.245
山西	15	0.84	*	1.28	3.61	4.36	5.00	5.46	5.66	5.74	4.15	1.396	3.78	1.678
河南	18	0.40	*	0.49	0.68	1.14	4.18	5.01	5.16	6.15	2.43	2.013	1.63	2.617
安徽	17	0.06	*	0.11	0.19	0.52	0.92	4.28	4.36	4.70	1.20	1.579	0.57	3.561
江西	16(1)	0.03	*	0.03	0.04	0.10	0.12	0.22	0.27	0.37	0.09	0.066	0.07	2.051
湖北	21(2)	0.10	0.10	0.13	0.27	0.41	0.91	1.26	2.18	3.92	0.52	0.356	0.41	2.066
湖南	17(1)	0.02	*	0.03	0.04	0.05	0.21	0.43	0.70	2.00	0.13	0.142	0.08	2.686

类别 省区市名称	样点数	最小值	顺 序 统 计 量							最大值	算 术		几 何	
			5%值	10%值	25%值	中位值	75%值	90%值	95%值		平均	标准差	平均	标准差
陕西	20	0.47	0.47	0.53	0.97	3.38	4.43	5.03	5.08	5.44	2.95	1.796	2.23	2.370
四川	52	0.05	0.11	0.15	0.27	0.48	1.03	4.01	4.69	5.44	1.13	1.497	0.58	3.098
贵州	18	0.05	*	0.05	0.09	0.34	0.65	1.41	2.58	2.74	0.62	0.801	0.30	3.616
云南	33(6)	0.04	0.04	0.05	0.09	0.15	0.37	1.71	3.88	6.69	0.16	0.114	0.13	2.013
宁夏	7	1.95	*	*	*	3.56	*	*	*	7.80	4.18	1.820	3.87	1.517
甘肃	27	0.63	0.71	0.88	3.40	4.53	5.56	6.57	7.24	8.93	4.41	2.078	3.69	2.039
青海	39	0.69	0.70	1.11	1.93	3.71	5.11	6.28	6.79	7.93	3.79	2.012	3.16	1.951
新疆	79(1)	0.54	1.04	1.49	2.92	4.44	7.29	8.45	9.52	16.30	4.99	2.716	4.14	1.971
西藏	76(7)	0.28	0.39	0.51	0.67	1.06	1.79	3.74	6.32	9.08	1.22	0.794	1.02	1.817
北京	10	0.50	*	0.50	0.68	1.11	1.50	3.09	3.58	4.07	1.52	1.166	1.22	1.957
天津	25	0.73	0.74	0.93	1.47	1.97	3.03	3.87	4.18	5.23	2.34	1.154	2.08	1.671
上海	11	0.16	*	0.17	0.56	0.92	1.95	2.19	2.25	2.29	1.26	0.784	0.96	2.423
大连	21(1)	0.41	0.41	0.45	0.51	0.70	1.56	2.34	2.44	6.84	1.03	0.663	0.87	1.798
温州	20	0.03	0.03	0.04	0.06	0.25	0.57	1.00	1.64	2.00	0.45	0.548	0.21	3.878
厦门	18(1)	0.04	*	0.04	0.06	0.11	0.16	0.22	0.42	1.49	0.12	0.071	0.10	1.850
深圳	8	0.04	*	*	0.04	0.09	0.12	0.16	0.18	0.20	0.10	0.057	0.08	1.834
宁波	17	0.06	*	0.07	0.12	0.33	0.63	1.95	2.67	2.72	0.67	0.849	0.35	3.200

18 锶——A层土壤

单位：mg/kg

类别 省区市名称	样点数	最小值	5%值	10%值	25%值	顺序统计量 中位值	75%值	90%值	95%值	最大值	算术 平均	算术 标准差	几何 平均	几何 标准差
辽宁	19	126	*	128	136	163	187	225	262	312	176	47.4	171	1.3
河北	20	110	110	144	150	185	199	210	224	245	179	32.9	176	1.2
山东	15	87	*	89	116	184	192	204	237	329	170	60.6	160	1.4
江苏	11	68	*	69	98	132	150	177	183	189	132	39.1	126	1.4
浙江	12	16	*	16	31	42	49	100	115	135	53	36.5	44	1.9
福建	13	10	*	11	15	25	36	61	75	80	32	21.5	27	1.9
广东	23	6	6	8	10	18	21	38	83	130	26	28.8	18	2.1
广西	21	13	13	16	22	34	54	61	140	247	51	53.2	38	2.1
黑龙江	52	87	133	138	154	178	214	275	302	334	192	53.6	185	1.3
吉林	22	102	105	132	146	180	204	227	248	395	187	59.2	179	1.3
内蒙古	60	92	121	143	161	195	238	383	562	940	238	144.5	212	1.6
山西	15(1)	115	*	130	178	204	222	248	266	279	210	34.9	207	1.2
河南	18	88	*	97	106	129	207	233	282	285	160	63.4	149	1.5
安徽	17	23	*	24	45	93	111	160	194	245	97	58.5	80	2.0
江西	16	6	*	10	17	37	42	56	68	74	35	19.1	29	1.9
湖北	21	32	33	49	58	89	137	192	274	358	116	80.7	97	1.8
湖南	17(2)	15	*	24	32	44	49	63	101	194	44	13.7	42	1.3

319

续表

类别 省区市名称	样点数	最小值	顺序统计量								算术		几何	
			5%值	10%值	25%值	中位值	75%值	90%值	95%值	最大值	平均	标准差	平均	标准差
陕西	20	85	85	96	120	178	192	200	229	284	166	48.6	159	1.4
四川	52	31	36	51	69	97	127	159	305	501	120	95.8	100	1.8
贵州	18	15	*	16	28	46	53	85	124	170	53	37.9	43	1.9
云南	33	19	20	22	32	45	71	207	293	434	85	101.3	57	2.3
宁夏	7	148	*	*	*	180	*	*	*	246	186	30.1	184	1.2
甘肃	27(2)	107	107	113	150	204	243	280	692	1320	194	53.6	187	1.3
青海	39(1)	110	114	123	137	186	237	410	464	1584	212	104.0	193	1.5
新疆	79(1)	123	137	161	202	291	394	541	807	2112	333	177.8	297	1.6
西藏	76(1)	60	68	78	95	131	182	253	349	1120	150	75.3	135	1.6
北京	10	145	*	145	155	196	240	244	266	288	202	49.2	196	1.3
天津	25	84	96	132	173	200	214	231	252	456	200	64.4	192	1.3
上海	11	70	*	71	104	127	138	146	148	150	122	26.5	119	1.3
大连	21	106	106	117	128	148	230	441	501	763	236	171.2	197	1.8
温州	20	16	16	16	24	52	75	90	93	93	52	28.6	44	1.9
厦门	18	9	*	11	18	33	61	81	119	402	60	88.9	37	2.5
深圳	8	8	*	*	8	22	31	54	59	64	27	20.9	20	2.3
宁波	17	42	*	47	59	107	122	139	144	155	99	35.1	92	1.5

19 钡——A层土壤

单位：mg/kg

类别 省区市名称	样点数	最小值	顺序统计量								算术		几何	
			5%值	10%值	25%值	中位值	75%值	90%值	95%值	最大值	平均	标准差	平均	标准差
辽宁	19	471	*	498	520	573	616	682	720	851	591	89.7	585	1.2
河北	20	393	393	406	443	487	552	576	586	593	497	62.6	493	1.1
山东	15	321	*	325	418	472	543	665	716	759	502	126.2	488	1.3
江苏	11	365	*	366	390	432	442	453	462	472	425	33.8	424	1.1
浙江	12(2)	86	*	118	255	342	403	454	470	483	370	72.5	363	1.2
福建	13	79	*	80	204	264	418	487	597	784	322	192.0	269	1.9
广东	23	27	27	30	66	97	183	459	474	780	213	241.5	126	2.8
广西	21	41	41	42	151	209	258	459	474	518	229	135.3	186	2.1
黑龙江	52(1)	430	439	489	525	555	600	657	739	1070	566	76.5	561	1.1
吉林	22(3)	379	383	431	505	514	535	560	569	604	529	28.8	528	1.1
内蒙古	60	406	431	437	480	539	592	629	690	734	542	78.1	536	1.2
山西	15(1)	356	*	367	394	426	489	606	698	890	448	79.3	442	1.2
河南	18(1)	390	*	403	418	453	496	528	574	859	456	44.1	454	1.1
安徽	17(1)	300	*	353	397	435	534	719	916	1675	484	128.2	470	1.3
江西	16	70	*	103	170	342	437	523	666	821	345	194.3	291	1.9
湖北	21	210	216	331	402	474	596	750	1064	1109	542	228.6	503	1.5
湖南	17(2)	20	*	107	249	353	424	468	515	683	383	115.9	368	1.4

类别 省区市名称	样点数	顺序统计量									算术		几何	
		最小值	5%值	10%值	25%值	中位值	75%值	90%值	95%值	最大值	平均	标准差	平均	标准差
陕西	20	391	391	428	446	496	515	706	736	748	516	99.7	508	1.2
四川	52	262	271	314	395	449	508	639	785	1029	474	148.9	455	1.3
贵州	18	117	*	149	216	243	281	331	398	564	261	97.3	247	1.4
云南	33	76	87	108	201	311	450	595	629	864	346	184.7	297	1.8
宁夏	7	440	*	*	*	448	*	*	*	534	464	33.9	463	1.1
甘肃	27(1)	240	249	322	401	439	460	503	554	666	446	73.3	440	1.2
青海	39(1)	235	289	310	365	409	441	492	523	547	411	60.9	407	1.2
新疆	79(3)	71	269	321	430	471	507	545	570	701	467	76.6	460	1.2
西藏	76(1)	146	235	277	314	363	436	482	508	906	384	104.8	372	1.3
北京	10	336	*	336	463	547	561	611	666	720	531	101.5	522	1.2
天津	25(1)	444	445	446	473	504	566	606	663	942	520	62.0	517	1.1
上海	11(1)	322	*	328	387	436	443	454	458	462	431	26.9	430	1.1
大连	21	350	352	382	470	517	637	693	695	910	552	129.2	539	1.3
温州	20(1)	98	98	139	236	463	495	504	537	575	412	127.9	387	1.5
厦门	18	45	*	48	76	380	596	950	966	967	423	321.7	276	3.0
深圳	8(1)	29	*	*	100	231	258	281	302	323	230	71.2	218	1.5
宁波	17	397	*	398	430	499	567	747	859	1053	554	171.2	534	1.3

单位：mg/kg

20 硼——A层土壤

类别 省区市名称	样点数	顺序统计量									算术		几何	
		最小值	5%值	10%值	25%值	中位值	75%值	90%值	95%值	最大值	平均	标准差	平均	标准差
辽宁	19(2)	8.9	*	21.4	31.8	36.5	48.7	55.7	59.8	60.5	42.1	10.96	40.8	1.30
河北	20	15.5	15.5	20.5	27.2	39.3	46.7	52.7	54.6	55.2	38.4	12.07	36.3	1.44
山东	15	8.6	*	10.1	16.3	37.5	52.5	64.1	69.5	78.9	38.6	22.12	31.8	2.00
江苏	11	33.9	*	34.0	35.3	47.3	52.7	54.2	54.4	54.5	46.2	8.24	45.4	1.21
浙江	12	6.4	*	7.7	13.3	36.5	51.2	69.0	77.4	84.2	38.5	24.70	30.0	2.23
福建	13	3.0	*	3.0	4.6	10.6	21.4	27.2	38.2	58.3	16.1	15.23	11.2	2.47
广东	23	1.0	1.0	1.6	4.0	10.1	19.0	54.8	87.9	99.2	21.8	28.14	10.6	3.58
广西	21(2)	10.5	11.5	31.6	45.0	52.3	59.6	72.5	80.2	101.8	57.5	15.40	55.8	1.28
黑龙江	52(1)	7.0	9.3	15.0	20.9	32.2	37.3	40.0	43.8	48.9	30.4	9.66	28.5	1.48
吉林	22	12.2	12.3	14.4	21.9	30.6	40.1	55.1	58.6	63.5	32.9	14.94	29.8	1.59
内蒙古	60(2)	1.0	6.0	10.8	17.3	23.0	31.9	43.3	45.9	126.8	27.3	17.49	23.8	1.66
山西	15	28.4	*	30.9	38.4	49.8	56.7	76.9	100.4	114.9	54.1	23.06	50.5	1.45
河南	18(2)	15.0	*	34.8	44.4	55.3	59.1	63.0	68.7	73.3	56.1	8.46	55.5	1.17
安徽	17(1)	13.1	*	15.9	44.6	52.7	63.9	66.3	70.3	74.5	54.0	13.89	51.6	1.41
江西	16	14.6	*	17.0	26.2	36.0	53.2	76.8	108.0	114.9	45.3	28.67	38.6	1.77
湖北	21(2)	13.1	13.6	22.8	37.2	45.3	50.6	61.4	62.4	76.9	48.4	11.47	47.2	1.27
湖南	17(1)	20.6	*	32.7	53.0	73.5	86.0	99.2	112.1	184.3	79.5	33.51	74.3	1.45

类别 省区市名称	样点数	顺序统计量									算术		几何	
		最小值	5%值	10%值	25%值	中位值	75%值	90%值	95%值	最大值	平均	标准差	平均	标准差
陕西	20	12.9	12.9	18.5	27.0	34.7	50.3	51.6	57.1	59.4	36.8	13.32	34.3	1.49
四川	52	21.3	26.9	30.3	39.0	62.2	74.2	110.2	119.6	144.6	63.8	28.99	57.6	1.59
贵州	18	35.2	*	37.8	46.8	56.2	63.5	137.0	171.9	223.7	72.8	49.81	63.1	1.64
云南	33	7.0	7.0	25.4	38.8	51.5	77.3	133.1	181.9	261.6	70.2	57.08	54.0	2.16
宁夏	7	20.2	*	*	*	31.0	*	*	*	62.3	38.0	16.64	34.9	1.58
甘肃	27(4)	3.0	7.6	21.7	35.3	47.8	59.7	66.7	69.0	206.8	49.9	12.15	48.4	1.30
青海	39(2)	10.6	14.7	22.5	38.8	53.8	71.1	84.1	107.1	768.6	56.7	23.03	51.6	1.60
新疆	79	3.0	5.9	9.9	20.3	31.9	42.1	68.6	97.9	446.4	40.9	51.98	29.5	2.19
西藏	76	7.0	16.8	25.5	38.5	69.0	103.4	135.4	150.7	246.5	76.8	49.60	61.4	2.07
北京	10	29.0	*	29.0	33.3	42.2	51.5	58.5	66.5	74.5	45.3	13.99	43.5	1.34
天津	25(4)	12.5	15.3	30.0	44.0	48.0	55.8	66.2	70.6	78.4	54.3	9.66	53.5	1.18
上海	11	44.6	*	45.1	64.5	75.7	86.9	96.6	102.3	108.1	76.9	18.60	74.7	1.30
大连	21	6.0	6.0	6.3	19.5	32.4	37.7	40.8	43.6	46.5	29.8	12.17	26.1	1.85
温州	20	16.3	16.3	18.8	22.1	34.3	59.5	76.8	77.8	91.1	43.0	24.76	36.7	1.79
厦门	18(1)	1.0	*	3.4	4.5	8.0	10.3	20.5	31.2	32.0	10.8	8.67	8.6	1.92
深圳	8	6.0	*	*	6.0	15.4	76.0	91.1	119.6	148.2	44.1	51.71	22.4	3.56
宁波	17(2)	11.2	*	23.9	34.4	71.3	76.3	78.8	79.5	83.0	65.5	17.65	62.6	1.40

21　镉——A层土壤

类别 省区市名称	样点数	顺序统计量									算术		几何	
		最小值	5%值	10%值	25%值	中位值	75%值	90%值	95%值	最大值	平均	标准差	平均	标准差
辽宁	19	1.2	*	1.4	1.5	1.6	1.7	1.9	2.0	2.0	1.6	0.21	1.6	1.14
河北	20	1.2	1.2	1.2	1.5	1.6	1.8	1.8	1.9	2.0	1.6	0.21	1.6	1.14
山东	15	1.2	*	1.3	1.4	1.6	1.7	2.0	2.1	2.2	1.6	0.26	1.6	1.17
江苏	11	1.6	*	1.6	1.6	1.8	1.9	2.0	2.0	2.0	1.8	0.17	1.8	1.10
浙江	12(1)	0.8	*	0.8	1.2	1.6	1.6	1.8	1.8	1.8	1.5	0.24	1.5	1.19
福建	13	1.0	*	1.1	1.2	1.5	1.6	1.8	1.8	1.8	1.5	0.24	1.4	1.19
广东	23	0.9	0.9	1.1	1.4	1.6	1.7	1.9	2.2	2.2	1.6	0.32	1.6	1.23
广西	21	0.9	0.9	1.0	1.3	1.5	1.7	2.0	2.1	2.1	1.5	0.34	1.5	1.26
黑龙江	52(3)	0.7	1.1	1.4	1.5	1.6	1.7	1.8	1.8	2.0	1.6	0.15	1.6	1.10
吉林	22	1.3	1.3	1.4	1.6	1.6	1.8	2.0	2.0	2.2	1.7	0.22	1.7	1.14
内蒙古	60	0.8	1.0	1.1	1.2	1.4	1.5	1.6	1.6	2.3	1.4	0.22	1.4	1.18
山西	15(1)	1.4	*	1.5	1.6	1.7	1.8	1.8	1.8	1.9	1.7	0.10	1.7	1.06
河南	18	1.3	*	1.5	1.5	1.6	1.8	1.8	2.0	2.0	1.7	0.18	1.7	1.12
安徽	17	1.5	*	1.5	1.5	1.6	1.7	2.0	2.3	2.3	1.7	0.25	1.7	1.14
江西	16	1.3	*	1.4	1.5	1.6	1.8	2.2	2.4	3.3	1.8	0.49	1.7	1.26
湖北	21	1.4	1.4	1.4	1.6	1.7	1.8	2.0	2.0	2.0	1.7	0.19	1.7	1.12
湖南	17	1.6	*	1.7	1.8	1.8	2.2	2.4	2.5	2.7	2.0	0.31	2.0	1.16

类别 省区市名称	样点数	顺序统计量									算术		几何	
		最小值	5%值	10%值	25%值	中位值	75%值	90%值	95%值	最大值	平均	标准差	平均	标准差
陕西	20	1.2	1.2	1.4	1.6	1.6	1.8	2.1	2.3	2.4	1.7	0.28	1.7	1.17
四川	52(1)	1.1	1.5	1.6	1.7	1.8	2.0	2.3	2.4	7.3	1.9	0.31	1.8	1.18
贵州	18	1.2	*	1.4	1.5	1.8	1.9	2.0	2.2	2.2	1.8	0.27	1.7	1.17
云南	33	1.4	1.5	1.6	1.6	1.9	2.3	2.6	2.6	2.8	2.0	0.40	2.0	1.22
宁夏	7	1.4	*	*	*	1.6	*	*	*	1.9	1.6	0.19	1.6	1.12
甘肃	27(2)	0.8	1.0	1.4	1.7	1.8	2.0	2.1	2.2	2.3	1.9	0.22	1.9	1.12
青海	39(1)	1.0	1.4	1.5	1.6	1.8	1.9	2.0	2.4	3.0	1.8	0.31	1.8	1.17
新疆	79	0.5	0.7	0.9	1.2	1.4	1.8	2.1	2.3	3.1	1.5	0.47	1.4	1.41
西藏	76(5)	0.8	1.3	1.4	1.6	1.7	2.0	2.1	2.3	7.6	1.8	0.31	1.8	1.17
北京	10(1)	1.4	*	1.4	1.7	1.9	1.9	2.0	2.0	2.0	1.8	0.12	1.8	1.07
天津	25	1.4	1.4	1.5	1.8	1.8	2.0	2.0	2.2	2.2	1.8	0.18	1.8	1.11
上海	11	1.5	*	1.5	1.8	1.9	2.0	2.2	2.3	2.4	1.9	0.24	1.9	1.13
大连	21	1.3	1.3	1.4	1.5	1.6	1.8	1.9	1.9	2.2	1.7	0.22	1.7	1.14
温州	20(1)	1.3	1.3	1.4	1.6	1.8	1.8	2.0	2.0	2.8	1.7	0.20	1.7	1.13
厦门	18	1.4	*	1.4	1.5	1.7	1.9	2.0	2.1	2.2	1.7	0.25	1.7	1.15
深圳	8	1.2	*	*	1.5	1.7	1.8	1.9	2.0	2.1	1.7	0.27	1.7	1.18
宁波	17	1.5	*	1.6	1.7	1.8	1.9	1.9	2.0	2.3	1.8	0.17	1.8	1.10

22 钼——A层土壤

单位：mg/kg

类 别 省区市名称	样点数	顺 序 统 计 量									算 术		几 何	
		最小值	5%值	10%值	25%值	中位值	75%值	90%值	95%值	最大值	平均	标准差	平均	标准差
辽宁	19	0.6	*	0.7	0.9	1.0	1.4	2.0	2.1	3.1	1.3	0.62	1.2	1.52
河北	20	0.3	0.3	0.4	0.5	0.7	0.8	0.9	1.0	1.2	0.7	0.23	0.6	1.41
山东	15(2)	0.9	*	2.2	3.9	5.3	7.0	8.1	8.2	8.2	6.0	1.64	5.8	1.33
江苏	11	0.1	*	0.1	0.1	0.3	0.3	0.6	0.6	0.6	0.3	0.19	0.2	2.06
浙江	12	3.0	*	3.1	3.5	5.3	7.2	9.5	15.5	23.9	7.0	5.79	5.7	1.83
福建	13	1.8	*	1.8	2.3	3.7	5.7	5.9	6.5	7.4	4.1	1.93	3.7	1.66
广东	23	0.7	0.8	1.5	4.1	7.0	9.3	14.8	15.5	18.3	7.7	4.75	6.0	2.26
广西	21	1.0	1.1	1.4	2.5	4.3	7.7	12.7	14.8	18.5	5.9	4.69	4.4	2.17
黑龙江	52	0.6	0.7	0.8	1.0	1.2	1.8	3.3	5.6	7.2	1.8	1.52	1.5	1.79
吉林	22(2)	0.1	0.2	0.7	0.8	1.1	1.3	1.8	2.0	2.3	1.2	0.45	1.1	1.41
内蒙古	60	0.1	0.1	0.1	0.3	0.5	0.8	1.2	1.9	13.5	0.8	1.77	0.4	2.79
山西	15(2)	0.1	*	0.3	0.4	0.4	0.6	0.8	0.9	1.0	0.6	0.20	0.5	1.38
河南	18	0.1	*	0.1	0.1	0.4	0.8	1.6	3.1	15.0	1.3	3.45	0.4	4.01
安徽	17	0.4	*	0.4	0.5	0.7	0.7	0.9	1.4	1.4	0.7	0.29	0.6	1.44
江西	16	0.1	*	0.1	0.1	0.4	0.8	1.0	1.1	1.1	0.5	0.39	0.3	2.79
湖北	21	0.3	0.3	0.3	0.5	0.6	1.3	3.7	8.1	9.4	1.7	2.52	0.9	0.76
湖南	17(2)	0.1	*	0.3	0.9	1.0	1.5	2.0	2.5	3.1	1.4	0.67	1.3	1.58

类别 省区市名称	样点数	顺序统计量									算术		几何	
		最小值	5%值	10%值	25%值	中位值	75%值	90%值	95%值	最大值	平均	标准差	平均	标准差
陕西	20(1)	0.1	0.1	0.4	0.4	0.5	0.9	0.9	1.4	2.8	0.7	0.57	0.6	1.70
四川	52	0.1	0.1	0.1	0.4	0.6	1.1	2.1	2.9	4.9	1.0	1.04	0.6	2.86
贵州	18(1)	0.1	*	0.4	0.9	1.8	2.7	4.5	5.6	8.8	2.4	2.12	1.7	2.25
云南	33	0.4	0.5	0.6	0.8	1.1	2.3	3.1	3.6	4.6	1.6	1.11	1.3	1.90
宁夏	7	0.6	*	*	*	0.6	*	*	*	0.8	0.7	0.10	0.7	1.15
甘肃	27	0.3	0.3	0.4	0.5	0.7	1.0	1.3	1.4	2.3	0.8	0.43	0.7	1.60
青海	39	0.1	0.1	0.1	0.4	0.6	1.0	2.0	2.2	3.6	0.9	0.75	0.6	2.46
新疆	79(1)	0.5	0.8	0.9	1.1	1.4	1.9	2.5	4.2	13.6	1.7	0.94	1.5	1.58
西藏	75	0.5	0.6	0.7	0.9	1.1	1.3	1.7	1.9	2.7	1.1	0.43	1.1	1.43
北京	10(1)	2.1	*	2.1	3.2	3.9	4.2	5.1	5.1	5.1	4.1	0.70	4.0	1.18
天津	25	2.5	2.6	3.0	3.7	4.4	5.2	5.3	5.9	9.8	4.6	1.40	4.4	1.32
上海	11(1)	0.7	*	0.7	0.7	0.8	0.9	1.1	2.6	4.5	0.8	0.15	0.8	1.20
大连	21	0.4	0.4	0.6	0.8	1.1	1.6	2.3	2.5	2.9	1.3	0.68	1.2	1.66
温州	20	0.8	0.8	0.8	1.0	1.3	2.3	2.8	2.9	3.5	1.7	0.83	1.5	1.61
厦门	18	1.0	*	1.1	5.2	6.3	8.5	11.5	18.0	75.1	10.2	16.45	6.3	2.48
深圳	8	0.5	*	*	0.5	2.2	2.4	18.9	46.9	75.0	11.2	25.83	2.6	4.81
宁波	17(2)	1.6	*	2.4	3.0	3.6	4.1	4.7	5.0	5.4	3.9	0.73	3.8	1.21

23 铁——A层土壤

类别 省区市名称	样点数	顺序统计量									算术		几何	
		最小值	5%值	10%值	25%值	中位值	75%值	90%值	95%值	最大值	平均	标准差	平均	标准差
辽宁	19	0.79	*	1.75	2.28	2.77	3.34	4.10	4.34	4.46	2.88	0.884	2.72	1.465
河北	20	1.55	1.55	1.69	2.15	2.84	3.14	3.41	3.67	4.36	2.82	0.690	2.73	1.298
山东	15(1)	2.03	*	2.06	2.41	2.70	3.13	3.37	4.36	7.27	2.72	0.457	2.69	1.187
江苏	11	2.06	*	2.09	2.48	2.86	3.29	3.67	4.02	4.41	3.02	0.683	2.95	1.249
浙江	12	1.28	*	1.32	2.03	2.69	3.13	3.47	3.49	3.49	2.65	0.745	2.53	1.388
福建	13	1.67	*	1.90	2.71	3.77	4.98	6.95	7.27	7.27	4.24	1.796	3.89	1.550
广东	23(1)	0.59	0.60	0.70	1.45	2.03	3.52	4.35	4.63	7.97	2.42	1.269	2.06	1.859
广西	21	1.23	1.26	1.83	2.74	3.52	4.83	5.49	5.57	7.62	3.81	1.498	3.52	1.533
黑龙江	52(1)	0.92	1.72	2.19	2.46	2.85	3.22	3.64	3.69	4.32	2.91	0.569	2.85	1.231
吉林	22	1.15	1.18	1.46	2.03	2.68	3.15	4.20	4.71	4.97	2.74	1.018	2.57	1.462
内蒙古	60	0.61	0.81	1.13	1.64	2.33	2.77	3.41	3.94	4.73	2.31	0.903	2.12	1.554
山西	15	2.49	*	2.50	2.78	2.97	3.09	3.25	3.33	3.36	2.95	0.257	2.94	1.093
河南	18	1.82	*	2.15	2.47	2.67	3.16	3.35	3.58	3.69	2.79	0.483	2.75	1.193
安徽	17	2.15	*	2.18	2.48	2.67	3.50	4.27	4.86	5.87	3.14	0.999	3.01	1.324
江西	16	1.75	*	1.92	2.24	2.70	3.29	3.66	4.00	5.12	2.88	0.834	2.78	1.311
湖北	21	2.60	2.62	3.00	3.11	3.74	4.55	4.84	5.11	5.16	3.91	0.787	3.84	1.227
湖南	17	2.66	*	2.90	3.11	3.83	4.42	5.06	5.33	5.60	3.96	0.836	3.88	1.235

类 别 省区市名称	样点数	顺 序 统 计 量									算 术		几 何	
		最小值	5%值	10%值	25%值	中位值	75%值	90%值	95%值	最大值	平均	标准差	平均	标准差
陕西	20	1.49	1.49	2.48	2.57	3.18	3.59	4.05	4.15	4.18	3.15	0.694	3.07	1.279
四川	52(3)	1.63	1.97	2.33	2.81	3.36	3.88	4.51	6.13	12.59	3.30	0.753	3.21	1.272
贵州	18	2.18	*	2.18	2.50	4.17	5.10	6.00	6.92	7.34	4.17	1.614	3.87	1.492
云南	33	1.69	1.80	2.17	3.21	4.13	6.41	9.24	11.19	12.21	5.22	2.871	4.55	1.702
宁夏	7	1.99	*	*	*	2.53	*	*	*	3.23	2.65	0.487	2.61	1.209
甘肃	27(3)	1.25	1.44	2.12	2.67	2.97	3.31	3.53	3.55	3.62	3.09	0.345	3.08	1.120
青海	39	1.46	1.60	2.05	2.58	2.85	3.16	3.53	3.80	3.96	2.85	0.586	2.78	1.254
新疆	79	1.35	1.74	1.85	2.32	2.77	3.19	3.61	3.77	4.23	2.78	0.628	2.70	1.272
西藏	76	0.88	1.22	1.67	2.08	3.01	3.61	4.45	4.82	5.81	3.02	1.099	2.80	1.500
北京	10	2.27	*	2.27	2.44	2.83	3.10	3.54	4.07	4.61	2.97	0.696	2.91	1.237
天津	25	1.99	2.07	2.34	3.10	3.41	3.83	4.06	4.21	4.85	3.41	0.654	3.35	1.228
上海	11	2.53	*	2.54	2.73	3.18	3.40	3.53	3.62	3.72	3.16	0.382	3.14	1.132
大连	21(1)	1.84	1.85	2.12	2.33	2.62	3.14	3.37	3.80	4.91	2.71	0.517	2.66	1.210
温州	20	1.75	1.75	1.82	2.31	2.90	3.50	4.06	4.83	5.04	3.07	0.909	2.94	1.341
厦门	18	1.31	*	1.36	1.47	2.29	3.03	3.43	4.28	4.72	2.43	1.003	2.25	1.495
深圳	8	0.81	*	*	1.26	2.61	3.04	4.06	4.72	5.37	2.65	1.466	2.28	1.841
宁波	17	2.52	*	2.63	2.85	3.21	3.75	4.04	4.23	4.83	3.37	0.611	3.32	1.192

24 pH——A层土壤

类别 省区市名称	样点数	顺序统计量									算术		几何	
		最小值	5%值	10%值	25%值	中位值	75%值	90%值	95%值	最大值	平均	标准差	平均	标准差
辽宁	116	4.7	5.1	5.3	6.0	6.7	7.3	7.5	7.6	9.2	6.6	0.83	6.6	1.14
河北	148(2)	5.7	6.3	6.5	7.6	8.1	8.4	8.5	8.6	8.9	7.9	0.70	7.9	1.10
山东	117(1)	4.8	5.5	6.2	6.7	8.1	8.5	8.8	9.0	9.5	7.7	1.05	7.7	1.16
江苏	83	5.3	5.8	6.0	6.8	8.4	8.7	8.9	9.1	9.3	7.8	1.13	7.7	1.17
浙江	76	4.3	4.5	4.6	4.7	5.0	5.4	6.5	7.4	8.7	5.3	0.91	5.2	1.16
福建	87(2)	4.2	4.3	4.4	4.5	4.7	5.0	5.6	5.9	8.0	4.8	0.45	4.8	1.09
广东	167(11)	4.0	4.3	4.5	4.7	5.1	5.7	6.7	7.9	9.3	5.2	0.67	5.1	1.13
广西	150	4.0	4.3	4.4	4.5	4.9	5.6	7.1	7.8	8.4	5.3	1.04	5.2	1.20
黑龙江	246(1)	3.9	5.1	5.4	5.8	6.3	7.2	8.3	8.7	10.6	6.6	1.14	6.5	1.18
吉林	112	4.4	4.9	5.3	5.7	6.4	7.2	8.3	8.4	10.0	6.6	1.20	6.5	1.20
内蒙古	339(2)	4.1	6.0	6.2	6.9	7.7	8.4	8.7	9.0	9.8	7.6	0.96	7.6	1.14
山西	89(16)	6.3	6.7	7.6	8.1	8.3	8.5	8.6	8.7	9.0	8.4	0.19	8.4	1.02
河南	86	5.5	5.9	6.3	7.0	8.0	8.3	8.8	9.0	10.3	7.8	1.00	7.7	1.14
安徽	70	4.5	4.8	5.0	5.4	6.1	7.4	8.5	8.7	9.4	6.4	1.30	6.3	1.22
江西	73(1)	4.1	4.3	4.4	4.6	4.8	5.0	5.3	5.6	7.7	4.8	0.39	4.8	1.08
湖北	92	4.2	5.1	5.3	5.6	6.4	7.4	8.0	8.1	8.4	6.5	1.00	6.5	1.17
湖南	503	4.1	4.4	4.5	4.8	5.2	6.2	7.6	8.1	8.6	5.6	1.12	5.5	1.20

类别 省区市名称	样点数	顺序统计量									算术		几何	
		最小值	5%值	10%值	25%值	中位值	75%值	90%值	95%值	最大值	平均	标准差	平均	标准差
陕西	60(8)	5.8	6.0	7.2	8.0	8.4	8.5	8.7	8.7	9.1	8.3	0.30	8.3	1.04
四川	118(1)	3.1	4.4	4.8	5.5	6.8	7.5	8.4	8.8	9.4	6.6	1.30	6.4	1.23
贵州	50	4.3	4.5	4.7	4.9	6.6	7.2	7.7	7.9	8.3	6.2	1.18	6.1	1.22
云南	73	4.0	4.5	4.6	4.9	5.4	6.1	7.8	8.1	8.8	5.7	1.09	5.6	1.19
宁夏	29(2)	6.6	7.0	7.7	7.8	7.9	8.0	8.1	8.5	8.7	8.0	0.25	8.0	1.03
甘肃	76(1)	6.3	6.8	7.3	8.2	8.7	8.9	9.1	9.3	9.8	8.5	0.68	8.5	1.09
青海	115(5)	5.9	6.5	6.9	7.9	8.4	8.7	9.0	9.1	9.7	8.3	0.65	8.3	1.08
新疆	260(16)	5.5	6.8	7.5	7.8	8.1	8.3	8.6	8.9	9.9	8.1	0.42	8.1	1.05
西藏	205(2)	4.0	5.6	5.9	6.7	7.8	8.4	8.8	9.9	10.0	7.6	1.10	7.5	1.16
北京	40(1)	5.5	6.4	6.7	7.0	7.8	8.3	8.4	8.5	8.6	7.7	0.65	7.7	1.09
天津	41(3)	7.1	7.5	7.9	8.3	8.6	8.8	8.9	8.9	9.4	8.6	0.28	8.6	1.03
上海	20	4.1	4.1	4.3	6.4	7.9	8.1	8.3	8.3	8.3	7.2	1.41	7.1	1.26
大连	104(1)	4.8	5.6	6.0	6.5	7.2	7.8	8.2	8.4	9.7	7.2	0.85	7.1	1.13
温州	81	4.2	4.3	4.4	4.6	5.2	6.0	8.2	8.6	9.0	5.7	1.41	5.5	1.25
厦门	101(4)	4.4	4.5	4.7	4.8	5.1	5.6	6.0	6.7	9.2	5.2	0.53	5.2	1.10
深圳	82	4.4	4.5	4.6	4.7	5.0	5.4	6.5	6.9	8.3	5.3	0.82	5.2	1.15
宁波	82	4.1	4.4	4.8	5.0	5.6	6.8	8.1	8.6	9.2	6.1	1.34	5.9	1.23

25 有机质——A层土壤

单位：%

类别 省区市名称	样点数	顺　序　统　计　量									算　术		几　何	
		最小值	5%值	10%值	25%值	中位值	75%值	90%值	95%值	最大值	平均	标准差	平均	标准差
辽宁	116	0.24	0.58	0.67	0.90	1.82	3.38	6.52	9.08	14.49	2.81	2.742	1.89	2.441
河北	148(4)	0.37	0.64	0.77	1.05	1.34	1.89	2.72	3.32	11.23	1.53	0.760	1.37	1.585
山东	117(1)	0.31	0.47	0.55	0.71	0.99	1.39	2.00	2.42	5.25	1.16	0.685	1.02	1.653
江苏	83(1)	0.37	0.83	0.96	1.28	1.63	2.06	2.77	3.32	4.98	1.84	0.839	1.68	1.538
浙江	76	0.26	0.55	0.89	1.31	2.13	3.42	4.79	6.11	8.98	2.63	1.761	2.10	2.042
福建	87	0.40	0.99	1.20	1.79	2.76	3.53	5.90	7.45	18.93	3.20	2.449	2.63	1.857
广东	167(6)	0.26	0.81	1.10	1.67	2.48	3.74	5.47	6.65	44.92	2.93	1.740	2.49	1.781
广西	150	1.02	153	1.80	2.09	2.90	3.81	4.93	6.12	10.78	3.26	1.640	2.94	1.553
黑龙江	246(6)	0.04	0.90	2.12	3.70	5.67	9.18	16.90	25.10	91.54	8.51	9.217	5.98	2.285
吉林	112(2)	0.16	0.68	1.03	1.46	2.25	3.26	4.07	5.13	12.93	2.69	2.056	2.21	1.829
内蒙古	328(7)	0.01	0.14	0.31	0.72	2.06	5.80	9.89	12.06	22.58	3.93	4.194	2.03	3.607
山西	89	0.23	0.41	0.53	0.74	1.13	2.15	5.02	6.17	10.21	1.97	2.022	1.36	2.294
河南	86	0.34	0.46	0.61	0.81	1.09	1.52	2.74	4.92	8.27	1.53	1.431	1.20	1.897
安徽	70	0.36	0.52	0.86	1.21	2.01	3.23	4.69	6.50	11.25	2.58	2.046	2.00	2.046
江西	73(2)	0.47	1.41	1.80	2.62	4.05	5.34	6.11	7.22	10.55	4.21	1.876	3.82	1.571
湖北	92	0.37	0.53	0.75	1.37	2.16	3.79	8.57	9.12	12.33	3.21	2.795	2.30	2.290
湖南	347(2)	0.14	0.50	0.67	1.15	1.77	2.62	3.73	5.29	10.00	2.14	1.565	1.72	1.948

类别 省区市名称	样点数	顺序统计量									算术		几何	
		最小值	5%值	10%值	25%值	中位值	75%值	90%值	95%值	最大值	平均	标准差	平均	标准差
陕西	60	0.21	0.44	0.58	0.93	1.25	1.98	3.32	5.10	8.47	1.85	1.630	1.40	2.081
四川	118	0.19	0.48	0.58	0.86	1.79	4.25	7.62	10.19	37.24	3.30	4.535	1.92	2.744
贵州	50(1)	0.11	0.31	0.94	1.53	4.55	6.25	7.60	9.00	10.20	4.26	2.712	3.17	2.448
云南	73	0.72	1.43	1.64	2.41	3.23	4.54	6.44	9.72	11.92	3.89	2.354	3.36	1.709
宁夏	28	0.20	0.24	0.38	0.50	1.20	1.90	3.86	4.94	7.50	1.69	1.682	1.15	2.424
甘肃	76	0.15	0.19	0.22	0.69	1.30	3.34	6.17	7.85	24.60	2.65	3.471	1.41	3.241
青海	115	0.16	0.37	0.53	0.89	2.91	6.63	11.34	12.19	14.12	4.42	4.122	2.50	3.290
新疆	260	0.04	0.15	0.21	0.34	0.82	2.06	6.33	9.11	16.45	2.01	2.959	0.90	3.525
西藏	205	0.16	0.61	0.77	1.35	2.99	6.63	10.20	12.23	30.50	4.62	4.731	2.92	2.720
北京	40	0.58	0.71	0.85	1.40	2.61	4.21	7.09	7.52	9.70	3.21	2.338	2.48	2.095
天津	41	0.68	0.86	0.94	1.18	1.56	2.04	2.72	2.85	3.23	1.70	0.666	1.58	1.479
上海	20(1)	0.45	0.45	1.40	1.60	2.43	2.65	4.83	6.66	8.95	2.90	1.925	2.53	1.636
大连	104	0.17	0.27	0.39	0.69	1.37	2.44	3.00	3.65	4.45	1.58	1.054	1.22	1.775
温州	81	0.76	1.02	1.28	1.75	2.52	4.08	4.96	5.47	15.38	3.08	2.174	2.59	2.195
厦门	101	0.19	0.34	0.55	0.98	1.68	2.42	3.17	3.29	8.61	1.85	1.192	1.49	1.775
深圳	82(1)	0.40	0.95	1.30	2.03	2.68	3.58	4.85	6.12	7.62	3.00	1.438	2.69	2.058
宁波	82	0.47	0.74	1.14	1.55	2.49	4.43	6.36	6.70	9.24	3.22	1.989	2.62	1.954

第四篇　相关环境标准

一、数值修约规则（GB/T 8170—87）

本标准适用于科学技术与生产活动中试验测定和计算得出的各种数值，需要修约时，除另有规定者外，应按本标准给出的规则进行。

1　术语

1.1　修约间隔

系确定修约保留位数的一种方式，修约间隔的数值一经确定，修约值即应为该数值的整数倍。

例1　如指定修约间隔为 0.1，修约值即应在 0.1 的整数倍中选取，相当于将数值修约到一位小数。

例2　如指定修约间隔为 100，修约值即应在 100 的整数倍中选取，相当于将数值修约到"百"数位。

1.2　有效位数

对没有小数位且以若干个零结尾的数值，从非零数字最左一位向右数得到的位数减去无效零（即仅为定位用的零）的个数；对其他十进位数，从非零数字最左一位向右数而得到的位数，就是有效位数。

例1　35000，若有两个无效零，则为三位有效位数，应写为 350×10^2；若有三个无效零，则为两位有效位数，应写为 35×10^3。

例2　3.2，0.32，0.032，0.0032 均为两位有效位数；0.0320 为三位有效位数。

例3　12.490 为五位有效位数；10.00 为四位有效位数。

1.3　0.5 单位修约（半个单位修约）

指修约间隔为指定数位的 0.5 单位，即修约到指定数位的 0.5 单位。

例如，将 60.28 修约到个数位的 0.5 单位，得 60.5（修约方法见本规则 5.1）

1.4　0.2 单位修约

指修约间隔为指定数位的 0.2 单位，即修约到指定数位的 0.2 单位。

例如，将 832 修约到"百"数位的 0.2 单位，得 840（修约方法见本规则 5.2）

2　确定修约位数的表达方式

2.1　指定数位

（1）指定修约间隔为 $10n$（n 为正整数），或指明将数值修约到 n 位小数；

（2）指定修约间隔为 1，或指明将数值修约到个数位；

（3）指定修约间隔 $10n$，或指明将数值修约到 $10n$ 数位（n 为正整数），或指明将数值修约到"十"，"百"，"千"……数位。

2.2 指定将数值修约成 n 位有效位数。

3 进舍规则

3.1 拟舍弃数字的最左一位数字小于5时，则舍去，即保留的各位数字不变。

例1 将12.1498修约到一位小数，得12.1。

例2 将12.1498修约成两位有效位数，得12。

3.2 拟舍弃数字的最左一位数字大于5；或者是5，而其后跟有并非全部为0的数字时，则进一，即保留的末位数字加1。

例1 将1268修约到"百"数位，得 13×10^2 （特定时可写为1300）。

例2 将1268修约成三位有效位数，得 127×10 （特定时可写为1270）。

例3 将10.502修约到个数位，得11。

注：本标准示例中，"特定时"的涵义系指修约间隔或有效位数明确时。

3.3 拟舍弃数字的最左一位数字为5，而右面无数字或皆为0时，若所保留的末位数字为奇数（1，3，5，7，9）则进一，为偶数（2，4，6，8，0）则舍弃。

例1 修约间隔为0.1（或 10^{-1} ）

拟修约数值	修约值
1.050	1.0
0.350	0.4

例2 修约间隔为1000（或 10^3 ）

拟修约数值	修约值
2500	2×10^3 （特定时可写为2000）
3500	4×10^3 （特定时可写为4000）

例3 将下列数字修约成两位有效位数

拟修约数值	修约值
0.0325	0.032
32500	32×10^3 （特定时可写为32000）

3.4 负数修约时，先将它的绝对值按上述3.1～3.3规定进行修约，然后在修约值前面加上负号。

例1 将下列数字修约到"十"数位

拟修约数值	修约值
−355	-36×10 （特定时可写为−360）
−325	-32×10 （特定时可写为−320）

例2 将下列数字修约成两位有效位数

拟修约数值	修约值
−365	-36×10 （特定时可写为−360）
−0.0365	−0.036

4 不许连续修约

4.1 拟修约数字应在确定修约位数后一次修约获得结果，而不得多次按第3章规则连续修约。

例如：修约15.4546，修约间隔为1

正确的做法：

15.4546→15

不正确的做法：

15.4546→15.455→15.46→15.5→16

4.2 在具体实施中，有时测试与计算部门先将获得数值按指定的修约位数多一位或几位报出，而后由其他部门判定。为避免产生连续修约的错误，应按下述步骤进行。

4.2.1 报出数值最右的非零数字为5时，应在数值后面加"（＋）"或"（－）"或不加符号，以分别表明已进行过舍、进或未舍未进。

如：16.50（＋）表示实际值大于16.50，经修约舍弃成为16.50；16.50（－）表示实际值小于16.50，经修约进一成为16.50。

4.2.2 如果判定报出值需要进行修约，当拟舍弃数字的最左一位数字为5而后面无数字或皆为零时，数值后面有（＋）号者进一，数值后面有（－）号者舍去，其他仍按第3章规则进行。

例如：将下列数字修约到个数位后进行判定（报出值多留一位到一位小数）。

实测值	报出值	修约值
15.4546	15.5（－）	15
16.5203	16.5（＋）	17
17.5000	17.5	18
－15.4546	－15.5（－）	－15

5 0.5单位修约与0.2单位修约

必要时，可采用0.5单位修约和0.2单位修约。

5.1 0.5单位修约

将拟修约数值乘以2，按指定数位依第3章规则修约，所得数值再除以2。

如：将下列数字修约到个数位的0.5单位（或修约间隔为0.5）

拟修约数值 （A）	乘以2 （2A）	2A修约值 （修约间隔为1）	A修约值 （修约间隔为0.5）
60.25	120.50	120	60.0
60.38	120.76	121	60.5
－60.75	－121.50	－122	－61.0

5.2 0.2单位修约

将拟修约数值乘以5，按指定数位依第3章规则修约，所得数值再除以5。

例如：将下列数字修约到"百"数位的0.2单位（或修约间隔为20）

拟修约数值 （A）	乘以5 （5A）	5A修约值 （修约间隔为100）	A修约值 （修约间隔为20）
830	4150	4200	840
842	4210	4200	840
－930	－4650	－4600	－920

附加说明：

本标准由中国科学院系统科学研究所提出。

本标准由中国科学院系统科学研究所负责起草。

本标准主要起草人：吴传义。

本标准委托中国科学院系统科学研究所负责解释。

二、土壤环境质量标准（GB 15618—1995）

（1995-07-13 发布，1996-03-01 实施）

为贯彻《中华人民共和国环境保护法》，防止土壤污染，保护生态环境，保障农林生产，维护人体健康，制定本标准。

1 主题内容与适用范围

1.1 主题内容

本标准按土壤应用功能、保护目标和土壤主要性质，规定了土壤中污染物的最高允许浓度指标值及相应的监测方法。

1.2 适用范围

本标准适用于农田、蔬菜地、茶园、果园、牧场、林地、自然保护区等地的土壤。

2 术语

2.1 土壤：指地球陆地表面能够生长绿色植物的疏松层。

2.2 土壤阳离子交换量：指带负电荷的土壤胶体，借静电引力而对溶液中的阳离子所吸附的数量，以每千克干土所含全部代换性阳离子的厘摩尔（按一价离子计）数表示。

3 土壤环境质量分类和标准分级

3.1 土壤环境质量分类

根据土壤应用功能和保护目标，划分为三类：

Ⅰ类主要适用于国家规定的自然保护区（原有背景重金属含量高的除外）、集中式生活饮用水源地、茶园、牧场和其他保护地区的土壤，土壤质量基本上保持自然背景天平。

Ⅱ类主要适用于一般农田、蔬菜地、茶园、果园、牧场等土壤，土壤质量基本上对植物和环境不造成危害和污染。

Ⅲ类主要适用于林地土壤及污染物容量较大的高背景值土壤和矿产附近等地的农田土壤（蔬菜地除外）。土壤质量基本上对植物和环境不造成危害和污染。

3.2 标准分级

一级标准　为保护区域自然生态，维持自然背景的土壤环境质量的限制值。

二级标准　为保障农业生产，维护人体健康的土壤限制值。

三级标准　为保障农林业生产和植物正常生长的土壤临界值。

3.3 各类土壤环境质量执行标准的级别规定如下：

Ⅰ类土壤环境质量执行一级标准；

Ⅱ类土壤环境质量执行二级标准；

Ⅲ类土壤环境质量执行三级标准。

4　标准值

本标准规定的三级标准值，见表1。

表1　土壤环境质量标准值　　　　　　　　　单位：mg/kg

级别 项目	土壤 pH值	一级	二级			三级
		自然背景	＜6.5	6.5～7.5	＞7.5	＞6.5
镉		≤	0.20	0.30	0.30	0.60	1.0
汞		≤	0.15	0.30	0.50	1.0	1.5
砷	水田	≤	15	30	25	20	30
	旱地	≤	15	40	30	25	40
铜	农田等	≤	35	50	100	100	400
	果园	≤	—	150	200	200	400
铅		≤	35	250	300	350	500
铬	水田	≤	90	250	300	350	400
	旱地	≤	90	150	200	250	300
锌		≤	100	200	250	300	500
镍		≤	40	40	50	60	200
六六六		≤	0.05	0.50			1.0
滴滴涕		≤	0.05	0.50			1.0

注：1. 重金属（铬主要是三价）和砷均按元素量计，适用于阳离子交换量＞5cmol（＋）/kg的土壤，若≤5cmol（＋）/kg，其标准值为表内数值的半数。

2. 六六六为四种异构体总量，滴滴涕为四种衍生物总量。

3. 水旱轮作地的土壤环境质量标准，砷采用水田值，铬采用旱地值。

5　监测

5.1　采样方法：土壤监测方法参照国家环保局的《环境监测分析方法》、《土壤元素的近代分析方法》（中国环境监测总站编）的有关章节进行。国家有关方法标准颁布后，按国家标准执行。

5.2　分析方法按表2执行。

表2　土壤环境质量标准选配分析方法

序号	项目	测定方法	检测范围 /(mg/kg)	注释	分析方法来源
1	镉	土样经盐酸-硝酸-高氯酸（或盐酸-硝酸-氢氟酸-高氯酸）消解后 (1)萃取-火焰原子吸收法测定 (2)石墨炉原子吸收分光光度法测定	 0.025以上 0.005以上	土壤总镉	①、②
2	汞	土样经硝酸-硫酸-五氧化二钒或硫、硝酸-高锰酸钾消解后，冷原子吸收法测定	0.004以上	土壤总汞	①、②
3	砷	(1)土样经硫酸-硝酸-高氯酸消解后，二乙基二硫代氨基甲酸银分光光度法测定 (2)土样经硝酸-盐酸-高氯酸消解后，硼氢化钾-硝酸银分光光度法测定	0.5以上 0.1以上	土壤总砷	①、② ②
4	铜	土样经盐酸-硝酸-高氯酸（或盐酸-硝酸-氢氟酸-高氯酸）消解后，火焰原子吸收分光光度法测定	1.0以上	土壤总铜	①、②
5	铅	土样经盐酸-硝酸-氢氟酸-高氯酸消解后 (1)萃取-火焰原子吸收法测定 (2)石墨炉原子吸收分光光度法测定	 0.4以上 0.06以上	土壤总铅	②

序号	项目	测定方法	检测范围 /(mg/kg)	注释	分析方法来源
6	铬	土样经硫酸-硝酸-氢氟酸消解后 (1)高锰酸钾氧化,二苯碳酰二肼光度法测定 (2)加氯化铵液,火焰原子吸收分光光度法测定	1.0以上 2.5以上	土壤总铬	①
7	锌	土样经盐酸-硝酸-高氯酸(或盐酸-硝酸-氢氟酸-高氯酸)消解后,火焰原子吸收分光光度法测定	0.5以上	土壤总锌	①、②
8	镍	土样经盐酸-硝酸-高氯酸(或盐酸-硝酸-氢氟酸-高氯酸)消解后,火焰原子吸收分光光度法测定	2.5以上	土壤总镍	②
9	六六六和滴滴涕	丙酮-石油醚提取,浓硫酸净化,用带电子捕获检测器的气相色谱仪测定	0.005以上		GB/T 14550—93
10	pH 值	玻璃电极法(土∶水＝1.0∶2.5)	—		②
11	阳离子交换量	乙酸铵法等			③

①《环境监测分析方法》,1983,城乡建设环境保护部环境保护局;

②《土壤元素的近代分析方法》,1992,中国环境监测总站编,中国环境科学出版社;

③《土壤理化分析》,1978,中国科学院南京土壤研究所编,上海科技出版社。

注:分析方法除土壤六六六和滴滴涕有国标外,其他项目待国家方法标准发布后执行,现暂采用以上方法。

6 标准的实施

6.1 本标准由各级人民政府环境保护行政主管部门负责监督实施,各级人民政府的有关行政主管部门依照有关法律和规定实施。

6.2 各级人民政府环境保护行政主管部门根据土壤应用功能和保护目标会同有关部门划分本辖区土壤环境质量类别,报同级人民政府批准。

附加说明:

本标准由国家环境保护局科技标准司提出。

本标准由国家环境保护局南京环境科学研究所负责起草,中国科学院地理研究所、北京农业大学、中国科学院南京土壤研究所等单位参加。

本标准主要起草人:夏家淇、蔡道基、夏增禄、王宏康、武玫玲、梁伟等。

本标准由国家环境保护局负责解释。

三、农用污泥中污染物控制标准（GB 4284—84）

（中华人民共和国城乡建设环境保护部 1984-05-18 发布，1985-03-01 实施）

为贯彻执行《中华人民共和国环境保护法（试行)》,防治农用污泥对土壤、农作物、地面水、地下水的污染,特制订本标准。

本标准适用于在农田中施用城市污水处理厂污泥、城市下水沉淀池的污泥、某些有机物生产厂的下水污泥以及江、河、湖、库、塘、沟、渠的沉淀底泥。

1 标准值

农田施用污泥中污染物的最高容许含量应符合表1规定。

表1 农用污泥中污染物控制标准值　　　　　单位：mg/kg 干污泥

项　　目	最高容许含量	
	在酸性土壤上(pH<6.5)	在中性和碱性土壤上(pH≥6.5)
镉及其化合物(以 Cd 计)	5	20
汞及其化合物(以 Hg 计)	5	15
铅及其化合物(以 Pb 计)	300	1000
铬及其化合物(以 Cr 计)①	600	1000
砷及其化合物(以 As 计)	75	75
硼及其化合物(以水溶性 B 计)	150	150
矿物油	3000	3000
苯并[a]芘	3	3
铜及其化合物(以 Cu 计)②	250	500
锌及其化合物(以 Zn 计)②	500	1000
镍及其化合物(以 Ni 计)②	100	200

① 铬的控制标准适用于一般含六价铬极少的具有农用价值的各种污泥，不适用于含有大量六价铬的工业废渣或某些化工厂的沉积物。

② 暂作参考标准。

2 其他规定

2.1　施用符合本标准污泥时，一般每年每亩用量不超过 2000kg（以干污泥计）。污泥中任何一项无机化合物含量接近于本标准时，连续在同一块土壤上施用，不得超过 20 年。含无机化合物较少的石油化工污泥，连续施用可超过 20 年。在隔年施用时，矿物油和苯并[a]芘的标准可适当放宽。

2.2　为了防止对地下水的污染，在沙质土壤和地下水位较高的农田上不宜施用污泥；在饮水水源保护地带不得施用污泥。

2.3　生污泥须经高温堆腐或消化处理后才能施用于农田。污泥可在大田、园林和花卉地上施用，在蔬菜地和当年放牧的草地上不宜施用。

2.4　在酸性土壤上施用污泥除了必须遵循在酸性土壤上污泥的控制标准外，还应该同时年年施用石灰以中和土壤酸性。

2.5　对于同时含有多种有害物质而含量都接近本标准值的污泥，施用时应酌情减少用量。

2.6　发现因施污泥而影响农作物的生长、发育或农产品超过卫生标准时，应该停止施用污泥和立即向有关部门报告，并采取积极措施加以解决。例如施石灰、过磷酸钙、有机肥等物质控制农作物对有害物质的吸收，进行深翻或用客土法进行土壤改良等。

3 标准的监测

3.1　农业和环境保护部门必须对污泥和施用污泥的土壤作物进行长期定点监测。

3.2　制订本标准依据的监测分析方法是《农用污泥监测分析方法》。

附加说明：
本标准由原国务院环境保护领导小组提出。
本标准由农牧渔业部环境保护科研监测所、北京农业大学负责起草。

本标准委托农牧渔业部环境保护科研监测所负责解释。

四、城镇垃圾农用控制标准
(UDC 628.44：631.879 GB 8172—87)

（国家环境保护局 1987-10-05 批准，1988-02-01 实施）

根据《中华人民共和国环境保护法（试行）》，为防止城镇垃圾农用对土壤、农作物、水体的污染，保护农业生态环境，保证农作物正常生长，特制定本标准。

本标准适用于供农田施用的各种腐熟的城镇生活垃圾和城镇垃圾堆肥工厂的产品，不准混入工业垃圾及其他废物。

1 标准值

农田施用城镇垃圾要符合表 1 规定。

表 1 城镇垃圾农用控制标准值

编 号	项 目		标准限值
1	杂物/%	≤	3
2	粒度/mm	≤	12
3	蛔虫卵死亡率/%		95～100
4	大肠菌值		$10^{-1}～10^{-2}$
5	总镉（以 Cd 计）/(mg/kg)	≤	3
6	总汞（以 Hg 计）/(mg/kg)	≤	5
7	总铅（以 Pb 计）/(mg/kg)	≤	100
8	总铬（以 Cr 计）/(mg/kg)	≤	300
9	总砷（以 As 计）/(mg/kg)	≤	30
10	有机质（以 C 计）/%	≥	10
11	总氮（以 N 计）/%	≥	0.5
12	总磷（以 P_2O_5 计）/%	≥	0.3
13	总钾（以 K_2O 计）/%	≥	1.0
14	pH 值		6.5～8.5
15	水分/%		25～35

注：1. 表中除 2、3、4 项外，其余各项均以干基计算。

2. 杂物指塑料、玻璃、金属、橡胶等。

2 其他规定

2.1 上表中 1～9 项全部合格者方能施用于农田；在 10～15 项中，如有一项不合格，其他五项合格者，可适当放宽。但不合格项目的数值，不得低于我国垃圾的平均数值。即有机质不少于 8%，总氮不少于 0.4，总磷不少于 0.2%，总钾不少于 0.8%，pH 值最高不超过 9，最低不低于 6，水分含量最高不超过 40%。

2.2 施用符合本标准的垃圾，每年每亩农田用量，黏性土壤不超过 4t，砂性土壤不超过 3t，提倡在花卉、草地、园林和新菜地、黏土地上施用。大于 1mm 粒径的渣砾含量超过

30％及黏粒含量低于 15％的渣砾化土壤、老菜地、水田不宜施用。

2.3 对于表中 1～9 项都接近本标准值的垃圾，施用时其用量应减半。

3 标准的监督实施

3.1 农业、环卫和环保部门，必须对城镇垃圾农用的土壤、作物进行长期定点监测，农业部门建立监测点，环卫部门提供合乎标准化的城镇垃圾，环保部门进行有效的监督。

3.2 发现因施用垃圾导致土壤污染、水源污染或影响农作物的生长、发育和农产品中有害物质超过食品卫生标准时，要停止施用垃圾，并向有关部门报告。

3.3 在分析方法国家标准颁布之前，暂时参照《城镇垃圾农用监测分析方法》进行监测。

附加说明：

本标准由中华人民共和国农牧渔业部提出。

本标准由中国农业科学院土壤肥料研究所负责起草。

本标准由国家环保局负责解释。

五、农用粉煤灰中污染物控制标准
（UDC 628.44：631.879 GB 8173—87）

（国家环境保护局 1987-10-05 批准，1988-02-01 实施）

为贯彻执行《中华人民共和国环境保护法（试行）》，防止农用粉煤灰对土壤、农作物、地下水、地面水的污染，保障农牧渔业生产和人体健康，特制定本标准。

本标准适用范围是火力发电厂湿法排出的、经过一年以上风化的、用于改良土壤的煤粉灰。

1 标准值

1.1 农用粉煤灰中污染物的最高允许含量应符合表 1 规定。

表 1 农用粉煤灰中污染物控制标准值   单位：mg/kg 干粉煤灰

项　目		最高允许含量	
		在酸性土壤上	在中性和碱性土壤上
		（pH＜6.5）	（pH≥6.5）
总镉（以 Cd 计）		5	10
总砷（以 As 计）		75	75
总钼（以 Mo 计）		10	10
总硒（以 Se 计）		15	15
总硼（以水溶性 B 计）	敏感作物	5	5
	抗性较强作物	25	25
	抗性强作物	50	50

项　目	最高允许含量	
	在酸性土壤上	在中性和碱性土壤上
	(pH<6.5)	(pH≥6.5)
总镍（以 Ni 计）	200	300
总铬（以 Cr 计）	250	500
总铜（以 Cu 计）	250	500
总铅（以 Pb 计）	250	500
全盐量与氯化物	非盐碱土	盐碱土
	3000（其中氯化物 1000）	2000（其中氯化物 600）
pH	10.0	8.7

1.2　施用符合本标准的粉煤灰时，每亩累计用量不得超过 30000kg（以干灰计）。

2　其他规定

2.1　粉煤灰宜用于黏质土壤，而壤质土壤和缺乏微量元素的土壤应酌情使用，砂质土壤不宜施用。

2.2　对于同时含有多种有害物质而含量都接近本标准值的粉煤灰，施用时应酌情减少用量。

2.3　当粉煤灰污染物中个别元素超标时，在相应减少粉煤灰的施用量后方能使用，其计算公式如下：

$$M_x = \frac{MC_{si}}{C_i}$$

式中　M_x——i 元素超标的粉煤灰每亩允许施用量，kg；

　　　M——本标准规定的粉煤灰每亩累计施用量，kg；

　　　C_{si}——粉煤灰中 i 元素的最高允许含量，mg/kg；

　　　C_i——粉煤灰中 i 元素实测含量，mg/kg。

2.4　发现因施用粉煤灰而对农业环境造成污染，影响农作物生长发育或农产品中有害物质超过食品卫生标准或饲料标准时，应该停止使用并立即向有关部门报告，同时可采取施有机肥料，改种不敏感的作物或进行深翻等措施加以解决。

2.5　农田施用粉煤灰受各省市农业、环保部门指导与监督。

3　监测

3.1　农业和环保部门必须对农用粉煤灰和施用粉煤灰的土壤、作物、水体进行监测。

3.2　在分析方法国家标准颁布之前，暂时参照《农用粉煤灰监测分析方法》进行监测。

附加说明：
本标准由原国务院环境保护领导小组提出。
本标准由农牧渔业部《农用粉煤灰中污染物控制标准》编制组负责起草。
本标准主要起草人：曹仁林、李应学、吴家华、潘顺昌、姚炳贵、李白庚。
本标准由国家环境保护局负责解释。

六、生活垃圾填埋场污染控制标准
（GB 16889—2008 代替 GB 16889—1997）

（2008-04-02 发布，2008-07-01 实施）

前言

为贯彻《中华人民共和国环境保护法》、《中华人民共和国固体废物污染环境防治法》、《中华人民共和国水污染防治法》、《国务院关于落实科学发展观　加强环境保护的决定》等法律、法规和《国务院关于编制全国主体功能区规划的意见》，保护环境，防治生活垃圾填埋处置造成的污染，制定本标准。

本标准规定了生活垃圾填埋场选址要求，工程设计与施工要求，填埋废物的入场条件，填埋作业要求，封场及后期维护与管理要求，污染物排放限值及环境监测等要求。生活垃圾填埋场排放大气污染物（含恶臭污染物）、环境噪声适用相应的国家污染物排放标准。

为促进地区经济与环境协调发展，推动经济结构的调整和经济增长方式的转变，引导工业生产工艺和污染治理技术的发展方向，本标准规定了水污染物特别排放限值。

本标准首次发布于 1997 年。

此次修订的主要内容：

（1）修改了标准的名称；

（2）补充了生活垃圾填埋场选址要求；

（3）细化了生活垃圾填埋场基本设施的设计与施工要求；

（4）增加了可以进入生活垃圾填埋场共处置的生活垃圾焚烧飞灰、医疗废物、一般工业固体废物、厌氧产沼等生物处理后的固态残余物、粪便经处理后的固态残余物和生活污水处理污泥的入场要求；

（5）增加了生活垃圾填埋场运行、封场及后期维护与管理期间的污染控制要求；

（6）增加了生活垃圾填埋场污染物控制项目数量。

自本标准实施之日起，《生活垃圾填埋污染控制标准》（GB 16889—1997）废止。

按照有关法律规定，本标准具有强制执行的效力。

本标准由环境保护部科技标准司组织制订。

本标准主要起草单位：中国环境科学研究院、同济大学、清华大学、城市建设研究院。

本标准由环境保护部 2008 年 4 月 2 日批准。

本标准自 2008 年 7 月 1 日起实施。

本标准由环境保护部解释。

1　适用范围

本标准规定了生活垃圾填埋场选址、设计与施工、填埋废物的入场条件、运行、封场、后期维护与管理的污染控制和监测等方面的要求。

本标准适用于生活垃圾填埋场建设、运行和封场后的维护与管理过程中的污染控制和监督管理。本标准的部分规定也适用于与生活垃圾填埋场配套建设的生活垃圾转运站的建设、运行。

本标准只适用于法律允许的污染物排放行为；新设立污染源的选址和特殊保护区域内现有污染源的管理，按照《中华人民共和国大气污染防治法》、《中华人民共和国水污染防治法》、《中华人民共和国海洋环境保护法》、《中华人民共和国固体废物污染环境防治法》、《中华人民共和国放射性污染防治法》、《中华人民共和国环境影响评价法》等法律、法规、规章的相关规定执行。

2　规范性引用文件

本标准内容引用了下列文件中的条款。凡是不注日期的引用文件，其有效版本适用于本标准。

GB 5750—1985　生活饮用水标准检验法

GB 7466—1987　水质　总铬的测定

GB 7467—1987　水质　六价铬的测定　二苯碳酰二肼分光光度法

GB 7468—1987　水质　总汞的测定　冷原子吸收分光光度法

GB 7469—1987　水质　总汞的测定　高锰酸钾-过硫酸钾消解法　双硫腙分光光度法

GB 7470—1987　水质　铅的测定　双硫腙分光光度法

GB 7471—1987　水质　镉的测定　双硫腙分光光度法

GB 7485—1987　水质　总砷的测定　二乙基二硫代氨基甲酸银分光光度法

GB 7488—1987　水质　五日生化需氧量（BOD_5）的测定　稀释与接种法

GB 11893—1989　水质　总磷的测定　钼酸铵分光光度法

GB 11901—1989　水质　悬浮物的测定　重量法

GB 11903—1989　水质　色度的测定

GB 11914—1989　水质　化学需氧量的测定　重铬酸盐法

GB 13486　便携式热催化甲烷检测报警仪

GB 14554　恶臭污染物排放标准

GB/T 14675　空气质量　恶臭的测定　三点式比较臭袋法

GB/T 14678　空气质量　硫化氢、甲硫醇、甲硫醚和二甲二硫的测定　气相色谱法

GB/T 14848　地下水质量标准

GB/T 15562.1　环境保护图形标志——排放口（源）

GB/T 50123　土工试验方法标准

HJ/T 38—1999　固定污染源排气中非甲烷总烃的测定　气相色谱法

HJ/T 195—2005　水质　氨氮的测定　气相分子吸收光谱法

HJ/T 199—2005　水质　总氮的测定　气相分子吸收光谱法

HJ/T 228　医疗废物化学消毒集中处理工程技术规范（试行）

HJ/T 229　医疗废物微波消毒集中处理工程技术规范（试行）

HJ/T 276　医疗废物高温蒸汽集中处理工程技术规范（试行）

HJ/T 300　固体废物　浸出毒性浸出方法　醋酸缓冲溶液法

HJ/T 341—2007　水质　汞的测定　冷原子荧光法（试行）

HJ/T 347—2007　水质　粪大肠菌群的测定　多管发酵法和滤膜法（试行）

CJ/T 234 垃圾填埋场用高密度聚乙烯土工膜

《医疗废物分类目录》（卫医发［2003］287 号）

《排污口规范化整治技术要求》（环监字［1996］470 号）

《污染源自动监控管理办法》（国家环境保护总局令第 28 号）

《环境监测管理办法》（国家环境保护总局令第 39 号）

3 术语和定义

下列术语和定义适用于本标准。

3.1 运行期

生活垃圾填埋场进行填埋作业的时期。

3.2 后期维护与管理期

生活垃圾填埋场终止填埋作业后，进行后续维护、污染控制和环境保护管理直至填埋场达到稳定化的时期。

3.3 防渗衬层

设置于生活垃圾填埋场底部及四周边坡的由天然材料和（或）人工合成材料组成的防止渗漏的垫层。

3.4 天然基础层

位于防渗衬层下部，由未经扰动的土壤等构成的基础层。

3.5 天然黏土防渗衬层

由经过处理的天然黏土机械压实形成的防渗衬层。

3.6 单层人工合成材料防渗衬层

由一层人工合成材料衬层与黏土（或具有同等以上隔水效力的其他材料）衬层组成的防渗衬层。

3.7 双层人工合成材料防渗衬层

由两层人工合成材料衬层与黏土（或具有同等以上隔水效力的其他材料）衬层组成的防渗衬层。

3.8 环境敏感点

指生活垃圾填埋场周围可能受污染物影响的住宅、学校、医院、行政办公区、商业区以及公共场所等地点。

3.9 场界

指法律文书（如土地使用证、房产证、租赁合同等）中确定的业主所拥有使用权（或所有权）的场地或建筑物边界。

3.10 现有生活垃圾填埋场

指本标准实施之日前，已建成投产或环境影响评价文件已通过审批的生活垃圾填埋场。

3.11 新建生活垃圾填埋场

指本标准实施之日起环境影响文件通过审批的新建、改建和扩建的生活垃圾填埋场。

4 选址要求

4.1 生活垃圾填埋场的选址应符合区域性环境规划、环境卫生设施建设规划和当地的城市规划。

4.2 生活垃圾填埋场场址不应选在城市工农业发展规划区、农业保护区、自然保护区、风景名胜区、文物（考古）保护区、生活饮用水水源保护区、供水远景规划区、矿产资源储备区、军事要地、国家保密地区和其他需要特别保护的区域内。

4.3 生活垃圾填埋场选址的标高应位于重现期不小于50年一遇的洪水位之上，并建设在长规规划中的水库等人工蓄水设施的淹没区和保护区之外。

拟建有可靠防洪设施的山谷型填埋场，并经过环境影响评价证明洪水对生活垃圾填埋场的环境风险在可接受范围内，前款规定的选址标准可以适当降低。

4.4 生活垃圾填埋场场址的选择应避开下列区域：破坏性地震及活动构造区；活动中的坍塌、滑坡和隆起地带；活动中的断裂带；石灰岩溶洞发育带；废弃矿区的活动塌陷区；活动沙丘区；海啸及涌浪影响区；湿地；尚未稳定的冲积扇及冲沟地区；泥炭以及其他可能危及填埋场安全的区域。

4.5 生活垃圾填埋场场址的位置及与周围人群的距离应依据环境影响评价结论确定，并经地方环境保护行政主管部门批准。

在对生活垃圾填埋场场址进行环境影响评价时，应考虑生活垃圾填埋场产生的渗滤液、大气污染物（含恶臭物质）、滋养动物（蚊、蝇、鸟类等）等因素，根据其所在地区的环境功能区类别，综合评价其对周围环境、居住人群的身体健康、日常生活和生产活动的影响，确定生活垃圾填埋场与常住居民居住场所、地表水域、高速公路、交通主干道（国道或省道）、铁路、飞机场、军事基地等敏感对象之间合理的位置关系以及合理的防护距离。环境影响评价的结论可作为规划控制的依据。

5 设计、施工与验收要求

5.1 生活垃圾填埋场应包括下列主要设施：防渗衬层系统、渗滤液导排系统、渗滤液处理设施、雨污分流系统、地下水导排系统、地下水监测设施、填埋气体导排系统、覆盖和封场系统。

5.2 生活垃圾填埋场应建设围墙或栅栏等隔离设施，并在填埋区边界周围设置防飞扬设施、安全防护设施及防火隔离带。

5.3 生活垃圾填埋场应根据填埋区天然基础层的地质情况以及环境影响评价的结论，并经当地地方环境保护行政主管部门批准，选择天然黏土防渗衬层、单层人工合成材料防渗衬层或双层人工合成材料防渗衬层作为生活垃圾填埋场填埋区和其他渗滤液流经或储留设施的防渗衬层。填埋场黏土防渗衬层饱和渗透系数按照GB/T 50123中13.3节"变水头渗透试验"的规定进行测定。

5.4 如果天然基础层饱和渗透系数不小于1.0×10^{-7}cm/s，且厚度不小于2m，可采用天然黏土防渗衬层。采用天然黏土防渗衬层应满足以下基本条件：

(1) 压实后的黏土防渗衬层饱和渗透系数应小于1.0×10^{-7}cm/s；

(2) 黏土防渗衬层的厚度应不小于2m。

5.5 如果天然基础层饱和渗透系数小于1.0×10^{-5}cm/s，且厚度不小于2m，可采用单层人工合成材料防渗衬层。人工合成材料衬层下应具有厚度不小于0.75m，且其被压实后的饱和渗透系数小于1.0×10^{-7}cm/s的天然黏土防渗衬层，或具有同等以上隔水效力的其他材料防渗衬层。

人工合成材料防渗衬层应采用满足CJ/T 234中规定技术要求的高密度聚乙烯或者其他具有同等效力的人工合成材料。

5.6 如果天然基础层饱和渗透系数不小于1.0×10^{-5}cm/s，或者天然基础层厚度小于2m，应采用双层人工合成材料防渗衬层。下层人工合成材料防衬层下应具有厚度不小于 0.75m，且其被压实后的饱和渗透系数小于 1.0×10^{-7} cm/s 的天然黏土衬层，或具有同等以上隔水效力的其他材料衬层；两层人工合成材料衬层之间应布设导水层及渗漏检测层。

人工合成材料的性能要求同第 5.5 条。

5.7　生活垃圾填埋场应设置防渗衬层渗漏检测系统，以保证在防渗衬层发生渗滤液渗漏时能及时发现并采取必要的污染控制措施。

5.8　生活垃圾填埋场应建设渗滤液导排系统，该导排系统应确保在填埋场的运行期内防渗衬层上的渗滤液深度不大于 30cm。

为检测渗滤液深度，生活垃圾填埋场内应设置渗滤液监测井。

5.9　生活垃圾填埋场应建设渗滤液处理设施，以在填埋场的运行期和后期维护与管理期内对渗滤液进行处理达标后排放。

5.10　生活垃圾填埋场渗滤液处理设施应设渗滤液调节池，并采取封闭等措施防止恶臭物质的排放。

5.11　生活垃圾填埋场应实行雨污分流并设置雨水集排水系统，以收集、排出汇水区内可能流向填埋区的雨水、上游雨水以及未填埋区域内未与生活垃圾接触的雨水。雨水集排水系统收集的雨水不得与渗滤液混排。

5.12　生活垃圾填埋场各个系统在设计时应保证能及时、有效地导排雨、污水。

5.13　生活垃圾填埋场填埋区基础层底部应与地下水年最高水位保持 1m 以上的距离。当生活垃圾填埋场填埋区基础层底部与地下水年最高水位距离不足 1m 时，应建设地下水导排系统。地下水导排系统应确保填埋场的运行期和后期维护与管理期内地下水水位维持在距离填埋场填埋区基础层底部 1m 以下。

5.14　生活垃圾填埋场应建设填埋气体导排系统，在填埋场的运行期和后期维护与管理期内将填埋层内的气体导出后利用、焚烧或达到 9.2.2 的要求后直接排放。

5.15　设计填埋量大于 250 万吨且垃圾填埋厚度超过 20m 生活垃圾填埋场，应建设甲烷利用设施或火炬燃烧设施处理含甲烷填埋气体。小于上述规模的生活垃圾填埋场，应采用能够有效减少甲烷产生和排放的填埋工艺或采用火炬燃烧设施处理含甲烷填埋气体。

5.16　生活垃圾填埋场周围应设置绿化隔离带，其宽度不小于 10m。

5.17　在生活垃圾填埋场施工前应编制施工质量保证书并作为环境监理和环境保护竣工验收的依据。施工过程中应严格按照施工质量保证书中的质量保证程序进行。

5.18　在进行天然黏土防渗衬层施工之前，应通过现场施工实验确定压实方法、压实设备、压实次数等因素，以确保可以达到设计要求。同时在施工过程中应进行现场施工检验，检验内容与频率应包括在施工设计书中。

5.19　在进行人工合成材料防渗衬层施工前，应对人工合成材料的各项性能指标进行质量测试；在需要进行焊接之前，应进行试验焊接。

5.20　在人工合成材料防渗衬层和渗滤液导排系统的铺设过程中与完成之后，应通过连续性和完整性检测检验施工效果，以确定人工合成材料防渗衬层没有破损、漏洞等。

5.21　填埋场人工合成材料防渗衬层铺设完成后，未填埋的部分应采取有效的工程措施防止人工合成材料防渗衬层在日光下直接暴露。

5.22　在生活垃圾填埋场的环境保护竣工验收中，应对已建成的防渗衬层系统的完整性、渗滤液导排系统、填埋气体导排系统和地下水导排系统等的有效性进行质量验收，同时验收场址选择、勘察、征地、设计、施工、运行管理制度、监测计划等全过程的技术和管理文件资料。

5.23 生活垃圾转运站应采取必要的封闭和负压措施防止恶臭污染的扩散。

5.24 生活垃圾转运站应设置具有恶臭污染控制功能及渗滤液收集、贮存设施。

6 填埋废物的入场要求

6.1 下列废物可以直接进入生活垃圾填埋场填埋处置：

（1）由环境卫生机构收集或者自行收集的混合生活垃圾，以及企事业单位产生的办公废物；

（2）生活垃圾焚烧炉渣（不包括焚烧飞灰）；

（3）生活垃圾堆肥处理产生的固态残余物；

（4）服装加工、食品加工以及其他城市生活服务行业产生的性质与生活垃圾相近的一般工业固体废物。

6.2 《医疗废物分类目录》中的感染性废物经过下列方式处理后，可以进入生活垃圾填埋场填埋处置。

（1）按照 HJ/T 228 要求进行破碎毁形和化学消毒处理，并满足消毒效果检验指标；

（2）按照 HJ/T 229 要求进行破碎毁形和微波消毒处理，并满足消毒效果检验指标；

（3）按照 HJ/T 276 要求进行破碎毁形和高温蒸汽处理，并满足处理效果检验指标；

（4）医疗废物焚烧处置后的残渣的入场标准按照第 6.3 条执行。

6.3 生活垃圾焚烧飞灰和医疗废物焚烧残渣（包括飞灰、底渣）经处理后满足下列条件，可以进入生活垃圾填埋场填埋处置。

（1）含水率小于 30%；

（2）二噁英含量低于 $3\mu g$ TEQ/kg；

（3）按照 HJ/T 300 制备的浸出液中危害成分浓度低于表 1 规定的限值。

表 1 浸出液污染物浓度限值

序号	污染物项目	浓度限值/(mg/L)	序号	污染物项目	浓度限值/(mg/L)
1	汞	0.05	7	钡	25
2	铜	40	8	镍	0.5
3	锌	100	9	砷	0.3
4	铅	0.25	10	总铬	4.5
5	镉	0.15	11	六价铬	1.5
6	铍	0.02	12	硒	0.1

6.4 一般工业固体废物经处理后，按照 HJ/T 300 制备的浸出液中危害成分浓度低于表 1 规定的限值，可以进入生活垃圾填埋场填埋处置。

6.5 经处理后满足第 6.3 条要求的生活垃圾焚烧飞灰和医疗废物焚烧残渣（包括飞灰、底渣）和满足第 6.4 条要求的一般工业固体废物在生活垃圾填埋场中应单独分区填埋。

6.6 厌氧产沼等生物处理后的固态残余物、粪便经处理后的固态残余物和生活污水处理厂污泥经处理后含水率小于 60%，可以进入生活垃圾填埋场填埋处置。

6.7 处理后分别满足第6.2、6.3、6.4和6.6条要求的废物应由地方环境保护行政主管部门认可的监测部门检测、经地方环境保护行政主管部门批准后，方可进入生活垃圾填埋场。

6.8 下列废物不得在生活垃圾填埋场中填埋处置。

(1) 除符合第6.3条规定的生活垃圾焚烧飞灰以外的危险废物；

(2) 未经处理的餐饮废物；

(3) 未经处理的粪便；

(4) 禽畜养殖废物；

(5) 电子废物及其处理处置残余物；

(6) 除本填埋场产生的渗滤液之外的任何液态废物和废水。

国家环境保护标准另有规定的除外。

7 运行要求

7.1 填埋作业应分区、分单元进行，不运行作业面应及时覆盖。不得同时进行多作业面填埋作业或者不分区全场敞开式作业。中间覆盖应形成一定的坡度。每天填埋作业结束后，应对作业面进行覆盖；特殊气象条件下应加强对作业面的覆盖。

7.2 填埋作业应采取雨污分流措施，减少渗滤液的产生量。

7.3 生活垃圾填埋场运行期内，应控制堆体的坡度，确保填埋堆体的稳定性。

7.4 生活垃圾填埋场运行期内，应定期检测防渗衬层系统的完整性。当发现防渗衬层系统发生渗漏时，应及时采取补救措施。

7.5 生活垃圾填埋场运行期内，应定期检测渗滤液导排系统的有效性，保证正常运行。当衬层上的渗滤液深度大于30cm时，应及时采取有效疏导措施排除积存在填埋场内的渗滤液。

7.6 生活垃圾填埋场运行期内，应定期检测地下水水质。当发现地下水水质有被污染的迹象时，应及时查找原因，发现渗漏位置并采取补救措施，防止污染进一步扩散。

7.7 生活垃圾填埋场运行期内，应定期并根据场地和气象情况随时进行防蚊蝇、灭鼠和除臭工作。

7.8 生活垃圾填埋场运行期以及封场后期维护与管理期间，应建立运行情况记录制度，如实记载有关运行管理情况，主要包括生活垃圾处理、处置设备工艺控制参数，进入生活垃圾填埋场处置的非生活垃圾的来源、种类、数量、填埋位置，封场及后期维护与管理情况及环境监测数据等。运行情况记录簿应当按照国家有关档案管理等法律法规进行整理和保管。

8 封场及后期维护与管理要求

8.1 生活垃圾填埋场的封场系统应包括气体导排层、防渗层、雨水导排层、最终覆土层、植被层。

8.2 气体导排层应与导气竖管相连。导气竖管应高出最终覆土层上表面100cm以上。

8.3 封场系统应控制坡度，以保证填埋堆体稳定，防止雨水侵蚀。

8.4 封场系统的建设应与生态恢复相结合，并防止植物根系对封场土工膜的损害。

8.5 封场后进入后期维护与管理阶段的生活垃圾填埋场，应继续处理填埋场产生的渗滤液和填埋气，并定期进行监测，直到填埋场产生的渗滤液中水污染物浓度连续两年低于表2、表3中的限值。

9 污染物排放控制要求

9.1 水污染物排放控制要求

9.1.1 生活垃圾填埋场应设置污水处理装置，生活垃圾渗滤液（含调节池废水）等污水经处理并符合本标准规定的污染物排放控制要求后，可直接排放。

9.1.2 现有和新建生活垃圾填埋场自 2008 年 7 月 1 日起执行表 2 规定的水污染物排放浓度限值。

表 2 现有和新建生活垃圾填埋场水污染物排放浓度限值

序号	控制污染物	排放浓度限值	污染物排放监控位置
1	色度/稀释倍数	40	常规污水处理设施排放口
2	化学需氧量(COD_{Cr})/(mg/L)	100	常规污水处理设施排放口
3	生化需氧量(BOD_5)/(mg/L)	30	常规污水处理设施排放口
4	悬浮物/(mg/L)	30	常规污水处理设施排放口
5	总氮/(mg/L)	40	常规污水处理设施排放口
6	氨氮/(mg/L)	25	常规污水处理设施排放口
7	总磷/(mg/L)	3	常规污水处理设施排放口
8	粪大肠菌群数/(个/L)	10000	常规污水处理设施排放口
9	总汞/(mg/L)	0.001	常规污水处理设施排放口
10	总镉/(mg/L)	0.01	常规污水处理设施排放口
11	总铬/(mg/L)	0.1	常规污水处理设施排放口
12	六价铬/(mg/L)	0.05	常规污水处理设施排放口
13	总砷/(mg/L)	0.1	常规污水处理设施排放口
14	总铅/(mg/L)	0.1	常规污水处理设施排放口

9.1.3 2011 年 7 月 1 日前，现有生活垃圾填埋场无法满足表 2 规定的水污染物排放浓度限值要求的，满足以下条件时可将生活垃圾渗滤液送往城市二级污水处理厂进行处理：

（1）生活垃圾渗滤液在填埋场经过处理后，总汞、总镉、总铬、六价铬、总砷、总铅等污染物浓度达到表 2 规定浓度限值；

（2）城市二级污水处理厂每日处理生活垃圾渗滤液总量不超过污水处理量的 0.5%，并不超过城市二级污水处理厂额定的污水处理能力；

（3）生活垃圾渗滤液应均匀注入城市二级污水处理厂；

（4）不影响城市二级污水处理场的污水处理效果；

2011 年 7 月 1 日起，现有全部生活垃圾填埋场应自行处理生活垃圾渗滤液并执行表 2 规定的水污染排放浓度限值。

9.1.4 根据环境保护工作的要求，在国土开发密度已经较高、环境承载能力开始减弱，或环境容量较小、生态环境脆弱，容易发生严重环境污染问题而需要采取特别保护措施的地区，应严格控制生活垃圾填埋场的污染物排放行为，在上述地区的现有和新建生活垃圾填埋场自 2008 年 7 月 1 日起执行表 3 规定的水污染物特别排放限值。

表 3　现有和新建生活垃圾填埋场水污染物特别排放限值

序号	控制污染物	排放浓度限值	污染物排放监控位置
1	色度/稀释倍数	30	常规污水处理设施排放口
2	化学需氧量(COD$_{Cr}$)/(mg/L)	60	常规污水处理设施排放口
3	生化需氧量(BOD$_5$)/(mg/L)	20	常规污水处理设施排放口
4	悬浮物/(mg/L)	30	常规污水处理设施排放口
5	总氮/(mg/L)	20	常规污水处理设施排放口
6	氨氮/(mg/L)	8	常规污水处理设施排放口
7	总磷/(mg/L)	1.5	常规污水处理设施排放口
8	粪大肠菌群数/(个/L)	1000	常规污水处理设施排放口
9	总汞/(mg/L)	0.001	常规污水处理设施排放口
10	总镉/(mg/L)	0.01	常规污水处理设施排放口
11	总铬/(mg/L)	0.1	常规污水处理设施排放口
12	六价铬/(mg/L)	0.05	常规污水处理设施排放口
13	总砷/(mg/L)	0.1	常规污水处理设施排放口
14	总铅/(mg/L)	0.1	常规污水处理设施排放口

9.2　甲烷排放控制要求

9.2.1　填埋工作面上 2m 以下高度范围内甲烷的体积百分比应不大于 0.1%。

9.2.2　生活垃圾填埋场应采取甲烷减排措施;当通过导气管道直接排放填埋气体时,导气管排放口的甲烷的体积百分比不大于 5%。

9.3　生活垃圾填埋场在运行中应采取必要的措施防止恶臭物质的扩散。在生活垃圾填埋场周围环境敏感点方位的场界的恶臭污染物浓度应符合 GB 14554 的规定。

9.4　生活垃圾转运站产生的渗滤液经收集后,可采用密闭运输送到城市污水处理厂处理、排入城市排水管道进入城市污水处理厂处理或者自行处理等方式。排入设置城市污水处理厂的排水管网的,应在转运站内对渗滤液进行处理,总汞、总镉、总铬、六价铬、总砷、总铅等污染物浓度限值达到表 2 规定浓度限值,其他水污染物排放控制要求由企业与城镇污水处理厂根据其污水处理能力商定或执行相关标准。排入环境水体或排入未设置污水处理厂的排水管网的,应在转运站内对渗滤液进行处理并达到表 2 规定的浓度限值。

10　环境和污染物监测要求

10.1　水污染物排放监测基本要求

10.1.1　生活垃圾填埋场的水污染物排放口须按照《排污口规范化整治技术要求》(试行)建设,设置符合 GB/T 15562.1 要求的污水排放口标志。

10.1.2　新建生活垃圾填埋场应按照《污染源自动监控管理办法》的规定,安装污染物排放自动监控设备,并与环保部门的监控中心联网,并保证设备正常运行。各地现有生活垃圾填埋场安装污染物排放自动监控设备的要求由省级环境保护行政主管部门规定。

10.1.3　对生活垃圾填埋场污染物排放情况进行监测的频次、采样时间等要求,按国家有关污染源监测技术规范的规定执行。

10.2　地下水水质监测基本要求

10.2.1　地下水水质监测井的布置

应根据场地水文地质条件，以及时反映地下水水质变化为原则，布设地下水监测系统。

（1）本底井，一眼，设在填埋场地下水流向上游 30～50m 处；

（2）排水井，一眼，设在填埋场地下水主管出口处；

（3）污染扩散井，两眼，分别设在垂直填埋场地下水走向的两侧各 30～50m 处；

（4）污染监视井，两眼，分别设在填埋场地下水流向下游 30m、50m 处。

大型填埋场可以在上述要求基础上适当增加监测井的数量。

10.2.2　在生活垃圾填埋场投入使用之前应监测地下水本底水平；在生活垃圾填埋场投入使用之时即对地下水进行持续监测，直至封场后填埋场产生的渗滤液中水污染物浓度连续两年低于表 2 中的限值时为止。

10.2.3　地下水监测指标为 pH 值、总硬度、溶解性总固体、高锰酸盐指数、氨氮、硝酸盐、亚硝酸盐、硫酸盐、氯化物、挥发性酚类、氰化物、砷、汞、六价铬、铅、氟、镉、铁、锰、铜、锌、粪大肠菌群，不同质量类型地下水的质量标准执行 GB/T 14848 中的规定。

10.2.4　生活垃圾填埋场管理机构对排水井的水质监测频率应不少于每周一次，对污染扩散井和污染监视井的水质监测频率应不少于每 2 周一次，对本底井的水质监测频率应不少于每个月一次。

10.2.5　地方环境保护行政主管部门应对地下水水质进行监督性监测，频率应不少于每 3 个月一次。

10.3　生活垃圾填埋场管理机构应每 6 个月进行一次防渗衬层完整性的监测。

10.4　甲烷监测基本要求

10.4.1　生活垃圾填埋场管理机构应每天进行一次填埋场区和填埋气体排放口的甲烷浓度监测。

10.4.2　地方环境保护行政主管部门应每 3 个月对填埋区和填埋气体排放口的甲烷浓度进行一次监督性监测。

10.4.3　对甲烷浓度的每日监测可采用符合 GB 13486 要求或者具有相同效果的便携式甲烷测定器进行测定。对甲烷浓度的监督性监测应按照 HJ/T 38 中甲烷的测定方法进行测定。

10.5　生活垃圾填埋场管理机构和地方环境保护行政主管部门均应对封场后的生活垃圾填埋场的污染物浓度进行测定。化学需氧量、生化需氧量、悬浮物、总氮、氨氮等指标每 3 个月测定一次，其他指标每年测定一次。

10.6　恶臭污染物监测基本要求

10.6.1　生活垃圾填埋场管理机构应根据具体情况适时进行场界恶臭污染物监测。

10.6.2　地方环境保护行政主管部门应每 3 个月对场界恶臭污染物进行一次监督性监测。

10.6.3　恶臭污染物监测应按照 GB/T 14675 和 GB/T 14678 规定的方法进行测定。

10.7　污染物浓度测定方法采用表 4 所列的方法标准，地下水质量检测方法采用 GB 5750 中的检测方法。

10.8　生活垃圾填埋场应按照有关法律和《环境监测管理办法》的规定，对排污状况进行监测，并保存原始监测记录。

表 4　污染物浓度测定方法标准

序号	污染物项目	方法标准名称		方法标准编号
1	色度(稀释倍数)	水质　色度的测定		GB 11903—1989
2	化学需氧量(COD$_{Cr}$)	水质　化学需氧量的测定　重铬酸盐法		GB 11914—1989
3	生化需氧量(BOD$_5$)	水质　五日生化需氧量(BOD$_5$)的测定　稀释与接种法		GB 7488—1987
4	悬浮物	水质　悬浮物的测定　重量法		GB 11901—1989
5	总氮	水质　总氮的测定　气相分子吸收光谱法		HJ/T 199—2005
6	氨氮	水质　氨氮的测定　气相分子吸收光谱法		HJ/T 195—2005
7	总磷	水质　总磷的测定　钼酸铵分光光度法		GB 11893—1989
8	粪大肠菌群数	水质　粪大肠菌群的测定　多管发酵法和滤膜法(试行)		HJ/T 347—2007
9	总汞	水质　总汞的测定　冷原子吸收分光光度法		GB 7468—1987
		水质　总汞的测定　高锰酸钾-过硫酸钾消解法　双硫腙分光光度法		GB 7469—1987
		水质　汞的测定　冷原子荧光法(试行)		HJ/T 341—2007
10	总镉	水质　镉的测定　双硫腙分光光度法		GB 7471—1987
11	总铬	水质　总铬的测定		GB 7466—1987
12	六价铬	水质　六价铬的测定　二苯碳酰二肼分光光度法		GB 7467—1987
13	总砷	水质　总砷的测定　二乙基二硫代氨基甲酸银分光光度法		GB 7485—1987
14	总铅	水质　铅的测定　双硫腙分光光度法		GB 7470—1987
15	甲烷	固定污染源排气中非甲烷总烃的测定　气相色谱法		HJ/T 38—1999
16	恶臭	空气质量　恶臭的测定　三点式比较臭袋法		GB/T 14675
17	硫化氢、甲硫醇、甲硫醚和二甲二硫	空气质量　硫化氢、甲硫醇、甲硫醚和二甲二硫的测定　气相色谱法		GB/T 14678

11　实施要求

11.1　本标准由县级以上人民政府环境保护行政主管部门负责监督实施。

11.2　在任何情况下,生活垃圾填埋场均应遵守本标准的污染物排放控制要求,采取必要措施保证污染防治设施正常运行。各级环保部门在对生活垃圾填埋场进行监督性检查时,可以现场即时采样,将监测的结果作为判定排污行为是否符合排放标准以及实施相关环境保护管理措施的依据。

11.3　对现有和新建生活垃圾填埋场执行水污染物特别排放限值的地域范围、时间、由国务院环境保护主管部门或省级人民政府规定。

七、海水水质标准（UCD 551463 GB 3097—1997
代替 GB 3097—82）

（国家环境保护局 1997-12-03 批准，1998-07-01 实施）

1　主题内容与标准适用范围

本标准规定了海域各类使用功能的水质要求。

本标准适用于中华人民共和国管辖的海域。

2 引用标准

下列标准所含条文，在本标准中被引用即构成本标准的条文，与本标准同效。

GB 12763.4—91 海洋调查规范 海水化学要素观测

HY 003—91 海洋监测规范

GB 12763.2—91 海洋调查规范 海洋水文观测

GB 7467—87 水质 六价铬的测定 二苯碳酰二肼分光光度法

GB 7485—87 水质 总砷的测定 二乙基二硫代氨基甲酸银分光光度法

GB 11910—89 水质 镍的测定 丁二酮肟分光光度法

GB 11912—89 水质 镍的测定 火焰原子吸收分光光度法

GB 13192—91 水质 有机磷农药的测定 气相色谱法

GB 11895—89 水质 苯并［a］芘的测定 乙酰化滤纸层析荧光分光光度法

当上述标准被修订时，应使用其最新版本。

3 海水水质分类与标准

3.1 海水水质分类

按照海域的不同使用功能和保护目标，海水水质分为四类：

第一类 适用于海洋渔业水域，海上自然保护区和珍稀濒危海洋生物保护区。

第二类 适用于水产养殖区，海水浴场，人体直接接触海水的海上运动或娱乐区，以及与人类食用直接有关的工业用水区。

第三类 适用于一般工业用水区，滨海风景旅游区。

第四类 适用于海洋港口水域，海洋开发作业区。

3.2 海水水质标准

各类海水水质标准列于表1。

4 海水水质监测

4.1 海水水质监测样品的采集、贮存、运输和预处理按 GB 12763.4—91 和 HY 003—91 的有关规定执行。

4.2 本标准各项目的监测，按表2的分析方法进行。

表1 海水水质标准   单位：mg/L

序号	项目	第一类	第二类	第三类	第四类
1	漂浮物质	海面不得出现油膜、浮沫和其他漂浮物质			海面无明显油膜、浮沫和其他漂浮物质
2	色、臭、味	海水不得有异色、异臭、异味			海水不得有令人厌恶和感到不快的色、臭、味
3	悬浮物质	人为增加的量≤10		人为增加的量≤100	人为增加的量≤150
4	大肠菌群/(个/L) ≤	10000 供人生食的贝类增养殖水质≤700			—
5	粪大肠菌群/(个/L) ≤	2000 供人生食的贝类增养殖水质≤140			—
6	病原体	供人生食的贝类养殖水质不得含有病原体			

356

序号	项目		第一类	第二类	第三类	第四类
7	水温/℃		人为造成的海水温升夏季不超过当时当地 1℃，其他季节不超过 2℃		人为造成的海水温升不超过当时当地 4℃	
8	pH 值		7.8～8.5 同时不超出该海域正常变动范围的 0.2pH 单位		6.8～8.8 同时不超出该海域正常变动范围的 0.5pH 单位	
9	溶解氧	>	6	5	4	3
10	化学需氧量(COD)	≤	2	3	4	5
11	生化需氧量(BOD₅)	≤	1	3	4	5
12	无机氮(以 N 计)	≤	0.20	0.30	0.40	0.50
13	非离子氨(以 N 计)	≤	0.020			
14	活性磷酸盐(以 P 计)	≤	0.015	0.030		0.045
15	汞	≤	0.00005	0.0002		0.0005
16	镉	≤	0.001	0.005	0.010	
17	铅	≤	0.001	0.005	0.010	0.050
18	六价铬	≤	0.005	0.010	0.020	0.050
19	总铬	≤	0.05	0.10	0.20	0.50
20	砷	≤	0.020	0.030	0.050	
21	铜	≤	0.005	0.010	0.050	
22	锌	≤	0.020	0.050	0.10	0.50
23	硒	≤	0.010	0.020		0.050
24	镍	≤	0.005	0.010	0.020	0.050
25	氰化物	≤	0.005		0.10	0.20
26	硫化物(以 S 计)	≤	0.02	0.05	0.10	0.25
27	挥发性酚	≤	0.005		0.010	0.050
28	石油类	≤	0.05		0.30	0.50
29	六六六	≤	0.001	0.002	0.003	0.005
30	滴滴涕	≤	0.00005	0.0001		
31	马拉硫磷	≤	0.0005	0.001		
32	甲基对硫磷	≤	0.0005	0.001		
33	苯并[a]芘/(μg/L)	≤	0.0025			
34	阴离子表面活性剂(以 LAS 计)		0.03	0.10		
35	放射性核素/(Bq/L)	⁶⁰Co	0.03			
		⁹⁰Sr	4			
		¹⁰⁶Rn	0.2			
		¹³⁴Cs	0.6			
		¹³⁷Cs	0.7			

表 2　海水水质分析方法

序号	项目	分析方法	检出限/(mg/L)	引用标准
1	漂浮物质	目测法		
2	色、臭、味	比色法 感官法		GB 12763.2—91 HY 003.4—91
3	悬浮物质	重量法	2	HY 003.4—91
4	大肠菌群	(1)发酵法(2)滤膜法		HY 003.9—91
5	粪大肠菌群	(1)发酵法(2)滤膜法		HY 003.9—91
6	病原体	(1)微孔滤膜吸附法[①,a] (2)沉淀病毒浓聚法[①,a] (3)透析法[①,a]		
7	水温	(1)水温的铅直连续观测 (2)标准层水温观测		GB 12763.2—91 GB 12763.2—91
8	pH 值	(1)pH 计电测法 (2)pH 比色法		GB 12763.4—91 HY 003.4—91
9	溶解氧	碘量滴定法	0.042	GB 12763.4—91
10	化学需氧量(COD)	碱性高锰酸钾法	0.15	HY 003.4—91
11	生化需氧量(BOD5)	五日培养法		HY 003.4—91
12	无机氮[②](以 N 计)	氨:(1)靛酚蓝法 　　(2)次溴酸钠氧化法 亚硝酸盐:重氮-偶氮法 硝酸盐:(1)锌-镉还原法 　　　　(2)铜镉柱还原法	0.7×10^{-3} 0.4×10^{-3} 0.3×10^{-3} 0.7×10^{-3} 0.6×10^{-3}	GB 12763.4—91 GB 12763.4—91 GB 12763.4—91 GB 12763.4—91 GB 12763.4—91
13	非离子氨[③](以 N 计)	按附录 B 进行换算		
14	活性磷酸盐(以 P 计)	(1)抗坏血酸还原的磷钼兰法 (2)磷钼蓝萃取分光光度法	0.62×10^{-3} 1.4×10^{-3}	GB 12763.4—91 HY 003.4—91
15	汞	(1)冷原子吸收分光光度法 (2)金捕集冷原子吸收分光光度法	0.0086×10^{-3} 0.002×10^{-3}	HY 003.4—91 HY 003.4—91
16	镉	(1)无火焰原子吸收分光光度法 (2)火焰原子吸收分光光度法 (3)阳极溶出伏安法 (4)双硫腙分光光度法	0.014×10^{-3} 0.34×10^{-3} 0.7×10^{-3} 1.1×10^{-3}	HY 003.4—91 HY 003.4—91 HY 003.4—91 HY 003.4—91
17	铅	(1)无火焰原子吸收分光光度法 (2)阳极溶出伏安法 (3)双硫腙分光光度法	0.19×10^{-3} 4.0×10^{-3} 2.6×10^{-3}	HY 003.4—91 HY 003.4—91 HY 003.4—91
18	六价铬	二苯碳酰二肼分光光度法	4.0×10^{-3}	GB 7467—87
19	总铬	(1)二苯碳酰二肼分光光度法 (2)无火焰原子吸收分光光度法	1.2×10^{-3} 0.91×10^{-3}	HY 003.4—91 HY 003.4—91
20	砷	(1)砷化氢-硝酸银分光光度法 (2)氢化物发生原子吸收分光光度法 (3)二乙基二硫代氨基甲酸银分光光度法	1.3×10^{-3} 1.2×10^{-3} 7.0×10^{-3}	HY 003.4—91 HY 003.4—91 GB 7485—87
21	铜	(1)无火焰原子吸收分光光度法 (2)二乙氨基二硫代甲酸钠分光光度法 (3)阳极溶出伏安法	1.4×10^{-3} 4.9×10^{-3} 3.7×10^{-3}	HY 003.4—91 HY 003.4—91 HY 003.4—91
22	锌	(1)火焰原子吸收分光光度法 (2)阳极溶出伏安法 (3)双硫腙分光光度法	16×10^{-3} 6.4×10^{-3} 9.2×10^{-3}	HY 003.4—91 HY 003.4—91 HY 003.4—91

序号	项 目		分析方法	检出限/(mg/L)	引用标准
23	硒		(1)荧光分光光度法	0.73×10^{-3}	HY 003.4—91
			(2)二氨基联苯胺分光光度法	1.5×10^{-3}	HY 003.4—91
			(3)催化极谱法	0.14×10^{-3}	HY 003.4—91
24	镍		(1)丁二酮肟分光光度法	0.25	GB 11910—89
			(2)无火焰原子吸收分光光度法[①,b]	0.03×10^{-3}	
			(3)火焰原子吸收分光光度法	0.05	GB 11912—89
25	氰化物		(1)异烟酸-吡唑啉酮分光光度法	2.1×10^{-3}	HY 003.4—91
			(2)吡啶-巴比土酸分光光度法	1.0×10^{-3}	HY 003.4—91
26	硫化物(以S计)		(1)亚甲基蓝分光光度法	1.7×10^{-3}	HY 003.4—91
			(2)离子选择电极法	8.1×10^{-3}	HY 003.4—91
27	挥发性酚		4-氨基安替比林分光光度法	4.8×10^{-3}	HY 003.4—91
28	石油类		(1)环己烷萃取荧光分光光度法	9.2×10^{-3}	HY 003.4—91
			(2)紫外分光光度法	60.5×10^{-3}	HY 003.4—91
			(3)重量法	0.2	HY 003.4—91
29	六六六[④]		气相色谱法	1.1×10^{-6}	HY 003.4—91
30	滴滴涕[④]		气相色谱法	3.8×10^{-6}	HY 003.4—91
31	马拉硫磷		气相色谱法	0.64×10^{-3}	GB 13192—91
32	甲基对硫磷		气相色谱法	0.42×10^{-3}	GB 13192—91
33	苯并[a]芘		乙酰化滤纸层析-荧光分光光度法	2.5×10^{-6}	GB 11895—89
34	阴离子表面活性剂(以LAS计)		亚甲基蓝分光光度法	0.023	HY 003.4—91
35	放射性核素/(Bq/L)	^{60}Co	离子交换-萃取-电沉积法	2.2×10^{-3}	HY/T 003.8—91
		^{90}Sr	(1)HDEHP萃取-β计数法	1.8×10^{-3}	HY/T 003.8—91
			(2)离子交换-β计数法	2.2×10^{-3}	HY/T 003.8—91
		^{106}Ru	(1)四氯化碳萃取-镁粉还原-β计数法	3.0×10^{-3}	HY/T 003.8—91
			(2)γ能谱法[①,c]	4.4×10^{-3}	
		^{134}Cs	γ能谱法,参见^{137}Cs分析法		
		^{137}Cs	(1)亚铁氰化铜-硅胶现场富集-γ能谱法	1.0×10^{-3}	HY/T 003.8—91
			(2)磷钼酸铵-碘铋酸铯-β计数法	3.7×10^{-3}	HY/T 003.8—91

① 暂时采用下列分析方法,待国家标准发布后执行国家标准

a. 《水和废水标准检验法》,第15版,中国建筑工业出版社,805~827,1985。

b. 环境科学,7(6):75~79,1986。

c. 《辐射防护手册》,原子能出版社,2:259,1998。

② 见附录A

③ 见附录B

④ 六六六和DDT的检出限系指其四种异构体检出限之和。

5 混合区的规定

污水集中排放形成的混合区,不得影响邻近功能区的水质和鱼类回游通道。

附 录 A

无机氮的计算

无机氮是硝酸盐氮、亚硝酸盐氮和氨氮的总和,无机氮也称"活性氮",或简称"三氮"。

在现行监测中,水样中的硝酸盐、亚硝酸盐和氮的浓度是以μmol/L表示总和。而本标

准规定无机氮是以氮（N）计，单位采用 mg/L，因此，按下式计算无机氮：

$$c(N)=14\times10^{-3}[c(NO_3^--N)+c(NO_2-N)+c(NH_3-N)]$$

式中　　$c(N)$——无机氮浓度，以 N 计，mg/L；

$c(NO_3-N)$——用监测方法测出的水样中硝酸盐的浓度，μmol/L；

$c(NO_2-N)$——用监测方法测出的水样中亚硝酸盐的浓度，μmol/L；

$c(NH_3-N)$——用监测方法测出的水样中氨的浓度，μmol/L。

附　录　B
非离子氨换算方法

按靛酚蓝法，次溴酸钠氧化法（GB 12763.4—91）测定得到的氨浓度（NH₃-N）看作是非离子氨与离子氨浓度的总和，非离子氨在氨的水溶液中的比例与水温、pH 值以及盐度有关。可按下述公式换算出非离子氨的浓度：

$$c(NH_3)=14\times10^{-5}c(NH_3-N)f$$
$$f=100/(10^{pK_a^{ST}-pH}+1)$$
$$pK_a^{ST}=9.245+0.002949S+0.0324(298-T)$$

式中　　　f——氨的水溶液中非离子氨的摩尔百分比；

$c(NH_3)$——现场温度、pH 值、盐度下，水样中非离子氨的浓度（以 N 计），mg/L；

$c(NH_3-N)$——用监测方法测得的水样中氨的浓度，μmol/L；

T——海水温度，K；

S——海水盐度；

pH——海水的 pH；

pK_a^{ST}——温度为 $T(T=273+t)$，盐度为 S 的海水中的 NH_4^+ 的解离平衡常数 K_a^{ST} 的负对数。

附加说明：

本标准由国家海洋局第三海洋研究所和青岛海洋大学负责起草。

本标准主要起草人：黄自强、张克、许昆灿、隋永年、孙淑媛、陆贤昆、林庆礼。

八、地下水质量标准（GB/T 14848—93）

（国家技术监督局 1993-12-30 批准，1994-10-01 实施）

1　引言

为保护和合理开发地下水资源，防止和控制地下水污染，保障人民身体健康，促进经济建设，特制定本标准。

本标准是地下水勘查评价、开发利用和监督管理的依据。

2　主题内容与适用范围

2.1　本标准规定了地下水的质量分类，地下水质量监测、评价方法和地下水质量保护。

2.2　本标准适用于一般地下水，不适用于地下热水、矿水、盐卤水。

3　引用标准

GB 5750　生活饮用水标准检验方法

4　地下水质量分类及质量分类指标

4.1　地下水质量分类

依据我国地下水水质现状、人体健康基准值及地下水质量保护目标，并参照了生活饮用水，工业、农业用水水质要求，将地下水质量划分为五类。

Ⅰ类　主要反映地下水化学组分的天然低背景含量。适用于各种用途。

Ⅱ类　主要反映地下水化学组分的天然背景含量。适用于各种用途。

Ⅲ类　以人体健康基准值为依据。主要适用于集中式生活饮用水水源及工农业用水。

Ⅳ类　以农业和工业用水要求为依据。除适用于农业和部分工业用水外，适当处理后可作生活饮用水。

Ⅴ类　不宜饮用，其他用水可根据使用目的选用。

4.2　地下水质量分类指标（见表1）。

表1　地下水质量分类指标

项目序号	项目	Ⅰ类	Ⅱ类	Ⅲ类	Ⅳ类	Ⅴ类
1	色/度	≤5	≤5	≤15	≤25	>25
2	嗅和味	无	无	无	无	有
3	浑浊度/度	≤3	≤3	≤3	≤10	>10
4	肉眼可见物	无	无	无	无	有
5	pH 值		6.5～8.5		5.5～6.5，8.5～9	<5.5,>9
6	总硬度(以 $CaCO_3$ 计)/(mg/L)	≤150	≤300	≤450	≤550	>550
7	溶解性总固体/(mg/L)	≤300	≤500	≤1000	≤2000	>2000
8	硫酸盐/(mg/L)	≤50	≤150	≤250	≤350	>350
9	氯化物/(mg/L)	≤50	≤150	≤250	≤350	>350
10	铁(Fe)/(mg/L)	≤0.1	≤0.2	≤0.3	≤1.5	>1.5
11	锰(Mn)/(mg/L)	≤0.05	≤0.05	≤0.1	≤1.0	>1.0
12	铜(Cu)/(mg/L)	≤0.01	≤0.05	≤1.0	≤1.5	>1.5
13	锌(Zn)/(mg/L)	≤0.05	≤0.5	≤1.0	≤5.0	>5.0
14	钼(Mo)/(mg/L)	≤0.001	≤0.01	≤0.1	≤0.5	>0.5
15	钴(Co)/(mg/L)	≤0.005	≤0.05	≤0.05	≤1.0	>1.0
16	挥发性酚类(以苯酚计)/(mg/L)	≤0.001	≤0.001	≤0.002	≤0.01	>0.01
17	阴离子合成洗涤剂/(mg/L)	不得检出	≤0.1	≤0.3	≤0.3	>0.3
18	高锰酸盐指数/(mg/L)	≤1.0	≤2.0	≤3.0	≤10	>10
19	硝酸盐(以 N 计)/(mg/L)	≤2.0	≤5.0	≤20	≤30	>30
20	亚硝酸盐(以 N 计)/(mg/L)	≤0.001	≤0.01	≤0.02	≤0.1	>0.1
21	氨氮(NH_4^+)/(mg/L)	≤0.02	≤0.02	≤0.2	≤0.5	>0.5

项目序号	标准值\项目	类别	Ⅰ类	Ⅱ类	Ⅲ类	Ⅳ类	Ⅴ类
22	氟化物/(mg/L)		≤1.0	≤1.0	≤1.0	≤2.0	>2.0
23	碘化物/(mg/L)		≤0.1	≤0.1	≤0.2	≤1.0	>1.0
24	氰化物/(mg/L)		≤0.001	≤0.01	≤0.05	≤0.1	>0.1
25	汞(Hg)/(mg/L)		≤0.00005	≤0.0005	≤0.001	≤0.001	>0.001
26	砷(As)/(mg/L)		≤0.005	≤0.01	≤0.05	≤0.05	>0.05
27	硒(Se)/(mg/L)		≤0.01	≤0.01	≤0.01	≤0.1	>0.1
28	镉(Cd)/(mg/L)		≤0.0001	≤0.001	≤0.01	≤0.01	>0.1
29	铬(六价)(Cr^{6+})/(mg/L)		≤0.005	≤0.01	≤0.05	≤0.1	>0.1
30	铅(Pb)/(mg/L)		≤0.005	≤0.01	≤0.05	≤0.1	>0.1
31	铍(Be)/(mg/L)		≤0.00002	≤0.0001	≤0.0002	≤0.001	>0.001
32	钡(Ba)/(mg/L)		≤0.01	≤0.1	≤1.0	≤4.0	>4.0
33	镍(Ni)/(mg/L)		≤0.005	≤0.05	≤0.05	≤0.1	>0.1
34	滴滴涕/(μg/L)		不得检出	≤0.005	≤1.0	≤1.0	>1.0
35	六六六/(μg/L)		≤0.005	≤0.05	≤5.0	≤5.0	>5.0
36	总大肠菌群/(个/L)		≤3.0	≤3.0	≤3.0	≤100	>100
37	细菌总数/(个/mL)		≤100	≤100	≤100	≤1000	>1000
38	总α放射性/(Bq/L)		≤0.1	≤0.1	≤0.1	>0.1	>0.1
39	总β放射性/(Bq/L)		≤0.1	≤1.0	≤1.0	>1.0	>1.0

根据地下水各指标含量特征，分为五类，它是地下水质量评价的基础。以地下水为水源的各类专门用水，在地下水质量分类管理基础上，可按有关专门用水标准进行管理。

5 地下水水质监测

5.1 各地区应对地下水水质进行定期检测。检验方法，按国家标准 GB 5750《生活饮用水标准检验方法》执行。

5.2 各地地下水监测部门，应在不同质量类别的地下水域设立监测点进行水质监测，监测频率不得少于每年二次（丰、枯水期）。

5.3 监测项目为：pH 值、氨氮、硝酸盐、亚硝酸盐、挥发性酚类、氰化物、砷、汞、铬（六价）、总硬度、铅、氟、镉、铁、锰、溶解性总固体、高锰酸盐指数、硫酸盐、氯化物、大肠菌群，以及反映本地区主要水质问题的其他项目。

6 地下水质量评价

6.1 地下水质量评价以地下水水质调查分析资料或水质监测资源为基础，可分为单项组分评价和综合评价两种。

6.2 地下水质量单项组分评价，按本标准所列分类指标，划分为五类，代号与类别代号相同，不同类别标准值相同时，从优不从劣。

例 挥发性酚类Ⅰ、Ⅱ类标准值均为 0.001mg/L，若水质分析结果为 0.001mg/L 时，应定为Ⅰ类，不定为Ⅱ类。

6.3 地下水质量综合评价，采用加附注的评分法。具体要求与步骤如下：

6.3.1 参加评分的项目，应不少于本标准规定的监测项目，但不包括细菌学指标。

6.3.2 首先进行各单项组分评价，划分组分所属质量类别。

6.3.3 对各类别按下列规定（表2）分别确定单项组分评价分值 F_i。

表2 单项组分评价分值

类 别	Ⅰ	Ⅱ	Ⅲ	Ⅳ	Ⅴ
F_i	0	1	3	6	10

6.3.4 按式（1）和式（2）计算综合评价分值 F。

$$F = \sqrt{\frac{\overline{F}^2 + F_{max}^2}{2}} \tag{1}$$

$$\overline{F} = \frac{1}{n}\sum_{i=1}^{n} F_i \tag{2}$$

式中 $\overline{F}$——各单项组分评分值 F_i 的平均值；

F_{max}——单项组分评价分值 F_i 中的最大值；

n——项数。

6.3.5 根据 F 值，按以下规定（表3）划分地下水质量级别，再将细菌学指标评价类别注在级别定名之后。如"优良（Ⅱ类）"、"较好（Ⅲ类）"。

表3 地下水质量级别

级别	优良	良好	较好	较差	极差
F	<0.80	0.80~<2.50	2.50~<4.25	4.25~<7.20	>7.20

6.4 使用两次以上的水质分析资料进行评价时，可分别进行地下水质量评价，也可根据具体情况，使用全年平均值和多年平均值或分别使用多年的枯水期、丰水期平均值进行评价。

6.5 在进行地下水质量评价时，除采用本方法外，也可采用其他评价方法进行对比。

7 地下水质量保护

7.1 为防止地下水污染和过量开采、人工回灌等引起的地下水质量恶化，保护地下水水源，必须按《中华人民共和国水污染防治法》和《中华人民共和国水法》有关规定执行。

7.2 利用污水灌溉、污水排放、有害废弃物（城市垃圾、工业废渣、核废料等）的堆放和地下处置，必须经过环境地质可行性论证及环境影响评价，征得环境保护部门批准后方能施行。

附加说明：

本标准由中华人民共和国地质矿产部提出。

本标准由地质矿产部地质环境管理司、地质矿产部水文地质工程地质研究所归口。

本标准由地质矿产部地质环境管理司、地质矿产部水文地质工程地质研究所、全国环境水文地质总站、吉林省环境水文地质总站、河南省水文地质总站、陕西省环境水文地质总站、广西壮族自治区环境水文地质总站、江西省环境地质大队负责起草。

本标准主要起草人：李梅玲、张锡根、阎葆瑞、李京森、苗长青、吕水明、沈小珍、席文跃、多超美、雷觐韵。

九、地表水环境质量标准
（GB 3838—2002 代替 GB 3838—88，GHZB 1—1999）

（2002-04-28 发布，2002-06-01 实施）

前言

为贯彻《中华人民共和国环境保护法》和《中华人民共和国水污染防治法》，防治水污染，保护地表水水质，保障人体健康，维护良好的生态系统，制定本标准。

本标准将标准项目分为：地表水环境质量标准基本项目、集中式生活饮用水地表水源地补充项目和集中式生活饮用水地表水源地特定项目。地表水环境质量标准基本项目适用于全国江河、湖泊、运河、渠道、水库等具有使用功能的地表水水域；集中式生活饮用水地表水源地补充项目和特定项目适用于集中式生活饮用水地表水源地一级保护区和二级保护区。集中式生活饮用水地表水源地特定项目由县级以上人民政府环境保护行政主管部门根据本地区地表水水质特点和环境管理的需要进行选择，集中式生活饮用水地表水源地补充项目和选择确定的特定项目作为基本项目的补充指标。

本标准项目共计 109 项，其中地表水环境质量标准基本项目 24 项，集中式生活饮用水地表水源地补充项目 5 项，集中式生活饮用水地表水源地特定项目 80 项。

与 GHZB 1—1999 相比，本标准在地表水环境质量标准基本项目中增加了总氮一项指标，删除了基本要求和亚硝酸盐、非离子氨及凯氏氮三项指标，将硫酸盐、氯化物、硝酸盐、铁、锰调整为集中式生活饮用水地表水源地补充项目，修订了 pH 值、溶解氧、氨氮、总磷、高锰酸盐指数、铅、粪大肠菌群七个项目的标准值，增加了集中式生活饮用水地表水源地特定项目 40 项。本标准删除了湖泊水库特定项目标准值。

县级以上人民政府环境保护行政主管部门及相关部门根据职责分工，按本标准对地表水各类水域进行监督管理。

与近海水域相连的地表水河口水域根据水环境功能按本标准相应类别标准值进行管理，近海水功能区水域根据使用功能按《海水水质标准》相应类别标准值进行管理。批准划定的单一渔业水域按《鱼类水质标准》进行管理；处理后的城市污水及与城市污水水质相近的工业废水用于农田灌溉用水的水质按《农田灌溉水质标准》进行管理。

《地面水环境质量标准》（GB 3838—83）为首次发布，1988 年为第一次修订，1999 年为第二次修订，本次为第三次修订。本标准自 2002 年 6 月 1 日起实施，《地面水环境质量标准》（GB 3838—88）和《地表水环境质量标准》（GHZB 1—1999）同时废止。

本标准由国家环境保护总局科技标准司提出并归口。

本标准由中国环境科学研究院负责修订。

本标准由国家环境保护总局 2002 年 4 月 26 日批准。

本标准由国家环境保护总局负责解释。

1 范围

1.1 本标准按照地表水环境功能分类和保护目标，规定了水环境质量应控制的项目及限值，以及水质评价、水质项目的分析方法和标准的实施与监督。

1.2 本标准适用于中华人民共和国领域内江河、湖泊、运河、渠道、水库等具有使用功能的地表水水域。具有特定功能的水域，执行相应的专业用水水质标准。

2 引用标准

《生活饮用水卫生规范》（卫生部，2001年）和本标准表4～表6所列分析方法标准及规范中所含条文在本标准中被引用即构成为本标准条文，与本标准同效。当上述标准和规范被修订时，应使用其最新版本。

3 水域功能和标准分类

依据地表水水域环境功能和保护目标，按功能高低依次划分为五类：

Ⅰ类 主要适用于源头水、国家自然保护区；

Ⅱ类 主要适用于集中式生活饮用水地表水源地一级保护区、珍稀水生生物栖息地、鱼虾类产卵场、仔稚幼鱼的索饵场等；

Ⅲ类 主要适用于集中式生活饮用水地表水源地二级保护区、鱼虾类越冬场、洄游通道、水产养殖区等渔业水域及游泳区；

Ⅳ类 主要适用于一般工业用水区及人体非直接接触的娱乐用水区；

Ⅴ类 主要适用于农业用水区及一般景观要求水域。

对应地表水上述五类水域功能，将地表水环境质量标准基本项目标准值分为五类，不同功能类别分别执行相应类别的标准值。水域功能类别高的标准值严于水域功能类别低的标准值。同一水域兼有多类使用功能的，执行最高功能类别对应的标准值。实现水域功能与达标功能类别标准为同一含义。

4 标准值

4.1 地表水环境质量标准基本项目标准限值见表1。

4.2 集中式生活饮用水地表水源地补充项目标准限值见表2。

4.3 集中式生活饮用水地表水源地特定项目标准限值见表3。

5 水质评价

5.1 地表水环境质量评价应根据应实现的水域功能类别，选取相应类别标准，进行单因子评价，评价结果应说明水质达标情况，超标的应说明超标项目和超标倍数。

5.2 丰、平、枯水期特征明显的水域，应分水期进行水质评价。

5.3 集中式生活饮用水地表水源地水质评价的项目应包括表1中的基本项目、表2中的补充项目以及由县级以上人民政府环境保护行政主管部门从表3中选择确定的特定项目。

6 水质监测

6.1 本标准规定的项目标准值，要求水样采集后自然沉降30min，取上层非沉降部分按规定方法进行分析。

6.2 地表水水质监测的采样布点、监测频率应符合国家地表水环境监测技术规范的要求。

6.3 本标准水质项目的分析方法应优先选用表4～表6规定的方法，也可采用ISO方法体系等其他等效分析方法，但须进行适用性检验。

7 标准的实施与监督

7.1 本标准由县级以上人民政府环境保护行政主管部门及相关部门按职责分工监督实施。

7.2 集中式生活饮用水地表水源地水质超标项目经自来水厂净化处理后，必须达到《生活饮用水卫生规范》的要求。

7.3 省、自治区、直辖市人民政府可以对本标准中未做规定的项目，制定地方补充标准，并报国务院环境保护行政主管部门备案。

表1 地表水环境质量标准基本项目标准限值　　　　　　　　单位：mg/L

序号	项目 标准值	类别	Ⅰ类	Ⅱ类	Ⅲ类	Ⅳ类	Ⅴ类
1	水温/℃		人为造成的环境水温变化应限制在：周平均最大温升≤1　周平均最大温降≤2				
2	pH值		6～9				
3	溶解氧	≥	饱和率90%（或7.5）	6	5	3	2
4	高锰酸盐指数	≤	2	4	6	10	15
5	化学需氧量（COD）	≤	15	15	20	30	40
6	五日生化需氧量（BOD$_5$）	≤	3	3	4	6	10
7	氨氮（NH$_3$-N）	≤	0.15	0.5	1.0	1.5	2.0
8	总磷（以P计）	≤	0.02（湖、库0.01）	0.1（湖、库0.025）	0.2（湖、库0.05）	0.3（湖、库0.1）	0.4（湖、库0.2）
9	总氮（湖、库，以N计）	≤	0.2	0.5	1.0	1.5	2.0
10	铜	≤	0.01	1.0	1.0	1.0	1.0
11	锌	≤	0.05	1.0	1.0	2.0	2.0
12	氟化物（以F$^-$计）	≤	1.0	1.0	1.0	1.5	1.5
13	硒	≤	0.01	0.01	0.01	0.02	0.02
14	砷	≤	0.05	0.05	0.05	0.1	0.1
15	汞	≤	0.00005	0.00005	0.0001	0.001	0.001
16	镉	≤	0.001	0.005	0.005	0.005	0.01
17	铬（六价）	≤	0.01	0.05	0.05	0.05	0.1
18	铅	≤	0.01	0.01	0.05	0.05	0.1
19	氰化物	≤	0.005	0.05	0.2	0.2	0.2
20	挥发酚	≤	0.002	0.002	0.005	0.01	0.1
21	石油类	≤	0.05	0.05	0.05	0.5	1.0
22	阴离子表面活性剂	≤	0.2	0.2	0.2	0.3	0.3
23	硫化物	≤	0.05	0.1	0.2	0.5	1.0
24	粪大肠菌群/（个/L）	≤	200	2000	10000	20000	40000

表2 集中式生活饮用水地表水源地补充项目标准限值　　　　　　　单位：mg/L

序号	项目	标准值	序号	项目	标准值
1	硫酸盐（以SO$_4^{2-}$计）	250	4	铁	0.3
2	氯化物（以Cl$^-$计）	250	5	锰	0.1
3	硝酸盐（以N计）	10			

表3　集中式生活饮用水地表水源地特定项目标准限值　　　　单位：mg/L

序号	项 目	标准值	序号	项 目	标准值
1	三氯甲烷	0.06	41	丙烯酰胺	0.0005
2	四氯化碳	0.002	42	丙烯腈	0.1
3	三溴甲烷	0.1	43	邻苯二甲酸二丁酯	0.003
4	二氯甲烷	0.02	44	邻苯二甲酸二(2-乙基己基)酯	0.008
5	1,2-二氯乙烷	0.03	45	水合肼	0.01
6	环氧氯丙烷	0.02	46	四乙基铅	0.0001
7	氯乙烯	0.005	47	吡啶	0.2
8	1,1-二氯乙烯	0.03	48	松节油	0.2
9	1,2-二氯乙烯	0.05	49	苦味酸	0.5
10	三氯乙烯	0.07	50	丁基黄原酸	0.005
11	四氯乙烯	0.04	51	活性氯	0.01
12	氯丁二烯	0.002	52	滴滴涕	0.001
13	六氯丁二烯	0.0006	53	林丹	0.002
14	苯乙烯	0.02	54	环氧七氯	0.0002
15	甲醛	0.9	55	对硫磷	0.003
16	乙醛	0.05	56	甲基对硫磷	0.002
17	丙烯醛	0.1	57	马拉硫磷	0.05
18	三氯乙醛	0.01	58	乐果	0.08
19	苯	0.01	59	敌敌畏	0.05
20	甲苯	0.7	60	敌百虫	0.05
21	乙苯	0.3	61	内吸磷	0.03
22	二甲苯①	0.5	62	百菌清	0.01
23	异丙苯	0.25	63	甲萘威	0.05
24	氯苯	0.3	64	溴氰菊酯	0.02
25	1,2-二氯苯	1.0	65	阿特拉津	0.003
26	1,4-二氯苯	0.3	66	苯并[a]芘	2.8×10⁻⁶
27	三氯苯②	0.02	67	甲基汞	1.0×10⁻⁶
28	四氯苯③	0.02	68	多氯联苯⑥	2.0×10⁻⁵
29	六氯苯	0.05	69	微囊藻毒素-LR	0.001
30	硝基苯	0.017	70	黄磷	0.003
31	二硝基苯④	0.5	71	钼	0.07
32	2,4-二硝基甲苯	0.0003	72	钴	1.0
33	2,4,6-三硝基甲苯	0.5	73	铍	0.002
34	硝基氯苯⑤	0.05	74	硼	0.5
35	2,4-二硝基氯苯	0.5	75	锑	0.005
36	2,4-二氯苯酚	0.093	76	镍	0.02
37	2,4,6-三氯苯酚	0.2	77	钡	0.7
38	五氯酚	0.009	78	钒	0.05
39	苯胺	0.1	79	钛	0.1
40	联苯胺	0.0002	80	铊	0.0001

① 二甲苯：指对-二甲苯、间-二甲苯、邻-二甲苯。
② 三氯苯：指1,2,3-三氯苯、1,2,4-三氯苯、1,3,5-三氯苯。
③ 四氯苯：指1,2,3,4-四氯苯、1,2,3,5-四氯苯、1,2,4,5-四氯苯。
④ 二硝基苯：指对-二硝基苯、间-二硝基苯、邻-二硝基苯。
⑤ 硝基氯苯：指对-硝基氯苯、间-硝基氯苯、邻-硝基氯苯。
⑥ 多氯联苯：指PCB-1016、PCB-1221、PCB-1232、PCB-1242、PCB-1248、PCB-1254、PCB-1260。

表4　地表水环境质量标准基本项目分析方法

序号	项　目	分　析　方　法	最低检出限 /(mg/L)	方法来源
1	水温	温度计法		GB 13195—91
2	pH 值	玻璃电极法		GB 6920—86
3	溶解氧	碘量法	0.2	GB 7489—87
		电化学探头法		GB 11913—89
4	高锰酸盐指数		0.5	GB 11892—89
5	化学需氧量	重铬酸盐法	10	GB 11914—89
6	五日生化需氧量	稀释与接种法	2	GB 7488—87
7	氨氮	纳氏试剂比色法	0.05	GB 7479—87
		水杨酸分光光度法	0.01	GB 7481—87
8	总磷	钼酸铵分光光度法	0.01	GB 11893—89
9	总氮	碱性过硫酸钾消解紫外分光光度法	0.05	GB 11894—89
10	铜	2,9-二甲基-1,10-菲啰啉分光光度法	0.06	GB 7473—87
		二乙基二硫代氨基甲酸钠分光光度法	0.010	GB 7474—87
		原子吸收分光光度法(螯合萃取法)	0.001	GB 7475—87
11	锌	原子吸收分光光度法	0.05	GB 7475—87
12	氟化物	氟试剂分光光度法	0.05	GB 7483—87
		离子选择电极法	0.05	GB 7484—87
		离子色谱法	0.02	HJ/T 84—2001
13	硒	2,3-二氨基萘荧光法	0.00025	GB 11902—89
		石墨炉原子吸收分光光度法	0.003	GB/T 15505—1995
14	砷	二乙基二硫代氨基甲酸银分光光度法	0.007	GB 7485—87
		冷原子荧光法	0.00006	①
15	汞	冷原子吸收分光光度法	0.00005	GB 7468—87
		冷原子荧光法	0.00005	①
16	镉	原子吸收分光光度法(螯合萃取法)	0.001	GB 7475—87
17	铬(六价)	二苯碳酰二肼分光光度法	0.004	GB 7467—87
18	铅	原子吸收分光光度法(螯合萃取法)	0.01	GB 7475—87
19	氰化物	异烟酸-吡唑啉酮比色法	0.004	GB 7487—87
		吡啶-巴比妥酸比色法	0.002	
20	挥发酚	蒸馏后 4-氨基安替比林分光光度法	0.002	GB 7490—87
21	石油类	红外分光光度法	0.01	GB/T 16488—1996
22	阴离子表面活性剂	亚甲蓝分光光度法	0.05	GB 7494—87
23	硫化物	亚甲基蓝分光光度法	0.005	GB/T 16489—1996
		直接显色分光光度法	0.004	GB/T 17133—1997
24	粪大肠菌群	多管发酵法、滤膜法		①

①《水和废水监测分析方法》(第三版),中国环境科学出版社,1989 年。

注:暂采用以上分析方法,待国家方法标准发布后,执行国家标准。

表 5　集中式生活饮用水地表水源地补充项目分析方法

序号	项　目	分　析　方　法	最低检出限 /(mg/L)	方法来源
1	硫酸盐	重量法	10	GB 11899—89
		火焰原子吸收分光光度法	0.4	GB 13196—91
		铬酸钡光度法	8	①
		离子色谱法	0.09	HJ/T 84—2001
2	氯化物	硝酸银滴定法	10	GB 11896—89
		硝酸汞滴定法	2.5	①
		离子色谱法	0.02	HJ/T 84—2001
3	硝酸盐	酚二磺酸分光光度法	0.02	GB 7480—87
		紫外分光光度法	0.08	①
		离子色谱法	0.08	HJ/T 84—2001
4	铁	火焰原子吸收分光光度法	0.03	GB 11911—89
		邻菲啰啉分光光度法	0.03	①
5	锰	高碘酸钾分光光度法	0.02	GB 11906—89
		火焰原子吸收分光光度法	0.01	GB 11911—89
		甲醛肟光度法	0.01	①

①《水和废水监测分析方法》(第三版)，中国环境科学出版社，1989 年。

注：暂采用以上分析方法，待国家方法标准发布后，执行国家标准。

表 6　集中式生活饮用水地表水源地特定项目分析方法

序号	项　目	分　析　方　法	最低检出限 /(mg/L)	方法来源
1	三氯甲烷	顶空气相色谱法	0.0003	GB/T 17130—1997
		气相色谱法	0.0006	①
2	四氯化碳	顶空气相色谱法	0.00005	GB/T 17130—1997
		气相色谱法	0.0003	①
3	三溴甲烷	顶空气相色谱法	0.001	GB/T 17130—1997
		气相色谱法	0.006	①
4	二氯甲烷	顶空气相色谱法	0.0087	①
5	1,2-二氯乙烷	顶空气相色谱法	0.0125	①
6	环氧氯丙烷	气相色谱法	0.02	①
7	氯乙烯	气相色谱法	0.001	①
8	1,1-二氯乙烯	吹出捕集气相色谱法	0.000018	①
9	1,2-二氯乙烯	吹出捕集气相色谱法	0.000012	①
10	三氯乙烯	顶空气相色谱法	0.0005	GB/T 17130—1997
		气相色谱法	0.003	①
11	四氯乙烯	顶空气相色谱法	0.0002	GB/T 17130—1997
		气相色谱法	0.0012	①
12	氯丁二烯	顶空气相色谱法	0.002	①

序号	项 目	分 析 方 法	最低检出限/(mg/L)	方法来源
13	六氯丁二烯	气相色谱法	0.00002	①
14	苯乙烯	气相色谱法	0.01	①
15	甲醛	乙酰丙酮分光光度法	0.05	GB 13197—91
		4-氨基-3-联氨-5-巯基-1,2,4-三氮杂茂（AHMT）分光光度法	0.05	①
16	乙醛	气相色谱法	0.24	①
17	丙烯醛	气相色谱法	0.019	①
18	三氯乙醛	气相色谱法	0.001	①
19	苯	液上气相色谱法	0.005	GB 11890—89
		顶空气相色谱法	0.00042	①
20	甲苯	液上气相色谱法	0.005	GB 11890—89
		二硫化碳萃取气相色谱法	0.05	
		气相色谱法	0.01	①
21	乙苯	液上气相色谱法	0.005	GB 11890—89
		二硫化碳萃取气相色谱法	0.05	
		气相色谱法	0.01	①
22	二甲苯	液上气相色谱法	0.005	GB 11890—89
		二硫化碳萃取气相色谱法	0.05	
		气相色谱法	0.01	①
23	异丙苯	顶空气相色谱法	0.0032	①
24	氯苯	气相色谱法	0.01	HJ/T 74—2001
25	1,2-二氯苯	气相色谱法	0.002	GB/T 17131—1997
26	1,4-二氯苯	气相色谱法	0.005	GB/T 17131—1997
27	三氯苯	气相色谱法	0.00004	①
28	四氯苯	气相色谱法	0.00002	①
29	六氯苯	气相色谱法	0.00002	①
30	硝基苯	气相色谱法	0.0002	GB 13194—91
31	二硝基苯	气相色谱法	0.2	①
32	2,4-二硝基甲苯	气相色谱法	0.0003	GB 13194—91
33	2,4,6-三硝基甲苯	气相色谱法	0.1	①
34	硝基氯苯	气相色谱法	0.0002	GB 13194—91
35	2,4-二硝基氯苯	气相色谱法	0.1	①
36	2,4-二氯苯酚	电子捕获-毛细色谱法	0.0004	①
37	2,4,6-三氯苯酚	电子捕获-毛细色谱法	0.00004	①
38	五氯酚	气相色谱法	0.00004	GB 8972—88
		电子捕获-毛细色谱法	0.000024	①
39	苯胺	气相色谱法	0.002	①

序号	项　目	分　析　方　法	最低检出限 /(mg/L)	方法来源
40	联苯胺	气相色谱法	0.0002	②
41	丙烯酰胺	气相色谱法	0.00015	①
42	丙烯腈	气相色谱法	0.10	①
43	邻苯二甲酸二丁酯	液相色谱法	0.0001	HJ/T 72—2001
44	邻苯二甲酸二(2-乙基己基)酯	气相色谱法	0.0004	①
45	水合肼	对二甲氨基苯甲醛直接分光光度法	0.005	①
46	四乙基铅	双硫腙比色法	0.0001	①
47	吡啶	气相色谱法	0.031	GB/T 14672—93
		巴比土酸分光光度法	0.05	①
48	松节油	气相色谱法	0.02	①
49	苦味酸	气相色谱法	0.001	①
50	丁基黄原酸	铜试剂亚铜分光光度法	0.002	①
51	活性氯	N,N-二乙基对苯二胺(DPD)分光光度法	0.01	①
		3,3′,5,5′-四甲基联苯胺比色法	0.005	①
52	滴滴涕	气相色谱法	0.0002	GB 7492—87
53	林丹	气相色谱法	4×10^{-6}	GB 7492—87
54	环氧七氯	液液萃取气相色谱法	0.000083	①
55	对硫磷	气相色谱法	0.00054	GB 13192—91
56	甲基对硫磷	气相色谱法	0.00042	GB 13192—91
57	马拉硫磷	气相色谱法	0.00064	GB 13192—91
58	乐果	气相色谱法	0.00057	GB 13192—91
59	敌敌畏	气相色谱法	0.00006	GB 13192—91
60	敌百虫	气相色谱法	0.000051	GB 13192—91
61	内吸磷	气相色谱法	0.0025	①
62	百菌清	气相色谱法	0.0004	①
63	甲萘威	高效液相色谱法	0.01	①
64	溴氰菊酯	气相色谱法	0.0002	①
		高效液相色谱法	0.002	①
65	阿特拉津	气相色谱法		②
66	苯并[a]芘	乙酰化滤纸层析荧光分光光度法	4×10^{-6}	GB 11895—89
		高效液相色谱法	1×10^{-6}	GB 13198—91
67	甲基汞	气相色谱法	1×10^{-6}	GB/T 17132—1997
68	多氯联苯	气相色谱法		②
69	微囊藻毒素-LR	高效液相色谱法	0.00001	①
70	黄磷	钼-锑-抗分光光度法	0.0025	①
71	钼	无火焰原子吸收分光光度法	0.00231	①
72	钴	无火焰原子吸收分光光度法	0.00191	①

序号	项 目	分析方法	最低检出限 /(mg/L)	方法来源
73	铍	铬菁R分光光度法	0.0002	HJ/T 58—2000
		石墨炉原子吸收分光光度法	0.00002	HJ/T 59—2000
		桑色素荧光分光光度法	0.0002	①
74	硼	姜黄素分光光度法	0.02	HJ/T 49—1999
		甲亚胺-H分光光度法	0.2	①
75	锑	氢化原子吸收分光光度法	0.00025	①
76	镍	无火焰原子吸收分光光度法	0.00248	①
77	钡	无火焰原子吸收分光光度法	0.00618	①
78	钒	钽试剂(BPHA)萃取分光光度法	0.018	GB/T 15503—1995
		无火焰原子吸收分光光度法	0.00698	①
79	钛	催化示波极谱法	0.0004	①
		水杨基荧光酮分光光度法	0.02	①
80	铊	无火焰原子吸收分光光度法	4×10^{-6}	①

①《生活饮用水卫生规范》，中华人民共和国卫生部，2001 年。

②《水和废水标准检验法》（第 15 版），中国建筑工业出版社，1985 年。

注：暂采用以上分析方法，待国家方法标准发布后，执行国家标准。

十、生活饮用水卫生标准
（GB 5749—2006 代替 GB 5749—85）

（2006-12-29 发布，2007-07-01 实施）

前言

本标准的全部技术内容为强制性。

本标准自实施之日起代替 GB 5749—1985《生活饮用水卫生标准》。

本标准与 GB 5749—1985 相比主要变化如下：

——水质指标由 GB 5749—1985 的 35 项增加至 106 项，增加了 71 项；修订了 8 项；其中：

（1）微生物指标由 2 项增至 6 项，增加了大肠埃希菌、耐热大肠菌群、贾第鞭毛虫和隐孢子虫；修订了总大肠菌群；

（2）饮用水消毒剂由 1 项增至 4 项，增加了一氯胺、臭氧、二氧化氯；

（3）毒理指标中无机化合物由 10 项增至 21 项，增加了溴酸盐、亚氯酸盐、氯酸盐、锑、钡、铍、硼、钼、镍、铊、氯化氰；并修订了砷、镉、铅、硝酸盐；

毒理指标中有机化合物由 5 项增至 53 项，增加了甲醛、三卤甲烷、二氯甲烷、1,2-二氯乙烷、1,1,1-三氯乙烷、三溴甲烷、一氯二溴甲烷、二氯一溴甲烷、环氧氯丙烷、氯乙烯、1,1-二氯乙烯、1,2-二氯乙烯、三氯乙烯、四氯乙烯、六氯丁二烯、二氯乙酸、三氯乙酸、三氯乙醛、苯、甲苯、二甲苯、乙苯、苯乙烯、2,4,6-三氯酚、氯苯、1,2-二氯苯、1,4-二氯苯、三氯苯、邻苯二甲酸二(2-乙基己基)酯、丙烯酰胺、微囊藻毒素-LR、灭草松、百菌清、溴氰菊酯、乐果、2,4-滴、七氯、六氯苯、林丹、马拉硫磷、对硫磷、甲基对硫磷、五氯酚、莠去津、呋喃丹、毒死蜱、敌敌畏、草甘膦；修订了四氯化碳；

（4）感官性状和一般化学指标由 15 项增至 20 项，增加了耗氧量、氨氮、硫化物、钠、铝；修订了浑浊度；

（5）放射性指标中修订了总 α 放射性。

——删除了水源选择和水源卫生防护两部分内容。

——简化了供水部门的水质检测规定，部分内容列入《生活饮用水集中式供水单位卫生规范》。

——增加了附录 A。

——增加了参考文献。

本标准的附录 A 为资料性附录。

本标准"表3 水质非常规指标及限值"所规定指标的实施项目和日期由省级人民政府根据当地实际情况确定，并报国家标准化管理委员会、建设部和卫生部备案，从 2008 年起三个部门对各省非常规指标实施情况进行通报，全部指标最迟于 2012 年 7 月 1 日实施。

本标准由中华人民共和国卫生部、建设部、水利部、国土资源部、国家环境保护总局等提出。

本标准由中华人民共和国卫生部归口。

本标准负责起草单位：中国疾病预防控制中心环境与健康相关产品安全所。

本标准参加起草单位：广东省卫生监督所、浙江省卫生监督所、江苏省疾病预防控制中心、北京市疾病预防控制中心、上海市疾病预防控制中心、中国城镇供水排水协会、中国水利水电科学研究院、国家环境保护总局环境标准研究所。

本标准主要起草人：金银龙、鄂学礼、陈昌杰、陈西平、张岚、陈亚妍、蔡祖根、甘日华、申屠杭、郭常义、魏建荣、宁瑞珠、刘文朝、胡林林。

本标准参加起草人：蔡诗文、林少彬、刘凡、姚孝元、陆坤明、陈国光、周怀东、李延平。

本标准于 1985 年 8 月首次发布，本次为第一次修订。

1 范围

本标准规定了生活饮用水水质卫生要求、生活饮用水水源水质卫生要求、集中式供水单位卫生要求、二次供水卫生要求、涉及生活饮用水卫生安全产品卫生要求、水质监测和水质检验方法。

本标准适用于城乡各类集中式供水的生活饮用水，也适用于分散式供水的生活饮用水。

2 规范性引用文件

下列文件中的条款通过本标准的引用而成为本标准的条款。凡是标注日期的引用文件，其随后所有的修改单（不包括勘误内容）或修订版均不适用于本标准，然而，鼓励根据本标准达成协议的各方研究是否可使用这些文件的最新版本。凡是不注日期的引用文件，其最新版本适用于本标准。

GB 3838　地表水环境质量标准

GB/T 5750（所有部分）　生活饮用水标准检验方法

GB/T 14848　地下水质量标准

GB 17051　二次供水设施卫生规范

GB/T 17218　饮用水化学处理剂卫生安全性评价

GB/T 17219　生活饮用水输配水设备及防护材料的安全性评价标准

CJ/T 206　城市供水水质标准

SL 308　村镇供水单位资质标准

生活饮用水集中式供水单位卫生规范　卫生部

3　术语和定义

下列术语和定义适用于本标准。

3.1　生活饮用水

供人生活的饮水和生活用水。

3.2　供水方式

3.2.1　集中式供水

自水源集中取水，通过输配水管网送到用户或者公共取水点的供水方式，包括自建设施供水。为用户提供日常饮用水的供水站和为公共场所、居民社区提供的分质供水也属于集中式供水。

3.2.2　二次供水

集中式供水在入户之前经再度储存、加压和消毒或深度处理，通过管道或容器输送给用户的供水方式。

3.2.3　小型集中式供水

农村日供水在 1000m³ 以下（或供水人口在 1 万人以下）的集中式供水。

3.2.4　分散式供水

分散用户直接从水源取水，无任何设施或仅有简易设施的供水方式。

3.3　常规指标

能反映生活饮用水水质基本状况的水质指标。

3.4　非常规指标

根据地区、时间或特殊情况需要实施的生活饮用水水质指标。

4　生活饮用水水质卫生要求

生活饮用水水质应符合下列基本要求，保证用户饮用安全。

4.1　生活饮用水中不得含有病原微生物。

4.2　生活饮用水中化学物质不得危害人体健康。

4.3　生活饮用水中放射性物质不得危害人体健康。

4.4　生活饮用水的感官性状良好。

4.5　生活饮用水应经消毒处理。

4.6　生活饮用水水质应符合表 1 和表 3 卫生要求。集中式供水出厂水中消毒剂限值、出厂水和管网末梢水中消毒剂余量均应符合表 2 要求。

4.7　小型集中式供水和分散式供水因条件限制，水质部分指标可暂按照表 4 执行，其余指标仍按表1、表2和表3执行。

4.8　当发生影响水质的突发性公共事件时，经市级以上人民政府批准，感官性状和一般化学指标可适当放宽。

4.9　当饮用水中含有附录A表A.1所列指标时，可参考此表限值评价。

表1　水质常规指标及限值

指　　　标	限　值
1. 微生物指标[①]	
总大肠菌群/(MPN/100mL 或 CFU/100mL)	不得检出
耐热大肠菌群/(MPN/100mL 或 CFU/100mL)	不得检出
大肠埃希菌/(MPN/100mL 或 CFU/100mL)	不得检出
菌落总数/(CFU/mL)	100
2. 毒理指标	
砷/(mg/L)	0.01
镉/(mg/L)	0.005
铬(六价)/(mg/L)	0.05
铅/(mg/L)	0.01
汞/(mg/L)	0.001
硒/(mg/L)	0.01
氰化物/(mg/L)	0.05
氟化物/(mg/L)	1.0
硝酸盐(以 N 计)/(mg/L)	10 地下水源限制时为 20
三氯甲烷/(mg/L)	0.06
四氯化碳/(mg/L)	0.002
溴酸盐(使用臭氧时)/(mg/L)	0.01
甲醛(使用臭氧时)/(mg/L)	0.9
亚氯酸盐(使用二氧化氯消毒时)/(mg/L)	0.7
氯酸盐(使用复合二氧化氯消毒时)/(mg/L)	0.7
3. 感官性状和一般化学指标	
色度(铂钴色度单位)	15
浑浊度(散射浑浊度单位)/NTU	1 水源与净水技术条件限制时为 3
臭和味	无异臭、异味
肉眼可见物	无
pH 值	不小于 6.5 且不大于 8.5
铝/(mg/L)	0.2
铁/(mg/L)	0.3
锰/(mg/L)	0.1
铜/(mg/L)	1.0
锌/(mg/L)	1.0

指　　　标	限　　　值
3. 感官性状和一般化学指标	
氯化物/(mg/L)	250
硫酸盐/(mg/L)	250
溶解性总固体/(mg/L)	1000
总硬度(以 CaCO₃ 计)/(mg/L)	450
耗氧量(COD$_{Mn}$法,以 O₂ 计)/(mg/L)	3 水源限制,原水耗氧量>6mg/L 时为 5
挥发酚类(以苯酚计)/(mg/L)	0.002
阴离子合成洗涤剂/(mg/L)	0.3
4. 放射性指标[②]	指导值
总 α 放射性/(Bq/L)	0.5
总 β 放射性/(Bq/L)	1

① MPN 表示最可能数;CFU 表示菌落形成单位。当水样检出总大肠菌群时,应进一步检验大肠埃希菌或耐热大肠菌群;水样未检出总大肠菌群,不必检验大肠埃希菌或耐热大肠菌群。

② 放射性指标超过指导值,应进行核素分析和评价,判定能否饮用。

表 2　饮用水中消毒剂常规指标及要求

消毒剂名称	与水接触时间	出厂水中限值 /(mg/L)	出厂水中余量 /(mg/L)	管网末梢水中余量 /(mg/L)
氯气及游离氯制剂(游离氯)	≥30min	4	≥0.3	≥0.05
一氯胺(总氯)	≥120min	3	≥0.5	≥0.05
臭氧(O₃)	≥12min	0.3	—	0.02 如加氯,总氯≥0.05
二氧化氯(ClO₂)	≥30min	0.8	≥0.1	≥0.02

表 3　水质非常规指标及限值

指　　　标	限　　　值
1. 微生物指标	
贾第鞭毛虫/(个/10L)	<1
隐孢子虫/(个/10L)	<1
2. 毒理指标	
锑/(mg/L)	0.005
钡/(mg/L)	0.7
铍/(mg/L)	0.002
硼/(mg/L)	0.5
钼/(mg/L)	0.07
镍/(mg/L)	0.02
银/(mg/L)	0.05
铊/(mg/L)	0.0001
氯化氰(以 CN⁻ 计)/(mg/L)	0.07
一氯二溴甲烷/(mg/L)	0.1
二氯一溴甲烷/(mg/L)	0.06

指　　标	限　值
2. 毒理指标	
二氯乙酸/(mg/L)	0.05
1,2-二氯乙烷/(mg/L)	0.03
二氯甲烷/(mg/L)	0.02
三卤甲烷(三氯甲烷、一氯二溴甲烷、二氯一溴甲烷、三溴甲烷的总和)	该类化合物中各种化合物的实测浓度与其各自限值的比值之和不超过 1
1,1,1-三氯乙烷/(mg/L)	2
三氯乙酸/(mg/L)	0.1
三氯乙醛/(mg/L)	0.01
2,4,6-三氯酚/(mg/L)	0.2
三溴甲烷/(mg/L)	0.1
七氯/(mg/L)	0.0004
马拉硫磷/(mg/L)	0.25
五氯酚/(mg/L)	0.009
六六六(总量)/(mg/L)	0.005
六氯苯/(mg/L)	0.001
乐果/(mg/L)	0.08
对硫磷/(mg/L)	0.003
灭草松/(mg/L)	0.3
甲基对硫磷/(mg/L)	0.02
百菌清/(mg/L)	0.01
呋喃丹/(mg/L)	0.007
林丹/(mg/L)	0.002
毒死蜱/(mg/L)	0.03
草甘膦/(mg/L)	0.7
敌敌畏/(mg/L)	0.001
莠去津/(mg/L)	0.002
溴氰菊酯/(mg/L)	0.02
2,4-滴/(mg/L)	0.03
滴滴涕/(mg/L)	0.001
乙苯/(mg/L)	0.3
二甲苯(总量)/(mg/L)	0.5
1,1-二氯乙烯/(mg/L)	0.03
1,2-二氯乙烯/(mg/L)	0.05
1,2-二氯苯/(mg/L)	1
1,4-二氯苯/(mg/L)	0.3
三氯乙烯/(mg/L)	0.07
三氯苯(总量)/(mg/L)	0.02
六氯丁二烯/(mg/L)	0.0006
丙烯酰胺/(mg/L)	0.0005
四氯乙烯/(mg/L)	0.04
甲苯/(mg/L)	0.7
邻苯二甲酸二(2-乙基己基)酯/(mg/L)	0.008

指　　标	限　　值
2. 毒理指标	
环氧氯丙烷/(mg/L)	0.0004
苯/(mg/L)	0.01
苯乙烯/(mg/L)	0.02
苯并[a]芘/(mg/L)	0.00001
氯乙烯/(mg/L)	0.005
氯苯/(mg/L)	0.3
微囊藻毒素-LR/(mg/L)	0.001
3. 感官性状和一般化学指标	
氨氮(以 N 计)/(mg/L)	0.5
硫化物/(mg/L)	0.02
钠/(mg/L)	200

表 4　小型集中式供水和分散式供水部分水质指标及限值

指　　标	限　　值
1. 微生物指标	
菌落总数/(CFU/mL)	500
2. 毒理指标	
砷/(mg/L)	0.05
氟化物/(mg/L)	1.2
硝酸盐(以 N 计)/(mg/L)	20
3. 感官性状和一般化学指标	
色度(铂钴色度单位)	20
浑浊度(散射浑浊度单位)/NTU	3　水源与净水技术条件限制时为 5
pH 值	不小于 6.5 且不大于 9.5
溶解性总固体/(mg/L)	1500
总硬度(以 CaCO$_3$ 计)/(mg/L)	550
耗氧量(COD$_{Mn}$法,以 O$_2$ 计)/(mg/L)	5
铁/(mg/L)	0.5
锰/(mg/L)	0.3
氯化物/(mg/L)	300
硫酸盐/(mg/L)	300

5　生活饮用水水源水质卫生要求

5.1　采用地表水为生活饮用水水源时应符合 GB 3838 要求。

5.2　采用地下水为生活饮用水水源时应符合 GB/T 14848 要求。

6　集中式供水单位卫生要求

集中式供水单位的卫生要求应按照卫生部《生活饮用水集中式供水单位卫生规范》执行。

7　二次供水卫生要求

二次供水的设施和处理要求应按照 GB 17051 执行。

8 涉及生活饮用水卫生安全产品卫生要求

8.1 处理生活饮用水采用的絮凝、助凝、消毒、氧化、吸附、pH调节、防锈、阻垢等化学处理剂不应污染生活饮用水，应符合 GB/T 17218 要求。

8.2 生活饮用水的输配水设备、防护材料和水处理材料不应污染生活饮用水，应符合 GB/T 17219 要求。

9 水质监测

9.1 供水单位的水质检测

9.1.1 供水单位的水质非常规指标选择由当地县级以上供水行政主管部门和卫生行政部门协商确定。

9.1.2 城市集中式供水单位水质检测的采样点选择、检验项目和频率、合格率计算按照 CJ/T 206 执行。

9.1.3 村镇集中式供水单位水质检测的采样点选择、检验项目和频率、合格率计算按照 SL308 执行。

9.1.4 供水单位水质检测结果应定期报送当地卫生行政部门，报送水质检测结果的内容和办法由当地供水行政主管部门和卫生行政部门商定。

9.1.5 当饮用水水质发生异常时应及时报告当地供水行政主管部门和卫生行政部门。

9.2 卫生监督的水质监测

9.2.1 各级卫生行政部门应根据实际需要定期对各类供水单位的供水水质进行卫生监督、监测。

9.2.2 当发生影响水质的突发性公共事件时，由县级以上卫生行政部门根据需要确定饮用水监督、监测方案。

9.2.3 卫生监督的水质监测范围、项目、频率由当地市级以上卫生行政部门确定。

10 水质检验方法

生活饮用水水质检验应按照 GB/T 5750（所有部分）执行。

附 录 A

（资料性附录）

生活饮用水水质参考指标及限值

表 A.1 生活饮用水水质参考指标及限值

指 标	限 值
肠球菌/(CFU/100mL)	0
产气荚膜梭状芽孢杆菌/(CFU/100mL)	0
二(2-乙基己基)己二酸酯/(mg/L)	0.4
二溴乙烯/(mg/L)	0.00005
二噁英(2,3,7,8-TCDD)/(mg/L)	0.00000003
土臭素(二甲基萘烷醇)/(mg/L)	0.00001
五氯丙烷/(mg/L)	0.03
双酚 A/(mg/L)	0.01
丙烯腈/(mg/L)	0.1
丙烯酸/(mg/L)	0.5

指　标	限　值
丙烯醛/(mg/L)	0.1
四乙基铅/(mg/L)	0.0001
戊二醛/(mg/L)	0.07
甲基异莰醇-2/(mg/L)	0.00001
石油类(总量)/(mg/L)	0.3
石棉(>10μm)/(万个/L)	700
亚硝酸盐/(mg/L)	1
多环芳烃(总量)/(mg/L)	0.002
多氯联苯(总量)/(mg/L)	0.0005
邻苯二甲酸二乙酯/(mg/L)	0.3
邻苯二甲酸二丁酯/(mg/L)	0.003
环烷酸/(mg/L)	1.0
苯甲醚/(mg/L)	0.05
总有机碳(TOC)/(mg/L)	5
β-萘酚/(mg/L)	0.4
丁基黄原酸/(mg/L)	0.001
氯化乙基汞/(mg/L)	0.0001
硝基苯/(mg/L)	0.017

参 考 文 献

[1]　World Health Organization. Guidelines for Drinking-water Quality, third edition. Vol. 1, 2004, Geneva.

[2]　EU's Drinking Water Standards. Council Directive 98/83/EC on the quality of water intended for human consumption. Adopted by the Council, on 3 November 1998.

[3]　US EPA. Drinking Water Standards and Health Advisories, Winter 2004.

[4]　俄罗斯国家饮用水卫生标准，2002 年 1 月实施.

[5]　日本饮用水水质基准（水道法に基づく水质基准に关する省令），2004 年 4 月起实施.

十一、农田灌溉水质标准
（GB 5084—2005 代替 GB 5084—1992）

（2005-07-21 发布，2006-11-01 实施）

前言

为贯彻执行《中华人民共和国环境保护法》，防止土壤、地下水和农产品污染，保障人体健康，维护生态平衡，促进经济发展，特制定本标准。本标准的全部技术内容为强制性。

本标准将控制项目分为基本控制项目和选择性控制项目。基本控制项目适用于全国以地表水、地下水和处理后的养殖业废水及以农产品为原料加工的工业废水为水源的农田灌溉用水；选择性控制项目由县级以上人民政府环境保护和农业行政主管部门，根据本地区农业水源水质特点和环境、农产品管理的需要进行选择控制，所选择的控制项目作为基本控制项目的补充指标。

本标准控制项目共计 27 项，其中农田灌溉用水水质基本控制项目 16 项，选择性控制项目 11 项。

本标准与 GB 5084—1992 相比，删除了凯氏氮、总磷两项指标。修订了五日生化需氧量、化学需氧量、悬浮物、氯化物、总镉、总铅、总铜、粪大肠菌群数和蛔虫卵数等 9 项指标。

本标准由中华人民共和国农业部提出。

本标准由中华人民共和国农业部归口并解释。

本标准由农业部环境保护科研监测所负责起草。

本标准主要起草人：王德荣、张泽、徐应明、宁安荣、沈跃。

本标准于 1985 年首次发布，1992 年第一次修订，本次为第二次修订。

1 范围

本标准规定了农田灌溉水质要求、监测和分析方法。

本标准适用于全国以地表水、地下水和处理后的养殖业废水及以农产品为原料加工的工业废水作为水源的农田灌溉用水。

2 规范性引用文件

下列文件中的条款通过本标准的引用而成为本标准的条款。凡是注日期的引用文件，其随后所有的修改单（不包括勘误的内容）和修订版均不适用于本标准。然而，鼓励根据本标准达成协议的各方研究是否可使用这些文件的最新版本。凡是不注日期的引用文件，其最新版本适用于本标准。

GB/T 5750—1985　生活饮用水标准检验法

GB/T 6920　水质　pH 值的测定　玻璃电极法

GB/T 7467　水质　六价铬的测定　二苯碳酰二肼分光光度法

GB/T 7468　水质　总汞的测定　冷原子吸收分光光度法

GB/T 7475　水质　铜、锌、铅、镉的测定　原子吸收分光光度法

GB/T 7484　水质　氟化物的测定　离子选择电极法

GB/T 7485　水质　总砷的测定　二乙基二硫代氨基甲酸银分光光度法

GB/T 7486　水质　氰化物的测定　第一部分　总氰化物的测定

GB/T 7488　水质　五日生化需氧量（BOD_5）的测定　稀释与接种法

GB/T 7490　水质　挥发酚的测定　蒸馏后 4-氨基安替比林分光光度法

GB/T 7494　水质　阴离子表面活性剂的测定　亚甲蓝分光光度法

GB/T 11896　水质　氯化物的测定　硝酸银滴定法

GB/T 11901　水质　悬浮物的测定　重量法

GB/T 11902　水质　硒的测定　2,3-二氨基萘荧光法

GB/T 11914　水质　化学需氧量的测定　重铬酸盐法

GB/T 11934　水源水中乙醛、丙烯醛卫生检验标准方法　气相色谱法

GB/T 11937　水源水中苯系物卫生检验标准方法　气相色谱法

GB/T 13195　水质　水温的测定　温度计或颠倒温度计测定法

GB/T 16488　水质　石油类和动植物油的测定　红外光度法

GB/T 16489　水质　硫化物的测定　亚甲基蓝分光光度法

HJ/T 49　水质　硼的测定　姜黄素分光光度法

HJ/T 50　水质　三氯乙醛的测定　吡唑啉酮分光光度法

HJ/T 51　水质　全盐量的测定　重量法

NY/T 396　农用水源环境质量检验技术规范

3　技术内容

3.1　农田灌溉用水水质应符合表1、表2的规定。

表1　农田灌溉用水水质基本控制项目标准值

序号	项目类别		作物种类		
			水作	旱作	蔬菜
1	五日生化需氧量/(mg/L)	≤	60	100	40①,15②
2	化学需氧量/(mg/L)	≤	150	200	100①,60②
3	悬浮物/(mg/L)	≤	80	100	60①,15②
4	阴离子表面活性剂/(mg/L)	≤	5	8	5
5	水温/℃	≤	35		
6	pH 值		5.5～8.5		
7	全盐量/(mg/L)	≤	1000③(非盐碱土地区),2000③(盐碱土地区)		
8	氯化物/(mg/L)	≤	350		
9	硫化物/(mg/L)	≤	1		
10	总汞/(mg/L)	≤	0.001		
11	镉/(mg/L)	≤	0.01		
12	总砷/(mg/L)	≤	0.05	0.1	0.05
13	铬(六价)/(mg/L)	≤	0.1		
14	铅/(mg/L)	≤	0.2		
15	粪大肠菌群数/(个/100mL)	≤	4000	4000	2000①,1000②
16	蛔虫卵数/(个/L)	≤	2		2①,1②

① 加工、烹调及去皮蔬菜。

② 生食类蔬菜、瓜类和草本水果。

③ 具有一定的水利灌排设施,能保证一定的排水和地下水径流条件的地区,或有一定淡水资源能满足冲洗土体中盐分的地区,农田灌溉水质全盐量指标可以适当放宽。

表2　农田灌溉用水水质选择性控制项目标准值

序号	项目类别		作物种类		
			水作	旱作	蔬菜
1	铜/(mg/L)	≤	0.5		1
2	锌/(mg/L)	≤	2		
3	硒/(mg/L)	≤	0.02		
4	氟化物/(mg/L)	≤	2(一般地区),3(高氟区)		

序号	项目类别		作物种类		
			水作	旱作	蔬菜
5	氯化物/(mg/L)	≤		0.5	
6	石油类/(mg/L)	≤	5	10	1
7	挥发酚/(mg/L)	≤		1	
8	苯/(mg/L)	≤		2.5	
9	三氯乙醛/(mg/L)	≤	1	0.5	0.5
10	丙烯醛/(mg/L)	≤		0.5	
11	硼/(mg/L)	≤	1①（对硼敏感作物），2②（对硼耐受性较强的作物），3③（对硼耐受性强的作物）		

① 对硼敏感作物，如黄瓜、豆类、马铃薯、笋瓜、韭菜、洋葱、柑橘等。
② 对硼耐受性较强的作物，如小麦、玉米、青椒、小白菜、葱等。
③ 对硼耐受性强的作物，如水稻、萝卜、油菜、甘蓝等。

3.2 向农田灌溉渠道排放处理后的养殖业废水及以农产品为原料加工的工业废水，应保证其下游最近灌溉取水点的水质符合本标准。

3.3 当本标准不能满足当地环境保护需要或农业生产需要时，省、自治区、直辖市人民政府可以补充本标准中未规定的项目或制定严于本标准的相关项目，作为地方补充标准，并报国务院环境保护行政主管部门和农业行政主管部门备案。

4 监测与分析方法

4.1 监测

4.1.1 农田灌溉用水水质基本控制项目，监测项目的布点监测频率应符合 NY/T 396 的要求。

4.1.2 农田灌溉用水水质选择性控制项目，由地方主管部门根据当地农业水源的来源和可能的污染物种类选择相应的控制项目，所选择的控制项目监测布点和频率应符合 NY/T 396 的要求。

4.2 分析方法

本标准控制项目分析方法按表3执行。

表3　农田灌溉水质控制项目分析方法

序号	分析项目	测定方法	方法来源
1	生化需氧量（BOD₅）	稀释与接种法	GB/T 7488
2	化学需氧量	重铬酸盐法	GB/T 11914
3	悬浮物	重量法	GB/T 11901
4	阴离子表面活性剂	亚甲蓝分光光度法	GB/T 7494
5	水温	温度计或颠倒温度计测定法	GB/T 13195
6	pH 值	玻璃电极法	GB/T 6920
7	全盐量	重量法	HJ/T 51
8	氯化物	硝酸银滴定法	GB/T 11896
9	硫化物	亚甲基蓝分光光度法	GB/T 16489
10	总汞	冷原子吸收分光光度法	GB/T 7468

序号	分析项目	测定方法	方法来源
11	镉	原子吸收分光光度法	GB/T 7475
12	总砷	二乙基二硫代氨基甲酸银分光光度法	GB/T 7485
13	铬(六价)	二苯碳酰二肼分光光度法	GB/T 7467
14	铅	原子吸收分光光度法	GB/T 7475
15	铜	原子吸收分光光度法	GB/T 7475
16	锌	原子吸收分光光度法	GB/T 7475
17	硒	2,3-二氨基萘荧光法	GB/T 11902
18	氟化物	离子选择电极法	GB/T 7484
19	氰化物	硝酸银滴定法	GB/T 7486
20	石油类	红外光度法	GB/T 16488
21	挥发酚	蒸馏后 4-氨基安替比林分光光度法	GB/T 7490
22	苯	气相色谱法	GB/T 11937
23	三氯乙醛	吡唑啉酮分光光度法	HJ/T 50
24	丙烯醛	气相色谱法	GB/T 11934
25	硼	姜黄素分光光度法	HJ/T 49
26	粪大肠菌群数	多管发酵法	GB/T 5750—1985
27	蛔虫卵数	沉淀集卵法①	《农业环境监测实用手册》第三章中"水质 污水蛔虫卵的测定 沉淀集卵法"

① 暂采用此方法,待国家方法标准颁布后,执行国家标准。

参 考 文 献

[1] 刘凤枝. 农业环境监测实用手册 [M]. 北京:中国标准出版社,2001.

十二、污水综合排放标准 (GB 8978—1996)

(1996-10-04 发布,1998-01-01 实施)

前 言

本标准是对 GB 8978—88《污水综合排放标准》的修订。

修订的主要内容是:提出年限制标准,用年限制代替原标准以现有企业和新扩改企业分类。以本标准实施之日为界限划分为两个时间段。1997 年 12 月 31 日前建设的单位,执行第一时间段规定的标准值;1998 年 1 月 1 日起建设的单位,执行第二时间段规定的标准值。

在标准适用范围上明确综合排放标准与行业排放标准不交叉执行的原则,造纸工业、船舶、船舶工业、海洋石油开发工业、纺织染整工业、肉类加工工业、合成氨工业、钢铁工业、航天推进剂使用、兵器工业、磷肥工业、烧碱、聚氯乙烯工业所排放的污水执行相应的国家行业标准，其他一切排放污水的单位一律执行本标准。除上述 12 个行业外，已颁布的下列 17 个行业水污染物排放标准均纳入本次修订内容。

本标准与原标准相比，第一时间段的标准值基本维持原标准的新扩改水平，为控制纳入本次修订的 17 个行业水污染物排放标准中的特征污染物及其他有毒有害污染物，增加控制项目 10 项；第二时间段，比原标准增加控制项目 40 项，COD、BOD$_5$ 等项目的最高允许排放浓度适当从严。

本标准从生效之日，代替 GB 8978—88，同时代替以下标准：

GBJ 48—83　　医院污水排放标准（试行）

GB 3545—83　　甜菜制糖工业水污染物排放标准

GB 3546—83　　甘蔗制糖工业水污染物排放标准

GB 3547—83　　合成脂肪酸工业污染物排放标准

GB 3548—83　　合成洗涤剂工业污染物排放标准

GB 3549—83　　制革工业水污染物排放标准

GB 3550—83　　石油开发工业水污染物排放标准

GB 3551—83　　石油炼制工业污染物排放标准

GB 3553—83　　电影洗片水污染物排放标准

GB 4280—84　　铬盐工业污染物排放标准

GB 4281—84　　石油化工水污染物排放标准

GB 4282—84　　硫酸工业污染物排放标准

GB 4283—84　　黄磷工业污染物排放标准

GB 4912—85　　轻金属工业污染物排放标准

GB 4913—85　　重有色金属工业污染物排放标准

GB 4916—85　　沥青工业污染物排放标准

GB 5469—85　　铁路货车洗刷废水排放标准

本标准附录 A、附录 B、附录 C、附录 D 都是标准的附录。

本标准首次发布 1973 年，1988 年第一次修订。

本标准由国家环境保护局科技标准司提出。

本标准由国家环境保护局负责解释。

为贯彻《中华人民共和国环境保护法》、《中华人民共和国水污染防治法》和《中华人民共和国海洋环境保护法》，控制水污染，保护江河、湖泊、运河、渠道、水库和海洋等地面水以及地下水水质的良好状态，保障人体健康，维护生态平衡，促进国民经济和城乡建设的发展，特制定本标准。

1　主题内容与适用范围

1.1　主题内容

本标准按照污水排放去向，分年限规定了 69 种水污染物最高允许排放浓度及部分行业最高允许排水量。

1.2　适用范围

本标准适用于现有单位水污染物的排放管理，以及建设项目的环境影响评价、建设项目环境保护设施设计、竣工验收及其投产后的排放管理。

按照国家综合排放标准与国家行业排放标准不交叉执行的原则，造纸工业执行 GB 3544—92《造纸工业水污染物排放标准》，船舶执行 GB 3552—83《船舶污染物排放标准》，船舶工业执行 GB 4286—84《船舶工业污染物排放标准》，海洋石油开发工业执行 GB 4914—85《海洋石油开发工业含油污水排放标准》，纺织染整工业执行 GB 4287—92《纺织染整工业水污染物排放标准》，肉类加工工业执行 GB 13457—92《肉类加工工业水污染物排放标准》，合成氨工业执行 GB 13458—92《合成氨工业水污染物排放标准》，钢铁工业执行 GB 13456—92《钢铁工业水污染物排放标准》，航天推进剂使用执行 GB 14374—93《航天推进剂水污染物排放标准》，兵器工业执行 GB 14470.1～14470.3—93 和 GB 4274～4279—84《兵器工业水污染物排放标准》，磷肥工业执行 GB 15580—95《磷肥工业水污染物排放标准》，烧碱、聚氯乙烯工业执行 GB 15581—95《烧碱、聚氯乙烯工业水污染物排放标准》，其他水污染物排放均执行本标准。

1.3　本标准颁布后，新增加国家行业水污染物排放标准的行业，按其适用范围执行相应的国家水污染物行业标准，不再执行本标准。

2　引用标准

下列标准所包含的条文，通过在本标准中引用而构成为本标准的条文。本标准出版时，所示版本均为有效。所有标准都会被修订，使用本标准的各方应探讨使用下列标准最新版本的可能性。

GB 3097—82　海水水质标准

GB 3838—88　地面水环境质量标准

GB 8703—88　辐射防护规定

3　定义

3.1　污水

指在生产与生活活动中排放的水的总称。

3.2　排水量

指在生产过程中直接用于工艺生产的水的排放量。不包括间接冷却水、厂区锅炉、电站排水。

3.3　一切排污单位

指本标准适用范围所包括的一切排污单位。

3.4　其他排污单位

指在某一控制项目中，除所列行业外的一切排污单位。

4　技术内容

4.1　标准分级

4.1.1　排入 GB 3838 Ⅲ类水域（划定的保护区和游泳区除外）和排入 GB 3097 中二类海域的污水，执行一级标准。

4.1.2　排入 GB 3838 中Ⅳ、Ⅴ类水域和排入 GB 3097 中三类海域的污水，执行二级标准。

4.1.3　排入设置二级污水处理厂的城镇排水系统的污水，执行三级标准。

4.1.4　排入未设置二级污水处理厂的城镇排水系统的污水，必须根据排水系统出水受纳水域的功能要求，分别执行 4.1.1 和 4.1.2 的规定。

4.1.5　GB 3838 中Ⅰ、Ⅱ类水域和Ⅲ类水域中划定的保护区和游泳区，GB 3097 中一类海域，禁止新建排污口，现有排污口应按水体功能要求，实行污染物总量控制，以保证受纳水体水质符合规定用途的水质标准。

4.2　标准值

4.2.1　本标准将排放的污染物按其性质及控制方式分为两类。

4.2.1.1　第一类污染物，不分行业和污水排放方式，也不分受纳水体的功能类别，一律在车间或车间处理设施排放口采样，其最高允许排放浓度必须达到本标准要求。（采矿行业的尾矿坝出水口不得视为车间排放口。）

4.2.1.2　第二类污染物，在排污单位排放口采样，其最高允许排放浓度必须达到本标准要求。

4.2.2　本标准按年限规定了第一类污染物和第二类污染物最高允许排放浓度及部分行业最高允许排水量，分别为：

4.2.2.1　1997 年 12 月 31 日之前建设（包括改、扩建）的单位，水污染物的排放必须同时执行表 1、表 2、表 3 的规定。

表 1　第一类污染物最高允许排放浓度　　　　　　　单位：mg/L

序号	污染物	最高允许排放浓度	序号	污染物	最高允许排放浓度
1	总汞	0.05	8	总镍	1.0
2	烷基汞	不得检出	9	苯并[a]芘	0.00003
3	总镉	0.1	10	总铍	0.005
4	总铬	1.5	11	总银	0.5
5	六价铬	0.5	12	总 α 放射性	1Bq/L
6	总砷	0.5	13	总 β 放射性	10Bq/L
7	总铅	1.0			

表 2　第二类污染物最高允许排放浓度

（1997 年 12 月 31 日之前建设的单位）　　　　　　　单位：mg/L

序号	污染物	适用范围	一级标准	二级标准	三级标准
1	pH 值	一切排污单位	6～9	6～9	6～9
2	色度/稀释倍数	染料工业	50	180	—
		其他排污单位	50	80	—
3	悬浮物(SS)	采矿、选矿、选煤工业	100	300	—
		脉金选矿	100	500	—
		边远地区砂金选矿	100	800	—
		城镇二级污水处理厂	20	30	—
		其他排污单位	70	200	400
4	五日生化需氧量(BOD$_5$)	甘蔗制糖、苎麻脱胶、湿法纤维板工业	30	100	600
		甜菜制糖、酒精、味精、皮革、化纤浆粕工业	30	150	600
		城镇二级污水处理厂	20	30	—
		其他排污单位	30	60	300

序号	污染物	适用范围	一级标准	二级标准	三级标准
5	化学需氧量（COD）	甜菜制糖、焦化、合成脂肪酸、湿法纤维板、染料、洗毛、有机磷农药工业	100	200	1000
		味精、酒精、医药原料药、生物制药、苎麻脱胶、皮革、化纤浆粕工业	100	300	1000
		石油化工工业（包括石油炼制）	100	150	500
		城镇二级污水处理厂	60	120	—
		其他排污单位	100	150	500
6	石油类	一切排污单位	10	10	30
7	动植物油	一切排污单位	20	20	100
8	挥发酚	一切排污单位	0.5	0.5	2.0
9	总氰化合物	电影洗片（铁氰化合物）	0.5	5.0	5.0
		其他排污单位	0.5	0.5	1.0
10	硫化物	一切排污单位	1.0	1.0	2.0
11	氨氮	医药原料药、染料、石油化工工业	15	50	—
		其他排污单位	15	25	—
12	氟化物	黄磷工业	10	20	20
		低氟地区（水体含氟量<0.5mg/L）	10	20	30
		其他排污单位	10	10	20
13	磷酸盐（以P计）	一切排污单位	0.5	1.0	—
14	甲醛	一切排污单位	1.0	2.0	5.0
15	苯胺类	一切排污单位	1.0	2.0	5.0
16	硝基苯类	一切排污单位	2.0	3.0	5.0
17	阴离子表面活性剂（LAS）	合成洗涤剂工业	5.0	15	20
		其他排污单位	5.0	10	20
18	总铜	一切排污单位	0.5	1.0	20
19	总锌	一切排污单位	2.0	5.0	5.0
20	总锰	合成脂肪酸工业	2.0	5.0	5.0
		其他排污单位	2.0	2.0	5.0
21	彩色显影剂	电影洗片	2.0	3.0	5.0
22	显影剂及氧化物总量	电影洗片	3.0	6.0	6.0
23	元素磷	一切排污单位	0.1	0.3	0.3
24	有机磷农药(以P计)	一切排污单位	不得检出	0.5	0.5
25	粪大肠菌群数	医院①、兽医院及医疗机构含病原体污水	500 个/L	1000 个/L	5000 个/L
		传染病、结核病医院污水	100 个/L	500 个/L	1000 个/L
26	总余氯（采用氯化消毒的医院污水）	医院①、兽医院及医疗机构含病原体污水	<0.5②	>3(接触时间≥1h)	>2(接触时间 1h)
		传染病、结核病医院污水	<0.5②	>6.5(接触时间≥1.5h)	>5(接触时间≥1.5h)

① 指 50 个床位以上的医院。
② 加氯消毒后须进行脱氯处理，达到本标准。

表3 部分行业最高允许排水量

（1997 年 12 月 31 日之前建设的单位）

序号	行业类别			最高允许排水量或最低允许水量复利用率
1	矿山工业		有色金属系统选矿	水重复利用率 75%
			其他矿山工业采矿、选矿、选煤等	水重复利用率 90%（选煤）
		脉金选矿	重选	16.0m³/t（矿石）
			浮选	9.0m³/t（矿石）
			氰化	8.0m³/t（矿石）
			炭浆	8.0m³/t（矿石）
2	焦化企业（煤气厂）			1.2m³/t（焦炭）
3	有色金属冶炼及金属加工			水重复利用率 80%
4	石油炼制工业（不包括直排水炼油厂）加工深度分类： A. 燃料型炼油厂 B. 燃料＋润滑油型炼油厂 C. 燃料＋润滑油型＋炼油化工型炼油厂 （包括加工高含硫原油页岩油和石油添加剂生产基地的炼油厂）			A ＞500 万吨，1.0m³/t（原油） 250～500 万吨，1.2m³/t（原油） ＜250 万吨，1.5m³/t（原油） B ＞500 万吨，1.5m³/t（原油） 250～500 万吨，2.0m³/t（原油） ＜250 万吨，2.0m³/t（原油） C ＞500 万吨，2.0m³/t（原油） 250～500 万吨，2.5m³/t（原油） ＜250 万吨，2.5m³/t（原油）
5	合成洗涤剂工业		氯化法生产烷基苯	200.0m³/t（烷基苯）
			裂解法生产烷基苯	70.0m³/t（烷基苯）
			烷基苯生产合成洗涤剂	10.0m³/t（产品）
6	合成脂肪酸工业			200.0m³/t（产品）
7	湿法生产纤维板工业			30.0m³/t（板）
8	制糖工业		甘蔗制糖	10.0m³/t（甘蔗）
			甜菜制糖	4.0m³/t（甜菜）
9	皮革工业		猪盐湿皮	60.0m³/t（原皮）
			牛干皮	100.0m³/t（原皮）
			羊干皮	150.0m³/t（原皮）
10	发酵、酿造工业	酒精工业	以玉米为原料	100.0m³/t（酒精）
			以薯类为原料	80.0m³/t（酒精）
			以糖蜜为原料	70.0m³/t（酒精）
		味精工业		600.0m³/t（味精）
		啤酒工业（排水量不包括麦芽水部分）		16.0m³/t（啤酒）
11	铬盐工业			5.0m³/t（产品）
12	硫酸工业（水洗法）			15.0m³/t（硫酸）
13	苎麻脱胶工业			500m³/t（原麻）或 750m³/t（精干麻）
14	化纤浆粕			本色：150m³/t（浆） 漂白：240m³/t（浆）
15	黏胶纤维工业（单纯纤维）		短纤维（棉型中长纤维、毛型中长纤维）	300m³/t（纤维）
			长纤维	800m³/t（纤维）
16	铁路货车洗刷			5.0m³/辆
17	电影洗片			5m³/1000m（35mm 的胶片）
18	石油沥青工业			冷却池的水循环利用率 95%

4.2.2.2　1998年1月1日起建设（包括改、扩建）的单位，水污染物的排放必须同时执行表1、表4、表5的规定。

表4　第二类污染物最高允许排放浓度

（1998年1月1日后建设的单位）　　　　　　　　　　单位：mg/L

序号	污染物	适用范围	一级标准	二级标准	三级标准
1	pH值	一切排污单位	6～9	6～9	6～9
2	色度/稀释倍数	一切排污单位	50	80	—
3	悬浮物(SS)	采矿、选矿、选煤工业	70	300	—
		脉金选矿	70	400	
		边远地区砂金选矿	70	800	
		城镇二级污水处理厂	20	30	
		其他排污单位	70	150	400
4	五日生化需氧量(BOD₅)	甘蔗制糖、苎麻脱胶、湿法纤维板、染料、洗毛工业	20	60	600
		甜菜制糖、酒精、味精、皮革、化纤浆粕工业	20	100	600
		城镇二级污水处理厂	20	30	—
		其他排污单位	20	30	300
5	化学需氧量(COD)	甜菜制糖、合成脂肪酸、湿法纤维板、染料、洗毛、有机磷农药工业	100	200	1000
		味精、酒精、医药原料药、生物化工、苎麻脱胶、皮革、化纤浆粕工业	100	300	1000
		石油化工工业（包括石油炼制）	60	120	500
		城镇二级污水处理厂	60	120	—
		其他排污单位	100	150	500
6	石油类	一切排污单位	5	10	20
7	动植物油	一切排污单位	10	15	100
8	挥发酚	一切排污单位	0.5	0.5	2.0
9	总氰化合物	一切排污单位	0.5	0.5	1.0
10	硫化物	一切排污单位	1.0	1.0	1.0
11	氨氮	医药原料药、染料、石油化工工业	15	50	
		其他排污单位	15	25	—
12	氟化物	黄磷工业	10	15	20
		低氟地区（水体含氟量＜0.5mg/L）	10	20	30
		其他排污单位	10	10	20
13	磷酸盐(以P计)	一切排污单位	0.5	1.0	—
14	甲醛	一切排污单位	1.0	2.0	5.0
15	苯胺类	一切排污单位	1.0	2.0	5.0
16	硝基苯类	一切排污单位	2.0	3.0	5.0
17	阴离子表面活性剂(LAS)	一切排污单位	5.0	10	20
18	总铜	一切排污单位	0.5	1.0	20
19	总锌	一切排污单位	2.0	5.0	5.0

序号	污染物	适用范围	一级标准	二级标准	三级标准
20	总锰	合成脂肪酸工业	2.0	5.0	5.0
		其他排污单位	2.0	2.0	5.0
21	彩色显影剂	电影洗片	1.0	2.0	3.0
22	显影剂及氧化物总量	电影洗片	3.0	3.0	6.0
23	元素磷	一切排污单位	0.1	0.1	0.3
24	有机磷农药(以P计)	一切排污单位	不得检出	0.5	0.5
25	乐果	一切排污单位	不得检出	1.0	2.0
26	对硫磷	一切排污单位	不得检出	1.0	2.0
27	甲基对硫磷	一切排污单位	不得检出	1.0	2.0
28	马拉硫磷	一切排污单位	不得检出	5.0	10
29	五氯酚及五氯酚钠(以五氯酚计)	一切排污单位	5.0	8.0	10
30	可吸附有机卤化物(AOX)(以Cl计)	一切排污单位	1.0	5.0	8.0
31	三氯甲烷	一切排污单位	0.3	0.6	1.0
32	四氯化碳	一切排污单位	0.03	0.06	0.5
33	三氯乙烯	一切排污单位	0.3	0.6	1.0
34	四氯乙烯	一切排污单位	0.1	0.2	0.5
35	苯	一切排污单位	0.1	0.2	0.5
36	甲苯	一切排污单位	0.1	0.2	0.5
37	乙苯	一切排污单位	0.4	0.6	1.0
38	邻-二甲苯	一切排污单位	0.4	0.6	1.0
39	对-二甲苯	一切排污单位	0.4	0.6	1.0
40	间-二甲苯	一切排污单位	0.4	0.6	1.0
41	氯苯	一切排污单位	0.2	0.4	1.0
42	邻二氯苯	一切排污单位	0.4	0.6	1.0
43	对二氯苯	一切排污单位	0.4	0.6	1.0
44	对硝基氯苯	一切排污单位	0.5	1.0	5.0
45	2,4-二硝基氯苯	一切排污单位	0.5	1.0	5.0
46	苯酚	一切排污单位	0.3	0.4	1.0
47	间-甲酚	一切排污单位	0.1	0.2	0.5
48	2,4-二氯酚	一切排污单位	0.6	0.8	1.0
49	2,4,6-三氯酚	一切排污单位	0.6	0.8	1.0
50	邻苯二甲酸二丁酯	一切排污单位	0.2	0.4	2.0
51	邻苯二甲酸二辛酯	一切排污单位	0.3	0.6	2.0
52	丙烯腈	一切排污单位	2.0	5.0	5.0
53	总硒	一切排污单位	0.1	0.2	0.5

序号	污染物	适用范围	一级标准	二级标准	三级标准
54	粪大肠菌群数	医院①、兽医院及医疗机构含病原体污水	500 个/L	1000 个/L	5000 个/L
		传染病、结核病医院污水	100 个/L	500 个/L	1000 个/L
55	总余氯(采用氯化消毒的医院污水)	医院①、兽医院及医疗机构含病原体污水	<0.5②	>3(接触时间≥1h)	>2(接触时间≥1h)
		传染病、结核病医院污水	<0.5②	>6.5(接触时间≥1.5h)	>5(接触时间≥1.5h)
56	总有机碳(TOC)	合成脂肪酸工业	20	40	—
		苎麻脱胶工业	20	60	—
		其他排污单位	20	30	—

① 指 50 个床位以上的医院。

② 加氯消毒后须进行脱氯处理,达到本标准。

注:其他排污单位:指除在该控制项目中所列行业以外的一切排污单位。

表5 部分行业最高允许排水量

(1998 年 1 月 1 日后建设的单位)

序号	行业类别			最高允许排水量或最低允许水重复利用率
1	矿山工业	有色金属系统选矿		水重复利用率 75%
		其他矿山工业采矿、选矿、选煤等		水重复利用率 90%(选煤)
		脉金选矿	重选	16.0m³/t(矿石)
			浮选	9.0m³/t(矿石)
			氰化	8.0m³/t(矿石)
			炭浆	8.0m³/t(矿石)
2	焦化企业(煤气厂)			1.2m³/t(焦炭)
3	有色金属冶炼及金属加工			水重复利用率 80%
4	石油炼制工业(不包括直排水炼油厂)加工深度分类: A. 燃料型炼油厂 B. 燃料+润滑油型炼油厂 C. 燃料+润滑油型+炼油化工型炼油厂 (包括加工高含硫原油页岩油和石油添加剂生产基地的炼油厂)		A	>500 万吨,1.0m³/t(原油) 250~500 万吨,1.2m³/t(原油) <250 万吨,1.5m³/t(原油)
			B	>500 万吨,1.5m³/t(原油) 250~500 万吨,2.0m³/t(原油) <250 万吨,2.0m³/t(原油)
			C	>500 万吨,2.0m³/t(原油) 250~500 万吨,2.5m³/t(原油) <250 万吨,2.5m³/t(原油)
5	合成洗涤剂工业	氯化法生产烷基苯		200.0m³/t(烷基苯)
		裂解法生产烷基苯		70.0m³/t(烷基苯)
		烷基苯生产合成洗涤剂		10.0m³/t(产品)
6	合成脂肪酸工业			200.0m³/t(产品)
7	湿法生产纤维板工业			30.0m³/t(板)
8	制糖工业	甘蔗制糖		10.0m³/t(甘蔗)
		甜菜制糖		4.0m³/t(甜菜)

序号	行 业 类 别			最高允许排水量或最低允许水重复利用率
9	皮革工业	猪盐湿皮		60.0m³/t(原皮)
		牛干皮		100.0m³/t(原皮)
		羊干皮		150.0m³/t(原皮)
10	发酵、酿造工业	酒精工业	以玉米为原料	100.0m³/t(酒精)
			以薯类为原料	80.0m³/t(酒精)
			以糖蜜为原料	70.0m³/t(酒精)
		味精工业		600.0m³/t(味精)
		啤酒行业(排水量不包括麦芽水部分)		16.0m³/t(啤酒)
11	铬盐工业			5.0m³/t(产品)
12	硫酸工业(水洗法)			15.0m³/t(硫酸)
13	苎麻脱胶工业			500m³/t(原麻)
				750m³/t(精干麻)
14	黏胶纤维工业单纯纤维	短纤维(棉型中长纤维、毛型中长纤维)		300.0m³/t(纤维)
		长纤维		800.0m³/t(纤维)
15	化纤浆粕			本色:150m³/t(浆);漂白:240m³/t(浆)
16	制药工业医药原料药	青霉素		4700m³/t(青霉素)
		链霉素		1450m³/t(链霉素)
		土霉素		1300m³/t(土霉素)
		四环素		1900m³/t(四环素)
		洁霉素		9200m³/t(洁霉素)
		金霉素		3000m³/t(金霉素)
		庆大霉素		20400m³/t(庆大霉素)
		维生素 C		1200m³/t(维生素 C)
		氯霉素		2700m³/t(氯霉素)
		新诺明		2000m³/t(新诺明)
		维生素 B_1		3400m³/t(维生素 B_1)
		安乃近		180m³/t(安乃近)
		非那西汀		750m³/t(非那西汀)
		呋喃唑酮		2400m³/t(呋喃唑酮)
		咖啡因		1200m³/t(咖啡因)
17	有机磷农药工业[①]	乐果[②]		700m³/t(产品)
		甲基对硫磷(水相法)[②]		300m³/t(产品)
		对硫磷(P_2S_5法)[②]		500m³/t(产品)
		对硫磷($PSCl_3$法)[②]		550m³/t(产品)
		敌敌畏(敌百虫碱解法)		200m³/t(产品)
		敌百虫		40m³/t(产品)(不包括三氯乙醛生产废水)
		马拉硫磷		700m³/t(产品)

序号	行 业 类 别		最高允许排水量或最低允许水重复利用率
18	除草剂工业①	除草醚	5m³/t(产品)
		五氯酚钠	2m³/t(产品)
		五氯酚	4m³/t(产品)
		2甲4氯	14m³/t(产品)
		2,4-D	4m³/t(产品)
		丁草胺	4.5m³/t(产品)
		绿麦隆(以Fe粉还原)	2m³/t(产品)
		绿麦隆(以Na₂S还原)	3m³/t(产品)
19	火力发电工业		3.5m³/(MW·h)
20	铁路货车洗刷		5.0m³/辆
21	电影洗片		5m³/1000m(35mm的胶片)
22	石油沥青工业		冷却池的水循环利用率95%

① 产品按100%浓度计。

② 不包括 P_2S_5、$PSCl_3$，PCl_3 原料生产废水。

4.2.2.3 建设（包括改、扩建）单位的建设时间，以环境影响评价报告书（表）批准日期为准划分。

4.3 其他规定

4.3.1 同一排放口排放两种或两种以上不同类别的污水，且每种污水的排放标准又不同时，其混合污水的排放标准按附录A计算。

4.3.2 工业污水污染物的最高允许排放负荷量按附录B计算。

4.3.3 污染物最高允许年排放总量按附录C计算。

4.3.4 对于排放含有放射性物质的污水，除执行本标准外，还须符合 GB 8703—88《辐射防护规定》。

5 监测

5.1 采样点

采样点应按4.2.1.1及4.2.1.2第一、二类污染物排放口的规定设置，在排放口必须设置排放口标志、污水水量计量装置和污水比例采样装置。

5.2 采样频率

工业污水按生产周期确定监测频率。生产周期在8h以内的，每2h采样一次；生产周期大于8h的，每4h采样一次；其他污水采样；24h不少于2次。最高允许排放浓度按日均值计算。

5.3 排水量

以最高允许排水量或最低允许水重复利用率来控制，均以月均值计。

5.4 统计

企业的原材料使用量、产品产量等，以法定月报表或年报表为准。

5.5 测定方法

本标准采用的测定方法见表6。

表 6 测定方法

序号	项　目	测　定　方　法	方法来源
1	总汞	冷原子吸收光度法	GB 7468—87
2	烷基汞	气相色谱法	GB/T 14204—93
3	总镉	原子吸收分光光度法	GB 7475—87
4	总铬	高锰酸钾氧化-二苯碳酰二肼分光光度法	GB 7466—87
5	六价铬	二苯碳酰二肼分光光度法	GB 7467—87
6	总砷	二乙基二硫代氨基甲酸银分光光度法	GB 7485—87
7	总铅	原子吸收分光光度法	GB 7485—87
8	总镍	火焰原子吸收分光光度法	GB 11912—89
		丁二酮肟分光光度法	GB 19910—89
9	苯并[a]芘	纸层析-荧光分光光度法	GB 5750—85
		乙酰化滤纸层析荧光分光光度法	GB 11895—89
10	总铍	活性炭吸附—铬天菁 S 光度法	①
11	总银	火焰原子吸收分光光度法	GB 11907—89
12	总 α	物理法	②
13	总 β	物理法	②
14	pH 值	玻璃电极法	GB 6920—86
15	色度	稀释倍数法	GB 11903—89
16	悬浮物	重量法	GB 11901—89
17	生化需氧量（BOD₅）	稀释与接种法	GB 7488—87
		重铬酸钾紫外光度法	待颁布
18	化学需氧量（COD）	重铬酸钾法	GB 11914—89
19	石油类	红外光度法	GB/T 16488—1996
20	动植物油	红外光度法	GB/T 16488—1996
21	挥发酚	蒸馏后用 4-氨基安替比林分光光度法	GB 7490—87
22	总氰化物	硝酸银滴定法	GB 7486—87
23	硫化物	亚甲基蓝分光光度法	GB/T 16489—1996
24	氨氮	蒸馏和滴定法	GB 7478—87
25	氟化物	离子选择电极法	GB 7484—87
26	磷酸盐	钼蓝比色法	①
27	甲醛	乙酰丙酮分光光度法	GB 13197—91
28	苯胺类	N-(1-萘基)乙二胺偶氮分光光度法	GB 11889—89
29	硝基苯类	还原-偶氮比色法或分光光度法	①
30	阴离子表面活性剂	亚甲蓝分光光度法	GB 7494—87
31	总铜	原子吸收分光光度法	GB 7475—87
		二乙基二硫代氨基甲酸钠分光光度法	GB 7474—87
32	总锌	原子吸收分光光度法	GB 7475—87
		双硫腙分光光度法	GB 7472—87

序号	项 目	测 定 方 法	方法来源
33	总锰	火焰原子吸收分光光度法	GB 11911—89
		高碘酸钾分光光度法	GB 11906—89
34	彩色显影剂	169 成色剂法	③
35	显影剂及氧化物总量	碘-淀粉比色法	③
36	元素磷	磷钼蓝比色法	③
37	有机磷农药(以 P 计)	有机磷农药的测定	GB 13192—91
38	乐果	气相色谱法	GB 13192—91
39	对硫磷	气相色谱法	GB 13192—91
40	甲基对硫磷	气相色谱法	GB 13192—91
41	马拉硫磷	气相色谱法	GB 13192—91
42	五氯酚及五氯酚钠(以五氯酚计)	气相色谱法	GB 8972—88
		藏红 T 分光光度法	GB 9803—88
43	可吸附有机卤化物(AOX)(以 Cl 计)	微库仑法	GB/T 15959—95
44	三氯甲烷	气相色谱法	待颁布
45	四氯化碳	气相色谱法	待颁布
46	三氯乙烯	气相色谱法	待颁布
47	四氯乙烯	气相色谱法	待颁布
48	苯	气相色谱法	GB 11890—89
49	甲苯	气相色谱法	GB 11890—89
50	乙苯	气相色谱法	GB 11890—89
51	邻-二甲苯	气相色谱法	GB 11890—89
52	对-二甲苯	气相色谱法	GB 11890—89
53	间-二甲苯	气相色谱法	GB 11890—89
54	氯苯	气相色谱法	待颁布
55	邻二氯苯	气相色谱法	待颁布
56	对二氯苯	气相色谱法	待颁布
57	对硝基氯苯	气相色谱法	GB 13194—91
58	2,4-二硝基氯苯	气相色谱法	GB 13194—91
59	苯酚	气相色谱法	待颁布
60	间-甲酚	气相色谱法	待颁布
61	2,4-二氯酚	气相色谱法	待颁布
62	2,4,6-三氯酚	气相色谱法	待颁布
63	邻苯二甲酸二丁酯	气相、液相色谱法	待颁布
64	邻苯三甲酸二辛酯	气相、液相色谱法	待颁布
65	丙烯腈	气相色谱法	待颁布
66	总硒	2,3-二氨基萘荧光法	GB 11902—89

序号	项目	测定方法	方法来源
67	粪大肠菌群数	多管发酵法	①
68	余氯量	N,N-二乙基-1,4-苯二胺分光光度法	GB 11898—89
		N,N-二乙基-1,4-苯二胺滴定法	GB 11897—89
69	总有机碳（TOC）	非色散红外吸收法	待制定
		直接紫外荧光法	待制定

①《水和废水监测分析方法（第三版）》中国环境科学出版社，1989 年。

②《环境监测技术规范（放射性部分）》国家环境保护局。

③ 详见附录 D。

注：暂采用下列方法，待国家方法标准发布后，执行国家标准。

6 标准实施监督

6.1 本标准由县级以上人民政府环境保护行政主管部门负责监督实施。

6.2 省、自治区、直辖市人民政府对执行国家水污染物排放标准不能保证达到水环境功能要求时，可以制定严于国家水污染物排放标准的地方水污染物排放标准，并报国家环境保护行政主管部门备案。

附 录 A

（标准的附录）

关于排放单位在同一个排污口排放两种或两种以上工业污水，且每种工业污水中同一污染物的排放标准又不同时，可采用如下方法计算混合排放时该污染物的最高允许排放浓度。（$C_{混合}$）。

$$C_{混合} = \frac{\sum\limits_{i=1}^{n} C_i Q_i Y_i}{\sum\limits_{i=1}^{n} Q_i Y_i}$$

式中　$C_{混合}$——混合污水某污染物最高允许排放浓度，mg/L；

　　　C_i——不同工业污水某污染物最高允许排放浓度，mg/L；

　　　Q_i——不同工业的最高允许排水量，m³/t（产品）；

　　　（本标准未作规定的作业，其最高允许排水量由地方环保部门与有关部门协商确定）；

　　　Y_i——某种工业产品产量，t/d，以月平均计。

附 录 B

（标准的附录）

工业污水污染物最高允许排放负荷计算：

$$L_{负} = CQ \times 10^{-3}$$

式中　$L_{负}$——工业污水污染物最高允许排放负荷，kg/t（产品）；

　　　C——某污染物最高允许排放浓度，mg/L；

　　　Q——某工业的最高允许排水量，m³/t 产品。

（标准的附录）

某污染物最高允许年排放总量的计算：

$$L_总 = L_负 Y \times 10^{-3}$$

式中　$L_总$——某污染物最高允许年排放量，t/a；

　　　$L_负$——某污染物最高允许排放负荷，kg/t（产品）；

　　　Y——核定的产品年产量，t(产品)/a。

十三、渔业水质标准（GB 11607—89）

（国家环境保护局 1989-08-12 批准，1990-03-01 实施）

为贯彻执行中华人民共和国《环境保护法》、《水污染防治法》和《海洋环境保护法》、《渔业法》，防止和控制渔业水域水质污染，保证鱼、虾、贝、藻类正常生长、繁殖和水产品的质量，特制订本标准。

1　主题内容与适用范围

本标准适用于鱼虾类的产卵场、索饵场、越冬场、洄游通道和水产增养殖区等海、淡水的渔业水域。

2　引用标准

GB 5750　生活饮用水标准检验法

GB 6920　水质　pH 值的测定　玻璃电极法

GB 7467　水质　六价铬的测定　二碳酰二肼分光光度法

GB 7468　水质　总汞测定　冷原子吸收分光光度法

GB 7469　水质　总汞测定　高锰酸钾-过硫酸钾消除法　对硫脲分光光度法

GB 7470　水质　铅的测定　双硫腙分光光度法

GB 7471　水质　镉的测定　双硫腙分光光度法

GB 7472　水质　锌的测定　双硫腙分光光度法

GB 7474　水质　铜的测定　二乙基二硫代氨基甲酸钠分光光度法

GB 7475　水质　铜、锌、铅、镉的测定　原子吸收分光光度法

GB 7479　水质　铵的测定　纳氏试剂比色法

GB 7481　水质　氨的测定　水杨酸分光光度法

GB 7482　水质　氟化物的测定　茜素磺酸锆目视比色法

GB 7484　水质　氟化物的测定　离子选择电极法

GB 7485　水质　总砷的测定　二乙基二硫代氨基甲酸银分光光度法

GB 7486　水质　氰化物的测定　第一部分：总氰化物的测定

GB 7488　水质　五日生化需氧量（BOD_5）　稀释与接种法

GB 7489 水质 溶解氧的测定 碘量法

GB 7490 水质 挥发酚的测定 蒸馏后 4-氨基安替比林分光光度法

GB 7492 水质 六六六、滴滴涕的测定 气相色谱法

GB 8972 水质 五氯酚钠的测定 气相色谱法

GB 9803 水质 五氯酚的测定 藏红 T 分光光度法

GB 11891 水质 凯氏氮的测定

GB 11901 水质 悬浮物的测定 重量法

GB 11910 水质 镍的测定 丁二铜肟分光光度法

GB 11911 水质 铁、锰的测定 火焰原子吸收分光光度法

GB 11912 水质 镍的测定 火焰原子吸收分光光度法

3 渔业水质要求

3.1 渔业水域的水质，应符合渔业水质标准（见表1）。

表1 渔业水质标准 单位：mg/L

项目序号	项 目	标 准 值
1	色、臭、味	不得使鱼、虾、贝、藻类带有异色、异臭、异味
2	漂浮物质	水面不得出现明显油膜或浮沫
3	悬浮物质	人为增加的量不得超过10，而且悬浮物质沉积于底部后，不得对鱼、虾、贝类产生有害的影响
4	pH 值	淡水 6.5～8.5，海水 7.0～8.5
5	溶解氧	连续24h中，16h以上必须大于5，其余任何时候不得低于3，对于鲑科鱼类栖息水域冰封期其余任何时候不得低于4
6	生化需氧量(五天、20℃)	不超过5，冰封期不超过3
7	总大肠菌群	不超过 5000 个/L(贝类养殖水质不超过 500 个/L)
8	汞	≤0.0005
9	镉	≤0.005
10	铅	≤0.05
11	铬	≤0.1
12	铜	≤0.01
13	锌	≤0.1
14	镍	≤0.05
15	砷	≤0.05
16	氧化物	≤0.005
17	硫化物	≤0.2
18	氧化物(以 F⁻ 计)	≤1
19	非离子氨	≤0.02
20	凯氏氮	≤0.05
21	挥发性酚	≤0.005
22	黄磷	≤0.001
23	石油类	≤0.05
24	丙烯腈	≤0.5
25	丙烯醛	≤0.02
26	六六六(丙体)	≤0.002
27	滴滴涕	≤0.001
28	马拉硫磷	≤0.005
29	五氯酚钠	≤0.01
30	乐果	≤0.1
31	甲胺磷	≤1
32	甲基对硫磷	≤0.0005
33	呋喃丹	≤0.01

3.2　各项标准数值系指单项测定最高允许值。

3.3　标准值单项超标，即表明不能保证鱼、虾、贝正常生活繁殖，并产生危害，危害程度应参考背景值、渔业环境的调查数据及有关渔业水质基准资料进行综合评价。

4　渔业水质保护

4.1　任何企、事业单位和个体经营者排放的工业废水、生活污水和有害废弃物，必须采取有效措施，保证最近渔业水域的水质符合本标准。

4.2　未经处理的工业废水、生活污水和有害废弃物严禁直接排入鱼、虾类的产卵场、索饵场、越冬场和鱼、虾、贝、藻类的养殖场及珍贵水生动物保护区。

4.3　严禁向渔业水域排放含病原体的污水，如需排放此类污水，必须经过处理和严格消毒。

5　标准实施

5.1　本标准由各级渔政监督管理部门负责监督与实施，监督实施情况，定期报告同级人民政府环境保护部门。

5.2　在执行国家有关污染物排放标准中，如不能满足地方渔业水质要求时，省、自治区、直辖市人民政府可制定严于国家有关污染排放标准的地方污染物排放标准，以保证渔业水质的要求，并报国务院环境保护部门和渔业行政主管部门备案。

5.3　本标准以外的项目，若对渔业构成明显危害时，省级渔政监督管理部门应组织有关单位制订地方补充渔业水质标准，报省级人民政府批准，并报国务院环境保护部门和渔业行政主管部门备案。

5.4　排污口所在水域形成的混合区不得影响鱼类洄游通道。

6　水质监测

6.1　本标准各项目的监测要求，按规定分析方法（见表2）进行监测。

6.2　渔业水域的水质监测工作，由各级渔政监督管理部门组织渔业环境监测站负责执行。

表 2　渔业水质分析方法

序号	项目	测定方法	试验方法标准编号
3	悬浮物质	重量法	GB 11901
4	pH值	玻璃电极法	GB 6920
5	溶解氧	碘量法	GB 7489
6	生化需氧量	稀释与接种法	GB 7488
7	总大肠菌群	多管发酵法油膜法	GB 5750
8	汞	冷原子吸收分光光度法	GB 7468
		高锰酸钾-过硫酸钾消解　双硫腙分光光度法	GB 7469
9	镉	原子吸收分光光度法	GB 7475
		双硫腙分光光度法	GB 7471
10	铅	原子吸收分光光度法	GB 7475
		双硫腙分光光度法	GB 7470
11	铬	二苯碳酰二肼分光光度法（高锰酸盐氧化）	GB 7467
12	铜	原子吸收分光光度法	GB 7475
		二乙基二硫代氨基甲酸钠分光光度法	GB 7474
13	锌	原子吸收分光光度法	GB 7475
		双硫腙分光光度法	GB 7472

序号	项目	测定方法	试验方法标准编号
14	镍	火焰原子吸收分光光度法	GB 11912
		丁二铜肟分光光度法	GB 11910
15	砷	二乙基二硫代氨基甲酸银分光光度法	GB 7485
16	氰化物	异烟酸-吡啶啉酮比色法 吡啶-巴比妥酸比色法	GB 7486
17	硫化物	对二甲氨基苯胺分光光度法①	
18	氟化物	茜素磺酸锆目视比色法	GB 7482
		离子选择电极法	GB 7484
19	非离子氨②	纳氏试剂比色法	GB 7479
		水杨酸分光光度法	GB 7481
20	凯氏氮		GB 11891
21	挥发性酚	蒸馏后 4-氨基安替比林分光光度法	GB 7490
22	黄磷		
23	石油类	紫外分光光度法①	
24	丙烯腈	高锰酸钾转化法①	
25	丙烯醛	4-乙基间苯二酚分光光度法①	
26	六六六(丙体)	气相色谱法	GB 7492
27	滴滴涕	气相色谱法	GB 7492
28	马拉硫磷	气相色谱法①	
29	五氯酚钠	气相色谱法	GB 8972
		藏红剂分光光度法	GB 9803
30	乐果	气相色谱法③	
31	甲胺磷		
32	甲基对硫磷	气相色谱法③	
33	呋喃丹		

① 渔业水质检验方法为农牧渔业部 1983 年颁布。
② 测试结果为总氨浓度，然后按表 A.1、表 A.2 换算为非离子氨浓度。
③ 地面水水质监测检验方法为中国医学科学院卫生研究所，1978 年颁布。
注：暂时采用以上方法，待国家标准发布后，执行国家标准。

附　录　A
总氨换算表
（补充件）

表 A.1　氨的水溶液中非离子氨的百分比　　　　　单位：%

温度/℃	pH 值								
	6.0	6.5	7.0	7.5	8.0	8.5	9.0	9.5	10.0
5	0.013	0.040	0.12	0.39	1.2	3.8	11	28	56
10	0.019	0.059	0.19	0.59	1.8	5.6	16	37	65
15	0.027	0.087	0.27	0.86	2.7	8.0	21	46	73
20	0.040	0.13	1.40	1.2	3.8	11	28	56	80
25	0.057	0.18	1.57	1.8	5.4	15	36	64	85
30	0.080	0.25	2.80	2.5	7.5	20	45	72	89

表 A.2　总氨（$NH_4^+ + NH_3$）浓度，其中非离子氨浓度 0.020mg/L（NH_3）

单位：mg/L

温度/℃	pH 值								
	6.0	6.5	7.0	7.5	8.0	8.5	9.0	9.5	10.0
5	160	51	16	5.1	1.6	0.53	0.18	0.071	0.036
10	110	34	11	3.4	1.1	0.36	0.13	0.054	0.031
15	73	23	7.3	2.3	0.75	0.25	0.093	0.043	0.027
20	50	16	5.1	1.6	0.52	0.18	0.070	0.036	0.025
25	35	11	3.5	1.1	0.37	0.13	0.055	0.031	0.024
30	25	7.6	2.5	0.81	0.27	0.099	0.045	0.028	0.022

附加说明：

本标准由国家环境保护局标准处提出。

本标准由渔业水质标准修订组负责起草。

本标准委托农业部渔政渔港监督管理局负责解释。

十四、城市污水再生利用　农田灌溉用水水质
（GB 20922—2007）

（2007-04-06 发布，2007-10-01 实施）

前言

为贯彻我国水污染防治和水资源开发方针，做好城镇节约用水工作，合理利用水资源，实现城镇污水资源化，减轻污水对环境的污染，促进城镇建设和经济建设可持续发展，制定《城市污水再生利用》系列标准。

《城市污水再生利用》系列标准分为六项：

——《城市污水再生利用　分类》

——《城市污水再生利用　城市杂用水水质》

——《城市污水再生利用　景观环境用水水质》

——《城市污水再生利用　补充水源水质》

——《城市污水再生利用　工业用水水质》

——《城市污水再生利用　农田灌溉用水水质》

本标准为系列标准的六项之一，本标准第 4 章表 1 为强制性标准，其他为推荐性的。

本标准为首次发布。

本标准由中华人民共和国建设部提出。

本标准由建设部给水排水产品标准化技术委员会归口。

本标准由农业部环境保护科研监测所负责起草。

本标准主要起草人，王德荣、张泽、沈跃、刘凤枝、徐应明、程波、王农、杨德芬、贾兰英、张庆安、师荣光。

1 范围

本标准规定了城市污水再生利用灌溉农田的规范性引用文件、术语和定义、水质控制项目、水质要求、其他规定和监测分析方法。

本标准适用于以城市污水处理厂出水为水源的农田灌溉用水。

2 规范性引用文件

下列文件中的条款通过本标准的引用而成为本标准的条款。凡是注日期的引用文件，其随后所有的修改单（不包括勘误的内容）或修订版均不适用于本标准，然而，鼓励根据本标准达成协议的各方研究是否可使用这些文件的最新版本。凡是不注日期的引用文件，其最新版本适用于本标准。

规范性引用文件如下：

GB/T 6920 水质 pH 的测定 玻璃电极法

GB/T 5750.4 生活饮用水标准检验方法 感官性状和物理指标

GB/T 5750.6 生活饮用水标准检验方法 金属指标

GB 7489 水质 溶解氧的测定 碘量法

GB/T 7467 水质 六价铬的测定 二苯碳酰二肼分光光度法

GB/T 7468 水质 总汞的测定 冷原子吸收分光光度法

GB/T 7474 水质 铜的测定 二乙基二硫代氨基甲酸钠分光光度法

GB/T 7475 水质 铜、锌、铅、镉的测定 原子吸收分光光度法

GB/T 7484 水质 氟化物的测定 离子选择电极法

GB/T 7485 水质 总砷的测定 二乙基二硫代氨基甲酸银分光光度法

GB/T 7486 水质 氰化物的测定 第一部分：总氰化物的测定

GB/T 7488 水质 五日生化需氧量（BOD_5）的测定 稀释与接种法

GB/T 7490 水质 挥发酚的测定 蒸馏后 4-氨基安替比林分光光度法

GB/T 7494 水质 阴离子表面活性剂的测定 亚甲基蓝分光光度法

GB/T 8538 饮用天然矿泉水中粪大肠菌的检验方法

GB/T 11890 水质 苯系物的测定 气相色谱法

GB/T 11896 水质 氯化物的测定 硝酸银滴定法

GB/T 11898 水质 游离余氯的测定 N,N-二乙基苯胺（DPD）分光光度法

GB/T 11901 水质 悬浮物的测定 重量法

GB/T 11902 水质 硒的测定 2,3-二氨基萘荧光法

GB/T 11906 水质 锰的测定 高锰酸钾分光光度法

GB/T 11910 水质 镍的测定 丁二铜肟分光光度法

GB/T 11911 水质 铁、锰的测定 火焰原子吸收分光光度法

GB/T 11912 水质 镍的测定 火焰原子吸收分光光度法

GB/T 11914 水质 化学需氧量的测定 重铬酸盐

GB/T 11934 水源水中乙醛、丙烯醛卫生检验标准方法 气相色谱法

GB/T 11937 水源水中苯系物卫生检验标准方法 气相色谱法

GB/T 13197 水质 甲醛的测定 乙酰丙酮分光光度法
GB/T 15505 水质 硒的测定 石墨炉原子吸收分光光度法
GB/T 16488 水质 石油类和动植物油的测定 红外光度法
GB/T 16489 水质 硫化物的测定 亚甲基蓝分光光度法
GB/T 18919 城市污水再生利用 分类
HJ/T 49 水质 硼的测定 姜黄素分光光度法
HJ/T 50 水质 三氯乙醛的测定 吡唑啉酮分光光度法
HJ/T 58 水质 铍的测定 铬菁 R 分光光度法
HJ/T 59 水质 铍的测定 石墨炉原子吸收分光光度法
CJ/T 146 城市供水 酚类化合物的测定 液相色谱法
NY/T 395 农用水源环境质量监测技术规范

3 术语和定义

下列术语和定义适用于本标准。

3.1 城市污水 municipal wastewater

排入国家按行政建制设立的市、镇污水收集系统的污水统称。它由综合生活污水、工业废水和地下渗水三部分组成,在合流制排水系统中,还包括截流的雨水。

3.2 农田灌溉 farmland irrigation

按照作物生长的需要,利用工程设施,将水送到田间,满足作物用水需求。

3.3 纤维作物 fibre crops

生产植物纤维的农作物。主要的纤维作物有棉花、黄麻和亚麻等。

3.4 旱地谷物 dry grain

在干旱半干旱地区依靠自然降水和人工灌溉的禾谷类作物,如小麦、大豆、玉米等。

3.5 水田谷物 wet grain

适于水泽生长的一类禾谷类作物。宜在土层深厚、肥沃的土壤中生产,并保持一定水层,如水稻等。

3.6 露地蔬菜 open-air vegetables

降温室、大棚蔬菜外的陆地露天生长的需加工、烹调及去皮的蔬菜。

4 水质要求

城市污水再生处理后用于农田灌溉,水质基本控制项目和选择控制项目及其指标最大限值应分别符合表 1、表 2 的规定。

表 1 基本控制项目及水质指标最大限值 单位:mg/L

序号	基本控制项目	灌溉作物类型			
		纤维作物	旱地谷物 油料作物	水田谷物	露地蔬菜
1	生化需氧量(BOD$_5$)	100	80	60	40
2	化学需氧量(COD$_{Cr}$)	200	180	150	100
3	悬浮物(SS)	100	90	80	60
4	溶解氧(DO) ≥	—	0.5		
5	pH 值(无量纲)	5.5~8.5			
6	溶解性总固体(TDS)	非盐碱地地区 1000,盐碱地地区 2000			1000

404

序号	基本控制项目	灌溉作物类型			
		纤维作物	旱地谷物油料作物	水田谷物	露地蔬菜
7	氯化物	350			
8	硫化物	1.0			
9	余氯	1.5		1.0	
10	石油类	10		5.0	1.0
11	挥发酚	1.0			
12	阴离子表面活性剂(LAS)	8.0		5.0	
13	汞	0.001			
14	镉	0.01			
15	砷	0.1		0.05	
16	铬(六价)	0.1			
17	铅	0.2			
18	粪大肠菌群数(个/L)	40000			20000
19	蛔虫卵数(个/L)	2			

表 2　选择控制项目及水质指标最大限值　　　　单位：mg/L

序号	选择控制项目	限值	序号	选择控制项目	限值
1	铍	0.00210	10	锌	2.0
2	钴	1.01	11	硼	1.0
3	铜	1.012	12	钒	0.1
4	氟化物	2.013	13	氰化物	0.5
5	铁	1.514	14	三氯乙醛	0.5
6	锰	0.315	15	丙烯醛	0.5
7	钼	0.516	16	甲醛	1.0
8	镍	0.117	17	苯	2.5
9	硒	0.02			

5　其他规定

5.1　处理要求：纤维作物、旱地谷物要求城市污水达到一级强化处理，水田谷物、露地蔬菜要求达到二级处理。

5.2　农田灌溉时，在输水过程中主渠道应有防渗措施，防止地下水污染；最近灌溉取水点的水质应符合本标准的规定。

5.3　城市污水再生利用灌溉农田之前，各地应根据当地的气候条件，作物的种植种类及土壤类别进行灌溉试验，确定适合当地的灌溉制度。

6　监测与分析方法

6.1　监测

6.1.1　基本控制项目必须检测。选择控制项目，根据污水处理厂接纳的工业污染物的类别和农业用水质量要求选择控制。

6.1.2　城市污水再生利用农田灌溉用水基本控制项目和选择控制项目的监测布点及监测频率，应符合 NY/T 395 的要求。

6.2　分析方法

本标准控制项目分析方法按表3、表4进行。

表3　基本控制项目分析方法

序号	分析项目	测定方法	方法来源
1	生化需氧量(BOD$_5$)	稀释与接种法	GB/T 7488
2	化学需氧量(COD$_{Cr}$)	重铬酸盐法	GB/T 11914
3	悬浮物	重量法	GB/T 11901
4	溶解氧	碘量法	GB/T 7489
		电化学探头法	GB/T 11913
5	pH 值	玻璃电极法	GB/T 6920
6	溶解性总固体	重量法	GB/T 5750.4
7	氯化物	硝酸银滴定法	GB/T 11896
8	硫化物	亚甲基蓝分光光度法	GB/T 16489
9	余氯	N,N-二乙基对苯二胺(DPD)分光光度法	GB/T 11898
10	石油类	红外光度法	GB/T 16488
11	挥发酚	蒸馏后 4-氨基安替比林分光光度法	GB/T 7490
12	阴离子表面活性剂	亚甲基蓝分光光度法	GB/T 7494
13	汞	冷原子吸收分光光度法	GB/T 7468
14	镉	原子吸收分光光度法	GB/T 7475
15	砷	二乙基二硫代氨基甲酸银分光光度法	GB/T 7485
16	铬(六价)	二苯碳酸二肼分光光度法	GB/T 7467
17	铅	原子吸收分光光度法	GB/T 7475
18	粪大肠菌数(个/100mL)	多管发酵法	GB/T 8538
19	蛔虫卵数(个/L)	沉淀集卵法	①

① 采用《农业环境监测实用手册》第三章，中国标准出版社，2001 年 9 月，待国家标准方法颁布后，执行国家标准。

表4　选择控制项目分析方法

序号	分析项目	测定方法	方法来源
1	铍	铬菁 R 分光光度法	HJ/T 58
		石墨炉原子吸收分光光度法	HJ/T 59
2	钴	无火焰原子吸收分光光度法	GB/T 5750.6
3	铜	原子吸收分光光度法	GB/T 7475
		二乙基二硫代氨基甲酸钠分光光度法	GB/T 7474
4	氟化物	离子选择电极法	GB/T 7484
5	铁	火焰原子吸收分光光度法	GB/T 11911
			GB/T 5750.6

序号	分析项目	测定方法	方法来源
6	锰	高锰酸钾分光光度法	GB/T 11906
7	钼	无火焰原子吸收分光光度法	GB/T 5750.6
8	镍	火焰原子吸收分光光度法	GB/T 11912
		丁二酮肟分光光度法	GB/T 11910
9	硒	2,3-二氨基萘荧光法	GB/T 11902
10	锌	原子吸收分光光度法	GB/T 7475
11	硼	姜黄素分光光度法	HJ/T 49
12	钒	钽试剂（BPHA）萃取分光光度法	GB/T 15503
		无火焰原子吸收分光光度法	GB/T 5750.6
13	氰化物	硝酸银滴定法	GB/T 7486
14	三氯乙醛	吡唑啉酮分光光度法	HJ/T 50
15	丙烯醛	气相色谱法	GB/T 11934
16	甲醛	乙酰丙酮分光光度法	GB/T 13197
17	苯	气相色谱法	GB/T 11890
			GB/T 11937

十五、环境空气质量标准（GB 3095—1996）

（1996-01-18 发布，1996-10-01 实施）

前言

根据《中华人民共和国环境保护法》和《中华人民共和国大气污染防治法》，为改善环境空气质量，防止生态破坏，创造清洁适宜的环境，保护人体健康，特制订本标准。

本标准从 1996 年 10 月 1 日起实施，同时代替 GB 3095—82。

本标准在下列内容和章节有改变：

——标准名称；

——3.1~3.14（增加了 14 种术语的定义）；

——4.1~4.2（调整了分区和分级的有关内容）；

——5（补充和调整了污染物项目、取值时间和浓度限值）；

——7（增加了数据统计的有效性规定）。

本标准由国家环境保护局科技标准司提出。

本标准由国家环境保护局负责解释。

1　主题内容与适用范围

本标准规定了环境空气质量功能区划分、标准分级、污染物项目、取值时间及浓度限值，采样与分析方法及数据统计的有效性规定。

本标准适用于全国范围的环境空气质量评价。

2 引用标准

GB/T 15262 环境空气 二氧化硫的测定 甲醛吸收-副玫瑰苯胺分光光度法

GB 8970 空气质量 二氧化硫的测定 四氯汞盐-盐酸副玫瑰苯胺比色法

GB/T 15432 环境空气 总悬浮颗粒物测定 重量法

GB 6921 大气飘尘浓度测定方法

GB/T 15436 环境空气 氮氧化物的测定 Saltzman 法

GB/T 15435 环境空气 二氧化氮的测定 Saltzman 法

GB/T 15437 环境空气 臭氧的测定 靛蓝二磺酸钠分光光度法

GB/T 15438 环境空气 臭氧的测定 紫外光度法

GB 9801 空气质量 一氧化碳的测定 非分散红外法

GB 8971 空气质量 飘尘中苯并 [a] 芘的测定 乙酰化滤纸层析荧光分光光度法

GB/T 15439 环境空气 苯并 [a] 芘的测定 高效液相色谱法

GB/T 15264 环境空气 铅的测定 火焰原子吸收分光光度法

GB/T 15434 环境空气 氟化物质量浓度的测定 滤膜氟离子选择电极法

GB/T 15433 环境空气 氟化物的测定 石灰滤纸氟离子选择电极法

3 定义

3.1 总悬浮颗粒物（TSP）：能悬浮在空气中，空气动力学当量直径≤$100\mu m$ 的颗粒物。

3.2 可吸入颗粒物（PM_{10}）：悬浮在空气中，空气动力学当量直径≤$10\mu m$ 的颗粒物。

3.3 氮氧化物（以 NO_2 计）：空气中主要以一氧化氮和二氧化氮形式存在的氮的氧化物。

3.4 铅（Pb）：存在于总悬浮颗粒物中的铅及其化合物。

3.5 苯并 [a] 芘（B [a] P）：存在于可吸入颗粒物中的苯并 [a] 芘。

3.6 氟化物（以 F 计）：以气态及颗粒态形式存在的无机氟化物。

3.7 年平均：指任何一年的日平均浓度的算术均值。

3.8 季平均：指任何一季的日平均浓度的算术均值。

3.9 月平均：指任何一月的日平均浓度的算术均值。

3.10 日平均：指任何一日的平均浓度。

3.11 一小时平均：指任何一小时的平均浓度。

3.12 植物生长季平均：指任何一个植物生长季月平均浓度的算术均值。

3.13 环境空气：指人群、植物、动物和建筑物所暴露的室外空气。

3.14 标准状态：指温度为 273K，压力为 101.325kPa 时的状态。

4 环境空气质量功能区的分类和标准分级

4.1 环境空气质量功能区分类

一类区为自然保护区、风景名胜区和其他需要特殊保护的地区。

二类区为城镇规划中确定的居住区、商业交通居民混合区、文化区、一般工业区和农村地区。

三类区为特定工业区。

4.2 环境空气质量标准分级

环境空气质量标准分为三级。

一类区执行一级标准

二类区执行二级标准

三类区执行三级标准

5 浓度限值

本标准规定了各项污染物不允许超过的浓度限值，见表1。

表1 各项污染物的浓度限值

污染物名称	取值时间	浓度限值			浓度单位
		一级标准	二级标准	三级标准	
二氧化硫（SO_2）	年平均	0.02	0.06	0.10	
	日平均	0.05	0.15	0.25	
	1小时平均	0.15	0.50	0.70	
总悬浮颗粒物（TSP）	年平均	0.08	0.20	0.30	
	日平均	0.12	0.30	0.50	
可吸入颗粒物（PM_{10}）	年平均	0.04	0.10	0.15	
	日平均	0.05	0.15	0.25	
氮氧化物（NO_x）	年平均	0.05	0.05	0.10	mg/m^3（标准状态）
	日平均	0.10	0.10	0.15	
	1小时平均	0.15	0.15	0.30	
二氧化氮（NO_2）	年平均	0.04	0.04	0.08	
	日平均	0.08	0.08	0.12	
	1小时平均	0.12	0.12	0.24	
一氧化碳（CO）	日平均	4.00	4.00	6.00	
	1小时平均	10.00	10.00	20.00	
臭氧（O_3）	1小时平均	0.12	0.16	0.20	
铅（Pb）	季平均		1.50		
	年平均		1.00		
苯并[a]芘（B[a]P）	日平均		0.01		$\mu g/m^3$（标准状态）
氟化物（以F计）	日平均		7[①]		
	1小时平均		20[①]		
	月平均	1.8[②]		3.0[③]	$\mu g/(dm^2 \cdot d)$
	植物生长季平均	1.2[②]		2.0[③]	

① 适用于城市地区。

② 适用于牧业区和以牧业为主的半农半牧区，蚕桑区。

③ 适用于农业和林业区。

6 监测

6.1 采样

环境空气监测中的采样点、采样环境、采样高度及采样频率的要求，按《环境监测技术规范》（大气部分）执行。

6.2 分析方法

各项污染物分析方法，见表2。

7 数据统计的有效性规定

各项污染物数据统计的有效性规定，见表3。

表 2 各项污染物分析方法

污染物名称	分 析 方 法	来 源
二氧化硫	(1)甲醛吸收副玫瑰苯胺分光光度法 (2)四氯汞盐副玫瑰苯胺分光光度法 (3)紫外荧光法①	GB/T 15262—94 GB 8970—88
总悬浮颗粒物	重量法	GB/T 15432—95
可吸入颗粒物	重量法	GB 6921—86
氮氧化物(以 NO_2 计)	(1)Saltzman 法 (2)化学发光法②	GB/T 15436—95
二氧化氮	(1)Saltzman 法 (2)化学发光法②	GB/T 15435—95
臭氧	(1)靛蓝二磺酸钠分光光度法 (2)紫外光度法 (3)化学发光法③	GB/T 15437—95 GB/T 15438—95
一氧化碳	非分散红外法	GB 9801—88
苯并[a]芘	(1)乙酰化滤纸层析——荧光分光光度法 (2)高效液相色谱法	GB 9871—88 GB/T 15439—95
铅	火焰原子吸收分光光度法	GB/T 15264—94
氟化物(以 F 计)	(1)滤膜氟离子选择电极法④ (2)石灰滤纸氟离子选择电极法⑤	GB/T 15434—95 GB/T 15433—95

①②③ 分别暂用国际标准 ISO/CD 10498、ISO 7996，ISO 10313，待国家标准发布后，执行国家标准。
④ 用于日平均和 1 小时平均标准。
⑤ 用于月平均和植物生长季平均标准。

表 3 各项污染物数据统计的有效性规定

污染物	取值时间	数据有效性规定
SO_2，NO_x，NO_2	年平均	每年至少有分布均匀的 144 个日均值， 每月至少有分布均匀的 12 个日均值
TSP，PM_{10}，Pb	年平均	每年至少有分布均匀的 60 个日均值， 每月至少有分布均匀的 5 个日均值
SO_2，NO_x，NO_2，CO	日平均	每小时至少有 18h 的采样时间
TSP，PM_{10}，B(a)P，Pb	日平均	每日至少有 12h 的采样时间
SO_2，NO_x，NO_2，CO，O_3	1 小时平均	每小时至少有 45min 的采样时间
Pb	季平均	每季至少有分布均匀的 15 个日均值，每月至少有分布均匀的 5 个 日均值
F	月平均	每月至少采样 15d 以上
	植物生长季平均	每一个生长季至少有 70％个月平均值
	日平均	每日至少有 12h 的采样时间
	1 小时平均	每小时至少有 45min 的采样时间

8 标准的实施

8.1 本标准由各级环境保护行政主管部门负责监督实施。

8.2 本标准规定了小时、日、月、季和年平均浓度限值，在标准实施中各级环境保护行政主管部门应根据不同目的监督其实施。

8.3 环境空气质量功能区由地级市以上（含地级市）环境保护行政主管部门划分，报同级人民政府批准实施。

十六、保护农作物的大气污染物最高允许浓度
（UDC 614.79　GB 9137—88）

（国家环境保护局 1988-04-30 批准，1988-10-01 实施）

根据《中华人民共和国环境保护法（试行）》和《中华人民共和国大气污染防治法》的有关规定，为维护农业生态系统良性循环，保护农作物的正常生长和农畜产品优质高产，特制定本标准。

本标准保护的主要对象是具有重要经济价值的作物、蔬菜、果树、桑茶和牧草。

本标准是 GB 3095—82《大气环境质量标准》的补充。

1　根据各种作物、蔬菜、果树、桑茶和牧草对二氧化硫、氟化物的耐受能力，将农作物分为敏感、中等敏感和抗性三种不同类型，分别制定浓度限值。农作物敏感性的分类是以各项大气污染物对农作物生产力、经济性状和叶片伤害的综合考虑为依据。各项大气污染物的浓度限值列于表1。

表1　保护农作物的大气污染物浓度限值

污染物	作物敏感程度	生长季平均浓度①	日平均浓度②	任何一次③	农作物种类
二氧化硫④	敏感作物	0.05	0.15	0.50	冬小麦、春小麦、大麦、荞麦、大豆、甜菜、芝麻
					菠菜、青菜、白菜、莴苣、黄瓜、南瓜、西葫芦、马铃薯
					苹果、梨、葡萄
					苜蓿、三叶草、鸭茅、黑麦草
	中等敏感作物	0.08	0.25	0.70	水稻、玉米、燕麦、高粱、棉花、烟草
					番茄、茄子、胡萝卜
					桃、杏、李、柑橘、樱桃
	抗性作物	0.12	0.30	0.80	蚕豆、油菜、向日葵
					甘蓝、芋头
					草莓
氟化物⑤	敏感作物	1.0	5.0		冬小麦、花生
					甘蓝、菜豆
					苹果、梨、桃、杏、李、葡萄、草莓、樱桃、桑
					紫花苜蓿、黑麦草、鸭茅
	中等敏感作物	2.0	10.0		大麦、水稻、玉米、高粱、大豆
					白菜、芥菜、花椰菜
					柑桔
					三叶草
	抗性作物	4.5	15.0		向日葵、棉花、茶
					茴香、番茄、茄子、辣椒、马铃薯

① "生长季平均浓度"为任何一个生长季的日平均浓度值不许超过的限值。

② "日平均浓度"为任何一日的平均浓度不许超过的限值。

③ "任何一次"为任何一次采样测定不许超过的浓度限值。

④ 二氧化硫浓度单位为 mg/m³。

⑤ 氟化物浓度单位为 $\mu g/(dm^3 \cdot d)$。

2 各类不同敏感性农作物的大气污染物浓度限值，是在长期和短期接触的情况下，保证各类农作物正常生长，不发生急、慢性伤害的空气质量要求。

3 氟化物敏感农作物的浓度限值，除保护作物、蔬菜、果树、桑叶和牧草的正常生长，不发生急、慢性伤害外，还保证桑叶和牧草一年内月平均的含氟量分别不超过 30mg/kg 和 40mg/kg 的浓度阈值，保护桑蚕和牲畜免遭危害。

4 标准的实施与管理：本标准由各级环境保护部门会同各级农业环境保护部门负责监督实施。

5 监测方法

5.1 大气监测中的布点、采样、分析、数据处理等分析方法工作程序，暂按城乡建设环境保护部环保局颁布的《环境监测分析方法》（1983 年）的有关规定进行。

5.2 标准中各项污染物的监测方法见表 2。

表 2 各项污染物的监测方法

污染物名称	监 测 方 法
二氧化硫	GB 8970—88 盐酸副玫瑰苯胺比色法
氟化物	碱性滤纸采样、氟离子电极法

附加说明：

本标准由国家环境保护局规划标准处和农业部能源环保局提出。

本标准由农业部环境保护科研监测所负责起草。

本标准由国家环境保护局负责解释。

十七、锅炉大气污染物排放标准
（GB 13271—2001 代替 GB 13271—1991，GWPB 3—1999）

（2001-11-12 发布，2002-01-01 实施）

前言

为贯彻《中华人民共和国环境保护法》和《中华人民共和国大气污染防治法》，控制锅炉污染物排放，防治大气污染，制定本标准。

本标准是对 GB 13271—1991《锅炉大气污染物排放标准》的修订。

标准修订的主要内容是

——进一步明确了标准的适用范围，增加了容量＜0.7MW（1t/h）自然通风燃煤锅炉烟尘、烟气黑度、二氧化硫的最高允许排放浓度限值；

——增加了燃油、燃气锅炉烟尘、烟气黑度、二氧化硫、氮氧化物的最高允许排放浓度限值。

本标准内容（包括实施时间）等同于 1999 年 12 月 3 日国家环境保护总局发布的《锅炉

大气污染物排放标准》（GWPB 3—1999），自本标准实施之日起，代替 GWPB 3—1999。

本标准由国家环境保护总局科技标准司提出。

本标准由国家环境保护总局负责解释。

本标准 1983 年 9 月首次发布，1992 年 5 月第一次修订。

1 范围

本标准分年限规定了锅炉烟气中烟尘、二氧化硫和氮氧化物的最高允许排放浓度和烟气黑度的排放限值。

本标准适用于除煤粉发电锅炉和单台出力大于 45.5MW（65t/h）发电锅炉以外的各种容量和用途的燃煤、燃油和燃气锅炉排放大气污染物的管理，以及建设项目环境影响评价、设计、竣工验收和建成后的排污管理。

使用甘蔗渣、锯末、稻壳、树皮等燃料的锅炉，参照本标准中燃煤锅炉大气污染物最高允许排放浓度执行。

2 引用标准

下列标准所包含的条文，通过在本标准中引用而构成本标准的条文。

GB 3095—1996　环境空气质量标准

GB/T 5468—1991　锅炉烟尘测试方法

GB/T 16157—1996　固定污染源排气中颗粒物测定与气态污染物采样方法

3 定义

3.1 标准状态

锅炉烟气在温度为 273K，压力为 101325Pa 时的状态，简称"标态"。本标准规定的排放浓度均指标准状态下干烟气中的数值。

3.2 烟尘初始排放浓度

自锅炉烟气出口处或进入净化装置前的烟尘排放浓度。

3.3 烟尘排放浓度

锅炉烟气经净化装置后的烟尘排放浓度。未安装净化装置的锅炉，烟尘初始排放浓度即是锅炉烟尘排放浓度。

3.4 自然通风锅炉

自然通风是利用烟囱内、外温度不同所产生的压力差，将空气吸入炉膛参与燃烧，把燃烧产物排向大气的一种通风方式。采用自然通风方式，不用鼓、引风机机械通风的锅炉，称之为自然通风锅炉。

3.5 收到基灰分

以收到状态的煤为基准，测定的灰分含量，亦称"应用基灰分"，用"A_{ar}"表示。

3.6 过量空气系数

燃料燃烧时实际空气消耗量与理论空气需要量之比值，用"α"表示。

4 技术内容

4.1 适用区域划分类别

本标准中的一类区和二、三类区是指 GB 3095—1996 中所规定的环境空气质量功能区的分类区域。

本标准中的"两控区"是指《国务院关于酸雨控制区和二氧化硫污染控制区有关问题的批复》中所划定的酸雨控制区和二氧化硫污染控制区的范围。

4.2　年限划分

本标准按锅炉建成使用年限分为两个阶段，执行不同的大气污染物排放标准。

Ⅰ时段：2000 年 12 月 31 日前建成使用的锅炉；

Ⅱ时段：2001 年 1 月 1 日起建成使用的锅炉（含在Ⅰ时段立项未建成或未运行使用的锅炉和建成使用锅炉中需要扩建、改造的锅炉）。

4.3　锅炉烟尘最高允许排放浓度和烟气黑度限值，按表 1 的时段规定执行。

表 1　锅炉烟尘最高允许排放浓度和烟气黑度限值

锅　炉　类　别		适用区域	烟尘排放浓度/(mg/m³)		烟气黑度（林格曼黑度）/级
			Ⅰ时段	Ⅱ时段	
燃煤锅炉	自然通风锅炉 [<0.7MW(1t/h)]	一类区	100	80	1
		二、三类区	150	120	
	其他锅炉	一类区	100	80	1
		二、三类区	250	200	
		三类区	350	250	
燃油锅炉	轻柴油、煤油	一类区	80	80	1
		二、三类区	100	100	
	其他燃料油	一类区	100	80①	1
		二、三类区	200	150	
燃气锅炉		全部区域	50	50	

① 一类区禁止新建以重油、渣油为燃料的锅炉。

4.4　锅炉二氧化硫和氮氧化物最高允许排放浓度，按表 2 的时段规定执行。

表 2　锅炉二氧化硫和氮氧化物最高允许排放浓度

锅　炉　类　别		适用区域	SO₂ 排放浓度/(mg/m³)		NOₓ 排放浓度/(mg/m³)	
			Ⅰ时段	Ⅱ时段	Ⅰ时段	Ⅱ时段
燃煤锅炉		全部区域	1200	900	—	—
燃油锅炉	轻柴油、煤油	全部区域	700	500		400
	其他燃料油	全部区域	1200	900①		400①
燃气锅炉		全部区域	100	100		400

① 一类区禁止新建以重油、渣油为燃料的锅炉。

4.5　燃煤锅炉烟尘初始排放浓度和烟气黑度限值，根据锅炉销售出厂时间，按表 3 的时段规定执行。

4.6　其他规定

4.6.1　燃煤、燃油（燃轻柴油、煤油除外）锅炉房烟囱高度的规定。

4.6.1.1　每个新建锅炉房只能设一根烟囱，烟囱高度应根据锅炉房装机总容量，按表 4 规定执行。

4.6.1.2　锅炉房装机总容量大于 28MW（40t/h）时，其烟囱高度应按批准的环境影响报告书（表）要求确定，但不得低于 45m。新建锅炉房烟囱周围半径 200m 距离内有建筑物时，其烟囱应高出最高建筑物 3m 以上。

4.6.2　燃气、燃轻柴油、煤油锅炉烟囱高度的规定

表3 燃煤锅炉烟尘初始排放浓度和烟气黑度限值

锅炉类别		燃煤收到基灰分/%	烟尘初始排放浓度/(mg/m³)		烟气黑度（林格曼黑度)/级
			Ⅰ时段	Ⅱ时段	
层燃锅炉	自然通风锅炉 [<0.7MW(1t/h)]	—	150	120	1
	其他锅炉 [≤2.8MW(4t/h)]	$A_{ar}≤25\%$	1800	1600	1
		$A_{ar}>25\%$	2000	1800	
	其他锅炉 [>2.8MW(4t/h)]	$A_{ar}≤25\%$	2000	1800	1
		$A_{ar}>25\%$	2200	2000	
沸腾锅炉	循环流化床锅炉	—	15000	15000	1
	其他沸腾锅炉	—	20000	18000	1
抛煤机锅炉		—	5000	5000	1

表4 燃煤、燃油（燃轻柴油、煤油除外）锅炉房烟囱最低允许高度

锅炉房装机总容量	MW	<0.7	0.7~<1.4	1.4~<2.8	2.8~<7	7~<14	14~<28
	t/h	<1	1~<2	2~<4	4~<10	10~<20	20~≤40
烟囱最低允许高度	m	20	25	30	35	40	45

燃气、燃轻柴油、煤油锅炉烟囱高度应按批准的环境影响报告书（表）要求确定，但不得低于8m。

4.6.3 各种锅炉烟囱高度如果达不到4.6.1、4.6.2的任何一项规定时，其烟尘、SO_2、NO_x 最高允许排放浓度，应按相应区域和时段排放标准值的50%执行。

4.6.4 ≥0.7MW（1t/h）各种锅炉烟囱应按 GB/T 5468—1991 和 GB/T 16157—1996 的规定设置便于永久采样监测孔及其相关设施，自本标准实施之日起，新建成使用（含扩建、改造）单台容量≥14MW（20t/h）的锅炉，必须安装固定的连续监测烟气中烟尘、SO_2 排放浓度的仪器。

5 监测

5.1 监测锅炉烟尘、二氧化硫、氮氧化物排放浓度的采样方法应按 GB/T 5468—1991 和 GB/T 16157—1996 规定执行。二氧化硫、氮氧化物的分析方法按国家环境保护总局规定执行（在国家颁布相应标准前，暂时采用《空气与废气监测分析方法》，中国环境科学出版社出版）。

5.2 实测的锅炉烟尘、二氧化硫、氮氧化物排放浓度。应按表5中规定的过量空气系数 α 进行折算。

表5 各种锅炉过量空气系数折算值

锅炉类型	折算项目	过量空气系数
燃煤锅炉	烟尘初始排放浓度	$\alpha=1.7$
	烟尘、二氧化硫排放浓度	$\alpha=1.8$
燃油、燃气锅炉	烟尘、二氧化硫、氮氧化物排放浓度	$\alpha=1.2$

6 标准实施

6.1 位于两控区内的锅炉，二氧化硫排放除执行本标准外，还应执行所在控制区规定的总量控制标准。

6.2 本标准由县级以上人民政府环境保护主管部门负责监督实施。

十八、恶臭污染物排放标准（GB 14554—93 代替 GBJ 4—73）

（1993 年 7 月 19 日国家环境保护局批准，1994 年 1 月 15 日实施）

为贯彻《中华人民共和国大气污染防治法》，控制恶臭污染物对大气的污染，保护和改善环境，制定本标准。

1 主题内容与适用范围

1.1 主题内容

本标准分年限规定了八种恶臭污染物的一次最大排放限值、复合恶臭物质的臭气浓度限值及无组织排放源的厂界浓度限值。

1.2 适用范围

本标准适用于全国所有向大气排放恶臭气体单位及垃圾堆放场的排放管理以及建设项目的环境影响评价、设计、竣工验收及其建成后的排放管理。

2 引用标准

GB 3095 大气环境质量标准

GB 12348 工业企业厂界噪声标准

GB/T 14675 空气质量 恶臭的测定 三点比较式臭袋法

GB/T 14676 空气质量 三甲胺的测定 气相色谱法

GB/T 14677 空气质量 甲苯、二甲苯、苯乙烯的测定 气相色谱法

GB/T 14678 空气质量 硫化氢、甲硫醇、甲硫醚、二甲二硫醚的测定 气相色谱法

GB/T 14679 空气质量 氨的测定 次氯酸钠-水杨酸分光光度法

GB/T 14680 空气质量 二硫化碳的测定 二乙胺分光光度法

3 名词术语

3.1 恶臭污染物：指一切刺激嗅觉器官引起人们不愉快及损坏生活环境的气体物质。

3.2 臭气浓度：指恶臭气体（包括异味）用无臭空气进行稀释，稀释到刚好无臭时，所需的稀释倍数。

3.3 无组织排放源：指没有排气筒或排气筒高度低于 15m 的排放源。

4 技术内容

4.1 标准分级

本标准恶臭污染物厂界标准值分三级。

4.1.1 排入 GB 3095 中一类区的执行一级标准，一类区中不得建新的排污单位。

4.1.2 排入 GB 3095 中二类区的执行二级标准。

4.1.3 排入 GB 3095 中三类区的执行三级标准。

4.2 标准值

4.2.1 恶臭污染物厂界标准值是对无组织排放源的限值，见表1。

表1 恶臭污染物厂界标准值

序号	控制项目	单位	一级	二级		三级	
				新扩改建	现有	新扩改建	现有
1	氨	mg/m³	1.0	1.5	2.0	4.0	5.0
2	三甲胺	mg/m³	0.05	0.08	0.15	0.45	0.80
3	硫化氢	mg/m³	0.03	0.06	0.10	0.32	0.60
4	甲硫醇	mg/m³	0.004	0.007	0.010	0.020	0.035
5	甲硫醚	mg/m³	0.03	0.07	0.15	0.55	1.10
6	二甲二硫	mg/m³	0.03	0.06	0.13	0.42	0.71
7	二硫化碳	mg/m³	2.0	3.0	5.0	8.0	10
8	苯乙烯	mg/m³	3.0	5.0	7.0	14	19
9	臭气浓度	无量纲	10	20	30	60	70

1994年6月1日起立项的新、扩、改建设项目及其建成后投产的企业执行二级、三级标准中相应的标准值。

4.2.2 恶臭污染物排放标准值,见表2。

表2 恶臭污染物排放标准值

序 号	控 制 项 目	排气筒高度/m	排放量/(kg/h)
1	硫化氢	15	0.33
		20	0.58
		25	0.90
		30	1.3
		35	1.8
		40	2.3
		60	5.2
		80	9.3
		100	14
		120	21
2	甲硫醇	15	0.04
		20	0.08
		25	0.12
		30	0.17
		35	0.24
		40	0.31
		60	0.69
3	甲硫醚	15	0.33
		20	0.58
		25	0.90
		30	1.3
		35	1.8
		40	2.3
		60	5.2
4	二甲二硫醚	15	0.43
		20	0.77
		25	1.2
		30	1.7
		35	2.4
		40	3.1
		60	7.0

序 号	控 制 项 目	排气筒高度/m	排放量/(kg/h)
5	二硫化碳	15	1.5
		20	2.7
		25	4.2
		30	6.1
		35	8.3
		40	11
		60	24
		80	43
		100	68
		120	97
6	氨	15	4.9
		20	8.7
		25	14
		30	20
		35	27
		40	35
		60	75
7	三甲胺	15	0.54
		20	0.97
		25	1.5
		30	2.2
		35	3.0
		40	3.9
		60	8.7
		80	15
		100	24
		120	35
8	苯乙烯	15	6.5
		20	12
		25	18
		30	26
		35	35
		40	46
		60	104

		排气筒高度/m	标准值(无量纲)
9	臭气浓度	15	2000
		25	6000
		35	15000
		40	20000
		50	40000
		≥60	60000

5 标准的实施

5.1 排污单位排放（包括泄漏和无组织排放）的恶臭污染物，在排污单位边界上规定监测点（无其他干扰因素）的一次最大监督值（包括臭气浓度）都必须低于或等于恶臭污染物厂界标准值。

5.2 排污单位经烟、气排气筒（高度在15m以上）排放的恶臭污染物的排放量和臭气浓度都必须低于或等于恶臭污染物排放标准。

5.3 排污单位经排水排出并散发的恶臭污染物和臭气浓度必须低于或等于恶臭污染物厂界标准值。

6 监测

6.1 有组织排放源监测

6.1.1 排气筒的最低高度不得低于 15m。

6.1.2 凡在表 2 所列两种高度之间的排气筒，采用四舍五入方法计算其排气筒的高度。表 2 中所列的排气筒高度系指从地面（零地面）起至排气口的垂直高度。

6.1.3 采样点：有组织排放源的监测采样点应为臭气进入大气的排气口，也可以在水平排气道和排气筒下部采样监测，测得臭气浓度或进行换算求得实际排放量。经过治理的污染源监测点设在治理装置的排气口，并应设置永久性标志。

6.1.4 有组织排放源采样频率应按生产周期确定监测频率，生产周期在 8h 以内的，每 2h 采集一次，生产周期大于 8h 的，每 4h 采集一次，取其最低测定值。

6.2 无组织排放源监测

6.2.1 采样点

厂界的监测采样点，设置在工厂厂界的下风向侧，或有臭气方位的边界线上。

6.2.2 采样频率

连续排放源相隔 2h 采一次，共采集 4 次，取其最大测定值。

间歇排放源选择在气味最大时间内采样，样品采集次数不少于 3 次，取其最大测定值。

6.3 水域监测

水域（包括海洋、河流、湖泊、排水沟、渠）的监测，应以岸边为厂界边界线，其采样点设置、采样频率与无组织排放源监测相同。

6.4 测定

标志中各单项恶臭污染物与臭气浓度的测定方法，见表 3。

表 3 恶臭污染物与臭气浓度测定方法

序　号	控　制　项　目	测　定　方　法
1	氨	GB/T 14679
2	三甲胺	GB/T 14676
3	硫化氢	GB/T 14678
4	甲硫醇	GB/T 14678
5	甲硫醚	GB/T 14678
6	二甲二硫醚	GB/T 14678
7	二硫化碳	GB/T 14680
8	苯乙烯	GB/T 14677
9	臭气浓度	GB/T 14675

附录 A 排放浓度、排放量的计算（补充件）

排放浓度

$$C = g \times 10^6 / V_{nd}$$

式中 C——恶臭污染物的浓度，mg/m^3（干燥的标准状态）；

g——采样所得的恶臭污染物的重量，g；

419

V_{nd}——采样体积，L（干燥的标准状态）。

$$G = CQ_{snd} \times 10^6$$

式中　G——恶臭污染物的排放量，kg/h；
　　　Q_{snd}——烟囱或排气筒的气体流量，m³（干燥的标准状态）/h。

附加说明：
本标准由国家环境保护局科技标准司提出。
本标准由天津市环境保护科学研究所、北京市机电研究所环保技术研究所主编。
本标准主要起草人：石磊、王延吉、李秀荣、姜菊、王鸿志、卫红海。
本标准由国家环境保护局负责解释。

十九、城镇污水处理厂污泥处置　农用泥质
（CJ/T 309—2009）

（2009-04-07 发布，2009-10-01 实施）

前言

为贯彻《中华人民共和国环境保护法》、《中华人民共和国水污染防治法》、《中华人民共和国海洋环境保护法》、《中华人民共和国固体废物污染环境防治法》、《农产品质量安全法》、《中华人民共和国土地管理法》，在建设污水处理厂的同时解决污泥处置问题，防止二次污染，维护良好生态环境，提高资源化利用水平，促进循环经济的发展和生态型城市的建设，特制定本标准。

本标准的附录 A 为资料性附录。

本标准由住房和城乡建设部标准定额研究所提出。

本标准由住房和城乡建设部给水排水产品标准化技术委员会归口。

本标准负责起草单位：中国科学院地理科学与资源研究所、中关村国际环保产业促进中心。

本标准参加起草单位：北京市市政工程设计研究总院、北京市排水集团、中国科学院生态环境研究中心、华南农业大学、中国农业大学、北京中科博联环保高新技术有限公司、广州市水质监测中心。

本标准主要起草人：陈同斌、杭世珺、徐云、郑国砥、吴启堂、魏源送、李国学、甘一萍、王彤、章亦兵、高定、林毅、李明、谈勇、谢小青。

1　范围

本标准规定了城镇污水处理厂污泥农用泥质指标、取样与监测等要求。

本标准适用于城镇污水处理厂污泥处置时污泥农用的泥质要求。

2　规范性引用文件

下列文件中的条款通过本标准的引用而成为本标准的条款。凡是注日期的引用文件，其

随后所有的修改单（不包括勘误的内容）或修订版均不适用于本标准，然而，鼓励根据本标准达成协议的各方研究是否可使用这些文件的最新版本。凡是不注日期的引用文件，其最新版本适用于本标准。

GB 7959　粪便无害化卫生标准

GB/T 17134　土壤质量　总砷的测定　二乙基二硫代氨基甲酸银分光光度法

GB/T 17135　土壤质量　总砷的测定　硼氢化钾-硝酸银分光光度法

GB/T 17136　土壤质量　总汞的测定　冷原子吸收分光光度法

GB/T 17137　土壤质量　总铬的测定　火焰原子吸收分光光度法

GB/T 17138　土壤质量　总铜的测定　火焰原子吸收分光光度法

GB/T 17138　土壤质量　总锌的测定　火焰原子吸收分光光度法

GB/T 17139　土壤质量　总镍的测定　火焰原子吸收分光光度法

GB/T 17140　土壤质量　总铅的测定　KI-MIBK 萃取火焰原子吸收分光光度法

GB/T 17141　土壤质量　总镉的测定　石墨炉原子吸收分光光度法

GB 18918　城镇污水处理厂污染物排放标准

CJ/T 147　多环芳烃的测定　液相色谱法

CJ/T 239　城镇污水处理厂污泥处置　分类

CJ 247　城镇污水处理厂污泥泥质

CJ 248　城镇污水处理厂内污泥处置　园林绿化用泥质

CJ/T 3039　城市生活垃圾采样和物理分析方法

HJ/T 20　工业固体废物采样制样技术规范

NY/T 297　有机肥料全氮的测定

NY/T 298　有机肥料全磷的测定

NY/T 299　有机肥料全钾的测定

NY/T 302　有机肥料水分的测定

NY/T 304　有机肥料有机物总量的测定

NY 525　有机肥料 pH 的测定

3　术语和定义

本标准采用下列术语和定义

3.1　城镇污水处理厂污泥

城镇污水处理厂在污水净化处理过程中产生的含水率不同的半固态或固态物质，不包括栅渣、浮渣和沉砂池砂砾。

3.2　污泥农用

将污泥在农业用地上有效利用的方式。一般包括污泥经过无害化处理后用于农田、果园或牧草地等。

3.3　污泥农用泥质

将处理后污泥用于农业用地过程时，污泥需要达到的质量标准。

4　污泥农用泥质

污泥农用时必须满足重金属、有机污染物、物理性质、卫生学指标、养分和有机质等指标控制要求。本标准中污泥施用量、物理和化学分析指标等均以干基计。

4.1　污染物安全指标

污泥农用时，根据污泥中污染物的浓度将污泥分为 A 级和 B 级，其污染物浓度限值应满足表 1 的要求。A 级和 B 级污泥分别施用于不同的作物，具体可以施用的作物类型参考资料性附录 A。

表 1　污染物浓度限值

序　号	控制项目	限值/(mg/kg)	
		A 级污泥	B 级污泥
1	总砷	＜30	＜75
2	总镉	＜3	＜15
3	总铬	＜500	＜1000
4	总铜	＜500	＜1500
5	总汞	＜3	＜15
6	总镍	＜100	＜200
7	总铅	＜300	＜1000
8	总锌	＜1500	＜3000
9	苯并[a]芘	＜2	＜3
10	矿物油	＜500	＜3000
11	多环芳烃(PAHs)	＜5	＜6

4.2　物理指标

污泥农用时，其物理指标应满足表 2 的要求。

表 2　物理指标

序号	控制项目	限　　值
1	含水率/%	≤60
2	粒径/mm	≤10
3	杂物	无粒度＞5mm 的金属、玻璃、陶瓷、塑料、瓦片等有害物质,杂物质量≤3%

4.3　卫生学指标

污泥农用时，其卫生学指标应满足表 3 的要求。

表 3　卫生学指标

序　号	控 制 项 目	指　标
1	蛔虫卵死亡率	≥95%
2	粪大肠菌群值	≥0.01

4.4　营养学指标

污泥农用时，其营养学指标应满足表 4 的要求。

表 4　营养学指标

序　号	控 制 项 目	指　标
1	有机质含量(g/kg,干基)	≥200
2	氮磷钾($N+P_2O_5+K_2O$)含量/(g/kg)(干基)	≥30
3	酸碱度 pH	5.5~9

4.5 种子发芽指数要求

污泥农用时，种子发芽指数应大于 60%。

4.6 其他要求

农田年施用污泥量累计不应超过 7.5t/hm²，农田连续施用不应超过 10 年。

湖泊周围 1000m 范围内和洪水泛滥区禁止施用污泥。

5 取样与监测

5.1 城镇污泥农用特性及污染物检测分析方法

检测分析方法应按表 5 或国家认定的替代方法或等效方法执行。

表 5 城镇污泥农用特性及污染物检测分析方法

序号	控制项目	测定方法	方法来源
1	含水率	真空烘箱法	NY/T 302
2	有机质	重铬酸钾法	NY/T 304
3	全氮	硫酸-过氧化氢消煮、蒸馏滴定法	NY/T 297
4	全磷	硫酸和过氧化氢消煮、钒钼黄比色法	NY/T 298
5	全钾	硫酸和过氧化氢消煮、火焰光度法	NY/T 299
6	pH 值	pH 计法	NY 525
7	蛔虫卵死亡率	显微镜法	GB 7959
8	粪大肠菌群菌值	发酵法	GB 7959
9	总汞	冷原子吸收分光光度法	GB/T 17136
10	总镉	石墨炉原子吸收分光光度法	GB/T 17141
11	总铅	石墨炉原子吸收分光光度法	GB/T 17141
12	总铬	火焰原子吸收分光光度法	GB/T 17137
13	总砷	氢化物发生-原子荧光法 二乙基二硫代氨基甲酸银分光光度法 硼氢化钾-硝酸银分光光度法	GB/T 17134 GB/T 17135 《农业环境监测实用手册》
14	总铜	火焰原子吸收分光光度法	GB/T 17138
15	总锌	火焰原子吸收分光光度法	GB/T 17138
16	总镍	火焰原子吸收分光光度法	GB/T 17139
17	矿物油	红外分光光度法	《农用污泥监测分析方法》
18	苯并[a]芘	气相色谱法	《农用污泥监测分析方法》
19	多环芳烃	液相色谱法	CJ/T 147

5.2 种子发芽指数测试方法

种子发芽指数测试方法应按照 CJ 248 标准执行。

5.3 物理性有害物质的测定—筛分法

多点均匀取样品 1kg，先用 10mm 孔径的筛过筛，不能过筛的物质称重，其质量小于污泥质量的 5%（即＜50g）可认为合格；再用 5mm 孔径的筛过筛，2 个筛的筛上物均不应有用肉眼可见的金属、玻璃、陶瓷有害杂物，否则为不合格。

5.4 检验规则和采样方法

本标准的检验规则和采样方法应按 HJ/T 20 和 CJ/T 3039 标准执行。

6 标准的实施和监督

城建、农业和环保部门对城镇污水处理厂污泥农用的泥质、土壤和农产品进行监测。城建部门进行城镇污泥农用的泥质监测，农业环境监测部门或环保监测部门进行污泥农用的农田监测和监督。

发现因施用污泥导致土壤污染、水源污染或影响农作物的生长、发育和农产品中有害物质超过食品卫生标准时，必须停止施用污泥，并向有关部门报告。

附 录 A

（资料性附录）

A 级和 B 级污泥适用作物

A 级和 B 级污泥适用作物见表 A.1。

表 A.1

	允许施用作物	禁止施用作物	备 注
A 级污泥	蔬菜、粮食作物、油料作物、果树、饲料作物、纤维作物	无	蔬菜收获前 30d 禁止施用；根茎类作物按照蔬菜限制标准
B 级污泥	油料作物、果树、饲料作物、纤维作物	蔬菜、粮食作物	

第五篇 食品中污染物限量

一、食品中污染物限量
（GB 2762—2005 代替 GB 2762—1994、GB 4809—1984 等）

（2005-01-25 发布，2005-10-01 实施）

前言

本标准全文强制。

本标准代替并废止 GB 14935—1994《食品中铅限量卫生标准》、GB 15201—1994《食品中镉限量卫生标准》、GB 2762—1994《食品中汞限量卫生标准》、GB 4810—1994《食品中砷限量卫生标准》、GB 14961—1994《食品中铬限量卫生标准》、GB 15202—2003《面制食品中铝限量》、GB 13105—1991《食品中硒限量卫生标准》、GB 4809—1984《食品中氟允许量标准》、GB 7104—1994《食品中苯并 [a] 芘限量卫生标准》、GB 9677—1998《食品中 N-亚硝胺限量卫生标准》、GB 9674—1988《海产食品中多氯联苯限量标准》、GB 15198—1994《食品中亚硝酸盐限量卫生标准》、GB 13107—1991《植物性食品中稀土限量卫生标准》。

本标准与原单项的限量标准相比主要变化如下：

——按照 GB/T 1.1—2000 对标准文本格式进行修改；

——本标准将 GB 14935—1994、GB 15201—1994 等 13 项污染物限量标准合并为本标准；

——依据危险性评估，参照 CAC 标准，部分食品品种和限量指标做了相应修改；

——个别项目目标物改变，如 GB 9674—1988 中多氯联苯以 PCB1 和 PCB5 为目标物的限量指标，本标准以 PCB28、PCB52、PCB101、PCB118、PCB138、PCB153 和 PCB180 的总和计，并增加 PCB138、PCB153 两项限量指标；

——等效采用 CAC 标准，取消 GB 4810—1994 中总砷所涉及的部分食物品种，增设糖、食用油脂、果汁及果浆，可可制品等五个食品品种的限量指标。

本标准于 2005 年 10 月 1 日起实施，过渡期为一年。即 2005 年 10 月 1 日前生产并符合相应标准要求的产品，允许销售至 2006 年 9 月 30 日止。

本标准的附录 A 为资料性附录。

本标准由中华人民共和国卫生部提出并归口。

本标准起草单位：中国疾病预防控制中心营养与食品安全所、卫生部卫生监督中心。

本标准主要起草人：吴永宁、王绪卿、杨惠芬、赵丹宇。

本标准其他起草单位和起草人参见附录 A。

本标准所代替的标准的历次版本发布情况为：

——GBn 52—1977、GB 2762—1981、GB 2762—1994；

——GB 4809—1984；

——GB 4810—1984、GB 4810—1994；

——GB 7104—1986、GB 7104—1994；

——GB 9674—1988；

——GB 9677—1988、GB 9677—1998；

——GB 13105—1991；

——GB 13107—1991；

——GB 14935—1994；

——GB 14961—1994；

——GB 15198—1994；

——GBn 238—1984、GB 15201—1994；

——GB 15202—1994、GB 15202—2003。

1 范围

本标准规定了食品中污染物的限量指标。

本标准适用于各类食品。

2 规范性引用文件

下列文件中的条款通过本标准的引用而成为本标准的条款。凡是注日期的引用文件，其随后所有的修改单（不包括勘误的内容）或修订版均不适用于本标准，然而，鼓励根据本标准达成协议的各方研究是否可使用这些文件的最新版本。凡是不注日期的引用文件，其最新版本适用于本标准。

GB/T 5009.11　食品中总砷及无机砷的测定

GB/T 5009.12　食品中铅的测定

GB/T 5009.15　食品中镉的测定

GB/T 5009.17　食品中总汞及有机汞的测定

GB/T 5009.18　食品中氟的测定

GB/T 5009.26　食品中 N-亚硝胺类的测定

GB/T 5009.27　食品中苯并［a］芘的测定

GB/T 5009.33　食品亚硝酸盐与硝酸盐的测定

GB/T 5009.93　食品中硒的测定

GB/T 5009.94　植物性食品中稀土的测定

GB/T 5009.123　食品中铬的测定

GB/T 5009.182　面制食品中铝的测定

GB/T 5009.190　海产食品中多氯联苯的测定

3 术语和定义

下列术语和定义适用于本标准。

3.1 污染物

食品在生产（包括农作物种植、动物饲养和兽医用药）、加工、包装、贮存、运输、销售、直至食用过程或环境污染所导致产生的任何物质，这些非有意加入食品中的物质为污染物，包括除农药、兽药和真菌毒素以外的污染物。

3.2 限量

污染物在食品中的允许最大浓度。

4 指标要求

4.1 铅

4.1.1 食品中铅限量指标见表1。

表1 食品中铅限量指标

食 品	限量(MLs)/(mg/kg)
谷类	0.2
豆类	0.2
薯类	0.2
禽畜肉类	0.2
可食用禽畜下水	0.5
鱼类	0.5
水果	0.1
小水果、浆果、葡萄	0.2
蔬菜(球茎、叶菜、食用菌类除外)	0.1
球茎蔬菜	0.3
叶菜类	0.3
鲜乳	0.05
婴儿配方粉(乳为原料,以冲调后乳汁计)	0.02
鲜蛋	0.2
果酒	0.2
果汁	0.05
茶叶	5

4.1.2 检验方法：按 GB/T 5009.12 规定的方法测定。

4.2 镉

4.2.1 食品中镉限量指标见表2。

表2 食品中镉限量指标

食 品	限量(MLs)/(mg/kg)
粮食	
大米、大豆	0.2
花生	0.5
面粉	0.1
杂粮(玉米、小米、高粱、薯类)	0.1
禽畜肉类	0.1
禽畜肝脏	0.5
禽畜肾脏	1.0
水果	0.05
根茎类蔬菜(芹菜除外)	0.1
叶菜、芹菜、食用菌类	0.2
其他蔬菜	0.05
鱼	0.1
鲜蛋	0.05

4.2.2 检验方法：按 GB/T 5009.15 规定的方法测定。

4.3 汞

4.3.1 食品中汞限量指标见表 3。

表 3 食品中汞限量指标

食　品	限量(MLs)/(mg/kg)	
	总汞(以 Hg 计)	甲基汞
粮食(成品粮)	0.02	—
薯类(土豆、白薯)、蔬菜、水果	0.01	—
鲜乳	0.01	—
肉、蛋(去壳)	0.05	—
鱼(不包括食肉鱼类)及其他水产品	—	0.5
食肉鱼类(如鲨鱼、金枪鱼及其他)	—	1.0

4.3.2 检验方法：按 GB/T 5009.17 规定的方法测定。

4.4 砷

4.4.1 食品中砷限量指标见表 4。

表 4 食品中砷限量指标

食　品	限量(MLs)/(mg/kg)	
	总砷	无机砷
粮食		
大米	—	0.15
面粉	—	0.1
杂粮	—	0.2
蔬菜	—	0.05
水果	—	0.05
畜禽肉类	—	0.05
蛋类	—	0.05
乳粉	—	0.25
鲜乳	—	0.05
豆类	—	0.1
酒类	—	0.05
鱼	—	0.1
藻类(干重计)	—	1.5
贝类及虾蟹类(以鲜重计)	—	0.5
贝类及虾蟹类(以干重计)	—	1.0
其他水产食品(以鲜重计)	—	0.5
食用油脂	0.1	—
果汁及果浆	0.2	—
可可脂及巧克力	0.5	—
其他可可制品	1.0	—
食糖	0.5	—

4.2.2 检验方法：按 GB/T 5009.11 规定的方法测定。

4.5 铬

4.5.1 食品中铬限量指标见表5。

表5 食品中铬限量指标

食 品	限量(MLs)/(mg/kg)	食 品	限量(MLs)/(mg/kg)
粮食	1.0	肉类(包括肝、肾)	1.0
豆类	1.0	鱼贝类	2.0
薯类	0.5	蛋类	1.0
蔬菜	0.5	鲜乳	0.3
水果	0.5	乳粉	2.0

4.5.2 检验方法：按 GB/T 5009.123 规定的方法测定。

4.6 铝

4.6.1 面制食品中铝限量指标见表6。

表6 面制食品中铝限量指标

食 品	限量(MLs)/(mg/kg)
面制食品(以质量计)	100

4.6.2 检验方法：按 GB/T 5009.182 规定的方法测定。

4.7 硒

4.7.1 食品中硒限量指标见表7。

表7 食品中硒限量指标

食 品	限量(MLs)/(mg/kg)	食 品	限量(MLs)/(mg/kg)
粮食(成品粮)	0.3	肾	3.0
豆类及制品	0.3	鱼类	1.0
蔬菜	0.1	蛋类	0.5
水果	0.05	鲜乳	0.03
禽畜肉类	0.5	乳粉	0.15

4.7.2 检验方法：按 GB/T 5009.93 规定的方法测定。

4.8 氟

4.8.1 食品中氟限量指标见表8。

表8 食品中氟限量指标

食 品		限量(MLs)/(mg/kg)	食 品	限量(MLs)/(mg/kg)
粮食			水果	0.5
	大米、面粉	1.0		
	其他	1.5	肉类	2.0
豆类		1.0	鱼类(淡水)	2.0
蔬菜		1.0	蛋类	1.0

4.8.2 检验方法：按 GB/T 5009.18 规定的方法测定。

4.9 苯并[a]芘

4.9.1 食品中苯并[a]芘限量指标见表9。

表9 食品中苯并[a]芘限量指标

食 品	限量(MLs)/(μg/kg)
熏烤肉	5
植物油	10
粮食	5

4.9.2 检验方法：按 GB/T 5009.27 规定的方法测定。

4.10 N-亚硝胺

4.10.1 食品中 N-亚硝胺的限量指标见表10。

表10 食品中 N-亚硝胺的限量指标

食 品	限量(MLs)/(μg/kg)	
	N-二甲基亚硝胺	N-二乙基亚硝胺
海产品	4	7
肉制品	3	5

4.10.2 检验方法：按 GB/T 5009.26 规定的方法测定。

4.11 多氯联苯

4.11.1 海产食品中多氯联苯限量指标见表11。

表11 海产食品中多氯联苯限量指标

食 品	限量(MLs)/(mg/kg)		
	多氯联苯①	PCB138	PCB153
海产鱼、贝、虾以及藻类食品(可食部分)	2.0	0.5	0.5

① 以 PCB28、PCB52、PCB101、PCB118、PCB138、PCB153 和 PCB180 总和计。

4.11.2 检验方法：按 GB/T 5009.190 规定的方法测定。

4.12 亚硝酸盐

4.12.1 食品中亚硝酸盐限量指标见表12。

表12 食品中亚硝酸盐限量指标

食 品	限量(MLs)(以 NaNO$_2$ 计)/(mg/kg)	食 品	限量(MLs)(以 NaNO$_2$ 计)/(mg/kg)
粮食(大米、面粉、玉米)	3	蛋类	5
蔬菜	4	酱腌菜	20
鱼类	3	乳粉	2
肉类	3	食盐(以 NaCl 计)	2

4.12.2 检验方法：按 GB/T 5009.33 规定的方法测定。

4.13 稀土

4.13.1 植物性食品中稀土限量指标见表13。

表13 植物性食品中稀土限量指标

食 品	限量①(MLs)/(mg/kg)	食 品	限量①(MLs)/(mg/kg)
粮食		花生仁	0.5
稻谷、玉米、小麦	2.0	马铃薯	0.5
蔬菜(菠菜除外)	0.7	绿豆	1.0
水果	0.7	茶叶	2.0

① 以稀土氧化物总量计。

4.13.2 检验方法:按 GB/T 5009.94 规定的方法测定。

附 录 A
(资料性附录)
本标准其他起草单位、起草人汇总表

表A.1 本标准其他起草单位、起草人汇总表

序号	污染物	起 草 单 位	起 草 人
1	铅	上海市疾病预防控制中心、中国疾病预防控制中心营养与食品安全所、浙江省医学科学院	吴其乐、王淮洲、顾伟勤、胡欣、苏雁
2	镉	上海市疾病预防控制中心、中国疾病预防控制中心营养与食品安全所、华西医科大学	吴其乐、韩驰、杨慧芬、王淮洲、顾伟勤、田水碧
3	汞	中国疾病预防控制中心营养与食品安全所、上海市疾病预防控制中心、江苏省卫生防疫站、广东省疾病预防控制中心	杨慧芬、沈文、邹宗富、金传玉、梁春穗
4	砷	中国疾病预防控制中心营养与食品安全所、华西医科大学、山东省卫生防疫站、河北省卫生防疫站、广东省卫生防疫站、江苏省疾病预防控制中心、安徽省卫生防疫站、吉林省卫生防疫站、浙江宁波市卫生防疫站、湖北省十堰市卫生防疫站、辽宁省卫生监督所	杨慧芬、王淮洲、田水碧、陆冰贞、邢俊娥、梁春穗、仓公敖、施宏景、边疆、蒋丽、王耀成、王正
5	铬	青岛医学院、中国疾病预防控制中心营养与食品安全所	李珏声、张秀珍、王淮洲、高俊全、张欣棉
6	铝	中国疾病预防控制中心营养与食品安全所、上海市疾病预防控制中心、广东省疾病预防控制中心、湖南省疾病预防控制中心、华西医科大学、成都市卫生防疫站、天津市公共卫生监督所	苏德昭、王林、王永芳、王绪卿、杨惠芬、赵丹宇、王冶
7	硒	中国疾病预防控制中心营养与食品安全所	王淮洲、杨光圻、韩驰
8	氟	中国疾病预防控制中心营养与食品安全所	王淮洲
9	苯并[a]芘	广西壮族自治区卫生防疫站、中国疾病预防控制中心营养与食品安全所	池凤、王淮洲
10	N-亚硝胺	中国疾病预防控制中心营养与食品安全所、北京医科大学公共卫生学院、福建省卫生防疫站	高俊全、宋圃菊、王淮洲、林升清、蔡一新
11	多氯联苯	中国疾病预防控制中心营养与食品安全所	吴永宁
12	亚硝酸盐	中国疾病预防控制中心营养与食品安全所、河南省疾病预防控制中心、吉林省卫生防疫站、黑龙江省疾病预防控制中心、青岛医学院	杨慧芬、王淮洲、张秀珍、王金凤、罗雁飞
13	稀土	中国疾病预防控制中心营养与食品安全所、辽宁省疾病预防控制中心、湖南省卫生防疫站、上海市疾病预防控制中心、福州市卫生防疫站	苏德昭、翟永信、向良迪、沈文、孙秀钦

二、食品中农药最大残留限量（GB 2763—2005 代替 GB 2763—1981，GB 4788—1994 等）

（2005-01-25 发布，2005-10-01 实施）

前言

本标准全文强制。

本标准与国际食品法典委员会（CAC）标准《食品中农药最大残留限量》（2001 年）（Maximum residue limits for pesticides）的一致性程度为非等效。

本标准代替并废止 GB 2763—1981《粮食、蔬菜等食品中六六六、滴滴涕残留量标准》、GB 4788—1994《食品中甲拌磷、杀螟硫磷、倍硫磷最大残留限量标准》、GB 5127—1998《食品中敌敌畏、乐果、马拉硫磷、对硫磷最大残留限量标准》、GB 14868—1994《食品中辛硫磷最大残留限量标准》、GB 14869—1994《食品中百菌清最大残留限量标准》、GB 14870—1994《食品中多菌灵最大残留限量标准》、GB 14871—1994《食品中二氯苯醚菊酯最大残留限量标准》、GB 14872—1994《食品中乙酰甲胺磷最大残留限量标准》、GB 14873—1994《稻谷中甲胺磷最大残留限量标准》、GB 14874—1994《稻谷和棉籽油中甲基对硫磷最大残留限量标准》、GB 14928.1—1994《食品中地亚农最大残留限量标准》、GB 14928.2—1994《食品中抗蚜威最大残留限量标准》、GB 14928.3—1994《食品中甲基嘧啶硫磷最大残留限量标准》、GB 14928.4—1994《食品中溴氰菊酯最大残留限量标准》、GB 14928.5—1994《食品中氰戊菊酯最大残留限量标准》、GB 14928.6—1994《花生仁、食用油（花生油、棉籽油）中涕灭威最大残留限量标准》、GB 14928.7—1994《稻谷中呋喃丹最大残留限量标准》、GB 14928.8—1994《稻谷、柑桔中水胺硫磷最大残留限量标准》、GB 14928.9—1994《稻谷中三环唑最大残留限量标准》、GB 14928.10—1994《大米、蔬菜、柑桔中喹硫磷最大残留限量标准》、GB 14928.11—1994《大米中杀虫环最大残留限量标准》、GB 14928.12—1994《大米中杀虫双最大残留限量标准》、GB 14968—1994《食品中草甘膦最大残留限量标准》、GB 14969—1994《甘蔗、柑桔中克线丹最大残留限量标准》、GB 14970—1994《食品中噻嗪酮最大残留限量标准》、GB 14971—1994《食品中西维因最大残留限量标准》、GB 14972—1994《食品中粉锈宁最大残留限量标准》、GB 15194—1994《食品中敌菌灵等农药最大残留限量标准》、GB 15195—1994《食品中灭幼脲最大残留限量标准》、GB 16319—1996《食品中敌百虫最大残留限量标准》、GB 16320—1996《食品中亚胺硫磷最大残留限量标准》、GB 16323—1996《食品中阿特拉津最大残留限量标准》、GB 16333—1996《双甲脒等农药在食品中的最大残留限量》、GBn 136—1981《肉、蛋等食品中六六六、滴滴涕残留限量标准》。

本标准与原单一农药品种的最大残留限量标准相比主要变化如下：

——根据农药最新登记情况，制定限量标准的食品品种有变化；

——食品品种更加细化；

——依据危险性评估，参照 CAC 标准，部分限量指标做了相应修改；

——为强调高毒农药在某些农作物上的禁用，原标准中的不得检出，更改为其方法的测定限（limit of determination）。

本标准于 2005 年 10 月 1 日起实施，过渡期为一年。即 2005 年 10 月 1 日前生产并符合相应标准要求的产品，允许销售至 2006 年 9 月 30 日止。

本标准的附录 A、附录 B 为资料性附录。

本标准由中华人民共和国卫生部提出并归口。

本标准起草单位：中国疾病预防控制中心营养与食品安全所、农业部农药检定所、卫生部卫生监督中心等。

本标准主要起草人：张莹、王绪卿、赵丹宇、李本昌、田景华、蒋定国。

本标准其他起草单位和起草人参见附录 B。

本标准所代替标准的历次版本发布情况为：

——GBn 53—1977、GB 2763—1981；

——GB 4788—1984、GB 4788—1994；

——GB 5127—1985、GB 5127—1998；

——GB 14868—1994；

——GB 14869—1994；

——GB 14870—1994；

——GB 14871—1994；

——GB 14872—1994；

——GB 14873—1994；

——GB 14874—1994；

——GB 14928.1—1994；

——GB 14928.2—1994；

——GB 14928.3—1994；

——GB 14928.4—1994；

——GB 14928.5—1994；

——GB 14928.6—1994；

——GB 14928.7—1994；

——GB 14928.8—1994；

——GB 14928.9—1994；

——GB 14928.10—1994；

——GB 14928.11—1994；

——GB 14928.12—1994；

——GB 14968—1994；

——GB 14969—1994；

——GB 14970—1994；

——GB 14971—1994；

——GB 14972—1994；

——GB 15194—1994；

——GB 15195—1994；

——GB 16319—1996；

——GB 16320—1996；

——GB 16323—1996；

——GB 16333—1996；

——GBn 136—1981。

1 范围

本标准规定了食品中农药最大残留限量。

本标准适用于各类食品。

2 规范性引用文件

下列文件中的条款通过本标准的引用而成为本标准的条款。凡是注日期的引用文件，其随后所有的修改单（不包括勘误的内容）或修订版均不适用于本标准，然而，鼓励根据本标准达成协议的各方研究是否可使用这些文件的最新版本。凡是不注日期的引用文件，其最新版本适用于本标准。

GB/T 5009.19　食品中六六六、滴滴涕残留量的测定

GB/T 5009.20　食品中有机磷农药残留量的测定

GB/T 5009.21　粮、油、菜中甲萘威残留量的测定

GB/T 5009.36　粮食卫生标准的分析方法

GB/T 5009.38　蔬菜、水果卫生标准的分析方法

GB/T 5009.103　植物性食品中甲胺磷和乙酰甲胺磷农药残留量的测定

GB/T 5009.104　植物性食品中氨基甲酸酯类农药残留量的测定

GB/T 5009.105　黄瓜中百菌清残留量的测定

GB/T 5009.106　植物性食品中二氯苯醚菊酯残留量的测定

GB/T 5009.107　植物性食品中二嗪磷残留量的测定

GB/T 5009.109　柑桔中水胺硫磷残留量的测定

GB/T 5009.110　植物性食品中氯氰菊酯、氰戊菊酯和溴氰菊酯残留量的测定

GB/T 5009.113　大米中杀虫环残留量的测定

GB/T 5009.114　大米中杀虫双残留量的测定

GB/T 5009.115　谷物中三环唑残留量的测定

GB/T 5009.126　植物性食品中三唑酮残留量的测定

GB/T 5009.130　大豆及谷物中氟磺胺草醚残留量的测定

GB/T 5009.131　植物性食品中亚胺硫磷残留量的测定

GB/T 5009.132　食品中莠去津残留量的测定

GB/T 5009.133　粮食中绿麦隆残留量的测定

GB/T 5009.134　大米中禾草敌残留量的测定

GB/T 5009.135　植物性食品中灭幼脲残留量的测定

GB/T 5009.136　植物性食品中五氯硝基苯残留量的测定

GB/T 5009.142　植物性食品中吡氟禾草灵、精吡氟禾草灵残留量的测定

GB/T 5009.143　蔬菜、水果、食用油中双甲脒残留量的测定

GB/T 5009.144　植物性食品中甲基异柳磷残留量的测定

GB/T 5009.145　植物性食品中有机磷和氨基甲酸酯类农药多种残留的测定

GB/T 5009.146　植物性食品中有机氯和拟除虫菊酯类农药多种残留的测定

GB/T 5009.147　植物性食品中除虫脲残留量的测定

GB/T 5009.155　大米中稻瘟灵残留量的测定

GB/T 5009.160　水果中单甲脒残留量的测定

GB/T 5009.164　大米中丁草胺残留量的测定

GB/T 5009.172　大豆、花生、豆油、花生油中的氟乐灵残留量的测定

GB/T 5009.173　梨果类、柑橘类水果中噻螨酮残留量的测定

GB/T 5009.174　花生、大豆中异丙甲草胺残留量的测定

GB/T 5009.175　粮食和蔬菜中 2,4-滴残留量的测定

GB/T 5009.176　茶叶、水果、食用植物油中三氯杀螨醇残留量的测定

GB/T 5009.177　大米中敌稗残留量的测定

GB/T 5009.180　稻谷、花生仁中恶草酮残留量的测定

GB/T 5009.184　粮食、蔬菜中噻嗪酮残留量的测定

GB/T 5009.200　小麦中野燕枯残留量的测定

GB/T 5009.201　梨中烯唑醇残留量的测定

GB/T 14929.2　花生仁、棉籽油、花生油中涕灭威残留量测定方法

SN 0137　出口粮谷中甲基嘧啶磷残留量检验方法

SN 0150　出口水果中三唑锡残留量检验方法

SN 0154　出口水果中甲基嘧啶磷残留量检验方法

SN 0157　出口水果中二硫代氨基甲酸酯残留量检验方法

SN 0192　出口水果中溴螨酯残留量检验方法

SN 0203　出口酒中腐霉利残留量检验方法

SN 0281　出口水果中甲霜灵残留量检验方法

SN 0292　出口粮谷中灭草松残留量检验方法

SN 0293　出口粮谷中敌草快、对草快残留量检验方法

SN 0519　出口粮谷中丙环唑残留量检验方法

SN 0582　出口粮谷及油籽中灭多威残留量检验方法

SN 0584　出口粮谷及油籽中烯菌酮残留量检验方法

SN 0592　出口粮谷及油籽中苯丁锡残留量检验方法

SN 0606　出口乳及乳制品中噻菌灵残留量检验方法　荧光分光光度法

SN 0607　出口肉及肉制品中噻苯哒唑残留量检验方法

SN 0649　出口粮谷中溴甲烷残留量检验方法

SN 0654　出口水果中克菌丹残留量检验方法

SN 0660　出口粮谷中克螨特残留量检验方法

SN 0701　出口粮谷中磷胺残留量检验方法

SN 0708　出口粮谷中异菌脲残留量检验方法

SN 0712　出口粮谷中戊草丹、二甲戊灵、丙草胺、氟酰胺、灭锈胺、苯噻酰草胺残留
量检验方法

3 术语和定义

下列术语和定义适用于本标准。

3.1 残留物

任何由于使用农药而在食品、农产品和动物饲料中出现的特定物质，包括被认为具有毒理学意义的农药衍生物，如农药转化物、代谢物、反应产物以及杂质。

3.2 最大残留限量

在生产或保护商品过程中，按照农药使用的良好农业规范（GAP）使用农药后，允许农药在各种食品和动物饲料中或其表面残留的最大浓度。

3.3 再残留限量

一些残留持久性农药虽已禁用，但已造成对环境的污染，从而再次在食品中形成残留。为控制这类农药残留物对食品的污染而制定其在食品中的残留限量。

3.4 每日允许摄入量

人类每日摄入某物质直至终生，而不产生可检测到的对健康产生危害的量，以每千克体重可摄入的量（毫克）表示，单位为 mg/kg 体重。

注：本标准 ADI 数值后括号内所注是指由 FAO/WHO 农药残留专家联席会议（JMPR）或 FAO/WHO 食品添加剂联合专家委员会（JECFA）确定该农药 ADI 的最新年份。

3.5 急性参考剂量

食品或饮水中某种物质，其在较短时间内（通常指一餐或一天内）被吸收后不致引起目前已知的任何可观察到的健康损害的剂量。

注：本标准 acute RfD 数值后括号内所注是指由 FAO/WHO 农药残留专家联席会议（JMPR）或 FAO/WHO 食品添加剂联合专家委员会（JECFA）确定该农药 acute RfD 的最新年份。

3.6 暂定日允许摄入量

暂定在一定期限内所采用的每日允许摄入量。

3.7 暂定每日耐受摄入量

对制定再残留限量的持久性农药而确定的人每日可承受的量。

4 技术要求

每种农药的最大残留限量或再残留限量规定如下。

4.1 乙酰甲胺磷（acephate）

4.1.1 主要用途：杀虫剂。

4.1.2 ADI：0.03mg/kg 体重（1990 年）。

4.1.3 残留物：乙酰甲胺磷（其代谢物 O,S-二甲氨基硫代磷酸酯即甲胺磷，甲胺磷以甲胺磷最大残留限量计）。

4.1.4 最大残留限量：应符合表 1 的规定。

表 1

食　物	最大残留限量/(mg/kg)	食　物	最大残留限量/(mg/kg)
稻谷	0.2	水果	0.5
小麦	0.2	棉籽	2
玉米	0.2	茶叶	0.1
蔬菜	1		

4.1.5 检验方法：按 GB/T 5009.103 规定的方法测定。

4.2 三氟羧草醚（acifluorfen）

4.2.1 主要用途：除草剂。

4.2.2 ADI：0.125mg/kg 体重。

4.2.3 残留物：三氟羧草醚。

4.2.4 最大残留限量：应符合表 2 的规定。

表 2

食　物	最大残留限量/(mg/kg)
大豆	0.1

4.3 甲草胺（alachlor）

4.3.1 主要用途：除草剂。

4.3.2 ADI：0.03mg/kg 体重。

4.3.3 残留物：甲草胺。

4.3.4 最大残留限量：应符合表 3 的规定。

表 3

食　物	最大残留限量/(mg/kg)
玉米	0.02
大豆	0.2
花生	0.5

4.4 涕灭威（aldicarb）

4.4.1 主要用途：杀虫剂。

4.4.2 ADI：0.003mg/kg 体重（1992 年）。

4.4.3 acute RfD：0.003mg/kg 体重（1995 年）。

4.4.4 残留物：涕灭威及其亚砜、砜之和，以涕灭威表示。

4.4.5 最大残留限量：应符合表 4 的规定。

表 4

食　物	最大残留限量/(mg/kg)	食　物	最大残留限量/(mg/kg)
花生	0.02	棉籽	0.1
食用花生油	0.01	食用棉籽油	0.01

4.4.6 检验方法：按 GB/T 14929.2 规定的方法测定。

4.5 艾氏剂和狄氏剂（aldrin and dieldrin）

4.5.1 PTDI：0.0001mg/kg 体重（1994 年）。

4.5.2 残留物：艾氏剂与狄氏剂之和（脂溶）。

4.5.3 再残留限量：应符合表 5 的规定。

表 5

食　物	再残留限量/(mg/kg)
原粮	0.02

4.5.4 检验方法：按 GB/T 5009.36 规定的方法测定。

4.6 磷化铝（aluminium phosphide）

4.6.1 主要用途：杀虫剂。

4.6.2 残留物：磷化物。

4.6.3 最大残留限量：应符合表 6 的规定。

表 6

食　物	最大残留限量/(mg/kg)
原粮	0.05

4.6.4 检验方法：按 GB/T 5009.36 规定的方法测定。

4.7 双甲脒（amitraz）

4.7.1 主要用途：杀虫剂。

4.7.2 ADI：0.01mg/kg 体重（1998 年）。

4.7.3 acute RfD：0.01mg/kg 体重（1998 年）。

4.7.4 残留物：双甲脒及 N-(2,4-二甲苯基)-N'-甲基甲脒之和,以 N-(2,4-二甲苯基)-N'-甲基甲脒计。

4.7.5 最大残留限量:应符合表 7 的规定。

表 7

食　物	最大残留限量/(mg/kg)	食　物	最大残留限量/(mg/kg)
果菜类蔬菜	0.5	柑橘类水果	0.5
梨果类水果	0.5	棉籽油	0.05

4.7.6 检验方法：按 GB/T 5009.143 规定的方法测定。

4.8 敌菌灵（anilazine）

4.8.1 主要用途：杀菌剂。

4.8.2 ADI：0.1mg/kg 体重（1989 年）。

4.8.3 残留物：敌菌灵。

4.8.4 最大残留限量：应符合表 8 的规定。

表 8

食　物	最大残留限量/(mg/kg)
稻谷	0.2
番茄	10
黄瓜	10

4.9 莠去津（atrazine）

4.9.1 主要用途：除草剂。

4.9.2 ADI：0.08mg/kg 体重。

4.9.3 残留物：莠去津。

4.9.4 最大残留限量：应符合表 9 的规定。

表 9

食 物	最大残留限量/(mg/kg)
玉米	0.05
甘蔗	0.05

4.9.5 检验方法：按 GB/T 5009.132 规定的方法测定。

4.10 三唑锡 （azocyclotin）

4.10.1 主要用途：杀螨剂。

4.10.2 ADI：0.007mg/kg 体重（1994 年）。

4.10.3 残留物：三唑锡和三环锡之和，以三环锡表示。

4.10.4 最大残留限量：应符合表 10 的规定。

表 10

食 物	最大残留限量/(mg/kg)
梨果类水果	2
柑橘类水果	2

4.10.5 检验方法：按 SN 0150 规定的方法测定。

4.11 丙硫克百威 （benfuracarb）

4.11.1 主要用途：杀虫剂。

4.11.2 ADI：0.01mg/kg 体重。

4.11.3 残留物：丙硫克百威、3-羟基克百威和克百威之和，以克百威表示。

4.11.4 最大残留限量：应符合表 11 的规定。

表 11

食 物	最大残留限量/(mg/kg)
大米	0.2
棉籽油	0.05

4.11.5 检验方法：按 GB/T 5009.145 规定的方法测定。

4.12 苄嘧磺隆 （bensulfuron-methyl）

4.12.1 主要用途：除草剂。

4.12.2 ADI：0.2mg/kg 体重。

4.12.3 残留物：苄嘧磺隆。

4.12.4 最大残留限量：应符合表 12 的规定。

表 12

食 物	最大残留限量/(mg/kg)
大米	0.05

4.13 灭草松 （bentazone）

4.13.1 主要用途：除草剂。

4.13.2 ADI：0.1mg/kg 体重（1998 年）。

4.13.3 acute RfD：无需制定（1999年）。

4.13.4 残留物：灭草松、6-羟基灭草松及8-羟基灭草松之和，以灭草松表示。

4.13.5 最大残留限量：应符合表13的规定。

表13

食　物	最大残留限量/(mg/kg)
稻谷	0.1
麦类	0.1
大豆	0.05

4.13.6 检验方法：按SN 0292规定的方法测定。

4.14 联苯菊酯（bifenthrin）

4.14.1 主要用途：杀虫剂、杀螨剂。

4.14.2 ADI：0.02mg/kg体重（1992年）。

4.14.3 残留物：联苯菊酯（脂溶）。

4.14.4 最大残留限量：应符合表14的规定。

表14

食　物	最大残留限量/(mg/kg)	食　物	最大残留限量/(mg/kg)
番茄	0.5	柑橘类水果	0.05
梨果类水果	0.5	棉籽	0.5

4.14.5 检验方法：按GB/T 5009.146规定的方法测定。

4.15 杀虫双（bisultap）

4.15.1 主要用途：杀虫剂。

4.15.2 ADI：0.025mg/kg体重。

4.15.3 残留物：杀虫双。

4.15.4 最大残留限量：应符合表15的规定。

表15

食　物	最大残留限量/(mg/kg)
大米	0.2

4.15.5 检验方法：按GB/T 5009.114规定的方法测定。

4.16 溴螨酯（bromopropylate）

4.16.1 主要用途：杀螨剂。

4.16.2 ADI：0.03mg/kg体重（1993年）。

4.16.3 残留物：溴螨酯。

4.16.4 最大残留限量：应符合表16的规定。

表16

食　物	最大残留限量/(mg/kg)
梨果类水果	2
柑橘类水果	2

4.16.5 检验方法：按 SN 0192 规定的方法测定。

4.17 噻嗪酮（buprofezin）

4.17.1 主要用途：杀虫剂。

4.17.2 ADI：0.01mg/kg 体重（1991 年）。

4.17.3 acute RfD：无需制定（1999 年）。

4.17.4 残留物：噻嗪酮（脂溶）。

4.17.5 最大残留限量：应符合表 17 的规定。

表 17

食　物	最大残留限量/（mg/kg）
稻谷	0.3
柑橘类水果	0.5

4.17.6 检验方法：按 GB/T 5009.184 规定的方法测定。

4.18 丁草胺（butachlor）

4.18.1 主要用途：除草剂。

4.18.2 ADI：0.1mg/kg 体重。

4.18.3 残留物：丁草胺。

4.18.4 最大残留限量：应符合表 18 的规定。

表 18

食　物	最大残留限量/（mg/kg）
大米	0.5

4.18.5 检验方法：按 GB/T 5009.164 规定的方法测定。

4.19 硫线磷（cadusafos）

4.19.1 主要用途：杀虫剂。

4.19.2 ADI：0.0003mg/kg 体重（1991 年）。

4.19.3 残留物：硫线磷。

4.19.4 最大残留限量：应符合表 19 的规定。

表 19

食　物	最大残留限量/（mg/kg）
柑橘	0.005
甘蔗	0.005

4.19.5 检验方法：按 GB/T 5009.145 规定的方法测定。

4.20 克菌丹（captan）

4.20.1 主要用途：杀菌剂。

4.20.2 ADI：0.1mg/kg 体重（1995 年）。

4.20.3 acute RfD：无需制定（2000 年）。

4.20.4 残留物：克菌丹。

4.20.5 最大残留限量：应符合表 20 的规定。

表 20

食　物	最大残留限量/(mg/kg)
梨果类水果	15

4.20.6　检验方法：按 SN 0654 规定的方法测定。

4.21　甲萘威（carbaryl）

4.21.1　主要用途：杀虫剂。

4.21.2　ADI：0.003mg/kg 体重（2000 年）。

4.21.3　残留物：甲萘威。

4.21.4　最大残留限量：应符合表 21 的规定。

表 21

食　物	最大残留限量/(mg/kg)	食　物	最大残留限量/(mg/kg)
稻谷	5	蔬菜	2
大豆	1	棉籽	1

4.21.5　检验方法：按 GB/T 5009.21 规定的方法测定。

4.22　多菌灵（carbendazim）

4.22.1　主要用途：杀菌剂。

4.22.2　ADI：0.03mg/kg 体重（1995 年）。

4.22.3　残留物：多菌灵。

4.22.4　最大残留限量：应符合表 22 的规定。

表 22

食　物	最大残留限量/(mg/kg)	食　物	最大残留限量/(mg/kg)
大米	2	芦笋	0.1
小麦	0.05	辣椒	0.1
玉米	0.5	梨果类水果	3
大豆	0.2	葡萄	3
花生	0.1	其他水果	0.5
番茄	0.5	油菜籽	0.1
黄瓜	0.5	甜菜	0.1

4.22.5　检验方法：按 GB/T 5009.38 规定的方法测定。

4.23　克百威（carbofuran）

4.23.1　主要用途：杀虫剂。

4.23.2　ADI：0.002mg/kg 体重（1996 年）。

4.23.3　残留物：克百威及 3-羟基克百威之和，以克百威表示。

4.23.4　最大残留限量：应符合表 23 的规定。

表 23

食　物	最大残留限量/(mg/kg)	食　物	最大残留限量/(mg/kg)
大米	0.2	马铃薯	0.1
小麦	0.1	柑橘类水果	0.5
玉米	0.1	甜菜	0.1
大豆	0.2	甘蔗	0.1

4.23.5　检验方法：按 GB/T 5009.104 规定的方法测定。

4.24　丁硫克百威（carbosulfan）

4.24.1　主要用途：杀虫剂。

4.24.2　ADI：0.01mg/kg 体重（1986 年）。

4.24.3　残留物：丁硫克百威。

4.24.4　最大残留限量：应符合表 24 的规定。

表 24

食　物	最大残留限量/(mg/kg)
稻谷	0.5
柑橘类水果	0.1

4.24.5　检验方法：按 GB/T 5009.145 规定的方法测定。

4.25　杀螟丹（cartap）

4.25.1　主要用途：杀虫剂。

4.25.2　ADI：0.1mg/kg 体重（1978 年制定，1995 年撤消）。

4.25.3　残留物：杀螟丹，以游离基表示。

4.25.4　最大残留限量：应符合表 25 的规定。

表 25

食　物	最大残留限量/(mg/kg)
大米	0.1

4.25.5　检验方法：按 GB/T 5009.145 规定的方法测定。

4.26　灭幼脲（chlorbenzuron）

4.26.1　主要用途：杀虫剂。

4.26.2　ADI：1.25mg/kg 体重。

4.26.3　残留物：灭幼脲。

4.26.4　最大残留限量：应符合表 26 的规定。

表 26

食　物	最大残留限量/(mg/kg)
小麦	3
谷子	3
甘蓝类蔬菜	3

4.26.5 检验方法：按 GB/T 5009.135 规定的方法测定。

4.27 矮壮素（chlormequat）

4.27.1 主要用途：植物生长调节剂。

4.27.2 ADI：0.05mg/kg 体重（1997 年）。

4.27.3 acute RfD：0.05mg/kg 体重（1999 年）。

4.27.4 残留物：矮壮素阳离子，通常以氯化物表示。

4.27.5 最大残留限量：应符合表 27 的规定。

表 27

食　物	最大残留限量/（mg/kg）
小麦	5
玉米	5
棉籽	0.5

4.28 氯化苦（chloropicrin）

4.28.1 主要用途：杀虫剂。

4.28.2 残留物：氯化苦。

4.28.3 最大残留限量：应符合表 28 的规定。

表 28

食　物	最大残留限量/（mg/kg）
原粮	2

4.28.4 检验方法：按 GB/T 5009.36 规定的方法测定。

4.29 百菌清（chlorothalonil）

4.29.1 主要用途：杀菌剂。

4.29.2 ADI：0.03mg/kg 体重（1992 年）。

4.29.3 残留物：百菌清。

4.29.4 最大残留限量：应符合表 29 的规定。

表 29

食　物	最大残留限量/（mg/kg）	食　物	最大残留限量/（mg/kg）
稻谷	0.2	果菜类蔬菜	5
小麦	0.1	瓜菜类蔬菜	5
豆类（干）	0.2	梨果类水果	1
花生	0.05	葡萄	0.5
叶菜类蔬菜	5	柑橘	1

4.29.5 检验方法：按 GB/T 5009.105 规定的方法测定。

4.30 毒死蜱（chlorpyrifos）

4.30.1 主要用途：杀虫剂。

4.30.2 ADI：0.01mg/kg 体重（1999 年）。

4.30.3 残留物：毒死蜱（脂溶）。

4.30.4 最大残留限量：应符合表 30 的规定。

表 30

食 物	最大残留限量/(mg/kg)	食 物	最大残留限量/(mg/kg)
稻谷	0.1	茎类蔬菜	0.05
小麦	0.1	韭菜	0.1
叶菜类蔬菜	0.1	梨果类水果	1
甘蓝类蔬菜	1	柑橘类水果	2
番茄	0.5	棉籽油	0.05

4.30.5 检验方法：按 GB/T 5009.145 规定的方法测定。

4.31 甲基毒死蜱（chlorpyrifos-methyl）

4.31.1 主要用途：杀虫剂。

4.31.2 ADI：0.01mg/kg 体重（1992 年）。

4.31.3 残留物：甲基毒死蜱（脂溶）。

4.31.4 最大残留限量：应符合表 31 的规定。

表 31

食 物	最大残留限量/(mg/kg)
原粮	5

4.31.5 检验方法：按 GB/T 5009.145 规定的方法测定。

4.32 绿麦隆（chlortoluron）

4.32.1 主要用途：除草剂。

4.32.2 ADI：0.2mg/kg 体重。

4.32.3 残留物：绿麦隆。

4.32.4 最大残留限量：应符合表 32 的规定。

表 32

食 物	最大残留限量/(mg/kg)
麦类	0.1
玉米	0.1
大豆	0.1

4.32.5 检验方法：按 GB/T 5009.133 规定的方法测定。

4.33 四螨嗪（clofentezine）

4.33.1 主要用途：杀螨剂。

4.33.2 ADI：0.02mg/kg 体重（1986 年）。

4.33.3 残留物：四螨嗪。

4.33.4 最大残留限量：应符合表 33 的规定。

表 33

食　物	最大残留限量/(mg/kg)
梨果类水果	0.5
柑橘类水果	0.5
枣	1

4.34　氰化物（cyanide）

4.34.1　主要用途：杀虫剂。

4.34.2　残留物：氰化物。

4.34.3　最大残留限量：应符合表 34 的规定。

表 34

食　物	最大残留限量/(mg/kg)
原粮	5

4.34.4　检验方法：按 GB/T 5009.36 规定的方法测定。

4.35　氟氯氰菊酯（cyfluthrin）

4.35.1　主要用途：杀虫剂。

4.35.2　ADI：0.02mg/kg 体重（1997 年）。

4.35.3　残留物：氟氯氰菊酯（脂溶）。

4.35.4　最大残留限量：应符合表 35 的规定。

表 35

食　物	最大残留限量/(mg/kg)
甘蓝类蔬菜	0.1
苹果	0.5
棉籽	0.05

4.35.5　检验方法：按 GB/T 5009.146 规定的方法测定。

4.36　氯氟氰菊酯（cyhalothrin）

4.36.1　主要用途：杀虫剂。

4.36.2　ADI：0.002mg/kg 体重（2000 年）。

4.36.3　残留物：氯氟氰菊酯（所有异构体之总和）。

4.36.4　最大残留限量：应符合表 36 的规定。

表 36

食　物	最大残留限量/(mg/kg)	食　物	最大残留限量/(mg/kg)
叶菜类蔬菜	0.2	柑橘	0.2
果菜类蔬菜	0.2	棉籽油	0.02
梨果类水果	0.2		

4.36.5　检验方法：按 GB/T 5009.146 规定的方法测定。

4.37　氯氰菊酯（cypermethrin）

4.37.1 主要用途：杀虫剂。

4.37.2 ADI：0.05mg/kg 体重（1996 年）。

4.37.3 残留物：氯氰菊酯（所有异构体之总和，脂溶）。

4.37.4 最大残留限量：应符合表 37 的规定。

表 37

食 物	最大残留限量/(mg/kg)	食 物	最大残留限量/(mg/kg)
小麦	0.2	豆类蔬菜	0.5
玉米	0.05	梨果类水果	2
大豆	0.05	柑橘类水果	2
叶菜类蔬菜	2	棉籽	0.2
果菜类蔬菜	0.5	茶叶	20
黄瓜	0.2		

4.37.5 检验方法：按 GB/T 5009.110 规定的方法测定。

4.38 灭蝇胺（cyromazine）

4.38.1 主要用途：杀虫剂。

4.38.2 ADI：0.02mg/kg 体重（1990 年）。

4.38.3 残留物：灭蝇胺。

4.38.4 最大残留限量：应符合表 38 的规定。

表 38

食 物	最大残留限量/(mg/kg)
黄瓜	0.2

4.39 2,4-滴（2,4-D）

4.39.1 主要用途：除草剂。

4.39.2 ADI：0.01mg/kg 体重（1996 年）。

4.39.3 残留物：2,4-滴。

4.39.4 最大残留限量：应符合表 39 的规定。

表 39

食 物	最大残留限量/(mg/kg)
小麦	0.5
大白菜	0.2
果菜类蔬菜	0.1

4.39.5 检验方法：按 GB/T 5009.175 规定的方法测定。

4.40 滴滴涕（DDT）

4.40.1 PTDI：0.01mg/kg 体重（2000 年）。

4.40.2 acute RfD：无需制定。

4.40.3 残留物：p,p'-DDT、o,p'-DDT、p,p'-DDE、p,p'-TDE（DDD）之和（脂溶）。

4.40.4 再残留限量：应符合表 40 的规定。

表 40

食 物	再残留限量/(mg/kg)	食 物	再残留限量/(mg/kg)
原粮	0.05	水产品	0.5
豆类	0.05		
薯类	0.05	蛋品	0.1
蔬菜	0.05	牛乳	0.02
水果	0.05		
茶叶	0.2	乳制品	
肉及其制品		脂肪含量 2%以下(以原样计)	0.01
脂肪含量 10%以下(以原样计)	0.2	脂肪含量 2%及以上(以脂肪计)	0.5
脂肪含量 10%及以上(以脂肪计)	2		

4.40.5 检验方法：按 GB/T 5009.19 规定的方法测定。

4.41 溴氰菊酯 （deltamethrin）

4.41.1 主要用途：杀虫剂。

4.41.2 ADI：0.01mg/kg 体重 （1982 年）。

4.41.3 残留物：溴氰菊酯 （脂溶）。

4.41.4 最大残留限量：应符合表 41 的规定。

表 41

食 物	最大残留限量/(mg/kg)	食 物	最大残留限量/(mg/kg)
原粮	0.5	柑橘类水果	0.05
小麦粉	0.2	热带及亚热带水果(皮不可食)	0.05
叶菜类蔬菜	0.5	油菜籽	0.1
甘蓝类蔬菜	0.5	棉籽	0.1
果菜类蔬菜	0.2	茶叶	10
梨果类水果	0.1		

4.41.5 检验方法：按 GB/T 5009.110 规定的方法测定。

4.42 二嗪磷 （diazinon）

4.42.1 主要用途：杀虫剂。

4.42.2 ADI：0.002mg/kg 体重 （1993 年）。

4.42.3 残留物：二嗪磷 （脂溶）。

4.42.4 最大残留限量：应符合表 42 的规定。

表 42

食 物	最大残留限量/(mg/kg)
稻谷	0.1
小麦	0.1
棉籽	0.2

4.42.5 检验方法：按 GB/T 5009.107 规定的方法测定。

4.43 敌敌畏 (dichlorvos)

4.43.1 主要用途：杀虫剂。

4.43.2 ADI：0.004mg/kg 体重（1993 年）。

4.43.3 残留物：敌敌畏。

4.43.4 最大残留限量：应符合表 43 的规定。

表 43

食　物	最大残留限量/(mg/kg)
原粮	0.1
蔬菜	0.2
水果	0.2

4.43.5 检验方法：按 GB/T 5009.20 规定的方法测定。

4.44 三氯杀螨醇 (dicofol)

4.44.1 主要用途：杀螨剂。

4.44.2 ADI：0.002mg/kg 体重（1992 年）。

4.44.3 残留物：三氯杀螨醇（o,p'-异构体和 p,p'-异构体之和）（脂溶）。

4.44.4 最大残留限量：应符合表 44 的规定。

表 44

食　物	最大残留限量/(mg/kg)
梨果类水果	1
柑橘类水果	1
棉籽油	0.1

4.44.5 检验方法：按 GB/T 5009.176 规定的方法测定。

4.45 野燕枯 (difenzoquat)

4.45.1 主要用途：除草剂。

4.45.2 ADI：0.25mg/kg 体重。

4.45.3 残留物：野燕枯。

4.45.4 最大残留限量：应符合表 45 的规定。

表 45

食　物	最大残留限量/(mg/kg)
麦类	0.1

4.45.5 检验方法：按 GB/T 5009.200 规定的方法测定。

4.46 除虫脲 (diflubenzuron)

4.46.1 主要用途：杀虫剂。

4.46.2 ADI：0.02mg/kg 体重（1985 年）。

4.46.3 残留物：除虫脲。

4.46.4 最大残留限量：应符合表 46 的规定。

表 46

食 物	最大残留限量/(mg/kg)	食 物	最大残留限量/(mg/kg)
小麦	0.2	甘蓝类蔬菜	1
玉米	0.2	梨果类水果	1
叶菜类蔬菜	1	柑橘类水果	1

4.46.5 检验方法：按 GB/T 5009.147 规定的方法测定。

4.47 乐果（dimethoate）

4.47.1 主要用途：杀虫剂。

4.47.2 ADI：0.002mg/kg 体重（1996 年）。

4.47.3 残留物：乐果和氧乐果之和，以乐果表示。

4.47.4 最大残留限量：应符合表 47 的规定。

表 47

食 物	最大残留限量/(mg/kg)	食 物	最大残留限量/(mg/kg)
稻谷	0.05	茎类蔬菜	0.5
小麦	0.05	鳞茎类蔬菜	0.2
大豆	0.05	块根类蔬菜	0.5
叶菜类蔬菜	1	梨果类水果	1
甘蓝类蔬菜	1	核果类水果	2
果菜类蔬菜	0.5	柑橘类水果	2
豆类蔬菜	0.5	食用植物油	0.05

4.47.5 检验方法：按 GB/T 5009.20 规定的方法测定。

4.48 烯唑醇（diniconazole）

4.48.1 主要用途：杀菌剂。

4.48.2 ADI：0.005mg/kg 体重。

4.48.3 残留物：烯唑醇。

4.48.4 最大残留限量：应符合表 48 的规定。

表 48

食 物	最大残留限量/(mg/kg)	食 物	最大残留限量/(mg/kg)
稻谷	0.05	杂谷类	0.05
小麦	0.05	梨果类水果	0.1

4.48.5 检验方法：按 GB/T 5009.201 规定的方法测定。

4.49 二苯胺（diphenylamine）

4.49.1 主要用途：杀菌剂。

4.49.2 ADI：0.08mg/kg 体重（1998 年）。

4.49.3 acute RfD：无需制定（1998 年）。

4.49.4 残留物：二苯胺。

4.49.5 最大残留限量：应符合表 49 的规定。

表 49

食　物	最大残留限量/(mg/kg)
苹果	5

4.50　敌草快（diquat）

4.50.1　主要用途：除草剂。

4.50.2　ADI：0.002mg/kg 体重（1993 年）。

4.50.3　残留物：敌草快阳离子（通常用二溴化合物）。

4.50.4　最大残留限量：应符合表 50 的规定。

表 50

食　物	最大残留限量/(mg/kg)	食　物	最大残留限量/(mg/kg)
小麦	2	油菜籽	2
小麦粉	0.5	食用植物油	0.05
全麦粉	2		

4.51　敌瘟磷（edifenphos）

4.51.1　主要用途：杀菌剂。

4.51.2　ADI：0.003mg/kg 体重（1981 年）。

4.51.3　残留物：敌瘟磷。

4.51.4　最大残留限量：应符合表 51 的规定。

表 51

食　物	最大残留限量/(mg/kg)
大米	0.1

4.51.5　检验方法：按 GB/T 5009.145 规定的方法测定。

4.52　硫丹（endosulfan）

4.52.1　主要用途：杀虫剂。

4.52.2　ADI：0.006mg/kg 体重（1998 年）。

4.52.3　acute RfD：0.02mg/kg 体重（1998 年）。

4.52.4　残留物：α-硫丹和 β-硫丹及硫酸硫丹之和（脂溶）。

4.52.5　最大残留限量：应符合表 52 的规定。

表 52

食　物	最大残留限量/(mg/kg)
梨果类水果	1
甘蔗	0.5
棉籽	1

4.53　顺式氰戊菊酯（esfenvalerate）

4.53.1　主要用途：杀虫剂。

4.53.2　ADI：0.02mg/kg 体重。

4.53.3 残留物：顺式氰戊菊酯。

4.53.4 最大残留限量：应符合表 53 的规定。

表 53

食　物	最大残留限量/(mg/kg)	食　物	最大残留限量/(mg/kg)
叶菜类蔬菜	1	棉籽	0.02
梨果类水果	1	茶叶	2
柑橘	1		

4.53.5 检验方法：按 GB/T 5009.110 规定的方法测定。

4.54 乙烯利 （ethephon）

4.54.1 主要用途：植物生长调节剂。

4.54.2 ADI：0.05mg/kg 体重 （1997 年）。

4.54.3 残留物：乙烯利。

4.54.4 最大残留限量：应符合表 54 的规定。

表 54

食　物	最大残留限量/(mg/kg)
番茄	2
热带及亚热带水果(皮不可食)	2
棉籽	2

4.55 乙硫磷 （ethion）

4.55.1 主要用途：杀虫剂。

4.55.2 ADI：0.002mg/kg 体重 （1990 年）。

4.55.3 残留物：乙硫磷 （脂溶）。

4.55.4 最大残留限量：应符合表 55 的规定。

表 55

食　物	最大残留限量/(mg/kg)
稻谷	0.2
棉籽油	0.5

4.55.5 检验方法：按 GB/T 5009.20 规定的方法测定。

4.56 灭线磷 （ethoprophos）

4.56.1 主要用途：杀虫剂。

4.56.2 ADI：0.0004mg/kg 体重 （1999 年）。

4.56.3 acute RfD：0.05mg/kg 体重 （1999 年）。

4.56.4 残留物：灭线磷。

4.56.5 最大残留限量：应符合表 56 的规定。

表 56

食 物	最大残留限量/(mg/kg)
红薯	0.02
花生	0.02

4.56.6　检验方法：按 GB/T 5009.145 规定的方法测定。

4.57　苯线磷（fenamiphos）

4.57.1　主要用途：杀虫剂。

4.57.2　ADI：0.0008mg/kg 体重（1997 年）。

4.57.3　acute RfD：0.0008mg/kg 体重（1997 年）。

4.57.4　残留物：苯线磷及其亚砜和砜之和，以苯线磷表示。

4.57.5　最大残留限量：应符合表 57 的规定。

表 57

食 物	最大残留限量/(mg/kg)
花生	0.05
花生油	0.05

4.57.6　检验方法：按 GB/T 5009.145 规定的方法测定。

4.58　氯苯嘧啶醇（fenarimol）

4.58.1　主要用途：杀菌剂。

4.58.2　ADI：0.01mg/kg 体重（1995 年）。

4.58.3　残留物：氯苯嘧啶醇。

4.58.4　最大残留限量：应符合表 58 的规定。

表 58

食 物	最大残留限量/(mg/kg)
梨果类水果	0.3

4.59　腈苯唑（fenbuconazole）

4.59.1　主要用途：杀菌剂。

4.59.2　ADI：0.03mg/kg 体重（1997 年）。

4.59.3　残留物：腈苯唑（脂溶）。

4.59.4　最大残留限量：应符合表 59 的规定。

表 59

食 物	最大残留限量/(mg/kg)
桃	0.5
香蕉	0.05

4.60　苯丁锡（fenbutatin oxide）

4.60.1　主要用途：杀螨剂。

4.60.2　ADI：0.03mg/kg 体重（1992 年）。

4.60.3 残留物：苯丁锡。

4.60.4 最大残留限量：应符合表60的规定。

表60

食　物	最大残留限量/(mg/kg)
梨果类水果	5
柑橘类水果	5

4.60.5 检验方法：按 SN 0592 规定的方法测定。

4.61 杀螟硫磷（fenitrothion）

4.61.1 主要用途：杀虫剂。

4.61.2 ADI：0.005mg/kg 体重（1988 年）。

4.61.3 acute RfD：0.04mg/kg 体重（2000 年）。

4.61.4 残留物：杀螟硫磷（脂溶）。

4.61.5 最大残留限量：应符合表61的规定。

表61

食　物	最大残留限量/(mg/kg)	食　物	最大残留限量/(mg/kg)
原粮	5	蔬菜	0.5
大米	1	水果	0.5
小麦粉	2	茶叶	0.5
全麦粉	5		

4.61.6 检验方法：按 GB/T 5009.20 规定的方法测定。

4.62 仲丁威 ［fenobucarb（BPMC）］

4.62.1 主要用途：杀虫剂。

4.62.2 ADI：0.06mg/kg 体重。

4.62.3 残留物：仲丁威。

4.62.4 最大残留限量：应符合表62的规定。

表62

食　物	最大残留限量/(mg/kg)
稻谷	0.5

4.62.5 检验方法：按 GB/T 5009.145 规定的方法测定。

4.63 甲氰菊酯（fenpropathrin）

4.63.1 主要用途：杀虫剂、杀螨剂。

4.63.2 ADI：0.03mg/kg 体重（1993 年）。

4.63.3 残留物：甲氰菊酯（脂溶）。

4.63.4 最大残留限量：应符合表63的规定。

表63

食　物	最大残留限量/(mg/kg)
叶菜类蔬菜	0.5
水果	5.0
棉籽	1

4.63.5　检验方法：按 GB/T 5009.146 规定的方法测定。

4.64　唑螨酯（fenpyroximate）

4.64.1　主要用途：杀螨剂。

4.64.2　ADI：0.01mg/kg 体重。

4.64.3　残留物：唑螨酯。

4.64.4　最大残留限量：应符合表 64 的规定。

表64

食　物	最大残留限量/(mg/kg)
苹果	0.5
柑橘	0.5

4.65　倍硫磷（fenthion）

4.65.1　主要用途：杀虫剂。

4.65.2　ADI：0.007mg/kg 体重（1995 年）。

4.65.3　acute RfD：0.01mg/kg 体重（1997 年）。

4.65.4　残留物：倍硫磷、其氧类似物及其亚砜、砜化合物之和，以倍硫磷表示（脂溶）。

4.65.5　最大残留限量：应符合表 65 的规定。

表65

食　物	最大残留限量/(mg/kg)	食　物	最大残留限量/(mg/kg)
稻谷	0.05	水果	0.05
小麦	0.05	食用植物油	0.01
蔬菜	0.05		

4.65.6　检验方法：按 GB/T 5009.20 规定的方法测定。

4.66　氰戊菊酯（fenvalerate）

4.66.1　主要用途：杀虫剂。

4.66.2　ADI：0.02mg/kg 体重（1986 年）。

4.66.3　残留物：氰戊菊酯（脂溶）。

4.66.4　最大残留限量：应符合表 66 的规定。

表66

食　物	最大残留限量/(mg/kg)	食　物	最大残留限量/(mg/kg)
小麦粉	0.2	果菜类蔬菜	0.2
全麦粉	2	瓜菜类蔬菜	0.2
大豆	0.1	块根类蔬菜	0.05
花生	0.1	水果	0.2
叶菜类蔬菜	0.5	棉籽油	0.1
甘蓝类蔬菜	0.5		

4.66.5 检验方法：按 GB/T 5009.110 规定的方法测定。

4.67 吡氟禾草灵（fluazifop-butyl）

4.67.1 主要用途：除草剂。

4.67.2 ADI：0.01mg/kg 体重。

4.67.3 残留物：吡氟禾草灵及其代谢产物吡氟禾草酸。

4.67.4 最大残留限量：应符合表 67 的规定。

表 67

食　物	最大残留限量/(mg/kg)
大豆	0.5
甜菜	0.5
棉籽	0.1

4.67.5 检验方法：按 GB/T 5009.142 规定的方法测定。

4.68 精吡氟禾草灵（fluazifop-P-butyl）

4.68.1 主要用途：除草剂。

4.68.2 ADI：0.25mg/kg 体重。

4.68.3 残留物：吡氟禾草灵及其代谢产物吡氟禾草酸。

4.68.4 最大残留限量：应符合表 68 的规定。

表 68

食　物	最大残留限量/(mg/kg)
大豆	0.5
甜菜	0.5
棉籽	0.1

4.68.5 检验方法：按 GB/T 5009.142 规定的方法测定。

4.69 氟氰戊菊酯（flucythrinate）

4.69.1 主要用途：杀虫剂。

4.69.2 ADI：0.02mg/kg 体重（1985 年）。

4.69.3 残留物：氟氰戊菊酯（脂溶）。

4.69.4 最大残留限量：应符合表 69 的规定。

表 69

食　物	最大残留限量/(mg/kg)	食　物	最大残留限量/(mg/kg)
豆类(干)	0.05	梨果类水果	0.5
甘蓝类蔬菜	0.5	棉籽油	0.2
果菜类蔬菜	0.2	红茶、绿茶	20
块根类蔬菜	0.05		

4.69.5 检验方法：按 GB/T 5009.146 规定的方法测定。

4.70 氯氟吡氧乙酸（fluroxypyr）

4.70.1 主要用途：除草剂。

4.70.2 ADI：0.2mg/kg 体重。

4.70.3 残留物：氯氟吡氧乙酸。

4.70.4 最大残留限量：应符合表 70 的规定。

表 70

食 物	最大残留限量/(mg/kg)
稻谷	0.2
小麦	0.2

4.71 氟硅唑（flusilazole）

4.71.1 主要用途：杀菌剂。

4.71.2 ADI：0.001mg/kg 体重（1995 年）。

4.71.3 残留物：氟硅唑。

4.71.4 最大残留限量：应符合表 71 的规定。

表 71

食 物	最大残留限量/(mg/kg)
梨果类水果	0.2

4.72 氟胺氰菊酯（fluvalinate）

4.72.1 主要用途：杀虫剂。

4.72.2 ADI：0.01mg/kg 体重。

4.72.3 残留物：氟胺氰菊酯。

4.72.4 最大残留限量：应符合表 72 的规定。

表 72

食 物	最大残留限量/(mg/kg)
甘蓝类蔬菜	0.5
棉籽油	0.2

4.72.5 检验方法：按 GB/T 5009.146 规定的方法测定。

4.73 氟磺胺草醚（fomesafen）

4.73.1 主要用途：除草剂。

4.73.2 ADI：0.6mg/kg 体重。

4.73.3 残留物：氟磺胺草醚。

4.73.4 最大残留限量：应符合表 73 的规定。

表 73

食 物	最大残留限量/(mg/kg)
大豆	0.1

4.73.5 检验方法：按 GB/T 5009.130 规定的方法测定。

4.74 四氯苯酞（fthalide）

4.74.1 主要用途：杀菌剂。

4.74.2 ADI：0.15mg/kg 体重。

4.74.3 残留物：四氯苯酞。

4.74.4 最大残留限量：应符合表 74 的规定。

表 74

食　物	最大残留限量/(mg/kg)
稻谷	0.5

4.75 草甘膦（glyphosate）

4.75.1 主要用途：除草剂。

4.75.2 ADI：0.3mg/kg 体重（1997 年）。

4.75.3 残留物：草甘膦。

4.75.4 最大残留限量：应符合表 75 的规定。

表 75

食　物	最大残留限量/(mg/kg)	食　物	最大残留限量/(mg/kg)
稻谷	0.1	玉米	1
小麦	5	水果	0.1
小麦粉	0.5	甘蔗	2
全麦粉	5	棉籽油	0.05

4.76 吡氟甲禾灵（haloxyfop）

4.76.1 主要用途：除草剂。

4.76.2 ADI：0.0003mg/kg 体重（1995 年）。

4.76.3 残留物：吡氟甲禾灵酯、吡氟甲禾灵及其共轭物，以吡氟甲禾灵表示。

4.76.4 最大残留限量：应符合表 76 的规定。

表 76

食　物	最大残留限量/(mg/kg)	食　物	最大残留限量/(mg/kg)
花生	0.1	食用植物油	1
大豆	0.1	棉籽	0.2

4.77 六六六（HCH）

4.77.1 PTDI：0.002mg/kg 体重。

4.77.2 残留物：α-HCH、β-HCH、γ-HCH、δ-HCH 之和（脂溶）。

4.77.3 再残留限量：应符合表 77 的规定。

表 77

食 物	再残留限量/(mg/kg)	食 物	再残留限量/(mg/kg)
原粮	0.05	水产品	0.1
豆类	0.05	蛋品	0.1
薯类	0.05	牛乳	0.02
蔬菜	0.05		
水果	0.05		
茶叶	0.2	乳制品	
肉及其制品		脂肪含量 2%以下(以原样计)	0.01
脂肪含量 10%以下(以原样计)	0.1	脂肪含量 2%及以上(以脂肪计)	0.5
脂肪含量 10%及以上(以脂肪计)	1		

4.77.4　检验方法：按 GB/T 5009.19 规定的方法测定。

4.78　七氯（heptachlor）

4.78.1　PTDI：0.0001mg/kg 体重（1994 年）。

4.78.2　残留物：七氯、环氧七氯之和（脂溶）。

4.78.3　再残留限量：应符合表 78 的规定。

表 78

食 物	再残留限量/(mg/kg)
原粮	0.02

4.78.4　检验方法：按 GB/T 5009.36 规定的方法测定。

4.79　噻螨酮（hexythiazox）

4.79.1　主要用途：杀螨剂。

4.79.2　ADI：0.03mg/kg 体重（1991 年）。

4.79.3　残留物：噻螨酮。

4.79.4　最大残留限量：应符合表 79 的规定。

表 79

食 物	最大残留限量/(mg/kg)
梨果类水果	0.5
柑橘类水果	0.5

4.79.5　检验方法：按 GB/T 5009.173 规定的方法测定。

4.80　抑霉唑（imazalil）

4.80.1　主要用途：杀菌剂。

4.80.2　ADI：0.03mg/kg 体重（1991 年）。

4.80.3　acute RfD：无需制定（2000 年）。

4.80.4　残留物：抑霉唑。

4.80.5　最大残留限量：应符合表 80 的规定。

表 80

食 物	最大残留限量/(mg/kg)
柑橘类水果	5

4.81 异菌脲 (iprodione)

4.81.1 主要用途：杀菌剂。

4.81.2 ADI：0.06mg/kg 体重（1995 年）。

4.81.3 残留物：异菌脲。

4.81.4 最大残留限量：应符合表 81 的规定。

表 81

食　物	最大残留限量/(mg/kg)
番茄	5
黄瓜	2
梨果类水果	5

4.81.5 检验方法：按 SN 0708 规定的方法测定。

4.82 水胺硫磷 (isocarbophos)

4.82.1 主要用途：杀虫剂。

4.82.2 ADI：0.003mg/kg 体重。

4.82.3 残留物：水胺硫磷。

4.82.4 最大残留限量：应符合表 82 的规定。

表 82

食　物	最大残留限量/(mg/kg)
稻谷	0.1
柑橘	0.02

4.82.5 检验方法：按 GB/T 5009.109 规定的方法测定。

4.83 甲基异柳磷 (isofenphos-methyl)

4.83.1 主要用途：杀虫剂。

4.83.2 ADI：0.003mg/kg 体重。

4.83.3 残留物：甲基异柳磷。

4.83.4 最大残留限量：应符合表 83 的规定。

表 83

食　物	最大残留限量/(mg/kg)	食　物	最大残留限量/(mg/kg)
原粮	0.02	甜菜	0.05
甘薯	0.05	甘蔗	0.02
花生	0.05		

4.83.5 检验方法：按 GB/T 5009.144 规定的方法测定。

4.84 异丙威 (isoprocarb)

4.84.1 主要用途：杀虫剂。

4.84.2 ADI：0.002mg/kg 体重。

4.84.3 残留物：异丙威。

4.84.4 最大残留限量：应符合表 84 的规定。

表 84

食 物	最大残留限量/(mg/kg)
大米	0.2

4.84.5 检验方法：按 GB/T 5009.104 规定的方法测定。

4.85 稻瘟灵（isoprothiolane）

4.85.1 主要用途：杀菌剂。

4.85.2 ADI：0.016mg/kg 体重。

4.85.3 残留物：稻瘟灵。

4.85.4 最大残留限量：应符合表 85 的规定。

表 85

食 物	最大残留限量/(mg/kg)
大米	1

4.85.5 检验方法：按 GB/T 5009.155 规定的方法测定。

4.86 林丹（lindane）

4.86.1 主要用途：杀虫剂。

4.86.2 TADI：0.001mg/kg 体重（2001 年）。

4.86.3 残留物：γ-HCH（脂溶）。

4.86.4 最大残留限量：应符合表 86 的规定。

表 86

食 物	最大残留限量/(mg/kg)	食 物	最大残留限量/(mg/kg)
小麦	0.05	蛋品	0.1
肉		牛乳	0.01
脂肪含量 10% 以下（以原样计）	0.1		
脂肪含量 10% 及以上（以脂肪计）	1		

4.86.5 检验方法：按 GB/T 5009.19 规定的方法测定。

4.87 马拉硫磷（malathion）

4.87.1 主要用途：杀虫剂。

4.87.2 ADI：0.3mg/kg 体重（1997 年）。

4.87.3 残留物：马拉硫磷。

4.87.4 最大残留限量：应符合表 87 的规定。

表 87

食 物	最大残留限量/(mg/kg)	食 物	最大残留限量/(mg/kg)
原粮	8	块根类蔬菜	0.5
大豆	8	梨果类水果	2
叶菜类蔬菜	8	核果类水果	6
甘蓝类蔬菜	0.5	草莓	1
果菜类蔬菜	0.5	葡萄	8
豆类蔬菜	2	柑橘类水果	4
芹菜	1		

4.87.5 检验方法：按 GB/T 5009.20 规定的方法测定。

4.88 代森锰锌（mancozeb）

4.88.1 主要用途：杀菌剂。

4.88.2 ADI：0.03mg/kg 体重（1993 年）。

4.88.3 残留物：形成乙烯双二硫代氨基甲酸酯，以二硫化碳表示。

4.88.4 最大残留限量：应符合表 88 的规定。

表 88

食 物	最大残留限量/(mg/kg)	食 物	最大残留限量/(mg/kg)
果菜类蔬菜	1	西瓜	1
黄瓜	2	小粒水果	5
梨果类水果	5	热带及亚热带水果(皮不可食)	2

4.88.5 检验方法：按 SN 0157 规定的方法测定。

4.89 甲霜灵（metalaxyl）

4.89.1 主要用途：杀菌剂。

4.89.2 ADI：0.03mg/kg 体重（1982 年）。

4.89.3 残留物：甲霜灵。

4.89.4 最大残留限量：应符合表 89 的规定。

表 89

食 物	最大残留限量/(mg/kg)
谷子	0.05
黄瓜	0.5
葡萄	1

4.89.5 检验方法：按 SN 0281 规定的方法测定。

4.90 甲胺磷（methamidophos）

4.90.1 主要用途：杀虫剂。

4.90.2 ADI：0.004mg/kg 体重（1990 年）。

4.90.3 残留物：甲胺磷。

4.90.4 最大残留限量：应符合表 90 的规定。

表 90

食 物	最大残留限量/(mg/kg)
稻谷	0.1
蔬菜	0.05①
棉籽	0.1

① 不得在该类食物中使用此种农药，该数值为检验方法的测定限。

4.90.5 检验方法：按 GB/T 5009.103 规定的方法测定。

4.91 杀扑磷（methidathion）

4.91.1 主要用途：杀虫剂。

4.91.2 ADI：0.001mg/kg 体重（1997 年）。

4.91.3 acute RfD：0.01mg/kg 体重（1997 年）。

4.91.4 残留物：杀扑磷。

4.91.5 最大残留限量：应符合表 91 的规定。

表 91

食 物	最大残留限量/(mg/kg)
柑橘	2

4.91.6 检验方法：按 GB/T 5009.145 规定的方法测定。

4.92 灭多威（methomyl）

4.92.1 主要用途：杀虫剂。

4.92.2 ADI：0.03mg/kg 体重（1989 年）。

4.92.3 残留物：灭多威及羟基硫代乙酰亚胺甲酯（灭多威肟）之和，以灭多威计。

4.92.4 最大残留限量：应符合表 92 的规定。

表 92

食 物	最大残留限量/(mg/kg)	食 物	最大残留限量/(mg/kg)
小麦	0.5	苹果	2
玉米	0.05	柑橘	1
大豆	0.2	棉籽	0.5
甘蓝类蔬菜	2		

4.92.5 检验方法：按 SN 0582 规定的方法测定。

4.93 溴甲烷（methyl bromide）

4.93.1 主要用途：熏蒸剂。

4.93.2 残留物：溴甲烷。

4.93.3 最大残留限量：应符合表 93 的规定。

表 93

食 物	最大残留限量/(mg/kg)
原粮	5

4.93.4 检验方法：按 SN 0649 规定的方法测定。

4.94 异丙甲草胺（metolachlor）

4.94.1 主要用途：除草剂。

4.94.2 ADI：0.65mg/kg 体重。

4.94.3 残留物：异丙甲草胺。

4.94.4 最大残留限量：应符合表 94 的规定。

表 94

食 物	最大残留限量/(mg/kg)
大豆	0.5
花生	0.5

4.94.5 检验方法：按 GB/T 5009.174 规定的方法测定。

4.95 禾草敌（molinate）

4.95.1 主要用途：除草剂。

4.95.2 ADI：0.006mg/kg 体重。

4.95.3 残留物：禾草敌。

4.95.4 最大残留限量：应符合表 95 的规定。

表 95

食　　物	最大残留限量/(mg/kg)
大米	0.1

4.95.5 检验方法：按 GB/T 5009.134 规定的方法测定。

4.96 久效磷（monocrotophos）

4.96.1 主要用途：杀虫剂。

4.96.2 ADI：0.0006mg/kg 体重（1993 年）。

4.96.3 acute RfD：0.002mg/kg 体重（1995 年）。

4.96.4 残留物：久效磷。

4.96.5 最大残留限量：应符合表 96 的规定。

表 96

食　　物	最大残留限量/(mg/kg)	食　　物	最大残留限量/(mg/kg)
稻谷	0.02	甘蔗	0.02
小麦	0.02	棉籽油	0.05

4.96.6 检验方法：按 GB/T 5009.20 规定的方法测定。

4.97 恶草酮（oxadiazon）

4.97.1 主要用途：除草剂。

4.97.2 ADI：0.25mg/kg 体重。

4.97.3 残留物：恶草酮。

4.97.4 最大残留限量：应符合表 97 的规定。

表 97

食　　物	最大残留限量/(mg/kg)
稻谷	0.05

4.97.5 检验方法：按 GB/T 5009.180 规定的方法测定。

4.98 多效唑（paclobutrazol）

4.98.1 主要用途：植物生长调节剂。

4.98.2 ADI：0.1mg/kg 体重（1988 年）。

4.98.3 残留物：多效唑。

4.98.4 最大残留限量：应符合表 98 的规定。

表 98

食物	最大残留限量/(mg/kg)	食物	最大残留限量/(mg/kg)
稻谷	0.5	苹果	0.5
小麦	0.5	菜籽油	0.5

4.99　百草枯（paraquat）

4.99.1　主要用途：除草剂。

4.99.2　ADI：百草枯阳离子0.004mg/kg体重（1986年）。

4.99.3　残留物：百草枯阳离子（通常采用二氯百草枯）。

4.99.4　最大残留限量：应符合表99的规定。

表 99

食物	最大残留限量/(mg/kg)	食物	最大残留限量/(mg/kg)
小麦粉	0.5	柑橘	0.2
玉米	0.1	菜籽油	0.05
蔬菜	0.05		

4.99.5　检验方法：按SN 0293规定的方法测定。

4.100　对硫磷（parathion）

4.100.1　主要用途：杀虫剂。

4.100.2　ADI：0.004mg/kg体重（1995年）。

4.100.3　acute RfD：0.01mg/kg体重（1995年）。

4.100.4　残留物：对硫磷。

4.100.5　最大残留限量：应符合表100的规定。

表 100

食物	最大残留限量/(mg/kg)	食物	最大残留限量/(mg/kg)
原粮	0.1	水果	0.01①
马铃薯	0.05	棉籽油	0.1
蔬菜	0.01①		

① 不得在该类食物中使用此种农药，该数值为检验方法的测定限。

4.100.6　检验方法：按GB/T 5009.20规定的方法测定。

4.101　甲基对硫磷（parathion-methyl）

4.101.1　主要用途：杀虫剂。

4.101.2　ADI：0.003mg/kg体重（1995年）。

4.101.3　acute RfD：0.03mg/kg体重（1995年）。

4.101.4　残留物：甲基对硫磷。

4.101.5　最大残留限量：应符合表101的规定。

表 101

食　物	最大残留限量/(mg/kg)	食　物	最大残留限量/(mg/kg)
稻谷	0.1	苹果	0.01①
小麦	0.1	棉籽油	0.1
玉米	0.1		

① 不得在该类食物中使用此种农药，该数值为检验方法的测定限。

4.101.6　检验方法：按 GB/T 5009.20 规定的方法测定。

4.102　二甲戊灵（pendimethalin）

4.102.1　主要用途：除草剂。

4.102.2　ADI：0.005mg/kg 体重。

4.102.3　残留物：二甲戊灵。

4.102.4　最大残留限量：应符合表 102 的规定。

表 102

食　物	最大残留限量/(mg/kg)
叶菜类蔬菜	0.1

4.102.5　检验方法：按 SN 0712 规定的方法测定。

4.103　氯菊酯（permethrin）

4.103.1　主要用途：杀虫剂。

4.103.2　ADI：0.05mg/kg 体重（1999 年）。

4.103.3　acute RfD：无需制定（1999 年）。

4.103.4　残留物：氯菊酯（异构体之和）（脂溶）。

4.103.5　最大残留限量：应符合表 103 的规定。

表 103

食　物	最大残留限量/(mg/kg)	食　物	最大残留限量/(mg/kg)
原粮	2	水果	2
小麦粉	0.5	棉籽油	0.1
蔬菜	1	红茶、绿茶	20

4.103.6　检验方法：按 GB/T 5009.106 规定的方法测定。

4.104　稻丰散（phenthoate）

4.104.1　主要用途：杀虫剂。

4.104.2　ADI：0.003mg/kg 体重（1984 年）。

4.104.3　残留物：稻丰散。

4.104.4　最大残留限量：应符合表 104 的规定。

表 104

食　物	最大残留限量/(mg/kg)
大米	0.05
柑橘	1

4.104.5 检验方法：按 GB/T 5009.20 规定的方法测定。

4.105 甲拌磷（phorate）

4.105.1 主要用途：杀虫剂。

4.105.2 ADI：0.0005mg/kg 体重（1996 年）。

4.105.3 残留物：以甲拌磷与其氧类似物及其亚砜和砜化物之和计，以甲拌磷表示。

4.105.4 最大残留限量：应符合表 105 的规定。

表 105

食　物	最大残留限量/(mg/kg)	食　物	最大残留限量/(mg/kg)
小麦	0.02	花生油	0.05
高粱	0.02	棉籽	0.05
花生	0.1		

4.105.5 检验方法：按 GB/T 5009.20 规定的方法测定。

4.106 伏杀硫磷（phosalone）

4.106.1 主要用途：杀虫剂。

4.106.2 ADI：0.02mg/kg 体重（1997 年）。

4.106.3 残留物：伏杀硫磷（脂溶）。

4.106.4 最大残留限量：应符合表 106 的规定。

表 106

食　物	最大残留限量/(mg/kg)
叶菜类蔬菜	1
棉籽油	0.1

4.106.5 检验方法：按 GB/T 5009.145 规定的方法测定。

4.107 亚胺硫磷（phosmet）

4.107.1 主要用途：杀虫剂。

4.107.2 ADI：0.01mg/kg 体重（1998 年）。

4.107.3 acute RfD：0.02mg/kg 体重（1998 年）。

4.107.4 残留物：亚胺硫磷。

4.107.5 最大残留限量：应符合表 107 的规定。

表 107

食　物	最大残留限量/(mg/kg)	食　物	最大残留限量/(mg/kg)
稻谷	0.5	柑橘类水果	5
玉米	0.05	棉籽	0.05
大白菜	0.5		

4.107.6 检验方法：按 GB/T 5009.131 规定的方法测定。

4.108 磷胺（phosphamidon）

4.108.1 主要用途：杀虫剂。

4.108.2 ADI：0.0005mg/kg 体重（1986 年）。

4.108.3 残留物：磷胺（E-异构体和 Z-异构体）和 N-去乙基磷胺（E-异构体和 Z-异构体）之和。

4.108.4 最大残留限量：应符合表 108 的规定。

表 108

食 物	最大残留限量/(mg/kg)
稻谷	0.1

4.108.5 检验方法：按 SN 0701 规定的方法测定。

4.109 辛硫磷 （phoxim）

4.109.1 主要用途：杀虫剂。

4.109.2 ADI：0.004mg/kg 体重（1999 年）。

4.109.3 残留物：辛硫磷。

4.109.4 最大残留限量：应符合表 109 的规定。

表 109

食 物	最大残留限量/(mg/kg)
原粮	0.05
蔬菜	0.05
水果	0.05

4.109.5 检验方法：按 GB/T 5009.145 规定的方法测定。

4.110 抗蚜威 （pirimicarb）

4.110.1 主要用途：杀虫剂。

4.110.2 ADI：0.02mg/kg 体重（1982 年）。

4.110.3 残留物：抗蚜威、脱甲基抗蚜威和 N-甲酰-(甲氨基) 类似物（二甲基-甲酰胺基-抗蚜威）之和。

4.110.4 最大残留限量：应符合表 110 的规定。

表 110

食 物	最大残留限量/(mg/kg)	食 物	最大残留限量/(mg/kg)
麦类	0.05	核果类水果	0.5
大豆	0.05	油菜籽	0.2
甘蓝类蔬菜	1		

4.110.5 检验方法：按 GB/T 5009.104 规定的方法测定。

4.111 甲基嘧啶磷 （pirimiphos-methyl）

4.111.1 主要用途：杀虫剂。

4.111.2 ADI：0.03mg/kg 体重（1992 年）。

4.111.3 残留物：甲基嘧啶磷（脂溶）。

4.111.4 最大残留限量：应符合表 111 的规定。

表 111

食　物	最大残留限量/(mg/kg)	食　物	最大残留限量/(mg/kg)
稻谷	5	大米	1
小麦	5	全麦粉	5
糙米	2	小麦粉	2

4.111.5　检验方法：按 SN 0137、SN 0154 规定的方法测定。

4.112　丙草胺（pretilachlor）

4.112.1　主要用途：除草剂。

4.112.2　ADI：0.15mg/kg 体重。

4.112.3　残留物：丙草胺。

4.112.4　最大残留限量：应符合表 112 的规定。

表 112

食　物	最大残留限量/(mg/kg)
大米	0.1

4.112.5　检验方法：按 SN 0712 规定执行。

4.113　咪鲜胺（prochloraz）

4.113.1　主要用途：杀菌剂。

4.113.2　ADI：0.01mg/kg 体重（1983 年）。

4.113.3　残留物：咪鲜胺及其含有 2,4,6-三氯苯酚部分的代谢产物之和，以咪鲜胺表示。

4.113.4　最大残留限量：应符合表 113 的规定。

表 113

食　物	最大残留限量/(mg/kg)	食　物	最大残留限量/(mg/kg)
稻谷	0.5	香蕉	5
蘑菇	2	芒果	2
柑橘	5		

4.114　腐霉利（procymidone）

4.114.1　主要用途：杀菌剂。

4.114.2　ADI：0.1mg/kg 体重（1989 年）。

4.114.3　残留物：腐霉利。

4.114.4　最大残留限量：应符合表 114 的规定。

表 114

食　物	最大残留限量/(mg/kg)	食　物	最大残留限量/(mg/kg)
果菜类蔬菜	5	葡萄	5
黄瓜	2	草莓	10
韭菜	0.2	食用植物油	0.5

4.114.5　检验方法：按 SN 0203 规定执行。

4.115　丙溴磷（profenofos）

4.115.1　主要用途：杀虫剂。

4.115.2　ADI：0.01mg/kg 体重（1990 年）。

4.115.3　残留物：丙溴磷。

4.115.4　最大残留限量：应符合表 115 的规定。

表 115

食　物	最大残留限量/（mg/kg）
甘蓝	0.5
棉籽油	0.05

4.115.5　检验方法：按 GB/T 5009.145 规定的方法测定。

4.116　敌稗（propanil）

4.116.1　主要用途：除草剂。

4.116.2　ADI：0.2mg/kg 体重。

4.116.3　残留物：敌稗。

4.116.4　最大残留限量：应符合表 116 的规定。

表 116

食　物	最大残留限量/（mg/kg）
大米	2

4.116.5　检验方法：按 GB/T 5009.177 规定的方法测定。

4.117　克螨特（propargite）

4.117.1　主要用途：杀螨剂。

4.117.2　ADI：0.01mg/kg 体重（1999 年）。

4.117.3　acute RfD：无需制定（1999 年）。

4.117.4　残留物：克螨特（脂溶）。

4.117.5　最大残留限量：应符合表 117 的规定。

表 117

食　物	最大残留限量/（mg/kg）	食　物	最大残留限量/（mg/kg）
叶菜类蔬菜	2	柑橘类水果	5
梨果类水果	5	棉籽油	0.1

4.117.6　检验方法：按 SN 0660 规定执行。

4.118　丙环唑（propiconazole）

4.118.1　主要用途：杀菌剂。

4.118.2　ADI：0.04mg/kg 体重（1987 年）。

4.118.3　残留物：丙环唑。

4.118.4　最大残留限量：应符合表 118 的规定。

表 118

食　物	最大残留限量/(mg/kg)
小麦	0.05
香蕉	0.1

4.118.5　检验方法：按 SN 0519 规定执行。

4.119　喹硫磷（quinalphos）

4.119.1　主要用途：杀虫剂。

4.119.2　残留物：喹硫鳞。

4.119.3　最大残留限量：应符合表 119 的规定。

表 119

食　物	最大残留限量/(mg/kg)
大米	0.2
柑橘	0.5

4.119.4　检验方法：按 GB/T 5009.20 规定的方法测定。

4.120　五氯硝基苯（quintozene）

4.120.1　主要用途：杀菌剂。

4.120.2　ADI：0.01mg/kg 体重（1995 年）。

4.120.3　残留物：五氯硝基苯。

4.120.4　最大残留限量：应符合表 120 的规定。

表 120

食　物	最大残留限量/(mg/kg)	食　物	最大残留限量/(mg/kg)
小麦	0.01	果菜类蔬菜	0.1
大豆	0.01	棉籽油	0.01
马铃薯	0.2		

4.120.5　检验方法：按 GB/T 5009.136 规定的方法测定。

4.121　单甲脒（semiamitraz）

4.121.1　主要用途：杀虫剂。

4.121.2　ADI：0.004mg/kg 体重。

4.121.3　残留物：单甲脒。

4.121.4　最大残留限量：应符合表 121 的规定。

表 121

食　物	最大残留限量/(mg/kg)
梨果类水果	0.5
柑橘	0.5

4.121.5　检验方法：按 GB/T 5009.160 规定的方法测定。

4.122　稀禾定（sethoxydim）

4.122.1 主要用途：除草剂。

4.122.2 ADI：0.14mg/kg 体重。

4.122.3 残留物：稀禾定。

4.122.4 最大残留限量：应符合表 122 的规定。

表 122

食　物	最大残留限量/(mg/kg)
大豆	2
花生	2

4.123 戊唑醇（tebuconazole）

4.123.1 主要用途：杀菌剂。

4.123.2 ADI：0.03mg/kg 体重（1994 年）。

4.123.3 残留物：戊唑醇。

4.123.4 最大残留限量：应符合表 123 的规定。

表 123

食　物	最大残留限量/(mg/kg)
小麦	0.05
香蕉	0.05

4.124 特丁磷（terbufos）

4.124.1 主要用途：杀虫剂。

4.124.2 ADI：0.0002mg/kg 体重（1989 年）。

4.124.3 残留物：以特丁磷及其氧类似物和它们的亚砜化物、砜化物之和计，以特丁磷表示。

4.124.4 最大残留限量：应符合表 124 的规定。

表 124

食　物	最大残留限量/(mg/kg)
花生	0.05

4.124.5 检验方法：按 GB/T 5009.145 规定的方法测定。

4.125 噻菌灵（thiabendazole）

4.125.1 主要用途：杀菌剂。

4.125.2 ADI：0.1mg/kg 体重（1997 年）。

4.125.3 残留物：噻菌灵。

4.125.4 最大残留限量：应符合表 125 的规定。

表 125

食　物	最大残留限量/(mg/kg)
柑橘类水果	10
香蕉	5

4.125.5 检验方法：按 SN 0606、SN 0607 规定的方法测定。

4.126 杀虫环（thiocyclam）

4.126.1 主要用途：杀虫剂。

4.126.2 ADI：0.05mg/kg 体重。

4.126.3 残留物：杀虫环。

4.126.4 最大残留限量：应符合表 126 的规定。

表 126

食　物	最大残留限量/(mg/kg)
大米	0.2

4.126.5 检验方法：按 GB/T 5009.113 规定的方法测定。

4.127 硫双威（thiodicarb）

4.127.1 主要用途：杀虫剂。

4.127.2 ADI：0.03mg/kg 体重（1986 年）。

4.127.3 残留物：硫双威、灭多威和羟基硫代乙酰亚胺甲酯（灭多威肟）之和，以硫双威计。

4.127.4 最大残留限量：应符合表 127 的规定。

表 127

食　物	最大残留限量/(mg/kg)
棉籽油	0.1

4.127.5 检验方法：按 GB/T 5009.104 规定的方法测定。

4.128 三唑酮（triadimefon）

4.128.1 主要用途：杀菌剂。

4.129.2 ADI：0.03mg/kg 体重（1985 年）。

4.129.3 残留物：三唑酮。

4.129.4 最大残留限量：应符合表 128 的规定。

表 128

食　物	最大残留限量/(mg/kg)	食　物	最大残留限量/(mg/kg)
稻谷	0.5	豌豆	0.05
小麦	0.1	梨果类水果	0.5
玉米	0.5	甜菜	0.1
黄瓜	0.1		

4.128.5 检验方法：按 GB/T 5009.126 规定的方法测定。

4.129 三唑醇（triadimenol）

4.129.1 主要用途：杀菌剂。

4.129.2 ADI：0.05mg/kg 体重（1989 年）。

4.129.3 残留物：三唑醇。

4.129.4 最大残留限量：应符合表 129 的规定。

表 129

食 物	最大残留限量/(mg/kg)
小麦	0.1
玉米	0.1
高粱	0.1

4.129.5　检验方法：按 GB/T 5009.126 规定的方法测定。

4.130　三唑磷（triazophos）

4.130.1　主要用途：杀虫剂。

4.130.2　ADI：0.001mg/kg 体重（1993 年）。

4.130.3　残留物：三唑磷。

4.130.4　最大残留限量：应符合表 130 的规定。

表 130

食 物	最大残留限量/(mg/kg)
稻谷	0.05
棉籽	0.1

4.130.5　检验方法：按 GB/T 5009.145 规定的方法测定。

4.131　敌百虫（trichlorfon）

4.131.1　主要用途：杀虫剂。

4.131.2　ADI：0.01mg/kg 体重（1978 年）。

4.131.3　残留物：敌百虫。

4.131.4　最大残留限量：应符合表 131 的规定。

表 131

食 物	最大残留限量/(mg/kg)	食 物	最大残留限量/(mg/kg)
稻谷	0.1	蔬菜	0.1
小麦	0.1	水果	0.1

4.131.5　检验方法：按 GB/T 5009.20 规定的方法测定。

4.132　三环唑（tricyclazole）

4.132.1　主要用途：杀菌剂。

4.132.2　ADI：0.04mg/kg 体重。

4.132.3　残留物：三环唑。

4.132.4　最大残留限量：应符合表 132 的规定。

表 132

食 物	最大残留限量/(mg/kg)
稻谷	2

4.132.5　检验方法：按 GB/T 5009.115 规定的方法测定。

4.133　氟乐灵（trifluralin）

4.133.1　主要用途：除草剂。

4.133.2　ADI：0.025mg/kg 体重。

4.133.3　残留物：氟乐灵。

4.133.4　最大残留限量：应符合表 133 的规定。

表 133

食　物	最大残留限量/(mg/kg)	食　物	最大残留限量/(mg/kg)
大豆	0.05	花生	0.05
豆油	0.05	花生油	0.05

4.133.5　检验方法：按 GB/T 5009.172 规定的方法测定。

4.134　蚜灭磷（vamidothion）

4.134.1　主要用途：杀虫剂。

4.134.2　ADI：0.008mg/kg 体重（1988 年）。

4.134.3　残留物：蚜灭磷。

4.134.4　最大残留限量：应符合表 134 的规定。

表 134

食　物	最大残留限量/(mg/kg)
梨果类水果	1

4.134.5　检验方法：按 GB/T 5009.145 规定的方法测定。

4.135　乙烯菌核利（vinclozolin）

4.135.1　主要用途：杀菌剂。

4.135.2　ADI：0.01mg/kg 体重（1995 年）。

4.135.3　残留物：乙烯菌核利及其所有含 3,5-二氯苯胺部分的代谢产物，以乙烯菌核利计。

4.135.4　最大残留限量：应符合表 135 的规定。

表 135

食　物	最大残留限量/(mg/kg)
番茄	3
黄瓜	1

4.135.5　检验方法：按 SN 0584 规定的方法测定。

4.136　嘧啶氧磷（pirimioxyphos）

4.136.1　主要用途：杀虫剂。

4.136.2　ADI：0.01mg/kg 体重。

4.136.3　残留物：嘧啶氧磷。

4.136.4　最大残留限量：应符合表 136 的规定。

表 136

食　物	最大残留限量/(mg/kg)
稻谷	0.1
柑橘	0.1

4.136.5 检验方法：按 GB/T 5009.145 规定的方法测定。

附 录 A
（资料性附录）
食品分类

依据农药在食品、农产品中形成残留的情况以及饮食习惯，将食品、农产品（限植物性）进行分类，见表 A.1。

表 A.1 食品分类

食品类别	食品品种	示 例
原粮	水稻	稻谷
	麦类	小麦、大麦、燕麦、黑麦
	杂谷类	玉米、高粱、谷子、糜子
	豆类	大豆、绿豆、红小豆
	薯类	甘薯、红薯、芋头
加工粮	粗磨（碾去外皮）	糙米、全麦粉
	精制	大米、面粉（如小麦粉）
产糖禾本类		甘蔗
蔬菜	叶菜类	白菜、菠菜、青菜、莴苣
	甘蓝类	花椰菜、甘蓝
	果菜类	番茄、茄子、辣椒、蘑菇、甜玉米
	瓜菜类	黄瓜、西葫芦、南瓜、甜瓜、丝瓜
	豆类	豌豆（肉质植物籽）、菜豆、蚕豆（未成熟籽）、扁豆、豇豆、荷兰豆
	茎类	芹菜、芦笋、朝鲜蓟
	鳞茎类	韭菜、洋葱、大葱、百合、大蒜
	块根类	萝卜、胡萝卜、山药、马铃薯、甜菜
水果	梨果类	苹果、梨
	核果类	桃、油桃、李、杏、樱桃、枣
	小粒水果	葡萄、草莓、黑莓、醋栗
	柑橘类	柑、橘、橙、柚、柠檬
	热带及亚热带水果（皮可食）	无花果、橄榄
	热带及亚热带水果（皮不可食）	香蕉、菠萝、猕猴桃、荔枝、芒果
油料作物	油料种子	花生仁、大豆、油菜籽、棉籽、葵花籽
	未精炼植物油	
	食用植物油	
茶叶		红茶、绿茶

476

附 录 B

（资料性附录）

本标准其他起草单位、起草人汇总表

表 B.1　本标准其他起草单位、起草人汇总表

序号	农药品种	起草单位	起草人
1	乙酰甲胺磷	中国疾病预防控制中心营养与食品安全所、广西农学院同位素研究室	张临夏、王永芳、黄光伟
2	三氟羧草醚	华西医科大学公共卫生学院	张立实、王瑞淑
3	甲草胺	中国疾病预防控制中心营养与食品安全所、农业部农药检定所	王永芳、李本昌、杨大进、高晓辉、张莹
4	涕灭威	中国疾病预防控制中心营养与食品安全所、中国农业科学院植保所、北京市卫生防疫站	张临夏、张萍、焦淑贞、姚建仁、孙淳
5	艾氏剂和狄氏剂	中国医学科学院卫生研究所	
6	磷化铝	中国医学科学院卫生研究所	
7	双甲脒	中国疾病预防控制中心营养与食品安全所、农业部农药检定所	张莹、李本昌、赵丹宇、高晓辉
8	敌菌灵	中国疾病预防控制中心营养与食品安全所	张莹、赵丹宇
9	莠去津	华西医科大学公共卫生学院	张立实、王瑞淑、黎源倩、吴紫华
10	三唑锡	中国疾病预防控制中心营养与食品安全所、农业部农药检定所	张莹、李本昌、赵丹宇、高晓辉
11	丙硫克百威	吉林省卫生防疫站、农业部农药检定所	孙文礼、李本昌、周文霞、高晓辉、张东昌
12	苄嘧磺隆	华西医科大学公共卫生学院	张立实、王瑞淑、吴紫华
13	灭草松	中国疾病预防控制中心营养与食品安全所、农业部农药检定所	张莹、李本昌、赵丹宇、高晓辉
14	联苯菊酯	中国疾病预防控制中心营养与食品安全所、农业部农药检定所	张莹、李本昌、杨大进、高晓辉、方从容
15	杀虫双	中国预防医学科学院营养与食品卫生研究所	王绪卿、林嫒真、陈惠京
16	溴螨酯	中国疾病预防控制中心营养与食品安全所、农业部农药检定所	张莹、李本昌、赵丹宇、高晓辉
17	噻嗪酮	浙江省疾病预防控制中心、浙江省农科院植保所	吴蓉、胡莲英
18	丁草胺	浙江省医学科学院	袁学洪、乐俊义
19	硫线磷	中国疾病预防控制中心营养与食品安全所	张莹、杨大进
20	克菌丹	中国疾病预防控制中心营养与食品安全所	张莹、赵丹宇
21	甲萘威	中国疾病预防控制中心营养与食品安全所	张临夏、王永芳
22	多菌灵	中国疾病预防控制中心营养与食品安全所、江苏农学院、沈阳市卫生防疫站	张临夏、王永芳、黄光伟
23	克百威	中国疾病预防控制中心营养与食品安全所、浙江农业厅环保站、中国水稻研究所、广西农科院	张临夏、王永芳、陆贻通、梁天锡、卢植新
24	丁硫克百威	中国疾病预防控制中心营养与食品安全所、农业部农药检定所	张莹、李本昌、赵丹宇、高晓辉
25	杀螟丹	中国疾病预防控制中心营养与食品安全所、农业部农药检定所	张莹、李本昌、赵丹宇、高晓辉
26	灭幼脲	吉林省卫生防疫站、通化市化学工业研究所	孙文礼、李鸿俊、王殿祥、郭润、周文霞
27	矮壮素	中国疾病预防控制中心营养与食品安全所	张莹、赵丹宇

序号	农药品种	起草单位	起草人
28	氯化苦	中国医学科学院卫生研究所	
29	百菌清	中国疾病预防控制中心营养与食品安全所、浙江农业科学院、河北农业大学、云南省化工研究所、北京农林科学院、广西农业科学院植物保护研究所	张临夏、王永芳、黄光伟
30	毒死蜱	中国疾病预防控制中心营养与食品安全所、农业部农药检定所	张莹、李本昌、赵丹宇、高晓辉
31	甲基毒死蜱	成都粮食储藏科学研究所、四川省卫生防疫站	戴学敏、檀先昌、方亚群
32	绿麦隆	华西医科大学公共卫生学院	张立实、王瑞淑、黎源倩
33	四螨嗪	中国疾病预防控制中心营养与食品安全所	张莹、赵丹宇
34	氰化物	中国医学科学院卫生研究所	
35	氟氯氰菊酯	中国疾病预防控制中心营养与食品安全所、农业部农药检定所	张莹、李本昌、赵丹宇、高晓辉
36	氯氟氰菊酯	中国疾病预防控制中心营养与食品安全所、农业部农药检定所	张莹、李本昌、赵丹宇、高晓辉
37	氯氰菊酯	中国疾病预防控制中心营养与食品安全所、中国预防医学科学院营养与食品卫生研究所	张莹、王绪卿、赵丹宇
38	灭蝇胺	中国疾病预防控制中心营养与食品安全所、中国预防医学科学院营养与食品卫生研究所	张莹、王绪卿、赵丹宇
39	2,4-滴	中国疾病预防控制中心营养与食品安全所	张莹、赵丹宇
40	滴滴涕	中国医学科学院卫生研究所	
41	溴氰菊酯	北京市卫生防疫站、广东省卫生防疫站、浙江农业大学、中国疾病预防控制中心营养与食品安全所	徐继康、杜学勤、张临夏
42	二嗪磷	中国疾病预防控制中心营养与食品安全所、广东农科院	张临夏、王永芳、张友松
43	敌敌畏	中国疾病预防控制中心营养与食品安全所	张临夏、张萍
44	三氯杀螨醇	中国疾病预防控制中心营养与食品安全所、福建省卫生防疫站	张莹、林昇清、赵道辉、林国斌
45	野燕枯	中国疾病预防控制中心营养与食品安全所、农业部农药检定所	张莹、李本昌、杨大进、高晓辉、方从容
46	除虫脲	中国疾病预防控制中心营养与食品安全所、农业部农药检定所	张莹、李本昌、赵丹宇、高晓辉
47	乐果	中国疾病预防控制中心营养与食品安全所	张临夏、张萍
48	烯唑醇	北京卫生检疫局、北京进口食品卫生监督检验所、农业部农药检定所	贾磊、李本昌、刘建中、高晓辉、迟民利
49	二苯胺	中国疾病预防控制中心营养与食品安全所、中国预防医学科学院营养与食品卫生研究所	张莹、王绪卿、赵丹宇
50	敌草快	中国疾病预防控制中心营养与食品安全所、中国预防医学科学院营养与食品卫生研究所	张莹、王绪卿、赵丹宇
51	敌瘟磷	中国疾病预防控制中心营养与食品安全所、农业部农药检定所	张莹、李本昌、赵丹宇、高晓辉
52	硫丹	中国疾病预防控制中心营养与食品安全所	张莹、王绪卿、赵丹宇
53	顺式氰戊菊酯	吉林省卫生防疫站、北京卫生检疫局、农业部农药检定所	孙文礼、贾磊、李鸿俊、李本昌、高晓辉
54	乙烯利	中国疾病预防控制中心营养与食品安全所	张莹、王绪卿、赵丹宇
55	乙硫磷	中国疾病预防控制中心营养与食品安全所	张莹、赵丹宇
56	灭线磷	中国疾病预防控制中心营养与食品安全所	张莹、赵丹宇

序号	农药品种	起草单位	起草人
57	苯线磷	黑龙江省卫生监督所	石华、博力雁、曹薇琳
58	氯苯嘧啶醇	中国疾病预防控制中心营养与食品安全所	张莹、王绪卿、赵丹宇
59	腈苯唑	中国疾病预防控制中心营养与食品安全所	张莹、王绪卿、赵丹宇
60	苯丁锡	中国疾病预防控制中心营养与食品安全所、农业部农药检定所	张莹、李本昌、赵丹宇、高晓辉
61	杀螟硫磷	中国疾病预防控制中心营养与食品安全所、浙江省粮食科学研究所、浙江医学科学院	张临夏、王永芳、黄光伟
62	仲丁威	中国疾病预防控制中心营养与食品安全所、农业部农药检定所	杨大进、李本昌、张莹、高晓辉、方从容
63	甲氰菊酯	中国疾病预防控制中心营养与食品安全所、农业部农药检定所	张莹、李本昌、杨大进、高晓辉、方从容
64	唑螨酯	北京卫生检疫局、北京进口食品卫生监督检验所	贾磊、刘建中、阎军、徐超一、杨光
65	倍硫磷	中国疾病预防控制中心营养与食品安全所、浙江省粮食科学研究所、浙江医学科学院	张临夏、王永芳、黄光伟
66	氰戊菊酯	北京市卫生防疫站、广东省卫生防疫站、中国疾病预防控制中心营养与食品安全所、河北省农林科学院、河北农业大学、山东农业大学、湖南农业学院、四川省农林科学院、上海农药研究所、浙江农业大学	杜学勤、徐继康、张临夏
67	吡氟禾草灵	哈尔滨医科大学营养与食品卫生教研室	崔鸿斌、赵秀娟、陈炳卿、孙智涌、于守洋
68	精吡氟禾草灵	哈尔滨医科大学营养与食品卫生教研室	崔鸿斌、赵秀娟、陈炳卿、孙智涌、于守洋
69	氟氰戊菊酯	中国疾病预防控制中心营养与食品安全所	张莹、赵丹宇
70	氯氟吡氧乙酸	中国疾病预防控制中心营养与食品安全所、农业部农药检定所	张莹、李本昌、杨大进、高晓辉、方从容
71	氟硅唑	中国疾病预防控制中心营养与食品安全所	张莹、王绪卿、赵丹宇
72	氟胺氰菊酯	吉林省卫生防疫站、农业部农药检定所	孙文礼、李本昌、王殿祥、高晓辉、马沈英
73	氟磺胺草醚	中国疾病预防控制中心营养与食品安全所、农业部农药检定所	张莹、李本昌、杨大进、高晓辉、方从容
74	四氯苯酞	中国疾病预防控制中心营养与食品安全所、农业部农药检定所	张莹、李本昌、杨大进、高晓辉、方从容
75	草甘膦	中国疾病预防控制中心营养与食品安全所	张莹、赵丹宇
76	吡氟甲禾灵	中国疾病预防控制中心营养与食品安全所、农业部农药检定所	张莹、李本昌、杨大进、高晓辉、方从容
77	六六六	中国医学科学院卫生研究所	
78	七氯	中国医学科学院卫生研究所	
79	噻螨酮	中国疾病预防控制中心营养与食品安全所、农业部农药检定所	张莹、李本昌、赵丹宇、高晓辉
80	抑霉唑	中国疾病预防控制中心营养与食品安全所	张莹、王绪卿、赵丹宇
81	异菌脲	中国疾病预防控制中心营养与食品安全所、农业部农药检定所	张莹、李本昌、赵丹宇、高晓辉
82	水胺硫磷	中国疾病预防控制中心营养与食品安全所、南京农业大学、黑龙江农业环境保护监测站、湖北省农科院测试中心、广东农科院果树所、农业学院、四川省农林科学院、上海农药研究所、浙江农业大学	张临夏、赵英姿、季玉玲
83	甲基异柳磷	广东省食品卫生监督检验所	邓峰、黄伟雄

序号	农药品种	起草单位	起草人
84	异丙威	中国疾病预防控制中心营养与食品安全所、农业部农药检定所	张莹、李本昌、杨大进、高晓辉、方从容
85	稻瘟灵	华西医科大学公共卫生学院	张立实、王瑞淑、黎源倩
86	林丹	中国疾病预防控制中心营养与食品安全所、农业部农药检定所	张莹、李本昌、赵丹宇、高晓辉
87	马拉硫磷	中国疾病预防控制中心营养与食品安全所	张临夏、张萍
88	代森锰锌	中国疾病预防控制中心营养与食品安全所、农业部农药检定所	张莹、李本昌、赵丹宇、高晓辉
89	甲霜灵	中国疾病预防控制中心营养与食品安全所、农业部农药检定所	张莹、李本昌、赵丹宇、高晓辉
90	甲胺磷	中国疾病预防控制中心营养与食品安全所、浙江农业大学、广西农学院同位素研究室	张临夏、王永芳、黄光伟
91	杀扑磷	中国疾病预防控制中心营养与食品安全所、农业部农药检定所	张莹、李本昌、赵丹宇、高晓辉
92	灭多威	中国疾病预防控制中心营养与食品安全所、农业部农药检定所	张莹、李本昌、赵丹宇、高晓辉
93	溴甲烷	中国疾病预防控制中心营养与食品安全所	张莹、赵丹宇
94	异丙甲草胺	中国疾病预防控制中心营养与食品安全所、农业部农药检定所	张莹、李本昌、杨大进、高晓辉、方从容
95	禾草敌	华西医科大学公共卫生学院	张立实、黎源倩、王瑞淑
96	久效磷	中国疾病预防控制中心营养与食品安全所、农业部农药检定所	张莹、李本昌、赵丹宇、高晓辉
97	恶草酮	中国疾病预防控制中心营养与食品安全所、农业部农药检定所	张莹、李本昌、杨大进、高晓辉、方从容
98	多效唑	中国疾病预防控制中心营养与食品安全所、农业部农药检定所	张莹、李本昌、赵丹宇、高晓辉
99	百草枯	中国疾病预防控制中心营养与食品安全所、农业部农药检定所	张莹、李本昌、赵丹宇、高晓辉
100	对硫磷	中国疾病预防控制中心营养与食品安全所	张临夏、张萍
101	甲基对硫磷	浙江省医学科学院、广东农业科学院、湖南农学院	袁学洪、龚幼菊
102	二甲戊灵	北京卫生检疫局、北京进口食品卫生监督检验所、农业部农药检定所	贾磊、李本昌、刘建中、高晓辉、饶红
103	氯菊酯	中国疾病预防控制中心营养与食品安全所、浙江农业大学、南京药学院	张临夏、王永芳、黄光伟
104	稻丰散	中国疾病预防控制中心营养与食品安全所、农业部农药检定所	张莹、李本昌、赵丹宇、高晓辉
105	甲拌磷	中国疾病预防控制中心营养与食品安全所、浙江省粮食科学研究所、浙江医学科学院	张临夏、王永芳、黄光伟
106	伏杀硫磷	中国疾病预防控制中心营养与食品安全所、农业部农药检定所	张莹、李本昌、赵丹宇、高晓辉
107	亚胺硫磷	中国疾病预防控制中心营养与食品安全所	张临夏、王永芳
108	磷胺	中国疾病预防控制中心营养与食品安全所	张莹、赵丹宇
109	辛硫磷	中国疾病预防控制中心营养与食品安全所、新疆农业科学院、南京农业大学、江苏农学院、山西农业科学院	张临夏、王永芳、黄光伟

序号	农药品种	起 草 单 位	起 草 人
110	抗蚜威	中国疾病预防控制中心营养与食品安全所、河北农业大学	张临夏、张萍、和有杰、石键
111	甲基嘧啶磷	中国疾病预防控制中心营养与食品安全所、浙江省粮食科学研究所	张临夏、张萍
112	丙草胺	北京卫生检疫局、北京进口食品卫生监督检验所、农业部农药检定所	贾磊、李本昌、刘建中、高晓辉、周辉
113	咪鲜胺	中国疾病预防控制中心营养与食品安全所	张莹、王绪卿、赵丹宇
114	腐霉利	中国疾病预防控制中心营养与食品安全所、农业部农药检定所	张莹、李本昌、赵丹宇、高晓辉
115	丙溴磷	中国疾病预防控制中心营养与食品安全所	张莹、王绪卿、赵丹宇
116	敌稗	黑龙江省卫生监督所	石华、康乐、焦艳玲、辛梓楠
117	克螨特	中国疾病预防控制中心营养与食品安全所、农业部农药检定所	张莹、李本昌、赵丹宇、高晓辉
118	丙环唑	中国疾病预防控制中心营养与食品安全所	张莹、赵丹宇
119	喹硫磷	浙江省医学科学院	袁学洪、乐俊仪
120	五氯硝基苯	中国疾病预防控制中心营养与食品安全所	张莹、赵丹宇
121	单甲脒	中国疾病预防控制中心营养与食品安全所	张莹、魏开坤
122	稀禾定	中国疾病预防控制中心营养与食品安全所、农业部农药检定所	张莹、李本昌、杨大进、高晓辉、方从容
123	戊唑醇	中国疾病预防控制中心营养与食品安全所	张莹、王绪卿、赵丹宇
124	特丁磷	中国疾病预防控制中心营养与食品安全所	张莹、王绪卿、赵丹宇
125	噻菌灵	中国疾病预防控制中心营养与食品安全所、农业部农药检定所	张莹、李本昌、赵丹宇、高晓辉
126	杀虫环	浙江省医学科学院	袁学洪、蒋世熙、夏虹
127	硫双威	中国疾病预防控制中心营养与食品安全所、农业部农药检定所	张莹、李本昌、赵丹宇、高晓辉
128	三唑酮	中国疾病预防控制中心营养与食品安全所、江苏农学院、湖北农业科学院测试中心、中国水稻研究所	张临夏、张萍
129	三唑醇	中国疾病预防控制中心营养与食品安全所	张莹、赵丹宇
130	三唑磷	中国疾病预防控制中心营养与食品安全所	张莹、王绪卿、赵丹宇
131	敌百虫	中国疾病预防控制中心营养与食品安全所	张临夏、王永芳
132	三环唑	浙江省医学科学院	袁学洪、沈芸芝、孙建析
133	氟乐灵	浙江省医学科学院	袁学洪、蒋世熙
134	蚜灭磷	中国疾病预防控制中心营养与食品安全所	张莹、王绪卿、赵丹宇
135	乙烯菌核利	中国疾病预防控制中心营养与食品安全所	张莹、赵丹宇
136	嘧啶氧磷	中国疾病预防控制中心营养与食品安全所	王永芳、杨大进、张莹

三、农产品中农药最大残留限量

(NY 1500. 1. 1~1500. 30. 4—2007)

(2007-12-18 发布，2008-03-01 实施)

1 范围

本标准规定了阿维菌素等 30 种农药在农产品中的最大残留限量。

本标准适用于表 1 所列农药对应的农产品。

2 要求

阿维菌素等 30 种农药在农产品中的最大残留限量指标见表 1。

表 1 阿维菌素等 30 种农药在农产品中的最大残留限量

中文通用名称	英文通用名称	农产品名称	最大残留限量 /(mg/kg)	标 准 号	备注
阿维菌素	abamectin	叶菜	0.05	NY 1500.1.1—2007	
		黄瓜	0.02	NY 1500.1.2—2007	
		豇豆	0.05	NY 1500.1.3—2007	
		柑橘	0.02	NY 1500.1.4—2007	
		梨	0.02	NY 1500.1.5—2007	
		棉籽	0.01	NY 1500.1.6—2007	
苯磺隆	tribenuron-methyl	小麦(籽粒)	0.05	NY 1500.2.1—2007	
苯醚甲环唑	difenoconazole	白菜	1	NY 1500.3.1—2007	
		番茄	0.05	NY 1500.3.2—2007	
		西瓜	0.1	NY 1500.3.3—2007	
		香蕉	1	NY 1500.3.4—2007	
		苹果	0.5	NY 1500.3.5—2007	
苄嘧磺隆	bensulfuron-methyl	稻米	0.05	NY 1500.4.1—2007	
吡虫啉	imidacloprid	稻米	0.05	NY 1500.5.1—2007	
		小麦(籽粒)	0.05	NY 1500.5.2—2007	
		番茄	1	NY 1500.5.3—2007	
		节瓜	0.5	NY 1500.5.4—2007	
		萝卜	0.5	NY 1500.5.5—2007	
		甘蓝	1	NY 1500.5.6—2007	
		柑橘	1	NY 1500.5.7—2007	
		苹果	0.5	NY 1500.5.8—2007	
		甘蔗	0.2	NY 1500.5.9—2007	
		茶叶(成茶)	0.5	NY 1500.5.10—2007	
		烟叶(干)	5	NY 1500.5.11—2007	
		棉籽	0.05	NY 1500.5.12—2007	

中文通用名称	英文通用名称	农产品名称	最大残留限量 /(mg/kg)	标 准 号	备注
吡嘧磺隆	pyrazosulfuron-ethyl	稻米	0.1	NY 1500.6.1—2007	
哒螨灵	pyridaben	辣椒	2	NY 1500.7.1—2007	
		柑橘	2	NY 1500.7.2—2007	
		苹果	2	NY 1500.7.3—2007	
		棉籽	0.1	NY 1500.7.4—2007	
		大豆	0.1	NY 1500.7.5—2007	
啶虫脒	acetamiprid	小麦(籽粒)	0.5	NY 1500.8.1—2007	
		甘蓝	0.5	NY 1500.8.2—2007	
		黄瓜	1	NY 1500.8.3—2007	
		小白菜	1	NY 1500.8.4—2007	
		萝卜	0.5	NY 1500.8.5—2007	
		柑橘	0.5	NY 1500.8.6—2007	
		苹果	0.5	NY 1500.8.7—2007	
		棉籽	0.1	NY 1500.8.8—2007	
		烟叶(干)	10	NY 1500.8.9—2007	
多菌灵	carbendazim	柑橘	5(全果)	NY 1500.9.1—2007	
多效唑	paclobutrazol	花生(仁)	0.5	NY 1500.10.1—2007	
砜嘧磺隆	rimsulfuron	玉米	0.1	NY 1500.11.1—2007	
氟虫腈	fipronil	叶菜	0.05(母体及代谢物总和)	NY 1500.12.1—2007	
甲拌磷	phorate	甘蔗	0.01	NY 1500.13.1—2007	包括母体及其砜、亚砜的总和
		大豆	0.05	NY 1500.13.2—2007	包括母体及其砜、亚砜的总和
甲磺隆	metsulfuron methyl	稻米	0.05	NY 1500.14.1—2007	
甲氰菊酯	fenpropathrin	甘蓝	0.5	NY 1500.15.1—2007	
		苹果	5	NY 1500.15.2—2007	
		柑橘	5	NY 1500.15.3—2007	
		茶叶(成茶)	5	NY 1500.15.4—2007	
克菌丹	captan	黄瓜	5	NY 1500.16.1—2007	
		苹果	10	NY 1500.16.2—2007	
氯氟氰菊酯	cyhalothrin	小麦(籽粒)	0.05	NY 1500.17.1—2007	
		苹果	0.2	NY 1500.17.2—2007	
		荔枝(果肉)	0.1	NY 1500.17.3—2007	
		大豆(干)	0.02	NY 1500.17.4—2007	
		烟叶(干)	5	NY 1500.17.5—2007	
		茶叶(成茶)	15	NY 1500.17.6—2007	
氯磺隆	chlorsulfuron	小麦(籽粒)	0.1	NY 1500.18.1—2007	

中文通用名称	英文通用名称	农产品名称	最大残留限量 /(mg/kg)	标 准 号	备注
氯嘧磺隆	chlorimuron-ethyl	大豆	0.02	NY 1500.19.1—2007	
嘧霉胺	pyrimethanil	黄瓜	2	NY 1500.20.1—2007	
咪鲜胺	prochloraz	黄瓜	0.2	NY 1500.21.1—2007	
		辣椒	2	NY 1500.21.2—2007	
		油菜籽	0.5	NY 1500.21.3—2007	
噻吩磺隆	thifensulfuron-methyl	玉米	0.02	NY 1500.22.1—2007	
		小麦(籽粒)	0.05	NY 1500.22.2—2007	
		花生(仁)	0.05	NY 1500.22.3—2007	
		大豆	0.05	NY 1500.22.4—2007	
三唑磷	triazophos	节瓜(瓜肉)	0.1	NY 1500.23.1—2007	
		甘蓝	0.1	NY 1500.23.2—2007	
		荔枝(果肉)	0.2	NY 1500.23.3—2007	
		苹果	0.2	NY 1500.23.4—2007	
		柑橘(果肉)	0.2	NY 1500.23.5—2007	
三唑酮	triadimefon	甘蓝	0.05	NY 1500.24.1—2007	
		柑橘	1	NY 1500.24.2—2007	
		荔枝(果肉)	0.05	NY 1500.24.3—2007	
		香蕉	0.05	NY 1500.24.4—2007	
		油菜籽	0.2	NY 1500.24.5—2007	
		棉籽	0.05	NY 1500.24.6—2007	
杀虫单	monosultap	稻米	0.5	NY 1500.25.1—2007	
		甘蓝	0.2	NY 1500.25.2—2007	
		菜豆	2	NY 1500.25.3—2007	
		苹果	1	NY 1500.25.4—2007	
		甘蔗	0.1	NY 1500.25.5—2007	
		烟叶(干)	5	NY 1500.25.6—2007	
杀铃脲	triflumuron	苹果	0.1	NY 1500.26.1—2007	
霜脲氰	cymoxanil	黄瓜	0.5	NY 1500.27.1—2007	
		荔枝	0.1	NY 1500.27.2—2007	
		马铃薯	0.5	NY 1500.27.3—2007	
水胺硫磷	isocarbophos	苹果	0.01	NY 1500.28.1—2007	
		棉籽	0.05	NY 1500.28.2—2007	
异丙隆	isoproturon	小麦(籽粒)	0.05	NY 1500.29.1—2007	
		稻米	0.05	NY 1500.29.2—2007	
乙草胺	acetochlor	玉米	0.05	NY 1500.30.1—2007	
		大豆	0.1	NY 1500.30.2—2007	
		油菜籽	0.2	NY 1500.30.3—2007	
		花生(仁)	0.1	NY 1500.30.4—2007	

附加说明：

本标准由中华人民共和国农业部种植业管理司提出并归口。

本标准起草单位：农业部农药检定所。

本标准主要起草人：

杀虫剂：朱光艳、郑尊涛、季颖、秦冬梅、龚勇、苏青云。

杀菌剂：龚勇、苏青云、季颖、秦冬梅、朱光艳、孙建鹏。

除草剂/植物生长调节剂：秦冬梅、孙建鹏、季颖、龚勇、朱光艳、苏青云。

其他：何艺兵、李有顺、刘光学、宋稳成、郑尊涛。

四、蔬菜、水果中甲胺磷等 20 种农药最大残留限量
（NY 1500. 13. 3～4 1500. 31. 1～49. 2—2008）

（2008-04-30 发布，2008-04-30 实施）

1 范围

本标准规定了蔬菜、水果中甲胺磷等 20 种农药的最大残留限量。

本标准适用于表 1 所列农药对应的蔬菜、水果。

2 规范性引用文件

下列文件中的条款通过本标准的引用而成为本标准的条款。凡是注日期的引用文件，其随后所有的修改单（不包括勘误的内容）或修订版均不适用于本标准，然而，鼓励根据本标准达成协议的各方研究是否可使用这些文件的最新版本。凡是不注日期的引用文件，其最新版本适用于本标准。

GB/T 19648　水果和蔬菜中 500 种农药及相关化学品残留量的测定　气相色谱-质谱法

NY/T 761　蔬菜和水果中有机磷、有机氯、拟除虫菊酯和氨基甲酸酯类农药多残留的测定

3 要求

蔬菜、水果中甲胺磷等 20 种农药最大残留限量指标见表 1。

表 1　蔬菜、水果中甲胺磷等 20 种农药最大残留限量

序号	中文通用名称	英文通用名称	农产品名称	最大残留限量 /(mg/kg)	检测方法标准	标 准 号
1	甲拌磷	phorate	水果	0.01①	GB/T 19648	NY 1500. 13. 3—2008
			蔬菜	0.01①		NY 1500. 13. 4—2008
2	甲胺磷	methamidophos	水果	0.05	NY/T 761	NY 1500. 31. 1—2008
3	甲基对硫磷	parathion-methyl	水果	0.02	NY/T 761 或 GB/T 19648	NY 1500. 32. 1—2008
			蔬菜	0.02		NY 1500. 32. 2—2008
4	久效磷	monocrotophos	水果	0.03	NY/T 761	NY 1500. 33. 1—2008
			蔬菜	0.03		NY 1500. 33. 2—2008

序号	中文通用名称	英文通用名称	农产品名称	最大残留限量 /(mg/kg)	检测方法标准	标 准 号
5	磷胺	phosphamidon	水果	0.05	NY/T 761 或 GB/T 19648	NY 1500.34.1—2008
			蔬菜	0.05		NY 1500.34.2—2008
6	甲基异柳磷	isofenphos-methyl	水果	0.01	GB/T 19648	NY 1500.35.1—2008
			蔬菜	0.01		NY 1500.35.2—2008
7	特丁硫磷	terbufos	水果	0.01	GB/T 19648	NY 1500.36.1—2008
			蔬菜	0.01		NY 1500.36.2—2008
8	甲基硫环磷	phosfolan-methyl	水果	0.03	NY/T 761	NY 1500.37.1—2008
			蔬菜	0.03		NY 1500.37.2—2008
9	治螟磷	sulfotep	水果	0.01	NY/T 761 或 GB/T 19648	NY 1500.38.1—2008
			蔬菜	0.01		NY 1500.38.2—2008
10	内吸磷	demeton	水果	0.02	GB/T 19648	NY 1500.39.1—2008
			蔬菜	0.02		NY 1500.39.2—2008
11	克百威	carbofuran	水果	0.02②	NY/T 761	NY 1500.40.1—2008
			蔬菜	0.02②		NY 1500.40.2—2008
12	涕灭威	aldicarb	水果	0.02①	NY/T 761	NY 1500.41.1—2008
			蔬菜	0.02①		NY 1500.41.2—2008
13	灭线磷	ethoprophos	水果	0.02	NY/T 761 或 GB/T 19648	NY 1500.42.1—2008
			蔬菜	0.02		NY 1500.42.2—2008
14	硫环磷	phosfolan	水果	0.03	NY/T 761	NY 1500.43.1—2008
			蔬菜	0.03		NY 1500.43.2—2008
15	蝇毒磷	coumaphos	水果	0.05	GB/T 19648	NY 1500.44.1—2008
			蔬菜	0.05		NY 1500.44.2—2008
16	地虫硫磷	fonofos	水果	0.01	GB/T 19648	NY 1500.45.1—2008
			蔬菜	0.01		NY 1500.45.2—2008
17	氯唑磷	isazofos	水果	0.01	NY/T 761 或 GB/T 19648	NY 1500.46.1—2008
			蔬菜	0.01		NY 1500.46.2—2008
18	苯线磷	fenamiphos	水果	0.02	GB/T 19648	NY 1500.47.1—2008
			蔬菜	0.02		NY 1500.47.2—2008
19	杀虫脒	chlordimeform	水果	0.01	GB/T 19648	NY 1500.48.1—2008
			蔬菜	0.01		NY 1500.48.2—2008
20	氧乐果	omethoate	蔬菜	0.02	NY/T 761	NY 1500.49.1—2008
			水果(除柑橘)	0.02		NY 1500.49.2—2008

① 表示包括母体及其砜、亚砜的总和。

② 表示包括母体及三羟基克百威的总和。

附加说明：

本标准由中华人民共和国农业部种植业管理司提出并归口。

本标准起草单位：农业部农药检定所。

本标准主要起草人：季颖、龚勇、秦冬梅、朱光艳、郑尊涛、苏青云、孙建鹏。

五、农药最大残留限量
（NY 1500.41.3～1500.41.6—2009
NY 1500.50～1500.92—2009）

（2009-04-23 发布，2009-05-20 实施）

1　范围

本标准规定了农产品中艾氏剂等 44 种农药的最大残留限量。

本标准适用于表 1 所列农药对应的农产品。

2　规范性引用文件

下列文件中的条款通过本标准的引用而成为本标准的条款。凡是注日期的引用文件，其随后所有的修改单（不包括勘误的内容）或修订版均不适用于本标准。然而，鼓励根据本标准达成协议的各方研究是否可使用这些文件的最新版本。凡是不注日期的引用文件，其最新版本适用于本标准。

3　要求

艾氏剂等 44 种农药最大残留限量指标见表 1。

表 1　农产品中农药最大残留限量

序号	中文通用名称	英文通用名称	农产品名称	最大残留限量/(mg/kg)	备　注
1	艾氏剂	aldrin	蔬菜	0.05	
			水果	0.05	
2	胺苯磺隆	ethametsulfuron	油菜籽	0.02	
3	丙环唑	propiconazol	糙米	0.1	
4	丙森锌	propineb	苹果	2	
			梨	2	
			葡萄	3	
5	虫螨腈	chlorfenapyr	甘蓝	1	
6	除虫脲	diflubenzuron	茶叶	5	
7	代森锰锌	mancozeb	番茄	2	
			其他茄果类蔬菜	2	
			菜豆	3	
			其他豆类蔬菜（含荚）	3	
			马铃薯	0.5	
			其他薯类	0.5	
			花生	0.1	
			香蕉	1	

序号	中文通用名称	英文通用名称	农产品名称	最大残留限量/(mg/kg)	备 注
8	代森锌	zineb	西瓜	0.5	
9	敌草快	diquat	甘蔗	0.05	
			马铃薯	0.05	
			其他薯类	0.05	
10	狄氏剂	dieldrin	蔬菜	0.05	
			水果	0.05	
11	丁硫克百威	carbosulfan	甘蔗	0.1	包括母体及克百威、三羟基克百威的总和
			辣椒	0.1	
			青椒	0.1	
			番茄	0.1	
			茄子	0.1	
			秋葵	0.1	
			玉米	0.1	
			高粱	0.1	
			谷子	0.1	
12	毒杀芬	toxaphene	蔬菜	0.05	
			水果	0.05	
			原粮	0.01	
13	毒死蜱	chlorpyrifos	花生	0.2	
			甘蔗	0.05	
			萝卜	1	
			芋头	1	
			胡萝卜	1	
			块根芹菜	1	
			块根甜菜	1	
			棉籽	0.02	
			大豆(干)	0.1	
14	多杀菌素	spinosad	茄子	1	
			辣椒	1	
			青椒	1	
			番茄	1	
			秋葵	1	
			甘蓝	2	
15	噁唑菌酮	famoxadone	香蕉	0.5	
			苹果	0.2	
			梨	0.2	
			柑橘类	1	

序号	中文通用名称	英文通用名称	农产品名称	最大残留限量/(mg/kg)	备 注
16	氟虫脲	flufenoxuron	苹果	1	
			梨	1	
			柠檬	0.5	
			柚子	0.5	
			柑橘	0.5	
17	氟啶脲	chlorfluazuron	萝卜	0.1	
			芋头	0.1	
			胡萝卜	0.1	
			块根芹菜	0.1	
			块根甜菜	0.1	
			球茎茴香	0.1	
			芜菁	0.1	
18	福美双	thiram	大豆	0.3	
			玉米	0.1	
			小麦	0.3	
			其他麦类	0.3	
19	环丙嘧磺隆	cyclosulfamuron	糙米	0.1	
20	己唑醇	hexaconazole	葡萄	0.1	
			苹果	0.5	
			梨	0.5	
			糙米	0.1	
21	甲氨基阿维菌素苯甲酸盐	emamectin benzoate	甘蓝	0.1	
			蘑菇	0.05	
			棉籽	0.02	
22	甲基硫菌灵	thiophanate-methyl	西瓜	2	
			辣椒	2	
			其他茄果类蔬菜	2	
23	甲霜灵	metalaxyl	糙米	0.1	
			荔枝	0.5	
24	精噁唑禾草灵	fenoxaprop-P-ethyl	花生(仁)	0.1	
			棉籽	0.02	
			花椰菜	0.1	
			青花菜	0.1	
			糙米	0.1	
			油菜籽	0.5	
			小麦	0.1	
			其他麦类	0.1	

序号	中文通用名称	英文通用名称	农产品名称	最大残留限量/(mg/kg)	备 注
25	腈菌唑	myclobutanil	梨	0.5	
			苹果	0.5	
			香蕉	2	
			玉米	0.02	
			其他旱粮类作物	0.02	
			小麦	0.1	
			其他麦类作物	0.1	
26	氯吡脲	forchlorfenuron	西瓜	0.1	
			黄瓜	0.1	
			猕猴桃	0.05	
			葡萄	0.05	
27	氯丹	chlordane	蔬菜	0.02	
			水果	0.02	
			原粮	0.02	
28	醚磺隆	cinosulfuron	糙米	0.1	
29	醚菊酯	etofenprox	甘蓝	0.5	
			糙米	0.01	
30	灭蚁灵	mirex	蔬菜	0.01	
			水果	0.01	
			原粮	0.01	
31	灭蝇胺	cyromazine	豆类蔬菜	0.5	
32	七氯	heptachlor	蔬菜	0.02	
			水果	0.01	
33	炔螨特	propargite	苹果	5	
			梨	5	
			柠檬	5	
			柚子	5	
			柑橘	5	
34	噻螨酮	hexythiazox	棉籽	0.05	
35	三唑醇	tiradimenol	糙米	0.05	
36	霜霉威	propamocarb	黄瓜	2	
37	涕灭威	aldicarb	甘薯	0.1	包括母体及其砜、亚砜的总和
			马铃薯	0.1	
			木薯	0.1	
			山药	0.1	
38	戊唑醇	tebuconazole	花生(仁)	0.1	

序号	中文通用名称	英文通用名称	农产品名称	最大残留限量/(mg/kg)	备 注
39	酰嘧磺隆	amidosulfuron	小麦	0.01	
			其他麦类	0.01	
40	溴氰菊酯	deltamethrin	萝卜	0.2	
			芋头	0.2	
			胡萝卜	0.2	
			芜菁	0.2	
			块根芹菜	0.2	
			花生（仁）	0.01	
41	乙氧磺隆	ethoxysulfuron	糙米	0.05	
42	异狄氏剂	endrin	蔬菜	0.05	
			水果	0.05	
			原粮	0.01	
43	茚虫威	indoxacarb	甘蓝	2	
			小白菜	2	
			芥蓝	2	
			小油菜	2	
			棉籽	0.1	
44	莠灭净	ametryn	菠萝	0.2	

附加说明：

本标准由中华人民共和国农业部种植业管理司提出并归口。

本标准起草单位：农业部农药检定所。

本标准主要起草人：

杀虫剂：季颖、朱光艳、郑尊涛、秦冬梅、龚勇、孙建鹏。

杀菌剂：龚勇、季颖、秦冬梅、朱光艳、郑尊涛、孙建鹏。

除草剂/植物生长调节剂：秦冬梅、孙建鹏、季颖、龚勇、朱光艳、郑尊涛。

六、粮食卫生标准
（GB 2715—2005 代替 GB 2715—1981）

（2005-01-25 发布，2005-10-01 实施）

前言

本标准全文强制。

本标准代替并废止 GB 2715—1981《粮食卫生标准》。

本标准与 GB 2715—1981 相比主要变化如下：

——增加了标准的适用范围为"本标准适用于供人食用的原粮和成品粮，包括禾谷类、豆类、薯类等，不适用于加工食用油的原料"；

——增加了包装、标识、运输、贮存的卫生要求；

——增加了热损伤粒和霉变粒指标；

——增加了麦角、毒麦、曼陀罗籽及其他有毒植物的种子等指标的限量；

——增加了脱氧雪腐镰刀菌烯醇、玉米赤霉烯酮、赭曲霉毒素 A 的限量；

——增加了溴甲烷、马拉硫磷、甲基毒死蜱、甲基嘧啶磷、溴氰菊酯、林丹的最大残留限量，将总砷的指标改为无机砷的指标，删除了氰化物、二硫化碳的指标。

本标准于 2005 年 10 月 1 日起实施，过渡期为一年。即 2005 年 10 月 1 日前生产并符合相应标准要求的产品，允许销售至 2006 年 9 月 30 日止。

本标准的附录 A 是规范性附录。

本标准由中华人民共和国卫生部提出并归口。

本标准起草单位：江苏省疾病预防控制中心、卫生部卫生监督中心、国家粮食局标准质量中心、中国疾病预防控制中心营养与食品安全所、农业部谷物监测中心、中华人民共和国辽宁出入境检验检疫局、中华人民共和国上海出入境检验检疫局。

本标准主要起草人：袁宝君、郑云雁、谢华民、李霞辉、侯天亮、关裕亮、张莹、王绪卿。

本标准所代替标准历次版本发布情况为：

——GBn 1—1977、GB 2715—1981。

1　范围

本标准规定了粮食的卫生指标和检验方法以及包装、标识、运输及贮存的卫生要求。

本标准适用于供人食用的原粮和成品粮，包括禾谷类、豆类、薯类等，不适用于加工食用油的原料。

2　规范性引用文件

下列文件中的条款通过本标准的引用而成为本标准的条款。凡是注日期的引用文件，其随后所有的修改单（不包括勘误的内容）或修订版均不适用于本标准，然而，鼓励根据本标准达成协议的各方研究是否可使用这些文件的最新版本。凡是不注日期的引用文件，其最新版本适用于本标准。

GB 2760　食品添加剂使用卫生标准

GB 2763　食品中农药最大残留限量

GB/T 5009.11　食品中总砷及无机砷的测定

GB/T 5009.12　食品中铅的测定

GB/T 5009.15　食品中镉的测定

GB/T 5009.17　食品中总汞及有机汞的测定

GB/T 5009.19　食品中六六六、滴滴涕残留量的测定

GB/T 5009.20　食品中有机磷农药残留量的测定

GB/T 5009.22　食品中黄曲霉毒素 B_1 的测定

GB/T 5009.36　粮食卫生标准的分析方法

GB/T 5009.96　谷物和大豆中赭曲霉毒素 A 的测定

GB/T 5009.110　植物性食品中氯氰菊酯、氰戊菊酯和溴氰菊酯残留量的测定

GB/T 5009.111　谷物及其制品中脱氧雪腐镰刀菌烯醇的测定

GB/T 5009.145　植物性食品中有机磷和氨基甲酸酯类农药多种残留的测定

GB/T 5494　粮食、油料检验　杂质、不完善粒检验法

GB 7718　预包装食品标签通则

GB 13122　面粉厂卫生规范

SN 0649　出口粮谷中溴甲烷残留量检验方法

SN/T 0800.7　进出口粮食、饲料　不完善粒检验方法

3　术语和定义

下列术语和定义适用于本标准。

3.1　热损伤粒：由于微生物或其他原因产热而改变了正常颜色的籽粒。

3.2　麦角：寄生在禾本科植物子房内的真菌形成的菌核。

3.3　毒麦：禾本科草本植物的颖果。

3.4　霉变粒：粒面明显生霉并伤及胚和胚乳（或子叶）、无食用价值的颗粒。

4　指标要求

4.1　感官要求

应具有正常粮食的色泽、气味，清洁卫生，并应符合表 1 的规定。

表 1　粮食的感官要求

项　　目		指　　标
热损伤粒/% 小麦	≤	0.5
霉变粒/%	≤	2.0

4.2　有毒有害菌类、植物种子指标

应符合表 2 的规定。

表 2　有毒有害菌类、植物种子指标

项　　目		指　　标
麦角/% 大米、玉米、豆类 小麦、大麦	≤ ≤	不得检出 0.01
毒麦/(粒/kg) 小麦、大麦	≤	1
曼陀罗籽及其他有毒植物的种子(粒/kg) 豆类	≤	1

4.3　理化指标

4.3.1　真菌毒素限量指标

应符合表 3 的规定。

表 3　真菌毒素限量指标

项　　目		限量/(μg/kg)
黄曲霉毒素 B_1		
玉米	≤	20
大米	≤	10
其他	≤	5
脱氧雪腐镰刀菌烯醇(DON)		
小麦、大麦、玉米及其成品粮	≤	1000
玉米赤霉烯酮		
小麦、玉米	≤	60
赭曲霉毒素 A		
谷类、豆类	≤	5

4.3.2　污染物限量指标

应符合表 4 的规定。

表 4　污染物限量指标

项　　目		限量/(mg/kg)
铅(Pb)	≤	0.2
镉(Cd)		
稻谷(包括大米)、豆类	≤	0.2
麦类(包括小麦粉)、玉米及其他	≤	0.1
汞(Hg)	≤	0.02
无机砷(以 As 计)		
大米	≤	0.15
小麦粉	≤	0.1
其他	≤	0.2

4.3.3　农药最大残留限量

应符合表 5 的规定。

表 5　农药最大残留限量

项　　目		最大残留限量/(mg/kg)
磷化物(以 PH_3 计)	≤	0.05
溴甲烷	≤	5
马拉硫磷		
大米	≤	0.1
甲基毒死蜱	≤	5
甲基嘧啶磷		
小麦、稻谷	≤	5
溴氰菊酯	≤	0.5
六六六	≤	0.05
林丹		
小麦	≤	0.05
滴滴涕	≤	0.05
氯化苦(以原粮计)	≤	2
七氯	≤	0.02
艾氏剂	≤	0.02
狄氏剂	≤	0.02
其他农药		按 GB 2763 的规定执行

5 食品添加剂

5.1 食品添加剂质量应符合相应的标准和有关规定。

5.2 食品添加剂品种及其使用量应符合 GB 2760 的规定。

6 检验方法

6.1 感官检验：按 GB/T 5009.36 规定的方法测定。

6.2 热损伤粒：按 SN/T 0800.7 规定的方法测定。

6.3 霉变粒：按 GB/T 5494 规定的方法测定。

6.4 麦角、毒麦、曼陀罗籽及其他有毒植物的种子：按 GB/T 5009.36 规定方法测定。

6.5 黄曲霉毒素 B_1：按 GB/T 5009.22 规定的方法测定。

6.6 脱氧雪腐镰刀菌烯醇：按 GB/T 5009.111 规定的方法测定。

6.7 玉米赤霉烯酮：按附录 A 规定的方法测定。

6.8 赭曲霉毒素 A：按 GB/T 5009.96 规定的方法测定。

6.9 无机砷：按 GB/T 5009.11 规定的方法测定。

6.10 铅：按 GB/T 5009.12 规定的方法测定。

6.11 镉：按 GB/T 5009.15 规定的方法测定。

6.12 汞：按 GB/T 5009.17 规定的方法测定。

6.13 磷化物、七氯、艾氏剂、狄氏剂、氯化苦：按 GB/T 5009.36 规定的方法测定。

6.14 溴甲烷：按 SN 0649 规定的方法测定。

6.15 马拉硫磷：按 GB/T 5009.20 规定的方法测定。

6.16 甲基毒死蜱、甲基嘧啶磷：按 GB/T 5009.145 规定的方法测定。

6.17 溴氰菊酯：按 GB/T 5009.110 规定的方法测定。

6.18 六六六、滴滴涕、林丹：按 GB/T 5009.19 规定的方法测定。

7 成品粮生产加工过程

应符合 GB 13122 的规定。

8 包装

粮食的包装应使用符合卫生要求的包装材料或容器，包装应完整、无破损、无污染。

9 标识

定型包装粮食标识应符合 GB 7718 的规定。转基因的粮食按国家有关规定执行。

10 贮存及运输

粮食贮存应保持清洁、干燥、防雨、防潮、防污染，不得与有毒物、有害物、有异味或水分较高的物质混贮。

应使用符合卫生要求的工具、容器运送，运输中应注意防止雨淋、污染。

附　录　A
（规范性附录）
玉米赤霉烯酮的测定——薄层色谱法

A.1 范围

本标准规定了用薄层色谱法测定粮食中的玉米赤霉烯酮。

本标准适用于粮食中玉米赤霉烯酮的测定。

本标准检出限为 $0.03\mu g$。

A.2 原理

试样中的玉米赤霉烯酮经提取、净化、浓缩和硅胶 G 薄层分离后,玉米赤霉烯酮在 254nm 紫外光下产生蓝色荧光,根据其在薄层上显示荧光与标准比较定量。

A.3 试剂

除非另有说明,在分析中仅使用确定为分析纯的试剂和蒸馏水或相当纯度的水。

A.3.1 无水乙醇。

A.3.2 乙酸乙酯。

A.3.3 三氯甲烷。

A.3.4 1mol/L 氢氧化钠。

A.3.5 磷酸。

A.3.6 丙酮。

A.3.7 硅胶 G。

A.3.8 无水硫酸钠。

A.3.9 玉米赤霉烯酮标准溶液。

玉米赤霉烯酮标准溶液的制备:精密称取 3mg 玉米赤霉烯酮标准品,加无水乙醇溶解并转入 100mL 容量瓶中,加无水乙醇至刻度,此标准溶液含玉米赤霉烯酮 0.03g/L。吸取此标准溶液 1mL,用无水乙醇稀释至 10mL,此标准溶液每毫升含玉米赤霉烯酮 3μg。将此标准溶液置 4℃冰箱备用。

A.4 仪器

A.4.1 小型粉碎机。

A.4.2 电动振荡器。

A.4.3 紫外光灯。

A.4.4 玻璃板:5cm×20cm。

A.4.5 薄层板涂布器。

A.4.6 微量注射器。

A.5 分析步骤

A.5.1 提取及纯化

称取 20g 粉碎的试样,置于 250mL 具塞瓶中,加 6mL 水和 100mL 乙酸乙酯,震荡 1h,用折叠式快速滤纸过滤,量取 25mL 滤液于 75mL 蒸发皿中,置水浴上将溶液浓缩至干,再用 25mL 三氯甲烷分三次溶解残渣,并转移至 100mL 分液漏斗中,在原蒸发皿中加入 10mL 1mol/L 氢氧化钠溶液,然后用滴管沿分液漏斗管壁离三氯甲烷层 1~2cm 处加入 1mol/L 氢氧化钠溶液,并轻轻转五次,防止乳化,静止分层后,将三氯甲烷层转移至第二个 100mL 分液漏斗中,再慢慢加入 10mL 1mol/L 氢氧化钠溶液,轻轻旋转五次,弃去三氯甲烷层,将第二个分液漏斗中的氢氧化钠溶液合并入第一个分液漏斗中,用少许蒸馏水淋洗第二个分液漏斗,洗液倒入第一个分液漏斗中,加入 5mL 三氯甲烷,轻轻振摇,弃去三氯甲烷层,再用 5mL 三氯甲烷重复振摇提取一次,弃去三氯甲烷层。在氢氧化钠溶液中加入 6mL 1.33mol/L 磷酸溶液后,再用 0.67mol/L 磷酸调节 pH 至 9.5,于分液漏斗中加入 15mL 三氯甲烷,振摇 20~30 次,将三氯甲烷层经盛有约 5g 无水硫酸钠的定量慢速滤纸,滤于 75mL 蒸发皿中,最后用少量三氯甲烷淋洗滤器,洗液合并于蒸发皿中,将蒸发皿置水浴上通风蒸干。待冷却后在冰浴上准确加入丙酮 1mL,充分混合,用滴管将溶液转移至具塞小瓶中,供薄层点样用。

A.5.2　薄层层析

A.5.2.1　薄层板的制备:称取 3g 硅胶 G,加 7～8mL 蒸馏水,研磨至糊状后,立即倒入涂布器内,推成 5×20cm 薄层板三块,置室温干燥后,在 105℃活化 1h,取出放干燥器中备用。

A.5.2.2　展开剂:三氯甲烷-甲醇 (95:5) 15mL 或甲苯-乙酸-甲酸 (6:3:1) 15mL 任选一种。

A.5.2.3　点样:在距薄层板下端 2.5cm 的基线上用 10μg 微量注射器滴加试样液三点:滴 1 点为标准液 10μL,滴 2 点为试样提取液 30μL,滴 3 点为试样提取液 30μL 加标准液 10μL,滴加时可用吹风机冷风边吹边加,点 1 滴吹干后再继续滴加。

A.5.2.4　展开:在展开槽中倒入展开剂,将薄层板浸入溶剂中,展至 10cm,取出挥干。

A.5.2.5　观察与评定:薄层板置短波紫外光 (254nm) 下观察,样液点处于标准点相近位置上未出现蓝绿色荧光点,则试样中玉米赤霉烯酮的含量在方法灵敏度 50μg/kg 以下;若出现荧光点的强度与标准点的最低检出量的荧光强度相等,而且此荧光点与加入内标的荧光点重叠,则试样中玉米赤霉烯酮的含量为 50μg/kg;若出现荧光点的强度比标准点的最低检出量强,则根据其荧光强度估计减少滴加的微升数,或将样液稀释后再滴加不同的微升数,直至样液的荧光强度与最低检出量的荧光强度一致为止。

A.6　结果计算

结果计算见式(A.1)。

$$x = 0.03 \times \frac{V_1}{V_2} \times D \times \frac{100}{m} \tag{A.1}$$

式中　x——玉米赤霉烯酮含量,μg/kg;

0.03——玉米赤霉烯酮的最低检出限,μg;

V_1——加入丙酮的体积,mL;

V_2——出现最低荧光点滴加样液的体积,mL;

D——样液的总稀释倍数;

m——加入丙酮溶解残渣时相当试样的质量,g。

第六篇　相关标准物质

一、土壤类标准物质

1. GSS 系列土壤成分分析标准物质

土壤成分分析标准物质标准值（一）

成分 /(μg/g)	GBW07401 (GSS-1)	GBW07402 (GSS-2)	GBW07403 (GSS-3)	GBW07404 (GSS-4)	GBW07405 (GSS-5)	GBW07406 (GSS-6)	GBW07407 (GSS-7)	GBW07408 (GSS-8)
Ag	0.35±0.05	0.054±0.007	0.091±0.007	0.070±0.011	4.4±0.4	0.20±0.02	0.057±0.011	0.060±0.009
As	34±4	13.7±1.2	4.4±0.6	58±6	412±16	220±14	4.8±1.3	12.7±1.1
Au	(0.00055)	(0.0017)		(0.0055)	0.260±0.007	(0.009)	(0.0008)	(0.0014)
B	50±3	36±3	23±3	97±9	53±6	57±5	(10)	54±4
Ba	590±32	930±52	1210±65	213±20	296±26	118±14	180±27	480±23
Be	2.5±0.3	1.8±0.2	1.4±0.2	1.85±0.34	2.0±0.4	4.4±0.7	2.8±0.6	1.9±0.2
Bi	1.2±0.1	0.38±0.04	0.17±0.03	1.04±0.13	41±4	49±5	0.20±0.04	0.30±0.04
Br	2.9±0.6	4.5±0.7	4.3±0.8	4.0±0.7	(1.5)	8.0±0.7	5.1±0.5	2.5±0.5
Cd	4.3±0.4	0.071±0.014	0.060±0.009	0.35±0.06	0.45±0.06	0.13±0.03	0.08±0.02	0.13±0.02
Ce	70±4	402±16	39±4	136±11	91±10	66±6	98±11	66±7
Cl	70±9	62±10	57±11	(39)	(76)	95±7	100±6	68±12
Co	14.2±1.0	8.7±0.9	5.5±0.7	22±2	12±2	7.6±1.1	97±6	12.7±1.1
Cr	62±4	47±4	32±4	370±16	118±7	75±6	410±23	68±6
Cs	9.0±0.7	4.9±0.5	3.2±0.4	21.4±1.0	15±1	10.8±0.6	2.7±0.8	7.5±0.7
Cu	21±2	16.3±0.9	11.4±1.1	40±3	144±6	390±14	97±6	24.3±1.2
Dy	4.6±0.3	4.4±0.3	2.6±0.2	6.6±0.6	3.7±0.5	3.3±0.3	6.6±0.6	4.8±0.4
Er	2.6±0.2	2.1±0.4	1.5±0.3	4.5±0.7	2.4±0.3	2.2±0.3	2.7±0.5	2.8±0.2
Eu	1.0±0.1	3.0±0.2	0.72±0.04	0.85±0.07	0.82±0.04	0.66±0.04	3.4±0.2	1.2±0.1
F	506±32	2240±112	246±26	540±25	603±28	906±45	321±29	577±24
Ga	19.3±1.1	12±1	13.7±0.9	31±3	32±4	30±3	39±5	14.8±1.1
Gd	4.6±0.3	7.8±0.6	2.9±0.4	4.7±0.5	3.5±0.3	3.4±0.3	9.6±0.9	5.4±0.5
Ge	1.34±0.20	1.2±0.2	1.16±0.13	1.9±0.3	2.6±0.4	3.2±0.4	1.6±0.3	1.27±0.20
Hf	6.8±0.8	5.8±0.9	6.8±0.8	14±2	8.1±1.7	7.5±0.8	7.7±0.5	7.0±0.8
Hg	0.032±0.004	0.015±0.003	0.060±0.004	0.59±0.05	0.29±0.03	0.072±0.007	0.061±0.006	0.017±0.003
Ho	0.87±0.07	0.93±0.12	0.53±0.06	1.46±0.12	0.77±0.08	0.69±0.05	1.1±0.2	0.97±0.08
I	1.8±0.3	1.8±0.2	1.3±0.2	9.4±1.1	3.8±0.5	19.4±0.9	19±2	1.7±0.2
In	0.08±0.02	0.09±0.03	0.031±0.010	0.12±0.03	4.1±0.5	0.84±0.18	0.10±0.03	0.044±0.013
La	34±2	164±11	21±2	53±4	36±4	30±2	46±5	36±3
Li	35±1	22±1	18.4±0.8	55±2	56±2	36±1	19.5±0.9	35±2
Lu	0.41±0.04	0.32±0.05	0.29±0.02	0.75±0.06	0.42±0.05	0.42±0.05	0.35±0.06	0.43±0.04
Mn	1760±63	510±16	304±14	1420±75	1360±71	1450±82	1780±113	650±23
Mo	1.4±0.1	0.98±0.11	0.31±0.06	2.6±0.3	4.6±0.4	18±2	2.9±0.3	1.16±0.10
N	1870±67	630±59	640±50	1000±62	610±31	740±59	660±62	370±54
Nb	16.6±1.4	27±2	9.3±1.5	38±3	23±3	27±2	64±7	15±2

成分/(μg/g)	GBW07401 (GSS-1)	GBW07402 (GSS-2)	GBW07403 (GSS-3)	GBW07404 (GSS-4)	GBW07405 (GSS-5)	GBW07406 (GSS-6)	GBW07407 (GSS-7)	GBW07408 (GSS-8)
Nd	28±2	210±14	18.4±1.7	27±2	24±2	21±2	45±2	32±2
Ni	20.4±1.8	19.4±1.3	12±2	64±5	40±4	53±4	276±15	31.5±1.8
P	735±28	446±25	320±18	695±28	390±34	303±30	1150±39	775±25
Pb	98±6	20±3	26±3	58±5	552±29	314±13	14±3	21±2
Pr	7.5±0.5	57±6	4.8±0.4	8.4±1.7	7.0±1.2	5.8±0.6	11±1	8.3±0.8
Rb	140±6	88±4	85±4	75±4	117±6	237±8	16±3	96±4
Re					(0.00053)	(0.00012)		
S	(310)	210±43	123±14	180±36	410±54	260±43	250±36	(126)
Sb	0.87±0.21	1.3±0.2	0.44±0.08	6.3±1.1	35±5	60±7	0.42±0.09	1.0±0.2
Sc	11.2±0.6	10.7±0.6	5.0±0.4	20±2	17±1	15.5±0.9	28±2	11.7±0.7
Se	0.14±0.03	0.16±0.03	0.09±0.02	0.64±0.14	1.6±0.2	1.34±0.17	0.32±0.05	0.10±0.01
Sm	5.2±0.3	18±2	3.3±0.3	4.4±0.4	4.0±0.4	3.8±0.4	10.3±0.4	5.9±0.4
Sn	6.1±0.7	3.0±0.3	2.5±0.3	5.7±0.9	18±3	72±7	3.6±0.7	2.8±0.5
Sr	155±7	187±9	380±16	77±6	42±4	39±4	26±4	236±13
Ta	1.4±0.2	0.78±0.19	0.76±0.15	3.1±0.3	1.8±0.3	5.3±0.6	3.9±0.6	1.05±0.25
Tb	0.75±0.06	0.97±0.26	0.49±0.06	0.94±0.09	0.7±0.1	0.61±0.08	1.3±0.2	0.89±0.08
Te	0.058±0.020	(0.033)	0.039±0.013	0.16±0.06	(5)	0.4±0.1	(0.047)	0.045±0.010
Th	11.6±0.7	16.6±0.8	6.0±0.5	27±2	23±2	23±2	9.1±0.7	11.8±0.7
Ti	4830±160	2710±80	2240±80	10800±310	6290±210	4390±120	20200±500	3800±120
Tl	1.0±0.2	0.62±0.20	0.48±0.05	0.94±0.25	1.6±0.3	2.4±0.5	0.21±0.06	0.58±0.06
Tm	0.42±0.06	0.42±0.11	0.28±0.04	0.70±0.10	0.41±0.04	0.40±0.06	0.42±0.05	0.46±0.07
U	3.3±0.4	1.4±0.3	1.3±0.3	6.7±0.8	6.5±0.7	6.7±0.7	2.2±0.4	2.7±0.4
V	86±4	62±4	36±3	247±14	166±9	130±7	245±21	81±5
W	3.1±0.3	1.08±0.22	0.96±0.12	6.2±0.5	34±2	90±7	1.2±0.2	1.7±0.2
Y	25±3	22±2	15±2	39±6	21±3	19±2	27±4	26±2
Yb	2.7±0.3	2.0±0.2	1.7±0.2	4.8±0.6	2.8±0.4	2.7±0.4	2.4±0.4	2.8±0.2
Zn	680±25	42±3	31±3	210±13	494±25	97±6	142±11	68±4
Zr	245±12	219±15	246±14	500±42	272±16	220±14	318±37	229±12
/%								
SiO_2	62.60±0.14	73.35±0.18	74.72±0.19	50.95±0.14	52.57±0.16	56.93±0.18	32.69±0.18	58.61±0.13
Al_2O_3	14.18±0.14	10.31±0.10	12.24±0.09	23.45±0.19	21.58±0.15	21.23±0.16	29.26±0.34	11.92±0.15
TFe_2O_3	5.19±0.09	3.52±0.07	2.00±0.05	10.30±0.11	12.62±0.18	8.09±0.13	18.76±0.33	4.48±0.05
FeO	(1.27)	0.57±0.07	0.50±0.06	(0.41)	(0.22)	(0.57)	(1.05)	1.22±0.05
MgO	1.81±0.08	1.04±0.04	0.58±0.04	0.49±0.05	0.61±0.06	0.34±0.05	0.26±0.03	2.38±0.07
CaO	1.72±0.06	2.36±0.05	1.27±0.05	0.26±0.04	(0.10)	0.22±0.03	0.16±0.02	8.27±0.12
Na_2O	1.66±0.04	1.62±0.04	2.71±0.06	0.11±0.02	0.12±0.02	0.19±0.02	0.08±0.02	1.72±0.04
K_2O	2.59±0.04	2.54±0.05	3.04±0.05	1.03±0.06	1.50±0.04	1.70±0.06	0.20±0.02	2.42±0.04
H_2O^+	(5.0)	(2.9)	(1.9)	(10.1)	(8.8)	(8.9)	(13.7)	(3.3)
CO_2	1.12±0.09	(0.97)	(0.13)	(0.12)	(0.10)	(0.084)	(0.11)	5.97±0.16
Corg.	1.80±0.16	0.49±0.07	0.51±0.04	0.62±0.08	(0.32)	0.81±0.09	0.64±0.07	(0.30)
TC	2.11±0.19	0.75±0.10	0.55±0.04	0.65±0.10	(0.35)	0.83±0.10	0.67±0.09	1.93±0.13
LOI	(8.59)	4.4±0.2	2.67±0.13	(10.9)	(9.1)	(10.0)	(14.3)	9.12±0.17

说明："±"后的数据为不确定度；括号内的数值为参考值。

土壤成分分析标准物质标准值（二）

成分/(μg/g)	GBW07423 洪泽湖积物 (GSS-9)	GBW07424 松嫩平原 (GSS-10)	GBW07425 辽河平原 (GSS-11)	GBW07426 新疆北部 (GSS-12)	GBW07427 华北平原 (GSS-13)	GBW07428 四川盆地 (GSS-14)	GBW07429 长江平原区 (GSS-15)	GBW07430 珠江三角洲 (GSS-16)
Ag	0.076±0.013	0.083±0.010	0.098±0.007	0.078±0.007	0.067±0.006	0.084±0.007	0.15±0.02	0.14±0.02
As	8.4±1.3	8.9±0.9	7.4±0.5	12.2±0.8	10.6±0.8	6.5±1.3	21.7±1.2	18±2
B	52±4	35±3	36±3	55±5	53±3	46±3	63±2	63±4
Ba	520±43	613±12	634±10	492±20	500±15	608±13	716±16	411±18

成分 /(μg/g)	GBW07423 洪泽湖积物 (GSS-9)	GBW07424 松嫩平原 (GSS-10)	GBW07425 辽河平原 (GSS-11)	GBW07426 新疆北部 (GSS-12)	GBW07427 华北平原 (GSS-13)	GBW07428 四川盆地 (GSS-14)	GBW07429 长江平原区 (GSS-15)	GBW07430 珠江三角洲 (GSS-16)
Be	2.2±0.1	2.4±0.1	2.25±0.08	2.04±0.06	1.90±0.05	2.44±0.06	2.7±0.1	3.8±0.3
Bi	0.29±0.06	0.27±0.02	0.28±0.01	0.30±0.02	0.29±0.02	0.35±0.02	1.16±0.06	1.44±0.11
Br	3.7±0.4	5.8±0.4	2.8±0.2	2.1±0.3	4.0±0.4	1.7±0.3	2.7±0.3	2.6±0.3
Cd	0.10±0.02	0.105±0.013	0.125±0.012	0.15±0.02	0.13±0.01	0.20±0.02	0.21±0.02	0.25±0.02
Ce	74±4	70±4	65±3	57±2	66±3	80±2	93±4	133±5
Cl	45±9	216±14	98±12	(50)	80±10	50±4	83±15	78±6
Co	14±2	11.7±0.5	11.6±0.4	12.6±0.3	11.3±0.5	14.6±0.7	17.6±0.7	13.6±0.6
Cr	75±5	58±2	59±3	59±2	65±2	70±3	87±4	67±3
Cs	8.3±0.7	6.5±0.4	6.0±0.4	7.2±0.4	6.0±0.4	7.0±0.3	8.9±0.4	13.9±0.7
Cu	25±3	19±1	21.4±1.2	29±1	21.6±0.8	27.4±1.1	37±2	32±2
Dy	4.7±0.4	4.7±0.3	4.2±0.4	4.9±0.3	4.5±0.3	4.8±0.3	6.2±0.5	7.4±0.5
Er	2.8±0.4	2.75±0.17	2.46±0.07	2.9±0.2	2.57±0.12	2.6±0.3	3.4±0.2	3.8±0.2
Eu	1.30±0.13	1.25±0.04	1.18±0.04	1.22±0.04	1.18±0.05	1.36±0.06	1.56±0.06	1.66±0.07
F	504±19	452±16	425±17	592±45	545±32	619±39	652±48	790±44
Ga	16.7±1.7	18±1	17.2±1.0	16.8±0.5	15.0±0.4	18.8±0.8	20.5±1.0	25.1±1.2
Gd	5.4±0.8	5.2±0.3	4.7±0.3	5.1±0.3	4.9±0.3	5.5±0.5	6.8±0.5	8.5±0.7
Ge	1.32±0.09	1.31±0.08	1.3±0.1	1.3±0.1	1.27±0.07	1.42±0.11	1.63±0.08	1.70±0.12
Hf	6.6±1.2	9.5±0.7	7.7±0.5	5.5±0.4	7.0±0.5	6.4±0.3	7.6±0.4	8.2±0.4
Hg	0.032±0.003	0.033±0.004	0.060±0.009	0.021±0.005	0.052±0.006	0.089±0.004	0.094±0.004	0.46±0.05
Ho	1.03±0.10	0.97±0.04	0.89±0.05	1.01±0.04	0.92±0.03	0.93±0.04	1.23±0.07	1.41±0.08
I	2.8±0.6	3.2±0.2	1.6±0.1	1.4±0.2	2.4±0.2	0.9±0.2	2.3±0.2	1.3±0.1
In	(0.08)	0.055±0.015	0.047±0.013	0.058±0.007	0.044±0.009	0.057±0.006	0.145±0.021	0.095±0.027
La	38±2	35.5±1.7	34±2	29±2	34±2	41±2	47±2	67±3
Li	38±2	30.6±1.5	30±2	36±2	31.5±1.5	39±3	44±3	51±3
Lu	0.43±0.04	0.46±0.03	0.41±0.02	0.46±0.02	0.41±0.02	0.42±0.02	0.54±0.02	0.58±0.05
Mn	520±24	681±13	572±14	774±19	580±12	688±15	963±20	441±20
Mo	0.4±0.1	0.52±0.04	0.60±0.04	0.96±0.06	0.48±0.03	0.65±0.06	0.92±0.07	1.15±0.07
N/%	0.130±0.010	0.126±0.011	0.095±0.010	0.055±0.006	0.072±0.009	0.081±0.012	0.094±0.010	0.102±0.011
Nb	14.4±2.1	16.5±0.7	13.8±0.6	12±1	14±1	14.4±0.6	18.6±1.3	26±1
Nd	32±3	32±2	30±2	27.9±1.2	30±2	36±3	41±2	57±4
Ni	33±3	26±1	25.4±1.3	32±1	28.5±1.2	33±2	41±1	27.4±0.9
P	480±31	500±27	483±24	708±9	833±35	730±28	560±18	972±34
Pb	25±3	22±2	24.7±1.4	19±2	21.6±1.2	31±1	38±2	61±2
Pr	8.5±0.8	8.5±0.5	7.9±0.5	7.0±0.4	7.9±0.5	9.2±0.6	10.3±0.8	14.6±1.1
Rb	102±8	108±3	110±4	94±3	91±3	108±4	116±3	173±5
Re/(ng/g)		(0.08)			(0.10)		(0.14)	(0.15)
S	241±22	270±24	217±23	154±15	(160)	173±21	176±22	261±26
Sb(DA)	0.85±0.13	0.68±0.09	0.61±0.06	1.05±0.07	0.86±0.06	0.73±0.08	1.9±0.2	1.7±0.2
Sb(T)	(1.1)	(0.94)	(0.82)	(1.17)	(0.99)	(0.81)	(1.9)	(1.9)
Sc	12.1±1.2	10.2±0.3	10.0±0.3	12.6±0.4	10.5±0.3	11.7±0.3	14.8±0.5	14.0±0.5
Se	0.15±0.03	0.21±0.02	0.20±0.02	0.16±0.02	0.16±0.02	0.16±0.02	0.31±0.02	0.51±0.05
Sm	6.2±0.5	6.0±0.2	5.5±0.2	5.6±0.4	5.6±0.3	6.4±0.3	7.8±0.3	10.4±0.5
Sn	3.4±0.5	3.4±0.4	3.1±0.4	2.8±0.4	3.3±0.4	3.1±0.3	4.5±0.5	12.4±0.8
Sr	172±9	226±5	182±5	240±5	195±4	152±5	115±4	68±4
Ta	1.1±0.2	1.3±0.2	1.05±0.14	0.85±0.07	1.02±0.09	1.08±0.09	1.52±0.15	2.8±0.2

成分 /(μg/g)	GBW07423 洪泽湖积物 (GSS-9)	GBW07424 松嫩平原 (GSS-10)	GBW07425 辽河平原 (GSS-11)	GBW07426 新疆北部 (GSS-12)	GBW07427 华北平原 (GSS-13)	GBW07428 四川盆地 (GSS-14)	GBW07429 长江平原区 (GSS-15)	GBW07430 珠江三角洲 (GSS-16)
Tb	0.86±0.14	0.84±0.05	0.76±0.05	0.84±0.06	0.80±0.03	0.87±0.06	1.08±0.07	1.3±0.1
Te	(0.035)						(0.17)	
Th	12.8±1.6	11.3±0.4	10.8±0.6	10±1	11.0±0.5	12.7±0.5	14.5±0.8	28±2
Ti/%	0.424±0.023	0.427±0.006	0.392±0.006	0.392±0.007	0.382±0.011	0.406±0.013	0.527±0.020	0.578±0.026
Tl	0.6±0.1	0.58±0.05	0.62±0.02	0.51±0.04	0.52±0.05	0.63±0.03	0.67±0.04	1.12±0.08
Tm	0.44±0.08	0.42±0.03	0.38±0.03	0.44±0.05	0.41±0.04	0.41±0.03	0.53±0.04	0.57±0.05
U	2.1±0.4	2.25±0.12	2.2±0.1	2.4±0.2	2.19±0.12	2.45±0.12	3.0±0.2	5.9±0.3
V	90±12	74±3	74±2	86±4	74±2	86±2	119±3	105±4
W	1.9±0.1	1.66±0.10	1.65±0.12	1.64±0.10	1.6±0.1	1.5±0.1	2.8±0.2	5.8±0.2
Y	26±2	26.5±0.9	23.6±0.7	26.4±0.9	24.5±0.7	25±1	33±2	38±3
Yb	2.6±0.4	2.81±0.14	2.54±0.13	2.9±0.2	2.6±0.2	2.53±0.14	3.5±0.2	3.8±0.2
Zn	61±5	60±4	65±5	78±5	65±3	96±3	94±4	100±8
Zr	233±7	350±12	270±9	195±7	257±9	227±8	272±8	275±11
/% SiO₂	61.69±0.33	65.50±0.12	69.42±0.28	60.01±0.27	64.88±0.29	64.51±0.36	63.63±0.20	63.81±0.16
Al₂O₃	13.28±0.12	13.80±0.11	13.14±0.06	13.27±0.11	11.76±0.10	14.43±0.13	15.27±0.10	17.85±0.12
TFe₂O₃	4.8±0.1	4.17±0.03	4.21±0.06	4.71±0.04	4.11±0.04	5.32±0.06	6.44±0.07	5.44±0.05
FeO	(1.4)	(1.1)	(0.9)	1.39±0.07	1.25±0.11	(0.8)	1.06±0.15	(0.8)
MgO	1.52±0.18	1.30±0.03	1.20±0.04	2.43±0.07	2.05±0.04	1.90±0.06	1.80±0.06	0.84±0.05
CaO	5.0±0.1	2.62±0.06	1.33±0.03	5.83±0.06	5.0±0.1	2.45±0.05	1.53±0.04	0.40±0.04
Na₂O	1.28±0.05	2.14±0.06	1.98±0.07	2.00±0.06	1.86±0.07	1.59±0.06	1.26±0.05	0.33±0.02
K₂O	1.98±0.05	2.65±0.05	2.70±0.04	2.62±0.05	2.27±0.04	2.46±0.07	2.36±0.04	2.50±0.04
H₂O⁺	(4.7)	(3.5)	(3.0)	(3.6)	(2.8)	(4.0)	(4.7)	(5.8)
CO₂	2.9±0.2	(0.8)	(0.18)	3.9±0.4	3.34±0.14	(1.1)	(0.56)	(0.1)
Corg.	1.1±0.1	1.35±0.07	1.07±0.06	(0.47)	0.62±0.08	0.79±0.07	0.78±0.05	0.97±0.12
TC	1.9±0.2	1.57±0.16	1.12±0.11	(1.5)	1.53±0.12	1.09±0.15	0.93±0.12	1.00±0.15

说明：1. 含量单位除注明者外均为 μg/g，"±"号后的值为不确定度，括号内的数据为参考值。

2. Sb(DA) 为王水分解方法结果，Sb(T) 为全量法结果。

2. ESS 系列土壤成分分析标准物质

保证值

成分 /(μg/g)	ESS-1 GSBZ 50011-88	ESS-2 GSBZ 50012-88	ESS-3 GSBZ 50013-88	ESS-4 GSBZ 50014-88
As	10.7±0.8	10.0±1.0	15.9±1.3	11.4±0.7
Ba	618±24	520±15	355±15	568±16
Cu	20.9±0.8	27.6±0.5	29.4±1.6	26.3±1.7
Co	14.8±0.7	25.6±1.2	22.0±1.7	13.3±0.5
Cd	0.083±0.011	0.041±0.011	0.044±0.014	0.083±0.008
Cr	57.2±4.2	75.9±4.6	98.0±7.1	70.4±4.9
F	566±66	725±39	580±41	590±42
Hg	0.016±0.003	0.019±0.003	0.112±0.012	0.021±0.004
La	35.7±2.5	42.6±3.2	34.2±4.3	38.4±3.0
Mo	0.54±0.08	0.58±0.15	1.4±0.2	0.63±0.16
Mn	1097±27	1063±36	819±28	694±36
Ni	29.6±1.8	33.6±1.6	33.7±2.1	32.8±1.7
Pb	23.6±1.2	24.6±1.0	33.3±1.3	22.6±1.7
P	410±73	275±53	323±69	492±50
Se	0.093±0.012	0.24±0.05	0.19±0.03	0.072±0.015

成分 /($\mu g/g$)	ESS-1 GSBZ 50011-88	ESS-2 GSBZ 50012-88	ESS-3 GSBZ 50013-88	ESS-4 GSBZ 50014-88
Sr	225 ± 11	102 ± 4	43.7 ± 2.3	174 ± 11
Ti	4320 ± 194	5407 ± 123	6574 ± 182	4535 ± 145
V	77.5 ± 3.1	105 ± 4	116 ± 5	90.0 ± 2.0
Y	22.1 ± 2.6	28.1 ± 4.9	21.6 ± 3.1	23.8 ± 3.5
W	1.9 ± 0.3	1.9 ± 0.3	3.3 ± 0.2	2.3 ± 0.3
Zn	55.2 ± 3.4	63.5 ± 3.5	89.3 ± 4.0	69.1 ± 3.5
Zr	334 ± 36	259 ± 11	306 ± 28	281 ± 11
/%				
SiO_2	65.40 ± 0.38	65.64 ± 0.42	69.59 ± 0.43	68.23 ± 0.36
Al_2O_3	13.42 ± 0.04	14.95 ± 0.09	14.41 ± 0.07	14.07 ± 0.07
Fe_2O_3	3.40 ± 0.13	6.51 ± 0.16	5.85 ± 0.08	4.48 ± 0.08
FeO	0.74 ± 0.13	0.54 ± 0.08	0.25 ± 0.06	0.61 ± 0.04
TFe_2O_3	4.14 ± 0.09	7.11 ± 0.17	6.18 ± 0.19	5.13 ± 0.11
CaO	3.50 ± 0.08	0.84 ± 0.04	0.08 ± 0.03	1.20 ± 0.03
MgO	1.32 ± 0.06	1.23 ± 0.05	0.61 ± 0.03	1.67 ± 0.03
K_2O	2.61 ± 0.06	2.25 ± 0.06	1.70 ± 0.02	2.53 ± 0.08
Na_2O	2.12 ± 0.03	0.81 ± 0.02	0.10 ± 0.001	1.91 ± 0.04
H_2O^+	3.46 ± 0.40	5.00 ± 0.18	5.26 ± 0.32	3.52 ± 0.22
S	0.017 ± 0.004	0.015 ± 0.002	0.016 ± 0.003	0.008 ± 0.002
CO_2	1.74 ± 0.18	0.173 ± 0.078	0.094 ± 0.028	0.113 ± 0.061
CrgC	0.54 ± 0.07	0.37 ± 0.09	0.24 ± 0.08	0.23 ± 0.06

参考值

成分 /($\mu g/g$)	ESS-1 GSBZ 50011-88	ESS-2 GSBZ 50012-88	ESS-3 GSBZ 50013-88	ESS-4 GSBZ 50014-88
Rb	112	121	123	106
Th	11.4	13.7	17.0	12.4
Sm	6.2	7.3	4.1	6.4
Lu	0.46	0.55	0.47	0.48
U	2.2	2.4	4.0	2.2
Yb	2.9	3.3	2.9	2.9
Nb	31.5	39.1	26.0	32.9
Sb	1.0	1.3	1.8	1.3
Ce	80.0	96.1	94.8	77.3
Cs	6.1	7.7	10.1	7.0
Sc	10.2	11.2	13.4	12.7
Tb	0.81	1.1	0.65	0.87
Hf	10.7	7.0	8.1	7.5
Ta	1.2	1.1	1.6	1.0
Eu	1.3	1.5	0.78	1.3
Nd	15.6	15.1	22.1	14.7
LOI/%	5.91	5.63	5.68	3.88

信息值

成分 /($\mu g/g$)	ESS-1 GSBZ 50011-88	ESS-2 GSBZ 50012-88	ESS-3 GSBZ 50013-88	ESS-4 GSBZ 50014-88
Br	4.3	3.6	0.84	0.81
Dy	5.1	6.0	4.3	5.3
Ga	64.2	69.6	52.4	77.2
Ho	1.0	1.2	0.92	0.91
Li	29.0	34.2	44.6	32.8
Be	2.55	3.04	2.05	2.62

3. 土壤有效态成分分析标准物质

表1 土壤有效态成分分析标准物质标准值

成　分	GBW07412 (ASA-1) 标准值	不确定度	测量组数	GBW07413 (ASA-2) 标准值	不确定度	测量组数	GBW07414 (ASA-3) 标准值	不确定度	测量组数	GBW07415 (ASA-4) 标准值	不确定度	测量组数	GBW07416 (ASA-5) 标准值	不确定度	测量组数	GBW07417 (ASA-6) 标准值	不确定度	测量组数
全氮/10^{-2}	0.109	0.003	7	0.086	0.004	8	0.094	0.005	8	0.222	0.009	8	0.078	0.003	8	0.076	0.004	8
有机质/10^{-2}	1.82	0.09	8	1.43	0.06	8	1.21	0.06	8	3.83	0.12	7	1.63	0.08	8	1.48	0.08	8
阳离子交换量/[cmol(+)/kg]	16.0	2.1	8	[13.0]	1.1	8	[22.4]	1.7	8	19.6	2.2	8	11.2	1.5	8	6.0	0.5	8
	*17.3	2.1	12	*12.4	0.9	13	*22.8	1.5	11	*18.9	0.8	11	*10.9	1.3	12	*5.8	0.7	12
交换性氢/[cmol(H^+)/kg]													0.22	0.06	8	0.18	0.06	8
交换性铝/[cmol($1/3Al^{3+}$)/kg]													0.91	0.22	8	0.72	0.20	8
交换性镁/[cmol($1/2Mg^{2+}$)/kg]	3.54	0.24	8							2.76	0.19	8	1.21	0.06	8	0.27	0.06	8
交换性钙/[cmol($1/2Ca^{2+}$)/kg]	14.1	1.5	8							13.1	2.2	8	4.2	0.8	8	2.6	0.7	8
交换性钠/[cmol(Na^+)/kg]	0.20	0.08	8							0.26	0.10	8	(0.11)			(0.11)		
交换性钾/[cmol(K^+)/kg]	0.45	0.12	8							0.44	0.12	8	0.40	0.10	8	0.50	0.09	8
水解性氮/10^{-6}	151	16	8	69	5	8	66	8	8	161	36	8	67	14	8	90	7	8
有效磷/10^{-6}	21.2	3.6	8	18.3	2.0	8	13.8	2.3	8	1.13	0.26	8	14.8	3.1	8	48	5	8
速效钾/10^{-6}	178	28	8	267	50	8	298	46	8	171	16	8	156	18	8	196	26	8
有效硅/10^{-6}	417	26	8	310	20	8	283	32	8	321	17	8	432	28	8	392	50	8
有效铁/10^{-6}	91	7	7	(31)			(26)			243	14	8	29	6	8	78	13	8
有效锰/10^{-6}	[213]	15	8	[154]	19	8	[199]	16	8	[53]	12	8	[17]	6	8	[11]	3	8
	*50	8	12	*17	6	12	*15.4	3.6	13	*35	6	13	*10.3	0.7	13	*7.9	1.4	13
有效铜/10^{-6}	[1.94]	0.10	8	1.13	0.20	8	0.82	0.12	8	[7.6]	0.8	8	[2.9]	0.6	8	[0.52]	0.17	7
	*2.1	0.3	13							*7.2	0.8	13	*1.3	0.3	13	*0.28	0.08	13
有效锌/10^{-6}	[3.8]	0.4	7	1.32	0.18	8	0.66	0.18	8	[2.5]	0.5	8	[2.6]	0.3	8	[2.6]	0.4	7
	*1.32	0.25	13							*0.56	0.07	13	*1.14	0.24	13	*0.69	0.20	13
有效硼/10^{-6}	0.52	0.14	8	0.60	0.14	8	0.34	0.14	8	0.27	0.12	8	0.34	0.14	8	0.28	0.11	8
有效钼/10^{-6}	(0.10)			0.10	0.04	8	0.10	0.02	7	0.13	0.04	7	0.20	0.05	7	0.17	0.04	7

说明：本标准值是以烘干样计算的含量值，圆括号内的值是参考值；方括号内的值为地质矿产部审批；数据前带"*"的值为农业部全国农业技术推广服务中心组织，以表2文献［2］方法定值。

表2 定值分析方法

成　分	方法名称	国家标准（号）	文献[1]（页次）	文献[2]（页次）
全氮	开氏法	GB 7173—87 GB 7848—87	79～82	37～39
有机质	硫酸、重铬酸钾氧化-容量法测定	GB 7857—87 GB 7834—88	67～75	34～36
阳离子交换量	乙酸铵交换、蒸馏-容量法测定（中酸性土）		177～180	65～67
	氯化铵-乙酸铵交换-容量法测定（石灰性土）	GB 7863—87	181	
	EDTA、乙酸铵交换-容量法测定			67～68

成 分	方 法 名 称	国家标准（号）	文献[1]（页次）	文献[2]（页次）
交换性氢 交换性铝	氯化钾交换-容量法测定	GB 7860—87	172～174	63～64
交换性镁 交换性钙	乙酸铵交换-容量法或原子吸收法测定	GB 7865—87	186～189	70～72
交换性钠 交换性钾	乙酸铵交换-火焰光度法测定	GB 7866—87	189～190	70～73
pH	水浸提(水：土＝2.5：1)-电位法测定	GB 7859—87	166～169	
	水浸提(水：土＝1：1)-电位法测定			61～63
水解性氮	碱解扩散法	GB 7849—87	82～84	39～40
有效磷	氟化铵、稀盐酸浸提-钼锑抗比色法测定(酸性土)	GB 7853—87	99～102	46～48
	碳酸氢钠浸提-钼锑抗比色法测定(石灰性土)	GB 12297—90		
速效钾	乙酸铵浸提-火焰光度法或原子吸收法测定	GB 7856—87	114～116	56
有效硅	柠檬酸浸提-硅钼蓝比色法测定		127～131	142～143
有效铁	DTPA 浸提-原子吸收法测定	GB 7881—87	149～153	123～124
有效锰	对苯二酚-乙酸铵浸提-原子吸收法测定	GB 7883—87	136～137	
	DTPA 浸提-原子吸收法测定			123～124
有效铜	DTPA 浸提-原子吸收法测定(石灰性土)	GB 7879—87	137～142	
	稀盐酸浸提-原子吸收法测定(酸性土)			
	DTPA 浸提-原子吸收法测定(石灰性、酸性土)			123～124
有效锌	DTPA 浸提-原子吸收法测定(石灰性土)	GB 7880—87	142～148	
	稀盐酸浸提-原子吸收法测定(酸性土)			
	DTPA 浸提-原子吸收法测定(石灰性、酸性土)			123～124
有效硼	沸水浸提-姜黄素或甲亚胺 H 比色法测定	GB 12298—90 GB 7877—87	154～158	128～131
有效钼	草酸、草酸铵(Tamm 溶液)浸提-极谱法测定	GB 7878—87	158～165	132～134

文献 [1]：中国土壤学会农业化学专业委员会编，土壤农业化学常规分析方法，科学出版社，1989 年第三版。

文献 [2]：农业部全国土壤肥料总站，土壤分析技术规范，农业出版社，1993 年 12 月。

4. 土壤成分分析标准物质

表 1　农业土壤成分分析标准物质标准值　　　　　　　　单位：%

编 号	项 目	SiO₂	Al₂O₃	TFe₂O₃	MgO	CaO	Na₂O	K₂O	TiO₂	MnO	P₂O₅	S	LOI	Cu*	Zn*	B*	Mo*
GBW(E) 070041	标准值	65.37	15.06	4.98	1.62	1.68	2.48	2.72	0.74	0.094	0.120	(0.013)	4.83	24	67	34	0.80
	标准偏差(S)	0.20	0.17	0.14	0.04	0.03	0.10	0.11	0.04	0.006	0.006		0.32	3	5	3	0.22
	测量组数(N)	6	6	7	7	7	7	7	6	8	7		8	8	8	7	
GBW(E) 070042	标准值	63.06	12.76	4.49	2.01	4.57	1.69	2.43	0.68	0.077	0.162	(0.017)	7.71	25	68	54	(0.82)
	标准偏差(S)	0.30	0.23	0.11	0.11	0.05	0.07	0.09	0.03	0.003	0.010		0.24	4	3	9	
	测量组数(N)	6	6	7	7	7	7	7	6	8	7		8	7	6	8	
GBW(E) 070043	标准值	53.72	14.74	5.72	2.09	7.93	0.99	2.72	0.65	0.106	0.197	(0.019)	11.17	29	96	75	1.53
	标准偏差(S)	0.09	0.17	0.17	0.04	0.10	0.05	0.10	0.03	0.007	0.016		0.46	4	9	14	0.15
	测量组数(N)	6	6	7	7	7	7	7	6	8	7		8	8	8	7	
GBW(E) 070044	标准值	61.03	16.21	6.20	1.90	0.84	0.99	2.45	0.92	0.050	0.098	(0.033)	9.01	42	93	65	0.73
	标准偏差(S)	0.52	0.34	0.16	0.11	0.06	0.04	0.10	0.05	0.004	0.006		0.35	4	9	15	
	测量组数(N)	6	6	7	7	7	7	7	6	8	7		8	8	8	7	
GBW(E) 070045	标准值	69.68	14.58	5.21	0.54	(0.22)	(0.09)	1.08	0.96	0.029	0.122	(0.014)	7.52	32	81	71	1.47
	标准偏差(S)	0.28	0.21	0.10	0.06			0.05	0.04	0.004	0.007		0.25	4	9		0.25
	测量组数(N)	6	6	8				7	7	7	7		8	7	8		7
GBW(E) 070046	标准值	83.34	8.89	1.34	(0.20)	(0.16)	(0.038)	0.65	0.22	0.015	0.124	(0.014)	4.86	2.8	22	(20)	1.15
	标准偏差(S)	0.22	0.17	0.03				0.02	0.02	0.002	0.011		0.16	0.7	5		0.19
	测量组数(N)	6	6	8				7	8	7	7		8	8	7		7

说明：＊单位为 μg/g，括号内的数值为参考值。

表2　定值分析方法及方法数据组数

成分	分析方法与数据组数	成分	分析方法与数据组数
SiO_2	GR_{4-5} XRF_{1-2}	MnO	AAS_4 COL_1 $ICP\text{-}AES_1$ XRF_2
Al_2O_3	VOL_4 XRF_2	P_2O_5	COL_4 XRF_3
TFe_2O_3	AAS_2 COL_2 $ICP\text{-}AES_1$ XRF_2	S	IC_1 VOL_3
MgO	AAS_{3-4} VOL_2 XRF_2	LOI	GR_8
CaO	AAS_{2-3} VOL_3 XRF_2	Cu	AAS_{3-4} COL_{0-1} $ICP\text{-}AES_{2-3}$ XRF_1
Na_2O	AAS_1 FP_3 $ICP\text{-}AES_1$ XRF_{1-2}	Zn	AAS_{2-4} $ICP\text{-}AES_3$ XRF_{0-1}
KO	AAS_1 FP_3 $ICP\text{-}AES_{0-1}$ XRF_2	B	AES_{4-5} COL_1 $ICP\text{-}AES_2$ POL_1
TiO_2	COL_4 XRF_2	Mo	COL_1 POL_{5-6}

说明：1. AAS 火焰原子吸收分光光度法，AES 电弧发射光谱法，COL 分光光度法，FP 火焰光度法，GR 重量法，IC 离子色谱法，ICP-AES 电感耦合等离子发射光谱法，POL 极谱法，VOL 容量法，XRF X-射线荧光光谱法。

2. 分析方法符号下标数值为方法数据数。

二、生物、食品类标准物质

表1

元素 （质量分数）	GBW10010 （GSB-1 大米）	GBW10011 （GSB-2 小麦）	GBW10012 （GSB-3 玉米）	GBW10013 （GSB-4 黄豆）	GBW10014 （GSB-5 圆白菜）
$Al(10^{-2})$	0.039 ± 0.004	0.0104 ± 0.0010	0.032 ± 0.003	(0.043)	0.0166 ± 0.0022
$As(10^{-6})$	0.102 ± 0.008	0.031 ± 0.005	0.028 ± 0.006	0.035 ± 0.012	0.062 ± 0.014
$B(10^{-6})$	0.92 ± 0.14	(0.55)	0.86 ± 0.11	15.8 ± 1.5	19.6 ± 1.7
$Ba(10^{-6})$	0.40 ± 0.09	2.4 ± 0.3	0.45 ± 0.16	3.3 ± 0.4	12 ± 2
$Be(10^{-9})$	1.8 ± 0.4	(0.85)	1.7 ± 0.4	3.5 ± 0.6	(1.8)
$Bi(10^{-9})$	(2.0)	(2.5)	2.8 ± 0.9	(2)	2.8 ± 0.7
$Br(10^{-6})$	0.56 ± 0.13	(0.33)	0.46 ± 0.09	(0.6)	6.0 ± 1.3
$Ca(10^{-2})$	0.011 ± 0.001	0.034 ± 0.002	0.0055 ± 0.0008	0.153 ± 0.008	0.70 ± 0.02
$Cd(10^{-9})$	87 ± 5	18 ± 4	4.1 ± 1.6	(11)	35 ± 6
$Ce(10^{-6})$	0.011 ± 0.002	0.009 ± 0.002	0.12 ± 0.02	0.040 ± 0.006	0.044 ± 0.004
$Cl(10^{-2})$	0.040 ± 0.004	0.086 ± 0.003	0.050 ± 0.006	0.008 ± 0.002	0.64 ± 0.07
$Co(10^{-6})$	(0.010)	(0.008)	(0.012)	0.125 ± 0.012	0.089 ± 0.014
$Cr(10^{-6})$	(0.09)	0.096 ± 0.014	(0.11)	0.28 ± 0.04	1.8 ± 0.3
$Cs(10^{-6})$	0.014 ± 0.005	(0.010)	0.010 ± 0.004	0.043 ± 0.006	0.082 ± 0.012
$Cu(10^{-6})$	4.9 ± 0.3	2.7 ± 0.2	0.66 ± 0.08	10.2 ± 0.5	2.7 ± 0.2
$Dy(10^{-9})$	(0.8)	(0.8)	3.2 ± 0.8	2.4 ± 0.6	2.6 ± 0.7
$Er(10^{-9})$	(0.32)	(0.31)	1.7 ± 0.4	1.0 ± 0.2	(1.4)
$Eu(10^{-9})$	(0.3)	(0.8)	(0.6)	1.3 ± 0.4	(3.6)
$Fe(10^{-6})$	7.6 ± 1.9	18.5 ± 3.1	13.3 ± 1.5	139 ± 4	98 ± 10
$Gd(10^{-9})$	(0.75)	(0.91)	4.3 ± 0.9	3.3 ± 0.9	3.1 ± 0.5
$Ge(10^{-9})$	(5)	(2)	(1)	(2.5)	(4)

元素 （质量分数）	GBW10010 （GSB-1 大米）	GBW10011 （GSB-2 小麦）	GBW10012 （GSB-3 玉米）	GBW10013 （GSB-4 黄豆）	GBW10014 （GSB-5 圆白菜）
Hf(10^{-6})	(0.12)	(0.03)			
Hg(10^{-9})	5.3±0.5	(1.6)	(1.6)	(1.5)	10.9±1.6
Ho(10^{-9})	(0.12)	(0.12)	0.66±0.15	(0.5)	(0.5)
I(10^{-6})	(0.09)	(0.06)	(0.06)	(0.05)	0.24±0.03
K(10^{-2})	0.138±0.007	0.140±0.006	0.129±0.007	1.86±0.09	1.55±0.06
La(10^{-6})	0.008±0.003	0.006±0.002	0.057±0.006	0.023±0.004	0.024±0.003
Li(10^{-6})	0.044±0.007	0.024±0.005	0.038±0.006	0.062±0.014	0.54±0.08
Lu(10^{-9})	(0.04)	(0.04)	(0.21)	(0.13)	(0.16)
Mg(10^{-2})	0.041±0.006	0.045±0.007	0.018±0.002	0.230±0.014	0.241±0.015
Mn(10^{-6})	17±1	5.4±0.3	1.55±0.08	28±1	18.7±0.8
Mo(10^{-6})	0.53±0.05	0.48±0.05	0.045±0.009	0.71±0.04	0.71±0.07
N(10^{-2})	1.61±0.04	2.40±0.06	1.40±0.07	6.7±0.3	2.8±0.2
Na(10^{-6})	25±8	17±5	(10)	(15)	1.09±0.06(%)
Nb(10^{-6})		(0.008)	(0.009)	(0.011)	(0.014)
Nd(10^{-6})	(0.004)	0.0046±0.0014	0.022±0.004	0.016±0.003	0.015±0.002
Ni(10^{-6})	0.27±0.02	0.06±0.02	0.097±0.014	4.0±0.3	0.93±0.10
P(10^{-2})	0.136±0.006	0.154±0.007	0.061±0.003	0.66±0.03	0.46±0.03
Pb(10^{-6})	0.08±0.03	0.065±0.024	0.07±0.02	0.07±0.02	0.19±0.03
Pr(10^{-9})	1.1±0.3	1.1±0.4	7±1	4.5±0.5	4.0±0.6
Rb(10^{-6})	3.9±0.3	2.6±0.2	2.1±0.2	14.2±0.7	19.6±1.0
S(10^{-2})	0.147±0.024	0.178±0.017	0.123±0.016	0.364±0.027	0.72±0.05
Sb(10^{-6})	(0.004)	(0.006)	(0.008)	(0.005)	(0.012)
Sc(10^{-9})	(2.5)	(3)	3.5±0.9	(6.6)	(7)
Se(10^{-6})	0.061±0.015	0.053±0.007	0.021±0.008	(0.022)	0.20±0.03
Si(10^{-2})	0.025±0.003	(0.008)	0.008±0.001	(0.013)	0.024±0.005
Sm(10^{-9})	(0.9)	0.95±0.28	3.2±0.5	3.1±0.3	3.2±0.7
Sr(10^{-6})	0.30±0.05	2.5±0.3	0.19±0.05	9.9±0.6	48±3
Tb(10^{-9})	(0.10)	(0.10)	0.73±0.24	(0.42)	(0.5)
Th(10^{-9})	(4)	(2)	4.6±1.5	6.8±1.4	9±3
Ti(10^{-6})	(2)	(2)	1.6±0.5		(9)
Tl(10^{-9})	(0.7)	(0.5)	(0.4)	(2.3)	(6.3)
Tm(10^{-9})	(0.05)	(0.04)	(0.27)	(0.2)	(0.23)
U(10^{-9})	(1.2)	(1.6)	(2.3)	(2.5)	20±3
V(10^{-6})	(0.03)	0.034±0.012	0.30±0.11	(0.08)	(0.11)
Y(10^{-6})	0.052±0.009	0.023±0.005	0.021±0.004	0.022±0.004	0.015±0.002
Yb(10^{-9})	(0.3)	(0.34)	1.6±0.2	1.2±0.4	1.4±0.4
Zn(10^{-6})	23±2	11.6±0.7	2.9±0.3	38±2	26±2
灰分（%）	(0.8)	(1.0)	(0.5)	(5.1)	(8.2)

元素 （质量分数）	GBW10015 （GSB-6 菠菜）	GBW10016 （GSB-7 茶叶）	GBW10017 （GSB-8 奶粉）	GBW10018 （GSB-9 鸡肉）	GBW10019 （GSB-10 苹果）
Al(10^{-2})	0.061±0.006	0.094±0.009	(0.003)	0.016±0.003	0.007±0.001
As(10^{-6})	0.23±0.03	0.09±0.01	0.031±0.007	0.109±0.013	0.020±0.004
B(10^{-6})	25±2	14±1	1.56±0.22	0.76±0.13	19±3
Ba(10^{-6})	9.0±0.8	9.6±0.5	1.0±0.3	1.5±0.4	2.5±0.3
Be(10^{-9})	17±2	10±2		(1.3)	(1.0)
Bi(10^{-9})	13.5±1.0	18±2	(1.2)	1.3±0.4	(2.5)
Br(10^{-6})	10±2	2.7±0.5	5.7±1.4	1.6±0.4	(0.2)
Ca(10^{-2})	0.66±0.03	0.326±0.008	0.94±0.03	0.022±0.002	0.049±0.001
Cd(10^{-9})	150±25	62±4		(5)	5.8±1.2
Ce(10^{-6})	0.66±0.05	0.39±0.05	(0.004)	0.06±0.01	0.025±0.005
Cl(10^{-2})	1.08±0.07	0.044±0.003	0.81±0.09	0.153±0.015	(0.008)
Co(10^{-6})	0.22±0.03	0.22±0.02	0.030±0.007	(0.010)	0.026±0.006
Cr(10^{-6})	1.4±0.2	0.45±0.10	0.39±0.04	0.59±0.11	0.30±0.06
Cs(10^{-6})	0.13±0.02	0.32±0.06	0.034±0.005	0.070±0.013	(0.02)
Cu(10^{-6})	8.9±0.4	18.6±0.7	0.51±0.13	1.46±0.12	2.5±0.2
Dy(10^{-9})	41±8	25±6	(0.45)	1.1±0.4	(1.1)
Er(10^{-9})	17±3	14±4	(0.16)	(0.8)	(0.65)
Eu(10^{-9})	11.1±1.4	6.7±1.4	(0.4)	(0.7)	(0.7)
F(10^{-6})	(14)	57±15			
Fe(10^{-6})	540±20	242±18	7.8±1.3	31±3	16±2
Gd(10^{-9})	54±7	31±5		(1.4)	0.95±0.11
Ge(10^{-9})	(20)	(8)		(2)	
Hf(10^{-6})	(0.04)	(0.17)			
Hg(10^{-9})	20±3	3.8±0.8	(2.2)	3.6±1.5	(2)
Ho(10^{-9})	8.1±1.7	5.4±1.2	(0.07)	(0.26)	(0.25)
I(10^{-6})	0.36±0.12	(0.13)	1.12±0.23	(0.08)	0.12±0.04
K(10^{-2})	2.49±0.11	1.63±0.07	1.25±0.05	1.46±0.07	0.77±0.04
La(10^{-6})	0.35±0.04	0.25±0.02	(0.0025)	0.024±0.004	0.014±0.004
Li(10^{-6})	1.46±0.23	0.14±0.02	(0.04)	0.034±0.007	0.115±0.009
Lu(10^{-9})	3.0±0.9	3.0±0.8		(0.10)	
Mg(10^{-2})	0.552±0.015	0.186±0.011	0.096±0.007	0.128±0.010	0.039±0.006
Mn(10^{-6})	41±3	500±20	0.51±0.17	1.65±0.07	2.7±0.2
Mo(10^{-6})	0.47±0.04	0.040±0.012	0.28±0.03	0.11±0.01	0.08±0.02
N(10^{-2})	3.4±0.2	5.1±0.3	3.8±0.2	14.8±0.5	0.31±0.03
Na(10^{-2})	1.50±0.06	0.009±0.001	0.47±0.03	0.144±0.009	0.116±0.009
Nb(10^{-6})	(0.06)	(0.025)	(0.008)	(0.006)	

元素 (质量分数)	GBW10015 (GSB-6 菠菜)	GBW10016 (GSB-7 茶叶)	GBW10017 (GSB-8 奶粉)	GBW10018 (GSB-9 鸡肉)	GBW10019 (GSB-10 苹果)
Nd(10^{-6})	0.28±0.03	0.15±0.02	(0.002)	0.0095±0.0035	(0.006)
Ni(10^{-6})	0.92±0.12	3.4±0.3	(0.18)	0.15±0.03	0.14±0.05
P(10^{-2})	0.36±0.02	0.45±0.03	0.76±0.03	0.96±0.08	0.066±0.004
Pb(10^{-6})	11.1±0.9	1.5±0.2	0.07±0.02	0.11±0.02	0.084±0.032
Pr(10^{-9})	75±5	42±4	(0.7)	2.8±0.6	1.8±0.3
Rb(10^{-6})	30±2	117±5	11.6±0.7	33±2	5.0±0.6
S(10^{-2})	0.45±0.04	0.30±0.03	0.25±0.02	0.86±0.05	0.063±0.004
Sb(10^{-6})	0.043±0.014	0.022±0.006	(0.006)		(0.006)
Sc(10^{-9})	(93)	(23)	(2.8)	(4.5)	
Se(10^{-6})	0.092±0.024	0.098±0.008	0.11±0.03	0.49±0.06	(0.018)
Si(10^{-2})	0.212±0.024	0.099±0.008		(0.013)	0.0050±0.0013
Sm(10^{-9})	56±5	29±3	(0.5)	1.3±0.5	1.5±0.5
Sr(10^{-6})	87±5	9.1±1.2	5.3±0.6	0.64±0.08	6.9±0.5
Tb(10^{-9})	7.2±0.7	4.5±0.7	(0.7)	(0.23)	
Th(10^{-9})	114±19	38±12	(2.8)	(4.5)	4.0±0.3
Ti(10^{-6})	(28)	(14)			
Tl(10^{-9})	(49)	(50)	(0.9)	(14)	(1.8)
Tm(10^{-9})	3.1±0.9	2.6±1.0		(0.11)	(0.12)
U(10^{-9})	89±11	10±2	(3)	(3)	8.2±1.8
V(10^{-6})	0.87±0.23	0.17±0.03	(0.06)	(0.06)	(0.028)
Y(10^{-6})	0.20±0.04	0.23±0.03	0.008±0.003	0.007±0.002	0.008±0.002
Yb(10^{-9})	19±4	18±4		(0.7)	(0.66)
Zn(10^{-6})	35.3±1.5	51±2	34±2	26±1	2.1±0.4
灰分(%)	(12.0)	(5.0)	(6.2)	(5.0)	(2.4)

说明："±"后的数据为不确定度，括号内的数值为参考值。

表2

元素 (质量分数)	GBW10020 (GSB-11 柑橘叶)	GBW10021 (GSB-12 豆角)	GBW10022 (GSB-13 蒜粉)	GBW10023 (GSB-14 紫菜)	GBW10024 (GSB-15 扇贝)
Ag(10^{-9})	54±5	(5)	(5)	73±16	(8)
Al(10^{-2})	0.115±0.010	0.043±0.004	0.021±0.002	0.49±0.08	0.0156±0.0027
As(10^{-6})	1.1±0.2	0.15±0.02	0.31±0.04	27±6	3.6±0.6
B(10^{-6})	32±3	21±2	7.5±0.9	14.5±1.0	12±1
Ba(10^{-6})	98±6	11.4±0.7	4.1±0.3	10.4±1.5	0.62±0.06
Be(10^{-9})	31±7	14±3	4.4±1.1	115±14	3.2±0.7
Bi(10^{-9})	230±25	4.8±1.5	13±1	31±3	3.8±0.8
Br(10^{-6})	3.4±0.5	0.62±0.13	1.9±0.3	92±7	32±3
Ca(10^{-2})	4.2±0.4	0.67±0.04	0.081±0.008	0.153±0.018	0.075±0.009

元素 (质量分数)	GBW10020 (GSB-11 柑橘叶)	GBW10021 (GSB-12 豆角)	GBW10022 (GSB-13 蒜粉)	GBW10023 (GSB-14 紫菜)	GBW10024 (GSB-15 扇贝)
Cd(10^{-6})	0.17±0.02	(0.020)	0.062±0.003	0.57±0.05	1.06±0.10
Ce(10^{-6})	1.00±0.13	0.35±0.07	0.16±0.03	4.7±0.2	0.053±0.013
Cl(10^{-2})	0.032±0.004	0.14±0.01	0.075±0.006	2.8±0.3	0.81±0.02
Co(10^{-6})	0.23±0.06	0.29±0.02	0.056±0.008	0.63±0.05	0.047±0.006
Cr(10^{-6})	1.25±0.11	0.66±0.08	0.30±0.07	2.4±0.4	0.28±0.07
Cs(10^{-6})	0.14±0.01	0.036±0.004	0.025±0.002	0.35±0.03	0.014±0.001
Cu(10^{-6})	6.6±0.5	8.7±0.5	4.6±0.4	12.2±1.1	1.34±0.18
Dy(10^{-9})	57±5	23±3	8.9±1.1	654±66	5.3±1.2
Er(10^{-9})	26±6	12±2	4.2±0.8	312±30	3.3±0.7
Eu(10^{-9})	(33)	7.2±1.5	3.2±0.8	126±10	0.9±0.3
F(10^{-6})	(38)	(15)	(35)	(27)	(13)
Fe(10^{-6})	480±30	330±20	205±18	0.145±0.010*	41±5
Gd(10^{-9})	81±10	28±3	11.4±1.5	760±75	5.2±1.2
Ge(10^{-9})	(26)	14±2	(12)	52±14	(8)
Hf(10^{-6})	(0.085)		(0.04)		
Hg(10^{-9})	150±20	3.8±1.4	4.0±1.5	16±4	40±7
Ho(10^{-9})	11±1	4.5±0.7	1.6±0.3	126±22	1.2±0.3
I(10^{-6})	0.53±0.16	(0.14)	0.57±0.09	79±8	1.83±0.32
K(10^{-2})	0.77±0.04	2.26±0.06	1.14±0.05	3.36±0.18	1.15±0.06
La(10^{-6})	0.57±0.06	0.17±0.03	0.092±0.018	3.4±0.3	0.037±0.008
Li(10^{-6})	1.0±0.1	0.31±0.05	0.13±0.02	2.36±0.15	0.13±0.02
Lu(10^{-9})	3.7±0.9	1.77±0.24	0.58±0.15	38±3	0.49±0.11
Mg(10^{-2})	0.234±0.007	0.336±0.009	0.105±0.004	0.40±0.01	0.174±0.006
Mn(10^{-6})	30.5±1.5	29.5±1.4	13.4±0.8	68±3	19.2±1.2
Mo(10^{-6})	0.20±0.01	4.9±0.4	0.21±0.02	0.78±0.09	0.066±0.016
N(10^{-2})	2.47±0.06	2.79±0.14	3.22±0.17	5.0±0.3	12.8±0.8
Na(10^{-2})	0.013±0.002	0.081±0.009	0.095±0.013	1.55±0.06	0.46±0.04
Nd(10^{-6})	0.42±0.05	0.14±0.03	0.066±0.013	3.1±0.2	0.025±0.007
Ni(10^{-6})	(1.1)	4.4±0.3	0.92±0.11	2.25±0.18	0.29±0.08
P(10^{-2})	0.125±0.009	0.38±0.03	0.466±0.016	0.585±0.040	0.88±0.07
Pb(10^{-6})	9.7±0.9	0.66±0.07	0.72±0.09	2.05±0.15	(0.12)
Pr(10^{-9})	108±14	38±5	17±2	800±42	6.0±0.8
Rb(10^{-6})	3.0±0.2	9.5±0.6	6.5±0.2	10.4±0.7	5.1±0.3
S(10^{-2})	0.41±0.03	0.195±0.010	1.01±0.05	2.26±0.14	1.5±0.1
Sb(10^{-6})	0.20±0.06	0.028±0.005	0.023±0.005	0.026±0.006	(0.014)
Sc(10^{-6})	0.140±0.020	0.067±0.014	0.021±0.003	(0.49)	(0.012)
Se(10^{-6})	0.17±0.03	0.043±0.015	0.39±0.07	0.124±0.014	1.5±0.3

元素 （质量分数）	GBW10020 （GSB-11 柑橘叶）	GBW10021 （GSB-12 豆角）	GBW10022 （GSB-13 蒜粉）	GBW10023 （GSB-14 紫菜）	GBW10024 （GSB-15 扇贝）
Si(10^{-2})	0.41±0.08	(0.27)	(0.08)	0.83±0.16	(0.013)
Sm(10^{-9})	80±7	29±4	13±3	81±33	4.8±1.5
Sn(10^{-6})	3.8±0.5	(0.2)	(0.07)	(0.2)	(0.13)
Sr(10^{-6})	170±10	55±3	12.3±1.1	24±2	6.5±0.4
Tb(10^{-9})	11±1	4.1±0.5	1.66±0.29	110±10	0.84±0.19
Th(10^{-6})	0.14±0.02	0.055±0.010	0.024±0.003	0.73±0.05	(0.012)
Ti(10^{-6})	38±10	21±4	10±3	(92)	(6)
Tl(10^{-9})	60±8	4.2±0.8	20±3	44±4	2.5±0.4
Tm(10^{-9})	3.8±0.9	1.8±0.3	(0.65)	43±8	0.52±0.10
U(10^{-9})	45±10	90±5	75±6	172±18	7.3±1.3
V(10^{-6})	1.16±0.13	0.51±0.06	0.20±0.06	4.2±0.6	0.36±0.10
Y(10^{-6})	0.42±0.04	0.155±0.017	0.057±0.011	6.6±1.3	0.107±0.012
Yb(10^{-9})	25±5	11±2	(4.2)	253±35	3.2±0.9
Zn(10^{-6})	18±2	32±2	21.7±1.4	28±2	75±3
灰分（%）	(13.3)	(6.9)	(3.4)	(15.1)	(4.5)

元素 （质量分数）	GBW10025 （GSB-16 螺旋藻）	GBW10026 （GSB-17 花粉）	GBW10027 （GSB-18 人参）	GBW10028 （GSB-19 黄芪）	GBW07601a （GSB-20 人发）
Ag(10^{-9})	42±8	(5.8)	(4)	(8)	(50)
Al(10^{-2})	0.033±0.007	(0.045)	(0.036)	0.18±0.03	(2)
As(10^{-6})	0.22±0.03	0.095±0.020	(0.03)	0.57±0.05	0.28±0.05
B(10^{-6})	(2.8)	85±7	10.5±1.4	16.8±1.6	2.9±0.5
Ba(10^{-6})	11.0±0.8	2.9±0.5	35±2	20.5±2.5	11.4±0.6
Be(10^{-9})	21±4	10±3	5.3±1.1	50±14	110±7
Bi(10^{-9})	81±7	4.4±1.2	(2.4)	14±2	21±2
Br(10^{-6})	4.8±1.0	1.1±0.2	(0.27)	2.6±0.9	(1.1)
Ca(10^{-2})	0.158±0.015	0.308±0.013	0.406±0.033	0.456±0.018	0.145±0.020
Cd(10^{-6})	0.37±0.03	0.037±0.003	0.033±0.005	0.042±0.010	0.07±0.01
Ce(10^{-6})	7.2±0.6	0.35±0.09	0.06±0.02	2.03±0.23	(0.35)
Cl(10^{-2})	0.49±0.02	0.033±0.004	0.023±0.003	0.042±0.005	(0.018)
Co(10^{-6})	0.41±0.03	0.10±0.02	0.072±0.014	0.44±0.03	0.045±0.009
Cr(10^{-6})	1.50±0.13	0.51±0.09	0.13±0.04	2.2±0.4	0.41±0.12
Cs(10^{-6})	0.034±0.002	0.061±0.005	0.017±0.003	0.235±0.014	(0.003)
Cu(10^{-6})	7.7±0.6	8.2±0.8	5.9±0.4	8.5±0.7	14.3±1.6
Dy(10^{-9})	186±24	20±4	3.2±0.4	122±13	20±7
Er(10^{-9})	78±8	10.8±2.7	1.7±0.4	60±12	14±5
Eu(10^{-9})	87±12	6.2±1.3	(8)	32±6	3.7±1.1
F(10^{-6})	(37)	(12)	(9)	(20)	(11)
Fe(10^{-6})	0.110±0.007*	212±10	55±4	0.113±0.007*	36±5
Gd(10^{-9})	355±70	27±2	5.5±1.2	160±18	20±5

元素 （质量分数）	GBW10025 （GSB-16 螺旋藻）	GBW10026 （GSB-17 花粉）	GBW10027 （GSB-18 人参）	GBW10028 （GSB-19 黄芪）	GBW07601a （GSB-20 人发）
Ge(10^{-9})	(36)	(8)		(26)	
Hf(10^{-6})	(0.03)				(0.6)
Hg(10^{-9})	(15)	3.2±1.3	4.0±0.8	(12)	670±100
Ho(10^{-9})	33±7	3.8±0.5	0.67±0.09	23±4	4.6±1.8
I(10^{-6})	0.54±0.19	(0.16)	(0.1)	0.3±0.1	0.8±0.2
K(10^{-2})	1.41±0.05	0.585±0.015	0.96±0.04	0.70±0.04	(0.002)
La(10^{-6})	4.8±0.3	0.17±0.04	0.045±0.003	1.07±0.09	0.16±0.04
Li(10^{-6})	0.24±0.03	0.21±0.04	0.087±0.025	1.25±0.12	(1.6)
Lu(10^{-9})	9.5±1.9	1.22±0.32	(0.3)	9±3	(2.8)
Mg(10^{-2})	0.287±0.010	0.163±0.008	0.137±0.006	0.228±0.010	(0.014)
Mn(10^{-6})	31.7±1.2	22.7±0.6	21±1	33±1	2.0±0.3
Mo(10^{-6})	0.30±0.04	0.42±0.06	0.18±0.02	5.7±0.6	0.17±0.03
N(10^{-2})	10.6±0.4	4.3±0.3	1.9±0.1	2.35±0.13	13.9±0.5
Na(10^{-6})	1.90±0.09	(0.009)	0.0077±0.0010	0.145±0.019	0.0089±0.0012
Nd(10^{-6})	2.4±0.2	0.14±0.03	0.024±0.004	0.90±0.11	0.093±0.020
Ni(10^{-6})	1.44±0.17	0.50±0.10	1.11±0.06	2.26±0.15	0.43±0.12
P(10^{-2})	1.17±0.09	0.65±0.04	0.263±0.015	0.225±0.012	0.014±0.002
Pb(10^{-6})	2.8±0.2	0.25±0.04	0.12±0.04	1.44±0.10	5.7±0.5
Pr(10^{-9})	705±36	38±6	6.5±1.2	231±28	25±6
Rb(10^{-6})	1.5±0.1	6.4±0.3	4.1±0.3	10.5±0.5	(0.06)
S(10^{-2})	0.78±0.08	0.38±0.02	0.110±0.007	0.193±0.012	4.19±0.11
Sb(10^{-6})	0.083±0.021	0.014±0.004	(0.008)	0.063±0.014	(0.065)
Sc(10^{-6})	0.25±0.07	0.068±0.015	(0.017)	(0.30)	(0.018)
Se(10^{-6})	0.24±0.05	0.03±0.01	0.012±0.004	0.071±0.024	0.58±0.12
Si(10^{-2})	(0.23)	(0.15)	(0.034)	(0.71)	(0.06)
Sm(10^{-9})	354±23	30±3	4.5±0.5	172±13	19±6
Sn(10^{-6})	(0.2)		(0.02)	(0.10)	(0.2)
Sr(10^{-6})	36±2	13.2±0.7	33±2	51±3	7.7±0.4
Tb(10^{-9})	41±4	3.7±0.7	0.65±0.05	22±2	3.3±0.9
Th(10^{-6})	0.17±0.02	0.053±0.012	(0.008)	0.30±0.04	0.064±0.011
Ti(10^{-6})	34±7	20±4	5.8±1.6	102±11	(3.3)
Tl(10^{-9})	51±6	11±1	8.2±0.9	51±6	7.7±1.1
Tm(10^{-9})	10±2	1.4±0.5	(0.3)	8.8±1.8	2.1±0.7
U(10^{-9})	31±4	12±4	3.5±0.8	122±14	99±15
V(10^{-6})	0.70±0.07	0.46±0.08	0.073±0.025	2.56±0.32	0.50±0.18
Y(10^{-6})	0.90±0.11	0.12±0.03	0.16±0.03	0.6±0.1	11.2±1.7
Yb(10^{-9})	62±10	9.8±3.5	1.8±0.4	62±19	15±6
Zn(10^{-6})	42±2	32±1	11.1±0.9	22.3±1.0	137±9
灰分(%)	(8.8)	(3.2)	(3.0)	(5.16)	(5.5)

说明："±"后的数据为不确定度，括号内的数值为参考值，带 * 的数据为 10^{-2}。

表 3

元　素	GBW 10043 (GSB-21 辽宁大米)	GBW 10044 (GSB-22 四川大米)	GBW 10045 (GSB-23 湖南大米)	GBW 10046 (GSB-24 河南小麦)	GBW 10047 (GSB-25 胡萝卜)
Ag(10^{-6})			(0.007)	(0.004)	(0.006)
Al(10^{-2})	0.045±0.007	(0.059)	(0.057)	(0.021)	(0.046)
As(10^{-6})	0.114±0.018	0.12±0.03	0.11±0.02	(0.025)	0.11±0.02
B(10^{-6})	0.94±0.11	1.06±0.08	0.58±0.13	0.54±0.11	18.1±1.1
Ba(10^{-6})	0.33±0.04	0.75±0.09	0.50±0.08	1.4±0.2	24±3
Be(10^{-9})	2.1±0.5	3.4±0.6	2.3±0.4	1.5±0.4	6.5±1.5
Bi(10^{-9})	(4.5)	(16)	6.2±1.4	(1.8)	(2.5)
Br(10^{-6})	(0.5)	(0.4)	(0.3)	(0.5)	(2.4)
Ca(10^{-2})	0.011±0.001	0.013±0.002	0.010±0.001	0.033±0.002	0.255±0.010
Cd(10^{-6})	0.012±0.003	0.018±0.002	0.19±0.02	0.018±0.002	0.034±0.004
Ce(10^{-9})	(7.7)	17±2	7.2±1.8	13.0±2.4	177±38
Cl(10^{-2})	(0.038)	(0.028)	(0.025)	(0.08)	(0.23)
Co(10^{-9})	5.5±1.6	8.2±1.7	12.5±1.6	8.0±1.6	66±7
Cr(10^{-6})	0.14±0.05	0.17±0.05	(0.14)	(0.19)	1.04±0.13
Cs(10^{-9})	4.0±0.3	2.9±0.6	72±9	8.1±0.5	42±4
Cu(10^{-6})	1.7±0.1	2.6±0.1	2.4±0.2	2.4±0.1	4.1±0.3
Dy(10^{-9})	(0.62)	1.15±0.11	0.48±0.14	0.9±0.2	11.0±1.4
Er(10^{-9})	0.32±0.11	0.70±0.10	0.21±0.06	0.5±0.1	5.6±0.6
Eu(10^{-9})	0.21±0.08	0.42±0.12	0.25±0.09	0.45±0.14	7.6±2.3
Fe(10^{-6})	7.5±2.0	14.4±2.0	6.3±0.8	20±3	148±15
Gd(10^{-9})	0.6±0.2	1.5±0.2	0.59±0.15	1.1±0.2	14.5±2.8
Ge(10^{-9})	(2.3)	(4.3)	2.0±0.6	1.6±0.4	6.6±1.5
Hg(10^{-9})	4.8±0.8	2.2±0.5	2.8±0.5	(2.2)	3.2±0.8
Ho(10^{-9})	0.12±0.04	0.21±0.04	0.13±0.04	0.20±0.05	2.0±0.2
I(10^{-6})	(0.09)		(0.09)		(0.08)
K(10^{-2})	0.13±0.01	0.14±0.01	0.07±0.01	0.21±0.01	1.08±0.04
La(10^{-9})	(5)	10.3±1.1	(4.5)	8.1±1.4	114±24
Li(10^{-6})	0.035±0.010	0.068±0.016	0.050±0.016	0.027±0.007	0.16±0.02
Lu(10^{-9})	(0.06)	(0.10)		(0.07)	(0.8)
Mg(10^{-2})	0.042±0.002	0.053±0.002	0.025±0.001	0.048±0.002	0.091±0.003
Mn(10^{-6})	10.6±0.6	11.5±0.6	9.0±0.4	10.8±0.4	12.1±0.5
Mo(10^{-6})	0.43±0.02	0.61±0.03	0.89±0.06	0.25±0.02	0.10±0.01
N(10^{-2})	(1.28)	(1.47)	(1.25)	(2.3)	(1.06)
Na(10^{-6})	25±2	11.0±2.5	(10)	14.2±3.4	0.65±0.03*
Nb(10^{-9})	(2)	(5)	(2.7)	(2.3)	24±4
Nd(10^{-9})	(4.1)	7.9±1.3	(3.5)	6.0±1.2	79±9
Ni(10^{-6})	0.16±0.04	0.21±0.06	0.31±0.04	(0.11)	0.67±0.10
P(10^{-2})	0.127±0.004	0.16±0.01	0.10±0.01	0.15±0.01	0.23±0.02
Pb(10^{-6})	0.075±0.025	0.09±0.03	0.070±0.023	0.067±0.016	0.43±0.07
Pr(10^{-9})	1.1±0.4	2.0±0.3	(0.88)	1.4±0.2	21±3
Rb(10^{-6})	2.4±0.2	0.29±0.06	4.0±0.3	3.2±0.3	6.9±0.5
S(10^{-2})	(0.11)	(0.13)	(0.12)	0.17±0.02	(0.10)
Sb(10^{-9})	(4.5)	(5.8)	(10)	(8)	(15)
Sc(10^{-9})	(2.8)	(5)	(2.6)	(4)	(32)
Se(10^{-6})	0.040±0.013	(0.03)	0.053±0.014	0.060±0.010	0.031±0.010
Si(10^{-2})	(0.011)	(0.033)	(0.009)	(0.008)	(0.156)
Sm(10^{-9})	0.68±0.24	1.6±0.3	0.49±0.12	1.06±0.10	14.3±2.3
Sn(10^{-9})	(9.5)	(9)	(8)	(8)	(22)
Sr(10^{-6})	0.30±0.05	0.29±0.05	0.16±0.03	1.4±0.1	22±2

512

元 素	GBW 10043 (GSB-21 辽宁大米)	GBW 10044 (GSB-22 四川大米)	GBW 10045 (GSB-23 湖南大米)	GBW 10046 (GSB-24 河南小麦)	GBW 10047 (GSB-25 胡萝卜)
Tb(10^{-9})	(0.12)	(0.25)	(0.09)	0.17±0.05	2.1±0.5
Th(10^{-9})	(1.8)	4.0±1.2	(1.1)	(3.2)	28±6
Ti(10^{-6})	(1.2)	(2.7)	(1.3)	(2.4)	(12)
Tl(10^{-9})	(0.34)	0.30±0.04	0.20±0.07	(0.27)	10.7±2.1
Tm(10^{-9})	(0.06)	0.12±0.04	(0.07)	0.12±0.04	0.83±0.14
U(10^{-9})	(1.7)	(2.6)	(2.0)	(2.0)	9.8±1.7
V(10^{-6})	(0.03)	(0.05)	(0.03)	(0.04)	(0.21)
Y(10^{-6})	0.17±0.04	0.22±0.05	0.20±0.03	0.10±0.02	0.09±0.02
Yb(10^{-9})	(0.38)	0.61±0.14	0.26±0.08	0.48±0.12	5.5±0.8
Zn(10^{-6})	13.0±0.6	14.6±0.6	14.4±0.8	12.4±0.6	11.2±0.5

元 素	GBW 10048 (GSB-26 芹菜)	GBW 10049 (GSB-27 大葱)	GBW 10050 (GSB-28 大虾)	GBW 10051 (GSB-29 猪肝)	GBW 10052 (GSB-30 绿茶)
Ag(10^{-6})	(0.012)	(0.014)	(0.017)		(0.015)
Al(10^{-2})	(0.14)	(0.30)	(0.029)	(0.012)	
As(10^{-6})	0.39±0.08	0.52±0.11	(2.5)	1.4±0.3	0.27±0.05
B(10^{-6})	32±3	25±2	2.0±0.3	(0.6)	14.1±1.2
Ba(10^{-6})	17.3±2.3	36±5	2.3±0.3	(0.24)	41±4
Be(10^{-9})	31±5	59±11	4.9±0.8	0.9±0.3	25±3
Bi(10^{-9})	(13)	(13)	(5.4)	(0.9)	40±11
Br(10^{-6})	16±4	20±2	8.5±1.1	(2.8)	2.9±0.5
Ca(10^{-2})	1.66±0.06	2.28±0.09	0.30±0.01	(0.023)	1.21±0.03
Cd(10^{-6})	0.092±0.006	0.19±0.02	0.039±0.002	1.00±0.07	0.076±0.004
Ce(10^{-6})	1.04±0.11	2.1±0.3	0.13±0.03	(0.005)	0.81±0.03
Cl(10^{-2})	(3.54)	(0.85)	(0.189)	(0.17)	(0.056)
Co(10^{-6})	0.25±0.02	0.59±0.04	0.044±0.005	0.057±0.004	0.30±0.02
Cr(10^{-6})	1.35±0.22	2.6±0.4	0.35±0.11	0.23±0.06	0.92±0.20
Cs(10^{-6})	0.165±0.018	0.19±0.02	0.027±0.002	0.070±0.007	0.58±0.03
Cu(10^{-6})	8.2±0.4	5.5±0.3	10.3±0.7	52±3	24±1
Dy(10^{-9})	64±11	119±12	7.9±0.5	(0.3)	65±7
Er(10^{-9})	30±4	57±12	4.4±0.4	(0.2)	37±6
Eu(10^{-9})	20±2	39±4	2.5±0.3	(0.2)	22±6
Fe(10^{-6})	597±34	1010±55	112±12	519±34	322±23
Gd(10^{-9})	81±13	155±34	10.5±1.2	(0.6)	76±11
Ge(10^{-9})	21±7	(32)	6.0±1.4	(12)	15±5
Hg(10^{-9})	14.6±2.4	12.0±2.3	49±8	45±8	8.1±1.5
Ho(10^{-9})	12.4±1.3	22±4	1.5±0.2	(0.14)	13±2
I(10^{-6})	(0.43)	(0.44)	(0.43)	(0.18)	(0.13)
K(10^{-2})	2.7±0.2	2.1±0.1	0.49±0.01	0.66±0.03	1.55±0.07
La(10^{-6})	0.55±0.05	1.16±0.10	0.066±0.005	(0.004)	0.54±0.04
Li(10^{-6})	3.2±0.2	1.6±0.2	0.15±0.01	(0.02)	0.52±0.04
Lu(10^{-9})	4.5±1.3	(8)	0.64±0.21		6.2±0.9
Mg(10^{-2})	0.53±0.03	0.27±0.01	0.169±0.006	0.063±0.004	0.220±0.008
Mn(10^{-6})	45±2	173±7	8.9±0.3	10.1±0.4	0.117±0.006 *
Mo(10^{-6})	1.02±0.09	0.12±0.03	0.037±0.012	4.2±0.2	0.11±0.02
N(10^{-2})	(2.6)	(2.9)	(13.5)	(11.2)	(3.7)
Na(10^{-2})	2.17±0.23	(0.03)	0.31±0.02	0.163±0.010	0.010±0.001
Nb(10^{-9})	(85)	(215)	16.5±4.0		(50)
Nd(10^{-6})	0.47±0.08	0.91±0.11	0.056±0.006	(0.003)	0.35±0.04
Ni(10^{-6})	1.8±0.4	(1.9)	(0.23)	(0.10)	5.4±0.4

元素	GBW 10048 (GSB-26 芹菜)	GBW 10049 (GSB-27 大葱)	GBW 10050 (GSB-28 大虾)	GBW 10051 (GSB-29 猪肝)	GBW 10052 (GSB-30 绿茶)
P(10^{-2})	0.35±0.01	0.36±0.02	0.77±0.03	1.14±0.06	0.28±0.01
Pb(10^{-6})	2.7±0.7	1.34±0.16	0.20±0.05	0.12±0.03	1.6±0.2
Pr(10^{-9})	118±13	235±29	14.5±1.1	(0.60)	93±8
Rb(10^{-6})	18.5±1.2	9.4±0.8	1.4±0.1	27±2	89±9
S(10^{-2})	(1.0)	0.46±0.04	(1.0)	0.80±0.12	(0.42)
Sb(10^{-9})	(56)	(45)	(16)	(12)	(52)
Sc(10^{-6})	(0.16)	(0.26)	(0.02)	(0.012)	(0.07)
Se(10^{-6})	0.118±0.017	0.069±0.009	(5.1)	1.54±0.29	0.10±0.03
Si(10^{-2})	(0.38)	(1.1)	(0.048)		(0.26)
Sm(10^{-9})	87±9	167±18	10.7±1.8	(0.5)	66±10
Sn(10^{-6})	(0.10)	(0.07)	(0.024)		(0.17)
Sr(10^{-6})	213±19	74±5	20±2	0.51±0.04	36±2
Tb(10^{-9})	12.6±2.6	22±5	1.5±0.2	(0.25)	11.4±1.9
Th(10^{-9})	177±31	364±58	28±8	(4.5)	79±12
Ti(10^{-6})	(45)	(62)	(17)		(21)
Tl(10^{-9})	21±4	37±8	2.0±0.5	1.2±0.2	57±11
Tm(10^{-9})	4.2±1.1	7.8±1.5	0.69±0.18		5.9±1.1
U(10^{-9})	48±12	(50)	9.7±0.8	3.2±0.9	47±7
V(10^{-6})	1.3±0.3	(3)	0.24±0.07	(0.078)	0.60±0.15
Y(10^{-6})	0.35±0.08	0.61±0.14	0.09±0.02	(0.04)	0.52±0.03
Yb(10^{-9})	29±7	57±17	4.1±0.8	(0.17)	38±5
Zn(10^{-6})	26±2	25±1	76±4	211±11	35±2

说明：＊质量分数为10^{-2}，"±"后数据为不确定度，带括号的数值为参考值。

表4　植物和人发成分分析标准物质标准值

元素 /(μg/g)	GBW07602 (GSV-1 灌木枝叶)	GBW07603 (GSV-2 灌木枝叶)	GBW07604 (GSV-3 杨树叶)	GBW07605 (GSV-4 茶叶)	GBW07601 (GSH-1 人发)
Ag	0.027±0.006	0.049±0.007	(0.013)	(0.018)	0.029±0.008
Al/%	0.214±0.022	0.20±0.03	0.104±0.006	(0.30)	
As	0.95±0.12	1.25±0.15	0.37±0.09	0.28±0.04	0.28±0.05
Au/(ng/g)					(2.5)
B	34±7	38±6	53±5	15±4	(1.3)
Ba	19±3	18±2	26±4	58±6	17±2
Be	0.056±0.014	0.051±0.004	0.021±0.005	0.034±0.006	0.063±0.020
Bi	(0.022)	0.023±0.005	0.027±0.002	0.063±0.008	0.34±0.02
Br	2.4±0.4	3.0±0.4	7.2±1.4	3.4±0.5	(0.36)
Ca/%	2.22±0.13	1.68±0.11	1.81±0.13	0.43±0.04	0.29±0.03
Cd	0.14±0.06	(0.38)	0.32±0.07	0.057±0.010	0.11±0.03
Ce	2.4±0.3	2.2±0.1	0.49±0.07	1.0±0.2	0.12±0.03
Cl/%	(1.13)	(1.92)	(0.23)		
Co	0.39±0.05	0.41±0.05	0.42±0.03	0.18±0.02	0.071±0.012
Cr	2.3±0.3	2.6±0.2	0.55±0.07	0.80±0.03	0.37±0.06
Cs	0.27±0.03	0.27±0.02	0.053±0.003	0.29±0.02	
Cu	5.2±0.5	6.6±0.8	9.3±1.0	17.3±1.8	10.6±1.2
Dy		(0.13)	(0.036)	(0.074)	(0.017)

元素 /(μg/g)	GBW07602 (GSV-1 灌木枝叶)	GBW07603 (GSV-2 灌木枝叶)	GBW07604 (GSV-3 杨树叶)	GBW07605 (GSV-4 茶叶)	GBW07601 (GSH-1 人发)
Eu	0.037±0.002	0.039±0.003	0.009±0.003	0.018±0.002	(0.006)
F	24±3	23±4	22±4	320±31	
Fe	1020±67	1070±57	274±17	264±15	54±10
Gd		(0.19)	(0.043)	(0.093)	
Hf	0.14±0.02	(0.15)	(0.026)	(0.033)	
Hg			0.026±0.003	(0.013)	0.36±0.08
Ho		(0.033)		(0.019)	
K/%	0.85±0.05	0.92±0.10	1.38±0.07	1.66±0.12	(0.002)
La	1.23±0.10	1.25±0.06	0.26±0.02	0.60±0.04	0.049±0.011
Li	2.4±0.4	2.6±0.4	0.84±0.15	(0.36)	2.0±0.1
Lu		(0.011)		(0.007)	
Mg/%	0.287±0.018	0.48±0.04	0.65±0.05	0.17±0.02	0.036±0.004
Mn	58±6	61±5	45±4	1240±70	6.3±0.8
Mo	0.26±0.04	0.28±0.05	0.18±0.01	0.038±0.007	0.073±0.014
N/%	1.20±0.02	1.50±0.03	2.56±0.06	3.32±0.09	14.9±0.1
Na	1.10±0.10%	1.96±0.18%	200±13	44±6	152±17
Nd	(1.1)	1.0±0.1	(0.22)	(0.44)	
Ni	1.7±0.4	1.7±0.3	1.9±0.3	4.6±0.5	0.83±0.19
P	830±40	1000±40	1680±60	2840±90	170±10
Pb	7.1±1.1	47±3	1.5±0.3	4.4±0.3	8.8±1.1
Pr		(0.24)		(0.12)	
Rb	4.2±0.2	4.5±0.6	7.6±0.8	74±5	
S/%	0.32±0.03	0.73±0.06	0.35±0.04	0.245±0.022	4.3±0.3
Sb	0.078±0.020	0.095±0.014	0.045±0.006	0.056±0.006	0.095±0.016
Sc	0.31±0.03	0.32±0.04	0.069±0.007	0.085±0.013	0.008±0.001
Se	0.184±0.013	0.12±0.02	0.14±0.02	(0.072)	0.60±0.04
Si/%	0.58±0.04	0.60±0.07	0.71±0.08	(0.21)	0.087±0.008
Sm	0.19±0.01	0.19±0.02	0.038±0.006	0.085±0.023	(0.012)
Sn		(0.27)			
Sr	345±11	246±16	154±9	15.2±0.7	24±1
Tb	(0.026)	0.025±0.003		(0.011)	
Th	0.37±0.02	0.36±0.04	0.070±0.010	0.061±0.009	
Ti	95±18	95±20	20.4±2.2	24±4	2.7±0.6
U	(0.11)	(0.12)	(0.028)		
V	2.4±0.3	2.4±0.4	(0.64)	(0.86)	
W	(0.06)	(0.06)			
Y	(0.63)	0.68±0.02	0.145±0.015	0.36±0.04	0.084±0.020
Yb	0.063±0.014	0.063±0.009	0.018±0.004	0.044±0.005	
Zn	20.6±2.2	55±4	37±3	26.3±2.0	190±9

说明："±"号后的数据为标准偏差，括号内的数值为参考值。

表 5　GBW08501-桃叶成分分析标准物质

组分	标准值	标准偏差	单位	组分	标准值	标准偏差	单位
As	0.34	0.03	(10^{-6})	Mg	0.47	0.02	(10^{-2})
Ba	18.4	0.9	(10^{-6})	Mn	75.4	2.7	(10^{-6})
Cd	0.018	0.004	(10^{-6})	Pb	0.99	0.04	(10^{-6})
Cr	0.94	0.07	(10^{-6})	Sr	61.6	3.9	(10^{-6})
Cu	10.4	0.8	(10^{-6})	Zn	22.8	1.3	(10^{-6})
Fe	431	15	(10^{-6})	B	(45.8)		(10^{-6})
Hg	0.046	0.006	(10^{-6})	Co	(0.25)		(10^{-6})
K	2.17	0.08	(10^{-2})	Se	(0.04)		(10^{-6})